Histoire des Montils

PAR

l'Abbé P. BOUREILLE

Ancien Curé des Montils

R. VALLETTE

BLOIS

IMPRIMERIE C. MIGAULT ET Cᵉ, RUE PIERRE-DE-BLOIS, 14

—

MDCCCCXII

Histoire des Montils

Histoire des Montils

PAR

l'Abbé P. BOUREILLE

Ancien Curé des Montils

BLOIS

IMPRIMERIE C. MIGAULT ET Cᶜ, RUE PIERRE-DE-BLOIS, 14

—

MDCCCCXII

RAPPORT

SUR

L'HISTOIRE DES MONTILS

PRÉSENTÉ A

SA GRANDEUR MONSEIGNEUR L'ÉVÊQUE DE BLOIS

PAR

M. LE VICOMTE J. DE CROY

MONSEIGNEUR,

Quand M. l'abbé Boureille vous présenta l'histoire d'une paroisse si longtemps confiée à son zèle et à ses mérites, Votre Grandeur daigna agréer le nom de celui que l'auteur chargeait de solliciter pour son ouvrage une auguste approbation. Cet ouvrage en paraît digne. Un privilège bien rare distingue les Montils, dans les annales religieuses de votre diocèse. Trois saints ont attaché leur nom à cette paroisse. A peine apparaît-elle dans l'aube féodale que le grand abbé de Clairvaux, lumière et docteur du XIIᵉ siècle, saint Bernard, est témoin du premier acte authentique qui dote l'église naissante des Montils, comme si Dieu voulait prédestiner ce lieu à servir d'asile à la piété. Charles de Blois, au XIVᵉ siècle, Jeanne de France, au XVᵉ, donnent l'exemple des vertus qui leur mériteront des autels, dans le vieux château qui surplombe aujourd'hui de ses ruines pittoresques le cours du Beuvron : domaine tour à tour de nos deux dynasties provinciales, la Maison de Châtillon et la Maison d'Orléans. Les Châtillons ! Il y a un siècle, Monseigneur, églises, monastères, hôpitaux, tout rappelait encore, à la veille de la spoliation révolutionnaire, l'esprit chrétien et la charité d'une famille expatriée de la terre blésoise depuis plus de quatre cents ans. Que les habitants des Montils, dans les cahiers qui précédèrent une destruction bien éloignée de leurs vœux, aient expressément réclamé, et avec force, le maintien des bienfaits accordés à leurs ancêtres par la comtesse Jeanne de Châtillon, vous jugerez que c'est là, sans doute, un exemple peu commun de fidélité et de reconnaissance populaires, un hommage singulier rendu aux vertus sociales d'une race et à celles d'une époque trop méconnue, le Moyen-Age.

Tandis que, seuls de nos jours, les grands centres voient s'ouvrir des établissements destinés aux malades, au XIIIᵉ siècle une bourgade qui ne comptait pas plus de 160 familles était pourvue d'un Hôtel-Dieu magnifiquement doté et desservi par des religieuses et des religieux. Nos moralistes diront-ils qu'il est facile, à certains égards, d'éblouir un jour ses contemporains par quelque grande fondation, qu'il est moins aisé de s'acquérir l'estime d'une population en dispensant à son prochain une exacte justice dans la vie quotidienne ? Cet effort plus obscur et plus méritoire, qu'impose pourtant la loi du Christ, était celui des Châtillons. Si, dans les clairières ensoleillées de la forêt de Russy, les limiers de Gui de Châtillon rencontrent le troupeau de brebis que mène paître une pauvre femme des Montils et en étranglent quelques-unes ; si les lévriers de Jean de Blois, en bondissant, disjoignent les ais mal assujettis d'une chaumière, chaque fois le dommage est réparé. Et quand l'intérêt général a souffert, il n'est pas l'objet d'un moindre souci que l'intérêt particulier.

Certes des abus se montraient quelquefois ; l'infirmité humaine est de tous les temps. L'ardeur de ces natures vigoureuses, qui les conduisit plus d'une fois vers les sommets de la perfection, les entraînait aussi dans les profondeurs du mal. Mais vienne l'heure de la mort, vienne l'examen des responsabilités et du compte à rendre de toute une vie, quelles éclatantes satisfactions données à la conscience publique ! Jean de Châtillon se repentira d'avoir trop aimé la chasse. Il n'a pas dépassé peut-être son droit strict, son droit légal. Mais ce qui est juste devant la loi, est-il toujours juste devant Dieu ? C'est alors que le comte, et après lui sa fille Jeanne, et après lui son neveu Hugues, ses successeurs, s'efforceront, par divers actes, de compenser les dégâts causés aux récoltes. Jeanne et Hugues de Châtillon qui, légalement peut-être, se pourraient croire irresponsables, se conformeront aux intentions de leur prédécesseur et au jugement d'une sorte de tribunal institué par les scrupules de sa conscience. Voyons-nous parfois, de notre temps, l'injustice chez ceux qui gouvernent ? Ah ! ne le demandons pas, Monseigneur, à notre génération attristée par l'épouvantable violation des droits les plus sacrés ! Mais si nous ne voyons jamais les gouvernants se proposer de reconnaitre et moins encore de recherchèr et d'effacer leurs torts, c'est que nous ne trouvons pas, chez les détenteurs du pouvoir, cette crainte, cette conscience que seule peut donner la religion, ces efforts de toute une race que Dieu récompensera en lui permettant de produire un jour la sainteté.

Ainsi l'auteur, par des traits de mœurs authentiques et bien choisis, qu'il a eu au moins le mérite de mettre heureusement en relief, aidera-t-il à dissiper des préventions répandues non pas chez nos seuls adversaires, mais chez les bons, hélas, et chez les meilleurs. Il rend le même service à propos d'une institution sociale si décriée, le servage. Assurément il ne s'agit pas de la regretter ni d'en faire une apologie, mais de la comprendre, de la tenir pour ce qu'elle a été réellement et de la justifier, par là, dans une certaine mesure. Sur l'esclavage antique, elle a été un immense progrès. La situation matérielle des serfs est d'ailleurs au-dessus de la misère. Ce n'est pas l'un des passages les moins curieux du livre que cet inventaire d'un mobilier servile où nous comptons les draps, les torchons, les couvertures et les bonnets, où la huche s'ouvre pleine de pain, le saloir plein de viande, où près de l'âtre, sur le dressoir, reluit un moule à gâteaux. Et pas plus que le serf n'est voué à une condition malheureuse, il n'est rivé à sa condition. L'Église le laisse accéder à ses dignités ; l'Église, et le pouvoir civil lui-même, puisque Guillaume de Crespy, chancelier de France, le plus haut fonctionnaire du royaume, était né dans cette obscure situation. Tout, dans ce tableau, est bien loin de ce qui est tracé par les manuels scolaires ; mais c'est que tout y est conforme à la vérité.

En déguisant cette vérité dans leurs manuels, justement condamnés par un épiscopat unanime, les ennemis du nom chrétien choisissaient avec art leur point d'attaque. S'il est vrai, pour emprunter l'expression d'un grand historien (1), qu'au Moyen-

(1) M. P. Imbart de la Tour. *Les Origines de la Réforme*, 1905.

Age « l'Etat n'est que la communauté chrétienne politiquement organisée », laisser croire que l'arbitraire et l'injuste en formaient la base, atteint sûrement, dans les esprits, les principes du Christianisme lui-même. Des livres d'histoire locale, tels que celui-ci, intéresseront toujours, par mille allusions à des lieux familiers, la population qui y vit. Mieux que les gros traités, ils auront chance d'être lus et d'éclairer ; ils peuvent servir enfin à la rédaction de ces manuels d'histoire régionale, qui en faisant connaître le passé tel qu'il a été réellement, c'est-à-dire en le faisant aimer, sont capables d'attacher à leur sol les enfants, les jeunes gens de nos écoles catholiques et de faire naître en eux toutes les vertus du patriotisme. *Sanctus amor patriæ dat animum,* telle est la devise qu'Outre-Rhin, la nation qui prétend tirer une force toujours menaçante des forces que lui compose l'amour de la terre et des aïeux, a gravée sur le fronton des *Monumenta Germaniæ historica.* Chez nous, défendre l'intérêt national est une tradition soutenue depuis les jours les plus lointains des églises de la Gaule par ceux qui en sont constitués les gardiens. Dans la dissolution matérielle de l'Empire, les évêques du v° siècle ont fait la France ; dans la dissolution morale qui est la nôtre, leurs successeurs ne failliront pas à la refaire. Nous en avons pour garants, Monseigneur, et cette application si ferme, et cette exactitude si admirable à remplir les devoirs d'une charge où Votre Grandeur permettra que je lui adresse les expressions de toute la soumission et de tout le respect avec lesquels je suis

Son très obéissant et très dévoué fils.

J. DE CROY.

ÉVÊCHÉ
DE BLOIS
—

Blois, le 15 Mars 1912.

Monsieur le Curé,

J'a lu, avec toute l'attention qu'il mérite, le rapport très complet que M. de Croy m'a présenté sur votre « Histoire des Montils ». Dans une analyse aussi fine que judicieuse, il a su mettre en relief la valeur de votre travail et signaler l'intérêt qu'il présente.

Il m'est agréable de venir vous en féliciter doublement En mettant à profit les loisirs que votre ministère vous laissait de temps à autre, pour compulser les archives de la paroisse des Montils, vous avez, en effet, donné un salutaire exemple, et vous avez apporté une précieuse contribution à l'histoire locale du Blésois. Les souvenirs que vous faites revivre et qui rappellent notamment saint Bernard, témoin du premier acte authentique dotant l'église des Montils, les Bienheureux Charles de Blois et Jeanne de France pratiquant les plus belles vertus « dans le vieux château qui surplombe aujourd'hui de ses ruines pitto- resques le cours du Beuvron », et tant d'autres détails fort curieux, procurent aux esprits chercheurs une douce jouissance

C'est pourquoi je souhaite à votre « Histoire des Mon- tils » de nombreux lecteurs, désireux de connaitre et d'aimer davantage leur pays.

Veuillez agréer, Monsieur le Curé, la nouvelle assurance de mes sentiments bien dévoués.

† ALFRED-JULES,
Évêque de Blois.

BOURG D'IRÉ
SEGRÉ
(Maine-et-Loire)
—

le 16 Février 1912.

Monsieur le Curé,

Vous me faites l'honneur de me demander une lettre d'intro-duction. Assurément vous pourriez vous passer de mon modeste témoignage en faveur de votre si intéressant travail.

La haute approbation de Monseigneur l'Évèque de Blois, l'es-time d'un érudit aussi distingué que M. le Vicomte J. de Croy, le vœu de l'Association française pour l'Avancement des Sciences sont des gages autrement précieux que les lignes trop brèves où je vais m'efforcer de vous dire ma reconnaissance et ma sincère admiration pour le fruit d'un labeur aussi obstiné qu'intelligent.

Vous avez pensé qu'un descendant de ces Châtillons, auxquels les Montils sont reliés par tant de souvenirs, ne pouvait demeu-rer indifférent à votre tâche, et de fait je voudrais être plus digne de parler en leur nom et de vous crier : Merci. Aucun temps n'est plus méconnu, plus inconnu que le Moyen-Age et les coutumes, l'esprit, les usages de la féodalité — du serf au sei-gneur — servent de canevas à des fables grossières. Votre ou-vrage, si exactement documenté, permet de rentrer dans la réalité des gens et des faits.

La constatation que les doléances des cahiers, rédigés aux Montils en 1789, expriment le vœu au retour des libertés concé-dées par Jeanne de Châtillon au XIIIᵉ siècle est la plus élo-quente, et peut-être la plus ironique des leçons que se plaît à nous donner l'Histoire quand elle est scrupuleusement étudiée.

Je vous félicite bien cordialement, Monsieur le Curé. Digne continuateur de tant de prêtres savants, et qui devraient être plus illustres et plus connus, modestes et patients ouvriers de nos Archives nationales, à votre tour vous avez mis une œuvre du-rable et suggestive entre nos mains, pièce d'émail inestimable qui, réunie à d'autres du même genre, composera un jour une couronne unique posée sur le front de notre France.

Elle vous donne droit à la reconnaissance, non seulement du Blésois, mais de tous nos compatriotes, et en particulier à celle, insignifiante mais très profonde, de

Louis de BLOIS.

LISTE DES SOUSCRIPTEURS

A

MM.

le Vicomte D'ABOVILLE, Kerantré.
Victor AMYOT, Blois.
Archives Départementales, Blois.
l'Abbé AUGIS, La Ferté-Villeneuil.

B

le Marquis DE LA BARRE, Saint-Firmin.
le Vicomte DE LA BASSETIÈRE, Huisseau-sur-Cosson.
Madame la Marquise DE BEAUCORPS, Chailles.
le Marquis DE BEAUCORPS, Chailles.
Maxime DE BEAUCORPS, Orléans.
le Comte Charles DE BEAUCORPS, Saint-Denis.
le Comte DE BEAUCORPS-CRÉQUI, Saint-Denis.
Madame la Comtesse DE BEAULAINCOURT, Paris.
le Capitaine DE BEAUVAIS, Candé.
DE BELOT, Pont-Levoy.
BELTON, Blois.
la Bibliothèque de Blois.
la Bibliothèque de Châteaudun.
Abel BILLAUT, Blois.
le Comte Louis DE BLOIS, Segré.
le Docteur BOELLE, Les Montils.
le Commandant Comte Jean DE BOISSARD, Dôle.

MM.

l'Abbé BOISSONNET, Thenay.
Denis BONNIGAL, Vendôme.
l'Abbé BONTANT, Chissay.
Mademoiselle Mathilde BOURBON, Les Montils.
BOURDOISEAU, La Ferté-Villeneuil.
le Doyen du Chapitre de la Métropole de Bourges.
Alphonse BOURGOIN, Les Montils.
Daniel BOURGOIN, Orléans.
Georges BOURGOIN, Francheville.
le Baron DE BRIMONT, Cour-Cheverny.
l'Abbé BRISSET, Vendôme.
le Prince DE BROGLIE, Chaumont.
Jules BROSSET, Blois.

C

l'Abbé CARDON, Albert.
Henry DE CARDONNE, Blois.
CHANTIER-SOUVENT, Contres.
les Dames Carmélites, Bourges.
Joseph CHARRAULT, Saint-Germain-les-Corbeil.
Rémy CHARRAULT, Blois.
DES CHESNES, Candé.
le Marquis DE CHAUVELIN, Rilly.
CHAUVIN, Amboise.
l'Abbé CHEVALIER, Tours.
Th. CHEVAUCHÉ, Les Montils.
Madame CIBIEL, Paris.

MM.

l'Abbé CHICHEREAU, Blois.
l'Abbé CLÉMENT, Vendôme.
Léonce CHUROUX, Limoges.
Emile COLLAS, Paris.
Mademoiselle COLLIGNON-D'HAREI-
GNES, Chailles.
le Comte COSTA DE BEAUREGARD,
Chissay.
Paul COTTIN, Paris.
COUTOUX, Les Montils.
le Comte DE CROY, la Guerche.
le Vicomte Joseph DE CROY, Mon-
teaux.

D

DACIER, Paris.
Madame DARBLAY, Saint-Ger-
main-les-Corbeil.
DARCEL, Paris.
l'Abbé DAVID, Saint-Georges-sur-
Cher.
Madame DESCHAMPS-DUCHALAIS,
Orléans.
Eugène DESCHAMPS, Orléans.
Henry DESCHAMPS, Orléans.
Madame DIJEON, Paris.
M. DOMET, Sambin.
DONOP DE MONCHY, Les Montils.
l'Abbé DORON, Ouchamps.
Pierre DUFAY, Blois.
DUMUYS, Orléans.

E

l'Abbé DES ESSARTS, Territet.
d'ESPAIGNE, Pont-Levoy.

F

Gaston FALLOT, Les Montils.
le Marquis DE FERRIÈRES, Chissay.
Henry DE LA FERTÉ, Noyon.
FILLY, Blois.
Madame la Marquise DE FLERS,
Cour-sur-Loire.

MM.

le Baron André DE FLEURY, Sante-
nay.
Raoul FOUQUET, Paris.
le Baron DE FOUGÈRES, Fougères.
Pierre DE FROBERVILLE, Pont-
Levoy.
Lucien DE FROBERVILLE, Chailles.
Jules DE FROBERVILLE, Paris.
l'Abbé FROMET, Angé.

G

Madame la Baronne DU GABÉ,
Paris.
GACHON, notaire, la Ferté-Ville-
neuil.
GODEFROY-MAYER, Paris.
l'Abbé GRANDIN, Neuville.
l'Abbé Augustin GRANDIN, Le
Mans.
le Marquis DE GOUVELLO, Sarzeau.
Madame GUEULETTE, Paris.
Ludovic GUIGNARD, Chouzy.
Louis GUY, les Montils.

H

l'Abbé HARDEL, Droué.
Louis HAUDEBERT, Paris.
Maurice HAY, Les Montils.
HIVERT, notaire, Les Montils.
l'Hôpital de Vienne-les-Blois.
HOUSSAY, Thorigny.

J

JONIAUX, Ile de Groix.
Fernand JOUAN, Les Montils.
l'Abbé JULLIEN, Fougères-sur-Biè-
vre.
Maurice JUSSELIN, archiviste,
Chartres.

K

KERWIN DE LETTENHOVE, Bruges.
Madame KOSZUTSKA, Auzouer.

MM.

L

l'Abbé LABBÉ, Candé.
DE LA PASSE, Peyre-Carla.
LARCHEZ, Les Montils.
Madame LAURAND, Blois.
Emile LAURAND, Tours.
Arthur LAURAND, Saintes.
Paul LAURAND, Mazerolles.
Jean LAURAND, Les Montils.
Pierre LAURAND, Suèvres.
le Vicomte DE LAURISTON, Orbigny.
LEBLANC, Orléans.
LECESNE, Châteaudun.
François LECOMTE, Les Montils.
Charles LEFÈVRE, Paris.
Madame LEGENDRE, Chartres.
Paul LEGENDRE, Blois.
LÉGER, Pont-Levoy.
Son Altesse le Prince DE LEININGEN, Amorbach (Bavière).
le Docteur LEMAIRE, Compiègne.
Henry LEREDDE, Fougères-sur-Bièvre.
LESCOT, Saint-Bohaire.
LESUEUR, Blois.
André LEVEAU, Les Montils.
LOYAU, Moncrochet, Fougères-sur-Bièvre.
Mademoiselle Marie LUCAS, Orléans.

M

Mademoiselle Mathilde MACÉ, Blois.
l'Abbé MANGOT, Bourré.
Joseph MARIE, Pierrefitte.
Madame la Vicomtesse DE MARSAY, Candé.
René DE MARSAY, Loches.
MARTEAU, Les Montils.
le Comte MARTIN DU NORD, Mornant.
André MASNIÈRE, Les Montils.
Monseigneur MÉLISSON, Blois.
l'Abbé MENIER, Blois.

N

MM.

René MERLET, Chartres.
l'Abbé MICHAU, Sambin.
MINIER, Saint-Jean-Froidmentel.
MIRON DE L'ESPINAY, Chitenay.
Madame Thérèse MOISON, Guignen.
Madame Louise MOISON, Orléans.
Maximin MONPROFIT, Blois.
Camille MONPROFIT, Paris.
l'Abbé MONTAGNE, Blois.
Madame la Vicomtesse DE MONTARBY, Candé.
le Comte DE MONTEYNARD, Verdes.
le Vicomte DE MONTRICHARD, St-Gervais.
DE LA MORANDIÈRE, Fresnes.
le Général Marquis DE MOULINS-ROCHEFORT, Amfreville.
NÉE, Les Montils.
Madame DE NEUVILLE, Saint-Jean-du-Gard.
Mgr le Duc DE NORFOLK, Londres.
Madame NOUVEL, Paris.

O

OLLIVIER-LECESNE, Etampes.
le chanoine ORAIN, Blois.

P

l'Abbé PATUREAU, Paris.
PERNET, Mer.
PERRET, Les Montils.
le Commandant PETIT, Pont-Levoy.
Ernest PETIT, Chitenay.
l'Abbé PORCHER, Blois.
Madame la Supérieure des Sœurs de la Providence, Ruillé.
l'Abbé PRUDENT, Lille.

Q

le Comte DE QUATREBARBES, Craon.

MM.

R

Madame RAIMBAUD, Sambin.
François RENOU, Les Montils.
RIFFAULT, Cour-Cheverny.
l'Abbé RIVIÈRE, Blois.
Armand ROBINEAU, Les Montils.
Madame la Marquise DE ROCHAM-
BEAU, Thoré.
le Comte DE LA ROCHE-AYMON, St-
Aignan.
Madame la Vicomtesse DE LA
ROCHE-BROCHARD, Chailles.
l'Abbé ROLLAND, Pont-Levoy.
ROUET DE CLERMONT, Blois.
Madame la Vicomtesse DE RO-
ZIÈRE, Blois.

S

Madame la Comtesse DE SAINT-
HÉNIS, Les Montils.
Madame la Supérieure des Sœurs
de Saint-Paul, Chartres.
le Comte DE SALABERRY, Fossé.
le Curé de Semblançay.
le Docteur SCHREIBER, Amorbach
(Bavière).
Madame la Marquise DE SERS,
Paris.
Jules SIMON, Juvisy.
Eugène SIMON, Juvisy.
la Société Archéologique, Ven-
dôme.
SOYER, archiviste, Orléans.
Madame STORELLI, Les Grouëts.
le Capitaine DE SURIGNY, Vitry-le-
François.

T

TELLIER, Paris.

MM.

Madame G. DE TERROUENNE, Ver-
sailles.
THAUVIN, Pont-Levoy.
Adrien THIBAULT, la Chaussée-
Saint-Victor.
TORAILLE, Châteaudun.
TROUESSART, Blois.
TROUILLARD, archiviste, Blois.
le Comte DE TROUSSURES, Auneuil.
TURLIN, Ouchamps.
l'Abbé TURMEAU, Mondoubleau.

V

Ernest VALETTE, Romorantin.
DE LA VALLIÈRE, Blois.
l'Abbé VIÉ, Pont-Levoy.
Madame DE VALLÉE, Onzain.
René VALLETTE, Orléans.
l'Abbé VAROQUEAUX, Le Mée.
le Marquis DE VIBRAYE, Cheverny.
le Comte Paul DE VIBRAYE, Paris.
Gaston VIGNAT, Orléans.
Madame la Comtesse DE LA VILLAR-
MOIS, Plaine-Fougères.
Madame la Comtesse DE LA VILLE-
BEAUGÉ, Candé.
le Comte DE LA VILLE-BEAUGÉ,
Candé.

W

l'Abbé WAGNER, Pont-Levoy.
Madame la Comtesse DE WARREN,
Candé.

Y

le Chanoine YVONNEAU, Blois.

LISTE DES PERSONNES

Qui ont fourni des renseignements

MM.

AUGIS (l'abbé).

BEAUCORPS (Maxime DE).
BLOIS (le comte Louis DE).

CIBIEL (Mme).
CROY (le comte DE).
CROY (le vicomte DE).
Carmélites (les) et l'Insigne Chapitre de la Métropole de Bourges.
CHAUVIN (G.), notaire.
CHEVALIER (l'abbé), de Tours.

DACIER.
DUFAY (P.).

FOUGÈRES (baron DE).

GABÉ (Mme la baronne du).
GODEFROY-MAYER.
Greffier du Tribunal civil de Blois (le).

HAUDEBERT (Louis).

JUSSELIN (Maurice), archiviste d'Eure-et-Loir.

LAURAND (Jean).
LEFEBVRE (Charles).
LESUEUR.
MARTEAU, instituteur aux Montils.

MM.

MIRON DE L'ESPINAY (Albert).
MOULINS-ROCHEFORT (le général marquis DE).

NORFOLK (S. G. Msgr le duc DE) comte Maréchal du royaume d'Angleterre.

PORCHER (l'abbé).

ROZIÈRE (Mme la v^tesse DE) née DES ISNARDS.

SCHREIBER (Herr doktor), administrateur général de Son Altesse Sérénissime le prince de Leiningen, au château d'Amorbach (Bavière).
Semblançay (M. le Curé de).
SOYER (Jacques), archiviste du Loiret.

TERROUENNE (Mme DE).
THIBAULT (Adrien).
TROUESSART.
TROUILLARD, archiviste de Loir-et-Cher.
TURMEAU (l'abbé), doyen de Marchenoir.

VENOT-GAILLARD.
VILLEBEAUGÉ (le comte DE LA).

AVANT-PROPOS

En 1884, l'Association Française pour l'avancement des Sciences avait à Blois son 13ᵉ Congrès annuel.

Dans la séance du 10 septembre, nous disions : « Nous espérons bientôt publier un travail complet sur les Montils et prouver que cette localité tient une place très honorable dans l'histoire du comté de Blois, surtout pendant la période du Moyen-Age ».

M. le Président nous autorisa à lire une petite notice qui fut publiée en 1885 dans le compte-rendu de l'Association, pp. 302 et 699-704 (1).

Différentes circonstances nous ont fait ajourner la publication annoncée.

Nous n'avons point besoin de dire tout l'intérêt qui s'attache à ce genre d'études. Il y a toujours un vrai plaisir à faire revivre le passé avec tout ce qui peut être digne de fixer l'attention ; à rappeler le souvenir d'un autre âge ; à retracer les événements remarquables ; à mettre en évidence certains personnages ; à faire connaître les coutumes et les usages d'autrefois ; à donner un regain d'actualité aux choses vécues ; à recueillir des détails parfois minutieux ; à reconstituer l'existence d'une région, d'une ville, d'une bourgade même, par le récit de ce qui s'y est passé.

Voilà pourquoi nous avons entrepris la Monographie des Montils.

---

(1) Il y a eu un tirage à part sous ce titre : *Association française pour l'avancement des Sciences. Congrès de Blois, 1884.* M. l'abbé Bourcille, curé des Montils. *Les Montils au Moyen-Age.* Paris, au Secrétariat de l'Association, 4, rue Antoine-Dubois, in-8°, 6 pages.

On nous dira, sans doute, que ce genre de travail ne peut intéresser qu'un petit nombre de personnes : les habitants des localités dont on fait l'histoire. Cependant, ces études particulières ne sont pas sans quelque valeur ; elles ont une utilité indiscutable ; ce sont des matériaux précieux, des pierres nécessaires pour élever le monument glorieux qui célèbrera le souvenir des faits et gestes de nos aïeux.

A ce point de vue, les Montils sont dignes d'une place à part.

La topographie les avait fait remarquer depuis longtemps. Les comtes de Blois les choisirent d'abord comme lieu de défense ; plus tard ce fut une résidence agréable ; pendant le séjour de la cour à Blois, c'était une villégiature recherchée.

Aux XII° et XIII° siècles, les comtes et comtesses de Blois laissèrent aux Montils des marques certaines de leur séjour, de leur puissance politique, de leur libéralité chrétienne de grands seigneurs, surtout par la fondation d'un Hôtel-Dieu, qui fut ouvert aux pauvres pendant près de 400 ans (1280-1676).

Nous ne nous contenterons pas de raconter des faits, de citer des noms historiques ; nous dirons ce qu'était, aux différentes époques, la vie religieuse et civile. C'est ainsi que nous aurons, dans un résumé assez complet, jeté un coup d'œil autorisé sur l'existence de ceux qui furent avant nous.

Ce n'est point un travail d'imagination ; tous les documents ont été puisés à des sources authentiques. Nous avons consulté :

Aux Montils, les registres paroissiaux, les recueils municipaux, les actes de l'étude du notaire ;

A Blois, les Archives départementales et la Bibliothèque publique ;

A Paris, les Archives et la Bibliothèque Nationales.

Nous avons surtout puisé dans le trésor de l'Hôtel de Soubise (Archives Nationales) ce qui se rapporte à la présence des comtes de Blois aux Montils.

Dans nos recherches à Paris, nous avons profité du précieux concours de M. l'abbé Justin Augis, auteur d'un Essai historique sur la Ferté-Villeneuil au diocèse de Chartres. Son habitude des textes anciens nous a été d'un grand secours.

Nous devons un souvenir très reconnaissant à MM. Léon Le Grand et Jules Viard, Présidents de la salle de travail aux Archives Nationales ; nous avons eu souvent recours à leur obligeance et à leur connaissance si parfaite du trésor qui leur est confié.

A Blois, ou en Blésois, nous avons trouvé d'aimables et savants auxiliaires : MM. Bournon et Trouillard, directeurs des Archives départementales et M. Pierre Dufay, bibliothécaire de la ville de Blois.

Mais nous devons une gratitude toute particulière à M. le Vicomte de Croy, ancien élève de l'École des Chartes, pour la collaboration qu'il a bien voulu donner à notre travail, d'abord en mettant à notre disposition, avec la plus parfaite bonne grâce, ses nombreuses et savantes recherches sur le pays blésois — où nous avons puisé à pleines mains, comme on pourra le voir — et ensuite en revisant scrupuleusement notre ouvrage, spécialement pour la partie ancienne, de sorte que l'Histoire des Montils se présente au monde savant avec pour ainsi dire toute l'autorité qui s'attache aux publications de M. le Vicomte de Croy.

Nous avons aussi à remercier M. l'abbé Augis, déjà cité, à cause des réels services qu'il nous a rendus pour la partie contemporaine et pour quantité de problèmes d'ordre matériel, que soulevait l'impression de notre ouvrage.

Les documents, quand ils seront trop longs, seront cités et analysés dans le corps de l'ouvrage, et renvoyés aux pièces justificatives pour y être intégralement publiés.

Les événements, racontés dans le langage de l'époque, ne perdront rien de leur couleur primitive ; l'ancienne orthographe sera le plus souvent respectée.

Les dates seront données selon le nouveau style.

Pont-Levoy, le 15 Mai 1912.

P. BOUREILLE.

L'ÉGLISE & LE PONT

OBSERVATION

Depuis la rédaction de ce travail, divers documents originaux, consultés par l'auteur aux Archives et à la Bibliothèque Nationales, ont été partiellement ou intégralement publiés.

Le compte du comté de Blois pour l'année 1319 a été édité par M. le Vicomte de Croy, dans les *Mémoires de la Société des Sciences et Lettres de Loir-et-Cher,* tome XV, sous le titre de : *Compte des Recettes et Dépenses du Comté de Blois en l'année 1319.* — Tirage à part : Blois, Migault, 1902, in-8°, 283 pages.

Le manuscrit du baron René de Fougères, *Le Canton de Contres,* a été publié par M. l'abbé Porcher dans la *Revue de Loir-et-Cher,* 18ᵉ et 19ᵉ années. — Voir aussi R. Porcher, *Contres et son Canton.* Blois, 16, Grands Degrés Saint-Louis, 1908, un vol. in-8°, de 550 pages.

Le procès d'annulation du mariage de la bienheureuse Jeanne de France, dite Jeanne de Valois, duchesse d'Orléans, figure maintenant dans les *Procédures politiques du règne de Louis XII,* par M. René de Maulde la Clavière *(Collection des documents inédits sur l'Histoire de France).*

De nombreux extraits du procès de Semblançay ont été consignés par M. Alfred Spont, dans sa thèse de doctorat ès lettres, soutenue en Sorbonne : *Semblançay.* Paris, 1895, in-8°.

Diverses chartes concernant les Montils ont été insérées, en 1907, dans le *Cartulaire de la ville de Blois.*

VUE D'ENSEMBLE

 ES Montils, « débris mutilés d'une vieille habitation royale » (1), sont nommés dans les chartes des xiie et xiiie siècles : *Monticii, villa quæ dicitur Monticii, Castrum de Monticiis.*

Ils ont remplacé l'ancienne Thérouenne, *Tarpenna* (2), « localité gauloise située à quelque distance, vers l'ouest, appelée les *Vieux-Montils* » (3).

Ce nom de Thérouenne s'est conservé, depuis le moyen-âge, dans un petit fief qui renferme le château moderne des Montils. De nombreux titres parlent de *Thérouenne, Thérouane, Terrouenne, Therrouenne,* et plus communément *Terrouenne.*

M. le Baron de Fougères (4) « se permet de penser que le mot latin *Monticii* est une corruption du terme *Mons Isis,* qui veut dire : Le mont d'Isis ». Il prétend que le culte de la grande déesse a été pratiqué dans les Gaules par les Romains et qu'il a existé aux Montils. Pour prouver cette assertion, le savant châtelain se fonde sur deux statuettes d'Isis, avec tous ses attributs, trouvées à Soings, près Contres, dans le champ des sépultures romaines.

La situation topographique explique mieux le nom *des Montils. Monticii* indique un emplacement sur les hauteurs. Les

(1) M. de la Saussaye. *Blois et ses environs.*
(2) M. A. Péan.
(3) M. de la Saussaye. *loc. cit.*
(4) *Étude sur les communes du canton de Contres.* 1840.

Montils s'élèvent en effet au sommet d'une rangée de hautes collines parallèles au Beuvron (1).

Quoi qu'il en soit du culte d'Isis aux Montils, il ne nous semble pas téméraire de penser que les Romains ont occupé cette position.

M. A. de Salies, dans son *Etude sur Foulques Nerra* (2), s'exprime ainsi :

« C'est aujourd'hui pour nous une conviction arrêtée qu'une ancienne voie consulaire partait de Blois, allait aux Montils, pour de là se diriger sur Montrichard, en laissant Pontlevoy à l'est ; sa bifurcation, avec la voie de Bourré, se faisait *aux Montils* » (3).

André Félibien dit des Montils : « Il y a bien de l'apparence que ce lieu étoit fort ancien, puisque les historiens qui ont fait Gélo, cousin de Rollon, premier duc de Normandie, premier comte de Blois, lui donnent les Montils en partage » (4).

C'est le sentiment de l'abbé d'Expilly (5), tandis que Bernier (6) qui écrivait en 1682, est d'un avis contraire.

Ce n'est qu'à partir du xiie siècle que les Montils acquièrent une certaine importance, comme place de guerre, dans les longs démêlés des maisons de Champagne et d'Anjou (7).

Il est souvent fait mention des Montils dans l'histoire des seigneurs d'Amboise et de Chaumont (8). Thibault IV fortifie sa résidence des Montils pour se défendre contre des voisins belliqueux. Il était nécessaire, au milieu des guerres continuelles, de se mettre à l'abri des surprises et des attaques armées.

Les Montils devinrent de la sorte une petite ville fortifiée qui

(1) M. de la Saussaye, *loc. cit.*

(2) Page 156.

(3) « Dans les temps anciens, deux voies consulaires occupaient cette contrée : l'une à l'ouest, c'était la grande voie qui, de Blois, après avoir traversé le Beuvron aux Montils, se dirigeait sur l'Aquitaine par Montrichard ; l'autre à l'est, se détachant aux Montils de la première, passait à Monthou-sur-Bièvre et à Sambin ; mais là elle s'inclinait à l'est, passait entre Pontlevoy et Thenay. Ces traces ne sont pas une hypothèse ; elles peuvent être encore étudiées sur place et leur histoire serait facile à écrire ». Page 170 du même ouvrage.

(4) *Mémoires pour servir à l'histoire des maisons royales et bastimens de France*, publiés en 1874, par M. de Montaiglon, professeur à l'École des Chartes.

(5) *Dictionnaire des Gaules*, t. IV, p. 850.

(6) Bernier, *Histoire de Blois*.

(7) De la Saussaye, *loc. cit.*

(8) Voir les « *Gesta Ambasiensium dominorum* », notamment dans dom Bouquet, *Historiens de France*, t. XII, p. 513, et Marchegay, *Chroniques d'Anjou*, t. I, p. 213.

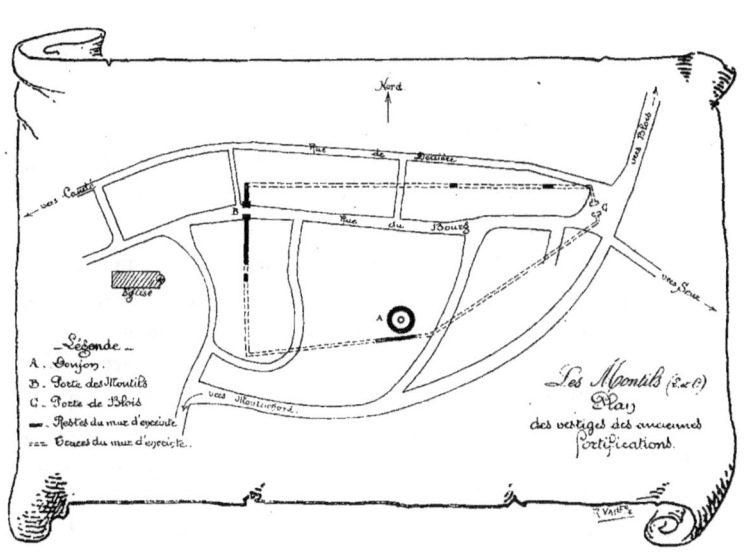

Nord

vers Coste

Rue de Bessées

Rue du Bourg

vers Blois

vers Sloue

Église

vers Montrichard

— Légende —
A. Donjon.
B. Porte des Montils.
C. Porte de Blois.
— Restes du mur d'enceinte.
--- Tracés du mur d'enceinte.

Les Montils (L. et C.)
Plan
des vestiges des anciennes
fortifications.

pouvait tenir longtemps contre l'ennemi, à une époque où l'artillerie n'était point encore connue (1).

Tous les historiens qui ont écrit sur Blois et les environs parlent très avantageusement des Montils. Bernier s'exprime ainsi :

« Le château des Montils étoit un bâtiment tout simple et fort ancien ; mais le paysage d'alentour est si agréable que nos Comtes y ont longtemps séjourné » (2).

« Le château des Montils, dit l'abbé d'Expilly (3), n'étoit pas d'une grande étendue ; mais la situation en étoit fort belle. Il étoit élevé sur le penchant d'une colline qui fait face au midi, au pied de laquelle coule la rivière du Beuvron qui arrose des prairies fort agréables ».

« Les Montils, dit le vicomte Walsh, ne ressemblent plus à une résidence royale ; l'antique petite ville, habituée jadis à héberger, dans son château, d'augustes hôtes, n'est plus qu'un bourg vulgaire, illustré par une grosse tour pittoresquement assise dans sa puissance sur la crête d'un coteau dominant une délicieuse vallée, arrosée par deux rivières (4) qui ont l'air de jouer dans les prairies qu'elles arrosent. Une porte et quelques débris d'épaisses murailles attestent une forteresse » (5).

« Au moyen-âge, la position des Montils au sommet d'une colline (6) et au centre de forêts très vastes, offrant de grandes ressources pour la chasse, convenait admirablement à une demeure seigneuriale. Aussi les comtes de Blois y faisaient-ils de fréquents séjours, comme l'indiquent plusieurs chartes qui en sont datées » (7).

M. de la Saussaye n'a point oublié les Montils dans son ouvrage sur les environs de Blois :

« La situation des Montils leur donne en aspect une riche et verdoyante vallée et tout un horizon de vignobles, de grands bois et de cultures diverses ».

Au xiv⁰ siècle, les Montils étaient une des quatre forteresses

---

(1) De la Saussaye, *loc. cit.*
(2) Bernier, *loc. cit.*
(3) *Loc. cit.*
(4) Le Beuvron et la Bièvre.
(5) Vicomte Walsh, *Yvon le Breton.*
(6) D'après A. Joanne, l'altitude des Montils est de 103 mètres.
(7) Touchard-Lafosse, *La Loire historique.*

qui gardaient le *comté* de Blois ; *elles* supportaient les chances diverses de la guerre. Touchard-Lafosse fixe ainsi la position de chacune d'elles :

> *Les Montils, au sud ;*
> *Chaumont, à l'ouest ;*
> *Montfrault-Chambord, à l'est ;*
> *Bury (peut-être), au nord.*

Le même historien, en résumant ce qu'il avait écrit sur les Montils, s'exprime ainsi :

« Il n'y a plus là qu'une localité rurale, des ruines imposantes et des souvenirs qui sont lettres closes pour une partie de la population » (1).

Des comtes de Blois, les Montils passèrent aux Rois de France, dans la personne de Louis XII, fils de Charles d'Orléans, le dernier des hauts barons blésois. Devenue maison royale, cette place eut longtemps, même après qu'elle fût ruinée, des Commandants au titre de *Capitaine des Montils pour le Roi.*

Montils-les-Tours et Montils-les-Blois

A partir de la seconde moitié du xv⁰ siècle et pendant le xvi⁰, il est souvent fait mention, dans l'histoire, de Montils-les-Tours.

Il était important de savoir si *Montils-les-Tours* et *les Montils* pouvaient et devaient être considérés comme une seule et même localité.

Pour fixer ce point intéressant, nous nous sommes adressé à un savant fort compétent, M. l'abbé Chevalier (2), président de la *Société Archéologique de Touraine* jusqu'en 1879. Voici la lettre que nous avons reçue :

Rome, 15 février 1880.
Villa dell' Arancio, 57.

« Monsieur le Curé,

« Nous avions autrefois, près de Tours, à un ou deux kilomètres,
« un petit manoir du nom des *Montils*, parce qu'il était situé sur une

---

(1) Nous ne pouvons pas accepter ce jugement en présence du très vif intérêt que l'annonce de notre travail excite parmi tous les habitants des Montils.

(2) M. l'abbé Chevalier était alors résident à Rome, comme représentant de la France, près du Sacré-Collège, en qualité de Clerc National et de Secrétaire Consistorial. Il est mort en 1886.

« faible éminence, au milieu de la plaine, non loin des bords du
« Cher. Ce petit castel n'a joué aucun rôle dans notre histoire locale,
« jusqu'au milieu du xvᵉ siècle, parce qu'il n'avait aucune importance
« militaire. Mais comme il était dans une situation fort agréable,
« avec une vue charmante sur les coteaux de la Loire et du Cher,
« Louis XI, vers 1460 ou 1461 (1), l'acheta de Hardouin de Maillé,
« l'entoura de défenses, en fit sa résidence favorite et lui imposa le
« nom de *Plessis-du-Parc* ou *Plessis-les-Tours*. Nos Montils et
« Plessis-les-Tours sont donc une seule et même chose.

« Le château de Plessis-les-Tours fut une résidence de la Cour
« pendant la seconde moitié du xvᵉ siècle et pendant tout le xviᵉ,
« jusqu'en 1589. Louis XI y mourut ; Charles VIII y passa les premiè-
« res années de son règne avec Anne de Bretagne ; Claude de France
« y fut fiancée à François Iᵉʳ.

« Ce n'est donc pas des Montils de Loir-et-Cher que doivent s'en-
« tendre les faits de visites royales ou princières relatées de 1460 à
« 1589, *à moins d'indications absolument précises*, le nom ancien des
« Montils » n'ayant pas, de suite, été aboli par celui du « Plessis » (2).

« Les deux noms d'Anne de Bretagne et de Claude de France
« me semblent donc devoir être rayés de votre liste, mais vous pour-
« rez y maintenir celui de Valentine de Milan que rien ne m'autorise
« à rattacher à Plessis-les-Tours ».

La précision de cette lettre nous engage à en accepter les
conclusions pour l'époque indiquée (1460-1589), avec la réserve
expresse : « à moins d'indications absolument précises ». Nous
aurons plus d'une fois l'occasion d'en faire l'application.

Dans sa géographie de Loir-et-Cher, M. Pinet, Inspecteur
d'Académie, dit, à l'article des Montils, que « Louis XI acheta le
château des Montils en 1463 ». Il est hors de doute qu'il s'agit
ici de la vente de Hardouin de Maillé faite en 1461, d'après
l'abbé Chevalier.

La route d'Espagne passait sur la rive gauche de la Loire,
d'Orléans à Blois, en traversant Cléry, Saint-Laurent-des-Eaux,
Saint-Dyé, « localité maintenant déserte », et, s'enfonçant dans
les terres, gagnait les Montils, Pontlevoy, Montrichard et
Loches (3).

(1) Le 15 février 1464.
(2) Nous verrons, sous Louis XII, des ordonnances royales datées la même année,
tantôt de *Montils-les-Tours*, tantôt de *Montils-les-Blois*.
(3) Touchard-Lafosse, *La Loire historique*.

Au xviiᵉ siècle, la route de Bordeaux passait par les Montils ;
les bœufs du Poitou, conduits à Paris, suivaient cette route.
Les registres paroissiaux des Montils, de l'année 1647, constatent
le décès d'un passant « d'Ussé en Poitou touchant du bestial » (1).

LA « VILLE DES MONTILS »

Ce nom de « Ville », donné aux Montils, paraît bien prétentieux,
si l'on considère l'état actuel de cette localité ; cependant ce titre
se trouve souvent dans les actes publics des siècles passés (2).

D'ailleurs les Montils ont eu toujours une certaine prépon-
dérance sur les environs ; on peut les regarder encore présentement comme un centre qui rapproche Chailles, Seur,
Ouchamps, Sambin, Monthou-sur-Bièvre, Valaire et Candé, à
cause des services publics qui s'y trouvent établis (3) et des
différents corps de métiers, qui ont eu une situation très avantageuse, pendant les trois premiers quarts du siècle qui vient de
finir.

En 1296, Hugues de Châtillon, Comte de Blois, par une charte
sous son scel, veut que les restes de sa table princière soient
distribués aux pauvres de la Maison-Dieu des Montils, « tant
comme nous ou nos hoirs ferons demourance ou résidence *en la
ville des Montils* » (4).

En 1325, Guy de Châtillon, comte de Blois, fait un échange
avec le prieur des Montils. L'acte commence ainsi : « Nos prédécesseurs ayant fondé..... en la *ville* et paroisse des Montils ».

En 1369, dans une fondation faite par Jean La Fontaine, en
faveur de l'Hôtel-Dieu des Montils, il est fait mention d'un
pressoir et d'une maison « au bout de la *ville* des Montils ».

« Le lieu des Montils a esté *ville* fermée, laquelle fut abattue
dès la prinse du Roy Jehan à la bataille de Poitiers pour doubte

(1) Au printemps de 1789, on achevait hâtivement la route de Blois à Amboise et à
Tours par les Montils et Chaumont, pour suppléer à la grande route de Paris à
Bordeaux par la rive droite de la Loire, que venait d'intercepter la chute du pont de
Tours, emporté par les glaces, le 19 janvier. Lesueur et Cauchie, *Cahiers de Doléances
du Bailliage de Blois.* Introduction, p. XXXII.
(2) Nous devons à la vérité de dire que, dans les documents du Moyen-Age, ce nom
de *ville* est assez fréquemment attribué à toute paroisse, si petite soit-elle, et même
quelquefois à un simple hameau. Signalé par M. l'abbé Augis.)
(3) Postes et télégraphe, notaire, percepteur, médecin, pharmacien, sage-femme.
(4) Voir la charte, page 70.

des ennemis du Royaume ; et à l'un des coings de ladite ville est un hault tertre qui a son regard sur la rivière » (1).

La Chambre des Comptes de Blois, gardienne des droits du Comté et qui, par exemple, refuse, en 1566, à Molineuf le titre de Châtellenie (2), mentionne, le 24 novembre 1549, « les anciens fossez de la *ville* des Montils (3) ».

Tous les anciens historiens : Bernier, Fournier, l'abbé d'Expilly, ont considéré les Montils comme un bourg fortifié, une *ville close*, ayant ses remparts, ses murs d'enceinte, tours, portes et pont-levis.

En 1630, Salomon Tillard, dans un acte notarié, est nommé « notaire et tabellion royal au bailliage de Blois, colloqué en la *paroisse royale* des Montils (4) ».

En 1665, l'aumônier de la Maison-Dieu des Montils loue une maison « abutant d'un bout sur les *murailles de la ville* (5) ».

Deux ans plus tard, en 1667, damoiselle Louise de Sainte Père loue « un four construit dans les murailles de la *ville* » (6).

Ce coup d'œil général, cette vue d'ensemble suffiront sans doute, pour attirer l'attention des lecteurs qui s'intéressent aux détails d'une histoire locale.

Voici l'ordre que nous suivrons dans cette monographie :

Notre travail se divisera en trois parties : la première embrassera, paragraphe 1er, sous ce titre général — *Vie religieuse* — tout ce qui se rapporte à l'église, au prieuré, à l'Hôtel-Dieu des Montils.

Dans un deuxième paragraphe, nous nous occuperons de tout ce qui touche à la *vie sociale, civile et communale*, manifestée surtout par la présence, le séjour, les bienfaits des comtes de Blois, des rois et reines de France aux Montils, par les relations des habitants entre eux, par les usages, par tous les faits capables de fixer l'attention de ceux qui ne sont pas insensibles aux souvenirs d'un autre âge.

La seconde partie résumera la période révolutionnaire aux Montils.

(1) Bibl. Nat., Fr. nouv. acq. 9821 ; 352.
(2) Arch. Nat., K K 898, f° 104 r°, c°° du V° de Croy .
(3) Arch. Nat., P 2881, f° 1, v°, c°° du V° de Croy .
(4) Arch. de Loir-et-Cher.
(5) *Ibid.*
(6) *Ibid.*

Enfin la troisième partie jettera un coup d'œil rapide sur l'époque qui s'étend depuis le rétablissement du culte aux Montils, en 1803, jusqu'à nos jours.

PREMIÈRE PARTIE

Moyen-Age — Ancien Régime

LIVRE PREMIER

Vie Religieuse

CHAPITRE PREMIER

L'ÉGLISE

« L'église paroissiale des Montils, dit M. le baron de Fougères, a été sûrement reconstituée sur l'emplacement d'une ancienne qui aura été détruite, soit par le temps, soit par d'autres causes dont on a perdu la mémoire.

« Il ne reste plus rien de l'ancien édifice, si ce n'est, peut-être, les deux colonnes qui supportent l'arcade en pierres, séparant le chœur de la nef. Ces colonnes, engagées dans la maçonnerie, ont des chapiteaux dont la sculpture doit remonter à des temps très reculés » (1).

Le clocher était assez grand pour contenir quatre cloches ; il n'avait plus que sa partie inférieure au-dessus de la toiture.

Dans la démolition de 1873, on a remarqué que beaucoup de pierres avaient été noircies par le feu ; ce qui donnerait à penser que l'église des Montils a eu beaucoup à souffrir, soit de la part des Anglais, soit pendant les guerres de religion, ou bien encore de la foudre ou de quelque incendie.

L'ancienne église n'avait qu'une nef de 100 pieds de long et de 40 pieds de large. Elle était lambrissée. Il n'y avait qu'un autel

---

(1) *Loc. cit.* — Depuis la construction de la nouvelle église, ces chapiteaux, ainsi qu'un vieux bénitier en pierre, sont déposés dans le parc du château moderne des Montils. Les anciens fonts étaient placés sur la terrasse du presbytère. Actuellement, ils se trouvent dans le parc du château moderne.

surmonté d'un rétable qui était couronné d'un bloc de pierre de Bourré, représentant le Père Éternel avec des Anges adorateurs.

Au milieu du chœur, à droite, une arcade donnait entrée dans une chapelle dite de saint Michel ; de cette chapelle on pénétrait dans la sacristie.

Avant d'entrer dans le chœur, de chaque côté, la nef se terminait par un groupe de pierres de Bourré, surmontées à droite d'une statue de la sainte Vierge et à gauche d'une statue de saint Vincent.

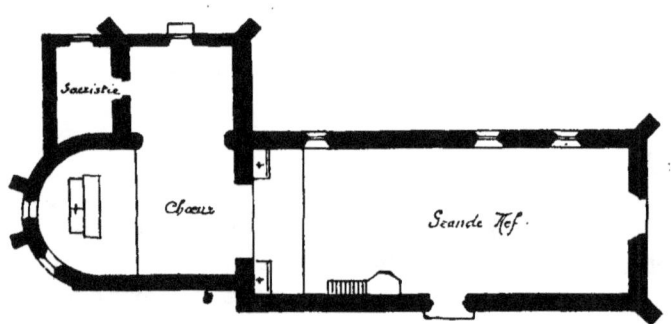

PLAN DE L'ANCIENNE ÉGLISE

Ce qui restait du clocher s'élevait au-dessus du chœur. La nef de l'église n'était éclairée que par trois fenêtres du côté du midi.

Dans la construction de la nouvelle église, on a conservé :

1° La porte latérale nord remarquable par son architecture de l'époque de transition du roman au gothique.

2° La statue de la sainte Vierge, en pierre, d'une très bonne facture (1).

3° La statue, en pierre, de sainte Marie-Madeleine, patronne de la paroisse.

4° La statue, en pierre, de saint André, second patron de l'église des Montils.

5° Un tableau représentant la *Descente de Croix*, d'une grande dimension ; c'est une assez bonne copie.

_____

(1) D'après une opinion populaire, elle viendrait de la chapelle de la Morinière. Malgré nos recherches, nous n'avons rien trouvé qui confirmât cette tradition.

6° Une plaque commémorative de la sépulture d'un capitaine du château des Montils au xv³ siècle ; l'inscription est gravée en lettres gothiques.

Les archives de l'étude du notaire des Montils nous donnent des renseignements très exacts et des détails intéressants sur la vie religieuse de nos ancêtres. C'est à cette source que nous avons puisé tout ce qui se rapporte : aux travaux exécutés dans l'église ; à l'administration des biens de l'église ; aux frais du culte ; aux associations pieuses ; aux manifestations de la foi ; à la vie de la paroisse, pendant le xviiᵉ siècle et jusqu'à la Révolution de 1789 (1).

Dans les actes notariés, se trouvent les comptes de la Fabrique que l'on appelait alors « la Marelle » et surtout « la Grande Boiste ».

Ce travail était rédigé par le notaire ; le marguillier en charge rendait compte de sa gestion soit tous les ans, soit tous les deux ans, quelquefois même tous les quatre ans, en présence du prieur, des autres marguilliers et de quelques notables de la paroisse.

Voici, pour n'en citer qu'un seul, l'énoncé du compte de 1684 :

« Conte tant de recepte que de despense que rend honneste homme, Jean Soreau, marchand sabotier, au nom et comme marguillier de la Grande Boiste de l'église des Montils ».

Ce sont ces comptes qui vont nous fournir la matière des articles suivants.

Article premier

« GRANDE BOISTE DE SAINTE MARIE-MADELEINE DES MONTILS »

Cette administration avait dans ses attributions toutes les affaires générales intéressant la paroisse ·Les membres étaient nommés par l'assemblée des habitants. Le premier marguillier (2) gérait les biens, concluait les marchés, rédigeait et signait les baux des biens et des maisons qui appartenaient à

---

(1) Aux archives de Loir-et-Cher, dans une liasse de titres relatifs à l'église parois-siale des Montils, nous avons trouvé un acte en latin, du 21 décembre 1480, par lequel les deux Procureurs-Marguilliers de la Fabrique afferment différents héritages appar-tenant à cette église.

(2) Voir aux pièces justificatives n° XV les noms des marguilliers depuis 1498.

l'église, encaissait les recettes, examinait les dépenses, défendait en justice les intérêts de la marelle et rendait compte de sa gestion en la manière que nous avons dite.

Pour la rédaction, le travail était divisé en deux parties : d'abord les recettes, puis les dépenses ; mais le comptable ne s'arrêtait point à un ordre quelconque qui permît d'avoir une vue d'ensemble. Nous avons minutieusement distingué chacun des articles et voici le résultat de nos patientes recherches.

§ Ier. — *Des Recettes*

Les recettes s'élevaient, chaque année, en moyenne à la somme de 600 livres ; d'une année à l'autre, il pouvait y avoir un écart de 50 à 60 livres (1).

Recettes ordinaires

Les recettes ordinaires, régulières, se composaient des revenus des biens-fonds appartenant à l'église, des rentes constituées sur l'Etat ou sur des particuliers ou du loyer de quelques maisons dont l'église avait la propriété.

Voici l'état de ces recettes vers 1700 (2) :

NATURE DES BIENS	QUANTITÉ	RAPPORT ANNUEL				
Vignes :	132 boisselées	2 écus	120 liv.	12 sols	6 deniers	
Prés :	62 id.	»	122 id.	8 id.	»	
Terres :						
Plusieurs morceaux	153 id.	»	61 id.	15 id.	» (3)	
Ferme de Villemblay	•	»	94 id.	»	»	
Maisons :	4	»	45 id.	14 sols	»	
Rentes constituées :						
Sur particuliers		»	128 id.	12 id.	»	
Sur le Clergé de France (4)		»	40 id.	»	»	

Total des revenus : 2 écus 613 id. 1 sol 6 deniers

(1) Voir aux pièces justificatives n° XVI le résumé des Recettes et Dépenses générales.
(2) Pour le détail des biens-fonds, voir aux pièces justificatives n° XIV.
(3) A cette somme de 61 livres 15 sols, produit du fermage des terres, situées en plusieurs endroits, il faut ajouter : « 4 septiers *blé*, 4 septiers *avoine* et 9 boisseaux *bon grain*, mesure de Blois ».
(4) Cette constitution avait été faite en 1776, « au profit de l'œuvre de la Fabrique des Montils », moyennant la somme de mille francs « payée par l'œuvre et Fabrique » provenant de la vente d'un arpent de pré, appartenant à la Fabrique.
Le 5 mai 1792, la municipalité des Montils écrivait au District de Blois pour le prier de lui faire remettre deux années de cette rente.

Recettes diverses

Sous ce titre, nous comprenons ce que la Grande Boiste recueillait de l'ouverture des fosses, de l'herbe et des arbres du cimetière, des bancs, des quêtes et bougies, du pain bénit, des Pardons de Pâques.

1° *Fosses*

Dans le compte de 1667, un article de recette porte : « Pour les indemnités des corps inhumés, 15 livres ».

Pour chaque ouverture de fosse, il était ordinairement alloué à la Grande Boiste 3 livres (compte de 1685).

2° *Noyers*

Pour les noyers du cimetière, il était reçu :

19 sols en 1667 ;

3 livres 8 sols pour les années 1684 et 1685 ;

4   id.   »   »   1686 et 1687.

3° *Herbes*

L'herbe du cimetière rapporte :

19 sols pour les années 1664 et 1665 ;

13 »   »   »   1684 et 1685 ;

17 »   »   »   1686 et 1687 ;

57 »   »   »   1692 et 1693.

4° *Bancs dans l'église*

Dans les comptes que nous avons examinés, nous n'avons point trouvé de recettes régulières pour les places de l'église. Sur ce point, voici les seuls renseignements donnés :

Dans le compte de 1667, il est dit : « De la Dame Drouineau, pour un banc, 3 livres 10 sols ». En 1672, il est fait mention du paiement de deux bancs.

Le compte de 1690 porte : « pour deux années du banc du notaire, 20 sols ».

En 1696, le compte donne un peu plus de détails ; le marguillier reconnaît avoir reçu :

Du sieur Foucher, pour la place de son banc.	3 livres 10 sols.
Pour la place du banc du notaire, pour 4 ans.	» 40 id.
Pour la place d'une *bancelle*..............	» 20 id.
— — du banc de l'Hermitage......	» 40 id.
— — d'une *selle*.................	» 20 id.

En 1708, Messire Louis Chaubert, huissier royal aux Montils, et Louise Villiers, son épouse, « pour fonder un banc dans la nef de l'église, » font don d'une boisselée et demie de vigne, aux Fontenelles, « à la Boiste de Notre Dame ».

En 1753, Jacques Gitton, principal marguillier en charge « de la Grande Boeste » et Louis Pinon, marguillier en charge « de la Boeste des Trespassés », du consentement du prieur, concèdent à perpétuité à Jacques-Clair Garnier, sergent royal aux Montils, la jouissance d'un banc dans l'église pour 20 livres de deniers d'*entrée* et 20 sols de rente annuelle, foncière et perpétuelle, sur une maison appelée l'*Ecu*, située vis-à-vis l'Hôpital et Chapelle Saint-Jean.

En 1771, André Lesourd, marchand, achète un banc « *fermé*, à 3 places » pour 3 liv. d'entrée et 20 sols de rente.

5° *Quêtes et Bougies*

Les quêtes ne devaient pas être en grande faveur ni produire une recette bien considérable, si l'on en juge par une plainte du marguillier de 1672 : « Ledit comptable dit qu'il y a si peu « de charité entre les paroissiens qu'il étoit allé diverses fois.à « la queste pendant les grandes messes et qu'à chacune d'elles, « il n'a pas trouvé plus de deux, trois, quatre, cinq ou six « deniers, sauf les jours de Pasques et festes solennelles. Il « ne croit pas avoir reçu plus de cent sols, en deux années. « Néanmoins, pour la descharge de sa conscience, il fait recepte « de 7 livres, autant que questes et bougies ».

Dans les comptes que nous avons eus sous les yeux, les bougies ne forment qu'un seul article avec les quêtes.

En 1664, il est inscrit en recettes : « pour questes et bougies pendant un an : 19 livres 3 sols ».

Le compte de 1668 nous donne des détails intéressants sur la vente des bougies et cierges au profit de la marelle : '

« Reçu le jour de saint André, pour vente de bougies : 23 sols.

« Le jour de la Chandeleur, pour vente de cierges : 25 sols.

« Pour les bougies et pardons des Festes de Pasques : 3 liv. 16 sols:

« Le jour de saint Blaise, vente de bougies : 4 sols.

« A la procession de Candé et de Valaire pour bougies : 13 sols.

« A la procession de saint François de Blois, à celles de saint Urbain et des Rogations, des chandelles pour 42 sols.

« A la procession de saint Pierre d'Ouchamps, des chandelles pour
26 sols 8 deniers.

« A la procession le jour de saint Laurent, des bougies : 13 sols.

« A la procession le jour de saint Marc, des chandelles : 8 sols ».

En 1692, le marguillier reçoit 3 livres « pour questes et
bougies » et en 1696, 5 livres 10 sols « pour questes et chandelles ».

6° Pain bénit

En 1664, le marguillier reçoit 3 livres pour le pain bénit « qui
ne fut fourni au jour de la Madeleine ».

7° Pardon de Pâques (1)

Le compte de 1667 inscrit 32 sols « pour les pardons de Pasques » et celui de 1668, 3 livres 16 sols « pour les bougies et
pardons des festes de Pasques ».

§ II. — Des Dépenses

TRAVAUX EXÉCUTÉS A L'ÉGLISE

Nous ne mentionnerons ici que les principaux travaux qui ont
été exécutés : maçonnerie, menuiserie, couverture et charpente.

1666. « Travaux qu'il convient faire pour la couverture sur
l'église et clocher des Montils ». Le devis s'élevait à la somme
de 80 livres.

1667. « Payé 85 livres pour le marchepied et devant du grand
autel, les deux portes des sacristies et deux confessionnaux ».

1668. Jehan Garnier, « menuisier », s'engage à faire « une chaire
à prescher, à six pans, de hauteur convenable et comme il plaira
au sieur prieur, dans laquelle il y aura un siège et un degré
pour monter en icelle et pour mettre icelle dans le lieu convenable »..

« Plus faire une paire d'armoires à six tables pour mettre les
chasubles et autres ornemens, laquelle sera de hauteur de
3 pieds et demi de large, propre à mettre les chasubles sans les
plier », pour la somme de 60 livres.

1672. Le marguillier fait niveler la place de l'église « comme

(1) Le mot pardon avait alors le sens d'indulgence.

étant inégale, dont les habitans souffroient de l'incommodité ».

1674. Pour la *hune* « faite à la grosse cloche », 11 livres.

1678. Julien Girault, couvreur, et Adrien Poitevin, charpentier, entreprennent de fournir et poser « de bois neuf une pièce de 12 pouces d'équarrissage de tout sens, dans le clocher de l'église des Montils, de longueur convenable pour porter les *deux cloches ;* plus deux autres pièces de 9 pouces, aussi de largeur convenable pour porter les deux autres bouts des cloches », *pour la somme de 30 livres.*

1687. « *Devis des réparations et couverture qu'il convient de faire à l'église des Montils :*

1° Relatter à neuf toute la couverture de la nef et la couverture d'ardoises partout ;

2° Relatter et recouvrir à neuf la chapelle de Saint-Michel ;

3° Sur le rond-point, relatter et recouvrir à neuf ;

4° Relatter et recouvrir à neuf certaines parties du clocher ».

L'adjudication s'est faite au rabais ; quatre couvreurs de Blois avaient soumissionné ; Hubert Nobiliau fut chargé des travaux pour la somme de 283 livres.

1688. « Sept milliers de *carreaux* pour l'église », 45 livres 10 sols.

« Pour avoir *recarrelé* à neuf et *reblanchi* l'église », 71 livres.

« Trois journées de maçon au *pinacle* de l'église », 3 livres.

« A Ragois, « serrusier », pour avoir *descendu* et *remonté* une des cloches », 6 livres.

« Pour réparation à l'église », 303 livres.

1689. Silvain Pipaud, maçon à Ouchamps, entreprend de « relever tous les carreaux, *pierres* et *tombes* de pierres qui sont tant dans le chœur que dans la nef et dans la chapelle d'icelle église, pour la recarreler entièrement à neuf », pour 60 livres.

1693. Différents travaux pour 40 livres : « chevrons, *repiquer* la couverture du clocher, de la nef, du chœur et mettre des ardoises, randuire les pans du clocher ».

1696. « Au sieur Dangois, *sculpteur*, pour 2 figures d'anges qu'il a faites pour le maistre-autel ».

« Pour un *confessionnal* et autres ouvrages », 30 livres.

« Pour reparation faite par un charpentier sur la chapelle de Saint-Michel », 27 livres.

« Pour la réparation sur le clocher », 41 livres.

« Pour la peinture du *tableau de Saint-Sébastien* et autres ouvrages », 47 livres.

« Pour les *balustres,* autour des fonts », 17 livres.

1696. Le marguillier de la Grande Boiste reçoit 72 livres « en *louis d'or* et *d'argent* et monnoie ayant cours, pour le rachat, acquis et amortissement de la somme de 3 livres 12 sols de rente, vendue et constituée au profit de la Grande Boiste ».

1766. Les habitants étant assemblés, il leur est représenté « que sur les deux cloches des Montils, l'une est cassée depuis environ quatre ans et hors d'état de sonner ; au moyen de quoi il n'y en a qu'une qui sonne actuellement et qui se trouve cassée depuis quelque temps ; en conséquence qu'il étoit nécessaire de faire refondre la plus ancienne cassée ».

L'assemblée a accepté unanimement ; alors s'est présenté Simon Michel, marchand fondeur de cloches à Sauleure-les-Charmois, province de Lorraine, qui s'engage à descendre la dite cloche de la tour des Montils, de la refondre et mettre d'accord à l'autre et rendre du poids de 308 livres, telles qu'on les a trouvées pesées, à raison de 28 sols la livre. »

1788. Quittance des travaux exécutés en 1788 :

148 livres pour vente et livraison de carreaux blancs et noirs « qui ont servi à carreler la dite église ».

78 livres 4 sols « pour ouvrages et fourniture de pierres ».

34 livres 4 sols au sieur Godard, prieur des Montils, « auquel étoit due plus grosse somme pour prix de chaux, sable et autres matériaux qu'il avoit avancés ».

1792. Au district de Blois, Beaudoin, menuisier en cette ville, entreprend pour la somme de 1.680 francs des travaux à l'église des Montils, consistant « à *lambrisser* notre église, à faire un nombre de bancs ».

Le travail étant mal exécuté et non terminé à l'époque fixée, la municipalité des Montils poursuit l'entrepreneur.

§ III. — *Personnel*

1° Le Prieur

Le prieur reçoit « pour messes de fondations » pendant 2 ans, 46 livres en 1688 et 48 livres en 1690.

Il est inscrit, en 1690, au compte : « à M. le prieur, 25 sols pour cierges fournis au jour de *Feste à Dieu* ».

2° LE VICAIRE

Le compte de 1684-1685 donne le détail de tout ce qui a été acheté pour mettre le vicaire en état d'avoir un logement particulier et de vivre chez lui. La dépense totale de son installation s'élevait à la somme de 82 livres 12 sols. Il nous a paru intéressant d'indiquer ici la liste des objets achetés pour constituer le mobilier du Vicariat.

« Pour meubles à M. le Vicaire :

Un tour de lit, une couverture, un lit, une paillasse, un coffre..........	40 liv.	
Pour vaisselle.	»	118 sols.
Deux draps de toile..........	7 liv.	10 —
Deux nappes..........	»	50 —
Quatre serviettes..........	»	40 —
Une met..........	3 liv.	10 —
Un chandelier, une grille..........	»	23 —
Un charlet..........	8 liv.	
Un chaudron, une poille, un réchaut..........	4 —	10 —
Droguet pour un rideau de lit..........	»	28 —
4 chaises empaillées..........	»	24 —
9 aunes de toile, tour de lit..........	3 liv.	15 —
Une table et une marmite..........	»	51 —»

En 1688, le marguillier donne 20 livres « pour le loyer de la maison de M. le vicaire ».

En 1690, le vicaire est chargé de fournir le pain et le vin pour les messes ; il reçoit 18 livres pour 2 ans. Ce service des oblations fait par le vicaire ne dura pas longtemps, car en 1692 une assemblée des habitants refuse d'admettre cette dépense. De là surgit une difficulté entre le prieur et les paroissiens ; nous en racontons plus loin les principaux incidents.

En 1696, le marguillier compte en dépenses 25 livres « pour messes et services de fondations que le sieur vicaire a acquittés pendant plus d'un an et demi que le prieuré a été vacant ».

En 1700, il est alloué 56 livres 5 sols à M. le vicaire « pour ses *gages* que lui paye l'église ». Il recevait 75 livres par an.

3° Le Sonneur

Vers 1660, Clément Laudinet, sonneur, recevait 9 livres.

Dans le compte de 1684, il est dit : « au sonneur Morisseau pour la sonnerie, 6 livres ».

« A Morisseau, sonneur, 20 sols qui lui étoient dus ». Morisseau était encore en fonctions en 1688.

4° Le Porteur d'Eschelette (clochette)

Le porteur de clochette était requis pour les processions, très fréquentes à cette époque ; ses fonctions n'étaient pas largement rétribuées, comme il est facile de le voir. En 1666, il est inscrit 3 sols « pour les porteurs d'eschelette » à la procession des Rogations, et 3 sols pour celle de Valaire. Le jour de Saint-Gilles ils recevaient 1 sol. Dans le compte de 1608, il est marqué 26 sols « aux porteurs d'eschelette, pour toutes les processions » ; en 1684 « le porteur de clochette et de *charbon* » reçoit 5 sols pour 3 fois.

5° Le Marguillier

Dans les comptes que nous avons examinés, il n'est question d'aucun autre fonctionnaire ; ce qui laisserait supposer que les autres serviteurs de l'église n'étaient pas rétribués ; cependant le marguillier en charge, en 1672, demande « qu'il lui soit alloué 25 livres pour sa gestion des affaires de l'église ».

En 1678, on lui donne 50 sols « pour un jour qu'il est allé à Blois pour quérir les ornemens ».

Le compte de 1692 porte en dépenses : « pour les journées et dépenses du Contable *d'estre allé à Orléans*, porter l'argent pour la taxe des biens de l'église », 10 livres.

§ IV. — *Frais du Culte*

1° *Achat d'ornements, argenterie, livres, ustensiles*

Au compte de 1670 : il est porté pour les burettes : « pour changer les *chopinets* de l'église », 9 sols.

La même année, le *Tabernacle* ayant été acheté à Blois, « quatre hommes sont payés pour l'apporter de Blois aux Montils ».

Compte de 1672 : A un orfèvre de Blois, 105 livres « pour un *soleil* et un *calice* d'argent ».

Payé six sols « pour *2 pots de faience* qui servent à mettre des fleurs sur l'autel ».

Compte de 1678 : A Drouineau, orfèvre à Blois, 87 livres « pour une *croix* d'argent ».

Payé 251 livres 12 sols « pour les *aubes, chasubles, chapes* et autres ornemens fournis aux Montils ».

Compte de 1668 : « Pour l'échange d'une *croix* et d'une *lampe* en cuivre », 17 livres 15 sols.

« Pour un *Missel* », 11 livres.

Compte de 1696 : « Pour deux *ceintures*, une *boiste* et un *crucifix* », 4 livres.

Au tailleur, 15 sols « pour avoir raccommodé la *chasuble noire* ».

Compte de 1700 : « Achat d'une bannière » :

La bannière elle-même..................	71 liv.	
Les 2 pommes........................	3 —	10 sols.
Les figures.........	45 —	
Les 2 bâtons........................	3 —	

122 liv. 10 sols.

2° *Lingerie, blanchissage, nettoyage*

Compte de 1667 : « Pour deux lessives pour blanchir le linge de l'église à Pâques et à la Toussaint », 30 sols.

« Pour une aune de toile blanche pour des *purificatoires* », 30 sols ; « pour les faire », 5 sols.

« Pour une lessive pour le jour de la Madeleine », 15 sols.

Compte de 1674 : « Pour avoir fourbi la lampe et les chandelliers », 17 sols.

Compte de 1685 : « Pour raccommodage du linge de l'église, fourniture de fil », 10 livres.

Compte de 1688 : « Pour blanchissage du linge et pour fourbissage de la lampe et des chandeliers pendant deux ans », 8 livres.

3° *Luminaire, lampe*

Compte de 1627 : « Pour les cierges et luminaire du jour de Sainte-Madeleine », 5 liv. 10 sols.

« 1 livre de chandelles *pour dire les Matines* », 7 sols.

« Pour le luminaire du jour de Pàques », 3 liv.

« Pour les *cierges de Noël* et *Ténèbres* de Pàques », 7 livres 11 sols.

Compte de 1668 : « A la Common, *une pinte d'huile de noix* pour la lampe », 13 sols.

VUE DE L'ANCIENNE ÉGLISE

Payé à Labbé, *ciergier* et *chandellier,* « pour avoir, pendant 2 ans, fourni ladite église de cierges, bougies, huile et coton », 87 livres.

Compte de 1685 : à M. Labbé, chandellier, « pour les cierges de l'église », 40 liv. 8 sols.

« Pour les bougies, chez Fillion », 24 sols.

« Pour de la chandelle, pour *la nuit de Noël* », 4 sols.

4° Processions

Le marguillier de la Grande Boiste était chargé de payer les dépenses que le clergé faisait dans les processions.

Le compte de 1672 porte : « Dépenses faites aux processions pour le *dîner* des prêtres, porte-croix, bannières, clochette ».

Au compte de 1700, il est inscrit : « Pour les *dépenses de bouche,* faites aux processions », 18 liv.

Au XVII° siècle, la dévotion populaire se manifestait par des processions fréquentes et quelquefois dans des localités assez éloignées, comme on peut s'en convaincre par les détails qui vont suivre :

Processions faites par les habitants des Montils à :

Paroisses	Objet, Époque	Années	Dépenses
Ouchamps	Rogations	1627	17 sols
—	St-Pierre	1665	26 —
—	—	1684	45 —
—	—	1685	11 —
—	—	1688	10 —
—	Mardi de Pàques	1666	30 —
Candé	« Pentecouste »	1627	30 —
—	St-Blaise	1665	4 — 6 deniers.
—	St-Bienheuré	1667	21 —
—	—	1668	
Blois	« Ste-Anne, à Vienne »	1627	21 —
—	« Mercredi des Rogations, à Vienne »	1666	39 —
—	St-François	1668	3 liv.
—	« En l'église des Pères Jésuites, le jour de St-François de Borgia »	1672	40 —
—	« Pour celle faite à Blois »	1695	
Chitenay	« Assomption de Nostre-Dame »	1627	24 —
—	Lundi de Pàques		23 —
—	—	1664	30 —
—	« Procession de dévotion »	1678	13 —
Chailles	St-Blaise « par le sieur Vicaire qui mena la procession »	1664	35 —
Valaire	Féries de Pàques	1665	3 liv. 35 — 6 deniers.
—	St-Marc	1667	22 —
—	—	1668	« Bougies 13 sols »
—	—	1684	36 sols
—	—	1685	57 —
—	—	1688	10 —
St-Bohaire	« St-Bouère »	1667	52 — 8 deniers.

Paroisses	Objet, Époque	Années	Dépenses
Sambin	« St-Orbain »		30 sols.
—	—	1684	3 liv. 3 —
—	—	1686	12 —
—	—	1688	20 —
Monthou	St-Gilles	1665-1666	
Les Montils	Rogations	1668	3 liv. « Dépenses faites par les sieurs Prieur, Vicaire, Marguillers, chez Cinet cabarettier ».
—	Rogations	1669	9 liv. 20 sols 8 deniers.
—	—	1684	32 —
—	—	1685	3 liv. 18 —
—	St-Barnabé « dite d'a-lentour les biens » le lundi de la Pentecôte	1664	50 —
—	—	1684	37 — 6 deniers.
—	Pour toutes les proces-sions	1690-1691	18 liv.
—	Pour toutes les proces-sions	1692-1695	19 — 3 —
Cellettes	St-Eutrope, à Montrion	1672	27 —
—	St-Mondry		
—	—	1684	21 —

5° *Saintes Huiles*

Dans le compte de 1684, il est dit : « Pour les saintes Huiles, 15 sols » — « Pour la sainte Huile, 5 sols ».

Le marguillier payait ceux qui allaient chercher les saintes Huiles. En 1674, M. le vicaire reçoit 8 sols « pour aller quérir les Saintes Huiles » et en 1692, il donne 10 sols « à celui qui est allé quérir les Saintes Huiles ».

6° *Pain et Vin pour les Messes*

En 1672, il est payé 30 sols à Georges Hécard « pour avoir fourni *de vin* à l'église pour la communion de Pâques, pour la célébration de la messe ».

En 1684, M. le vicaire reçoit cent sols « pour le pain et le vin ».

En 1692, une assemblée d'habitants décide que la paroisse ne paiera plus la fourniture du pain et du vin ; voilà pourquoi, sans doute, on voit figurer au compte de 1696 : « de la farine pour *faire du pain* pour l'église », 4 sols.

Cependant en 1700, le marguillier donne 16 livres « *au sonneur de Vienne* pour du pain pour les messes et pour les communians ».

7° *Pain et Vin pour les Communiants*

En 1637, il est porté au compte 26 sols « pour le pain et vin pour la communion du jour de Pasques ».

En 1668, le marguillier donne 3 sols « pour *un fer* à couper du petit pain pour la communion » et 4 sols « pour un pain bénit pour les communians, au jour de Pasques » et 6 sols « au boullanger pour un pain bénit le jour de Pasques 1669 ».

Au compte de 1677, il est porté 10 sols « pour *5 pintes de vin* pour les communians », en 1685, 17 *sols* « pour pain et vin du jour de Pasques pour les communians ».

§ V. — *Dépenses diverses*

1° *Taxes des Biens de l'église*

La Grande Boiste était chargée de certaines dépenses dont le détail suit :

En 1674, le marguillier donne 10 livres au sieur de l'Orsandière, receveur des francs-fiefs, « pour la taxe de la Marelle ».

En 1692, il est inscrit dans le compte des dépenses : « plus à Orléans pour la taxe sur les biens de l'église 10 livres, 12 sols, 6 deniers ».

En 1696, il est payé 25 liv. 8 sols « pour le restant de la taxe du droit d'amortissement des biens de l'église » et 45 sols pour l'enregistrement de la déclaration de tous les biens de l'église ».

2° *Collecteurs*

L'assemblée des habitants nommait chaque année deux notables pour être *collecteurs*, c'est-à-dire pour être chargés d'asseoir l'assiette des impôts et de fixer « la taille » dans la paroisse. Les frais de cette nomination étaient payés par la Grande Boiste. En 1684, il est inscrit 102 sols pour « la nomination des collecteurs » et en 1685, 2 sols 6 deniers pour le même objet.

3° *Visite de l'archidiacre*

La marelle avait aussi à sa charge les frais de la visite de l'archidiacre.

Le compte de 1627 porte : « Au sieur official pour sa visite 7 sols ».

En 1692 : « Droit de visite de l'official, 30 sols. »

En 1684 : « De plus le 16 octobre pour la visite de l'archédiaque ».

En 1667 : « Au greffier de M. l'archidiacre, 30 sols ».

En 1690 : « Au sieur official, au cours de sa visite, 30 sols ».

4° Honoraires du Notaire

Dans le compte de 1685, il est dit : « pour les contes de la marelle, à M. du Prasteau, 3 livres. — Pour le testament de la Bertin et celui de Moreau, 3 livres. — Au notaire pour minute et copie de l'inventaire des meubles de M. le vicaire, 3 livres ». En 1700 : « Pour différens actes au notaire, 23 livres 5 sols ».

5° Dépenses de Cabaret

En 1685, il est spécifié : « Dépense faite chez M. Cinet, le jour de l'inventaire, 11 sols ». En 1696 : « Pour la despense faite chez 2 cabarettiers, pour le soldat de milice, du consentement des habitans, 5 livres ».

Confréries

A côté de l'administration générale de la « Grande Boiste », vivaient quelques autres associations libres et indépendantes, avec leurs agents particuliers et leurs biens propres. Telles étaient : « La Boiste de Nostre-Dame, la Boiste des Trespassés, la Boiste de Saint-Sébastien ».

Article deuxième

BOISTE DE NOSTRE-DAME OU CONFRÉRIE DU SAINT ROSAIRE

Cette association pieuse fut établie aux Montils en 1646. Nous avons trouvé aux Archives de Loir-et-Cher la copie de l'acte qui fut dressé le jour de l'érection de la confrérie, avec cette mention écrite en marge :

« C'est le contrat de l'institution du Rozaire en l'Église des Montils ».

La Confrérie du Saint Rosaire fut établie le dimanche

14 février 1646 par le Révérend Père Jullien Joubert, Docteur en Théologie, Prieur des Frères-Prêcheurs de Blois, en présence du prieur, du vicaire, des magistrats et des habitants des Montils.

On décide qu'il y aura une chapelle dans l'église des Montils pour le service de Notre-Dame. Dans cette chapelle, on placera un beau tableau qui représentera l'image de la sainte Vierge, donnant le chapelet à saint Dominique.

Les Frères-Prêcheurs auront seuls l'administration des revenus, émoluments, meubles et immeubles de la confrérie, tant qu'ils auront une maison ou chapelle aux Montils.

La fête et le service de Notre-Dame se feront le 1er dimanche d'octobre, ainsi que le 4 août, jour de la fête de saint Dominique.

Tous les premiers dimanches du mois, aux fêtes et mystères du Rosaire, on chantera une Messe solennelle à l'autel de la confrérie ; après les Vêpres, on chantera le *Salve Regina* qui sera suivi de la procession.

Il y aura un *livre blanc* pour y écrire les noms de tous les confrères, sous la direction d'un recteur ou surintendant.

Tout religieux dominicain, de passage aux Montils, recevra une hospitalité convenable, fera la prédication et présidera les offices du jour, à l'autel de Notre-Dame.

Chaque année, le recteur devra porter le livre de la confrérie au supérieur des Frères-Prêcheurs du couvent le plus proche.

Ce livre contiendra le récit des miracles et autres choses dignes de mémoire qui pourront arriver par l'intercession de la sainte Vierge.

On récitera le chapelet à haute voix, à genoux, tous les dimanches de l'année et fêtes de Notre Dame.

On célébrera quatre fois l'année les anniversaires des confrères défunts.

Chaque confrère récitera, à leur intention, le chapelet et fera dire une messe à l'autel du Rosaire, s'il en a le moyen.

On priera souvent pour le repos de l'Eglise, pour la paix des princes chrétiens, pour la personne sacrée du roi et pour l'ordre des Frères-Prêcheurs.

La minute est signée : Labbé (Prieur), Saint-Fère, Drouineau, Barbellion, Vincent, Lambert Citoye, Du Laurent, Ribou,

Germain, Simon Moreau, Regnard Gardoil et Chahaigne, notaire (1).

La confrérie du Rosaire ne tarda pas à être dotée ; des fondations furent faites ; il y eut aussi des donations.

En 1660, le marguillier « de la Boiste de Nostre-Dame » afferme un demi-arpent de vignes pour 15 livres 10 sols.

En 1684, Jacques Jacquelin, vigneron, « marguiller de la Boiste du Rozaire », afferme trois quarts de boisselée de vigne et une boisselée et demie de terre, pour 30 sols par an.

L'année suivante, François Choquin, vigneron, donne par testament « à la confrérie du Rozaire, establie en l'église des Montils », trois boisselées de terres labourables, « à la charge pour le fabricien de ladite Boiste de faire dire une messe basse, chaque année, le 20 avril, devant l'autel du Rozaire ».

En 1708, Messire Louis Chaubert, huissier royal aux Montils et Louise Villiers, son épouse, « pour fonder un banc dans la nef de l'église », font don d'une boisselée et demie de vigne « à la Boiste de Nostre-Dame ».

En 1710, Jean Tournier, marchand boucher, « marguiller de la Grande Boiste de Nostre-Dame » afferme 4 boisselées de terre, 4 livres ; et, en 1711, a lieu le fermage de 10 boisselées de prés pour 19 livres 15 sols.

La clause qui exigeait qu'une messe fût dite pour les confrères défunts était observée ; car en 1672, dans un compte présenté par le vicaire, il est dit : « une messe basse dite pour les confrères défunts du saint Rozaire ».

La « Boiste » de Notre-Dame avait son autel spécial, conformément à l'acte d'érection. En 1665, on enterre la femme du chirurgien Jacquelin, Anne Citoye, « devant l'autel de Nostre-Dame ».

En 1703, une messe est fondée « à l'autel de Nostre-Dame ». — En 1706, inhumation « proche l'autel de la sainte Vierge » de damoiselle Elisabeth de Bonnière, fille du Seigneur d'Argouze.

(1) Pièces justific. n° XVII.

Article troisième

BOISTE DES TRÉPASSÉS

Nos pères n'oubliaient point leurs défunts ; guidés par la foi, ils avaient constitué une administration particulière afin de pourvoir aux besoins spirituels de ceux qui n'étaient plus : c'était « la Boiste des Trespassés ».

En 1672, Jean Mauguin donne « à la Boiste des Trespassés » 2 boisselées de vigne « à la charge de deux messes par an ».

Dans une note de dépenses de 1683, il est écrit : « plus pour la Boiste des Trespassés en l'église des Montils », 12 livres.

En 1684, « le marguiller de la Boiste des Trespassés » afferme un demi-arpent de pré et une boisselée de vigne ; — en 1693, six boisselées de pré.

En 1695, un arpent de terres est donné, par testament, par damoiselle Marguerite Jacquelin.

En 1715, Madame Marguerite Tubert, veuve de messire Cosme Louet, Seigneur de Terrouenne, donne « à la Boiste des Trespassés » un arpent de pré, situé dans la paroisse de Candé.

En 1738, le marguillier afferme 4 boisselées de vignes pour 6 livres par an.

En 1750, Louis Pinon, « marguiller de la dite Boiste », reçoit 232 livres de la veuve de Jean Buisson, pour le reliquat du compte, par elle présen'é, de la recette et dépense qui avait été faite par le dit Buisson, pendant les 3 années de son administration.

Le pré de Candé, qui avait été donné en 1715, par Madame Louet, dépendait du censif de la seigneurie de Candé. Voilà pourquoi en 1772 le marguillier de la Boiste des Trépassés, Jean Ledet, est assigné par messire Maussion de Candé, à remettre entre ses mains le dit arpent de pré.

Une assemblée des habitants des Montils décide que le pré sera vendu, « pour ne pas aller contre la coutume du Comté et Bailliage de Blois, qui veut formellement que *les gens d'église, communautés, confréries et autres qui seront réputés gens de main-morte* ne peuvent acquérir d'héritages, tenus en fief ou censive, sans le congé, permission et licence des Seigneurs féodaux ou censuels. »

Article quatrième

BOISTE DE SAINT-SÉBASTIEN

La confrérie de Saint-Sébastien avait pour objet principal d'implorer la clémence divine dans les fléaux publics.

En 1691, le marguillier de la Boiste de Saint-Sébastien est appelé à juger un différend survenu à Monthou entre un habitant de cette paroisse et les répartiteurs de la taille.

En 1642, il est parlé, dans un compte, de la Boiste de « Monsieur Saint-Sébastien ».

Cette confrérie possédait un autel dans l'église des Montils. Au compte de 1668, figure une dépense de 20 sols, « pour une fenestre devant l'autel de Saint-Sébastien » et en 1696 il est fait des réparations « au tableau de Saint-Sébastien » pour 40 livres.

Quant aux revenus de cette administration, nous n'avons trouvé qu'un bail d'un quartier de vignes aux Fontenelles, affermé 4 livres en 1670, et d'un autre quartier, au clos des Cormes, affermé 6 livres 10 sols en 1696.

Article cinquième

FONDATIONS PIEUSES

En 1369, dans un acte du Chapitre général de l'abbaye de Bourgmoyen, il est fait mention de la fondation que font à perpétuité le sieur Jean La Fontaine et sa femme, des Montils, de « *trois anniversaires* » en l'abbaye de Bourgmoyen et d'une *messe matutinale, tous les lundis*, en l'église des Montils ».

Pourquoi ils donnent « 16 septiers seigle, 7 orge, 7 avoine de rente annuelle ».

« Item, un pressoir et maison au bout de la ville des Montils ».

« Item, un droit de pêche générale de *toutes les eaux des Montils* ».

« Item, droit de bateaux sur les mêmes eaux ».

« Item, la troisième partie d'une métairie assise au lieu de Chenevière, paroisse d'Ouchamps, avec la troisième partie de 40 arpents de terres et un arpent et demi de vignes (1). »

En 1670, Marie Ragois donne une boisselée de vigne à la

(1) Arch. de Loir-et-Cher, fonds de Bourgmoyen.

fabrique des Montils, « à la charge de faire dire des services annuellement, à proportion du prix de la dite vigne (1) ».

En 1674, Antoine Millet donne trois boisselées de vigne à la Grande Boiste des Montils, « à la charge que les fabriciens et les marguilliers de ladite Boiste feront faire et dire pour le repos de son âme, chascun an, pour 6 francs de services ».

En 1679, Jeanne Fouquet donne un demi quartier de pré à la Grande Boiste de l'église des Montils « à la charge qu'il sera dit, chascun an, à toujours mais, *une grande messe de Requiem*, qui sera enregistrée au martyrologe de ladite église ».

La même année, Louise de Sainte-Fère lègue « à la marelle des Montils » 10 livres, « à la charge de faire dire chascun an, à toujours mais, *un salut* devant l'autel de la Vierge ».

Article sixième

CÉRÉMONIES RELIGIEUSES

Nous ne parlerons pas ici des processions ; ce que nous en avons dit plus haut suffira pour donner une idée « de ces dévotions locales qui avaient pour but d'honorer les saints Patrons des églises environnantes, lesquelles, de leur côté, venaient rendre hommage à la Magdeleine des Montils, par de semblables cérémonies ; c'était, entre paroisses voisines, un échange continuel, une réciprocité obligée de pèlerinages, de vœux, de prières et de manifestations édifiantes (2) ».

§ I. — *Bénédictions de cloches*

1639, 4 septembre. « Baptème de la grosse cloche de l'église paroissiale de Sainte-Marie-Madeleine des Montils ». Le parrain fut Louis de Moulins, écuyer, sieur de Villelouet, Terrouenne et les Bordes. La marraine, Marie Baril, dame de la Cartinière, aux Vieux-Montils (3).

1642, 21 décembre. Bénédiction « de la petite cloche des Montils, appelée Loyse ». Elle eut pour parrain Messire Louis de Regnard, chevalier, seigneur de Rilly, la Garenne et autres lieux,

(1) Etude du Notaire des Montils.
(2) A. Dupré, *Renseignements historiques sur les Montils*.
(3) Registres paroissiaux.

et pour marraine, Louise Jacquelin, épouse de Philippe de Sainte-Fère, écuyer, sieur de la Rinière et des Belonnières (1).

1659, 16 juillet. Bénédiction « de la petite cloche des Montils ». Le parrain fut François Sublet, chevalier, seigneur d'Ebecourt, capitaine du château des Montils ; la marraine, Gabrielle Colletet, femme de Pierre Herry, conseiller du roi, receveur des tailles en l'élection de Blois (2.

1716, 20 septembre. « A l'issue de nos Vespres, j'ai, Noël de Monnevalle, Prieur, béni la petite cloche de notre paroisse et a été nommée Marie-Jacques par Jacques Lecomte, escuier, sieur de Beauvais (Beauval), chevalier de Saint-Louis, brigadier des armées du Roi au Gouvernement d'Entibes ; et par Marguerite Tubert, veuve de M. Maistre Cosme Louet ».

Cette cloche avait coûté 88 livres, payées par Mme Louet.

Nous avons vu plus haut qu'en 1766 les deux cloches étaient cassées et qu'une assemblée des habitants décida « de faire refondre la plus ancienne cassée ».

Les registres paroissiaux ne parlent point de la bénédiction de cette nouvelle cloche.

Quand nous traiterons de la vie religieuse aux Montils, depuis la restauration du culte, nous parlerons de la cérémonie de la bénédiction d'une cloche en 1805, d'une autre en 1816 et de quatre cloches en 1887.

§ II. — *Sépultures*

Au xvii° siècle, les sépultures des fidèles se faisaient, les unes dans l'intérieur de l'église, les autres dans le cimetière qui se trouvait tout autour de l'église.

Ordinairement les notables étaient enterrés dans l'enceinte intérieure.

Les registres mortuaires qui nous restent (3) signalent la sépulture, dans l'église, de 3 prieurs, de 2 vicaires, de damoiselle Elisabeth de Bonnière, fille du seigneur d'Argouze et d'Isabelle de Berziau, fille du seigneur de la Bersillière.

La chapelle de Saint-Michel était réservée pour les sépultures de la famille qui possédait Terrouenne.

(1) Registres paroissiaux.
(2) Ibid.
(3) Ils sont déposés à la Mairie.

Les testaments de l'époque, déposés à l'étude du notaire, nous fournissent des renseignements exacts et curieux sur la manière dont s'accomplissaient les sépultures, sur les services qui se célébraient, sur les messes dites à l'intention « des trespassés » et sur les aumônes qui étaient distribuées à la suite des décès.

1° *Deuil.* — L'église n'avait point, sans doute, de drap mortuaire, ou du moins on ne le portait pas pour faire la levée du corps ; car il est dit dans le testament d'Anne Dorleau, veuve de Daniel Tillart, notaire aux Montils, fait en 1660 :

« ..... 3° Ordonne qu'il sera mis sur son cercueil une nappe de 3 aunes de lin, quand on portera son corps à l'église ».

Dans un inventaire de tous les objets servant au culte, dressé en 1680, il est dit : « une méchante chappe de camelot, noire. »

L'inventaire fait le 8 messidor, an II, porte : « 4 grands chandeliers de fer qui servaient autour des corps, un drap mortuelle (1) ».

2° *Convois.* — En 1630, Jean Mullot, « prestre, vicaire de Candé », veut qu'il soit dit le jour de son décès « 4 services à 3 prestres ».

En 1706, Etienne Labbé, vigneron, veut que son corps, après son décès, soit conduit « *du lieu de la Mouillanderie,* jusqu'au lieu où il sera inhumé, par M. le prieur des Montils et Monsieur son vicaire, avec la croix levée ».

En 1709, Anne Ricois veut que « pour faire son convoi, M le curé se fasse assister de deux prestres ».

En 1717, Françoise Dauzé, nièce du curé de Monthou, demande pour sa sépulture la présence de « Messieurs les curés d'Ouchamps, de Fougères et de Chitenay ».

En 1720, Madeleine Crochet veut que son corps soit transporté, *la croix levée,* « de Cully, où elle demeure, jusqu'à l'église de Monthou ».

En 1760, Etienne Bazin « maçon de la Haute-Marche », demeurant aux Montils, veut un convoi à 5 prestres, parmi lesquels, de préférence, les curés de Monthou et de Sambin.

3° *Luminaire.* — En 1660, Anne Dorleau veut à son enterrement « *pour son luminaire* des lumières au nombre de 6 livres et demie de cire et 2 torches de chascune une livre ».

_____

(1) Archives municipales des Montils.

En 1679, Jeanne Fouquet ne veut à son luminaire « que les cierges de l'église, dont on use pour les défunts ».

En 1709, Anne Ricois veut « pour son luminaire 4 livres de cire jaune ».

En 1778, Catherine Tivierge veut « à son convoi 12 cierges de demi cartron ».

4° *Offices chantés, le jour de la sépulture.* — En 1686, Jean Chasbrat, « tailleur de pierres du pays de Combraille », veut qu'il soit dit et célébré, pour le repos de son âme, dans l'église des Montils « les vigiles et suffrages des Morts et 2 grandes messes (1) ».

En 1675, damoiselle Arnault « femme et espouse de Louis de Mallevault, escuier, sieur de la Mothe-Lenoble, demeurant à Beaulieu, paroisse de Valaire », veut que le jour de son décès il soit dit « un service et 4 messes, 2 grandes et 2 basses ».

En 1703, François Choquin veut « qu'il soit dit 5 services avec les suffrages des Morts et deux messes à chaque service, une haute et une basse, le jour de son enterrement ».

En 1709, Anne Ricois veut « un service de vigiles à 3 grandes messes » et Michelle Chotard veut que le jour de son décès ou le lendemain « il soit dit 2 grandes messes, l'une de Nostre Dame et l'autre des Morts ».

5° *Aumônes distribuées le jour de la sépulture.* — En 1775, damoiselle Arnault veut que « incontinent après son décès l'on fasse *habiller de serge* 5 petits pauvres ».

En 1735, Michel Joliveau donne 3 livres « pour être aumosnées aux pauvres, à la manière accoutumée, le jour de son enterrement ».

La même année, Pierre Maurisse, « garçon voiturier par terre, au moulin de la Varanne », donne 5 livres « pour être aumosnées aux pauvres ».

En 1746, Anne Pinon donne « 5 sols de rente, pour être aumosnés aux pauvres de la paroisse où elle demeurera le jour de son enterrement ».

En 1760, Etienne Bazin lègue 30 livres « pour être aumosnées aux pauvres des Montils, soit *en grain, pain ou argent*, par les soins de M. le prieur des Montils et de son vicaire ».

(1) Voir le testament de Jean Chasbrat. Pièces justif. n° XIX.

En 1773, André Bisson lègue à 2 pauvres des Montils, Jean Poidevin et son fils, « une bande de toile, une veste, une culotte neuve et différens vêtemens, à la charge *d'inviter ses parens et amis d'assister à son convoi funèbre* ».

6° *Services après la sépulture.* — En 1660, Anne Dorleau ordonne « qu'il soit dit et célébré à son intention des *octaves, quinzaines, quarantaine, et bout de l'an* ».

La même volonté est exprimée, en 1703, par François Choquin.

7° *Annuels, Messes basses pour les « Trespassés ».* — En 1675, damoiselle Arnault veut que « l'an d'après son décès, il soit dit 200 Messes, savoir : 100 par les Révérends Pères Jacobins de Blois, 100 par les Révérends Pères Capucins dudit Blois ».

En 1678, Marguerite Bernard, épouse de Charles de la Vallée, ordonne « après son décès, pour le repos de son âme, un *trentier de Saint-Grégoire*, en telle église que bon semblera à son exécuteur testamentaire ».

En 1681, Anne Guiet veut « qu'il soit payé aux Révérends Pères Capucins de Blois la somme de 30 livres pour par eux dire des messes pour le repos de son âme ».

En 1692, dans le testament d'un bourgeois malade aux Montils, il est dit : « Je lègue à *mon fillou* (1) la somme de 45 livres, à la charge, pour une fois, de faire dire 7 messes basses, pour le repos de mon âme ».

En 1709, Anne Ricois demande un « *annuel de messes* ».

En 1718, Françoise Bonneau veut « 50 messes dans le lieu et endroit où son mari le souhaitera ».

En 1760, Etienne Bazin lègue pour des messes basses, 42 livres aux Montils, 24 à Sambin, 40 à Monthou. Dans son testament il se plaint d'avoir « un fils qui a fait des folies ; qu'il a été obligé de payer 4 à 5 mille livres de dettes, sans causes utiles » ; il fait passer son héritage sur la tête de ses petits-enfants.

La même année, Antoine Regnier, « garçon meunier à Rouillon », moulin des Montils, veut « qu'il soit acquitté 150 messes pour le repos de son âme et de l'âme de ses père et mère ».

---

(1) *Fillou*, filleul.

§ III. — *Inventaires des Ornements et de différents objets*
appartenant à l'église

Comme le détail des inventaires ne peut pas présenter un vif
intérêt, pour le plus grand nombre des lecteurs, nous renvoyons
ces documents aux pièces justificatives (1) et nous nous conten-
tons de donner ici les dates où se sont faits ces recensements.

Le premier que nous ayons trouvé est de 1680 ; il fut rédigé
par le notaire qui reçut une rétribution pour ce travail.

Le second fut fait en 1686 ; il commence ainsi : « Inventaire
fait à l'église, par le notaire, au moment où la Grande Boiste
change de marguillier ».

Troisième inventaire en 1692.

En 1790, le 9 août, sur l'ordre du district de Blois, les officiers
municipaux des Montils dressent l'inventaire du mobilier de
l'église, en présence de Gilles Benoist, marguillier.

1793. Le 18 frimaire, on fait l'inventaire de l'argenterie de
l'église qui avait été réquisitionnée. Voici le procès-verbal de
remise des objets inventoriés :

« Sur la demande qui nous a été faite — c'est la municipalité
qui parle — par le citoyen Lecour, commissaire nommé par le
Directoire du District de Blois à l'effet de rassembler l'argenterie du canton de Cellettes et de *faire descendre les cloches* et
les faire transporter au District, nous avons délivré au citoyen
commissaire, savoir :

« Un soleil ; — un calice et sa patène ; — un vase à viatique ;
— un petit vase de baptème ; — un ciboire. Le tout pesait trois
livres et demie, y compris le verre du soleil, que ledit citoyen
commissaire s'est chargé de remettre à l'administration du District » (2).

Le 8 messidor an II, on fait dresser un « état de tous les linges,
chapes, tuniques, chasubles, chandeliers, lampes, croix, encensoirs, et généralement tout ce qui ornait la ci-devant église des
Montils ».

A la fin de cet acte, il est mentionné : « lesquels objets ont
été déposés au Directoire de Blois, par le citoyen maire de cette
commune ».

(1) Pièces justific. n° XVIII.
(2) Archives municipales des Montils

Enfin, le 18 messidor an II, la municipalité est chargée de dresser l'acte suivant :

« Inventaire et état de tous les objets qui se sont trouvés dans le temple de l'Être Suprême » (1).

§ IV. — *Personnages venus aux Montils pour assister à des cérémonies religieuses*

Dans les registres paroissiaux des Montils, pendant les xviie et xviiie siècles, nous avons parcouru avec attention la longue liste des baptêmes, mariages et sépultures.

Un fait se dégage de la lecture de ces documents : c'est l'importance que les Montils avaient à cette époque, dans un rayon assez étendu (2).

(1) Archives municipales des Montils.
(2) Voir appendice n° VIII.

ÉGLISE des MONTILS façade nord
· PORTE DV. XIII° SIÈCLE ·

CHAPITRE DEUXIÈME

LE PRIEURÉ DES MONTILS

Au point de vue religieux, avant l'érection de l'évêché de Blois, Les Montils faisaient partie du diocèse de Chartres.

La cure était un prieuré, membre de l'abbaye de Notre-Dame de Bourgmoyen de Blois. C'était donc toujours un religieux de ce monastère qui gouvernait la paroisse des Montils.

Dans les bulles des Souverains Pontifes, données en faveur des religieux de Notre-Dame de Blois, il est fait mention de l'église des Montils : *Ecclesiam de Montiis*, et il est déclaré qu'elle sera desservie par les chanoines réguliers de Bourgmoyen, devenus Génovéfains au xviie siècle.

Telles sont les bulles de Lucius II, en 1144 ; d'Anastase IV, en 1154 ; d'Alexandre III, en 1165 ; de Lucius III, en 1182 (1).

Les Prieurs des Montils

L'abbé de Bourgmoyen présentait à la cure des Montils, c'est-à-dire qu'il nommait le curé, lequel devait ensuite obtenir l'institution canonique de l'évêque diocésain, qui était l'évêque de Chartres.

A la différence des Bénédictins, des Bernardins et des autres Congrégations monastiques, les chanoines réguliers de Saint-Augustin — religieux de Bourgmoyen — avaient le privilège de pouvoir desservir en personne les cures soumises à leur obédience ; et, comme les prieurs de cet Ordre portaient l'habit blanc, on les appelait vulgairement *curés blancs*.

Dans la liste des prieurs, on remarquera des lacunes ; malgré

(1) Cartulaire de Bourgmoyen, copié par M. de Martonne, archiviste de Loir-et-Cher aux Archives Départementales.

nos recherches aux Archives de Loir-et-Cher, dans le fonds de Bourgmoyen, nous n'avons pu parvenir à les combler, surtout pour une partie du xvᵉ siècle.

9 avril 1176. — *Simon*, abbé démissionnaire de l'abbaye de Bourgmoyen de Blois.

Le pape Alexandre III lui adresse des Lettres apostoliques pour approuver sa démission et l'autorise à se retirer dans le prieuré des Montils, qui dépendait de ladite abbaye.

Jean, évêque de Chartres, et Pierre, cardinal-légat du Siège apostolique, assignent une maison, *in Monticellis*, et quelques lieux en dépendant, près du Beuvron, pour la prébende de l'abbé Simon (1).

1198. — *N...* (2). Procuration d'exception.

Ce prieur des Montils obtient des évêques de Chartres l'exemption du droit de procuration qu'ils ont sur tous les curés de leur diocèse (3).

1222. — *N...*, prieur du lieu, reçoit un pré et une pièce de terre du censif de Rouillon, de Jean des Montils (4).

1233. — Gauthier d'Avesne, comte de Blois, amortit quelques héritages dépendant du prieuré des Montils et reçoit, en échange, le château de Montfrault, des Frères de l'Hôpital de Blois (5).

1274. — Le jeudi, veille de saint André, apôtre (29 novembre), *Jacques*, prieur des Montils, est présenté au comte de Blois pour être nommé abbé de Bourgmoyen (6).

1287. — *Lemaire*, « prieur des Montilz ». Il achète une vigne (7).

1291. — La comtesse Jeanne demande la bénédiction des Montils à l'évêque de Chartres, lequel veut qu'il soit donné au prieur du lieu 20 livres tournois de rente pour conserver ses droits (8).

Hugues de Châtillon donne 20 livres de rente au prieur-curé des Montils, monnaie courante de Blois, sur les festages des Montils (9).

1299. — Pierre le Queux fait don au prieuré des Montils de

---

(1) Pièces justificatives nᵒ II.
(2) Le nom de famille n'est pas indiqué.
(3) Arch. de Loir-et-Cher, fonds de Bourgmoyen.
(4) *Ibid.*
(5) Bernier, pp. 86 et 308, d'après les titres de l'Hôpital de Blois.
(6) Arch. Nat., L. 983, nᵒ 36, Cⁿ du Vᵗᵉ de Croy.
(7) Arch. de Loir-et-Cher, *loc. cit.*
(8) Arch. Nat., L. 982, nᵒ 63.
(9) Vidimus des lettres du comte, en mai 1299 (Archives Nationales, L. 982, nᵒ 63 et S. 3294, nᵒ 40.

10 livres de rente, que lui avait léguées Jeanne, comtesse de Blois (1). Il fonde une chapelle dans l'église des Montils (2), *ad altare Sancte Marie, in ecclesia de Monticiis ; ter in hebdomade tenebitur celebrare super illud altare* (3).

Fondation de 20 livres de rente, en faveur de la cure des Montils, par le comte de Blois (4).

1320, dimanche 31 août. — A la suite de difficultés avec son Chapitre, l'évêque de Chartres part pour Rome. Il a nommé des vicaires généraux pour régir le diocèse en son absence. Parmi eux figurent Pierre, abbé de Saint-Laumer, et le *prieur des Montils, près Blois*, religieux de Bourgmoyen (5).

1325. — Gui de Châtillon fait diverses donations à des religieux de Bourgmoyen, au prieur-curé des Montils (6).

Vers 1330. — *Petrus de Gergolio* est prieur des Montils pendant la jeunesse du Bienheureux Charles de Blois (7).

1335. — *Pierre de Jargeau*, « prieur-curé des Montiz » (8).

En 1342, il est fait remise au prieur de 4 sols 8 deniers (9).

1352. — « Frère *Pierre de Jargueau*, prieur des Montiz », le 12 février, samedi avant Carême prenant, donne quittance de cent sols de rente dus au prieuré sur la prévôté des Montils, et de 10 livres *faibles*, qui valent 8 livres fortes, dus sur le festage des Montils, au terme de la Saint-Hilaire, à cause d'une chapelle que fonda feu Pierre Lequeux (10).

1354, 22 mai. — Frère *Guillaume de Villeneuve Saint-Georges*, « prieur des Montiz ». Il reçoit cent sols de rente « feble monnoie » dus à ce prieuré, au terme de Noël, pour cause de la chapelle que Estienne Le Chartrenier fonda (11).

(1) Dans une liste de legs faits par la comtesse (Arch. Nat. J. 174, n° 37), on trouve effectivement : « A Pierre le queu, II° l. t. » Son inscription sur cette liste signifie qu'il était *queux*, c'est-à-dire cuisinier de Jeanne de Châtillon (C°° du V°° de Croy).

(2) A l'autel de Sainte Marie ; le prieur sera tenu de célébrer trois fois par semaine, sur cet autel.

(3) Arch. Nat., K. 1208, n° 37. Ce don fut ratifié par Hugues de Châtillon, comte de Blois, le dimanche après la fête de la Madeleine 1301 (*Ibid.*).

(4) Arch. Nat., S. 3204, n° 55, au mois de Mai.

(5) Souchet, *Hist. de Chartres*, t. 3, p. 38.

(6) Arch. Nat., KK 894, f° 85, v°.

(7) Procès de béatification.

(8) Arch. de Loir-et-Cher, fonds de Bourgmoyen.

(9) Arch. Nat., L. 983, n° 10.

(10) Bibl. de Blois, coll. Joursanvault, n° 174. — Ce prieur doit être identifié avec les deux précédents, Jargeau donnant en latin *Gergolium* et *Jargueau* présentant l'orthographe de *Jargeau* au XIV° siècle.

(11) Bibl. de Blois, coll. Joursanvault, n° 222. Cette quittance porte la signature autographe : *Gille, p'or de Mont.*

1355. — Frère *Estienne de Joigny*, « prieur des Montiz ». Il donne quittance, le mardi après la Saint-Hilaire, d'une somme de 10 livres tournois, due sur les festages de cette paroisse, pour cause de la chapelle que feu Estienne Le Chartrenier fonda (1).

1370. — Frère *Pierre*, « prieur ». D'après une transaction entre le comte de Blois, Louis de Châtillon, l'abbaye de Bourgmoyen et le prieur des Montils, ce dernier est libéré d'une rente de 16 livres, à laquelle il était tenu par charte de donation de Hugues de Châtillon. L'acte est daté d'Avesnes, le 23 mai 1370 (2).

1331. — Frère *Pierre Engellart*, « prieur du prieuré des Montiz, membre de l'abbaye de Nostre-Dame de Bourgmoyen de Blois » (3).

En 1381, noble Jean Le Jay donne amortissement au prieur des Montils de quatre arpents de pré, au moulin du Bois, à condition de cens (4).

En 1390, une sentence, par défaut, est portée contre le prieur des Montils, qui avait fait assigner l'abbé de Bourgmoyen à lui payer 2 muids de seigle et 8 septiers de froment (5).

1398, 17 septembre. — Frère *Olivier Courtillet*, « prieur des Montiz », donne quittance de cent sols de rente qui lui sont dus « sur la prévosté de Bracieux » pour l'an fini à la Saint-Jean 1397 (6).

Il donne une autre quittance de la même rente, le 3 août 1401, signée : frère Olivier (7).

La même année, le prieur présente au comte de Blois une requête au « sujet du don de 15 livres de rente, faite sur le cens des Montiz, par Marguerite, comtesse de Blois » (8).

1417. — Frère *Robert Rebourtin*, « prieur des Montiz. » En janvier 1417, les Frères de Saint-Lazare prétendent qu'ils ont droit à un muid de seigle de la mesure des Montils, sur les terrages des Montils. Le prieur est condamné à payer (9).

(1) Bibl. de Blois, Coll. Joursanvault, n° 283.
(2) Arch. de Loir-et-Cher. — Arch. nat., L. 983, n° 15.
(3) Pierre Engellart donne quittance des rentes dues à son prieuré le 12 août 1375, en 1382 et le 20 mars 1383. Bibl. Nat., P. Originales, vol. 1051, doss. 24254, n°° 2, 3 et 4 (C⁰⁰ du Vⁱ⁰ de Croy).
(4) Arch. de Loir-et-Cher, *loc. cit.*
(5) *Ibid.*
(6) Bibl. de Blois, Coll. Joursanvault, n° 906. — Autre quittance de 100 s. t. de rente, datée du 10 février 1399. Bibl. Nat. Fr., 10432, n° 1117 (C⁰⁰ du Vⁱ⁰ de Croy).
(7) Bibl. de Blois, Coll. Joursanvault, n° 901.
(8) Arch. Nat., S. 4831ᵇ.
(9) *Ibid.*, S. 4831.

1423. — *Guillaume Baudry*, « prestre, prieur des Montiz ».

En 1423, le prieur passe une transaction avec Jean Guartin, à raison de la donation que sa mère avait faite de 4 arpents de terre à la charge d'un anniversaire. Il est convenu que les terres resteront au dit Guartin, à la condition de payer 12 livres (1).

Guillaume Baudry était encore prieur le 10 octobre 1433 (2).

Nous n'avons trouvé le nom d'aucun prieur des Montils depuis 1433 jusqu'en 1514.

Dans la déclaration du temporel du prieuré des Montils, nous avons trouvé ; « Hervé de Greniiot, chapelain des Montilz ». On trouve, en 1483, « Messire Jehan Lehoux, prestre demeurant à présent aux Montilz (3).

1514. — *Mathurin Fournier*, « prestre, curé-prieur des Montils ».

Il fut prieur-curé de Saint-Martin de Blois en 1487 et une seconde fois en 1521.

L'Officialité de Chartres ayant condamné l'abbé de Bourgmoyen à donner au prieur des Montils « pour son gros », un mu'd de seigle et un d'avoine de rente annuelle, une transaction intervient en 1518 entre le prieur et l'abbé de Bourgmoyen, à raison de dîmes que le dit prieur lèvera moyennant 50 livres de rente qu'il payera au dit abbé (4).

1521-1523. — Frère *Pierre Meslée*, « prestre, religieux et profès de l'abbaye de Bourgmoyen, prieur des Montilz ». Dans une pièce latine, il est appelé : « *Concanonicus regularis noster* », notre collègue chanoine régulier (5).

1555. — Frère *Jean Bourgeois*, « grand prieur de l'abbaye de Nostre-Dame de Bourgmoyen, et prieur des Montilz ». Il demeurait aux Montils en 1556. Dans plusieurs actes, il se nomme : « *Prieur de la Prieuré de la Madeleine* » (6).

1558. — *Gentien Labbé*, « religieux de l'abbaye de Bourgmoyen, prieur de l'église de la Madeleine des Montilz » (7).

1560. — *Pierre Neau*, « pour lors, prieur du bénéfice des Montilz » (8).

(1) Arch. de Loir-et-Cher, fonds de Bourgmoyen.
(2) Arch. Nat. Z² (C^{ee} du Ve de Croy).
(3) Arch. Nat., S. 4831.
(4) Arch de Loir-et-Cher, fonds de Bourgmoyen.
(5) *Ibid.*
(6) Arch. de Loir-et-Cher, loc. cit.
(7) *Ibid.*
(8) *Ibid.*

1563. — Frère *Jacques Chartier*, « prestre, prieur-curé des Montilz ».

En 1562, il signe plusieurs actes comme « aulmosnier de la Maison-Dieu des Montilz. »

On le retrouve en 1594 « procureur de l'abbaye de Boulogne » et encore, « aumosnier de l'aumosne des Montilz » (1).

1573. — *Jehan de Bordeaux*, « prieur-curé des Montilz ». Le présidial de Blois rend une sentence par laquelle il est fait une compensation entre le prieur des Montils et l'abbé de Bourg-moyen. Le prieur devait 16 septiers de seigle, 7 d'orge et 7 d'avoine de rente annuelle à Bourgmoyen « pour les terrages de sondit prieuré ». Et l'abbaye devait au prieur « pour son gros » 2 muids de seigle et 8 septiers de froment. Le prieur fut en outre condamné à payer 3 francs de rente annuelle à l'abbaye

« Item, que l'abbé de Bourgmoyen fera battre les grains de sa troisième partie de la dixme dans la grange dixmeresse et toutes les pailles resteront audit prieuré » (2).

Jehan de Bordeaux, en 1581, est dit prieur des Montils, religieux de Saint-Victor-lès-Paris (3).

1591. — *Jehan Fourdrin*, « prestre, religieux de l'abbaye de Nostre-Dame de Bourgmoyen, prieur-curé des Montilz ».

Il était abbé commendataire de Bourgmoyen en 1571, prieur de Saint-Martin de Blois en 1595, prieur de Saint-Honoré en 1593 (4).

En 1576, un bail de terres situées en plusieurs pièces, au *Marc-d'argent*, paroisse des Montils, est signé, après un Chapitre des religieux profès de la dite abbaye Etaient présents :

Révérend Père en Dieu Messire Jehan Fourdrin, abbé commendataire.

Frère Pierre Rousseau, grand prieur.

— François de Mirancourt, sous-prieur.

— Rolland de Bougemont, prieur de Chambord.

— Henri Monille.

— Nicolle le Roux, prieur de Saint-Honoré.

(1) Arch. de Loir-et-Cher, *loc. cit.*
(2) *Ibid.*
(3) *Ibid.* — Vers 1583, on trouve Jean Pastoureau « prestre demeurant aux Montils ».
(4) Fournier, *Essais sur Blois : Liste des abbés commendataires et des prieurs de Saint Martin et de Saint Honoré.*

Frère Robert Ramus, « aulmosnier ».
— Guillaume Hanneau.
— Raymond Barbe, prieur de Saint-Martin.
— Jehan Picard.
— Pierre Legout.
— Adrien Droillon.
— Mathieu Rouget.
— Jehan Lacaille.

tous prestres, religieux profès de ladite abbaye » (1). ·

En 1594, Jean Fourdrin était prieur de Saint-Calais, au château de Blois. Il obtint alors une sentence pour faire nourrir son domestique aux frais de l'abbaye (2).

1596-1603. — *Jehan Chassault*, « prestre, prieur des Montilz ». En 1603, Henri IV donne des lettres patentes par lesquelles est annulé un bail fait seulement au nom du prieur des Montils (3).

1619-1624. — *Bertheault Thion*, « prestre, prieur des Montilz ». Le 30 janvier 1624, il obtient, du présidial de Blois, une sentence qui condamne les héritiers Gougeon, comme détenteurs d'un pré appartenant au prieuré des Montils, sis en la paroisse de Candé, à la grande prairie, à « *fournir un pain bénit de 3 boisseaux de fleur de froment, le jour de la Madeleine*, dans l'église des Montilz » (4).

1625-1638. — *Anthoine Pelloquin*, « prestre, prieur des Montilz » (5).

1638-1649. — *Sébastien Labbé*, « prieur-curé ». Le 4 septembre 1639, il bénit « la grosse cloche de l'église paroissiale de Sainte-Marie-Madeleine des Montils ».

Le 22 décembre 1642, même cérémonie pour « la petite cloche des Montils, appelée *Loyse* » (6).

---

(1) Arch. de Loir-et-Cher, fonds de Bourgmoyen.
(2) *Ibid.*
(3) *Ibid.*
(4) *Ibid.*
(5) Registres paroissiaux des Montils. -- Vers cette époque, la famille Pelloquin était avantageusement connue dans le Blésois. Au début du xviᵉ siècle, Florimonde Pelloquin était abbesse de la Guiche ; elle signe en 1514 une quittance : « humble Abbesse » (Coll. Joursanvault). En 1552, René Christophle Pelloquin, sieur du Pavillon, est conseiller du Roi, au siège présidial de Blois, lieutenant général de police (*Ibid.*). En 1565, Claude Pelloquin est trésorier des bâtiments de Chambord (*Ibid.*). En 1708, Jacques Pelloquin « Prestre, Bachelier de Sorbonne et Directeur du Séminaire de Notre-Dame du Puy en Velay », laisse pour héritiers Jacques Pelloquin son frère, conseiller du Roi, Juge au Présidial de Blois, et sa sœur Jeanne Pelloquin (Registres paroissiaux des Montils).
(6) Registres paroissiaux des Montils.

Il mourut à l'âge de 87 ans, dans le faubourg de Vienne ; son corps fut rapporté aux Montils et enterré devant le maître-autel (1).

1652-1694. — *René Pinon*, « prieur, chanoine régulier de Notre-Dame de Bourgmoyen.

Dans sa provision du prieuré des Montils, datée du 21 août 1651 et déclarée par René Aubin, prêtre juré, licencié public, il est dit que René Pinon était précédemment « prestre chanoine, profès du prieuré conventuel de Boulogne de l'Ordre de Grammont » (2).

En 1659, le 16 juillet, le prieur bénit « la petite cloche des Montils » (3).

En 1678, il a un différend avec un marchand de Cour-Cheverny pour « la livraison de 12 poinçons de « .vin cleret », à raison de 20 livres le tonneau » (4).

1682. — *Travaux exécutés au Presbytère :*

Un pignon relevé.

La basse-goutte de la grange.

2 pans de muraille entre le jardin du prieuré et la dame veuve Brunet.

En 1686, il fait condamner François Picault, sieur de Rochecorbon, juge et magistrat au Présidial de Blois, à lui payer 75 livres sur les héritages qu'il avait acquis et sur lesquels le prieur avait hypothèque 5).

En 1690, il fait poursuivre les héritiers de Michel Julien, meunier de Rouillon, pour 25 livres qui lui sont dues par la succession « pour fermes de vignes et prés » (6).

En 1693, le prieur afferme une maison à La Haye « pour 15 livres et 12 fromages gras, non sallés ».

En cette même année, le prieur se trouve en désaccord avec les paroissiens, au sujet du vicaire et de la fourniture du pain et du vin pour les messes.

Précédemment, dans une assemblée publique, les habitants,

(1) Registres paroissiaux.
(2) Arch. de Loir-et-Cher, *loc. cit.*
(3) Registres paroissiaux.
(4) Etude du notaire des Montils.
(5) *Ibid.*
(6) *Ibid.*

après avoir approuvé le compte du marguillier en charge, terminaient ainsi leur délibération : « Lesdits habitans promettent qu'ils n'entendent à l'avenir tenir compte aux marguilliers du loyer de maison d'un vicaire, de fourniture de pain et de vin pour dire la messe, en prétendant que les meubles fournis au vicaire seront vendus au profit de l'église »! Le notaire finit l'acte en ajoutant cette note : « Ledit prieur proteste du contraire » (1).

En effet, le prieur protesta et fit assigner le principal marguillier à payer le loyer de la maison du vicaire et à verser la somme de 12 livres chaque année pour le pain et le vin des messes.

Cette assignation donna lieu à une assemblée des habitants dont le procès-verbal se trouve aux pièces justificatives (2).

Nous ignorons quelle fut l'issue de ce procès ; on peut penser qu'elle ne fut pas favorable au prieur, car l'année suivante, en 1694, il fit résignation du prieuré et de la cure des Montils (3).

Cette résignation fut faite dans les premiers jours de 1694, puisque le prieur mourut le 22 janvier. Il était âgé de 75 ans. Dans l'acte de sépulture, il est dit : « Prieur de cette église pendant 42 ans, inhumé dans le lieu le plus apparent de cette église » (4).

1694-1695. — *André Frizon*, « Chanoine régulier de Notre-Dame de Bourgmoyen ».

Le curé de Thenay, messire Pierre Bonneur, que le prieur Pinon avait désigné pour lui succéder, ne put pas profiter de la résignation qui avait été faite en sa faveur ; le prieuré resta vacant pendant plus d'un an et demi. Un des religieux de Bourgmoyen, André Frizon, fut « délégué par ordre de Monseigneur l'Evêque de Chartres, pour desservir cette paroisse, pendant la vacance de ce bénéfice » (5).

1695-1716. — *Jean-Baptiste Montier*, « Prieur-Curé, Chanoine régulier de Prémontré ».

La querelle, soulevée en 1692, au sujet du vicaire, ne fut terminée qu'en 1699 par une délibération qui obligea « la Marelle des

(1) Etude des Montils.
(2) Pièces justif., n° XX.
(3) Ibid., n° XXI.
(4) Etude des Montils.
(5) Ibid.

Montils à payer la somme de 75 livres, par et chascun an, pour *contribuer à l'entretien du vicaire*, en son logement, tant et si longuement que ledit sieur Montier sera titulaire du prieuré et non autrement » (1).

En 1700, le prieur des Montils est chargé de terminer un différend entre deux familles de sa paroisse ; Jean Q... avait insulté la femme de Jean G... Ils étaient tous les deux bouchers aux Montils (2).

Deux ans plus tard. il reçoit de messire Cosme Louet, 294 livres, 19 sols, 6 deniers, pour une créance à prendre sur Salomon Tiger, huissier royal aux Montils, par sentence rendue au Présidial de Blois (3).

Ce prieur mourut aux Montils et fut inhumé dans le chœur de l'église, vis-à-vis du sanctuaire (4).

1716-1744. — *Noel Lambyse de Monnevalle*, « prieur-chanoine régulier de Prémontré ».

Le nouveau prieur était le neveu de René Pinon ; il avait été son vicaire pendant deux ans.

En 1716, l'année même de son installation, il bénit « la petite cloche de notre paroisse, à l'issue des Vêpres ; elle a été nommée *Marie-Jacques* » (5).

1724. — Le prieur obtient le relèvement du censif de Tubeuf (6).

9 septembre 1716. — Mathurin Pineau, domestique du prieur, baille a moitié à Jean Beauchard, « deux cochons nouvertureaux, estimés 18 livres, lesquels il s'oblige nourrir, entretenir et mener au champ, jusqu'à la Madeleine venante. »

Le 28 novembre 1742, le prieur bénit, dans la chapelle du château de Villelouet, le mariage de « messire Léonard de la Montagne, fils de feu Vincent de la Montagne, en son vivant conseiller au Parlement de Bordeaux, et de défunte Marie-Anne de Ségur, avec damoizelle Marie-Catherine Hurault, fille de feu messire Florimond Hurault, escuyer, seigneur de la Gen-

(1) Pièces justif. n° XXII.
(2) Etude des Montils.
(3) *Ibid.*
(4) *Ibid.*
(5) Registres paroissiaux des Montils.
(6) Arch. Nat. — Le censif de Tubœuf ou Thubœuf formait alors un fief relevant du roi, dont les prieurs des Montils avaient fait hommage en 1691 et en 1717. (Arch. de Loir-et-Cher, F. 231, f° 177 r°.)

dronnière, chevalier de l'Ordre militaire de Saint-Louis, capitaine des vaisseaux du roi et de Catherine-Claude Pissonnet de Bellefonds. »

Ce mariage eut lieu en présence des soussignés :

La Montagne de Barbanson, de Foyal de Rochefort, de Vanssay-Guerry, Boucher de Verrières, de Graffard, Marchand de Verrières, de Graffard, de Moulins de Rochefort, Hurault.

De Monnevalle, prieur des Montils (1).

En 1744, le prieur de Monnevalle échangea son prieuré des Montils contre l'abbaye de Vauchrétien, même Ordre de Prémontré, au diocèse de Soissons (2).

En quittant les Montils, il avait stipulé, dans l'acte de résignation, qu'il lui serait servi chaque année, sur les revenus du prieuré des Montils, une rente de 300 livres. C'est ce qui est constaté dans l'acte épiscopal de Mgr François de Crussol d'Uzès, évêque de Blois, portant à la connaissance du nouveau titulaire son acceptation à la cure des Montils par le Souverain Pontife, le 5 avril 1746 (3).

1746-1778. — *Joseph-Auguste Bexon,* « prieur des Montils et de *Marchenoir,* chanoine régulier de l'Ordre des Prémontrés, docteur de Sorbonne ».

Un des premiers actes signés par frère Joseph Bexon, comme prieur des Montils, porte cette mention : « J. Bexon, prieur des Montils et de *Marchenoir* ».

Nous avons consulté les registres de la paroisse de Marche noir, et voici ce que nous y avons trouvé en l'année 1745 : « Le prieur des Montils administre la paroisse de Marchenoir, soit directement, soit par un prêtre qui « est desservant en l'absence de M. le prieur » (4).

Quelquefois, dans les années 1746 et 1747, le vicaire des Montils allait remplacer le prieur à Marchenoir. Le 21 novembre 1745, le prieur des Montils rédige un acte de baptême à Marchenoir et signe : « *Prieur-curé de Marchenoir et de ses annexes* » (5).

(1) Registres paroissiaux des Montils.
(2) Étude des Montils.
(3) Arch. de Loir-et-Cher. Extrait du Registre des expéditions du Secrétariat de Blois, p. 210.
(4) Greffe du Tribunal civil de Blois.
(5) Dans un autre acte de baptême, il dit : « L'an de grâce 1746, fut par moi soussigné, reçu en notre église et baptisé l'enfant de messire Claude Boullays, procureur da la justice de cette ville de Marchenoir ».

Le 10 avril 1746, il signe un acte de mariage : « *Prieur-curé de Marchenoir et de ses annexes et prieur-curé des Montils* ».

Le 26 novembre de la même année, il y marie « Françoise Ragueneau, servante de Messire Lambert, mon ancien vicaire » (1).

Cette double juridiction cessa vers la fin de février 1747, par la nomination et la prise de possession d'un nouveau prieur de Marchenoir.

Le successeur du prieur de Monnevalle, Joseph Bexon, avait acheté « ses meubles et effets » pour la somme de 2176 livres 18 sols 6 deniers (2).

En 1746, le prieur des Montils fait assigner le syndic, Henri Foullioux, « aux fins de faire rétablir les bâtimens et héritages dudit prieuré des Montils ».

Les habitants, dans une assemblée générale, déclarent que « les prétendues réparations demandées ne doivent point être à la charge des propriétaires et habitans de la paroisse, mais à celle de maistre Noël Lambyse, dernier titulaire » (3).

Dans les premiers mois de l'année 1750, le prieur fut victime de calomnies infâmes, de la part d'un certain nombre de ses paroissiens. Il porta l'affaire devant le bailli de Cormeré. Les coupables, craignant les décisions de la justice, se résolurent à faire amende honorable et à demander pardon.

Les aveux, les conditions imposées par le prieur, sont consignés dans plusieurs actes dressés par le notaire des Montils (4).

---

(1) Messire J.-F. Lambert, « ancien vicaire » du prieur Bexon, ne s'était point contenté de remplacer « le prieur absent ». Il avait fait exécuter des travaux importants dans l'église de Marchenoir, comme le prouve la pièce suivante que nous avons trouvée dans le registre de la paroisse au 24 septembre 1746 :

« Travaux exécutés par le vicaire et desservant, J.-B. Lambert.

« Je, soussigné, ai fait achever de décorer le grand autel, aussi bien que celui de la Sainte Vierge et de Saint Thomas, que je fis, l'an passé, en ce temps-ci, dorer et marbrer et ai encore fait transporter les fonts baptismaux au côté droit de la grande porte de cette église, les ai fait renfermer de grille, mis et limé en gris les dits fonts, marbrer sentence au-dessus avec dais et ce le plus décemment que j'ai pu, afin que l'église proprement arrangée puisse devenir la demeure sacrée à Jésus-Christ qui y habite au très Saint Sacrement de l'autel.

« Et pour qu'on se ressouvienne du temps qu'on a réparé l'église, les autels, et en quel temps a été érigé un troisième autel en cette église, qui est celui de Saint Thomas, j'ai dressé le présent procès-verbal que j'ai signé :

« J.-F. Lambert, ci-devant desservant de céans ».

(Registres Paroissiaux de Marchenoir)

(2) Etude des Montils.

(3) *Ibid.*

(4) Voir pièces justif. XXV et XXVI.

Le dernier acte fut dressé en présence de « messire François Cottereau, prestre, curé de Monthou et de François Pitancier, vigneron de la paroisse de Monthou, témoins à ce requis ».

Enfin, le 13 janvier 1751, Louis L..., fermier du lieu et métairie de l'Hermitage, reconnaît « qu'il a eu le tort extrême de concourir à l'acte du 31 mai ». Il consent qu'on fasse « *imprimer, à ses frais, 50 exemplaires de cet acte de réparation* » (1).

En 1752, le prieur fait assigner Louis Gaucher, meunier au moulin du Bois, en restitution de quatre arpents de prés, d'un arpent de vignes, de quatre arpents de bois taillis et dix boisselées de pâtoureaux, faisant partie des domaines du prieuré « desquels ledit Gaucher est induement en possession de plusieurs années ». Une transaction intervint ; l'estimation de la jouissance se montait à 1.400 livres : le prieur en fit la remise.

En 1755, le prieur des Montils cède le censif de la cure des Montils au sieur Mahy de Cormeré, pour 5 livres de rente sur quatre-vingts arpents de terre, avec les droits de pêche, de bateaux et de chalands dans la rivière du Beuvron (2).

En 1767, le neveu du prieur, Bernard Bexon, conseiller du roi au grand Bailliage royal de Sarreguemines en Lorraine, se marie à Blois, avec Jeanne-Emile Edme, fille mineure de feu René-Jean Edme (3), en son vivant contrôleur ordinaire des guerres à la suite du régiment des gardes suisses de sa Majesté (4).

1775. — Le prieur des Montils avait eu des difficultés avec messire Louis de Maussion, seigneur de Candé et, le 8 janvier 1774, une sentence du Bailliage criminel de Blois était intervenue en faveur du prieur. Le 28 juillet 1774, le seigneur de Candé expose sa requête contre cette sentence et demande la condamnation du prieur. Le 10 août 1774, le prieur s'oppose par sa requête aux conclusions du seigneur de Candé. Le 17 mars 1775, un arrêt de la Cour de Parlement intervient qui condamne le prieur à 10 livres de dommages-intérêts, à tous les dépens de la cause

---

(1) Etude des Montils.
(2) Extrait des pièces de procédure.
(3) Seigneur des Rouaudières, près Mondoubleau. Voir J. Alexandre : *Le Château des Rouaudières* dans la *Revue de Loir-et-Cher*, année 1904, col. 161 : *Les Edme et leurs descendants*. Cf col. 167 : Jeanne-Emile Edme est héritière de Madame de Vanssay, sa tante, en 1785.
(4) Greffe du Tribunal civil de Blois : Paroisse Saint-Honoré.

principale et aux frais de l'affichage du dit arrêt jusqu'à 12 exemplaires (1).

Le prieur Bexon mourut le 11 août 1778. Il était âgé de 74 ans. Il fut enterré « au cimetière de cette église par moi, de Graffard, curé de Fougères, doyen rural de Cheverny, en présence de messire Pierre-Charles de Sallery d'Alleins, prieur de l'abbaye de Bourgmoyen ; Pierre-Joseph-Louis Folquier, chanoine régulier, prieur de Thézée en Angoumois ; Claude Gastineau, curé de Chaumont-sur-Loire ; Pierre-Charles Jouslin, curé de Cellettes ; Jacques Massion, curé d'Ouchamps ; François Cottereau, curé de Monthou ; Gauvin, curé de Candé ; Baglan, prieur de Valaire ; Baignoux, curé de Seur ; Pelletier, vicaire de Chailles ; Martin Ruelle, vicaire des Montils » (2).

Le 29 septembre, l'inventaire du prieur défunt fut fait par Antoine Sereau, notaire à Chitenay, à la requête « des sieurs chanoines réguliers de l'Ordre de Prémontré de la maison dite du Saint-Sacrement établie à Paris ». Il s'éleva à la somme de 2.233 livres. Le prieur devait aux religieux Prémontrés 600 livres ; au curé de Monthou 300 livres et au notaire 61 livres (3).

1778-1791. — *Antoine Godard*, « prieur-curé, chanoine régulier de l'Ordre de Saint-Augustin, congrégation de France » (4).

Les Vicaires des Montils

Les registres paroissiaux, antérieurs à 1789, conservés dans les archives de la mairie, nous fournissent la liste complète des vicaires, à partir de 1628. Dans cet espace de 160 ans, nous en avons compté 59 ; ce grand nombre indique qu'ils ne faisaient pas, pour la plupart, un long séjour aux Montils.

1628 F. Legeay.
  » Deshays.
1629 Moussez.
  » Du Soulx.
1630 Poutières.
1631 Texier.
  » Le Gallois.

---

(1) Pièces justif., n° XXVII.
(2) Greffe du Tribunal civil de Blois : Registres paroissiaux des Montils.
(3) Etude du notaire de Chitenay.
(4) Ce qui concerne ce prieur se trouvera au commencement de la période révolutionnaire.

1631-1633 Raison.

1633 Bastard.

1633-1634 Damette.

1634-1638 Gorgène.

1639 Leroy.

1639-1642 Garapin.

1642-1643 Pellier.

1643-1645 Bouesnard.

1645-1648 Jacques Canor, « vicaire paroissial ».

1648 J. Bairiel.

1648-1650 Macey.

1650-1655 Tournery.

1655-1657 Besnard.

1657-1661 Jehan Dugué ; il devient curé de Monthou en 1662.

1661-1667 Guillaume le Cellier ; vicaire d'Ouchamps en 1675.

1667-1670 Lemière.

1670 Le Blond. Dans le cahier des recettes du vicaire, il se trouve cette note : « un quart de vin que M. le prieur m'a fourni, qui a cousté cent dix sols ».

1670-1671 Le Breton.

1671-1679 Jacques Fouquet.

1679-1680 Leroy.

1680-1684 Louis Dutertre, « prestre du Mans ». Il mourut au Mans, et fut enterré dans l'église des Montils.

1684-1691 Christophe Marseul.

1691-1692 M. Chesneau.

1692 Thouret.

» Jacques Barré.

1692-1693 Dubois.

1693-1705 Jean Colas. Il mourut âgé de 50 ans et fut enterré dans le chœur de l'église des Montils.

1707 Bruyer.

1707-1711 A. Perrier.

1711-1712 Yves Pape.

1712-1714 Jean Guillon.

1714-1716 Noël Lambyse de Monnevalle ; prieur des Montils en 1716.

1720 Pierre Brossard, « religieux Cordelier de l'Observance ».

1721-1726 Gorteau.

1726-1728 D'Estianges.

1728-1731 Fousson.

1731 Florimond-Didier Moisy ; en 1732, vicaire à Romilly-sur-Aigre. En 1734, il refuse la cure de Saint-Pierre de la Ferté-Villeneuil, parce qu'il la trouve trop éloignée de son pays. En 1736, il est curé de Romilly.

1736-1737 Guenette.

1737 Garnier.

1738-1743 Marc Mareschal, « d'abord vicaire à Candé ». Sa mère, Elisabeth Peltereau, meurt en 1740, aux Montils, et il marie, en 1742, dans l'église des Montils, sa sœur Marie-Aimée, avec Jean le Tessier, tailleur aux Montils (1).

1743 Pierre-André Reydelet.

1746 J.-F. Lambert.

1751-1754 Marneau.

1754-1764 Leménager ; « curé d'Autainville en 1764 ».

1764-1770 Marin Aubert.

1770-1772 De Bras, « chanoine régulier Prémontré ».

1773-1775 Bossé.

1775-1776 Buscheron.

1776 Cheron.

1776-1778 Martin Ruelle ; en 1779, il signe : « licencié en théologie, vicaire de Marchenoir » (2).

1786-1787 Chabault.

1787-1789 Ouzilleau ; curé d'Ouchamps en 1804.

1789-1791 Michel du Velleroy.

Quand nous parlerons des événements qui se sont passés aux Montils, pendant la période révolutionnaire, nous verrons reparaître le prieur Antoine Godart et le vicaire Michel de Velleroy.

Revenus du Prieuré

Le revenu du prieuré des Montils se composait de rentes, de biens-fonds et de la dîme.

1° Rentes

Dès l'établissement de l'église des Montils, les comtes de Blois avaient constitué une rente de 20 livres « en faveur du prieuré et de l'église des Montils » (3).

Au xive siècle, la prévôté des Montils devait une rente annuelle de cent sols au prieuré des Montils (4).

(1) Greffe du Tribunal civil de Blois.
(2) Greffe du Tribunal civil de Blois.
(3) Arch. de Loir-et-Cher, loc. cit.
(4) Bibl. de Blois : Coll. Joursanvault.

En 1319, dans l'énoncé des dépenses des comtes de Blois aux Montils, on trouve 7 livres 10 sols de rente pour le prieur des Montils (1).

En 1325, au mois de juillet, Guy de Châtillon fait avec le prieur un échange des 20 livres de rente contre 4 arpents de vignes, assises sur le bois de l'Hermitage ; 9 arpents de bois. appelés les Villiers, en la paroisse de Sambin ; une pièce de pré, assise « jouxte le moulin de Rouillon » ; item 2 isleaux, assis au-dessous du gué dudit moulin. L'acte d'échange commence ainsi : « Nos prédécesseurs ayant fondé une maison-Dieu, une chapelle et un cimetière appartenant à ladite maison, en la ville et paroisse des Montils » (2).

En 1268, Jean Ier de Châtillon avait donné 60 livres à distribuer, tous les ans, entre les pauvres des Montils, de Chambord et de diverses paroisses voisines. Le prieur des Montils devait donner conseil sur la manière de répartir l'aumône :

« Le prieur des Montils a, chascun an, sur la bourse du conte de Blois, pour faire aumosne aux gens d'environ la forest de Russy, LX solz tourn. pour sa paine de despartir ladite aumosne » (3).

Baux du Prieuré

Au xve siècle, les baux de la cure et du prieuré des Montils étaient faits au nom « des religieux, abbé et couvent de Bourg-moyen à Blois, au profit du prieur des Montilz, *membre dépendant de ladite abbaye.* » (Bail de 1423) (4).

En 1576, un bail de terres, situées en plusieurs pièces, au *Marc d'argent*, paroisse des Montils, est signé, après un chapitre général des religieux profès de ladite abbaye, dont les noms sont cités plus haut (5).

2° *Biens-Fonds*

En 1693, les principaux habitants, assemblés pour terminer

(1) N° 341 du compte, dans l'édition donnée par le Vte de Croy. — Le même compte, n° 345 de ladite édition, porte, assigné sur le *festage des Montis* : « Au prieus des Montis du don le conte Huc, XX livres » (Hugues II de Châtillon, comte de Blois de 1292 à 1301).
(2) Arch. Nat. KK. 894, f° 85, v°. — Les 20 livres de rente étaient perçues à la Saint Hilaire, 14 janvier (Voir *Compte des recettes et dépenses du comté de Blois en l'année 1319*, n° 62).
(3) Arch. Nat. KK. 303, f° 48. — Voir la charte de Jean I de Châtillon dans le *Cartulaire de la Ville de Blois*, par J. Soyer et G. Trouillard, p. 264.
(4) Arch. de Loir-et-Cher, *loc. cit.*
(5) Page 46.

un différend qui s'était élevé au sujet de la maison du vicaire et du pain et du vin pour les messes, s'expriment ainsi : « Sachant que les dîmes du prieuré et cure valent plus de 5 à 600 livres, et que tout le revenu dudit prieuré et cure vaut, sans le casuel et dans les plus mauvaises années, plus de mille livres de rente... » (1).

En 1746, les habitants assemblés « pour constater la valeur intrinsèque du revenu temporel du prieuré, » déclarent que dudit prieuré et cure dépendent :

a) 9 arpents, 4 boisselées de vignes, tant communes qu'à charnier, qui peuvent produire par an un revenu de . 140 livres.

b) 2 arpents, 4 boisselées de pré, qui valent de ferme . . . . 60 —

c) Plus d'autres fermes par différents particuliers, consistant en prés, pâtureaux, maisons, jardins, vignes, terres et bois taillis, pour . . . . 480 —

d) Plus une moison de terres, par an . . . . 15 —

e) Plus la dîme des vignes de ladite paroisse : 550 liv. . . . . (pour mémoire)

Les biens-fonds fournissaient donc au prieur un revenu annuel de . . . . 695 l. (2).

3° *Dime*

La dîme s'étendait sur les vignes, sur les grains et « autres choses à prendre. »

a) Dîme des vignes. — En 1668, le prieur afferme « les dixmes de vin doux », de Clairvaux, des Fontenelles, des Piaux, des Chasteigners, pour . . . . 215 livres ;

En 1684, la dîme des vignes du clos de Tubœuf pour . . . . 90 —

et celle des Carteries, pour . . . . 60 —

La même année 1668, le prieur afferme la dîme des vins du clos de *Tubœuf* et de *la Grande-Caillière*, « depuis le chemin de Frileuse jusqu'au ruisseau de la Caillière, à la réserve des vignes de *Rostin, Frileuse, La Barre* et *Terrouenne*. »

(1) Etude des Montils.
(2) *Ibid.*

La grande dîme est affermée, en 1693 :   150 —
         —   —   1704 :   198 —
         —   —   1708 :   300 —
En 1734, les vignes et prés du prieuré sont af-
fermés :   1200 —
La dîme de toutes les vignes, en 1746 :   550 livres.

b) Menue et verte dîme. — Novalles, charnages et neuvième
boisseau rapportent en 1708 : 60 livres ; la même dîme, en 1752,
rapportait la même somme, « plus un agneau bon, gras et recevable, au jour et feste de Pasques. »

c) Dîmes des « grains, lennes, pois, fèves, cheneviers et
le neuvième boisseau des blés recueillis dans la grosse dixme
qui appartient à M. l'Abbé de Bourgmoyen, » produit annuel :
53 livres.

d) En 1746, le prieur afferme le neuvième boisseau, « tant de
gros blé, orge, dépendant de son gros de l'Hermitage » (1).

Vers le milieu du xviii° siècle, le prieur affermait tout le
revenu temporel du prieuré pour 1660 livres, « à la réserve de
toutes les dépendances du prieuré et de 20 boisselées de vignes,
un arpent de pré, dixmes et novalles, et charnages avec le
neuvième boisseau, appelé le gros de l'Hermitage. »

Il est spécifié dans le bail que « le fermier jouira des celliers,
cuves et pressoirs dudit prieuré, ensemble des jalles, au nombre
de 32 (2).

Principales propriétés du prieuré :

Les Ferrettes, « près le lieu et métairie de Beauval » ;
Les Chasteigners, affermés 30 livres, en 1523 ;
Le Grain-d'Or, « près l'Hermitage » ;
Le Clos des Charonnes, paroisse de Chitenay.
(9 arpents, tant en terre que vignes).

4° *Charges du Prieuré*

Pour les charges du prieuré, nous n'avons trouvé qu'un seul
acte. Il date de 1752. C'est une assemblée des habitants qui fixe

---

(1) La dîme de l'Hermitage consistait dans la vingtième gerbe et le neuvième boisseau
dans toute l'étendue de la paroisse des Montils « sans aucune exception ni réserve »
(Étude des Montils).
(2) *Ibid.*

à 40 livres par an le taux de la taille du fermier du domaine du prieuré (1).

Maison d'habitation du prieur — Le presbytère

Le seul état de situation que nous connaissions date de 1692. Cette pièce se trouve dans les minutes du notaire des Montils. Il y est dit du presbytère : « Près et joignant l'église, il consiste en deux chambres à feu, cave, grange, jardin et enclos, contenant, le tout, un arpent ou environ, joignant vers amont, Monsieur de Rostin ; en aval, au notaire ; de solaire, à la rivière du Beuvron. »

Après la restauration du culte en France, il fut demandé aux curés un état des communes pourvues de presbytères.

Voici la note qui fut rédigée vers 1803, par M. Petit, curé des Montils :

« Avant la Révolution, le presbytère des Montils étoit un des plus beaux et un des plus agréables du département ; l'exposition est charmante : jardin haut, jardin bas, terrasses hautes et terrasses basses, le jardin bas allant jusqu'au milieu de la rivière ; droit de pêche dans toute son étendue, un escalier facile pour descendre à la rivière.

« Le jardin haut n'est pas grand ; il contient quatre petits carrés.

« Il y avoit dans la dépendance du presbytère toutes les aisances et les plus grandes commodités : une grande cour, une très belle porte-cochère dans le nouveau goût, un puits dans la cour renfermée, une grande écurie à loger 5 à 6 chevaux, un superbe hangar pour loger le bois, une vacherie, un cellier à contenir 40 pièces de vin ou d'eau-de-vie, car il en a été fabriqué, un bâtiment spacieux qui renferme un pressoir et dans le même bâtiment de quoi loger 60 pièces de vin.

« L'acquéreur de tous ces bâtimens a bâti un four et un toit à porcs.

« Nota que les greniers qui sont au-dessus de la cuisine, de la chambre de la domestique et d'un petit cabinet joignant la cuisine, appartiennent à l'acquéreur et qu'il est tenu aux réparations de couvertures en entier, ainsi que de celles du juché aux poules, qui joint le cabinet du presbytère.

« Ces réparations ne regardent pas *la boîte des pauvres*, mais la

(1) Étude des Montils.

commune ou l'acquéreur des bâtimens, autres que le manoir presbytéral.

« Ce contrat de vente, par devant M⁰ Pardessus, notaire royal à Blois, donne à l'acquéreur la cave et les 5 caveaux, à la réserve d'un endroit qu'aura le curé ou desservant d'y mettre sa provision de vin, sous la condition de faire un escalier pour entrer dans ladite cave, à côté du sien qui est très grand et très vaste.

« M. de Rosay avoit accordé à Sébastien Métais, l'acquéreur, 14 boisselées de terres incultes pour le dédommagement de ce droit.

« Aujourd'hui (1803), la commune a refusé de donner cette terre au dit Bastien et a refusé de donner la clé de la cave au prêtre desservant.

« M. le curé est obligé de se passer de cave et est obligé de mettre son vin dans un petit cabinet où est son linge, son vestiaire et sous l'embrasure d'une petite fenêtre, et ne peut loger qu'un quart, rien de plus, et cela est très incommode.

« Il ne peut mettre ses légumes à l'abri de la gelée ; il faut qu'il les laisse perdre et les sacrifie, n'ayant point d'endroit pour les préserver de la gelée.

« Le presbytère des Montils avoit toutes les aisances et commodités, et c'étoit un des plus logeables que l'on pût trouver peut-être dans les presbytères du département.

« Aujourd'hui (1803), le presbytère consiste dans la maison presbytérale dont voici le détail :

Etat actuel

« Il n'y a point d'autre entrée qu'une porte qui donne dans le jardin et qui conduit à une porte de vestibule, qui conduit à la chambre haute, au moyen d'un escalier très sale.

« A droite du vestibule est une cuisine ; à gauche est un bâtiment qu'on appelle *salon ;* du salon on passe dans une assez grande chambre à contenir deux lits.

« De là, dans un cabinet où est la bibliothèque du curé et son bureau, rien de plus.

« Salon : 2 toises de long, 12 pieds carrés, 2 toises de large.

« Cabinet : 2 toises de long, 2 toises de large.

« Salle : 16 pieds carrés.

« Le presbytère a eu le sort des biens nationaux ; il a été vendu à vil prix et *en papier*, à un nommé G..., demeurant à la Gendronnière.

« Les habitans des Montils, intéressés à avoir un prêtre et ne trouvant nulle part un local plus convenable, ont loué le presbytère pour y loger le curé (1).

« M. de Lambert de Rosay, gentilhomme du plus grand mérite, propriétaire d'un joli domaine aux Montils, seigneur fieffé de Terrouenne, a de certains projets depuis longtemps de bâtir un château ; il acheta la maison presbytérale et les terres et les jardins bas, pour en faire un potager et arrondir son domaine.

« Il acheta la maison presbytérale seulement pour y loger le curé, *à l'exclusion de tous autres;* il joignit à cette maison le jardin contigu et la terrasse ; en a *fait don aux pauvres de la paroisse des Montils et non d'autres,* moyennant que la commune ou paroisse payeroit 150 l. de rente.

« Voilà le don fait par Madame de Rosay, qui assure les moyens de soulager les pauvres de la paroisse.

« Ce don *assure aussi au prêtre desservant un logement ;* ce local est grand et bien suffisant pour le logement. Mais ce prêtre n'a aucune aisance pour mettre son vin ; il a besoin d'une cave ou cavereau ; le prêtre a besoin d'un local pour loger une provision de bois ; des latrines, il n'y a ; il a besoin d'une écurie pour loger un petit cheval *pour aller aux Sacremens.*

« Si on ne peut se procurer des prêtres dans les paroisses voisines des Montils, on aura absolument besoin d'un second prêtre *pour satisfaire la piété des habitans de plus de huit paroisses,* qui se rendent aux Montils, fêtes et dimanches, pour entendre la sainte Messe et administrer les Sacremens.

« La paroisse des Montils est une paroisse que l'on peut appeler *centrale,* parce qu'elle est absolument dans le centre de huit paroisses environnantes, à une demi lieue de rayon ; et où pourrait-on trouver un local pour loger ce prêtre ?

« Un particulier a acheté tous les bâtimens, à l'exclusion du manoir presbytéral ; il a cour, porte-cochère, puits, cellier ; la maison de maître, c'étoit une grande écurie dont il a fait une chambre ; il a grange, pressoir, une partie des greniers de la maison presbytérale ; il a vacherie, hangard, étable et toutes les commodités désirables.

« Les murs du presbytère acheté sont en partie écroulés et bouchés avec des épines ; une partie est proche à s'écrouler ; encore tous les murs ont besoin d'être enduits ; la couverture de la maison presbytérale a besoin d'être recouverte... (2). »

(1) Le 16 ventôse an XIII (6 mars 1805), le Conseil municipal arrête :
« Qu'il est avantageux à la commune de faire l'acquisition d'une maison pour loger le desservant ; que la somme de 2.400 l. devoit suffire à cet objet, et celle de 165 l. pour le loyer échu. » (Arch. municipales). — En 1820, il était dû pour le loyer du presbytère : 1350 fr.
(2) Note trouvée dans les papiers de la Fabrique.

CHAPITRE TROISIÈME

HOTEL-DIEU

A la fin du XIIIᵉ siècle, en 1286, la comtesse Alix de Bretagne, veuve de Jean Iᵉʳ de Châtillon, comte de Blois, affectionnait beaucoup le séjour des Montils.

·ANCIEN HOTEL-DIEV — FONDÉ EN 1286·

Voulant assurer aux habitants de ce bourg, et peut-être aussi à ceux des environs, une ressource dans leurs maladies et leurs infirmités, elle fit construire près de son château, un *hôpital-aumônerie* ou *Maison-Dieu*, qu'elle dota de ses propres biens.

La charte de fondation est du 20 octobre 1286. Les Archives de Loir-et-Cher possèdent une copie du texte latin de cette charte. Cette copie est du XVIIᵉ siècle, avec cette mention : « Collationnée par moi, Papazet, secrétaire du roi, maison, couronne de France et de ses finances. »

Voici la traduction que nous en avons faite, aussi fidèlement que possible (1) :

« A tous ceux qui ces présentes lettres verront, Alix, comtesse de Blois, salut éternel dans le Seigneur.

« La fragilité de la condition humaine, tirée du néant par le Seigneur, retourne au néant, suivant les lois de la nature. Si elle n'était

(1) Voir le texte latin : Pièces justificatives, nᵉ VI.

soutenue par un secours divin, elle subirait facilement les atteintes mortelles du démon. Mais, par la grâce de notre Dieu, le Sauveur des hommes, Jésus-Christ, après avoir commencé l'œuvre de notre rédemption, nous a donné à tous abondamment les moyens sûrs de faire notre salut. Parmi toutes les ressources célestes accordées aux pécheurs, les plus puissantes sont la distribution des aumônes et la piété. Saint Pierre nous y invite : « Rachetez vos péchés par l'aumône » et l'Apôtre nous assure que « la piété peut tout. »

« Donc, confiante en ces promesses et desirant pourvoir au salut de notre âme, pour la rémission de nos péchés et pour la satisfaction de nos offenses, de celles surtout dont nous avons perdu le souvenir, en considération de la piété de nos parents captifs pour la foi, et aussi de notre compagnon et mari défunt, le comte de Blois, et de notre très excellente mère, pour le remède de nos aïeux et de nos amis défunts et vivants, à l'honneur du Dieu tout-puissant, de la bienheureuse Vierge Marie et de tous les Saints ;

« Nous fondons et nous dédions une Maison-Dieu à l'usage et pour l'entretien des pauvres, dans le bourg des Montils (1), du diocèse de Chartres, de la volonté et avec le consentement de l'abbé du couvent de la bienheureuse Marie de Bourgmoyen, de l'Ordre religieux de Saint-Augustin, du même diocèse de Chartres, et du prieur paroissial du dit lieu des Montils, de l'Ordre de la dite abbaye ; et de l'autorité et avec le consentement de Révérend Père Simon, par la grâce de Dieu évêque de Chartres, dans les formes indiquées :

« Nous voulons d'abord, dans l'acte même de la fondation de la dite maison, qui ne doit avoir son effet qu'autant que toutes et chacune des choses spécifiées plus bas seront exécutées, ratifiées et confirmées par les dits abbé du couvent, prieur et Révérend Père, chacun selon son droit, qu'il y ait un maître ou une maîtresse, un prieur ou une prieure, qui ait tout pouvoir dans l'administration temporelle et dans le soin des pauvres ; le dit prieur ou prieure (2) sera institué par le comte de Blois ou ses successeurs, ou par ceux qui possèderont à titre de domaine le château des Montils (3).

« Ceux à qui sera confiée l'administration de la dite maison pourront disposer des biens temporels pour l'usage des pauvres et seront spécialement chargés de la garde de la dite maison.

« Nous voulons en outre que dans la dite maison il y ait toujours un vicaire de l'abbaye et de l'Ordre du lieu de Bourgmoyen, c'est-

(1) *Apud villam de Monticiis.*
(2) Maître ou maîtresse.
(3) *Castrum de Monticiis.*

à-dire le prieur du dit lieu, qui célèbre ou fasse célébrer le divin service, tous les jours, dans la chapelle du dit lieu.

« Le dit prieur aura et recevra annuellement pour desservir le dit vicariat, comme il vient d'être exprimé, quinze livres de revenu annuel, à prendre sur la taille des hommes, biens meubles et immeubles, existant et demeurant dans le territoire du dit lieu, chaque année, par le dit prieur ou par son ordre, à la fête de saint Martin.

« Le dit prieur sera aussi tenu de donner la sépulture aux corps des morts, sans pouvoir exiger une rétribution, soit pour le convoi, soit pour la sépulture des pauvres. Si le dit prieur, ou ses successeurs, ne desservait pas la dite chapelle de la dite maison par lui-même ou par un autre, nous, nos héritiers et nos successeurs, pourrons saisir et arrêter les dites livres du revenu annuel, jusqu'à ce que nous ayons reçu une satisfaction suffisante du dit service interrompu.

« Pour que cette donation soit ratifiée à toujours, nous avons voulu apposer notre sceau à ces présentes lettres.

« Donné l'an du Seigneur mil deux cent quatre-vingt-sixième, le dimanche après la fête du bienheureux Luc, évangéliste. »

Organisation de la Maison-Dieu des Montils

La charte d'organisation de l'Hôtel-Dieu des Montils fut donnée par l'évêque de Chartres, Simon de Perruchay.

Écrite en beaux caractères du xiii⁰ siècle (1), elle a été traduite et publiée pour la première fois par M. Maxime de Beaucorps, ancien élève de l'École des Chartes, membre de la *Société archéologique de l'Orléanais* (2).

« A tous ceux qui ces présentes lettres verront, Symon, par la miséricorde de Dieu, évêque de Chartres, salut dans le Seigneur.

« Sachent tous que dame Alix, d'illustre mémoire, en son vivant comtesse de Blois, pieusement préoccupée de son salut et voulant échanger une demeure vile et périssable contre une éternelle félicité, a fondé et fait construire en l'honneur de Jésus-Christ, aux Montils, de notre diocèse, une *Maison-Dieu, aumônerie* ou *hôpital*, pour y assister les pauvres du Christ ; l'a dotée de ses propres biens, par acte de dernière volonté, et a voulu que son cœur fût enseveli dans l'oratoire de la dite Maison, afin que ce lieu fût tenu en plus grand respect par ses successeurs et tous autres.

(1) Bibl. Nat., f⁰ 88 du M⁰ 10.006, appelé le *Livre noir de Chartres*.
(2) *Les Montils*. Orléans, 1868, p. 7.

« Nous, désirant favoriser les intentions de la défunte, et coopérer au bien qui en résulte pour la gloire de Dieu, nous louons comme il convient et approuvons les bonnes, saintes et justes dispositions, voulant que le droit d'instituer le recteur ou maître de cette maison hospitalière appartienne à toujours à noble dame Jeanne, comtesse d'Alençon et de Blois, fille de la noble défunte et à ses héritiers et successeurs.

« La dite comtesse, tant qu'elle vivra, pourra également nommer les frères et les sœurs destinés au service des pauvres.

« Après sa mort, le recteur ou maître sera chargé de les choisir et de les recevoir selon les besoins. Ce dernier, à la cessation de ses fonctions, devra rendre compte à la dite dame, à ses héritiers et à ses successeurs ou à leur mandataire, de l'administration des biens temporels, sans être dispensé de le faire vis-à-vis de nous ou de notre mandataire et de l'archidiacre du lieu.

« Nous permettons au recteur de l'église paroissiale ou au prieur dudit lieu de célébrer dans l'établissement les saints mystères ou d'en charger des prêtres approuvés ou même d'en contracter l'obligation, moyennant des revenus suffisants, assignés à cet effet.

« Nous réservons, entre autres droits, pour nous et pour nos successeurs, le pouvoir de visiter la maison, de reprendre le recteur ou maître, et les frères et les sœurs que nous trouverions coupables, de les punir, de les déposer et même de les chasser. Et si la dite comtesse différait, par négligence, d'instituer le dit recteur ou maître, nous le nommerions nous-même à sa place, après le délai de droit.

« Nous maintenons, enfin, en notre faveur, toutes les autres prérogatives dont nous avons le droit et la coutume de jouir dans les établissements de ce genre.

« En foi de quoi nous avons fait apposer notre sceau aux présentes lettres.

« Donné l'an du Seigneur mil deux cent quatre-vingt-dix, au mois d'août. »

M. de Beaucorps donne sur cet important document les explications intéressantes qui suivent :

Il ressort de cette charte que trois autorités distinctes intervenaient dans l'administration de la Maison-Dieu des Montils : l'évêque, la fondatrice et le recteur ou maître.

Le maître, *magister*, était tout à la fois supérieur de la communauté hospitalière, gérant et représentant juridique des intérêts de la maison ; c'était *ordinairement* un prêtre.

Cependant, à l'Hôtel-Dieu des Montils, il semble qu'il n'en était pas nécessairement ainsi (1), car, d'après la charte de 1290, le curé de la paroisse ou son délégué pouvaient y célébrer la messe.

On aura remarqué, dans le texte de la charte, l'énonciation de *frères* et de *sœurs*.

Un grand nombre d'hôpitaux, au moyen-âge, étaient desservis à la fois par deux communautés, l'une d'hommes, l'autre de femmes, ayant chacune leur rôle charitable et vivant rigoureusement séparés, comme il convenait. La communauté d'hommes se composait ordinairement de *prêtres*, qui célébraient le service divin et administraient les sacrements aux malades et aux autres membres de la communauté, et de *frères*, qui géraient les biens, pourvoyaient aux besoins de la maison et assistaient les malades, au moins dans certains cas spéciaux. La communauté de femmes comprenait les *sœurs* chargées tout spécialement de soigner les malades, de les veiller la nuit et de s'occuper de tous les détails de l'intérieur.

La comtesse Alix mourut en 1288, le 2 août (2). Son corps fut enseveli près de celui de son mari, à l'abbaye de la Guiche (3), que tous deux avaient fondée en 1277 et qui devint la sépulture ordinaire des comtes et comtesses de Blois, mais son cœur fut déposé, suivant son désir, dans la chapelle de la Maison-Dieu des Montils (4).

Dans *Yvon le Breton*, le vicomte Walsh s'est permis cette boutade, que rien ne saurait justifier. « Comme le temps et les hommes se jouent des volontés royales ! La chapelle où Alix, la bienfaitrice du pays, avait voulu que son cœur demeurât à jamais, est détruite....... et le petit morceau de mur dans lequel on croit qu'a reposé le cœur de la princesse est devenu....... Je m'arrête ; la profanation ne pouvait pas aller plus loin. » M. Walsh a donné trop d'importance à un dicton populaire. Après avoir examiné avec soin ce qui reste de la

(1) A la fin du xiv⁰ siècle, Pierre de Nédonchel est en même temps maitre de la Maison-Dieu des Montils et capitaine du château.
(2) D'après Marino Sanudo, livre III de son *Histoire Orientale*, partie XII, chap. XX, cité par Duchesne, *Histoire de Chastillon*, Preuves, p. 68.
(3) Paroisse de Chouzy.
(4) D'après l'acte d'août 1290, publié par M. de Beaucorps et cité également par Bernier, *Histoire de Blois*, p. 87, en marge.

chapelle — l'arcature d'une fenêtre à meneaux — on est amené à une conclusion toute différente, à savoir que l'emplacement de la chapelle ne correspond pas à l'endroit maudit.

Donations faites à la Maison-Dieu des Montils

La comtesse Jeanne, fille et héritière d'Alix de Bretagne, mariée à Pierre, comte d'Alençon, cinquième fils de saint Louis, n'avait pas attendu la mort de sa pieuse mère pour imiter ses libéralités à l'égard des habitants des Montils.

Dès 1286, année de la fondation, elle faisait don à la Maison-Dieu d'une rente de deux cents livres, par une charte dont voici le résumé :

« Eu égard aux volontés de sa mère, Alix, la comtesse Jeanne permet à la Maison-Dieu des Montils d'acquérir 200 livres de rente amorties. Mais sous cette condition : la maison demeurera en la garde de la comtesse Alix, tant qu'elle vivra, et, après sa mort, en la garde des comtes de Blois, à qui les administrateurs de l'hôpital devront rendre compte de leur gestion. »

Ce document est daté de 1286, le samedi après le dimanche des Brandons (1).

En 1291, le dimanche 27 janvier, les faveurs de cette charitable princesse s'étendent encore sur la Maison-Dieu des Montils. Elle accorde plusieurs privilèges et des droits d'usage dans ses forêts (2).

Enfin, dans son testament fait la même année, elle n'oublie point une œuvre de famille chère à sa piété filiale.

Nous lisons dans l'acte de ses dernières volontés :

« Item je lais à la maison-Dieu des Montiz, que Ma-
« dame ma mère, que Diex absoille, fonda, C livres pour acheter
« quoutes, quoissins, dras et autres nécessitez as malades,
« et C livres pour metre en héritages pour soustenir les povres
« en la forme et en la manière qu'il est dit de l'Ostel-Dieu de
« Blois (3). »

(1) N. s. 1287, le dimanche des Brandons étant le premier dimanche de Carême. — Voir pièces justif., n° VII.
(2) Dupré, *Renseignements historiques sur les Montils.*
(3) Duchesne, *Histoire de la Maison de Chastillon*, Preuves, p. 74. — Voir au n° 3 des Appendices.

Jeanne de Châtillon laissa pour héritier du comté de Blois son cousin, Hugues II de Châtillon qui, lui aussi, se montra très généreux envers les habitants des Montils.

En 1295, il renouvelle la donation de Jeanne de Châtillon, relative aux deux cents livres de rente (1).

La même année, Hugues de Châtillon, « agissant pour le remède de son âme et de l'âme de Béatrix de Flandres, sa chère compaigne », donne à la Maison - Dieu des Montils, un droit d'usage dans la forêt de Russy, plus autant d'échalas qu'il en faudra pour garnir dix arpents de vignes ; plus le pacage de vingt têtes de bêtes à cornes et de vingt porcs, avec le droit de prendre, dans les forêts de Russy et de Boulogne, le bois nécessaire aux réparations des bâtiments de la Maison-Dieu ; plus un droit de pâturage, dans la forêt de Blois, pour la métairie de Pommeray (2), qui dépendait aussi de la Maison-Dieu, pour six bœufs de labour et vingt têtes de bêtes à cornes, bœufs et vaches, avec le bois nécessaire à l'entretien des bâtiments de la dite métairie, ainsi qu'à la fourniture des échalas d'un arpent de vigne environ (3).

La même année 1295, au mois de mai, le comte confirme la Maison-Dieu dans ses biens. Il nomme entre autres : la métairie de Pannes, à Séris ; la maison de la Vallée, au dit lieu ; le moulin du Vivier, à Cour-sur-Loire ; la dîme de Ville-folet, à Saint-Denis-sur-Loire ; 6 sous de cens et 25 septerées de terre aux Montils, etc. (4).

L'année suivante, il fait don aux pauvres de l'Hôtel-Dieu des Montils des reliefs de sa table princière, par la charte qui suit :

« Nous, Hues de Chastillon, comte de Blois et sire d'Avesnes, faisons savoir à tous présens et à venir que nous, pour Dieu et pour le remède de notre âme et de l'âme de notre chère compagne, Béatrix, comtesse et dame des lieux dessus nommés, et pour le remède des âmes de tous nos divanciers, donnons et ottroions à tousoursmais en pure et perpétuelle aumosne, aux pauvres malades de notre Mai-

(1) Pièces justif., n° IX.
(2) Saint-Sulpice, près Blois.
(3) Arch. nat., L. 983, n° 38. Charte du mois de mai 1295. (Copie collationnée en date du 21 octobre 1580). — Dupré, ouvrage cité. — Bibl. de Blois, Coll. Joursanvault, n°14. — Cf. Fournier, Essais sur Blois, p. 152.
(4) Arch. Nat., KK. 894, fol. 101. (Cⁿ du Vᵗᵉ de Croy). — Ces lettres commencent ainsi : « Comme notre chère tante Aaliz eut commencé à fonder un hospitau. , en nostre chastiau des Montiz. »

son-Dieu des Montils, tout le relief quel qu'il soit et combien grand qu'il soit qui de notre propre table sera livré chaque jour, tant comme nous ou nos hoirs ferons demourance ou résidence en la ville des Montils dessusdite, à prendre et à avoir ledit relief du maistre de nostredite Maison-Dieu ou de son commandement au nom des pauvres et pour les pauvres qui en notredite Maison-Dieu seront, pour eux aider à subvenire par chaqun jour que nous ou nos hoirs demourant *(sic)* doresnavant en la ville des Montils devant dite, et se il auchoit chose que en aucun temps que nous ou nos hoirs ferions demourance aux Montilz, il n'eut aucun malade en nostre dite Maison-Dieu dessus nommée, nous voulons que le relief, qui de nostre propre table sera levé en celui temps, sois mis et raporté assemblement avec l'autre aux pauvres gens du pays, et quand à ce tenir et fermement garder sans jamais venir encontre par nous ne par autres, nous obligeons nous et nos hoirs et nos successeurs en tous nos biens et les biens de nos hoirs et de nos successeurs, et en témoignage de ce, nous avons scellé ces présentes lettres de nostre scel. Fait l'an de grâce mil deux cens quatre-vingt-quinze, le jeudi prochain après les Cendres » (1).

Enfin, le même Hugues et sa femme Béatrix léguent à l'*Aumône* des Montils une somme de 20 livres, pour acheter « draps et couvertures » (2).

Précédemment, en 1294, le mardi après la Sainte-Croix de mai, Marie, dame de Conon, avait vendu à la Maison-Dieu des Montils « touz les formariaiges et toutes les rantes » qu'elle avait en la paroisse d'Ouchamps, pour 30 livres (3).

En mai 1299, le comte de Blois et sa femme Béatrix de Flandres donnent au maître et aux frères de la Maison-Dieu des Montils la métairie appelée *la Fressurière*, « assise lès notre ville de la Freté de Villenuil, mouvant de nos fiefs » (4).

Au mois de mai de la même année, Hugues II de Châtillon assigne 20 livres de rente au prieur-curé des Montils. Le motif de cette donation était le suivant. Le patronage de l'église paroissiale appartenait à Bourgmoyen et l'abbaye avait renoncé aux droits qu'elle pouvait prétendre sur le service reli-

(1) N. s. 1296. — Arch. de Loir-et-Cher, H. Abbaye de Bourgmoyen, prieuré des Montils. Copie du XVII° siècle, collationnée comme ci-devant par Papazet, qui ajoute : « scellée d'un sceau de cire jaune ».
(2) Bibl. de Blois. Coll. Joursanvault, n° 81.
(3) Arch. Nat., L. 983, n° 37. Original.
(4) Pièces justif., n° X.

gieux célébré dans la chapelle, le cimetière et la Maison-Dieu fondés par les prédécesseurs du comte (1).

En 1322, la Maison-Dieu des Montils cède à Gui de Châtillon la métairie de Pannes, à Seris, en Beauce, que Payen d'Orléans tenait à fief de la dite maison. Le comte assigne, en échange, 30 sous de rente (2).

En 1335, « le mercredi avant la *Saint-Martin d'yver,* » Jeanne Vachette, veuve de Jean de la Ferté, *sœur religieuse de la Maison-Dieu des Montils,* « laquelle y avoit esté receue du don et de la grâce spéciale de Monseigneur le comte de Blois, » donne à cette maison tous les biens qu'elle pourra avoir au jour de son décès, « pour l'amour et l'affection qu'elle porte à ladite maison et pour être ès biens faiz et à faire en icelle » (3).

Administration et Direction de la Maison-Dieu

L'administration temporelle et spirituelle de la Maison-Dieu fut confiée, jusqu'au xve siècle, à des maîtres et à des prieurs désignés par les comtes de Blois, fondateurs et bienfaiteurs de cet établissement. Leur prérogative, à cet égard, est clairement définie dans la pièce suivante, rédigée sous Gui Ier de Châtillon :

« La maison-Dieu des Montiz est toute en la donnaison le conte de Blois et puet mettre et oster le mestre de ladite maison toutes les foiz qui li plaist. Et y met les Frères et les Seurs, et n'est la maison de riens amortie. Ou cas que l'eglise ne l'evesque s'en voudroient meller, ne y ont visitacion ne procuracion ne que veoir et doit ledit maistre compter aux gens le conte toutes foiz qu'il plaira audit conte » (4).

Nous avons vu dans la charte de fondation une clause qui spécifie qu'un religieux de Bourgmoyen desservira la Maison-Dieu et y célébrera le saint sacrifice. Voilà pourquoi se rencontrent plusieurs prieurs des Montils, qui agissent comme « aumosniers de la Maison-Dieu ».

(1) Arch. Nat., S. 3294, n° 55.
(2) Arch. Nat., KK. 894, fol. 64. (C^{on} du Vte de Croy).
(3) Bibl. de Blois. Coll. Joursanvault, n° 47. Vidimus du bailli de Blois du 4 août 1399.
— Arch. Nat., S. 3294, n° 41. — Cf. Vte de Croy, *Compte de 1319,* n° 1177. Il y eut une rente transmise de la sorte à la Maison-Dieu des Montils.
(4) Pièces justif., n° XII.

Cependant, d'après la charte d'organisation, le directeur ou supérieur de l'Hôtel-Dieu n'était pas nécessairement un prêtre. Robert de Gien, maître de la Maison-Dieu en 1351, n'était que clerc et il était en même temps maître des bois du comté de Blois ; et Pierre de Nédonchel était, quarante ans plus tard, tout à la fois maître de l'Aumône et capitaine du château des Montils.

Par lettres données à Paris, en mai 1401, Louis, duc d'Orléans, devenu comte de Blois, céda la Maison-Dieu des Montils, appelée alors Aumônerie, au prieuré de l'Ordre de Grandmont, sis dans la forêt de Boulogne, près de Chambord, à la charge d'y continuer, comme par le passé, l'hospitalité envers les pauvres malades, d'y faire célébrer, dans la chapelle, trois messes chaque semaine, enfin d'y héberger les pauvres passants, etc. Cette cession se fit moyennant un prix de 22 muids d'avoine de rente, dont le comté de Blois se trouva déchargé (1).

L'Aumônerie des Montils devint alors le titre et la dotation de l'un des offices claustraux du prieuré conventuel de Boulogne (2).

A cette époque, la Maison-Dieu des Montils avait sans doute beaucoup souffert, soit des guerres, soit d'une grande mortalité. Car, en 1402, l'évêque de Chartres donne une ordonnance pour le rétablissement de l'Hôtel-Dieu, dont voici le résumé :

La chapelle et les autres édifices sont tellement détruits et tombés en ruines, tant à cause des guerres que par suite des mortalités, qui ont duré longtemps en France, et les revenus sont tant diminués, qu'il accorde trente jours d'indulgence pour solliciter la charité en faveur de la maison, de la chapelle et des pauvres (3).

En 1676, les biens de l'Aumônerie furent remis aux Ordres réunis de Saint-Lazare et du Mont-Carmel.

Aussi nous voyons, en 1677, le marquis de Louvois signer,

---

(1) Lettres-patentes dont une copie existe aux archives de l'hôpital de Vienne. — Voir aussi Arch. Nat., KK. 897, f⁰⁸ 26-27 (communic. du V⁵ de Croy). — Les actes furent remis et enregistrés à la Chambre des comptes du duc d'Orléans, le 2 mars 1402. L'acte d'union, confirmé par l'abbé de Grandmont, fut placé dans le coffre de la Chambre. « in arca camere » (Ibid).

(2) M. A. Dupré.

(3) *Cum capella et alia edificia adeo sint destructa et in ruinam conversa tam occasione guerrarum quam mortalitate que diutius in regno Francie riguerunt.* (Arch. Nat., L. 883, n° 40).

soit personnellement, soit par mandataires (1), des actes où il figure comme « directeur de l'Aumosne des Montils » (2).

En 1680, les deux Ordres entrèrent dans la formation d'une commanderie, érigée à Blois, sous la dépendance immédiate du grand prieuré d'Aquitaine (3).

En 1691, Madeleine Chaudon, veuve de Claude Charruyau, était « fermière de la commanderie des Montils, fermière de l'Aumosnerie des Montils, fermière générale de l'Aumosnerie ».

Elle dut alors intervenir « pour éviter les saisies et arrêt que M. François Leroy, receveur de la maladerie de Saint-Lazare et de la confrérie de Saint-Jacques — auxquelles est annexée l'Aumosnerie des Montils, du grand prieuré de Bretagne, — vouloit faire faire sur les sous-fermiers des biens dépendant de l'Aumosnerie, faute de paiement des fermes deues ». Elle se porte caution des « sommes, grains et aultres choses ci-après déclarées » (4).

L'année suivante, Monseigneur Louis Rousselet de Château-renault, chevalier des Ordres de Saint-Lazare et du Mont-Carmel, afferme le produit de l'Aumônerie des Montils, pour la somme de 300 livres annuellement (5).

Cette commanderie ayant été supprimée en 1693, les religieux de Boulogne furent réintégrés dans la possession de leurs anciens biens. Par suite de cette restitution, le 29 octobre 1694, Barthélémy Moullier, supérieur des religieux de Boulogne, afferme pour neuf ans le revenu temporel de l'Aumônerie des Montils (6).

Un arrêt du Conseil, du 29 mai, confirmé par lettres patentes du roi, du mois de septembre suivant, « partage les revenus de l'Hostel-Dieu des Montils, par moitié, entre l'Hospital de Blois et les religieux de Boulogne, à la charge de satisfaire aux prières et aux services et fondations dont peut être tenue l'Aumosne des Montils, et recevoir les pauvres des lieux et paroisses où

---

(1) Arch. de l'étude des Montils.
(2) Il était à cette époque ministre secrétaire d'État, grand vicaire général de l'Ordre du Mont-Carmel et de Saint-Lazare de Jérusalem.
(3) Édit du 28 décembre 1680. (Isambert, *Recueil général des lois françaises*).
(4) Arch. de l'étude des Montils.
(5) *Ibid.*
(6) Registre 233 des baux de mainmorte. (Bibl. de Blois).

sont situées les Maisons-Dieu indiquées dans le présent acte, à proportion de leurs revenus » (1).

En 1699, il est dressé « un devis des ouvrages et réparations qu'il convient de faire aux logis et bastimens de l'Aumosnerie des Montils », en présence de dom messire Moulinier, prieur conventuel de Boulogne, et sieurs Estienne Cheron et Jacques Beaudry, directeurs de l'hôpital général, en l'absence de François Dubois, receveur du dit hôpital (2).

Un arrêt de la Chambre des comptes de Blois, daté de 1707, oblige le domaine à payer « chascun an, à l'hospital, 12 livres 10 sols pour évaluation du bois de chauffage, attribué à l'Aumosne des Montils » (3).

Des différends étant survenus entre les deux maisons de Vienne et de Boulogne, un partage des biens eut lieu en 1725, le 21 septembre (4). L'hôpital devint seul propriétaire du lot définitif qui lui échut.

La principale maison de l'Aumônerie était restée aux religieux de Boulogne, qui l'affermaient encore en 1758 (5).

La portion des biens de l'Hôtel-Dieu des Montils, laissée au prieuré de Boulogne par le partage de 1725, passa en 1770 au Séminaire de Blois, auquel ce couvent venait d'être annexé. C'est pourquoi nous voyons, en 1772, Michel Bansais, « supérieur du Séminaire de Blois, administrateur des biens du prieuré de Boulogne », faire une transaction de 72 livres avec un entrepreneur de maçonnerie (6), qui avait construit dans de mauvaises conditions « un mur de terrasse au pourtour du jardin dépendant du prieuré de Boulogne » (7).

Telles furent, en résumé, les vicissitudes de cette institution charitable.

Cette Maison-Dieu eut son importance à l'époque où la route de Paris en Espagne traversait le bourg des Montils. Entre autres occasions de bonnes œuvres, elle donnait souvent asile aux pèlerins qui se rendaient à Saint-Jacques-de-Compos-

(1) Arch. de l'hôpital de Vienne.
(2) Ibid.
(3) Ibid.
(4) Ibid.
(5) Arch. de l'étude des Montils.
(6) Jean-Baptiste Perrin.
(7) Arch. de l'étude des Montils.

telle, en Galice. Ces hôtes dévots y trouvaient à la fois un logement gratuit et des secours pécuniaires pour continuer leur voyage (1).

M le vicomte Walsh dit de son côté : « Les ruines de cet hospice, élevé pour les pèlerins allant aux Saints - Lieux ou revenant de leurs pieux voyages, se réduisent aujourd'hui à une voûte et à quelques pans de murailles attenantes à celles du château » (2).

Biens et Revenus de la Maison-Dieu

Comme nous l'avons dit à l'article des donations, la Maison-Dieu des Montils fut dotée dès les premières années de sa fondation. Il nous suffira d'indiquer ici les différentes libéralités faites en faveur de cette maison charitable et qui constituaient déjà, à l'époque indiquée, le patrimoine des pauvres.

1286. — La comtesse de Blois fait un don de 200 livres à la Maison-Dieu.

1295. — Don de la Haie-de-Brion, estimée 10 livres de rente.

» 37 livres de rente « sur la rente du pont de Blois ».

» La maison de Pommeray, estimée 23 livres.

» Une maison à Seris, avec un arpent de vignes (3).

» Les revenus de 100 livres, « employés aux dépenses usuelles de la Maison-Dieu ».

» 100 livres pour « achat et héritages ».

1351. — Un muid de méteil à la mesure de Blois est dû annuellement à la Maison-Dieu, sur la greneterie du comté (4).

1356. — 12 livres 10 sols dûs au terme de Noël (5).

1359. — Une coupe de bois due annuellement au maître de la Maison-Dieu (6).

1373. — 6 septiers de méteil dus annuellement par le domaine des comtes de Blois, à la Toussaint (7).

1392. — 9 livres 5 sols t., dus annuellement à la Maison-Dieu (8).

---

(1) M. A. Dupré.

(2) Yvon le Breton.

(3) Arch. Nat., S. 3294, n° 40. - Cf. KK. 894, f° 101.

(4) Bibl. de Blois, Coll. Joursanvault, n° 171.

(5) Ibid., n° 276.

(6) Ibid.

(7) Quittance de Jehan Prieur, maitre de la Maison-Dieu des Montils. (Coll. Jours., n° 744).

(8) Quittance de Pierre de Nédonchel « maistre de la Maison-Dieu ». Coll. Joursanvault, n° 847. Cette quittance est scellée. - Cf. Ibid., n° 914, 8 juillet 1392.

1398, 25 août. — Par lettres du duc d'Orléans, comte de Blois, données à Paris, le maître de l'Aumône des Montils reçoit « tout ce qu'il a droit et accoustumé de prendre chascun an sur le domaine de la comté » (1), soit 21 livres 10 sols t. de rente annuelle sur la recette de Blois (2).

1467. — Un courtil, au profit de l'Aumône des Montils.

1487. — Le prieur de Boulogne passe bail de la métairie de la Fressurière, à Jean Loiselleur, de la Ferté-Villeneuil, pour trois vies et 59 ans, à raison de quatre muids de grain de fermage, moitié blé et moitié seigle (3).

1674. — Fermage de l'Aumônerie. Claude Charruyau (4), fermier général, afferme « à Bertrand Common, thonnellier, l'Aumosne avec ses dépendances et jardins, pour un boisseau de pois et un boisseau de fèves, tel qu'il sera recueilli dans le jardin de l'Aumosne et fournir de vin pour dire la messe dans la chapelle de Saint-Jean et fournir une livre et demie de cire pour dire la messe, si tant en faut et pendant ledit temps, souffrir, passer et repasser le sieur prieur des Montils, pour dire la messe trois fois par semaine ; et pendant ledit temps donner aux pauvres qui viendront à l'hospital une bourrée chaque fois, et leur donner de la paille quand ils en auront besoin. Pourquoi sera fourni de bois et de paille par ledit Charruyau pour ladite fourniture. Et outre donnera ledit Common, audit jour de Toussaint prochain, une boîte de raisins cuits pour récompenser ledit Charruyau de la vigne qui est audit jardin ; et encore partageront les parties les fruits qui proviendront aux poiriers de Bon-Chrestien, Rateaux et abricots ; et qu'il sera permis audit Charruyau d'aller et venir au pressoir et de mettre ses chevaux à l'escurie dudit lieu et de souffrir que ledit Charruyau fasse un dîner, le jour de Saint-Jean, en ladite maison de l'Aumosne, pour soi et ses amis, reconnaissant que ledit Charruyau lui a mis en main un calice d'argent et la patène dans son étui, que ledit Common rendra au jour de Toussaint » (5).

1691. — Etat des biens et revenus de l'Aumône des Montils :

45 livres pour ferme de prés ;
30 —   —   — vignes et prés ;
48 —   —   — différents fermages ;
4 —   —   — ferme d'un quartier de vigne ;
7 —   10 sols ;

(1) Bibl. de Blois, Coll. Joursanvault, n° 992.
(2) Ibid. — Attache de Jean le Flament, conseiller du duc d'Orléans et général de ses finances.
(3) Arch. de M. Venot-Gaillard, à Chartres.
(4) Procureur fiscal de la seigneurie d'Ouchamps.
(5) Etude du notaire des Montils.

40 boisseaux de blé-seigle ;

23 livres pour ferme de bâtiments et héritages ;

  9 —   —   — d'un arpent de vigne ;

28 —   —   — de 18 boisselées de vigne ;

  3 —   —   — d'héritages ;

40 sols pour ferme d'un jardin à Madon ;

40 livres et 100 botteaux pour ferme de 30 arpents de terre ;

24 — pour différentes fermes ;

15 —   — ferme de la maison « où demeure le chirur-
                                gien Mullot » ;

  8 —   —   —   — « à la veuve Rolin » ;

  8 —   — le loyer d'une maison « à un valet de poste » ;

15 —   —   —   — « où Ragois, serrurier,
                                demeure » ;

  8 —   — ferme d'une grange louée au maître de poste.

Ce qui donne un total général de :

    317 livres 10 sols ;

    40 boisseaux de blé ;

    100 botteaux de paille (1).

En 1699, Léon de Meulles est fermier général de l'Aumônerie pour 336 livres et Jean Tournier, pour 300 livres en 1707.

A cette époque nous avons un nouveau détail des biens et revenus de l'Hôtel-Dieu des Montils ; il est plus complet que celui de 1691. Voici les articles ne figurant pas en ce dernier :

La maison principale de l'Aumônerie, avec les deux jardins haut et bas et granges derrière et dépendances, estimée 40 livres (2) ;

    4 maisons situées dans le bourg ;

    5 arpents de vigne, closerie des Châteigners ;

    25 à 26 arpents assis à Berthegon ;

    40 arpents de bois taillis aux hayes de Brion (3).

En l'an V (1797), l'Aumônerie des Montils fut vendue pour 820 livres, « en valeur métallique » (4).

---

(1) Etude des Montils. — L'Aumônerie donne à bail à François Drouineau un arpent de vigne d'auvernat, moyennant 11 livres et 4 poulets.

(2) Arch. Nat., S. 3294.

(3) Etude des Montils. — 1713. Closerie de la Grande-Maison, consistant en 10 arpents de vignes que l'hôpital « fait valoir par ses mains ». — 14 boisselées de terre et trois quartiers de pré, au petit Clairvaux, 16 livres. — Demi arpent de vigne au clos de la Roche, 3 livres 5 sols. — 2 boisselées en friche au bois des Pieux, 3 sols.

(4) Etude des Montils.

Charges et Obligations de la Maison-Dieu des Montils

Dans la charte de fondation, en 1286, il est dit expressément :
« .... .. Nous voulons que... dans ladite maison il y ait toujours un prieur qui célèbre ou fasse célébrer, tous les jours, dans la chapelle dudit lieu ; ledit prieur aura et recevra annuellement, pour desservir ledit vicariat, quinze livres de revenu annuel....... ; ledit prieur sera aussi tenu de donner la sépulture aux corps des morts, sans pouvoir exiger de rétribution soit pour le convoi, soit pour la sépulture des pauvres ».

En 1337, le samedi veille de Saint-Laurent, frère Jean, abbé de Bourgmoyen, reconnaît que Robert de Mante, « ou temps que il vivoit », a laissé certains héritages aux maître et frères de la Maison-Dieu des Montils, à charge de dire en la chapelle trois messes par semaine, pour lui, le comte Gui, le comte Hugues et la comtesse Béatrix. L'abbé, « à la requeste et prière dudit conte, » a permis que lesdits maître et frères tiennent lesdits héritages, en payant à l'abbaye double cens soit 14 deniers (1).

En 1401, Louis, duc d'Orléans, comte de Blois, en cédant la Maison-Dieu des Montils aux religieux de Boulogne, avait décidé qu'il serait dit, dans la chapelle, trois messes par semaine. Cette fondation se trouve confirmée par un acte notarié de 1673, dont la teneur suit : « Les principaux habitans des Montils avec le prieur ont certifié à tous ceux qu'il appartiendra que le service divin se fait annuellement, en la chapelle de Saint-Jean, dépendant de l'hostel-Dieu des Montils, notamment toutes les semaines où il est dit trois messes de fondation en la dite chapelle ; ce qui leur est connu journellement ; et que les pauvres passans demandant l'aumosne pour Dieu, y logent et y sont hébergés bien et deuement, suivant les fondations et mesme, quand ils y demeurent malades et y meurent, sont ensevelis et enterrés dans le cimetière qui dépend et appartient au dit hostel-Dieu » (2).

Nous avons vu, à l'article des biens et revenus, le rappel des obligations imposées aux fermiers de l'Hôtel-Dieu.

En 1743, les décimes de l'Aumônerie étaient fixées à 53 livres 16 sols (3).

(1) Arch. Nat., L. 983, n° 7.
(2) Étude des Montils.
(3) Arch. de l'hôpital de Vienne.

1772. — Dans le livre des dépenses de l'évêché de Blois il est inscrit « 15 livres, fondation des Montils, 30 messes, acquit de l'Aumônerie des Montils » (1).

Maîtres et Aumôniers de la Maison-Dieu

1301. — Hermy, maître de la Maison-Dieu ; il achète un demi-quartier de vigne « le samedi après tiefaigne » (2).

En 1322, Robert, « garde de la Maison-Dieu des Montiz ». Il conclut un échange avec Gui de Châtillon (3).

1351, 24 novembre. — Robert de Gien, « mestre des bois de la conté de Bloys et de la meson Dieu des Montis », donne quittance d'un muid de méteil dû à la Maison-Dieu. En la même qualité, il rédige deux pièces analogues en 1354 et en 1357 (4). Ce muid de méteil provenait de la rente des « hoirs feu Machue », transmise par Jeanne Vachette à la Maison-Dieu. La qualité de clerc, que prend Robert de Gien en divers actes, donne à penser qu'il était ecclésiastique, au moins tonsuré. Cela ne l'empêchait pas d'occuper des fonctions assez importantes dans l'administration civile du comté de Blois. Attaché au service de Louis Ier de Châtillon, il devait certainement à cette circonstance les diverses places qu'il occupait. En 1341, appelé « Robinet de Gyen », il est « clerc de monseigneur d'Avesnes », c'est-à-dire de Louis Ier de Châtillon, qui porte ce titre du vivant du comte Gui, son père (5). De 1344 à 1346 environ, Robert de Gien est receveur de Blois (6). En 1348, il est maître de la Maison-Dieu de Romorantin (7). Son sceau porte un écu avec des armes assez bizarres : une *foi*, dont les mains au lieu d'être placées en *fasce*, sortent du bas de l'écu à dextre et à senestre, de façon à figurer un chevron (8).

(1) Arch. de Loir-et-Cher.
(2) Arch. Nat., L. 983, n° 39.
(3) Ibid., KK. 894, f° 64 (comm. du Vte de Croy).
(4) Bibl. de Blois, fonds Jours., n° 171, 229, 276.
(5) Catalogue des archives du baron de Joursanvault. Paris, 1838, n° 506.
(6) Bibl. de Blois, fonds Jours., carton I, nos 89, 90 ; carton XV, n° 49.
(7) A. Dupré, Recherches historiques sur Romorantin et la Sologne (Pièces Justif., n° XXV) dans le Loir-et-Cher historique, année 1892, colonne 185.
(8) Bibl. de Blois, Jours., carton III, n° 391, acte du 1er avril 1350 (signalé par le Vte de Croy). — De plus les mains sortent de quelque chose qui est assez difficile à distinguer : peut-être des nuées (figure héraldique usitée quelquefois). — Robert de Gien, prieur de Saint-Calais, à Blois, en 1401, est un personnage différent de celui-ci. Son sceau porte un écu chargé d'une tête casquée à l'antique, adextrée d'une étoile (Ibid., Jours. n° 903. Signalé par le Vte de Croy).

1358. — Frère Guillaume Merquier, « evesque de Sorguat » ou
« Seurquat », en Crimée (1), et « mestre de la meson-Dieu des
Montilz », donne quittance à Jean Largentier, grenetier de
Blois, de demi muid de meteil pour la Saint-Remi (1er octobre)
1358, et de 12 liv. 5 sous tourn. à Jean de Bonduis, receveur de
Blois, pour le terme de Noël 1359, le tout dû à la Maison-Dieu (2).
L'année suivante « Reverant Père en Dieu, l'evesque de Sorguat... fait suplicacion à... Msgr le conte de Blois » qu'il lui soit
« delivré bois pour mesonner et chauffer en la ville de Blois en
recompensacion de l'usaige que il a, à cause de la meson-Dieu
des Montiz, pour ce qu'il n'en peut user, ne demorer en laditte
meson-Dieu pour cause des guerres. » Le 1er mai 1360, le conseil
du comte ordonne de lui délivrer vingt soliveaux (3).

Cette « cause des guerres » était sans doute la présence des
Anglais dans la région. Le roi Jean avait été fait prisonnier en
1356, à la bataille de Poitiers.

Froissart a mentionné le triste état du Blésois, « durement
empeschiet », dit-il, en ces années néfastes. Autant que les ennemis, les pillards et les routiers ravageaient le pays et dé-
tenaient les forteresses. Alard de Barbançon, gouverneur du
comté, contribua fort à en purger la contrée (4).

1373, 9 mai, jeudi après *Cantate,* « Jehan Prieur, maistre de la
maison-Dieu des Montiz » (5).

Il donne quittance des rentes dues à la Maison-Dieu en
1374, 1378, 1380, 1382 (6).

1388. — Le jeudi après la Notre-Dame 'd'Août, Pierre de
Nédonchel, déjà capitaine des Montils, est en même temps
« maistre de la meson-Dieu » (7). Il l'est encore en 1392 (8) et

(1) Conrad Eubel, *Hierarchia catholica medii œvi.* Monasterii. 1898. Sumptibus et
typis librariæ Regensbergianæ, in-4°. p. 494 : *Sulgatensis,* alias *Surgatensis* episcopus,
Sulgat, Surgat, aujourd'hui Crim ou Krim, maintenant simple village, en Crimée. Cette
péninsule lui doit son nom. Eubel ne cite d'évèque de ce lieu que pour les années 1366
et 1380.

(2) Quittances des 2 mai 1359 et 12 janvier 1360. La quittance du 2 mai 1359 porte
un fragment de sceau. (Jours. n°° 367, 379).

(3) Bibl. de Blois, Jours., n° 397.

(4) Voyez des détails sur l'état du Blésois à cette époque dans le *Cartulaire de la ville
de Blois, Notices* du V° de Croy, p. 316, 385-386.

(5) Bibl. de Blois, fonds Jours., n° 744.

(6) Bibl. Nat. Fr., 2599, n°° 735 et 733. — P. Orig. vol. 2386, dossier 53473, n°° 2 et 3.
(Comm. du V° de Croy).

(7) Bibl. Nat., P. Or., 2004, D° 47741, n° 9. (Comm. du V° de Croy).

(8) Bibl. de Blois, Jours., n° 847. Voir aussi n° 914 de l'année 1392.

jusqu'à sa mort, vers 1402 (1). En 1401, lorsque la maison fut unie au prieuré de Boulogne, il avait été stipulé qu'il garderait sa charge sa vie durant.

1406. — Guillaume du Vergier « maistre et administrateur de la maison-Dieu des Montiz » (2). Par lettres du 30 juillet 1407, il obtient du duc d'Orléans et comte de Blois, après avoir montré ses titres, la confirmation de son droit d'usage et de pâturage dans les forêts du comté, pour la dite maison et la main-levée de l'empêchement élevé par les officiers du prince (3).

1421. — Vincent Danneveau, « prieur du prieuré de Nostre-Dame de Boulogne, au comté de Blois » et « maistre de l'hostel-Dieu des Montilz » (4).

1458. — Frère Jean Barrault, maître de la maison-Dieu des Montils (5).

1487. — Frère Jean de la Leu, « prestre, maistre et administrateur de la maison-Dieu des Montilz » (6).

1540. — Frère M. Grassin, « aumosnier des Montilz ».

1551. — Frère Jacques Charretier, « aumosnier de la maison-Dieu des Montilz » (7). Le même en 1562. Un peu plus tard, il est « procureur de l'abbaye de Boulogne », sans cesser d'être aumônier de l'Aumône des Montils (8).

1577. — Frère Mathieu Lefauché, « aumosnier de la maison-Dieu des Montilz ».

1577. — Mathurin de Faucon « religieux conventuel de Nostre-Dame de Boullogne et aumosnier de l'hospital, maison-Dieu des Montilz, dudit prieuré. »

1587. — Mathurin du Saulle « prestre et aulmonier de la maison-Dieu ».

1597. — Frère Jean Pasquier, « religieux conventuel de Nostre-Dame de Boullogne et aumosnier de l'hospital maison-Dieu des Montilz » (9). En 1625 il constitue une rente de 50 sols tournois

(1) Arch. Nat., S. 3294, nº 41.
(2) Ibid., S. 3294, nº 41.
(3) Ibid., L. 983. — En 1397, au mois de juillet, le duc donnait droit de pâturage et usage dans la forêt de Blois pour la métairie de Pommeray à Saint-Su pice. Arch. Nat., L. 983. nº 41.
(4) Arch. Nat., L. 983, nº 158.
(5) Arch. Nat., Z² 347, à la date du 4 mars (Cⁿ du Vᵗᵉ de Croy).
(6) Arch. de M. Venot-Gaillard, à Chartres.
(7) Arch. du comte de La Ville-Baugé au château de Candé (comm. du Vᵗᵉ de Croy).
(8) Arch. de Loir-et-Cher : fonds de Boulogne.
(9) Ibid.

sur une femme de Blois, Marie Pathault, pour une maison située à l'*Aubépin,* derrière la closerie de Villamblay (1).

1665. — Dom Gérard Pinchon, « de l'abbaye de Nostre-Dame, procureur et religieux du couvent de Nostre-Dame, au prieuré de Boulogne, ordre de Grandmont ». Il signe plusieurs actes « estant en ladite maison, aumosnerie des Montils », et comme « aumosnier de l'Aumosne des Montils » (2).

1668. — Martial Mullot, « sous-prieur de Boulogne et aumosnier de l'Aumosne des Montils » (3).

1677. — Le marquis de Louvois donne pouvoir, par son procureur, Adrien de Moyré, bourgeois de Paris, à Claude Charruyau, d'affermer les 30 arpents de Berthegon, assis aux environs de la Garenne (4).

1691. — Léon de Meulle, marchand boucher au Bourgneuf de Blois, déclare tenir une maison appelée *Bel-Air,* aux Montils, de haut et puissant seigneur, messire François-Louis de Rousselet de Châteaurenault, comte de Croson, vicomte d'Artois, baron de Beaumont, chevalier des Ordres du Mont-Carmel et de Saint-Lazare de Jérusalem, grand-prieur de Bretagne, lieutenant général, commandant les armées navales de Sa Majesté, « à cause de l'Aumosne des Montils, annexée au grand prieuré de Bretagne » (5).

1694. — Barthélemy Moullier, supérieur des religieux de Boulogne, afferme pour 9 ans le revenu temporel de l'Aumônerie des Montils, moyennant un prix de 300 livres en argent, plus six chapons, un dindon, un gâteau de fleur de froment embeurré d'un boisseau.

1758. — Dom François Briquet de la Fond, « prestre religieux et prieur titulaire de Notre-Dame de Boulogne et annexe, Ordre de Grammont », afferme la principale maison de l'Aumône, avec toutes ses dépendances, à Michel Gauché, pour 260 livres, « à la charge pour ledit fermier de loger et nourrir le cheval dudit prieur et celui de son domestique, ou de tout autre religieux de la maison, qui viendroit aux Montils » (6).

(1) *Arch. de l'hôpital de Vienne.*

(2) Arch. de Loir-et-Cher : fonds de Boulogne.

(3) Etude des Montils.

(4) *Ibid.*

(5) Registre de baux de biens de mainmorte, n° 80. (Bibl. de Blois).

(6) Etude des Montils.

A partir de cette époque, nous n'avons trouvé aucune trace d'aumônier pour notre Hôtel-Dieu. Le prieur des Montils fut sans doute chargé d'acquitter les messes de fondation, comme nous l'avons vu pour l'année 1772. L'administrateur ne venait plus aux Montils que pour traiter les affaires courantes.

Chapelle Saint-Jean-Baptiste

La chapelle de l'Hôtel-Dieu des Montils fut fondée en même temps que la Maison-Dieu. La charte de 1286 en témoigne : « dans la chapelle de ladite maison, le prieur dudit lieu devra tous les jours célébrer ou faire célébrer ».

En 1299, le comte de Blois, Hugues de Châtillon, veut « que les frères puissent chanter, célébrer, administrer les sacrements dans la chapelle de ladite maison-Dieu » et il attribue une indemnité annuelle de 20 livres au prieur-curé (1).

Un acte d'échange fait en 1325, entre Guy de Châtillon et le prieur des Montils, commence ainsi : « Nos prédécesseurs ayant fondé une Maison-Dieu, une chapelle, et un revenu à ladite maison, en la ville et paroisse des Montils ».

Nous avons vu que l'évêque de Chartres avait accordé en 1401 30 jours d'indulgence pour exciter la générosité des pieux fidèles en faveur du rétablissement de la chapelle de la Maison-Dieu, « détruite à cause des guerres ». Cette chapelle était dédiée à saint Jean-Baptiste En 1665, l'aumônier loue une maison « assise proche la porte des Montils, vers amont et aval, à la chapelle de Monsieur Saint-Jean » (2).

L'assemblée des principaux habitants des Montils constate, en 1673, « que le service divin se fait annuellement à la chapelle Saint-Jean, dépendant de l'hostel-Dieu des Montils » (3).

En 1699, le service de la chapelle donne lieu à quelques dépenses : « pour un vieux missel, couvert de maroquin, 4 livres 10 sols ;

Pour marchepied, corniche, parement de l'autel, 4 livres 10 sols » (4).

(1) Arch. Nat., S. 3294, n° 40.
(2) Etude des Montils.
(3) Ibid.
(4) Arch. de Loir-et-Cher, loc. cit.

Il existe encore actuellement quelques vestiges de cette cha-pelle. Dans la cour de M. Mandard, menuisier, on voit les meneaux d'une fenêtre de cet oratoire, et dans une niche pratiquée au-dessus du rez-de-chaussée de l'habitation de M Archambault, serrurier, en face de l'entrée de l'Aumônerie, il se trouve une petite statue de saint Jean-Baptiste, patron de la chapelle, et qui dénote une certaine antiquité (1).

Cette statue, qui n'est pas un chef-d'œuvre, a 0m75 de hauteur. Elle a survécu à la démolition de la chapelle et aux fureurs de la Révolution.

Chaque année, le dimanche qui suit le 24 juin, la statue de Saint Jean est décorée ; le soir, elle est illuminée, grâce aux soins empressés des voisins. C'est jour de fête pour le pays, car c'est l'*Assemblée* des Montils.

Couvent des Religieuses
pour le service de la Maison-Dieu

Dans la charte de fondation de l'Hôtel-Dieu des Montils, il est parlé des religieuses qui devront concourir à l'administration de ladite maison.

« Nous voulons, dit la fondatrice, qu'il y ait un maître ou une *maîtresse*, un prieur ou une *prieure*, qui aient plein pouvoir dans l'administration des biens temporels et dans le soin des pauvres ».

Il est dit aussi, dans la charte d'organisation, que « ladite comtesse, tant qu'elle vivra, pourra également nommer les frères et les sœurs destinés au service des pauvres ».

Selon l'abbé d'Expilly (2), Guy de Châtillon bâtit, joignant le château, un monastère de religieuses qui s'appelait Plaisance

Nous avons vu Jeanne Vachette, sœur religieuse de la Maison-

(1) Des gens âgés nous ont assuré que la statue de saint Jean était placée sur le mur extérieur de la chapelle, au-dessus de la porte d'entrée.
(2) *Dictionnaire des Gaules*, publié en 1768, t. IV, p. 859.

Dieu des Montils, donner à cette maison tous ses biens à l'heure de sa mort.

Cimetière de la Maison-Dieu

La Maison-Dieu des Montils avait un cimetière spécial pour ceux qui mouraient dans l'établissement. Il est mentionné dès 1299.

En 1673, un acte notarié, rédigé dans une assemblée des principaux habitants, d'accord avec le prieur, constate l'existence de ce cimetière. Il y est certifié que les pauvres passants sont hébergés à l'Hôtel-Dieu et, quand ils y meurent, sont enterrés dans le cimetière qui dépend et appartient audit Hôtel-Dieu (1).

Nous avons vu, dans la charte de fondation, que le prieur de la Maison-Dieu était tenu de faire gratuitement la sépulture des pauvres morts dans cette maison.

(1) Etude des Montils.

Appendice au Chapitre Troisième

BAIL DE L'AUMONERIE DES MONTILS

1699. — Léon de Meulle, fermier général, pour 336 livres.
1707. — Jean Tournier, boucher, fermier général, pour 300 livr.

Détail des biens :

1° La maison principale de l'Aumônerie, avec les deux jardins, haut et bas, et grange derrière et dépendances ;
2° 4 autres maisons, situées dans le bourg ;
3° Closerie des *Chateigners* (5 arpents de vignes) ;
4° 1 arpent de terre à la plaine de *la Croix-de-Purie ;*
5° 30 arpents de terres, situées en différents endroits ;
6° 25 à 26 arpents, assis à *Berthegon ;*
7° 1 arpent à *la Fosse ;*
8° 10 boisselées de terres à *la Croix-de-Pierre ;*
9° 21 boisselées de terres — 1 arpent de vignes à *la Piaudière ;*
10° 1 arpent de vignes à *la Carterie,* — plus 3 boisselées ;
11° 2 arpents de vignes aux *Fontenelles ;*
12° 18 boisselées de vignes à l'*Artouillat* (les Montils) ;
13° 1 arpent de terre dans la *Plaine de Monthou :*
14° 1 jardin à *Madon ;*
15° 1/2 arpent de pré, près le *pont des Montils ;*
16° 5 quartiers de patoureaux à *Douillon ;*
17° 3 arpents de prés au bas de *Madon ;*
18° 15 boisselées de prés ;
19° 3 morceaux de prés aux *Mottes ;*
20° 40 arpents de bois taillis aux *Hayes-de Brion ;*
21° 1 arpent de vignes aux *Fossés-Neufs ;*
22° Une maison à *la Haye ;*
23° 2 boisselées, à rente emphytéotique ;
24° 5 sols de rente.

Bail du 31 janvier 1743, par Dom Joseph de Varillas, prieur claustral, religieux de Notre-Dame de Boulogne, Ordre

de Grandmont, près Blois, par Dom Etienne Degibaux
du Chastellux, procureur et Dom Jacques Moreau, à
Pierre Jousset, maître maréchal, etc :

Principale maison de l'Aumônerie des Montils, consistant en deux
chambres basses carrelées, dont il y en a une vitrée, une chambre
haute, grange, écurie, un cellier, un pressoir, une cuve tenant
environ dix pièces, avec une grande cour ayant une porte chartière
pour y entrer ; une autre cour derrière la grange ; deux jardins dont
un enclos de murailles, l'autre de hayes sèches. N'est compris au
présent bail la *chapelle* joignant auxdits bastimens.

Nourrir le cheval des religieux toutes les fois qu'ils iront aux
Montils ;

Faire une petite chambre despendant des bastimens.

Une forge.

LIVRE DEUXIÈME

Vie Civile

---

§ 1ᵉʳ. — Vie Seigneuriale

CHAPITRE QUATRIÈME

LE CHATEAU FÉODAL DES MONTILS

Clément de Ris a fait un rapport sur les destinées du château des Montils, depuis Thibault de Champagne qui le fit construire vers 1140, jusqu'en 1682 où Bernier, l'historien de Blois, constatait son état de ruine (1).

De cette antique demeure, il ne reste plus actuellement — 1911 — qu'une grosse tour, quelques débris d'une triple enceinte et de fortifications extérieures, un donjon cylindrique de 16 mètres de diamètre et une porte monumentale qui annonçait dignement le manoir du seigneur du pays (2).

Le château des Montils fut une des forteresses que la féodalité érigea sur notre sol blésois, trop exposé aux incursions ennemies. Le sommet escarpé d'une montagne, dont le Beuvron baigne le pied et protège les abords, convenait à cette destination stratégique. La fondation de ce poste militaire remonte

---

(1) *Revue des Sociétés savantes.* Vᵉ série, t. II, pp. 138, 429, 430.
(2) M. de Beaucorps. *Les Montils, ses ruines.* Orléans, 1868.

aux premiers comtes de Blois et nous pouvons le tenir pour très ancien (1).

André Félibien (2) s'exprimait ainsi en 1681 : « Tout le bourg a esté ruiné par les guerres des Huguenots et il ne reste du chasteau que les murailles presque toutes abattues ; car comme le reste des édifices tomboit dans une entière ruine, l'on a depuis deux ans achevé de les démolir.

« On voit seulement les fossez qui l'environnoient avec un bastion du costé du midy et la tour qui estoit au milieu du chasteau.

« Par les ruines de ces bastimens on voit que les murailles n'estoient que de moislon et de blocage ».

Peu après que Félibien s'exprimait de la sorte, Bernier (3) écrivait, en 1682 : « Il y a une autre maison que l'on croit pareillement royale, à deux lieues de Monfrault (4), appelée les Montils. Elle est située à l'extrémité de la forêt de Russy. Le bourg qui l'environne n'a point de justice sur le lieu et dépend de la chastellenye de Blois. Il n'y a pas longtemps que l'on a démoli ce chastéau (5) parce qu'il se ruinoit insensiblement ».

Dom Mabillon fait mention du château des Montils. Après avoir parlé de Monfrault, près Chambord, il ajoute : « A pareil intervalle de la même ville — Blois — on voit le lieu des Montils où j'apprends qu'il existait autrefois une demeure royale dont il reste encore des ruines et des pans de murs. Actuellement — 1709 — un officier noble, désigné par le roi, gouverne le pays des environs (6) ».

1. — LES CONSTRUCTIONS

Nous ne pouvons parler avec certitude du château des Montils qu'à partir du xıı^e siècle. L'auteur anonyme qui a raconté l'histoire des seigneurs d'Amboise, nous apprend que Thi-

(1) A. Dupré, *Renseignements sur les Montils*.
(2) *Mémoires pour servir à l'histoire des maisons royales*, publiés en 1874, par M. de Montaiglon, professeur à l'École des Chartes, p. 25.
(3) *Histoire de Blois*.
(4) Près Chambord.
(5) « C'étoit un bâtiment tout simple et fort ancien ». L'abbé d'Expilly : « Il n'étoit pas d'une grande étendue ».
(6) « Pari intervallo, ab eodem oppido, cernitur locus *des Montils*, ubi quondam extitisse audio palatium *regale*, cujus rudera et parietinae cernuntur. Ubi etiam nunc praeficitur a Rege Domesticus nobilis qui circumposita plagae dominatur ». (*De Re diplomatica*, 1re partie, p. 253.)

VUE DES MONTILS EN 1682

bault IV, dit le Grand, comte de Blois de 1108 à 1152, inquiété par des voisins belliqueux, surtout par Sulpice d'Amboise, seigneur de Chaumont, ambitieux et remuant, résolut de fortifier sa résidence des Montils : « Ad ultimum, comes Theobaldus, permultis injuriis sibi illatis, villam quæ dicitur *Monticios*, munire disposuit » (1).

D'après l'auteur du *Liber de Compositione castri Ambasiæ*, le comte de Blois fit clore de fortifications les Montils. « C'était pour mettre à l'abri des déprédations de Sulpice de Chaumont une maison de campagne, *villa*, qu'il possédait à cet endroit ». Cet événement peut se rapporter aux environs de l'année 1144 (2).

Depuis cette construction de Thibault IV, les Montils, dans un grand nombre de chartes données par les comtes de Blois, portent le nom de *Castrum de Monticiis*, château fort des Montils. Plusieurs de ces chartes attestent que ces princes féodaux y faisaient de fréquentes apparitions.

Place de guerre, le lieu des Montils acquit de l'importance dans les longs démêlés des maisons de Champagne et d'Anjou.

« C'est à Thibault IV, dit M. de Beaucorps (3), ou à son fils et son successeur Thibault V, surnommé le Bon, — 1152-1191 — qu'on peut attribuer les constructions qui subsistent encore ; car si on les compare aux autres monuments d'architecture militaire que nous a légués la féodalité, on y trouve les caractères du XII° siècle » (4).

Cependant, comme nous le verrons plus loin, l'habitation où logeaient les comtes de Blois, dans l'enceinte fortifiée, n'a dû s'agrandir que dans la seconde moitié du XIII° siècle.

Nous n'avons pu reconstituer le château tel qu'il a dû exister, aux temps les plus brillants ; pour suppléer à cette absence de renseignements précis, nous allons donner quelques détails qui présentent un certain intérêt (5).

---

(1) Dom Luc d'Achery, *Spicilegium*, t. III, p. 283. — V. aussi Marchegay, *Chroniques d'Anjou*.

(2) H. d'Arbois de Jubainville, *Histoire des ducs et des comtes de Champagne*, Paris, 1870, t. II, p. 384.

(3) Malgré les affirmations de Bernier et de Fournier, sur la simplicité et le peu d'étendue du château des Montils.

(4) *Les Montils, ses ruines.*

(5) M. Lesueur, docteur médecin à Blois, a trouvé, en 1910, au château de Cheverny, un des deux manuscrits de Bernier, qui donne les dessins des châteaux de Blois, Chambord, *Les Montils*, Chaumont, Montrichard, Chenonceaux, Cheverny, Menars, etc. Nous reproduisons ce dessin page 91.

1363, 31 juillet. — Martin Alès, sergent du comte de Blois, donne quittance de 10 francs d'or « pour tourner et convertir en la fortifficacion et réparacion du chastel des Montilz » (1).

1371, 24 avril. — Ordre est donné par le gouverneur de Blois de délivrer au même officier Martin Alès « un muid de seigle qui li a esté accordé par le conseil et pour causes des mises qu'il a faites ou chastel des Montilz » (2).

Selon Bernier, Valentine de Milan, femme du duc Louis d'Orléans, fit faire quelques augmentations au château des Montils, « ce qui se pouvoit connaistre par les armes qui paroissoient en quelques endroits (3).

1429. — « Jehan Victor, capitaine du chastel des Montilz » reconnaît que le maître des forêts lui a délivré « tant pour son chauffaige, comme pour édiffier audit chastel des Montilz », un arpent de bois en deux pièces, en la forêt de Russy (4).

1467. — Marie de Clèves, veuve de Charles d'Orléans, comtesse douairière de Blois, mère de Louis XII, fait travailler au château des Montils : elle commande d'édifier « entre les murs de la grant salle et la muraille de la forteresse, quatre chambres à cheminées, garnies de croisées, huisseries et retrait qui serviront à icelles quatre chambres ».

Le devis, d'après les entrepreneurs, s'élevait à la somme de cent écus d'or ; « ils se sont rabessez et ont offert faire ladite besongne pour quatre-vinz-dix escuz » (5).

1472. — Pierre André, huissier de salle et peintre, reçoit de Madame d'Orléans 110 livres « pour une grande table d'autel de la Nativité Nostre-Dame, peinte d'or et d'argent, mise en la chapelle du chastel des Montils » (6).

1498. — Jeanne de Valois, reine de France et épouse de Louis XII, répare et agrandit le château des Montils (7). Ces aménagements furent exécutés en vue d'un séjour du roi Charles VIII et de Madame de Bourbon. Le roi mourut sur ces entrefaites à Amboise.

(1) Bibl. de Blois, coll. Jours, n° 503.
(2) Ibid., n°° 714-15.
(3) Histoire de Blois, p. 328.
(4) Bibl. de Blois, coll. Jours., n° 1190.
(5) Ibid., XVII, n° 123.
(6) Extrait des Registres de la Chambre des Comptes, par Gaignières, pièce publiée par M. Delisle.
(7) Pièces justif., n° XIII.

Porte des Montils.

II. — LES FORTIFICATIONS

Comme nous l'avons dit, les Montils furent jadis un bourg fortifié, une ville close ayant ses murs d'enceinte, ses remparts, tours, portes et pont-levis.

1º *Portes*

Pour entrer aux Montils, il y avait deux portes : l'une *la porte Blésoise*, située au nord-est, sur le chemin de Blois.

En 1674, Claude Charruyau, fermier de l'Aumônerie, loue une maison « près la porte Blésoise » (1).

Il ne reste plus de vestige de cette porte ; mais on a pu en pré· ciser la situation par des fouilles que M. Duchalais fit pratiquer en 1880 pour la construction d'une maison, à l'angle ouest de la place de la Croix-Rouge. Elle se trouvait à l'entrée nord de la route de Candé et faisait face à la route de Blois.

L'autre porte était assurément la plus importante ; on l'appelait simplement *la porte des Montils*. Elle constitue, avec la tour, le plus intéressant souvenir des siècles passés.

Il y a quelques années, certains habitants, consultant avant tout leur intérêt particulier, avaient déployé une grande activité pour amener la démolition de cette porte ; mais le plus grand nombre de leurs concitoyens ont vivement protesté. Ils ont pensé, avec raison, qu'une population intelligente doit conserver les trop rares souvenirs qui lui rappellent l'histoire de ses ancêtres. La vieille porte est donc encore debout.

C'est un vrai monument. A sa base, elle a 4 mètres d'un côté et 4ᵐ50 de l'autre. La chaussée a 4ᵐ25 de large ; du sol au-dessous de la clé de voûte elle mesure 6ᵐ60. Le parement de l'arcature, du côté du château, est très bien conservé, tandis que du côté qui regarde l'église, elle n'existe plus que jusqu'à la naissance du cintre.

2º *Murs d'enceinte*

Il reste encore assez de vestiges des fortifications extérieures, dispersées çà et là dans différentes propriétés du bourg, pour faciliter la reconstruction de la muraille d'enceinte ; nous nous

(1) Étude des Montils.

contenterons de citer les maisons où l'on voit quelques pans de vieux murs.

Autour du donjon, à la distance de 2m 80 du côté du midi et du soleil levant, il se trouve une partie de muraille longue de 21 mètres et d'une hauteur moyenne de 6 mètres. Des restes de murs au niveau des terres dans les jardins de M. Tellier à 6m 60 de la tour ; un bloc de maçonnerie dans les maisons de M. Brunet, sabotier ; les fondations d'une petite tour à l'angle nord de la maison de M. Duchalais, sur la place de la Croix-Rouge ; dans les servitudes de cette habitation, le long du chemin de Candé, une épaisse muraille longue de 7 mètres ; chez le docteur Boëlle, un mur très épais, 3m 50, et les restes d'une tour ; des pans de murs dans les habitations de MM. Chotin, boucher, le docteur Paul-Boncour, Renard, boulanger, arrivent jusqu'à la porte de la ville à l'ouest, chez M. Brunet, 17m 40. De l'autre côté, au midi, le mur d'enceinte se voit encore sur une longueur de 31 mètres, entre les habitations de M. Gabeau, buraliste, Mandard, menuisier, et Simon, tonnelier, avec une interruption de 6 mètres et une reprise de 5 mètres. Là les murs se confondaient avec les constructions de l'Hôtel-Dieu, longeaient les jardins de cet établissement et se rapprochaient du château près du kiosque actuel.

4° La tour

La tour du château fut construite au XIIe siècle. « Au milieu des guerres continuelles du moyen-âge, dit M. de Beaucorps, il fallait se mettre à l'abri des surprises et des attaques armées ; et l'on ne pouvait se livrer avec sécurité aux jouissances de la campagne, si l'on n'était protégé par d'épaisses murailles ».

D'après M. de Fougères, en 1356, le prince Noir, Edouard, retournant du Limousin en Angleterre, trouva les passages de la Loire si bien gardés qu'il fut obligé de revenir sur ses pas. Dans sa fureur, il ravagea toute la Sologne et par conséquent le Blésois méridional. Il détruisit ou démantela tous les châteaux fortifiés qui se trouvaient dans le canton de Contres, tels que ceux des Montils, Candé et Fougères (1).

(1) Baron de Fougères : *Renseignements sur le canton de Contres.* — En réalité, d'après le moine de Malmesbury, chapelain du prince Noir, qui a relaté son itinéraire, Edouard, après avoir quitté Romorantin le 5 septembre, vint le 6 « à un château du comté de Blois qui est situé sur la rivière du Cher », et le mercredi 7 à Montlouis, près Tours.

Gui de Châtillon fit restaurer la tour au xive siècle ; voici la description que nous en donne M. de la Saussaye :

« Les murailles, épaisses de 3[m] 80, perdent 0[m] 80 en atteignant le premier étage. Construites en *emplecton* (1) à la manière des anciens, elles ont un revêtement en pierre de moyen échantillon. Le centre de la tour est occupé par un puits ayant son orifice au

LE DONJON DES MONTILS ET LE MUR D'ENCEINTE

premier étage et formant en quelque sorte la colonne où s'épanouit la voûte du rez-de-chaussée.

« Le premier étage est éclairé par deux fenêtres étroites en

(*Eulogium historiarum a monacho quodam Malmesburiensi exaratum*. Edited by Frank Scott Haydon, London, 1883, vol. III, p. 220). — Cf. sur le même objet, Vte de Croy : *Cartulaire de la ville de Blois*, p. 333-34 et *Examen de l'histoire du château de Chaumont-sur-Loire (Revue de Loir-et-Cher*, année 1907, col. 165) ; Ch. de Grandmaison : *Le séjour du prince Noir à Montlouis. (Bulletin des Antiquaires de l'Ouest*, t. XX).
Nous avons vu plus haut, page 7, un texte cité, d'après lequel les Montils furent démantelés dès l'époque de la prise du roi Jean, à Poitiers, c'est-à-dire en 1356. On peut se demander si durant les quatre jours de leur passage sur le Cher, les détachements anglais eurent le temps de détruire ces fortifications et si ce ne sont pas les défenseurs eux-mêmes qui, ne voulant pas tenir la place, la démantelèrent. Cela semble résulter de ces mots : « ville abatue... pour doubte des ennemis du royaume ».
(1) Manière de construire un mur, en taillant les deux surfaces de pierres polies seulement à l'extérieur et en remplissant l'intervalle de ciment et de pierres jetées au hasard.

plein cintre. Cet étage et le rez-de-chaussée possèdent en outre chacun un soupirail, lucarnes singulières qui vont chercher la lumière presque au sommet du donjon par une ouverture étroite qui s'élargit jusqu'à la base.

« La porte d'entrée de la tour, remplacée aujourd'hui par une large brèche, était à la hauteur du premier étage. On y arrivait sans doute par un pont-levis jeté entre la tour et un massif de maçonnerie qui subsiste encore.

« Une autre entrée mystérieuse est le souterrain voûté que l'on a rencontré lorsque s'est faite la tranchée de la nouvelle route de Blois à Montrichard. Ce chemin couvert, utilisé maintenant comme cave, est de hauteur d'homme et peut à peine livrer passage à deux personnes de front.

« A ses deux étages, le vieux donjon n'offre pas de meurtrières. Le sommet maintenant démantelé avait probablement, pour servir aux armes de jet, une couronne de créneaux et d'embrasures, comme on en pratiquait souvent dans la fortification » (1).

Cette description savante de la tour des Montils est complétée par M. de Beaucorps : « La grosse tour ou donjon placé sur le bord d'un escarpement dont le pied est baigné par le Beuvron, était destinée à servir de dernier asile en cas de siège : elle est ronde et mesure environ 15 mètres de diamètre ; considérablement réduite dans sa hauteur, elle ne s'élève plus guère qu'à 12 mètres au-dessus du sol » (2).

M. Naudin, président de la *Société des Sciences et Lettres de Loir-et-Cher,* donne une place d'honneur à la tour des Montils, dans une étude intéressante sur les forteresses du moyen-âge.

« A l'origine de la féodalité, dit-il, où l'habitation seigneuriale était une forteresse, le style de ces constructions devait être en effet parfaitement en rapport avec l'usage qu'on en faisait. S'il ne plaît point par l'élégance des formes et la délicatesse des détails, il n'est personne cependant qui n'éprouve un sentiment de plaisir indéfinissable, dans la contemplation de ces murailles démantelées, de ces énormes tours couronnées de lierre, restes du manoir féodal, suspendu comme un nid de vautour à

(1) La Saussaye : *Blois et ses environs.*
(2) *Les Montils, ses ruines, son Hôtel-Dieu au XIIIe siècle.*

une roche escarpée. La tour des Montils est une des belles ruines que nous ayons de cette époque. »

Quant au puits qui se trouve au milieu de la tour, voici ce qu'en dit M. de la Vallière, dans son étude sur l'Hôtel d'Alluye, à Blois : « Dans la vieille et lourde forteresse, on admire une voûte annulaire en forme de pavillon de trompe, au rez-de-chaussée. Elle avait pour but de faire partir du premier étage le puits central de 60 mètres de profondeur, nécessaire à la garnison assiégée. Cette grosse tour ronde a beaucoup d'ana-

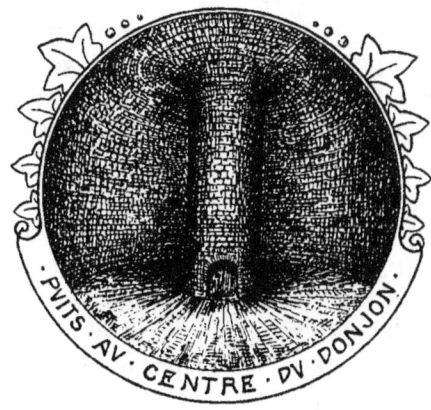

logie avec celle d'Alluye près Bonneval. Peut-être ont-elles été construites en même temps et pour s'opposer aux dernières invasions des Normands » (1).

M. Dupré, le savant bibliothécaire de la ville de Blois, nous donne une note curieuse sur la tour des Montils : « Ce monument du XIᵉ ou XIIᵉ siècle est isolé entre deux tranchées profondes ; au-dessous règnent des souterrains creusés, dit-on, dans un but stratégique..... L'eau d'un puits très profond, creusé au centre de la tour, était tirée au premier étage par un conduit cylindrique en forme de colonne qui existe encore.

« On retrouve la même disposition dans plusieurs donjons du Blésois, notamment à Marchenoir. Il ne faut pas s'en étonner ; car le rez-de-chaussée était réservé aux troupes de la

(1) Une visite à l'Hôtel d'Alluye. — On sait que la tour ne peut dater que du XIIᵉ siècle.

garnison, aux approvisionnements et aux engins de guerre.
L'habitation seigneuriale, avec ses différents services, ne commençait qu'à une certaine hauteur. Les fantaisistes ont voulu
voir, dans ces excavations inoffensives, le sombre appareil de
prétendues oubliettes ; mais un examen attentif des lieux réduit à néant les hypothèses romanesques émises en haine du
passé ou par amour du merveilleux. Les usages domestiques
donnent une explication plus naturelle de la chose.

« Le sommet de la tour a perdu sa couronne de créneaux.
Malgré ses mutilations successives, le vieux géant de pierre
domine fièrement la contrée environnante, comme pour rappeler aux passants le pouvoir de la féodalité au moyen-âge.

« C'est aussi le point culminant d'un paysage remarquable
où les aspérités d'une côte à pic, les eaux du Beuvron, les zig-
zags du pont (1) et le moulin de Rouillon forment un harmonieux
ensemble (2) ».

Notre vieille tour a résisté, du moins en partie, aux ravages
du temps et des hommes. Pendant la Révolution on avait entrepris de la jeter par terre et de l'exploiter comme une carrière.
On eut beau faire jouer la mine et la sape à sa base ; elle n'en
reste pas moins debout et malgré ses profondes cicatrices, qui
attestent sa solidité, elle domine encore majestueusement la
campagne environnante.

SÉJOUR DES COMTES ET COMTESSES DE BLOIS, ROIS ET REINES DE FRANCE AU CHATEAU DES MONTILS

Bernier nous assure que les agréments du paysage ont amené
les comtes de Blois à demeurer longtemps aux Montils, comme
il est constaté par quantité de lettres et de chartes datées de
cette localité.

Les documents que nous allons fournir sont puisés à deux
sources authentiques de l'histoire du Blésois : les archives de
la collection du baron de Joursanvault et une collection supplémentaire de pièces anciennes sur le Blésois conservées à la

(1) Le pont était très étroit ; il fut bâti suivant le système du moyen-âge. De distance en distance, il offrait des angles rentrants, sortes de gares destinées à faciliter le
passage de deux voitures ; il était d'ailleurs embarrassé de bouteroues. Il a été re-
construit en 1865 plus droit et plus large. Voir plus loin quelques renseignements
historiques sur le pont des Montils.

(2) Renseignements historiques sur les Montils.

Bibliothèque municipale de Blois. Nous indiquerons les autres auteurs qui nous ont fourni quelques détails intéressants.

1108-1152. — THIBAULT IV, DIT LE GRAND, COMTE DE CHAMPAGNE, DE BLOIS ET DE CHARTRES (1)

C'est le premier prince dont le nom figure dans notre histoire locale.

Thibault IV, comte de Blois, inquiété par des voisins belliqueux, c'est-à-dire par Sulpice II d'Amboise, seigneur de Chaumont (2), et surtout par Foulques, comte d'Anjou, résolut vers 1144, comme nous l'avons vu plus haut, de fortifier sa résidence des Montils.

En 1144, il donne aux chanoines réguliers de Sainte-Marie de Blois la dîme des fours d'Ecoman, des Montils et de Madon (3), à condition que ces religieux desserviront ces deux paroisses (4).

A sa mort, arrivée en 1152, il lègue, au deuxième de ses fils, Thibault V, le comté de Chartres et de Blois avec les fiefs qui en dépendent.

Thibault IV fut célèbre par sa participation aux croisades et par ses guerres contre le roi Louis VI. On raconta plus tard, mais sans fondement, qu'au moment de sa mort il s'était fait moine et qu'il avait terminé ses jours dans l'abbaye de Clairvaux (5).

1152-1191. — THIBAULT V, DIT LE BON, COMTE DE BLOIS SÉNÉCHAL DE FRANCE

Le peuple, dit Bernier, l'appela le Bon, parce qu'il remit à tous ses sujets plusieurs des droits particuliers aux habitants de Blois et à ceux des Montils, ce qui se vérifie par une infinité de titres (6)

(1) Armes des comtes de Blois et de Chartres de la maison de Champagne : « D'azur à une bande d'argent accompagnée de deux doubles cotices potencées et contrepotencées d'or de 18 pièces ». Il paraît très probable que les derniers comtes de Blois, de la maison de Champagne, Thibault V, Louis et Thibault VI avaient adopté une brisure particulière à leur branche.

(2) Sulpice avait brûlé le bourg de Bury, près de Blois.

(3) Madon, c⁽ⁿ⁾ de Candé.

(4) L'acte fut dressé sur le champ où il était en conférence avec Louis VI, dit le Jeune, entre Montreuil et Moret. Étaient présents : Geoffroy de Lèves, évêque de Chartres et S¹ Bernard, abbé de Clairvaux. (Abbé Bordas, Histoire du comté de Dunois, t. II, p. 81). Nous donnons cette charte aux pièces justificatives, n° 1.

(5) Voir d'Arbois de Jubainville, Histoire des ducs et comtes de Champagne, t. II, p. 400.

(6) Bernier, p. 300.

1153. — Ce fut en cette année qu'eut lieu le *colloque des Montils* suivi de la bataille de la *Motte-Mindray*. Il s'agit d'une entrevue aux Montils entre Thibault V et Sulpice d'Amboise.

Certains historiens ont placé le colloque quelques années avant la rencontre, en 1145. Nous préférons suivre Bernier qui raconte que la conférence fut tenue immédiatement avant le combat. D'ailleurs la date de 1145 ne peut être acceptée. A cette époque, Thibault IV vivait encore et la lutte entre les seigneurs de Blois et de Chaumont n'éclata qu'après la mort de ce prince, qui arriva en 1152. La cause de la rupture fut précisément le refus de Sulpice d'Amboise de rendre hommage au nouveau comte de Blois, Thibault V.

Cédant à de mauvais conseils et malgré les larmes de sa judicieuse mère, le seigneur de Chaumont eut la témérité de refuser l'hommage de son fief au nouveau comte de Blois.

Thibault V n'ayant pu ranger Sulpice à la raison, « par les voyes ordinaires », s'avisa de gagner quelques-uns de ses confidents par des présents qu'il leur fit, ce qui facilita la surprise de la Motte-Mindray, « place en ce temps-là de conséquence » (1).

Le vassal rebelle paya chèrement sa félonie. Dans la prévision d'un conflit, Sulpice avait fait solidement fortifier la maison de la Motte-Maindray, située entre Chaumont et les Montils, au confluent du Beuvron et de la Loire, poste détaché que l'ennemi devait nécessairement rencontrer sur son passage, avant d'arriver à Chaumont.

Les deux adversaires ayant fait leurs préparatifs et rassemblé chacun son monde, le comte de Blois usa d'un stratagème en invitant Sulpice à un colloque, sous prétexte de conciliation. Ce colloque eut lieu aux Montils.

Pendant que les deux chefs confèrent ensemble, les troupes du comte passent le Beuvron auprès du bourg des Montils, « *juxta Monticios* » (2), évitant les épais fourrés qui entourent Mindray et traversent sans peine les éclaircies de Chaumont.

Sulpice fut vaincu et conduit prisonnier à Châteaudun, avec ses deux fils, et les seigneurs de Limeray et de Rilly (3).

L'auteur anonyme de l'histoire des seigneurs d'Amboise et de

(1) Bernier, page 20.
(2) L. d'Achéry, *Spicileg.*, t. III, p. 284-285.
(3) A. Dupré, *Notice sur Chaumont*.

Chaumont accuse Thibault V d'avoir manqué à sa parole au colloque des Montils, mais Bernier prétend que cet auteur invective outrageusement ce prince et qu'il donne beaucoup à la passion, quand il dépeint le bon sénéchal comme un prince cruel, au point même de s'être vengé sur le corps de Sulpice d'Amboise (1).

En 1188, Thibault V acheta le fief de Saint-Laurent-des-Bois. Parmi les témoins présents et consignés dans la charte, nous trouvons : *Harduinus de Monticiis, Hardouin des Montils* (2).

En 1189, Thibault V donnait au chapelain de Saint-Laurent de Russy, dépendant de Saint-Lazare de Blois (3), qui faisait en ce lieu le service divin, un muid de seigle payable chaque année sur le terrage des Montils, « dans ma grange des Montils », dit-il, à rendre au temps de la foire de Blois, plus une autre rente de deux muids de vin, exigible au temps de la vendange, dans le cellier du comte de Blois. Il ajoutait, pour l'entretien du luminaire de ladite chapelle, une rente de 12 sols, assignée sur le cens des Montils (4).

Après la mort de Thibault V, ses fiefs passèrent à son fils Louis qui les tenait en hommage, comme le père du reste, du comte de Champagne : *Comes Carnotensis et Blesensis tenet comitatum cum omnibus feodis appendentibus a comite Campanie et est suus homo ligius, et Chasteldun et la Ferté de Villenuel cum feodis ejusdem appendentibus, et Blesium et Castrum Renaudi et le Mantiz...* Le comte de Chartres et de Blois tient le comté avec toutes ses dépendances féodales du comte de Champagne et en est son homme lige, et Châteaudun et la Ferté-Villeneuil, avec les dépendances, et Blois et Château Renaud et les Montils, etc... (5).

---

(1) Bernier, *loc. cit.*

(2) De Emptione Feodi de S⁰ Laurentio de Nemore. (*Cartulaire de N.-D. de Chartres*, I, 218).

(3) « Ad victum capellani Sancti Laurentii de Russiaco, ibi manentis assidue ».

(4) Arch. de Loir-et-Cher. Charte originale sur parchemin indiquée par M. Dupré. (*Revue de Loir-et-Cher*, t. I, p. 20). Cet acte a été partiellement traduit par M. de Froberville (*Loir-et-Cher historique*, t. VII, col. 200). — Voir des extraits du texte latin dans : *Notice sur le Cartulaire de la Léproserie de Saint-Lazare de Blois*, par le Vᵗᵉ de Croy. (*Revue de Loir-et-Cher*, année 1889, col. 187.) La charte originale, longtemps égarée, a été réintégrée en 1911 dans le fonds de Saint-Lazare aux Arch. dép. de Loir-et-Cher. Nous la donnons aux pièces justificatives nᵒ III.

(5) Auguste Longnon. *Livre des vassaux du comté de Champagne et de Brie.* Paris, 1889, p. 237. Registre de l'année 1201 environ.

GAUTIER D'AVESNES ET MARGUERITE
COMTE ET COMTESSE DE BLOIS

Thibault VI, fils de Louis Ier, mourut sans enfants, le 22 avril 1218 (1). Son héritage fut partagé, et ses tantes Isabelle ou Elisabeth et Marguerite, furent ses héritières. Elisabeth, mariée à Sulpice d'Amboise, eut le comté de Chartres. On lui attribua, sans doute, d'autres biens encore pour parfaire son lot, parmi lesquels il faut compter les Montils. Marguerite et Gautier d'Avesnes, qui avaient reçu le comté de Blois, désirèrent y annexer l'enclave de leur sœur. Au mois de décembre 1218, ils déclarent qu'Elisabeth leur a cédé les Montils et des biens que désigneront Guillaume Menier, bailli du roi, et frère Aimard, trésorier du Temple, de manière à former l'équivalent de Nogent l'Erambert (2), qu'ils abandonneront au roi avec les dépendances. Au mois de février 1219, les représentants de Philippe Auguste, précédemment désignés, assignent à Gautier et à Marguerite de Blois, avec les Montils, des biens situés à Saint-Dié, à Nouan, à Chitenay et à Romorantin, en échange de Nogent (3).

Marguerite et Gautier d'Avesnes deviennent ainsi seigneurs des Montils (4). Par lettres du mois de janvier 1222, la comtesse assigne à son chapelain Alcher (Alcherus) la chapelle qu'elle a fondée dans son hébergement des Montils, « in herbergagio ».

Cette chapelle est dotée de 15 livres de rente sur les cens des Montils, ou, au besoin, sur les revenus de la boucherie des Montils. Après la mort du chapelain, l'abbaye de Bourgmoyen possédera et desservira la chapelle (5).

(1) Voyez dans l'*Essai historique sur la ville et châtellenie de la Ferté-Villeneuil*, par M. l'abbé J. Augis, curé de la Ferté-Villeneuil, Châteaudun, 1902, page 130, le relevé de très nombreux actes expédiés à la Ferté-Villeneuil par Thibaut VI, dans les semaines qui précédèrent son décès. — Il donna, au mois d'avril, à Saint-Ladre de Blois, un muid de seigle de rente sur les terrages des Montils. (Arch. Nat., S. 4831, n° 12, Cᵐ du Vᵗᵉ de Croy.)

(2) Aujourd'hui Nogent-le-Roi, arr. de Dreux (Eure-et-Loir).

(3) Voir Souchet, *Histoire de la ville et du diocèse de Chartres*, t. II, p. 613. — Léopold Delisle, *Catalogue des actes de Philippe Auguste*, nᵒˢ 1815, 1810, 1870. — Les biens cédés en Blésois avec les Montils avaient formé évidemment la part, ou la dot peut-être, d'Elisabeth.

(4) Marguerite n'eut pas d'enfants de ses deux premiers maris, Hugues d'Oisi, châtelain de Cambrai, et Othon, comte de Bourgogne. De Gautier, elle eut Marie d'Avesnes, femme de Hugues de Châtillon, comte de Saint-Pol, et de Blois par son mariage.

(5) Arch. Nat., L. 982, n° 14.

En 1235, Hugues I·r de Châtillon, comte de Saint-Pol et de Blois, gendre de Marguerite, confirme l'établissement de la chapelle des Montils (1).

Remarquons l'expression employée par la comtesse « *herbergagium* », mot qui désigne un logis, une maison, une simple demeure. Il s'oppose très nettement à *château* ou à *ville fortifiée* (2). En 1295, au contraire, Hugues II de Châtillon dira « notre chastiau des Montiz » (3). On peut en conclure qu'à l'époque de la comtesse Marguerite le logis seigneurial était encore fort modeste et qu'il prit seulement plus tard de l'importance. Il est probable que Jean Ier de Châtillon et ses successeurs ne furent pas étrangers à ces accroissements, à voir certains actes d'acquisition qui leur donnèrent la propriété de terrains voisins de cette demeure.

En 1273, Jean achète une roche à mettre vin et une grange ; en 1278, la maison de la Poterne, au château des Montils (4).

En 1279, Hodeburge des Montils vend au comte une maison avec un verger qui touche à la maison de Marc de Culi et à la fauconnerie du comte, pour 6 livres blésoises (5).

En 1294, Jeanne de Cangey, veuve d'Eudes Féline, chevalier, vend à Hugues II de Châtillon, un cellier situé dans le bourg des Montils et dans la maison de feu Hugues La Perche, écuyer (6).

JEAN Ier DE CHATILLON, COMTE DE BLOIS

En 1246, ce comte octroie une charte de privilèges aux habitants des Montils. D'un très grand intérêt pour notre histoire locale, ce document a été étudié par M. Jacques Soyer, archi-

---

(1) Arch. Nat., 1. 982, n° 16 (c^{on} du v^{te} de Croy).

(2) Voir Du Cange, au mot *Herbergagium*. Cela résulte même de textes blésois, dont l'un est cité par Du Cange : charte d'Hervé, seigneur de Vierzon, 1269. *Omnes quidem homines mei in castellum manentes... pro unoquoque suo herbergagio dabunt mihi... quinque solidos.* (Vierzon faisait partie du comté de Blois au xiiie siècle). — En 1278, le chapitre de Saint-Sauveur déclare posséder à Blois *domos et herbergagia in qua manent magister Johannes de Curia*, etc. (Arch. Nat. KK. 894, f° 19, C^{on} du Vte de Croy). — Mai 1202, Louis, comte de Blois, confirme le don à Saint-Lazare de l' « *herbergagium Contor.* » (J. de Croy, *Cartulaire de Saint-Lazare*, loc. cit., col. 185, note 1). — En 1386, il est parlé des « herbergemens et courtilz » d'une métairie. (Abbé Augis, *La Ferté-Villeneuil*, p. 167), etc., etc.

(3) Arch. Nat. KK. 885, n° 48. — KK. 894, f° 101 (C^{on} du Vte de Croy).

(4) *Ibid.*, KK. 894, f° 23, maison vendue par Jean Thierry, prêtre, et sise à côté de la maison de feu Renaud de Céris.

(5) *Ibid.*, KK. 894, f° 26.

(6) *Ibid.*, KK 894, f° 72.

viste-paléographe dans sa brochure parue en 1894 sur *La Communauté des Habitants* de Blois. Depuis, il a été publié dans le *Cartulaire de la ville de Blois* (1).

Cette charte est en langue vulgaire. Une copie en existe aux Archives Nationales, registre KK. 896, et à la Bibliothèque Nationale, collection Clairambault, 968, f° 344. Nous la donnerons au chapitre de la vie civile et des privilèges des Montils.

Jean Ier épousa Alix, fille de Jean, duc de Bretagne. Elle fut la plus insigne bienfaitrice des Montils. Nous connaissons déjà les actes de sa charité et nous savons que, de son côté, en 1268, le comte Jean voulut que les pauvres habitants des Montils, de Chambord et d'autres paroisses eussent à se partager annuellement une somme de 60 livres prélevées sur ses revenus, en l'espèce sur les tailles du Blésois, le lendemain de la Toussaint. Ces 60 livres devaient être converties en habits, en chaussures ou en blé (2). Nous verrons ailleurs d'autres concessions faites par le comte aux habitants des Montils (3).

En 1277, il y eut accord entre le comte de Blois et les habitants des Montils pour la réparation du pont.

En août 1278, Jean Ier échangea avec Renaud de la Varenne, écuyer, l'étang des Coudroiz et vingt-trois arpents de bois audit lieu, contre les cens, la coutume et les redevances du Fay, paroisse de Chitenay, et. le bois dudit lieu, plus 15 livres de rente à prendre sur les festages des Montils par la main des bourgeois de la ville (4).

ALIX DE BRETAGNE, ÉPOUSE DE JEAN Ier DE CHATILLON, COMTE DE BLOIS

Cette comtesse aimait particulièrement les Montils; elle y perpétua sa mémoire par ses bonnes œuvres et son nom est encore entouré de respect dans le pays. La tradition populaire lui a conservé le titre de « *Bonne Princesse* »

Etant veuve de Jean Ier de Châtillon, comte de Blois, la pieuse princesse voulut assurer aux habitants du bourg de Montils, et peut être aussi à ceux des environs, une ressource dans leurs

(1) Page 227.
(2) *Cartulaire de la ville de Blois*, page 264.
(3) Chapitre des *Privilèges accordés aux Montils*.
(4) Arch. Nat., Q1. 468.

maladies et leurs infirmités. A cet effet, elle fit construire, près de son château, une *Maison-Dieu* et la dota de ses propres biens (1).

En 1287, elle partit pour la Terre-Sainte. Une mort prématurée vint à 45 ans la ravir à ses bonnes œuvres.

Elle mourut le 2 août 1288, à Ptolemaïde. Son corps fut enseveli près de celui de son mari, à l'abbaye de la Guiche qu'ils avaient fondée en 1277. Mais, selon son désir, son cœur fut déposé dans la chapelle de la Maison-Dieu des Montils.

Tous les historiens sont d'accord sur ce point, confirmé d'ailleurs par la croyance populaire.

« On montre encore, disait Bernier en 1682, à quelques pas de la grosse tour et sur l'emplacement de l'ancienne chapelle, aujourd'hui disparue, un solide bloc de maçonnerie recouvert de quelques pieds de terre, où repose, assure-t-on, le cœur de la bonne princesse. »

JEANNE DE CHATILLON, FILLE UNIQUE D'ALIX DE BRETAGNE, ÉPOUSE DE PIERRE DE FRANCE, CINQUIÈME FILS DE SAINT LOUIS, COMTE D'ALENÇON, DEVENU COMTE DE BLOIS PAR SON MARIAGE.

Cette princesse n'attendit pas la mort de sa pieuse mère pour imiter ses libéralités à l'égard des habitants des Montils. Dès 1237, année de la fondation de la Maison-Dieu, elle faisait don à cet établissement d'une rente de 200 livres. La charte fut signée aux Montils, « en la Maison-Dieu » (2).

Au mois de novembre 1288, elle concède aux habitants des Montils et de dix-huit autres paroisses voisines le droit de chasse à toutes sortes d'engins, pour les indemniser des « dommages qu'ils ont soustenuz par noz garennes et noz bestes sauvages que nous et noz devanciers tenons et avons tenues et eues » (3).

En 1292, le dimanche 27 janvier, les faveurs de Jeanne s'étendent encore sur la Maison-Dieu des Montils. Elle lui accorde

---

1) Pièces justificatives, n° VI.
(2) *Ibid.*, n° VII.
3) Publié dans le *Cartulaire de la ville de Blois*, p. 10.

8

plusieurs privilèges et des droits dans ses forêts ; elle l'inscrit encore dans son testament (1).

Cette généreuse princesse mourut deux jours après, le 29 janvier, « ayant vécu, dit l'historien de la maison de Châtillon, en une sainte et perpétuelle viduité, jusqu'au jour de sa mort ». Son mari, Pierre de France était mort en 1283. Ils ne laissèrent point d'enfants.

Selon Souchet (2), Jeanne d'Alençon laissa 10.000 livres en argent, 600 livres en rente et 300 en fonds d'héritages et autrement, à vie, pour récompenser ceux qui l'avaient servie, la servaient et la serviraient.

Un vieux manuscrit où il est parlé des comtes de Blois et qui se trouvait dans les archives de l'ancienne Chambre des Comptes de Blois, faisait mention que saint Louis vint visiter aux Montils, sa bru, la comtesse Jeanne (3).

On verra, plus loin, le récit de la dernière maladie de la comtesse Jeanne. Ce récit, fort curieux, figure à l'appendice, sous ce titre : « Une agonie au Moyen-âge » (4).

HUGUES II DE CHATILLON, COUSIN DE JEANNE D'ALENÇON, ET SON HÉRITIER POUR LE COMTÉ DE BLOIS

L'intérêt que ce comte portait aux Montils se manifesta par diverses donations que nous avons déjà signalées : don des restes de sa table aux pauvres de la Maison-Dieu (5) ; don d'usage dans les forêts de Russy, Boulogne et Blois pour le même hôpital (6). Il confirma, en 1295, la fondation faite par Jeanne de Châtillon (7).

En 1299, Hugues II et Beatrix de Flandres, sa femme, concèdent « au maistre et as frères de nostre Maison-Dieu des Montiz, une métoierie appellée *La Froixurière*, assise lès notre ville de la Freté de Villenuil, mouvent de noz fiez » (8).

---

(1) Voir ce testament dans Duchesne, *Histoire de la maison de Chastillon : Preuves*, p. 74. — Voir ci-dessus, p. 68. — A la fin du XIIIe siècle, cent livres pouvaient représenter à peu près 7 à 8.000 francs de notre monnaie. (M. Maxime de Beaucorps).

(2) *Hist. de Chartres*, t. II, p. 78.

(3) Mémoires manuscrits de M. Bergevin père.

(4) V. Appendice, n° II. — Récit fait par M. l'abbé Prudent, dans la *Semaine religieuse du diocèse de Cambrai*, année 1900.

(5) Voir p. 93.

(6) Arch. Nat., S. 3294, n° 30.

(7) Pièces justificatives, n° IX.

(8) Arch. départementales, série II, dans le carton du Prieuré, 2e feuille. — La charte est aux pièces justificatives, n° X. — « En l'onneur de Dieu et de Nostre-Dame et de

Dès cette époque, les Montils étaient le centre d'une châtellenie qui formait l'un des membres du comté de Blois. En octobre 1298, dans le contrat de mariage de Marguerite de Valois, nièce de Philippe le Bel, avec Gui, fils de Hugues II de Châtillon, il est dit : « Et entend le roy que les chastellenies qui suivent soient de la comté de Blois : Romorantin, Milançay, *les Montiz*, Chastel Renaut, Chasteaudun, la Ferté de Villenueil, le Marché noir et le chastel de Freteval avec le tiers de la chastellenie d'iceluy » (1).

En pratique cependant, au point de vue financier et administratif, la châtellenie des Montils se trouve absorbée dans la châtellenie de Blois (2).

Hugues II fit des séjours au château des Montils. Il en a daté un acte, en l'année 1301, le dimanche après la Madeleine (3).

Le comte de Blois avait accordé en 1295 *pour le four des Montils* « le chauffage doudit four à prendre dans la forest de Russy » (4).

1301. — PHILIPPE LE BEL AUX MONTILS

En 1301, « Philippe le Bel et la reine de Navarre, son épouse, viennent en Touraine ; le 9 août ils couchent aux Montils, le 10 à Montrichard, le 12 à Loches où ils restent 8 jours » (5).

GUI Ier DE CHATILLON, COMTE DE BLOIS

Gui Ier de Châtillon fit de longs séjours aux Montils et de nouvelles constructions au château : en 1326, il achetait deux toises de terre pour y édifier une cuisine (6). On peut se rendre compte approximativement de l'étendue des bâtiments que ce prince ou

Monsieur Saint Jehan Baptiste en l'honneur du quel la chapelle de laditte maison est fondée... que d'ores en avant il y aura un chapelain, frère de ladite maison, lequel nous y mettrons qui chantera et aidera audit maistre à faire le service divin en ladite chapelle. Et se il avenoit que aucuns évesque ou autre vosissent mettre ledit chapelain par aucune aventure nous rappelons le don et l'amortissement dessusdiz des orendroiz et voulons qu'il soient de nule valeur. » (Archives de M. Venot-Gaillard, à Chartres. Communiqué par M. l'abbé Augis, curé de la Ferté-Villeneuil).

(1) Duchesne, *Histoire de Chastillon*. Preuves, p. 97.
(2) Vte de Croy, *Compte des recettes et dépenses du Comté de Blois en l'année 1319*. Introduction, page 8.
(3) Arch. Nat., K. 1208.
(4) Arch. Nat., S. 3201.
(5) *Tablettes chronologiques de l'histoire civile et ecclésiastique de Touraine*, par J.-L. Chalmel, p. 155.
(6) Arch. Nat., QI. 473. — Vente par Jean Brocart, de la paroisse des Montils, pour 20 sous monnaie courante.

ses prédécesseurs avaient ajoutés au château. Une note du
compte du comté de Blois en 1319 renseigne à cet égard. Le
« festage » des Montils produisait 60 livres par an. La charte
qui l'avait établi l'avait fixé à 5 sous par maison. Le comptable,
après avoir couché sur sa recette ce chiffre de 60 livres, écrit
ceci : « Et de ce rabat-on pour plusieurs maisons que messire a
ajointes à son castel, LX sous » (1). Soixante sous, à cinq sous
par maison, cela fait douze maisons de la ville annexées par les
comtes à leur demeure depuis l'octroi de la charte, en 1246.
Voilà qui confirme bien ce que nous avions supposé de la modi-
cité de ce lieu, au temps de la comtesse Marguerite, et des accroissements reçus dans le cours du XIIIᵉ siècle ou plus tard.

Gui de Châtillon se trouvait probablement aux Montils lors
qu'au printemps de l'année 1315, il se mit en devoir de se rendre
avec ses troupes, à Arras, où le roi Louis X l'avait convoqué
pour marcher contre les Flamands (2). On l'y retrouve en janvier 1319. Il y passa une partie de ce mois et de celui de février. A
ce moment, il présida, aux Montils, une assemblée réunie pour
examiner et juger les comptes du receveur de Blois faits durant
l'exercice terminé à Noël 1318. La composition de cette assemblée est connue (3). A côté de Gui se tenaient : frère Jean de
Villesavoir, gouverneur du comté, messire Jacques le Mercier,
professeur à l'Université d'Orléans, l'un de ses principaux conseillers, messire Thomas, doyen de Seclin, son chapelain, trésorier de son hôtel, maître Pâris de Langres, son clerc, un ancien
membre de la Chambre des Comptes du roi, à Paris. Cette réunion, en effet, nous montre les débuts d'une institution qui s'ap-
pellera la Chambre des Comptes de Blois.

Grand chevaucheur, comme tous les féodaux, Gui de Châtillon
galope par monts et par vaux. En janvier, en février, il va à
la chasse. Au mois de mars, au mois d'avril il se rend à Paris,
puis dans ses domaines du nord de la France, tandis que la
comtesse Marguerite de Valois, sa femme, demeure aux Montils,

(1) J. de Croy, *Compte de 1319*, nº 62.
(2) *Compte* cité, nº 1023 et ci-dessous, chapitre des *Capitaines*, au nom de *Robert de
Mante*.
(3) *Compte* cité nº 443 et, introduction, p. 103 (du tirage à part). — Le nº 483 du compte,
parchemin envoyé à Monseigneur Thomas et à maître Pâris de Langres, aux Montils,
montre que la commission financière s'y livra à tous les travaux nécessaires. Le centre
des rouages administratifs s'était transporté au château.

en raison de sa grossesse. Au mois de mai, elle y accouchera d'une fille, Marie, plus tard duchesse de Lorraine. Quelques détails plus circonstanciés sur les fêtes auxquelles cette naissance donna lieu se trouveront plus loin (1). Gui revint au château pour l'époque des couches. Que de vie, alors, que de mouvement! Quel nombreux personnel ! Que de valets, de chevaux, de chiens, de piqueurs ! Il faudrait pouvoir donner un tableau complet de l'existence féodale aux Montils, regarder dans le garde-manger, dans les caves, les immenses approvisionnements de toute nature ; pour le chauffage, il y a 5.600 monceaux de bûches (2). Les documents ne permettent pas d'entrer dans un détail exact. Laissons les festins et le train de maison, le côté brillant pour le côté touchant de ce Moyen-Age si mal connu : la charité, la justice, l'exacte réparation des moindres dommages commis. La charité : l'hôtel comtal nourrissait tous les jours un certain nombre de pauvres dont le chiffre variait de 15 à 26 (3). La justice : si la meute, comme il arrive parfois, rencontre, en chassant, des brebis et se jette sur elles, le comte en fait rembourser le prix à la pauvre femme qui les possède : « *Bailliet à Aelis L'Estalourde, des Montis, pour oulles que li chien Monseigneur estranlèrent*, xxvi sous » (4). Ce n'est pas là une attitude exceptionnelle, due à un mouvement d'humeur favorable. C'est chose toute simple et habituelle, que nous reverrons aussi bien chez Jean de Blois, frère de Gui, à Châteaurenault, dix ans plus tard, lorsque ses lévriers, en courant quelque lièvre, endommagent une chaumière : « *Item,* v sous donnez dou commandement Monseigneur a ı bonne fame a qui les lévriers avoient fondue sa maison » (5).

En dehors des sommes versées aux habitants des Montils comme indemnités, il y en avait d'autres qui étaient le prix des fournitures par eux livrées aux gens du comte. La présence de la cour au château, les dépenses considérables qui s'y faisaient devaient être une véritable aubaine pour le pays. Toutefois,

(1) *Une naissance au Moyen-Age*. Appendice n° 1.
(2) *Compte de* 1319, n° 657. — Un jour on envoie 1.300 œufs aux Montils. *Ibidem*, n° 879.
(3) Compte de Pierre du Pont, chapelain de la comtesse. Noël 1318 — Saint-Jean 1319 (c°° du V°° de Croy). Il semble que le chiffre des pauvres ne monte à 26 qu'au moment où l'hôtel du comte et celui de la comtesse sont réunis.
(4) *Compte de* 1319, n° 483.
(5) Hagemans, *Vie domestique d'un seigneur châtelain au Moyen-Age*. Verviers, 1888, p. 56, note 1 : comptes de Jean de Blois pour 1329.

ainsi que la plupart des princes féodaux, Gui de Châtillon a eu
des finances très embarrassées. La cause en était dans les
charges fort lourdes qui pesaient sur lui, notamment dans les
rentes à servir aux établissements religieux. Elles n'étaient pas
toujours acquittées bien exactement.

Ainsi en 1319, dans l'arriéré du budget, le prieur des Montils
figure pour 15 livres, la Maison-Dieu pour 13 livres 10 sous (1).
Le comte empruntait un peu partout et le châtelain des Montils,
Robert de Mantes, était mis à forte contribution (2). En 1320,
le trésorier de l'hôtel paye des sommes dues depuis 1316 pour
« huisserie ». Si l'on s'en rapporte aux comptes de Jean de
Blois, frère de Gui, on voit que ce mot « *huisserie* » désignait
des achats ou locations de lits, le salaire des « aides », c'est-à-dire
des gens qui aidaient à les monter, et enfin les sommes versées
aux couturières qui avaient confectionné des draps (3). Les suites
étaient si nombreuses, que le soin de coucher tout ce monde
représentait un grand souci et une forte dépense. Donc en 1320,
messire Thomas solde un vieux reste de 50 livres 12 sous 8 deniers « a plusieurs gens de Sellettes et des villes entours, de le
paroiche de Duyson, de le paroiche de Croy, de le paroiche de
Braceux, de le paroiche de Chambort, *de le paroiche des Montys*,
paié a iaus par foi et par saurement et par l'acort d'iaus et dont
la court (c'est-à-dire la juridiction financière) a toutes les parties
en un rolle ». La même année, messire Thomas constate que le
trésorier de la comtesse a payé 62 livres 17 sous 7 deniers « des
debtes que il (4) devoit as Montils... et que il meismes paia en
me presenche ». — Enfin ce même trésorier, Pierre, chapelain
de la comtesse, a encore des notes en souffrance qui sont acquittées par Robert de Mantes, le châtelain, et par André Saboure,
closier des vignes du comte aux Montils. Les créanciers étaient
« pluseurs gens de la ville », dont voici les noms :

« A Agnes Fenée, xxxvii s. iiii den. — A Estienne Bonicart,
viii s. iiii den. — A Katerine La Giraude, xxxvi s. iiii den. —
A Colin le Cousturier, iiii s. ii den. — A Estienne Boideau, viii s.

II d. — A l'orfevre, XXXVIII s. V d. — A Jehan Brochart, X s.
IX d. — A Jehan Chevillot, III s. VI d. — A Jeh. Sorin, XIIII, s.
III d. — A Pigonseau, IX s. VIII d. — A Moreau, le serjant des
Montys, XXXI s. II d. » (1).

Jean de Blois séjourna maintes fois au château, lui aussi, avec
son frère Gui et sa belle-sœur Marguerite. Nous l'y verrons en
1329 venir visiter ses neveux que leurs parents envoyaient
passer quelque temps, tout seuls, aux Montils. C'est là que
Louis et Charles de Blois, en 1341, le samedi 21 avril, firent
entre eux deux et avec leur père des arrangements sur leurs
affaires de famille (2).

Une partie du mobilier qui garnissait les Montils, à l'époque
de Gui de Châtillon, nous est connu par un inventaire fort curieux
du mois d'avril 1334. Il faut y remarquer particulièrement des
tapis de Turquie et d'autres ornés de chauves-souris. On se
fera, par ce document que nous publions à l'appendice, une idée
de tous les meubles et ustensiles nécessaires à la vie d'un grand
seigneur, au XIVe siècle (3).

CHARLES DE BLOIS, DUC DE BRETAGNE, NÉ VERS 1320 (4), FILS DE
GUI Ier DE CHATILLON ET DE MARGUERITE DE VALOIS, FRÈRE DE
LOUIS Ier DE CHATILLON, COMTE DE BLOIS.

Le bienheureux Charles de Blois a habité les Montils durant
sa jeunesse, comme le prouvent certaines dépositions faites au
procès de sa canonisation.

Frère Gilles de Roessy, chanoine de Notre-Dame de Bourgmoyen, à Blois, déclare qu'il a vu et connu le seigneur Charles
âgé de dix ans ou environ... (5) aux Montils où il demeurait

(1) Bibl. de Blois, fonds Jours., cart. XIV, n° 15 (coll. du Vte de Croy). — A rapprocher
des nos 1079-1081 du *compte de 1319*, où le receveur de Blois prend les mêmes sommes en
dépense. Sa liste présente quelques légères différences.
(2) Duchesne, *Histoire de Chastillon*, Preuves, 108-110. Cet acte a trait surtout aux
affaires de Charles de Blois qui était sans doute présent de sa personne au château.
(3) Voir à l'appendice, n° III. — Ce document conservé au British Museum nous avait
été signalé par M. le Vte de Croy, mais nous en devons de connaître le texte à la munifi-
cence de Sa Grâce Monseigneur le Duc de Norfolk, premier Duc et Comte du Royaume-
Uni, Comte-Maréchal héréditaire d'Angleterre. Nous présentons à Sa Grâce nos très
respectueux remerciements.
(4) Le Vte J. de Croy, dans sa notice sur la *Date de la Naissance de Charles de Blois
(Loir-et-Cher historique,* année 1897, col. 296), a prouvé que le bienheureux n'a pu naître
avant les premiers mois de 1320 et qu'il était déjà venu au monde en 1321.
(5) *Frater Egidius de Ressiaco... vidit et recognovit dictum dominum Carolum
ætatis decem annorum vel circa, et sunt triginta duo anni, apud Montitios.* (Bibl. Nat.
Latin 5.381, f° 25.) La déposition est faite en 1371 ; l'expression « 32 ans plus tôt » donnerait la date de 1339. Charles était alors marié : l'erreur est évidente. Il convient de s'en
rapporter à l'autre affirmation du témoin et de placer les faits à la dixième année de
Charles, c'est-à-dire vers 1330.

alors avec Gui son père, comte de Blois... Il dépose qu'il n'a jamais vu de jeune homme plus compatissant aux pauvres. Il l'a souvent ouï demander de l'argent à l'aumônier de son père, Pierre de Jargeau, prieur des Montils, pour le distribuer aux malheureux, avec l'approbation du comte. Charles se plaisait à servir lui-même les vingt-six pauvres que son père faisait nourrir chaque jour dans sa maison. Comment ne pas rappeler que c'est tout près des Montils, dans la paroisse limitrophe de Cellettes. à Clénord, que s'accomplit, vers 1335, un miracle éclatant du Bienheureux. Un gant du prince rendit la vue à un pauvre aveugle, qui avait eu la pensée d'y faire toucher ses yeux (1).

Jean du Plessis, seigneur de Coliers, à Muides, fils d'un maître d'hôtel du comte Gui, avait également connu Charles, de 1332 à 1337, soit au château de Blois soit à celui des Montils. Il vante, lui aussi, une charité inépuisable. « Voyez les pauvres, disait Charles à l'aumônier de son père, pour l'amour de Dieu, donnez-leur » (2). Mais, en dehors de dépositions toujours peu précises, nous savons, à une date certaine, la présence du bienheureux aux Montils. Elle est un précieux souvenir pour les habitants et pour les annales de cette localité. C'était au mois d'avril 1328. Jean de Blois, chanoine de Saint-Martin de Tours et de Saint-Sauveur de Blois, seigneur de Châteaurenault, frère du comte Gui Ier, éprouvait une vive affection pour ses neveux. Le mardi 4 de ce mois, après avoir, le dimanche précédent, quitté Châteaurenault, son séjour habituel et passé le lundi à Blois, il se rendit voir les enfants, alors seuls au château des Montils. Son chapelain, messire Philippe, l'accompagnait avec un cheval et un valet. Deux jours plus tard, le jeudi, quittant Charles, trop jeune encore pour goûter les distractions d'un voyage, il revint à Châteaurenault avec l'aîné de ses neveux, Louis de Blois (3).

(1) Voir abbé Porcher, *Vie du Bienheureux Charles de Blois. Revue de Loir-et-Cher,* année 1898, col. 134, d'après le 37me témoin des miracles du prince.
(2) Dom Morice, *Histoire de Bretagne,* tome II, Preuves, col. 15.
(3) G. Hagemans. *Vie domestique d'un seigneur châtelain du Moyen-Age.* Verviers 1888, p. 80. Voici le texte :
« Le mardi ensuivant, iiiie jour d'avril, fut Monseigneur par devers les anfanz as Montils. — Le mercredi ensuivant, ve jour d'avril, fut Monseigneur par devers les anfanz. *Parties foraines.* Offrandes : ii deniers, obole. Item pour les despens Monseigneur Philippe, de son chevau et de son vallet en venant des Montiz à Château renault. — Le jeudi ensuivant, vie jour d'avril, fut Monseigneur à Château et v fut Lois de Blois... Pour passer Loire Monseigneur et sa compaignie, ii s. v den. »
Quelques jours après, Jean de Blois ramène son neveu Louis aux Montils.
« Le lundi ensuivant, xe jour d'avril, fut Monseigneur au giste as Montiz ». (Hagemans, p. 82. Signalé par le Vte de Croy.

LOUIS Ier DE CHATILLON, COMTE DE BLOIS

Nous n'avons rencontré qu'un seul acte de ce prince qui vaille d'être mentionné. C'est l'achat fait le 21 mai 1346, pour 110 livres tournois, d'une rente de 15 livres tournois assignées sur les festages des Montils. Le vendeur était demoiselle Isabeau de la Varenne, veuve de Guillaume d'Ouchamps écuyer (1). Gui de Châtillon avait fait de semblables opérations (2). Les comtes s'efforçaient d'alléger ce que nous appellerions aujourd'hui la dette consolidée qui pesait sur leur domaine.

GUI II DE CHATILLON, DERNIER COMTE DE BLOIS DE LA MAISON DE CHATILLON

Les fils du comte Louis Ier de Châtillon, Louis II et Jean II ont laissé peu de traces de leur passage aux Montils. Louis II attribua au chapitre de Saint-Sauveur de Blois, 7 livres sur les festages de ce lieu, pour célébrer chaque année son anniversaire (3). L'état du pays devait rendre les séjours au château des Montils peu agréables et peu sûrs. Les Anglais ravageaient la contrée. Le 9 août 1362, les religieux d'une abbaye voisine, celle de Pontlevoy, furent obligés, pour l'élection d'un abbé, de se rassembler en l'église Saint-Solenne de Blois « à cause, disaient-ils, de la cruauté des ennemis et des brigands qui dévastaient tout le plat pays, hors des forteresses, ravissant les personnes et les biens » (4). Aussi le monastère de Pontlevoy fut-il brûlé au cours de ces années désastreuses (5). Les constructions faites aux Montils en 1363 et en 1371 par un sergent du comte de Blois, Martin Alès (6), révèlent les périls de l'époque et les nécessités de la guerre. « La Touraine, dit M. J. Delaville Le Roulx (7), formait la frontière entre les deux nations en guerre et sa situation l'exposait aux ravages incessants des Anglais... Le ca-

---

(1) Arch. nat. Q¹. 473 (c^{on} du Vte de Croy).
(2) Voir ci-dessous chapitre V, article Conon.
(3) Quittance du 7 août 1385, Bibl. Nat. Fr., 25088, n° 375 ·c^{on} du Vte de Croy).
(4) Abbé Porcher, *Histoire de l'abbaye de Pontlevoy*, pièces justificatives. (*Revue de Loir-et-Cher*, année 1939, col. 189.)
(5) *Gallia Christiana*, t. VIII, col. 1385.
(6) Voir plus haut, p. 88.
(7) *Comptes Municipaux de la ville de Tours*, Tours et Paris, 1881, t. II, p. 334.

ractère de la défense était d'être tout local ; chaque chevalier
protégeait, avec quelques compagnons, ses possessions et celles
de ses voisins ». Les châteaux, les habitations susceptibles
d'être converties en places de guerre, recevaient les ouvrages
nécessaires à la protection et s'appelaient des « forts », abré-
viation de « lieux forts » (1). L'abbaye de Seuilly, près Chinon,
avait été transformée en « fort » (2). Près des Montils, l'église
de Contres était fortifiée (3). On venait à des bourgs ouverts en
rase campagne pour y ériger de ces constructions (4). Il y avait
des forts anglais et des « forts français » (5), tenus souvent par
des Bretons, qui n'étaient pas, d'ailleurs, moins redoutables que
les ennemis aux populations voisines. Le Blésois était trop près
de la Touraine, pour n'avoir pas couru les mêmes dangers et
tenté les mêmes moyens de s'en préserver. Le château de Bury,
près de Blois, devenu un fort des Anglais, fut emporté d'assaut
par le gouverneur du comté, Alard de Barbançon, en 1365 (6) et
l'expression de « fort des Montils » que nous trouvons en 1380,
indique que l'on avait aménagé une place de défense dans notre
ville. Cette place, sans doute, n'abritait pas toutes les maisons,
puisque nous savons que la cité restait démantelée depuis 1356,
et que certains bâtiments du prieuré n'étaient pas compris
dans l'enceinte (7) ; le fort avait dû s'établir autour du donjon
comme point d'appui. Fut-il un repaire d'Anglais ? Eut-il à en
subir les assauts ? Les documents sont muets sur les vicissitudes qu'il eut à subir, mais ils laissent entrevoir les ravages et
les souffrances qui vinrent éprouver nos populations.

Sur le triste aspect de notre contrée, à cette époque, nous
avons le témoignage du comte Gui II de Châtillon lui-même. Il

(1) J. Delaville Le Roulx, t. II, p. 72. « Affoiblissemenz des lieux fors d'environ la ville
de Tours que les anemis ne se y puissent loger ne y faire fors ». Ce texte appuie la
supposition que nous avons faite plus haut. Les Montils pourraient bien avoir été démantelés par la défense française elle-même. (Signalé par le V᷍ de Croy).
(2) Ibid., t. II, p. 386.
(3) Abbé Porcher, Contres et son canton. Blois, 1946, p. 104. Louis de Chalon a commencé à « emparer et fere fort l'église de la ville de Contres ». Le comte lui permet, en
1383, d'achever la fortification.
(4) J. Delaville Le Roulx, t. I, p. 294. Des Anglais, puis des Bretons, viennent à Montlouis et y « veulent faire fort ». La ville de Tours se résoud à les en empêcher.
(5) Ibid., t. II, p. 386.
(6) Cartulaire de la ville de Blois, notices biographiques, par le V᷍ de Croy, p. 318.
(7) Voici le texte, en effet (signalé par le V᷍ de Croy). Bibl. de Blois, Joursanvault,
carton XVI, n° 74. « Le prieur des Montis pour une masure en laquelle a partie des
fousés du fort des Montiz, vir s. obole ».

fait ressortir, dans une charte du 4 septembre 1381, le contraste entre la prospérité du xiiie siècle et la désolation du xive. Au temps du comte Jean, son oncle et prédécesseur, en 1246, la « ville » des Montils apparaissait, ce sont ses propres expressions, « bien maisonnez et edifiiez », les maisons en étaient « de grant valleur » (1). A présent « par le fait des guerres, laditte ville et païs est en ruyne, desers, fonduz et descheuz ». Le comte Jean, en échange des franchises et libertés qu'il avait accordées aux habitants, avait stipulé, jadis, une redevance annuelle de cinq sous par maison, somme raisonnable, convertie depuis en une rente fixe de 60 livres payable à la Saint-Hilaire. La misère générale alourdissait trop cette somme. « Plusieurs bonnes gens et laboureurs se sont partiz de laditte ville et païs et ne veullent demourer, habiter ou ediffier pour le doubte d'estre griefvement taillez pour paier laditte somme... et pour occasions de ce, laditte ville, le païs, les vignes, terres et heritaiges estoient en avanture de demourer en frische et desers, combien que le païs feust bon et prouffitable ». Le comte, « voulans pourveoir au bien publicque », sur la demande des habitants, leur rend le droit de payer leur ancienne taxe de 5 sous par maison, à l'octave de la Saint-Hilaire, que chacun devra solder, de quelque estat qu'il soit, et « combien, dit le comte, que ce soit en grant diminucion de nostreditte rente ». Aussi devront-ils ajouter, pour une fois seulement, 150 francs d'or, à verser de six mois en six mois par à-comptes de quinze francs.

La paix revint et Gui II de Châtillon, qui paraît avoir ressenti de la prédilection pour son château des Montils, y fit plus de séjour que ses prédécesseurs immédiats (2). C'est là que le trouva, en 1387, le chancelier de Louis II d'Anjou, roi de Sicile, Jean le Fèvre, évêque de Chartres, qui venait de Vendôme : « Le dimanche xxiiiie jour (de mars 1387), écrit-il, je alé veoir le comte de Blois, en sa maison des Montis, qui me fist bonne chiere et disné avec li, et me pria que je le recommandasse à

(1) Bibl. Nat. Fonds Clairambault 968, folio 354. Actuellement publié dans le Cartulaire de la ville de Blois, p. 234.

(2) Un acte de Gui est daté du « chastel des Montilz » le 20 août 1384. Il porte la souscription : « Par Monseigneur le conte, à la rellacion de son conseil, J. de Villexis. (Bibl. de Blois, Joursanvault, n° 818. Nous verrons plus tard la composition de ce conseil assemblé près du comte aux Montils.

Madame et au Roy Loys » (1). Gui passa encore aux Montils l'hiver de l'année 1388, depuis le mois de novembre jusqu'au mois de mars 1389 (2). Voici une lettre qu'il y fit expédier :

« De par le Conte de Blois,

« Notre bouteillier, nous vous mandons que vous bailliez et delivrez a noz bien amez nos nepvez naturez, demourant à Orleans, vi tonneaux de nos vins que vous avez en votre garde en notre chastel de Bloys, lesqueus nous leur avons donnés pour ceste fois, et gardez que en ce n'ait faute..... Donné en notre chastel des Montiz, soubz notre signet, le dimenche voille Saint-Andri, l'an mil CCC IIII^{XX} et huit (3) ».

Ces neveux naturels du comte se nommaient Jean et Gui. Ils étaient les fils de son frère et prédécesseur, Jean II de Châtillon. Leur descendance (4) est seule à conserver aujourd'hui, par transmission masculine, le sang généreux des Châtillons et à nous rappeler, par son nom, les bienfaits dont nos vieux comtes ont comblé les Montils.

Au printemps de 1390, Gui II y faisait encore un séjour. Le 20 avril, il y donnait une charte en faveur du prieuré de Boulogne. Elle est souscrite par son conseil qui se trouvait assurément près de lui, ce jour-là, dans le château. En voici la compo-

(1 *Journal de Jean Le Fèvre, évêque de Chartres, chancelier des rois de Sicile, Louis I et Louis II d'Anjou*, publié par H. Moranvillé. Paris, 1887, t. I, p. 389 (signalé par le Vte de Croy).

(2) Lettres datées des Montils 29 novembre 1388, 25 et 31 janvier 1389 (Bibl. Nat. P. Orig. 710, n°s 42, 43, 44) ; 7 mars 1389 (P. Orig. 1377, d^r 31109, n° 46), (c^es du Vte de Croy). On faisait en conséquence de grands approvisionnements. Un compte pour Noël 1392 porte l'article suivant : « A Jehan Hodelant, pour avoir coppé mil rottées de bois en la forest de Ruissy, lesquelles sont en garnison aux Montiz, x liv. viii s. iiii den. tour. (Arch. Nat. KK 301, f° 29 r°.)

(3) B. Nat. P. Orig. Vol. 710, n° 42 (découvert par le Vte de Croy).

(4) MM. Bergevin et Dupré dans leur *Histoire de Blois* (tome I, p. 89) ont rappelé que la duchesse d'Uzès, née Châtillon, avait été la dernière héritière de cette maison comme issue de la seule branche cadette légitime qui ait subsisté jusqu'au xixe siècle. Ces auteurs ont oublié la descendance naturelle de Jean II de Châtillon, comte de Blois. En effet, suivant M. Pol Potier de Courcy, continuateur du Père Anselme (*Histoire généalogique de la maison de France*, tome IX, 2e partie, in-f°, Paris 1873-1882, page 375), Jean, bâtard de Blois, eut de Sophie d'Arckel un sixième fils, Gérard, coseigneur de Novion-l'Abbesse en Thiérache, qui épousa la fille d'Adam, seigneur de Crécy-sur-Serre. Leur fils, nommé également Gérard, seigneur de Bellecourt, épousa, vers 1447, Jeanne de Cuvillier, fille du seigneur de Coucy-les-Eppes et de Juvigny en Laonnais. Un des représentants actuels de cette branche, M. le comte Louis de Blois, qui a épousé Mlle de Monteynard et dont les débuts littéraires, accueillis notamment dans le *Correspondant*, sous le pseudonyme d'Avesnes, ont été fort remarqués, a bien voulu s'intéresser à l'histoire d'une ville où tout rappelle la charité de ses ancêtres. Nous lui adressons ici, pour les marques d'intérêt dont il nous a comblé, nos plus chaleureux remerciements.

sition : Jean de Saint-Goubain, Renaud de Sens, Jean le Haier, Guillaume Loharain. Le secrétaire était Jean de Villexis (1).

L'année suivante, c'est encore au même lieu que le fils de Gui, Louis de Châtillon, comte de Dunois, quitta son père « environ la feste de Saint-Jehan Baptiste », dit Froissart, pour aller rejoindre sa mère, Marie de Namur, et sa femme, Marie de Berry, qui étaient en Hainaut. Peu de jours après son arrivée dans ce pays, il y tomba malade et y mourut, au mois de juillet 1391 (2).

Le chagrin, joint aux instances de Marie de Namur, détermina le comte de Blois à vendre alors son comté au duc d'Orléans, frère de Charles VI (3), mais il s'en réservait la jouissance jusqu'à sa mort. Elle survint le 22 décembre 1397. Louis d'Orléans eut alors la pleine propriété du comté de Blois et, par conséquent, des Montils. Cinq jours après, le 29 décembre, ses commissaires, Philippe de Florigny, Jean Prunelé, Jean de Garencières, chevalier, et Hugues de Guinguant, secrétaire ducal, confirmaient Pierre de Nédonchel dans l'office de châtelain des Montils (4).

LOUIS D'ORLÉANS, FRÈRE PUINÉ DU ROI CHARLES VI

Le 7 juin 1392 avait eu lieu la prise de possession du château des Montils, par les représentants du duc d'Orléans qui venait d'acquérir la nue propriété du Blésois.

« .... Item ledit jour de vendredi furent et se transportèrent lesdiz commissaires ou chastel des Montis, et en iceluy chastel, cest assavoir en la salle basse, par ledit maistre Jehan le Hayer comme commissaire dudit Monseigneur le conte fut récité le don et transport dessus touchié, en la présence de Pierre de Nédonchel, escuier, chastelain dudit chastel des Montis et ce fait, lesdiz commis dudit monseigneur le duc, pour et ou nom d'iceluy seigneur, prindrent la possession et saisine d'iceluy

---

(1) Bibl. Nat. P. Orig. 2152 n° 96 (c⁰⁰ du Vᵗᵉ de Croy). Sur ces divers personnages, voir le *Cartulaire de la Ville de Blois*, *notices biographiques* par le Vᵗᵉ J. de Croy.

(2) *Chroniques de Froissart*. Livre 4ᵉ, chapitre 27. Voir *édition Buchon*, tome XII, p. 360. — Le 27 février 1392, Gui est encore aux Montils avec le vicomte de Meaux, messire Berard de Boisroger, Renaud de Sens et Jean de Villexis. Bibl. Nat., P. Or. 1873, d¹ 43113, n° 2 (c⁰⁰ du Vᵗᵉ de Croy).

(3) Consulter sur cette vente l'ouvrage de M. Eugène Jarry : *La Vie politique de Louis de France, duc d'Orléans*, Paris, 1889.

(4) Bibl. Nat. N. acq. franc. 3683, n° 311 (c⁰⁰ du Vᵗᵉ de Croy).

chastel et de la terre, seigneurie et appartenances d'iceluy, en recevant dudit Pierre les clefs d'icelui chastel, lesquelles clefs ilz rendirent et baillèrent audit Pierre en li baillant la garde dudit chastel de par ledit monseigneur le duc comme seigneur propriétaire d'iceluy lieu, lequel Pierre s'en chargea, mesmement de rendre ledit chastel audit monseigneur le duc selon et en la manière qu'il est cy dessus touchié. Et aussy firent ledit Pierre et Pierre Brossart, maistre des hommes de la terre dudit lieu des Montis, le serment cy dessus escript en tant qu'il touche et peut appartenir ladite propriété..... » (1).

Le duc d'Orléans avait épousé, en 1389, Valentine de Milan.

Par le contrat de mariage, il était obligé de mettre en fonds de terre, la dot de Valentine ; c'est ainsi qu'il put acheter le comté de Blois, argent comptant ; lui seul, en France, était assez riche pour traiter cet important marché (2).

A l'instar des comtesses de Blois qui l'avaient précédée, cette princesse résidait parfois aux Montils ; elle embellit le château « où elle se plaisoit fort » et y laissa comme souvenir ses armoiries aux murs de la chapelle (3). D'après Bernier (4), elle fit quelques augmentations au château.

Un noble lettré blésois, M. le comte de Salaberry, a dit de Valentine de Milan : « C'est au fond de ses châteaux de Blois et des Montils que la veuve du duc d'Orléans, la jeune et belle Valentine, vint cacher sa douleur et mourir désespérée de n'avoir pu obtenir justice du meurtre de son mari » (5).

Le vicomte Walsh, en parlant de Valentine, n'a point oublié le séjour de cette princesse aux Montils. « C'est dans ce château fort qu'elle a pleuré son mari traîtreusement occis » (6).

Plusieurs historiens (7) racontent que c'est dans la tour des Montils que Valentine faisait enfermer ceux qui étaient dans les intérêts du duc de Bourgogne.

Vers 1810, un nommé Germain trouva dans le sable, près des Vieux-Montils, un vase en argent. C'est un plat rond avec un

(1) Arch. nat. K. 1210, n° 18.
(2) Bernier. — Voir aussi l'ouvrage de M. Eugène Jarry
(3) Fournier, Hist. de Blois.
(4) Page 328.
(5) Le duc d'Orléans fut assassiné par l'ordre du duc de Bourgogne, Jean-sans-Peur à Paris, le mercredi 23 novembre 1407, à 8 heures du soir
(6) Yvon le Breton.
(7) D'Expilly, Dictionnaire des Gaules

bord large et uni, sur lequel sont gravées les armoiries de
France et de Milan ; ce vase est maintenant au musée Jeanne
d'Arc, à Orléans.

Nous reproduisons la gravure des armoiries qu'on a attribuées
longtemps à la duchesse Valentine. En réalité, ces armes portent
un parti : au 1er, d'Orléans et Milan, au 2e, de Clèves ; ce sont
celles de Marie de Clèves, comme on le verra plus loin.

Au dire de Félibien, la chapelle du château contenait encore,
vers 1650, les armoiries de Valentine de Milan.

Elle avait apporté en dot le comté d'Asti en Piémont ; ce fut
l'origine des prétentions de la Maison de France sur le Milanais.

Elle renouvela, en 1408, les concessions données pour les pâtu-
rages et usages dans la forêt de Russy, par Jeanne de Châtillon,
aux « estagiers et demourans entre les deux eaues de Coasson
et Beuvron » (1).

Après l'assassinat de son mari, n'ayant pu obtenir justice de
ce crime, elle se retira à Blois, où elle mourut de chagrin, en
1408 (2). Elle avait environ 39 ans (3).

CHARLES D'ORLÉANS, FILS AINÉ DU DUC D'ORLÉANS ET DE VALEN-
TINE DE MILAN, PÈRE DE LOUIS XII

Les archives Joursanvault contiennent une pièce qui montre
le séjour du duc d'Orléans aux Montils et ses amusements en ce
lieu.

Le 27 janvier 1411, le duc Charles mande à son trésorier général de payer à Guiot Bataille, « capitaine du chasteau des
Montilz », la somme de 12 livres tournois « laquelle, dit-il, nous
lui avons ordonnée pour et en récompensacion de *certains lévriers et paons que nous avons en nostredit chastel*, lesquelx il a
gouvernez et nourriz à ses despens depuis un an et demi en çà
jusques à présent, sans avoir eu de nous pour ce aucune satis-
facion ou paiement ».

(1) Bibl. Nat. Clairambault 968. Actuellement publié. *Cartulaire de la Ville de Blois*,
p. 135. Charles d'Orléans confirma cette concession en 1410. (*Ibidem*, page 153).
(2) Un ouvrage sur *Valentine de Milan, duchesse d'Orléans*, par M. Emile Collas,
paru cette année même, ne contient aucun détail nouveau sur le séjour de la duchesse
aux Montils.
(3) Les recherches des historiens italiens, notamment celles de M. Dino Muratore dans
l'*Archivio storico lombardo*, 1905, citées par M. Collas, p. 32, n'ont pu déterminer si
Valentine était née en 1368, 1370 ou 1371.

Cette gratification est allouée à l'impétrant « pour employer et convertir en drap à vestir luy et sa femme » (1).

En 1424, le duc d'Orléans affranchit Lucette, femme de feu Le Long, demeurant « en nostre chastel des Montilz », moyennant 20 écus d'or (2). La lettre d'affranchissement, datée du mois de mars 1424, est donnée à Londres en Angleterre, où Charles se trouvait prisonnier depuis la bataille d'Azincourt, perdue par l'armée française le 25 octobre 1415. Durant sa captivité, qui dura jusqu'au 3 novembre 1440, le château des Montils fut un moment habité par le comte de Vertus.

PHILIPPE D'ORLÉANS, COMTE DE VERTUS (3), SECOND FILS DU DUC LOUIS D'ORLÉANS ET DE VALENTINE DE MILAN

Le comte de Vertus, puis le célèbre Bâtard, Jean d'Orléans, frères de Charles, furent, durant cette période, ses représentants dans ses domaines. A ce titre, eux ou leur famille jouissaient des châteaux et habitèrent quelquefois les Montils. Le comte de Vertus y passa le mois de juillet 1420. Le 8, il y fait expédier par son secrétaire, Hugues de Menat, un acte qui indemnise son écuyer Pierre des Vignes de 40 liv. tournois, afin d' « avoir un cheval pour et en recompensacion de deux autres chevaulx qui lui sont mors ou voyaige qu'il feist ou pais d'Ausserrois » par ordre du comte (4).

Le 9 juillet, Jean de Beauvilliers, dit *Bourle*, écuyer d'écurie du prince, donne quittance de 60 sous tournois « pour porter présentement et hastivement lettres clouses de mondit seigneur (des Montils à Amboise) adressant au connestable d'Escosse touchant le siège de Corville » (5). L'acte est signé *Bourle* (6).

Philippe d'Orléans s'était rendu à ce siège, et à son retour vint passer aux Montils quelques jours qui furent les derniers de sa vie. Il mourut au mois d'août 1420. Après son trépas,

(1) Collection supplémentaire de pièces sur le Blésois, n° 122.
(2) Arch. Nat. KK. 897, f° 84 verso.
(3) Petite ville de Champagne, département de la Marne.
(4) Bibl. Nat. P. Orig. vol. 2905, doss. 66883, n° 5 (e"" du V'° de Croy.)
(5) Courville, dont on faisait le siège, est un bourg près de Chartres. Le messager du comte de Vertus avait sans doute pour objet de presser le connétable comte de Buchan d'aller au secours du Dauphin (Dupré).
(6) Bibl. de Blois, fonds Joursanvault n° 1127.

l'exécution testamentaire paya le salaire d'un homme qui avait « mené par eaue de Blois aux Montis feu mondit seigneur, ses gens et officiers quant il retourna de son voyaige qu'il fist à Corville » (1).

Pendant ce même mois de juillet de l'année 1420, Guillot Forget va d'Orléans aux Montils porter des lettres au comte de Vertus, « faisans mencion que les Bourguignons et Anglois avoient pris un boulevart de la ville de Melun du costé de la Brie ». L'envoyé reporta des lettres closes du comte de Vertus au capitaine de Jargeau et retourna à Orléans. Le voyage avait duré cinq jours (2).

En 1426, Marie Louvet, femme du Bâtard d'Orléans, passa le mois d'août au château des Montils (3).

LES MONTILS AU TEMPS DE JEANNE D'ARC

Après la mort du comte de Vertus, les événements se précipitent, la France est envahie, tout semble perdu, jusqu'à ce que le miracle de Jeanne d'Arc vienne tout sauver. A ce moment les Montils redeviennent une place de guerre, comme à l'époque désastreuse que notre ville avait connue, soixante ans auparavant, après la défaite et la capture du roi Jean à Poitiers, en 1356.

Il nous reste quelques détails sur le sort des Montils à ce moment, et ces détails (4) se trouvent être précisément contemporains du passage de l'héroïque Pucelle à Blois, lorsqu'elle va délivrer Orléans.

Le 4 septembre 1429, il est fait mention d'une « taille imposée en la ville de Blois pour le fait des Montiz » (5).

Le document n'est pas plus explicite, mais nous pouvons croire, non sans vraisemblance, qu'il s'agissait de fortifier la ville et de relever les murailles abattues en 1356.

Le samedi 7 mai 1429 (6), Guillaume Dabert, des Montils, est condamné à payer à Gillet Pihier, barbier, demeurant à Blois,

(1) Arch. Nat. KK. 348, f° 37 r° (c°n du V¹° de Croy) : payement de 10 liv. tournois.
(2) Archives du Loiret A. 2157.
(3) Bibl. Nat. P. Orig. 2158, n° 525 (c°n du V¹° de Croy).
(4) Ils ont été recueillis par M. le V¹° de Croy qui nous les a communiqués.
(5) Arch. Nat. Z⁴. 326, f° 30.
(6) C'est-à-dire trois jours avant que Jeanne d'Arc revienne à Blois, après la délivrance d'Orléans. Voir abbé Develle, *Jeanne d'Arc à Blois*, p. 61.

une somme de 100 sous tournois, « pour cause de ses paines de l'avoir curé et guery de plusieurs plaies à lui faittes par les Escossoys » (1).

Les Ecossais étaient au service de la France, mais, toujours comme au temps du roi Jean, les défenseurs n'étaient souvent pas moins redoutables aux populations que les ennemis eux-mêmes. « Les Escoçois estoient sur le pays ! » disait l'abbé de Pontlevoy, en manière d'excuse, le 12 juillet 1428. Et cet abbé, frère Guillaume de Plainvillier, ne cachait pas la terreur qu'ils lui inspiraient. « Tout le pays entre Orléans et Blois estoit plain d'Escossois, raconte une autre personne, et n'y osoit ame aler par eaue ne par terre » (2). Il subsiste un autre témoignage bien curieux, qui émane des habitants de Cellettes, sur les dégâts que commettait la garnison des Montils. « Il n'est mie advenu seulement par le fait des Anglois et Bourguignons, mais aussi par les gens tenant le parti du roy nostre sire qui ont esté en garnison en plusieurs forteresses environ la conté et ville de Blois, comme... aux Montis, à Chambort... et ailleurs, les queulx pareillement depuis VIII ou IX ans en ça ont fait tant de maulx ou pais de la conté de Blois, tant en pilleries, en rençonneries, enforssemens de femme, en prenant gens prisonniers, *et faisoient tous les maulx que on pourroit dire*, et tellement que homme ne femme n'a peu ne oser demourer sur le pais et mesmement environ ledit lieu de Cellettes » (3). Ces méfaits demeuraient le plus souvent impunis et ces terribles hommes d'armes défiaient la justice. Mais quand, par hasard, la justice en pouvait tenir un, quelle vengeance ! Le 1ᵉʳ mars 1437, le bailli de Blois fait noyer dans la Loire Guillaume Le Biernas, « homme de guerre... pour ses démérites » (4).

La forteresse des Montils servait aussi à garder des prisonniers. Par lettres données à Blois le 5 mars 1446, Charles d'Orléans ordonnait de payer à François Victor, son pannetier (5),

(1) Arch. Nat. Z² 326, f° 14, v°.
(2) Voir *Revue de Loir-et-Cher*, année 1900, col. 205 : extrait des registres du Parlement par le Vᵗᵉ de Croy.
(3) Contredits d'un procès, sans date, qui sert de couverture à un registre blésois de 1444. Arch. Nat. Z² 388. Les faits se passent évidemment pendant la période qui va de 1420 à 1440 (cᵐ du Vᵗᵉ de Croy).
(4) Arch. Nat. Z² 332 (cᵐ du Vᵗᵉ de Croy).
(5) Neveu de Jean Victor, capitaine des Montils. Cette pièce est à Blois, fonds Jours, n° 1337.

la somme de cent livres tournois, pour l'entretien d'un prisonnier que, par le commandement du duc, il avait tenu au château des Montils, longuement et depuis le retour du duc en France jusqu'à naguères.

Encore en 1464 se constate un fait analogue. Le duc « pour consideracion des penes et travaulx que son conseiller et chambellan, messire Guy de Brilhac, a euz a amener et conduire deux prisonniers de son chastel de Coucy jusques à son chastel des Montilz », lui donne « les deux chevaulx... achatés pour amener lesdiz deux prisonniers, qui ont esté estimez à la somme de dix escus d'or les deux » (1). Coucy, également propriété de la maison d'Orléans, passe pour la plus belle et la plus forte construction de l'Europe féodale. Ces deux prisonniers, transportés avec tant de précaution, devaient paraître en sûreté aux Montils et il faut se demander si le château n'était pas alors une demeure moins riante que sévère et si le bon duc Charles, poète à l'esprit doux et facile, a pu se plaire à y prolonger ses séjours.

CHARLES D'ORLÉANS DEPUIS SA DÉLIVRANCE EN 1440 JUSQU'A SA MORT EN 1465

Charles d'Orléans revint en France en 1440 et s'installa à Blois dès le commencement de l'année suivante. L'un de ses premiers actes avait été de songer à se défaire des Montils. Aliénation qui aurait été résolue à contre-cœur, sans doute, mais qui pouvait sembler nécessaire devant la pénurie du trésor et la nécessité des circonstances. Il s'agissait de délivrer Jean, comte d'Angoulême, son frère. On songeait pour lui à un mariage avec Jeanne de Béthune, veuve du comte de Ligny. Par lettres datées de Blois, le 25 mai 1441, Charles lui demandait de prêter

(1) Bibl. Nat. Nouv. acq. franc. 5821, n° 25 (c^on du Vte de Croy). Lettre datée de Blois, 4 juillet 1464. Cette pièce est évidemment la même que celle du *Catalogue des Archives du Bon de Joursanvault*, n° 169 (juillet, août et novembre 1464), où l'on a confondu les Montils, près Blois, avec Montils-les-Tours. L'une de ces pièces a depuis passé en vente. Elle est mentionnée par M. de Maulde, *Histoire de Louis XII*, t. I, p. 117, d'après le *Catalogue de Curiosités autographiques*, vente Eugène Charavay, du 29 mai 1886, n° 64. « Charles, dit-il, se fait amener aux Montils, le 17 novembre 1464, un prisonnier de Coucy ». Il en conclut que Charles était alors aux Montils et que Marie de Clèves a dû y accoucher de sa fille Anne. Tout ceci paraît bien hasardé. Cette pièce du 17 novembre doit être une simple quittance de Gui de Brilhac. Le document que nous publions montre, en effet, que les prisonniers étaient déjà arrivés aux Montils au mois de juillet précédent ; et Charles est alors à Blois.

100.000 saluts d'or qui serviraient à mettre le fiancé en liberté, et il en promettait à la dame une hypothèque sur diverses parties du comté de Blois, Romorantin, Millançay, d'autres lieux encore et notamment les Montils (1). Le mariage n'eut pas lieu. Les Montils demeurèrent au prince, qui bientôt s'occupa de réparer son château. En 1455, 28 chênes sont abattus pour refaire le pont-levis (2). En 1460, Martin Durjon, maçon à Blois, a pris à tâche une besogne de maçonnerie, et il y travaille, au mois de novembre, avec cinq ouvriers maçons et six manœuvres (3). Peut-être bien s'agissait-il de fortifications plutôt que d'aménagements destinés à rendre ce lieu plus agréable et plus commode à la cour ducale. Cependant le 13 juin 1460, *Mademoiselle*, c'est-à-dire Marie, fille aînée du prince, plus tard femme de Jean de Foix, vicomte de Narbonne, et alors toute petite fille, s'est rendue aux Montils respirer l'air printanier. Un tabourin l'accompagne, pour l'amuser, la faire danser (4). D'autres membres de la famille princière ont dû venir de la sorte, se distraire en ces lieux. A dire vrai, on n'y relève qu'une seule fois, d'une manière certaine, la présence de Charles : le 17 juillet 1443. Comme partout ailleurs, il y marqua son passage par des preuves de sa bonté. La charité était son meilleur plaisir. Il distribua tout son argent de poche, un salut d'or, à une femme qu'il trouva sur le point de faire ses couches à l'Hermitage, hameau de la paroisse des Montils (5). Ses sujets auraient souhaité d'autres visites, et une circonstance bien digne de l'attirer près d'eux aurait été la présence de Charles VII au château, le 4 décembre 1448. Le roi était accompagné de quelques membres de son conseil ; de l'évêque d'Agde, Etienne de Cambray, contrôleur général des finances du Languedoc, de Bertrand de Beauveau, seigneur de Pressigny, et du secrétaire Jean de La Loère ; ils y approuvèrent la nomination de Colin Martin à l'office de receveur de Saintonge et du

---

(1) Arch. Nat. K. 72 n° 56³ (signalé par le Vᵗᵉ de Croy).
(2) Arch. Nat. Q¹. 504¹ f° 24 r° (cᵒⁿ du Vᵗᵉ de Croy).
(3) Arch. Nat. Z² 349, 22 juillet et 15 novembre (cᵒⁿ du Vᵗᵉ de Croy).
(4) Bibl. Nat. N. A. F. 20028, n° 16 (cᵒⁿ du Vᵗᵉ de Croy). « Au tabouzin Sezine pour don à lui fait par mondit seigneur pour aller as Montils avecques Mademoiselle, xxvii s. vi deniers tournois. »
(5) « A mondit seigneur le duc, lui estant aux Montiz, baillé i salut d'or, *pour fere ses plaisirs*, lequel il donna a une femme qui travailloit d'enffant au lieu de l'Ermitage des Montiz ». Bibl. Nat. P. Orig. 2159, n° 571 cᵒⁿ du Vᵗᵉ de Croy).

gouvernement de la Rochelle (1). Mais Charles d'Orléans était
absent et voyageait dans le nord de la France (2).

Si le duc n'a guère habité les Montils, ce n'était pas indiffé-
rence pour nos champs et nos murs, loin de là. Une amitié très
douce, et qui datait des jours heureux de son enfance, embellis-
sait pour lui nos paysages et l'attirait chez le capitaine du château, Jean de Saveuses, son chambellan, qui possédait Savonnières, à peu de distance et presque en vue de notre ville. De
Savonnières, il a daté des lettres patentes, au mois d'août
1454 (3) ; là encore, au mois de juin 1457, au mois de juin 1458 (4)
et bien d'autres fois, sans doute, il a promené sa nonchalance
amusée de poète. Blésois de cœur et d'adoption, sinon de naissance, Charles d'Orléans a goûté le charme de notre terre diverse et souriante, la vie aisée qu'elle donne, la simplicité pitto-
resque des mœurs. Il a aimé, en Beauce, les mottes grasses et
violettes des guérets ; en Sologne, le terne miroir des étangs, le
feuillage argenté des saules sur l'horizon léger, les eaux profondes du Beuvron au pied des vignes jaunissantes, les prés et
les seigles où foisonnent lièvres et perdrix, et les franches
lippées, le soir, la chasse finie, cartes en mains, sur la table où
les cruches débordent du petit vin blanc des Montils :

> Puisque par deçà demourons
> Nous, Saulongnois et Beausserons,
> En la maison de Savonnières,
> Souhaidez nous des bonnes chières
> Des Bourbonnois et Bourguignons.
>
> Aux champs, par hayes et buissons,
> Perdrix et lyevres nous prendrons,
> Et yrons pescher par rivières,
> Puisque par deçà demourons.
>
> Vivres, tabliers, cartes aurons
> Où souvent nous estudirons,

(1) Bibl. Nat. P. Orig. 1871, d^r 43106, n° 12 (c^{on} du Vte de Croy). Lettres données « aux
Montilz prez Bloys ».

(2) Il était à Coucy le 28 novembre et se dirigea de là vers Amiens où il passa la fin
de décembre (c^{on} du Vte de Croy qui a dressé un itinéraire manuscrit de Charles
d'Orléans).

(3) Arch. Nat., KK. 897 f° 161 (c^{on} du Vte de Croy).

(4) *Cartulaire de la Ville de Blois*, p. 359.

Vins (1), mangers de plusieurs manières ;
Galerons sans faire prières,
Et de dormir ne nous faindrons,
Puisque par deçà demourons (2).

L'esprit du Moyen-Age règne encore. C'est un tableau des vieilles mœurs, de l'affabilité, de la bonhomie qui attachent le prince aux sujets. Rien de la distance qu'amène le raffinement aristocratique au xviiie siècle, de la raideur ni du dédain qu'engendre la démocratie, au xixe. A ce portrait moral, nous joignons ici le portrait physique d'après l'enluminure qu'a découverte M. le vicomte de Croy (3). Elle décore un aveu de la châtellenie de Bury, près Blois. C'est à un peintre blésois, sans doute, que nous la devons. Si l'on rapproche ce portrait des indications fournies par M. Champollion-Figeac, d'après un autre document, il est permis d'en conclure que le poète était bien réellement de taille courte et grosse, le visage massif. Ici, le pli au coin des lèvres, l'expression amère et désabusée de la bouche correspondent bien aux sentiments que trahissent plus d'une fois ses vers. A côté de lui, se tient la duchesse Marie de Clèves, grande, droite et mince, le visage plus avenant que dans un autre portrait où les traits paraissent singulièrement anguleux (4).

MARIE DE CLÈVES, DUCHESSE D'ORLÉANS, MÈRE DE LOUIS XII

Après la mort du bon duc Charles, en 1465, sa veuve Marie de Clèves, comme tutrice de ses enfants, eut l'administration du

---

(1) Le 5 mars 1446, Charles d'Orléans fait payer à François Victor la culture des vignes des Montils. (Bibl. de Blois. Fonds Joursanvault, n° 1337.) Voir plus bas, chapitre : Vins des Montils.

(2) *Poésies de Charles d'Orléans*. Édition Guichard, page 296.

(3) *Un portrait de Charles d'Orléans*. Mém. de la Société des Sciences et Lettres de Loir-et-Cher, tome XIX. Tirage à part. Blois, Migault, 1889. — M. Pierre Champion, dans la *Vie de Charles d'Orléans*, sous presse à l'heure présente, va publier un portrait de Charles d'Orléans d'après une miniature du Boccac de la bibliothèque de Munich. Une reproduction de cette miniature existe au musée de Vendôme et, d'ailleurs, elle a déjà été photographiée par M. A. Duvau, dans le *Bulletin de la Soc. arch. du Vendômois*, t. XIII, 1874, p. 132. Elle confirme ce que nous disons ici des traits du prince, mais la miniature que nous publions a l'avantage d'avoir été faite par un peintre blésois et d'être un spécimen très rare de notre art local, au xve siècle.

(4) D'après le Français 906 de la Bibliothèque Nationale. Peinture publiée par M. Couderc, *Album de Portraits*, n° 72, et également par M. le Vte de Croy, avec l'autorisation de M. Couderc. Nous reproduisons, en croquis, ce dernier portrait de Marie de Clèves.

entre ledit donjon et la ville de burÿ eſt vne place ou ſouloit eſtre l
ny auoit auſme fouſſez entre leſd baſſe court et ſallée. En la
et le habergement du chappellain. Et y auoit vne porte ade
aultre porte deuers les vignes. Et eſtoit ſadicte baſſe court

comté de Blois et la jouissance des Montils. Nous savons déjà qu'en 1467 elle fit faire quelques travaux au château et construire quatre chambres à cheminées (1). En 1472, son huissier de salle, Pierre André, qui était aussi son peintre attitré, reçoit 110 livres « pour une grande table d'autel de la Nativité de Nostre Dame, peinte d'or et d'argent, mise en la chapelle du chastel des Montils » (2). En 1477, le 10 juillet, elle y achète un jardin (3). La mention subsiste de quelques séjours qu'elle y fit. Ainsi elle s'y trouve le 1ᵉʳ juillet 1468 (4), le 21 juillet suivant (5), et en 1477 les

28 juin et 14 septembre (6). Elle allait d'ailleurs avoir une raison particulière de s'intéresser à ce lieu. En 1481, son fils Louis approchait de sa majorité. Dès lors, toutes les terres de la maison d'Orléans y compris le comté de Blois, lui revenaient. Mais il fallait régler les affaires de famille qui étaient restées en suspens jusque-là et constituer le douaire de la duchesse mère.

(1) Voir ci-dessus page 93.

(2) Extrait de Gaignières. La pièce a été publiée par M. Delisle et communiquée par M. Bournon, jadis archiviste de Loir-et-Cher.

(3) Arch. Nat. Qⁱ. 473 (cᵒⁿ du Vᵗᵉ de Croy). Ce jardin est vendu pour 6 écus d'or par Noël Douville, foulon en Vienne. Il joint aux murs de la ville et « aux salles de la basse court ».

(4) Bibl. Nat. P. Or. 1811, dⁱ 41801 nᵒ 3 (cᵒⁿ du Vᵗᵉ de Croy).

(5) De Maulde, t. 1, p. 300, en note.

(6) Arch. Nat. Qⁱ 446; P 1333. Cᵒⁿ du Vᵗᵉ de Croy qui a dressé un itinéraire manuscrit de Charles d'Orléans et de Marie de Clèves.

Quelques difficultés étaient menaçantes entre eux. Louis XI fut consulté. Par contrat passé à Tours, le 4 octobre 1481, il est constaté que le roi a chargé deux blésois, Louis d'Amboise, évêque d'Albi, et Pierre d'Amboise, évêque de Poitiers, ainsi que Palamèdes de Forbin, de choisir ce qui reviendrait à Marie de Clèves. Le roi consentait que dix mille livres tournois de rente lui fussent assignées « avec les logiz des Monstilz soubz Bloys, Chasteauneuf et Coucy » (1). Des lettres-patentes de Louis XI, données au Plessis-les-Tours (2, le lendemain, 5 octobre 1481, ratifient ce contrat. En février 1482, les arrangements furent terminés. La duchesse reçut, avec la terre de Châteauneuf-sur-Loire, la châtellenie et le château des Montils, et le droit d'y instituer un bailli (3). Elle les garda jusqu'à sa mort survenue en 1487. C'est en qualité de dame des Montils qu'elle faisait dresser certaines lettres, à Paris, le 20 février 1486 (4), dont voici l'extrait : « Pour consideracion des bons et agréables services que notre cher et bien amé Henry de Wischel fait nous a de long-temps en estat d'escuier tranchant, et autrement,... nous lui avons donné la somme de quinze livres tournois qu'il nous peult devoir a cause de certaines maisons, pressouers, jardins et autres terres a luy données en avancement de mariage, par Marguerite de Lyon, sa belle-mère, tenues de notre chastel des Montilz ». Cet Henri de Wissel, que Marie tenait en estime et affection, était un allemand originaire du duché de Clèves, qu'elle avait attiré en Blésois.

Rien d'étonnant, dès lors, à ce que le plat trouvé en 1810, aux Montils, et attribué longtemps à Valentine de Milan soit, en réalité, de Marie de Clèves. Il aura été perdu par quelque négligent valet ou écuyer de cuisine. C'est un spécimen de l'un de ces plats ou écuelles d'argent, « aux armes de Madame », que mentionne l'inventaire du 6 novembre 1481 (5). Les

(1) Arch. Nat. K 553, n° XVI, original.
(2) Autrement dit les Montils-les-Tours, lieu très souvent mentionné dans les documents de cette époque et qu'il ne faut pas confondre avec les Montils sous Blois.
(3) Arch. Nat. KK 385. Voir aussi sur toute cette affaire M. de Maulde, ouvrage cité, tome I, pages 375, 383, 386, 388, 390.
(4) Bibl. Nat. P. Orig., vol. 3052, d° 68083, n° 2 (c. du V. de Croy).
(5) Bibl. Nat. P. Orig. Orléans, n° 799 à 816 (c. du V. de Croy).

armoiries dont la reproduction est donnée ci-contre, ne laissent aucun doute sur le nom du propriétaire. Ils portent ce qu'on appelle, en terme de blason, un *parti* : au 1er, coupé, en chef d'Orléans, en pointe de Milan ; au 2e, écartelé : au 1er de Clèves (c'est-à-dire de gueules au rais pommeté et fleuronné d'or de huit pièces, percé d'argent), au 2e de Bourgogne *moderne*, au 3e de Bourgogne *ancien* (ces deux quartiers en souvenir de la duchesse de Clèves, sa mère, qui appartenait à la maison de Bourgogne) et au 4e de La Marck (d'or à la fasce échiquetée de trois traits d'argent et de gueules). On peut comparer ces armoiries avec celles que porte le sceau de Marie. Nous en donnons ici également un dessin (1).

(1) D'après un sceau conservé au département des Médailles de la Bibl. Nat. (Coll. Bastard d'Estang). La légende du sceau est intacte, tandis qu'elle n'existe plus sur l'exemplaire des Archives Nationales (K. 72 n° 58) décrit par Douët d'Arcq. Notons une autre différence : l'écu y est soutenu par deux cygnes. C'est le cygne légendaire de Clèves que sa petite-fille Claude de France fera sculpter sur les murailles du château de Blois. Les ducs de Clèves qui se disaient descendus du Chevalier au Cygne, personnage fabuleux de la Germanie, avaient pris ces oiseaux comme supports de leurs armes et les gravaient sur leurs médailles (Jacques de Bie, *Les familles de France illustrées par les monumens des médailles anciennes et modernes*, in-4°, Paris, 1636, p. 107 et planche, n° LXXV.)

Parmi les ornements qui décorent le champ du sceau de Marie de Clèves, on distingue des *chantepleures*, sorte d'arrosoir, que cette duchesse avait pris comme emblème en souvenir de Valentine de Milan. Ce sceau si intéressant est inédit.

Marie de Clèves etait sans doute aux Montils lorsqu'y passa le roi Louis XI.

LOUIS XI AUX MONTILS

En 1468, le 24 novembre, on célébrait dans l'église de Cléry, fameuse par son pèlerinage, les obsèques de Jean, comte de Dunois. « Le corps étant posé au milieu du chœur, le seigneur évêque de Chartres commença vigiles des défunts, que les chanoines et le clergé du lieu continuèrent, durant lesquels le roi Louis XI étant venu des Montils-lès-Blois, honora la mémoire du défunt de sa présence jusqu'à la fin » (1).

JEANNE DE FRANCE, DUCHESSE D'ORLÉANS

D'une duchesse d'Orléans, les Montils passèrent presque immédiatement à une autre, à Jeanne de France, fille de Louis XI, mariée à Louis, duc d'Orléans, fils de Marie de Clèves, malgré la résistance et les larmes du prince. Les éminentes vertus de Jeanne lui ont mérité d'être placée sur les autels.

Habités seulement par occasion, vers 1482 et 1483, par Madame Anne d'Orléans, abbesse de Fontevrault, belle-sœur de Jeanne (2), les Montils étaient déserts depuis la mort de Marie de Clèves et l'emprisonnement de son fils révolté contre Charles VIII, lorsque l'épouse du captif, la duchesse d'Orléans, reçut la jouissance du château. Par lettres-patentes du 23 mai 1489, se trouvant, en raison de la saisie des biens de son mari, dans la situation d'une veuve, Madame Jeanne obtint du roi, son frère, les châteaux de Châteauneuf-sur-Loire et de Montils-lès-Blois, avec les terres et les bois qui en dépendaient. Le revenu en était estimé 4249 livres 9 sous, soit net 4000 livres, si l'on en rabattait les frais d'entretien (3).

Il semble que dès lors la duchesse d'Orléans ait considéré les

---

(1) Souchet, *Histoire de Chartres*, tome III, p. 406. Pas de mention du séjour de Louis XI aux Montils ni à Cléry, dans l'*itinéraire* dressé par la Société de l'histoire de France (*Lettres de Louis XI*, t. XI, 1909, p. 79.

(2) R. de Maulde, *Jeanne de France, duchesse d'Orléans et de Berry*, p. 130. Cf. déposition de Guillaume Chaumart, en 1498, au procès d'annulation du mariage de Louis XII (R. de Maulde, *Procédures politiques du règne de Louis XII*). Chaumart alla trouver l'abbesse aux Montils, se rendit en Bretagne, puis au retour de sa mission vint à Blois et aux Montils.

(3) Arch. Nat. K. 74, n° 15 et R. de Maulde, *Jeanne de France*, p. 218-219. Nous publions ici le sceau, inédit, de la bienheureuse Jeanne de France d'après un spécimen unique conservé à la Bibliothèque nationale, aux Pièces Originales, Orléans, n° 846.

Montils et les ait possédés effectivement comme son bien particulier. En 1498, à la veille de l'avènement de Louis XII et de
l'annulation de son mariage, réparations et aménagements y
sont faits « par le commandement de Madame la Duchesse » (1).
Elle y est dame et maîtresse. Pourtant elle n'y séjourna pas

durant les deux années qui suivirent le don de cette résidence,
occupée qu'elle était soit à se tenir à Bourges auprès du prisonnier, soit à solliciter au Plessis-lès-Tours, auprès de
Charles VIII, un pardon que certainement ses prières obtinrent
en 1491.

Après sa sortie de prison, le duc surmonta quelque peu ses
répugnances et se rapprocha parfois de sa femme. Il ne serait
pas impossible qu'il eût passé avec elle aux Montils le mois de
septembre 1492 (2) et peut-être est-ce de là qu'il a daté, le 27, cet
acte célèbre dans notre histoire locale, qui permet à la ville de
Blois d'adopter les armoiries dont elle se pare encore actuellement (3).

(1) Voir pièces justificatives, n° XIII.
(2) Il y a deux actes du duc datés « des Montils », sans plus, en 1492. L'un est du
18 septembre, l'autre du 27. Comme ils ne sont connus que par un inventaire de pièces
(*Loir-et-Cher historique*, année 1897, col. 242), il n'est pas absolument certain qu'il
s'agisse des Montils *sous Blois*. Le 5 novembre 1492, le duc est au « Plessis-les-Tours »
(Bibl. Nat. P. Orig. 2163, n° 936), et le 13 novembre, il date des lettres patentes de
« Montils lès Tours » (original, archives du château de Monteaux, Loir-et-Cher, c** du
V** de Croy). Donc, à la rigueur, l'acte du 27 septembre 1492 pourrait avoir été dressé
aux Montils lès Tours, ce que le scribe n'aurait pas noté dans son inventaire.
(3) Au sujet de cette concession d'armoiries, le lecteur pourra se reporter à une
discussion qui s'est élevée dans l'*Avenir de Loir-et-Cher*. Voir : 1° Un article anonyme,

Peu après, de 1494 à 1496, Louis d'Orléans quitta les bords de la Loire pour prendre part, en Italie, aux guerres amenées par la fameuse expédition de Naples. A son retour, il se montra çà et là avec sa femme, à Blois, à Amboise, aux Montils, suivant le témoignage de la duchesse (1) elle-même. « Après le retour du duc d'Orléans de son comté d'Ast, dit le défenseur de Jeanne au procès d'annulation, il communiqua avec sa femme et passa la nuit avec elle, tant à Blois qu'à Amboise et aux Montils-sous-Blois ». — Mais ces bonnes dispositions ne durèrent pas et des scènes pénibles se produisirent, que dut raconter plus tard le blésois Georges d'Amboise, archevêque de Rouen (2). « Le défunt roi Charles ayant ordonné à Monseigneur de se trouver aux Montils-sous-Blois, où était la dame Jeanne, et l'archevêque l'ayant engagé lui-même à se présenter aux Montils, Monseigneur lui répondit qu'il ne se rendrait pas aux Montils tant que la dame Jeanne s'y trouverait. L'archevêque avait fait connaître cette réponse au roi Charles, qui lui avait fait savoir que Louis viendrait aux Montils et qu'aussitôt qu'il serait arrivé, il enverrait ladite dame Jeanne ailleurs... ce qui est arrivé, puisque aussitôt l'arrivée du prince aux Montils, elle se retira de suite ».

Le duc fut pourtant bien obligé de s'exécuter un peu plus tard, au mois d'avril 1498. Il est vrai que la pression exercée sur le prince par le roi Charles VIII était si grande que Louis, suivant ses propres expressions, « estoit en voye d'estre contraint vuyder et soy absenter du royaume. » Il avoua depuis qu'alors il passa trois nuits aux Montils avec Jeanne (3). C'est à ce séjour que se rapportent les divers travaux commandés au château par la

Le Loup dans les Armoiries de Blois (dans le n° du 18 septembre 1910) ; 2° Réponse de M. J. Perrochot : *A propos du Loup dans les Armoiries de Blois* (n° du 25 septembre 1910). Il y a été longuement question des « lettres patentes des Montils » : le loup des armes de Blois vient-il de la maison d'Orléans ou est-il un héritage plus ancien ? Sans nous prononcer sur le fond de la question, nous devons signaler un article de M. A. Thibault : *Les Armes de la Ville de Blois et l'écusson récemment découvert en la rue des Juifs* (*Mém. de la Société des Sciences et Lettres de Loir-et-Cher*, t. XIV, p. 29 à 41). L'auteur y est nettement favorable à la thèse soutenue dans l'article anonyme. En 1409, à Orléans, comme dans l'écusson de la rue des Juifs, les armes du duc Louis sont supportées par un loup et un porc-épic. Il est probable, dit encore M. Thibault, « que la ville emprunta les supports du duc plutôt que le duc de la ville », et qu'avant 1492 « la ville n'avait, à proprement parler, pas d'armoiries ».

(1) R. de Maulde, *Jeanne de France*, p. 240-241. — Défense de la reine, présentée à Amboise, le 26 octobre 1498, *Procédures politiques*.

(2) Déposition du 5 octobre 1498, à Melun : *Procédures politiques*.

(3) Déposition du roi faite le 29 octobre 1498, à Madon. — Interrogatoire du roi les 4 et 5 décembre 1498, à Ligueil.

duchesse « pour la venue du roi, de la royne et de Madame de Bourbon » (1). Durant le temps qu'alors le duc passa dans cette résidence, il fit expédier, le 3 avril, des lettres-patentes en faveur de l'abbaye de Saint-Serain, près Sézanne en Champagne (2). Nul n'ignore pourquoi le voyage de la cour aux Montils n'eut pas lieu. Le 7 avril, Charles VIII, à Amboise, mourut presque subitement d'une attaque d'apoplexie.

L'opinion commune veut que le premier bruit de l'accident soit arrivé aux Montils et qu'à l'annonce d'un événement qui semblait lui promettre la couronne, Louis soit parti précipitamment pour Blois, afin d'y être plus à portée des nouvelles (3). On n'a pas remarqué que suivant son propre témoignage, le duc n'a passé que trois nuits aux Montils. Il s'y trouvait le 3 avril. Donc il aurait quitté les Montils dans la journée du 6, au plus tard, alors que Charles VIII paraissait encore plein de vie. Effectivement, des lettres-patentes ducales existent, qui sont datées de Blois le 6 avril 1498 (4). Les messagers ne rencontrèrent que Jeanne de France aux Montils.

L'avènement de Louis ne présageait à la duchesse d'Orléans que des souffrances. Elle n'avait jamais eu le bonheur de plaire à son mari, qui assura toujours ne l'avoir épousée que sous l'empire de la contrainte. Non pas qu'elle fut laide, à proprement parler (5). Mieux que toutes les descriptions, d'ailleurs, les traits eux-mêmes de la Bienheureuse Jeanne renseigneront à cet égard le lecteur, puisqu'après sa mort un masque en plâtre moula son visage, et l'un des exemplaires, que nous reproduisons, en est conservé actuellement à Bourges (6). Mais la femme de Louis d'Orléans n'avait pas eu, ne pouvait pas avoir d'enfants.

Louis XII fut sacré à Reims le 27 mai 1498. Jeanne fut exclue

(1) Pièces justificatives, n° XIII.
(2) Arch. Nationales KK. 897, f° 255. Cf. R. de Maulde, *Histoire de Louis XII*, tome III, p. 401.
(3) R. de Maulde, *Jeanne de France*, p. 248; *Hist. de Louis XII*, III, 403.
(4) Bibl. Nat., P. Orig. 2165 n° 181 (signalé par le Vte de Croy). Les dernières lettres patentes de Louis comme duc d'Orléans sont datées de Blois le 7 avril 1498. Elles sont mentionnées dans le KK. 267^u f° 44 v° (c^on du Vte de Croy).
(5) Voir appendice n° 3, portrait de Jeanne d'après L. Dony d'Attichy, dans Pierquin de Gembloux, biographe de la Bienheureuse. Voir aussi le portrait qu'en trace Le Roux de Lincy, *Vie d'Anne de Bretagne*, t. II, p. 24 et 170.
(6) Chez les Carmélites, mais il est la propriété de l'Insigne Chapitre de la Cathédrale qui a bien voulu nous donner les autorisations nécessaires à cette reproduction. Nous sommes heureux de l'en remercier ici. Le masque a été signalé par M. de Maulde. Il ne paraît pas avoir jamais été publié.

de la cérémonie, et cela seul révélait très clairement les intentions du roi. Bientôt, le projet d'annulation du mariage fut connu et des bulles d'Alexandre VI, du 29 juillet 1498, ouvrirent officiellement le procès, qui commença le 10 août, à Tours. Jeanne, qui était restée aux Montils après l'avènement, se transporta alors dans cette ville et ne reparut plus en Blésois (1).

Toutefois, divers incidents du procès, où le nom des Montils fut, comme nous l'avons dit, bien souvent prononcé, se passèrent dans le voisinage de cette localité. Après de longues hésitations et des tergiversations multiples, le monarque se rendit le 26 octobre au village de Madon. Les abbés de Saint-Lomer y possédaient une maison de campagne. Il fallut amener plusieurs voitures de sable et de cailloux, pour le passage du roi, à l'entrée du pont de Lestineau, sur le Cosson, entre la Gaillardière et la Grange-Rouge, « afin d'habiller les deux bouts du dudit pont parce que les chevaulx y fondoient » (2). C'est à Madon que Louis XII fut interrogé par les commissaires ecclésiastiques le 29 octobre. Quelques semaines plus tard, il se rendit dans le midi de la Touraine, où il subit un nouvel interrogatoire, les 4 et 5 décembre, à Ligueil. En y allant il passa par les Montils. Il y était le mardi 20 novembre, et quitta le château ce jour-là pour venir coucher à Montrichard (3).

Jeanne de France, qui s'était transportée à Tours pour l'ouverture du procès, ne revint pas aux Montils. Elle suivit le tribunal à Amboise et s'y trouvait encore le 17 février 1499 (4). Elle dut rester légalement propriétaire des Montils, qu'elle avait reçus en 1489, jusqu'au 26 décembre 1498. A ce moment, le roi lui assigna un apanage fort convenable, le duché de Berry, auquel fut joint le château de Châteauneuf-sur-Loire (5) dont elle garda ainsi la jouissance. Mais il n'était pas question de celui des Montils dans l'édit. Louis XII reprit alors ce domaine, où il séjournera quelques mois plus tard. Quant à Jeanne, elle se retira à Bourges, y fonda l'Ordre de l'Annonciation et y mourut en odeur de sainteté le 4 février 1505.

.˙.

(1) R. de Maulde, *Jeanne de France*, p. 253, 280.
(2) J. de Croy. *Nouveaux documents pour la création des résidences royales des bords de la Loire*, p. 30.
(3) Arch. Nat. K 5308, n° 5. Cf. J. de Croy. *Nouveaux documents*, p. 31.
(4) R. de Maulde, *Jeanne de France*, p. 3637.
(5) *Ibidem*, p. 345.

Louis XII habita le château des Montils pendant le mois d'avril de l'année 1499. Nous en avons la preuve certaine par la publication de cinq ordonnances royales datées « des Montils-les-Blois » (1).

En 1500, le roi fait un bail à rente, d'une place vide « en nostre ville des Montils » avec un petit bout et recoing, tenant « à nostre pressoir, joignant les murs de nostre ville entre deux », le tout en ruine et de peu de valeur, à Simon Burgensis, premier sommelier de l'échansonnerie, et à Adrien de Dampierre, « sommeier de panneterie de la bouche du roi. »

Donné à Pontlevoy, le 1er janvier 1500, c'est-à-dire 1501 nouveau style (2).

En 1505, le roi tombe malade aux Montils : il y est soigné par Anne de Bretagne, appelée « la bonne duchesse ».

Cette princesse, épouse successivement des rois Charles VIII et Louis XII, « venait souvent habiter le château des Montils » (3).

C'est aussi l'avis de M. Dupré, qui nous apprend que Anne de Bretagne et Claude de France, fille de Louis XII, firent quelque séjour aux Montils.

On montrait naguère encore (1860), près du pont, plusieurs pierres sculptées, provenant, selon la tradition populaire, d'un édifice appelé « *Bains de la Reine* », en mémoire de ces deux princesses.

(1) On en trouve quatre dans l'ouvrage de M. Pardessus, *Ordonnances des Rois de France*, t. XXI, p. 208 et suivantes. Voici l'énoncé de ces cinq documents :

1°. — 7 Avril : Déclaration interprétative de celle du 8 novembre 1498, concernant les gabelles du Languedoc. La pièce se termine ainsi : « Donné aux Montils-les-Blois, le « 7e jour d'avril, l'an de grâce 1499 et de nostre règne le deuxième. Ainsi signé par le « Roi : *Vous* (on désignait ainsi le Chancelier de France), *Jacques de Beaune, général* « *des finances* (vingt-six ans ans plus tard, Jacques de Beaune, si fameux dans l'his- « toire sous le nom de Samblançay, devait revenir aux Montils pour s'y voir faire « son procès d'où sortit une condamnation capitale. Voir Appendice n° 4) *et aultres* « *présents*. « Robineau ».

2°. — 23 Avril : Lettres patentes adressées au maire et aux eschevins de la ville de Niort pour l'administration de l'aumônerie de Saint-Georges, près Niort.

3°. — Avril : Lettres qui érigent le comté de Valentinois en duché, au profit de César Borgia, fils du Pape Alexandre VI et son ambassadeur à la cour de France.

4°. — Avril : Édit portant érection de l'échiquier de Normandie en Parlement. —

5°. — De plus, le 16 avril, aux Montils, Louis XII donna commission à Jacques de Moulins pour assurer le payement des gages de l'hôtel royal (*Cart. de la ville de Blois*, p. 419. Notice sur Jacques de Moulins (de la famille de Moulins-Rochefort) par le V¹⁰ de Croy).

(2) Arch. Nat. — La redevance annuelle était de 5 s. tournois. Voir aussi Arch. Nat., Q¹ 473, acte du 25 nov. 1509 (c⁰⁰ du V¹⁰ de Croy).

(3) M. de Fougères *Loc. cit.*

À cet endroit, la rivière, sur sa rive droite, a une échancrure de plusieurs mètres de large et de 5 à 6 mètres de profondeur. C'est là, dit-on, que se trouvaient les bains de la Reine.

Le séjour d'Anne de Bretagne aux Montils se trouverait-il confirmé par ces paroles du vicomte Walsh ?

« M. le Curé (1) des Montils m'a montré des pièces de monnaie aux hermines de Bretagne, ramassées au milieu des ruines du château. La bonne reine Anne les aura laissées tomber de son aumônière en secourant les nécessiteux du pays » (2).

LOUISE DE SAVOIE, VEUVE DE CHARLES D'ORLÉANS-ANGOULÊME ET MÈRE DU COMTE D'ANGOULÊME, DEPUIS FRANÇOIS Ier

En 1505, Louise de Savoie vint avec son fils, le comte d'Angoulème, demeurer aux Montils, tandis que Louis XII, lui-même, quittait Blois pour aller au château de Madon « situé tout près de celui des Montils » (3).

En 1506 et 1507, Louis XII, s'il n'a pas couché aux Montils, les a probablement traversés ou visités. Il séjourna à Contres les 7, 8 et 9 novembre 1506 ; l'année suivante, à Madon, les 13, 14 et 15 septembre, il assista le matin, dans la chapelle du château, à la messe que célébra devant lui frère Louis Gervaise, prieur de Candé (4).

CLAUDE, REINE DE FRANCE, FILLE DE LOUIS XII, ÉPOUSE DE FRANÇOIS Ier

Deux pièces nous autorisent à penser que la reine Claude a dû séjourner aux Montils.

Il s'agit d'abord d'une quittance du 29 octobre 1516 donnée par François de Pontbriand, seigneur de la Villatte, conseiller, « maistre d'ostel du Roi et cappitaine de Blois..... (5) de la quantité de six poinssons de vin *du creu des vignes des Montilz*, appartenans audit seigneur, de ceste présente année, laquelle quantité de vin

(1) M. l'abbé Leclerc, mort en 1871.
(2) Vicomte Walsh, *Yvon le Breton*.
(3) Jean d'Authon, *Chroniques*, t. III. p. 133.
(4) Arch. Nat. KK. 88, Compte des offrandes de Louis XII pour 1506 1507 (c⁰⁰ du Vte de Croy).
(5) En 1519, il était grand chambellan de la reine.

dessusdite, la Royne nous a donné, dit-il, pour la provision et despence de nostre maison » (1).

La seconde pièce est un acte relatif au moulin de Rouillon, situé sur le Beuvron, au sud des Montils : permission accordée au mois de novembre 1519, par Claude, reine de France, duchesse de Bretagne et comtesse de Blois, et ratifiée par son époux le roi François Iᵉʳ, de « muer et travestir une roue à fouler draps, dépendante du moulin de Rouillon, près les Montils, en une roue à moudre grains. »

La reine Claude mourut en 1524, et il semble que depuis lors les princes n'aient plus fait de séjours aux Montils.

LES MONTILS AU XVIᵉ SIÈCLE

Du moins pendant les règnes de François Iᵉʳ et d'Henri II, jusqu'aux guerres de religion, le château fut-il entretenu. Il tomba, en quelque sorte, dans la dépendance de la Chambre des Comptes de Blois, surintendante des bâtiments du comté. Avec un soin jaloux, elle veilla à ce que les droits du domaine fussent respectés.

Le 5 juin 1545, la Chambre est avertie qu'il y a « des entreprises faittes par aucunes personnes sur les douves, foussez et murailles de la ville des Montilz. » Elle ordonne « que l'un des maistres des comptes, appelé le procureur dudit seigneur ou contrerolleur du domaine, se transportera sur le lieu pour les veoir, et enquérir et fere rapport ». Ce rapport est fait par Claude Marchand, maître des comptes, et le 14 janvier 1546, on décide que les personnes incriminées devront montrer à la Chambre « les tiltres en vertu desquelz elles detiennent et possedent les héritages et choses par eulx entreprises » (2). La paix qui régnait depuis longtemps au centre de la France permettait ces usurpations. Les habitants, heureusement pour eux, ne voyaient plus l'utilité d'ouvrages qui avaient protégé leurs ancêtres. Trois ans plus tard, il est constaté que les gens ainsi convoqués « ont deffailly et esté reffusans de ce fere, depuis quel temps n'a esté fait aucune poursuite contre eux ». Le

(1) Bibl. de Blois. Jours. nº 1608.
(2) Arch. Nat. KK 982, fº 238 verso, 241 verso (cᵒⁿ du Vᵗᵉ de Croy).

21 novembre 1549, la Chambre des Comptes décrète de reprendre les poursuites, et en même temps de recouvrer les rentes dues par baux consentis « de plusieurs héritages assiz et situez au lieu des anciens fossez de la ville des Montilz » (1).

De même qu'elle veillait au maintien des fortifications de la ville, la Chambre des Comptes, en bonne tutrice, assurait l'entretien du château. Le 4 juillet 1549, sachant qu'il y est besoin de « plusieurs reparacions tant de maçonnerye que de couverture, vittrye et charpenterye », elle ordonne que « Guillot Gaillart, maistre couvreur de ceste ville de Bloys, appelé, et en sa presence, et du contrerolleur des ouvrages ou son commis et autres gens à ce congnoissans, seront par l'un des maistres des comptes de ladicte Chambre les dites reparacions veues, pour, ladicte visitacion faitte, estre ordonné de la reffection d'icelles » (2). La présence de ce contrôleur des ouvrages est intéressante, car il ne s'agit pas moins que de Jacques Coqueau, le célèbre maître maçon de Chambord (3). On voit, par ces ordonnances et par cette sage méthode les bienfaits d'une institution : des particuliers, le capitaine du château, par exemple, livrés à eux-mêmes, eussent été sans doute moins soigneux.

Dans l'entretien d'une construction, rien de plus important que la couverture. Le 7 décembre 1553, la Chambre des Comptes fait marché avec Michel Augier, maître couvreur à Blois. Sa vie durant, il devra « entretenir de couverture tant d'ardoise que de thuille ledict chastel des Montilz, en tous bastimens estans des appartenances dudict chastel, avec le pressouer dudict seigneur assis audict lieu des Montilz, sauf et réservé la maison de plaisance dudict chastel des Montilz que iceluy Augier ne sera tenu entretenir de couverture comme dessus » (4).

Qu'était-ce que cette maison de plaisance ? Avait-elle été construite par Charles d'Orléans, par Marie de Clèves, ou par le duc Louis, leur fils, à une époque où les vieux châteaux du Moyen-Age commençaient à paraître trop rudes et propres seulement à garder des prisonniers ? Il faut l'admettre, car cette maison est

(1) Arch. Nat. P 2881, fº 1 (cᵒⁿ du Vᵗᵉ de Croy).
(2) Arch. Nat. KK 502, fº 299 (cᵒⁿ du Vᵗᵉ de Croy).
(3) J. de Croy. *Nouveaux documents pour la création des résidences royales des bords de la Loire*, page 218.
(4) Arch. Nat. P 2881, fº 98 cᵒⁿ du Vᵗᵉ de Croy.

mentionnée dès l'année 1498 (1). Avec les jardins, elle servit aux capitaines ou aux gentilshommes de la cour que le roi autorisait à habiter le château des Montils. De telles permissions, dont on voit sous François Ier et sous Henri II des exemples, indiquent bien que les Valois avaient délaissé tout à fait, pour leurs demeures somptueuses, un logis trop simple ou trop austère. Par lettres datées du 20 juillet 1553, le roi voulait bien que Guillaume de Gerbehaye, écuyer du Dauphin, qui était sur le point d'épouser Renée de Saint-Simon, eût la faculté d'habiter lui et sa femme, pour neuf ans, le château des Montils; il lui attribuait gracieusement une pension annuelle de 400 livres tournois (2). La Chambre des Comptes, en bonne ménagère des deniers du roi, trouva le don abusif, car le 5 novembre 1554, Gerbehaye présentait de nouvelles lettres royales, données à Compiègne le 8 septembre. « Par lesquelles, disent les gens des Comptes, nous est mandé que incontinant ayons a fere joyr et user ledict de Gerbehaye, sa femme, famille et enffants (car progéniture lui était survenue, évidemment, durant ce délai qu'il trouvait fort mauvais), du corps d'hostel de plaisance du chastel des Montilz.. tout aussi que soulloit fere un nommé Alphonse de Fiasque auparavant qu'il feust cappitaine dudict chastel » (3). La Chambre enregistra, et Gerbehaye devint à son tour, quelques années plus tard, capitaine des Montils.

Jusqu'ici, le château nous apparaît dédaigné de la cour, mais en bon état. Les guerres de religion allaient lui porter un coup fatal. Felibien nous l'apprend (4). « Tout le bourg, dit-il, a esté ruiné par les guerres des Hugnenots et il ne reste du château que les murailles, presque toutes abbatues ; car, comme le reste des édifices tomboit dans une entière ruine, l'on a depuis deux ans (c'est-à-dire en 1679) achevé de les démolir. » Ce que dit Felibien des guerres des Huguenots dans cette partie du Blésois paraît bien exact. En 1576, Jacques Seigneuret, prieur de Candé, se plaignait que du revenu de son prieuré, il lui eût « faillu employé la plus grant part a remettre sus tant l'eglise que

(1) Pièces Justificatives, n° XIII.
(2) Arch. Nat., KK 898, f° 56 (c^{on} du Vte de Croy).
(3) Arch. Nat., P 2889 f° 137 (c^{on} du Vte de Croy).
(4) Mémoires pour servir à l'histoire des Maisons royales et bastimens de France, édité Paris, 1874, p. 26.

la maison dudit prieuré qui ont esté brulez au temps des troubles » (1). Si le bourg des Montils avait été brûlé, comme celui de Candé, le château avait alors dû beaucoup souffrir. Réparer cette demeure délaissée aura semblé inutile. Nous verrons plus loin les détails qui concernent sa démolition.

CAPITAINES (2) DU CHATEAU DES MONTILS

Les Comtes pourvurent à la garde du château des Montils, considéré comme poste militaire. Voici les noms des principaux gouverneurs depuis le xive siècle jusqu'à la fin du xviie. On les appela *châtelains* d'abord, puis, au xve siècle, *capitaines*.

1318-1319. — *Robert de Mante* est porté sur le compte du comté de Blois comme châtelain des Montils, avec 9 livres de gages (3) pour un semestre.

Il est probable qu'il éta't châtelain dès 1315. Il avait prêté cette année-là au comte 27 liv. 17 sous, lorsque Gui s'en alla rejoindre à Arras l'expédition que Louis X commandait contre les Flamands, au mois de juin. Gui Ier partit sans doute des Montils (4).

Robert de Mante devait être encore châtelain en 1336 ou peu avant (5). Il était mort en 1337. Il donna, de son vivant, certains biens à la Maison-Dieu des Montils, à charge de dire chaque semaine dans la chapelle trois messes pour lui, pour le comte Gui ainsi que pour le comte Hugues et la comtesse Béatrix. Le samedi, veille de Saint-Laurent 1337, l'abbé Jean de Bourgmoyen consentit « à la requeste et prière » du comte Gui, que les maîtres et frères de l'hôpital conservassent la jouissance des biens donnés, moyennant toutefois le payement d'un double cens à l'abbaye, soit 14 deniers (6).

1355. — *Benoit Signart*, châtelain, reçoit 9 livres de gages pour le semestre fini à Noël (7).

1373. — *Jean du Charmeteau, dit Le Gallois*, fut châtelain des

(1) Archives du Château de Candé appartenant au Cte F. de La Villebaugé, 31 décembre 1576 (signalé par le Vte de Croy).
(2) Gouverneur ou commandant de la place.
(3) Arch. Nat. KK 266, fo 10.
(4) J. de Croy, *Compte du comté de Blois en l'année 1319.* No 1023.
(5) Ouvrages faits par maître Richart en 1336. Travaux accomplis aux Montils « ou celier où Robert de Mante metoit son vin ». Bibl. de Blois, Joursanvault, XV, no 35 (cm du Vte de Croy).
(6) Arch. Nat., L 983, no 7 (cm du Vte de Croy) ; voyez page 78.
(7) Bibl. de Blois, fonds Joursanvault no 250.

Montils durant quelques mois seulement de l'année 1373 Il avait été précédemment capitaine de Châteaurenault (1).

1376. — *Pierre de Nédonchel*, châtelain des Montils, prit, le premier, le titre de capitaine qu'il portait dès le 18 janvier 1377. Il était en fonctions l'année précédente et avait été, lui aussi, capitaine de Châteaurenault. Le 16 juin 1380, il donnait quittance de 40 liv. tour. que lui avait allouées le gouverneur du comté « pour mettre et convertir es reparacions du chastel. » Sans doute a-t-il aménagé le « fort » des Montils. Le 30 août 1381, Gui II, par lettres données à Blois, le gratifiait de 30 livres sur la recette de ce lieu « pour consideracion des bons, loiaux et agreables services... faiz à feuz nos très chers seigneurs et frères, nos prédécesseurs », c'est à-dire Louis II et Jean II de Châtillon (2). Le lendemain, 31 août, à Blois, le comte le nomme à l'office de châtelain et garde du château des Montils, ou plutôt l'y confirme, avec mission d'exercer « toutes choses qui à bon et loial capitaine pevent et doivent appartenir » (3). Ses gages étaient plus élevés que ceux de ses prédécesseurs : 15 livres par semestre, soit 30 livres par an, au lieu de 18 (4), conséquence de la diminution du pouvoir de l'argent. Nous savons qu'avant 1388, il devint aussi maître de la Maison-Dieu des Montils, et qu'en 1401, il reçut cette charge pour la durée de sa

vie (5). Il avait été confirmé dans son office de capitaine par le duc d'Orléans en 1397 et il dut mourir vers 1402.

Pierre de Nédonchel appartenait à une famille du nord de la

(1) *Cartulaire de la ville de Blois*, (J. de Croy, *notices biographiques*, p. 338).
(2) Bibl. Nat. P. Or. 2094, Dr 47741, nos 2, 3, 4, 5 (cion du Vte de Croy).
(3) B. N. Fr. nouv. acq. 20510, n° 80 (con du Vte de Croy).
(4) Arch. Nat. KK 300 fo 22 ro, KK 301, fo 29 ro.
(5) Voir ci-dessus, pages 80 et 81. Nous donnons ici d'après l'original conservé à Blois (voir ci-dessus, p. 75, note 8) le sceau de Pierre de Nédonchel. L'écu porte une bande et une bordure engrelée. Le heaume est cimé d'un coq et est supporté par un chien et un griffon. Un exemplaire de ce sceau se trouve aussi au département des médailles de la Bibliothèque nationale. Nous remercions M. Laurand et M. Dacier, de la Bibl. Nat., qui ont bien voulu nous procurer le sceau de Pierre de Nédonchel et celui de la bienheureuse Jeanne de France.

France. Guillebert de Nédonchel, chevalier, avec 21 écuyers en sa compagnie, était parmi les troupes qui secoururent la ville de Saint-Omer, assiégée par Robert d'Artois, en 1340. Un Coquart de Nédonchel y figure aussi, avec cinq écuyers, parmi les « bannières d'Artois » (1). On sait que les comtes de Blois, seigneurs dans ces contrées, attirèrent sur les bords de la Loire bien des écuyers ou des chevaliers originaires d'Artois, de Thiérache, de Flandre ou de Hainaut (2. Un Testart de Nédonchel était au service de Louis Ier de Châtillon en 1345 (3).

1402. — *Jean de Wignacourt.* — Il était d'une famille artésienne comme le précédent capitaine. En 1340, dans l'armée qui secourt Saint-Omer, se trouve Warart de Wignacourt, écuyer (4). Aussi bien, Jean de Wignacourt était-il le neveu de Pierre de Nédonchel, à qui, suivant son témoignage, il a dû succéder comme capitaine vers 1402 (5). Il a donné quittance de ses gages les 31 août 1405 et 28 mars 1406 (6) : 10 livres par an. Il est probable que les gages de capitaine devaient comprendre un traitement fixe de 10 livres, et, sous une rubrique quelconque, un supplément de 20 livres.

Le duc d'Orléans avait fait reviser les prétentions de tous ceux qui se disaient jouir de rentes sur la recette de Blois. En 1406, la Maison-Dieu des Montils dut produire ses titres. Les enquêteurs examinèrent divers témoins, entre autres « Jehan de Wignacourt, garde du chastel des Montilz, aagé de xxxi ans ou environ, tesmoing tret juré et examiné..... Dit et dépouse par son serement qu'il a demouré environ x ans ou lieu et chastel des Montiz avec feu Pietre de Nédonchel qui estoit... maistre de la ditte Maison-Dieu et lequel trespassa environ iiii anz a (7)... et dit que par l'espasse de vj ans, il vint par

(1) La bataille se livra le 27 juillet 1340. Compte publié par Van der Haer. *Les chastelains de Lille.* Lille, 1611, petit in-4°, p. 230 (signalé par le Vte de Croy).

(2) Le compte publié par Van der Haer contient quantité de noms familiers aux érudits blésois : Ocoche, Cauroy, Boncourt, Lespaut, etc. (c^{en} du Vte de Croy).

(3) Mand^t du 5 août 1345. *Loir-et-Cher historique,* année 1898, col. 165. — Le 4 février 1345, il est qualifié chambellan du comte de Blois. Bibl. de Blois, Joursanvault, n° 97 (signalé par le Vte de Croy).

(4) Van der Haer, p. 231 (signalé par le Vte de Croy).

(5) Arch. Nat. S 3294. — Lainé, dans sa généalogie de Nédonchel (*Archives généalogiques,* t. X, p. 20, mentionne bien une Marie de Nédonchel, femme de Pierre, seigneur de Wignacourt, en 1379. Mais il n'indique pas qu'elle fût la sœur de Pierre de Nédonchel. Il place l'une et met l'autre (op. cit. p. 12) en des branches tout à fait distinctes. Cette généalogie est donc erronée. Nous n'en avons pas fait état.

(6) Bibl. de Blois. Jours. Carton supplémentaire, n°s 101 et 107.

(7) Ceci fixe l'époque de la mort de Nédonchel.

chascun an, pour sondit oncle, querre à Bloys devers le grenetier de feu Monseigneur de Bloys qui pour lors estoit, les vi
sextiers de blé et en estoit touz jours paie pour sondit oncle, en
vi sextiers de mesteil... » Les enquêteurs, tout comme pourrait
faire de nos jours un juge d'instruction, veulent s'assurer que
Wignacourt dit bien la vérité. Saura-t-il exactement le nom du
grenetier? « Requis qui estoit ledit grenetier, dit que ce estoit
feu Kasin de Bonduys » (1).

1409. — *Guiot Bataille*, capitaine. En 1409, Charles d'Orléans
adressait au receveur de Blois, Michel de Losche, la lettre suivante (2) :

> De par le duc d'Orléans, de Valois, conte de Blois
> et de Beaumont, seigneur de Coucy.

Michelet de Losche, baillez par inventoire et delivrez à Guiot
Bataille cappitaine de nostre hostel des Montis tous les meubles
estans en notredit hostel, en prenant de lui certifficacion ou
recognoissance suffisant desd. meubles desquels, par rapportant
ces presentes et ladite recognoissance ou certifficacion dudit
Guiot, vous serez et demourez quitte et deschargié partout où
appartiendra. Donné à Blois, ce xiiie jour de novembre mil CCCC
et nuef.

Par Monseigneur a la relacion du conseil.

PERRIER.

Guiot Bataille venait sans doute d'être nommé capitaine et
entrait en fonctions. En 1410, il avait soin, pour le duc, de
lévriers et de paons nourris aux Montils (3). Dans ces deux
cas, il est appelé Guiot, diminutif de Gui. Aussi faut-il le distinguer de Guillaume Bataille, son parent sans doute, écuyer
d'écurie et chambellan de Louis duc d'Orléans, dès 1403 sénéchal
d'Angoulême (4) et fort employé jusqu'en 1414 par le duc
Charles en diverses affaires et missions (5).

1420. — *Hémon de Tournay*, capitaine. Il donne quittance de
100 livres tournois pour une année de ses gages (6).

Le chiffre, on le voit, a monté d'un saut brusque. La diminu-

(1 Arch. Nat. S 3294, n° 41.
(2) Communiqué par le Vte de Croy. Bibl. Nat. P. Orig. vol. 212 (alias Français 20000),
dossier 4790, n° 19.
(3) Voir ci-dessus, page 121.
(4) Franc. 20000, dr 4790, passim (con du Vte de Croy).
(5) Bibl. de Blois, Jours., carton supplémentaire, n° 141.
(6) B. de Blois, Jours, n° 1134.

tion du pouvoir de l'argent ne suffit pas à l'expliquer. Il faut certainement que 100 livres fussent nécessaires au capitaine en raison des dépenses occasionnées par la guerre étrangère qui se rapproche du Blésois.

Hémon ou Hamon de Tournay est en 1409, échanson de la duchesse d'Orléans, Madame Isabelle de France, première femme de Charles (1). En 1414, échanson du duc, il l'accompagne dans son expédition de Picardie (2). Son sceau porte un écu parti émanché de trois pièces.(3). En 1418, il est écuyer tranchant de Mademoiselle Jeanne d'Orléans (4). Marguerite, Agnès et Alips de Tournay sont à la même époque demoiselles d'honneur de Mesdemoiselles Jeanne et Marguerite d'Orléans (5).

1427. — *Jean Victor*, capitaine (6). — Le 1er août de l'année 1428 il lui est délivré « tant pour son chauffaige comme pour ediffier au chastel des Montis » un arpent de bois dans la forêt de Russy (7). Pareil don d'un arpent de bois et dans la même forêt lui fut renouvelé par la suite (8). Ses gages, dont on possède quittance signée de sa main pour 1434 (9), restaient fixés à 100 liv. tournois. Il mourut en 1449, le jour de Sainte-Catherine (25 novembre). Par lettres données à Rouen, le 24 janvier 1450 (10), le duc d'Orléans fit payer à son pannetier François Victor, neveu du défunt, ce qui était dû par le trésor des gages de la capitainerie des Montils, jusqu'à la date du décès et même, par gracieuseté, jusqu'à la fête de Noël, terme financier. Jaquet Francœur, « garde de la taille des Montils », fut institué curateur des biens meubles de feu Jean Victor (11). François Victor administrait en quelque sorte la capitainerie des Montils pour le compte de son oncle (12).

Jean Victor signait *Jonni Vittori* (13), et François Victor,

(1) Bibl. Nat. P. orig. vol. 2896, dr 63614, n° 7 (cᵒⁿ du Vᵗᵉ de Croy).
(2) Bibl. Nat. N. Acq fr. 3105, n° 182 (cᵒⁿ du Vᵗᵉ de Croy).
(3) *Ibidem* n° 9 (cᵒⁿ du Vᵗᵉ de Croy).
(4) Bibl. de Blois, coll. Joursanvault.
(5) Bibl. Nat. P. orig. 2896, dᵉ 63614, n°ˢ 10, 11, 12. Alips de Tournay était déjà demoiselle d'honneur en 1411. — Bibl. de Blois. Jours. n° 113 (signalé par le Vᵗᵉ de Croy).
(6) Quittance de ses gages pour un an fini à la Saint Jean 1428. B. N. P. Or. 2914, dᵉ 63611, n° 3 (cᵒⁿ du Vᵗᵉ de Croy).
(7) Bibl. de Blois. Jours. n° 1189.
(8) Bibl. de Blois, fonds Joursanvault.
(9) *Ibidem*, n° 1226, 31 juillet.
(10) *Ibidem*, n° 1372.
(11) Arch. Nat. Zᵃ 338, 8 mars 1454 (cᵒⁿ du Vᵗᵉ de Croy).
(12) Bibl. de Blois. Jours. n° 1357.
(13) *Ibidem*, n°ˢ 1190, 1226.

Francescho Vittori (1). Ils étaient, en effet, comme ils le disaient eux mêmes, « du pais de Florence », et Jean Victor, en 1413, s'intitulait tout bonnement « marchand de Florence demourant à Londres » (2). Cela explique ses relations avec le duc d'Orléans. Banquier, il lui avait avancé de grosses sommes, en Angleterre, d'abord pour la délivrance du comte d'Angoulême, puis pour celle de Charles lui-même, qui, le 3 septembre 1419, écrivait à son chancelier : « Pour le fait de Jehan Victor, lequel pour la délivrance de beau-frère d'Angolesme a mis hors de ses mains pour tous les dessus dits affaires, six mille escus du sien propre, qui est grant somme, et dont il est en grant nécessité perte et dangier de sa marchandise, si faire convient que ce soit le plus briefvement que vous pourrez et en toute hâte vous envoies par deçà six mille escus pour paier ledit Jehan Victor... Delivrez l'argent que vous envoierez par deçà à Bernard Warnich, facteur dudit Jehan Victor (3) lequel doit estre par delà en France, ou cas que ledit Jehan Victor vous fera savoir qu'il veille que ainsi se fasse (4). »

A ce moment, il est surtout question des services d'argent rendus à Jean d'Angoulême ; mais, par la suite, le duc d'Orléans, lui aussi, parlera de « certains prestz qu'il nous a voluntairement faiz à nos necessitez et besoings ou royaume d'Angleterre ouquel il estoit naguères demourant » (5). C'est en 1428 que le duc emploie l'expression « naguères », et l'italien a dû venir, en effet, occuper en France vers ce temps-là les fonctions qu'il avait reçues aux Montils ainsi que la charge, plus importante, et surtout plus lucrative de grand maître des eaux et forêts du duché d'Orléans (6). François Victor succéda à son oncle. Italiens et banquiers, les scrupules ne leur pesaient guère. Le duc finit par découvrir dans les forêts « plusieurs grans et énormes maulx, fautes, intérest et domage a la honte du maistre et des gardes. » En 1456, il fut chassé (7).

---

(1) P. Or. 2984, *loc. cit.* n° 9 (cⁿ du Vᵗᵉ de Croy).
(2) Bibl. Nat. N. acq. franc. 3653, n° 1692 (cⁿ du Vᵗᵉ de Croy).
(3) Il y avait aussi « Jehannot Victor, clerc et facteur dudit Jehan Victor ». (Arch. Nat. K 64, n° 37 ⁷ᵃ (cⁿ du Vᵗᵉ de Croy).
(4) *Poésies de Charles d'Orléans*, par Champollion-Figeac. Appendice IV, page 416.
(5) Communiqué par le Vᵗᵉ de Croy.
(6) Nommé vers la Saint-Jean 1424. René de Maulde. *Étude sur la condition forestière de l'Orléanais au Moyen-Age et à la Renaissance*. Orléans, 1871, p. 309.
(7) *Ibidem*, p. 312 (signalé par le Vᵗᵉ de Croy).

1449. — *Jean de Saveuses*. Il fut nommé capitaine des Montils
a la place de Jean Victor, le 6 décembre 1449 ; et le 12 avril 1451,
considérant que Jean de Saveuses, comme capitaine du château
et de la ville des Montils n'avait que 10 l. tournois par an de
gages fixes, et que le prédécesseur jouissait de 100 livres pour
l'entretien de ses gens et serviteurs, le duc attribue au nouveau
capitaine deux tonneaux de vin et deux muids de froment par an
en supplément de gages (1). Ceci ne représentait pas assurément
90 l. tournois ; mais s'il réalisait de la sorte une économie,
Charles pouvait se la permettre, puisque Jean de Saveuses
jouissait, par ailleurs, de quantité de capitaineries dans le Blésois, l'Orléanais et le duché de Valois et qu'il détenait notamment la très importante charge de gouverneur et bailli de Blois.
De nombreux détails sur sa vie et sa carrière ont été donnés en
un autre ouvrage où le lecteur les trouvera (2). Il suffit de rappeler ici qu'il acquit diverses terres et châteaux dans le voisinage des Montils : Savonnières où Charles d'Orléans reçut
l'hospitalité, Candé, La Court-au-Jay, et qu'à la fin de mars 1451,
il eut mission d'aller « recouvrer la forteresse de Pontlevoy que
l'abbé retenoit sans la vouloir rendre. »

Il mourut au mois d'octobre 1464. Le 29 octobre, le héraut
Coucy eut l'ordre d'aller chercher messire Jennet de Saveuses,
en quelque endroit qu'il fût et de lui annoncer la mort de son
oncle (3). La perte d'un ami d'enfance dut causer un vif chagrin
à Charles d'Orléans et lui présager, à lui-même, sa mort prochaine. L'héritier de Jean de Saveuses fut son frère, le Bon de
Saveuses, gouverneur de Béthune, en Artois.

Jean de Saveuses appartenait, en effet, à une famille de
Picardie. Guillaume de Saveuses périt à la journée d'Azincourt,
en 1415. En 1417, Hector de Saveuses et son frère le Bon de
Saveuses, qui suivaient le parti du duc de Bourgogne, font
sortir de l'église de Notre-Dame de Chartres Elyan de Jacque-
ville, chevalier, « pour le navrer à mort ». La même année,
Philippe de Saveuses est « détroussé devant le château du
Breuil près Beauvais ». Après s'être retiré de cette ville, « ayant
un très grand deuil », il s'en alla en Normandie, à Gournay, dont
il devint capitaine. En 1419, Hector fait une nouvelle rencontre

(1) C^on du Vte de Croy.
(2) *Cartulaire de la Ville de Blois*. Notices biographiques par M. J. de Croy, p. 356.
(3) Bibl. Nat., P. Orig. 2160, n° 720 (c^on du Vte de Croy).

avec les partisans du Dauphin ; il perd son étendard et « moult triste, s'en retourne en Artois » (1).

En 1430, Robert de Saveuses se déclare partisan du duc de Bourgogne. Jean de Saveuses, au contraire, fut bon français et prisonnier en Angleterre avec Charles d'Orléans. Ainsi les partis politiques divisaient-ils les familles : c'est une histoire que notre pays voit se renouveler presque à chaque siècle. Puis tout d'un coup, par des événements qui portent, le plus souvent, une marque providentielle, la crise qui désole la France s'apaise, la réconciliation s'opère..... En 1442, Robert de Saveuses est chambellan du duc Charles d'Orléans (2).

1466. — *Arnoul le Visque*, dit *Lancement*, écuyer tranchant de la duchesse d'Orléans, Marie de Clèves, et capitaine pour ladite dame du chastel et place des Montils. Il fut aussi maître de la garde de Chaumontois, dans la forêt d'Orléans (3).

On le trouve au service de la duchesse du vivant de Charles d'Orléans et dès le mois de mars 1450 (4).

Le 24 mars 1466, de concert avec sa femme Marguerite de Lyon, il rembourse une certaine somme à Pierre Garandeau, marchand à Blois, à raison du retrait lignager exercé par eux sur le domaine de la Pinguerie, situé dans la paroisse de Cour-Cheverny, que ledit Garandeau avait acheté de messire Marin de Berthemont, prêtre, cousin et lignager de la dite damoiselle Marguerite (5).

En 1467, Arnol le Visque, comme parent et lignager de messire Hervé Belon, chanoine de l'église Saint-Sauveur, vend à Pierre le Liassier, dit *Coucy*, poursuivant d'armes de Madame la duchesse d'Orléans, trois arpents de vignes assis en la paroisse de Cour-Cheverny (6).

Comme Jean de Saveuses, il eut chaque année deux muids de froment et deux tonneaux de vin que la duchesse « lui avoit accordés outre ses gages acoustumés de dix livres » (7).

---

(1) Monstrelet, tome 3, p. 341 ; t. 4, *passim*.
(2) Bibl. Nat., nouv. acq. franç. 5821, n° 23 (c⁰⁰ du V¹ᵉ de Croy).
(3) R. de Maulde, *Condition forestière de l'Orléanais*, p. 321.
(4) Il touche sous son sobriquet de « Lancement » 11 l. 5 s. tour. de gages pour son mois. Il est alors à Lyon avec Marie de Clèves. Bibl. Nat., P. Orig. 2159, n° 508 (c⁰⁰ du V¹ᵉ de Croy).
(5) Bibl. de Blois, collection Joursanvault, n° 1455. — Berthaut de Berthemont, échanson de la duchesse, avait pour femme Marie de Lyon, qui est veuve au mois de janvier 1471. Marie de Clèves lui paye ses habits de deuil. Bibl. Nat., P. Orig. 2161, n° 749 (c⁰⁰ du V¹ᵉ de Croy).
(6) *Ibid.* n° 1456.
(7) Bibl. de Blois. Jours. Supplément, 8 janvier 1471.

Arnol le Visque mourut en 1479; il a été enterré dans l'église des Montils, comme le témoigne son épitaphe gravée en lettres gothiques. Cette épitaphe a été conservée et incrustée dans le mur de l'église neuve (1).

Voici le texte de l'inscription dont nous donnons d'abord le fac-similé :

Cy gist feu noble homme Arnoul
Visque, jadis escuier tranchant de
Madame la Duchesse d'Orleans et capi
taine des Montilz lequel fonda XIII
messes par chacun an [a] touzjours mais que
sont tenuz fere dire le premier
dimanche de chaque mois en cette
eglise les mariliers moyennant
certaines vignes et rente que
ledit escuier a donnez et a assig
né a la fabrique, lequel tres
passa l'an mil CCCC LX
XIX ou moys de novem
bre. Priez Dieu pour luy

1481. — *Hubert de Grouches,* « chevalier, sire de Gribouval,
conseiller et maistre d'hostel de Madame la duchesse d'Orléans
et capitaine pour ladite dame du chasteau des Montils près
Blois », touchait également deux muids de froment et deux
tonneaux de vin (1).

1483. — *Henri de Wissel,* écuyer, capitaine des Montils.

Marie de Clèves le maria à l'une de ses demoiselles d'honneur,
Louise le Visque, fille d'Arnoul et de Marguerite de Lyon. Elle
lui promit 100 livres tournois « le jour de ses espousailles » et
300 livres payables les années suivantes, à employer en achat de
terres. Louis d'Orléans confirma ce don le 3 octobre 1483 et
Henri de Wissel, capitaine des Montils, écuyer tranchant de la
duchesse mère, donna quittance, le 17 janvier 1484, des 100 livres
dues « le jour des espousailles » (2).

Il jouit également des deux muids de blé et des deux tonneaux
de vin. Il était encore capitaine des Montils en l'année 1498-1499 (3)
et en l'année 1500 (4).

Il signait *Henry de Wissehel* ou encore *Herry de Wischel* ou
de *Wyssel* (5). C'était un compatriote de la duchesse qui l'avait
sûrement attiré en France. Wisschel est proche de Stangefol,

(1) Bibl. de Blois. Joursanvault, supplément, n° 173.
(2) Bibl. Nat. P. orig., vol. 3052, d° 68012, n° 2 et 3.
(3) Arch. Nat. KK 207ᵇ, f° 44 (signalé par le Vᵗᵉ de Croy).
(4) Bibl. Nat. P. orig. 2851, d° Wignacourt, n° 11 (cᵒⁿ du Vᵗᵉ de Croy).
(5) P. originales *citées*.

dans le duché de Clèves. On trouverait, paraît-il, en 1227, Guillaume de Wisschell, vassal de Clèves (1).

Henri laissa un fils, Jean de Wissel, écuyer, sieur des Belonnières, qui épousa Anne de Billet (2) et fut sommelier d'échansonnerie de Louise de Savoie, mère de François Ier (3). La famille de Wissel s'est perpétuée en Vendômois et en Berry jusqu'à nos jours (4).

Nota. — Huguet de Wignacourt, écuyer, était en 1492, « lieutenant du chastel des Montils. Il vend à Bourgmoyen un demi arpent de bois taillis au Grain d'Or. En 1498, il afferme un « caribot » (5) de vigne à Gilles Daridan, fauconnier de l'évêque de Tournay, abbé de Saint Lomer de Blois (6).

Jacques de Wignacourt était en 1491, « tabellion juré du scel aux contrats de la châtellenie de Blois (7). Comme les capitaines des Montils en 1499, en 1500, ont donné par devant lui quittances de leurs gages, et que même, le 14 avril 1504, l'un d'eux lui passa lettres de procuration pour toucher cet argent d'une manière habituelle (8), il est probable qu'il était notaire du bailliage de Blois colloqué aux Montils. Si Marie de Clèves avait un bailli particulier en ce lieu, sans doute n'avait-elle pas manqué d'y instituer un tabellion. Les Wignacourt devaient être les descendants du neveu de Pierre de Nédonchel.

1504. — *Gui des Roches*, valet de chambre ordinaire du roi, capitaine des Montils, a donné quittance de ses gages le 30 août 1504. Il a dû peu résider aux Montils, puisqu'il nomma Jacques de Wignacourt son procureur (9).

1515. — *David d'Aberromy*, lieutenant de la garde écossaise du roi, a donné quittance de ses gages de capitaine des Montils-sous-Blois, le 26 mai 1515 et le 17 octobre 1517 (10).

(1) Note du XVIIIe siècle dans P. orig. vol. 3052, d^r 68083, n° 3 (c^{on} du Vte de Croy).
(2) Etude du notaire des Montils.
(3) *Ibidem*. — *Cf*. Arch. Nat. KK 96, f° 163 verso.
(4) Voir L. de La Saussaye. *Tableau général de la Noblesse des bailliages de Blois et Romorantin en MDCCLXXXIX*. Paris, 1843, p. 19. — Allyre de Sarrazin. *Notice historique sur la maison de Sarrazin*. Poitiers, 1864, page 34.
(5) Morceau de terre de peu d'importance et d'accès difficile. A. Thibault, *Glossaire du pays Blaisois*, page 73.
(6) Archives Départementales de Loir-et-Cher.
(7) Chartrier de Bourgmoyen, liasse I, VIII.
(8) Il s'agit de Gui des Roches.
(9) P. orig. vol. 2883, dossier 63452, n° 12. — Gui des Roches, chevalier, est témoin, le 7 janvier 1508, en la cour de Saint-Aignan, d'un hommage de la seigneurie de Fougères. (Archives de la terre de Fougères : c^{on} du Vte de Croy).
(10) Bibl. Nat. P. orig. vol. 2, doss. 52, n°s 2 et 3. — *Cf*. J. de Croy. *Quelques renseignements inédits sur les maîtres maçons des châteaux de Chambord et d'Amboise*. Orléans, 1902, p. 28, note 1.

1519. — « Noble homme *Francisque de Campobas*, escuyer, cappitaine des Montilz soubz Bloys », donne quittance de ses gages (10 liv. tour.), le 8 mai 1521, au receveur de « la Royne notre souveraine Dame », pour l'année qui va de la Saint-Jean 1519 à la Saint-Jean 1520 (1). Cet italien était un « maistre ingénieur ». En 1515, lors des funérailles de Louis XII, « messire Francisque de Campobas » reçoit, en cette qualité, « la somme de cinquante livres tournois pour avoir faict le devis des chappelles ardans et autres serimonies concernans ledit obseque, aussi avoir vacqué jour et nuyt durant douze jours entiers, a soliciter les brodeurs, menuysiers, selliers et autres gens à ce que ensuivant le voulloir du Roy, ilz eussent à diligenter leur œuvre, où il a eu beaucoup de peine et de travail de sa personne sans avoir eu aucune récompense » (2). Parmi ces « menuysiers » qu'il surveille figure le célèbre Dominique de Cortonne, possesseur d'une maison à Blois depuis 1512. La présence de Francisque de Campobasso sur les rives de la Loire, au moment où s'y élevaient tant de constructions fameuses, peut autoriser bien des conjectures. Francisque de Campobasso prenait encore dans un acte passé à Blois, devant le notaire Pierre Thomas, le 3 décembre 1522, les qualités de capitaine des Montils, d'écuyer d'écurie du roi et de seigneur de Seichebource. Il s'agissait d'affaires de famille. Ce capitaine s'était marié en Blésois. Il avait épousé Louise Louau, fille de Michel Louau, seigneur en partie de la Cour de Meuves, à Onzain, et d'Étiennette Laloyau. On partageait alors la succession de certains membres de la famille Louau (3).

Le fief de Dugny, à Onzain, échut à la femme de Francisque de Campobasso qui en rendit aveu pour elle au seigneur d'Asnières, le 26 janvier 1523. Le 10 janvier 1540, aveu fut rendu pour leurs enfants mincurs (4).

---

(1) J. de Croy. *Ibidem*.

(2) Arch. Nat. KK 89, f° 64 v° (communiqué par le V¹⁰ J. de Croy).

(3) Lainé. *Généalogie de la maison d'Argy*, page 32, intitulé : *D'Argy, seigneurs châtelains d'Argy, de Lamps, de Palluau, etc... en Touraine, Blésois, Vendômois, Bretagne et au Maine, 70 pages*, dans les *Archives Généalogiques*, tome X, 1846 (signalé par le V¹⁰ de Croy). On sait qu'il faut se défier, d'habitude, des généalogistes professionnels. Cette généalogie, toutefois, paraît mériter créance. L'auteur y a utilisé beaucoup de documents des Archives et de la Bibliothèque Nationales. L'acte du 3 décembre 1522, qu'il cite seulement de la sorte : *original en papier*, paraît lui avoir appartenu. Comme plusieurs des renseignements contenus dans ce titre se trouvent confirmés par des documents d'archive, publiques, et que cet acte n'intéresse d'ailleurs que très indirectement la généalogie traitée par Lainé, nous croyons pouvoir en faire état.

(4) Arch. Dép. de Loir-et-Cher, Série E. Titres du comté de Rostaing (c⁰⁰ du V¹⁰ de Croy). Le 4 janvier 1500, on avait partagé les biens de Marguerite, mère de Michel

1532. — « *Philippe de Visconte* », capitaine des Montils : autre italien, qui signait « Filipo Visconte » (1).

Il n'est pas certain qu'il fût, en 1530, capitaine des Montils, lorsque par lettres données à Blois, le 22 novembre, François Ier qui l'appelle seulement « notre cher et bien amé vallet de chambre ordinaire », lui fait don de « quatre poinçons de vin clairet... de notre creu des Montilz... pour la provision et despence de sa maison et ce oultre et par dessus les autres poinçons qu'il a par cy devant euz » (2). Ce « Philippe Viscontin », comme valet de chambre du roi reçut, le 18 juin 1533, un don de 225 livres tournois (3).

Il est qualifié capitaine des Montils en 1531, et en 1532 touche, comme en 1530, six tonneaux de vin des Montils, en plus des deux tonneaux de vin et du muid de froment qu'il reçoit, comme capitaine (4). Sa femme, Eloyse de Mouson, avait reçu du roi une pension annuelle de 500 livres tournois sur la recette de Blois, comme en témoignent des quittances du 13 février 1534 et du 10 mars 1535 (5).

Le 5 juin 1534, à la requête de ce capitaine des Montils, François Ier fit remise d'une amende de 10 livres que Guyot, sergent des forêts de Blois et Jacques Robert, charretier, avaient encourue, l'un, le charretier, pour avoir enlevé de la forêt de Russy plus de bois qu'il ne lui était permis, et Guyot, pour l'avoir laissé faire. Ce bois était destiné au chauffage de Visconti (6).

Filipo Visconte appartenait, probablement, à une branche cadette de la maison qui a régné sur Milan. Par lettres, en date du 2 mai 1507, le roi de France chargeait son « amé et feal cousin et chambellan, le sire Galeas Visconti, chevalier », de départir un don d'argent aux capitaines suisses qui avaient contribué à la victoire remportée sur les Gênois révoltés. Louis XII l'appelle un « personnaige de bonne et grande auttorité en qui ayons

Louau qui avait eu Dugny dans son lot *(Ibid.)*. — Antoine Louau, écuyer, seigneur de Lesbat, est témoin de la quittance donnée le 8 mars 1521 par Campobasso. Bibl. Nat., P. Or. 580, dr 13478, n° 2 (c°n du Vte de Croy).

(1) Bibl. Nat., P. Orig. Vol. 3030, dr 67104, n° 17 (c°n du Vte de Croy).
(2) *Ibid.* — Cf. *Catalogue des actes de François Ier*, n° 20109.
(3) *Catalogue des actes de François Ier*, n° 5943.
(4) P. Orig. citées (c°n du Vte de Croy). — *Catalogue des actes de François Ier*, n° 6014 (acte daté de Lyon, 27 juin 1533).
(5) Pièces originales citées, n°s 19 et 20 (c°n du Vte de Croy).
(6) *Catalogue des actes*, n° 7006.

fiance » (1). Sous Louis XII, également, et sous François Ier, Sagromorus et Barnabé Visconti furent capitaines de gens d'armes français et chevaliers de Saint-Michel. François Ier a même vanté leur dévouement en des lettres données à Blois, le 30 décembre 1519, et à Saint-Germain-en-Laye, en août 1520 (2).

Des membres de la famille Visconti se fixèrent aux Montils. En 1604, il y est question de la maison de « feue Brigide Visconte » (3).

1536. *Albert de Rippes.* — Albert de Rippes, valet de chambre ordinaire du Roi, était capitaine des Montils en 1536. Le 1er août, par lettres données à Lyon, François Ier lui continue le don de deux muids de blé et de deux tonneaux de vin, « comme à ses prédécesseurs en ladite capitainerie... et à compter du jour du don dudit office » (4). Il est probable qu'il venait, à cette date, d'être nommé capitaine. Le 10 août suivant, à Valence, Jean Breton, général des finances du comté de Blois, donna son attache auxdites lettres (5).

Albert de Rippes était, en 1531, joueur de luth du Roi (6).

1537. *François Roigier.* — Albert de Rippes résigna son office au commencement de l'année 1537 et François Ier, le 13 janvier, en investit François Roigier, avec survivance pour Michel-Antoine Roigier, son fils. Le nouveau capitaine fut mis en possession de son office le lundi 5 février suivant, par la Chambre des Comptes de Blois (7).

1541. *Alphonse de Fiesque.* — Après François Roigier, la charge de capitaine des Montils revint à un autre italien, Alphonse « de Fyasque ou de Fiasque ». Avant d'être capitaine, il avait eu permission du roi d'habiter le château des Montils (8). Il s'y trouvait en 1538. Le 14 décembre, par devant Jean Millet, notaire, il avait passé procuration à Éloïse de

---

(1) Zürich. Staatsarchiv. Ausland. Frankreich. A 225, n° 37. M. le vicomte de Croy a bien voulu relever pour nous en Suisse le texte de ce document inédit.

(2) Jacob Wilhelm Imhof. *Historia Italiæ et Hispaniæ genealogica.* Nüremberg, 1701, p. 185. Voir p. 208, un Philippe Visconti, fils de Jean Pierre, seigneur de Gropelli et d'Agnès Beccaria.

(3) Arch. Nat., Q¹ 473 (c^{on} du Vte de Croy).

(4) Bibl. Nat., P. Orig. Vol. 2490, d² 53909, n° 3 (c^{on} du Vte de Croy). — Cf. *Catalogue des actes de François Ier,* n° 8504.

(5) P. Orig. citées, n° 4.

(6) Bibl. de Tours. Ms 1240 (signalé par le Vte de Croy). — Publié par M. Ch. de Grandmaison. *Nouvelles Archives de l'Art français,* 4e année, 1876, p. 90-92.

(7) Arch. Nat., KK. 902, f° 134. *Cat. des actes,* n° 21175.

(8) Voir plus haut, p. 141.

Mouson, sa femme, afin qu'elle pût toucher elle-même sa pension de 500 livres assignée par le Roi (1). Eloïse de Mouson avait
été en premières noces la femme de Filipo Visconti. C'était
donc elle, assurément, que le Roi voulait gratifier, en nommant
successivement ses deux maris capitaines des Montils. Henri II,
par lettres données à Saint-Germain-en-Laye le 18 juin 1547,
lui confirma sa pension (2).

Alphonse de Fiesque, capitaine des Montils dès 1541, en
prenait le titre le 1er janvier 1544 (3). Par devant Noël Berry,
notaire royal aux Montils, il a donné quittance, en 1555, à
François Cordon, receveur de Blois, de deux muids de froment,
de quatre poinçons de vin et de 10 livres tournois pour ses
gages d'une année (4). Il était mort en 1556.

La greneterie de Marmoutier, à Blois, était chargée de faire
plusieurs pensions ou gratifications que l'abbé de Marmoutier
avait spécialement assignées sur le revenu de cette maison. En
1541, il fut payé 220 livres au seigneur Alphonse de Fiesque,
« capitaine du chateau des Montilz soulz Bloys, aussy mareschal des logis dudict seigneur abbé », c'est-à-dire de Jean de
Lorraine (5).

La présence d'Alphonse de Fiesque aux Montils lui fit acquérir des liens plus étroits avec le pays qu'il habitait. Il s'y attacha
d'abord par un second mariage. Eloïse de Mouson étant morte,
il épousa « Jeanne d'Autract ». Le 3 avril 1554, on présentait
Alienor, leur fille, au baptême dans l'église Saint-Honoré de
Blois. Le parrain était Claude Musset, lieutenant général du
bailli de Blois; les marraines, Jeanne Hurault, veuve de Jean
de Moulins, notaire et secrétaire du Roi, et Catherine de Gaignon, arrière-grand'mère de l'enfant, veuve de Pierre Le
Charron, aussi notaire et secrétaire du Roi (6). C'était un mariage de voisinage. Catherine de Gaignon, mère de Florimond
Le Charron, trésorier de Bretagne, possédait, en 1549, des
vignes au clos de Brideau, à Candé (7). Alphonse de Fiesque

(1) Bibl. Nat., P. Orig. Vol. 1151, d° 26160, n° 2 (c°° du V¹° de Croy).
(2) Arch. Nat., KK. 902, f° 258 (c°° du V¹° de Croy).
(3) P. Orig. citées, n° 2.
(4) Bibl. de Blois, fonds Jours, Supplément, n° 194.
(5) Dupré. Renseignements sur la Greneterie de Marmoutier à Blois. Bulletin de la
Soc. Arch. de Touraine, t. III, p. 221.
(6) Mairie de Blois, Reg. Saint-Honoré, t. I, f° 59 r° (c°° du V¹° de Croy).
(7) Arch. du château de Candé (c°° du V¹° de Croy).

avait lui-même acheté, le 8 octobre 1544, une pièce de pré dans
la prairie de Candé. Sa fille Louise de Fiesque (nous ignorons
si elle était née du premier ou du second mariage) vendit ce pré
le 13 août 1584 ; elle était alors femme de François de Varennes,
écuyer, seigneur d'Arton, lieutenant des gardes de feu Monsieur
frère du Roi et demeurait à Blois (1).

Les Fiesque ou Fieschi étaient l'une des plus grandes familles
de Gênes. L'un des membres de cette maison, Scipion de
Fiesque, comte de Lavagna, avait été attiré en France par la
reine Catherine de Médicis dont il avait épousé une cousine,
Alfonsine Strozzi. Henri III le fit chevalier du Saint-Esprit et il
mourut en 1598, âgé de 70 ans. Ses descendants demeurèrent
français (2).

1556. — *Claude de Bombelles*, seigneur de Lavau, valet de
chambre ordinaire du roi Henri II. Par lettres patentes données
à Paris le 2 août 1556, il fut nommé capitaine au lieu d'Alphonse
de Fiesque, décédé. Il prêta serment pour cette charge à Fontainebleau le 19 octobre et fut reçu en la Chambre des Comptes
de Blois le 26 novembre suivant (3). Il portait le titre de « gouverneur du chasteau de Chambord » (4). Claude de Bombelles
avait sucédé à son père, nommé aussi Claude, dans cette fonction de gouverneur, le 20 janvier 1555. Il en jouit jusque vers
1560 (5).

1570. — *Guillaume de Gerbehaye*, autrement dit de Garbais
ou Jarbais, maître d'hôtel du Roi, était capitaine des Montils en
1570. En 1571, Charles IX lui adressa une lettre au sujet du
pont sur le Beuvron (6).

1606. — *Pierre Sublet*, sieur de Romilly, conseiller du Roi,
contrôleur général de l'Ordinaire des guerres, capitaine du château des Montils, donna quittance, le 29 août 1606, de deux muids
de froment, quatre poinçons de vin et 40 l. t. de gages (7).

Son père, Michel Sublet, conseiller du Roi, avait reçu cinq

(1) Arch. de Candé.
(2) P. Anselme, t. IX, p. 56.
(3) Arch. Nat., P. 2881², f⁰ 370 (c⁰⁰ du V¹ᵉ de Croy).
(4) *Ibid.*, f⁰ 373 (c⁰⁰ du V¹ᵉ Croy).
(5) J. de Croy. *Résidences royales des bords de la Loire*, p. 84-85.
(6) V. plus bas cette lettre, p. 163-64. — M. de Jarlaire, maître d'hôtel du roi, capitaine
du château des Montils, en 1577, est sans doute le même personnage dont le nom a été
défiguré. *Inventaire sommaire des Arch. du dép. de Loir-et-Cher*, série GG, p. 14.
(7) Bibl. de Blois, fonds Jours., n⁰ 1747.

arpents de terre dans la paroisse de Candé, moyennant 20 livres de rente, des confrères de l'hôpital Saint-Jacques de Blois (1).

Pierre Sublet se démit de sa charge de capitaine en 1625. Par des contrats de 1627 et 1630, il acquit la châtellenie de la Ferté-Villeneuil et mourut en 1661 (2).

En 1659, il fut parrain d'une cloche aux Montils ; l'année suivante, il se nomme « chevalier, seigneur d'Ebecourt et de la Gendronnière ». Sa veuve, Martine du Tremblay (3), possédait la Sasnière. Elle eut plusieurs démêlés avec des gens qui lui causaient quelques dommages, dans ses bois principalement (4).

1625. — *François Sublet*, écuyer, sieur d'Ébecourt, fut nommé capitaine des Montils au lieu de Pierre Sublet de Romilly, son frère, par lettres patentes de Louis XIII, données à Fontainebleau, le 22 juin 1625 (5). En 1641, sa femme Marie Hurault, donna pour lui quittance de ses gages. Il résigna sa charge en faveur de son fils *Nicolas Sublet* (6).

A cette époque, et précédemment, les Sublet avaient occupé de hautes fonctions. Claude Sublet, seigneur de Saint-Etienne, abbé de Saint-Pierre de Ferrières, au diocèse de Sens, était en 1566, grand aumônier de la reine Catherine de Médicis (7). Michel Sublet fut aumônier du Roi, abbé de Bellefontaine et abbé de la Trinité de Vendôme. En ce monastère, il installa le 1er octobre 1621, la réforme des religieux de Saint-Maur (8). François Sublet, seigneur des Noyers, mérita d'être proposé par le cardinal de Richelieu à Louis XIII pour remplir, au mois de février 1636, la charge de secrétaire d'état de la Guerre (9).

Bien que cette famille se fût poussée, de la sorte, aux premiers emplois de l'Etat, elle n'en était pas moins de noblesse fort récente. Le P. Anselme, qui a eu à en traiter la généalogie,

(1) Archives départementales de Loir-et-Cher.
(2) Abbé Augis, *La Ferté-Villeneuil*, p. 245, 254. Le P. Anselme le fait mourir à tort en 1654.
(3) Suivant le P. Anselme, t. VIII, p. 823.
(4) Etude des Montils.
(5) Arch. Nat., P. 28785, f° 163 v° (c"" du V'e de Croy).
(6) Suivant le P. Anselme, t. VIII, p. 823, François Sublet aurait épousé Marguerite Hurault et laissé un fils, François, « capitaine du château des Montils, tué en duel au mois d'avril 1686 ». Cette généalogie des Sublet paraît assez incertaine. — Voir aussi ci-dessus, p. 35.
(7) Arch. Nat., P. 28821, f° 36 r° (c"" du V'e de Croy).
(8) Voir l'acte de prise de possession : abbé Métais, *Cartulaire de la Trinité de Vendôme*, t. III, p. 412.
(9) Fauvelet-du-Toc, *Histoire des Secrétaires d'Estat*, Paris, 1668, in-4°, p. 263.

au chapitre des grands louvetiers de France, ne remonte pas plus haut que le début du xviie siècle. C'est qu'en l'année 1545, par exemple, ses membres se trouvaient encore dans une situation fort modeste. Guillaume Sublet était alors « praticien à Blois » et Jean Sublet, greffier du bailliage (1). Sous l'ancien régime, une humble origine n'a jamais été un obstacle réel aux récompenses que doit obtenir le mérite. L'opinion contraire est en faveur, mais c'est un préjugé absurde, contre lequel tout proteste dans notre histoire et dans l'histoire blésoise en particulier (2).

1672. — *Jacques Savare*, « escuier, chef de gobelet du Roi », nommé capitaine des Montils par lettres patentes de Louis XIV.

Il est le dernier officier qui ait porté ce titre, par suite de la démolition du château dont Bernier constatait, en 1682, l'état de ruine.

Si nous jetons un coup d'œil sur cette suite de capitaines des Montils durant quatre siècles, nous serons étonnés d'y relever une proportion très grande d'étrangers au pays et même au royaume.

On y relève en effet :

Un allemand des bords du Rhin ;

Un écossais ;

Quatre italiens ;

Trois picards ou artésiens.

La plupart de ces étrangers se marièrent et devinrent propriétaires en Blésois. L'histoire des Montils au xixe siècle ne fournirait pas d'exemples semblables. On croit volontiers que nos pères s'enfermaient chez eux et dédaignaient la communication avec les choses du dehors. C'est encore une erreur et un préjugé singuliers. Au Moyen-Age surtout, les rapports avec l'extérieur et les voyages étaient constants, mais notre région, par la douceur et l'agrément de son sol et de son climat, a toujours attiré particulièrement et retenu les hôtes de passage.

La capitainerie des Montils n'a guère été confiée à des Blésois qu'au xive et au xviie siècles. Au xive siècle, époque troublée, la

---

1 Arch. Nat., KK. 902, fᵒ 211 cᵗⁿ du Vᵗᵉ de Croy).

2 Voir *Cartulaire de la ville de Blois*. Introduction, p. xxviii. — *Revue d'Action Française : Hayput* ?, *Noblesse, Tiers-État*. Année 1907, t. XXVI, p. 421, etc.

nécessité des temps fait confier cette charge à des hommes de
guerre et le territoire, tout naturellement, en fournit. Au xvii^e
siècle. les Montils, résidence dédaignée par la Cour, ne sont plus
un objet de convoitise et sont comme annexés par certaines familles du pays à leur fortune et à leurs propriétés. Aux siècles
précédents, au contraire, l'honneur de gouverner le château est
revendiqué par les gentilshommes de la maison d'Orléans ou les
serviteurs des Valois. De là, ces capitaines venus de l'Allemagne,
de la Lombardie ou des Highlands. Ainsi l'histoire locale re-
flète-t-elle, en des détails imprévus, l'état et les mœurs d'une société ainsi que les grands événements généraux.

EMPLOYÉS SUBALTERNES DU CHATEAU DES MONTILS

1381. — *Alliot Adam*, « portier de monseigneur le comte de
de Blois, au chasteau des Montiz » (1).

1382. — Le 7 janvier, *Pierre Auberie*, « garde de la porte du
chasteau des Montiz », reçoit 5 livres tournois pour ses gages,
par les mains de Pierre de Nédonchel, écuyer, capitaine dudit
château (2).

1392. — *Jean Marchant*, dit *Boileau*, « portier de la porte du
chastel des Montiz », reçoit 8 livres tournois pour ses gages (3).

1614. — Le sieur *des Belonnières*, lieutenant du capitaine (4).

1675. — DÉMOLITION DU CHATEAU

L'état de ruine du château remontait à une date ancienne. Le
21 mai 1614, Arnaud de Johanne, surintendant des bâtiments du
comté, se transportait aux Montils pour voir « les usurpations
et démolitions » qui étaient faites aux murailles de la ville et au
château (5).

Sous Louis XIV, il fut abandonné définitivement.

La démolition fut faite par deux entrepreneurs de Blois.

Le prieur des Montils, voulant bâtir une maison dans le bourg,
acheta des matériaux provenant de la démolition du château.

(1) Bibl. de Blois. Collection Joursanvault.
(2) *Ibid.*, n° 810.
(3) *Ibid.*, n° 840.
(4) Arch. Nat., Q¹ 473 (c^{on} du Vte de Croy).
(5) Arch. nat., Q¹ 473 (c^{on} du Vte de Croy).

Dans le marché, il est fait réserve *du grand pavillon* « où le sieur prieur ne prendra que du solliveau seulement. » Puis l'entrepreneur doit fournir au dit prieur « de jour en jour » *une demi-croisée de pierre de Bourré*, de celle qu'il prendra dans le château, de la hauteur de 3 pieds, et deux *corbelets* et un *manteau de cheminée* et les *jambages* pour poser les corbelets (1).

PROPRIÉTAIRES MODERNES DU CHATEAU DES MONTILS

C'est à la fin du xviie siècle que le château cessa d'être un domaine royal.

En 1663, Charles de la Vallée est inscrit dans les registres paroissiaux comme « escuier, seigneur de Terrouenne *et des Montils*, gentilhomme de feue son Altesse Royale, Monsieur, frère unique du Roi ».

Charles de la Vallée acheta les Montils de Louis XIV, en 1697, avec ses dépendances. Cet achat se fit aux enchères, le 17 juin 1697, au château du Louvre, pour 1250 livres et 2 sous pour livre, soit 1375 livres. Le contrat, passé le 20 juin, fut enregistré le 11 juillet à la Chambre des Comptes. Charles de la Vallée prit possession des lieux le 17 juillet 1697 et rendit foi et hommage le 27 mai 1701.

Dans son aveu de 1708, Cosme Louët inscrivit « la place où autrefois estoit bâti le chasteau des Montils, qui a esté démoli et trois quartiers de terre ou environ qui sont au pied dudit chasteau » (2).

En 1697, Charles de la Vallée afferme « les coteaux joignant la rivière du Beuvron et dépendant de la seigneurie des Montils (3).

Vers 1709, Cosme Louet signait : « Noble homme, seigneur des Montils, de Terrouenne et autres lieux. »

Quelques biens et droits qui dépendaient du château furent aliénés sous Louis XV.

Guillaume Mahy, sieur de Cormeray, receveur général des domaines du comté de Blois, acquit la prévôté des Montils et le

---

1. Étude des Montils.
2. Arch. Nat., Q¹ 473 (signalé par le Vte de Croy). Cependant les Montils ne figurent pas parmi les domaines aliénés, dans l'état féodal du comté de Blois, en 1732 (Arch. Dép. de Loir-et-Cher, F. 231). Le président Louët n'avait rendu hommage en 1708 que pour Terrouenne. *Ibid.*, f° 176.
3. Étude du notaire des Montils.

droit de boucherie des Montils, en 1722. Dès 1685, Maurice Seigneuret, seigneur de La Borde, à Candé, était possesseur du
censif des Montils (1).

La famille Louet de Terrouenne resta propriétaire des ruines
du château et des dépendances jusqu'au milieu du xixe siècle.

A cette époque, une partie des terrains fut donnée par
Mme Louet pour fonder un établissement de religieuses insti-
tutrices.

Le reste, avec la tour, fut vendu à M. Daniel Michelet, édi-
teur de musique à Paris, qui a fait construire un gracieux cot-
tage près des ruines

Nous verrons dans un acte de 1771 (2) que la possession d'un
territoire n'entraînait pas l'abandon des droits seigneuriaux,
puisque, à cette époque, le roi les revendiquait encore et en
faisait la cession.

LE PONT DES MONTILS

A côté du château, une construction de grande importance
dans la vie civile et seigneuriale des Montils est le pont. Nous en
savons la raison. Au Moyen-Age, notre bourg est sur la grande
route qui fait communiquer le centre de la France avec le sud du
royaume et avec l'Espagne.

Le pont sur le Beuvron est mentionné dès le xiiie siècle,
à propos d'un contrat assez curieux, où se trouve le nom
de celui qui possède la rivière. En 1289, les religieux de Saint-
Lomer de Blois avaient « de si lonc temps dequel memoire
n'est pas » une partie du moulin de Rouillon, dépendance de
leur prieuré de Candé ; ils jouissaient aussi du cours du « fleuve »
de Beuvron, depuis l'endroit où l'eau sortait du pont des Montils
jusqu'au moulin. Ce fut l'objet d'un échange avec Renaud
d'Aguzon, bailli de Blois, qui leur céda des biens plus proches

(1) Arch. de Loir-et-Cher, F. 231, f°s 19 et 177 (c^{on} du Vte de Croy).
(2) Lettres patentes, du 24 juin et du 5 juillet, pour nommer les commissaires députés
par le Roi pour procéder aux évaluations des biens échangés entre le Roi et dame
Catherine de Jort de Fribois, veuve de Nicolas René Berryer, garde des Sceaux de
France et ministre d'Etat. — En 1768, le marquis de Souvré aurait porté le titre de
seigneur des Montils, d'après « l'état général des noms des paroisses de la généralité
d'Orléans, par ordre alphabétique, avec les noms des seigneurs ». Manuscrit des archives du Loiret, G. 20. — En 1789, était seigneur Jean-Frédéric-Guillaume de Sahuguet
d'Amarzit, comte d'Espagnac, mestre de camp de cavalerie, chevalier de Saint-Louis,
baron de Lussac, Cormeray, etc. Lesueur et Cauchie, *Cahiers des Doléances du
bailliage de Blois*.

de Candé (1). Renaud d'Aguzon devint ainsi propriétaire du Beuvron.

L'intérêt général que ce pont offrait pour la province se manifeste au xvi⁰ siècle par diverses mesures adoptées soit par la Chambre des Comptes de Blois, soit par le pouvoir royal, pour en assurer l'entretien. En 1554, le 15 mars, on se plaignait des « grandes inundacions d'eaues advenues ces jours passez ». C'est pour cela sans doute, en raison de la difficulté des communications, que le maître des ouvrages du comté de Blois allait visiter les divers ponts de la contrée, et entre autres celui des Montils Le 2 avril, rapport était fait à la Chambre des Comptes par cet officier, que des réparations urgentes étaient nécessaires. « Ils sont ruynez et tellement demolliz qu'il est difficile de passer par dessus sans grand danger » (2). Celui qui s'exprimait de la sorte n'était autre que Jacques Coqueau, le célèbre maître maçon du château de Chambord. En 1554, la paix régnait ; la commodité publique seule exigeait un passage facile. En 1572, alors que les guerres religieuses inquiétaient le pays, les nécessités stratégiques se joignaient assurément au simple souci de bien administrer la voirie. Aussi l'intérêt général fait-il intervenir non plus une institution locale, mais l'organe le plus élevé de cet intérêt. Voici des lettres de Charles IX, écrites sur la plainte du commandant militaire de la place :

A noz amez et feaulx, les général des finances et maistres de la Chambre des Comptes en notre conté, à Bloys.

Nos amez et feaulx,

Le seigneur de Gerbehaye, l'un des escuiers ordinaires de notre escurie et cappitaine du chasteau des Montilz, nous a faict entendre que le pont dudict lieu des Montilz est en apparente ruyne s'il n'y est bien tost remedié ; à quoy désirant remedier et pourveoir par ce qu'il est sur le grand chemin de Guyenne, nous voullons et vous mandons que vous ayez à vous transporter, ou tel de vous que vous adviserez, audict pont des Montilz pour veoir et visiter quelles reparacions y

(1) La Charte originale, aux archives du château de Candé, a été copiée par le Vᵗᵉ de Croy. Voir aux pièces justificatives, nᵒ VIII.
(2) Arch. Nat., P. 2881¹, fᵒ 116 rᵒ ᵗᵉᵗ du Vᵗᵉ de Croy).

sont nécesseres de fere, et laditte visitacion faitte, luy fere faurfere
et reparer, et mettre ledict pont en tel estat qu'il apartiendra, à ce
qu'il n'en puisse advenir aucun inconvénient, et vous ferez chose que
nous aurons bien agreable. Donné à Gaillon, le xvie jour de may 1572
(sic).

CHARLES

Par le Roy

PYNART [1].

Le pont a été élargi il y a quelques années et sa forme extérieure changée, mais les vieilles piles subsistent.

[1] Lettre copiée par le Vte de Croy. Arch. Nat., P. 2882, f° 172 r°.

CHAPITRE CINQUIÈME

LIEUX SEIGNEURIAUX

Sur le territoire de la paroisse des Montils, en dehors du château royal, il y avait autrefois deux fiefs : Terrouenne et Rostin, et plusieurs lieux seigneuriaux : La Garenne, les Belonnières, Conon, la Morinière. Nous donnerons une notice sur chacune de ces seigneuries.

I. — TERROUENNE (1)

Selon M. de Fougères, cette dénomination, étrangère aux habitudes du pays, fait penser « que ce manoir a dû appartenir à des gentilshommes attachés aux princes et princesses qui ont résidé aux Montils ; qu'ils avaient choisi les habitations qui les en rapprochaient le plus et qu'on a ensuite appliqué leurs noms à leurs habitations ».

Nous préférons suivre le sentiment de M. de la Saussaye qui suppose que le nom de Terrouenne, *Terpenna*, rappelle le souvenir d'une cité gauloise située à l'ouest et appelée encore actuellement *les Vieux Montils* (2).

Ce nom, toutefois, n'appparaît pas dans les documents avant le xve siècle. Le 17 août 1470, le chapitre de Saint-Sauveur de Blois donne pour 3 sous 4 deniers tournois de rente annuelle, à Raymond de Moulins, archidiacre de Blois et chanoine du chapitre, deux arpents de terre en friche situés au lieu de « Thesouenne », paroisse des Montils : *duo arpenta terræ in frischia vel circa, sita apud locum de Thesouenne* (3), *in parrochia de Monticiis*. Cette pièce de terre dépendait de la chapellenie Saint-

---

(1) Thérouenne, Thérouane, Terouane, Terouenne, Therrouenne, Thérouan, ainsi écrits dans les actes, mais plus communément *Terrouenne*. Ce nom est également celui d'une ancienne ville de l'Artois, ruinée par Charles-Quint, en 1552. — C'était aussi le nom d'un fief sis à Paris, qui s'étendait, depuis la fontaine des Innocents, tout du long de la rue Saint-Denis jusqu'au delà de la porte du même nom. Brussel, *Usage des fiefs*, p. 704.

(2) La Saussaye, *Blois et ses environs*, p. 348.

(3) Thesouenne au lieu de Therouenne ; s remplace r, c'est un phénomène linguistique qu'on observe fréquemment en Blésois. De même *Oratorium* a donné *Ourouer* et *Ouzouer*.

Genou, érigée à l'autel saint Eustache, en l'église Saint-Sauveur, dont était pourvu Jean Guytart, prêtre (1). L'archidiacre de Blois et Guillaume de Moulins, son frère, possédaient, d'après un document de la fin du xve siècle, « maison, pressouer et vigne assiz aux Montilz », qui étaient tenus pour 5 sous de cens, du censif du roi (2). Il peut bien s'agir là de Terrouenne qui fut, jusqu'en 1585, lieu roturier, et que nous retrouverons, au xvie siècle, en la possession d'une vieille famille blésoise, les Moulins-Rochefort (3). Elle portait, dès 1460, ses armoiries parlantes, trois croix anillées, comme le montre un joli sceau de Guillaume de Moulins que nous reproduisons ici (4).

En 1561, le 20 octobre, fut partagée la succession de Jean de Moulins, seigneur de Rochefort, secrétaire du roi, greffier du grand Conseil, et de Jeanne Hurault, sa femme. Les enfants et gendres du défunt qui intervinrent au contrat étaient Jacques, secrétaire du roi, Jean, conseiller au présidial de Poitiers, François, doyen de Saint-Sauveur de Blois et prieur de Villeberfou, Guillaume, général des monnaies à Paris, Jeanne, veuve de Louis de Villebresme, seigneur de Fougères, et Florimond de Dorne, veuf de Catherine de Moulins. On composa divers lots. Dans le troisième était compris « la maison et demeure des

(1) Bibl. Nat., Carrés d'Hozier. 457, f° 37 c^{on} du Vte de Croy).

(2) Arch. Nat., Q1 446, compte de 1483 environ (c^{on} du Vte de Croy).

(3) Raymond de Moulins mourut en juin 1497 (*Cartulaire de la ville de Blois*, notices par le Vte de Croy, p. 382). Son testament est du 3 novembre 1494. Les extraits qu'en donne d'Hozier, *Armorial général*, reg. III, p. 716, ne contiennent aucune mention de Terrouenne. Ce lieu, après sa mort, dut passer à son neveu Jean de Moulins, dans la succession duquel il figure en 1561.

(4) Bibl. de Blois, Coll. Joursanvault ; signalé par le Vte de Croy, *Cartulaire* cité, p. 382.

Montils vulgairement appellé Therouan » (1). Ce lot échut à Jeanne, femme de Louis de Villebresme.

Louis de Villebresme, qualifié dès 1531 de chevalier, seigneur de Fougères, l'un des cent gentilshommes de l'hôtel du roi, sous la charge du grand sénéchal de Normandie (2), s'était marié avec Jeanne par contrat du 30 janvier 1544 (3). Elle était veuve dès le 18 juillet 1554, date à laquelle elle rend hommage pour certains fiefs au nom de son fils aîné Charles (4). Outre ce Charles, elle eut deux autres fils. Louis et François. Charles s'intitule en 1568, seigneur de Fougères, échanson ordinaire du roi (5). Il serait mort en 1573, ce qui explique un partage entre les deux frères survivants et la mère signé en 1576 (6). François, troisième fils, était mort avant 1578, date à laquelle Françoise d'Eschelles, sa veuve, vend le Quartier de Blois (7). Louis, second fils, aurait eu la possession de Fougères, dont il fait hommage au roi les 25 janvier et 27 février 1576 (8). En 1586, Louis s'intitule seigneur de Fougères, gentilhomme servant du roi, et use d'un sceau qui porte les trois anilles de moulin, ou croix anillées, armes de sa mère (9).

Comme Jeanne de Moulins, mère des trois Villebresme, vivait encore en 1586, c'est elle évidemment qui, sous le nom de « demoiselle de Fougères », a vendu Terrouenne, l'année précédente, à son neveu Jacques de Moulins.

Le 5 décembre 1585, la Chambre des Comptes de Blois entérine des lettres du roi Henri III, données à Paris, le 16 mars précédent, qui prescrivent de faire tenir quitte « le sieur de Rochefort

(1) Bibl. Nat., Carrés d'Hozier, vol. 157, f° 110 ; c⁰⁰ du V¹⁰ de Croy. — Le Général marquis de Moulins Rochefort, l'un de nos généreux souscripteurs et que nous remercions ici de l'intérêt qu'il a porté à cette étude, n'a pu nous donner que très peu d'éclaircissements historiques. Les papiers de sa famille ont été brûlés, pour la plus grande partie, durant la Révolution, sur la place publique du village de Chiré-en-Montreuil (Vienne), arrondissement de Poitiers, canton de Vouillé. Cette perte est infiniment regrettable pour l'histoire du Blésois. Il ne reste donc de ces papiers que les analyses faites par d'Hozier.

(2) Bibl. Nat., P. Orig. 3005, de Villebresme, n° 123 (c⁰⁰ du V¹⁰ de Croy). — Fougères, commune du canton de Contres.

(3) Selon M. Storelli. Notice historique et chronologique sur les châteaux du Blaisois. Paris, 1884. Le château de Fougères, p. 4.

(4) Arch. Nat., P. 2881), f° 129 (c⁰⁰ du V¹⁰ de Croy). M. Storelli, loc. cit., dit de Louis : il était mort en 1561.

(5) Bibl. Nat., P. Or. Villebresme, n° 127 (c⁰⁰ du V¹⁰ de Croy).

(6) M. Storelli, op. cit.

(7) Arch. Nat., Q1 449 (c⁰⁰ du V¹⁰ de Croy).

(8) M. Storelli, op. cit., p. 4 et 5.

(9) Bibl. Nat., P. Orig. Villebresme, n° 128 (c⁰⁰ du V¹⁰ de Croy). — M. Storelli a cru que François avait survécu à son frère Louis, mais l'inverse est la vérité. — Dès le 6 février 1575, Louis de Villebresme s'intitule seigneur de Fougères ; Mairie de Chailles, 1ᵉʳ rég. des baptêmes 1574-1628. Reg. de 195 feuillets (signalé par le V¹⁰ de Croy).

des Molins, le jeune, gentilhomme servant de la royne régnante, de tous et chacun les droits de lotz, ventes et autres droits et devoirs seigneuriaux dus audit seigneur roi, pour raison de l'acquisition faite par ledit sieur de Rochefort, de la demoiselle de Fougères, de la maison de Terouane et autres héritages, situés en la paroisse des Montilz, tenus en censif dudit seigneur roy à cause de son chastel des Montilz, dépendant de son comté de Bloys, desquels droits ledit seigneur roy lui a fait don et remise » (1).

Ce même mois de décembre 1585, par lettres patentes d'Henri III, Terrouenne, jusqu'alors tenu en roture, devint fief. L'acheteur reçut l'autorisation de le fortifier. Le préambule des lettres est ainsi conçu : « Jacques Molins, escuyer, sieur de Rochefort, gentilhomme servant de la reine, notre très chère et aimée compagne et épouse, désirant s'accommoder en une maison qu'il a située en la paroisse des Montils, au dedans du comté de Blois, dite et nommée Thérouanne, sous notre congé et permission de l'embellir et décorer..., qu'il soit au nombre des fiefs nobles... lui permettons pour l'embellissement de ladite maison, la clore et fermer de murs, porteaux, voire, si besoin est, y mettre pont-levis pour la seureté et conservation d'icelle avec timbre, armoiries, même d'y planter affût et peupler garenne et bastir fuyes et colombiers » (2).

Jacques de Moulins Rochefort était le second fils de Jacques de Moulins, secrétaire du roi, et de Françoise du Puy. Il fut comme son père, secrétaire du roi, et exerça du 23 septembre 1571 au mois de mai 1572 (3). Le 23 mars 1585, avec la qualification de « sieur de Tarouene, gentilhomme servant la reine » (Louise de Vaudemont, femme de Henri III), il passe un acte de partage avec son frère Louis, à Villelouët, devant le notaire Pierre Melleron (4). La métairie des Serynes, à Chailles, lui est attribuée. Il figure encore comme témoin dans un acte du 16 septembre 1586. On l'y appelle sieur de la Haudumière, fief situé dans la paroisse voisine de Valaire (5). Il mourut sans enfants avant le 24 février 1590 (6).

---

(1) Bibl. de Blois, fonds Joursanvault, carton supplémentaire, n° 217.
(2) Arch. Nat., P. 2878¹.
(3) Tessereau, *Hist. de la Chancellerie*, 1710, t. Iᵉʳ, p. 166 et 172.
(4) Bibl. Nat., Carrés d'Hozier 457, f° 128 (cᵉⁿ du Vᵗᵉ de Croy).
(5) *Ibid.*, f° 130 v° (cᵉⁿ du Vᵗᵉ de Croy).
(6) D'Hozier, registre III de l'*Ar. général*, p. 725 (signalé par le Vᵗᵉ de Croy).

Seigneurs de Terrouenne, de la famille de Moulins Rochefort (1)

Guillaume DE MOULINS,
Perrette DE VILLEBRESME,

Jean DE MOULINS, seigneur de Rochefort, mort en 1500.	Raimond de Moulins, archidiacre de Blois, mort en 1497.	Guillaume de Moulins, élu sur les aides à Orléans, mort en 1504.

Jean,
mort avant 1540,
ép. Jeanne Hurault,
morte en 1561.

JACQUES, secrétaire du roi, ép. Françoise DU PUY, dame de Villelouët.	JEAN, conseiller au présidial de Poitiers, ép. Jeanne BROCHARD; possède le moulin de Rouillon.	FRANÇOIS, doyen de St-Sauveur de Blois, possède le moulin de Rouillon.	GUILLAUME, général des monnaies.	Jeanne, ép. Louis de Villebresme, seigneur de Fougères.	CATHERINE, ép. Florimond DE DORNE, en 1545.

Louis, seigneur de Rochefort et de Villelouët, mort en 1606, ép. Françoise Vaillant de Guélis, morte en 1629.	Jacques, mort avant 1590.	JACQUES, conseiller au Grand Conseil en 1597.	MARGUERITE, ép. Jacques DE VILLEBRESME.	LOUISE, ép. Hubert DE BARBANSON.

FLORIMOND, seigneur de Rochefort et de Villelouët.	Jacques, capitaine au régt du sieur de Ménilles, mort avant 1633.	Louis, écuyer, sieur des Bordes, mort le 9 novembre 1643.

1 Le nom des seigneurs de Terrouenne est en italiques.

Les seigneurs de Terrouenne et les Descartes

René Brochard, lieut' général en Poitou, ép. Jeanne Sain.	Jeanne Brochard	épouse	Jean de Moulins, conseiller au présidial de Poitiers.	Jacques de Moulins.
Claude Brochard, sieur de la Coussaye, conseiller au Parlement de Paris, ép. Charlotte de Moulins 1 .	Jeanne Brochard, ép. Joachin Descartes.		Louis, seigneur de Terrouenne après son frère.	Jacques, seigneur de Terrouenne, héritier de son oncle Jean.
René Brochard.	René Descartes, né en 1596.			
son arrière-petite-fille Marie-Catherine-Joséphine Vidard de la Ferrandière. ép. en 1767 François de Marsay.				

1 Mentionnée seulement dans les généalogies des Brochard

ΕΥΤΥΧΙ ΑΧΡΙ ΟΡ ωΝ ΒΙΟΥ

Jacques de Moulins avait été « donataire de meubles et acquêts » d'un oncle mort avant lui, Jean, conseiller au siège présidial de Poitiers.

Lui-même laissa pour héritiers de ses biens et droits, et des droits de son oncle Jean, son frère Louis, ses sœurs Marguerite, femme de Jacques de Villebresme, Louise, femme d'Hubert de Barbanson, et son cousin Charles de Moulins. Cette double succession donna lieu à un procès avec les héritiers de Jeanne Brochard, femme de Jean de Moulins. Ces héritiers sont énumérés dans une sentence du 8 janvier 1600 qui les condamne à restituer certains biens aux ayants-droit du sieur de Terrouenne. Voici leur noms : Jeanne Sain, veuve de René Brochard, lieutenant général en Poitou, aïeule et tutrice de René Brochard, fils de feu Claude, sieur de la Coussaye, conseiller au parlement de Paris ; maître Joachim Descartes, conseiller au parlement de Bretagne, veuf de Jeanne Brochard, neveux de la femme de Jean de Moulins. Il ne s'agit pas moins ici que du père du fameux philosophe, René Descartes (1).

Parmi les héritiers de Jacques de Moulins, Louis, son frère aîné, eut Terrouenne dans son lot.

« Noble Loys de Molins, chevalier, seigneur de Rochefort, gentilhomme servant de la chambre du roy », tels sont les titres que lui donne le prieur de Chailles, qui baptise, le 6 février 1575, « en la chappelle de la maison de Villelouet », Florimond de Moulins, son fils (2). Nous avons eu la chance de rencontrer un très rare portrait de Louis de Moulins. Nous le publions ici (3). Louis y est qualifié médecin. Toutefois, il ne semble pas avoir jamais pratiqué. Ce dut être une pure curiosité scientifique qui le porta à faire ses études médicales ; mais ce goût put naître et avoir été encouragé par certaines traditions de famille. Son

(1) Bibl. Nat., Carrés d'Hozier 457, f° 142 (c°° du V¹° de Croy). Cette pièce ne paraît pas avoir été connue des nombreux auteurs qui ont étudié la famille et les parents du grand philosophe, et notamment de M. l'abbé Bosseboeuf qui a publié une note sur les Brochard dans le *Bulletin de la Soc. arch. de Touraine*, année 1900, p. 257 à 259. Elle tranche certaines indécisions. — Ce René Brochard est l'aïeul de M. le vicomte de Marsay, propriétaire du château de Madon, qui a bien voulu s'intéresser vivement à notre ouvrage.

(2) Mairie de Chailles, 1ᵉʳ registre (1574-1628). Cf. *Inventaire sommaire des archives communales antérieures à 1790* (Département de Loir-et-Cher) par M. Paul de Fleury, p. 13. Des actes postérieurs à 1575 qualifient seulement d'écuyer Louis de Moulins (signalé par le V¹° de Croy).

(3) Ce portrait a figuré, en 1910, sous le n° 1461 dans le *Catalogue d'Estampes historiques concernant les sciences, les mœurs, les coutumes, les professions, les métiers* n° 28 de M. Godefroy Mayer, 41, rue Blanche, à Paris. Nous remercions ici bien sincèrement M. Mayer qui nous a permis de prendre une photographie de cette gravure.

grand père maternel Albert du Puy, seigneur de Villelouët, aurait été médecin de François Ier (1). Ses parents comptaient des médecins parmi leurs amis. Lorsque sa tante Catherine de Moulins, épousa à Blois, en 1545, Florimond de Dorne, neveu de Jean Grossier, contrôleur des bâtiments de Chambord, les témoins du contrat de mariage furent Pierre de Saint-Hilaire, prêtre demeurant à Villelouët, et François Miron, médecin du Dauphin (2.

En 1590, Louis de Moulins eut, entre autres biens provenant de la succession de son oncle Jean, le tiers du moulin de Rouillon, aux Montils. Jean avait reçu lui même ce moulin dans l'héritage de François, doyen de Saint-Sauveur de Blois, son frère (3).

Louis de Moulins s'intitulait, dans les dernières années de sa vie, maître d'hôtel ordinaire de la reine douairière, c'est-à-dire de Louise de Vaudemont, veuve de Henri III (4). Un autre de ses frères, qui vivait encore à ce moment, se nommait aussi Jacques et était conseiller au grand conseil. Il ne faut pas le confondre avec celui qui fut seigneur de Terrouenne (5). Louis avait épousé Françoise Vaillant de Guélis. Elle lui survécut longtemps. « Le xixe jour de juin 1629 décéda Madame de Villelouet et fut inhumée le xxe jour dudit mois, agée de soixante.... [ans] » (6). Quant à Louis, il était mort dès 1606 et avait été enseveli le 23 mars dans l'église de Chailles (7.

Leur cinquième fils, Charles, eut en partage la Haudumière ; le second, Jacques, reçut Terrouenne. On le dit âgé de 25 ans en 1610. Un accord sur la succession de son père se fit le 23 juillet de cette année-là ; il est appellé déjà, dans cet acte, sieur de Terrouenne, bien qu'il n'ait reçu ce fief que le 10 janvier 1613, par le partage définitif de la succession qui comprenait six lots. En 1615, un partage de la succession d'une tante, Louise de

(1) Suivant d'Hozier, *Armorial général*. Reg. III, p. 723.

(2) Carrés d'Hozier 457, f° 100 (signalé par le Vte de Croy). Cette famille est encore représentée à Blois par M. Albert Miron de l'Espinay. François Miron avait épousé une blésoise, Geneviève de Morvilliers (c[ne] de M. Miron de l'Espinay), cousine-germaine de Jean de Morvilliers, garde des sceaux de France. On voit que dans l'ancienne société, comme dans notre société contemporaine, les médecins pouvaient toucher aux premiers personnages de l'État.

(3) *Ibid.*, f° 133 (c[on] du Vte de Croy).

(4) Bibl. Nat., P. Or. 2073, d° 47114, n°s 43, 49 (c[on] du Vte de Croy).

(5) *Ibid.*, n° 44 ; acte de 1597 (c[on] du Vte de Croy).

(6) *Inventaire sommaire* cité p. 15. Ce texte est incomplet. Mme de Villelouët avait certainement au moins 70 ans ou plus.

(7) *Inventaire sommaire* cité p. 15. D'Hozier n'a pas connu la date exacte du décès.

Moulins, s'effectue. Jacques est absent. Il se trouve « à l'armée de Suède ». Sa mère le représente (1).

Quelques années plus tard, il obtint le brevet suivant (2) :

Aujourdhuy, xxvıı⁰ du mois de juin VI⁰ vingt six, le roy estant à Blois, désirant gratifier et favorablement traiter autant que luy en sera possible Jacques de Moulins, sʳ de Therouanne, cappitaine au régiment du sieur de Menilles, en consideracion de ses bons et agréables services, Sa Majesté pour luy donner plus de moyen de les continuer à l'advenir, luy a accordé et conféré une chapelle nommée Sᵗ Michel en l'église parroissiale des Montils, avec ses droits de préeminence et autres y apartenans dont les prédecesseurs dudit sgr de Therouane ont jouy depuis cinquante ans ou environ jusques à présent, pour en jouir par luy et les siens, atendu qu'il a tousjours fourny à l'entretenement et aux réparacions de ladite chapelle, m'ayant sadite Majesté commandé luy en expedier toutes lettres nécessaires en vertu du present brevet qu'elle a voulu signer de sa main et fait contresigner par moy son conseiller et secretaire d'estat de ses commandements et finances.

LOUIS.

Il mourut avant le 19 avril 1633. Ce jour-là, il y eut « partage des biens de la succession de deffunct Mʳ de Terrouanne passé devant Launay notaire ». Comme cet acte de partage se trouve mentionné dans « l'inventaire des biens meubles et des papiers et enseignemens » de Louis de Moulins, écuyer, sieur de Villeseur et des Bordes, inventaire en date du 17 novembre 1643 (3), c'est donc que Louis, frère de Jacques, a hérité de Terrouenne. Et en effet, au baptême d'une cloche des Montils, en 1639, Louis de Moulins, qui est parrain, est dit seigneur de Terrouenne et des Bordes (4). Louis, né le 2 mars 1577, baptisé le 10 mars, mourut le 9 novembre 1643 (5).

Louis, seigneur de Villeseur, avait représenté sa mère Françoise Vaillant de Guélis au mariage de son frère Florimond avec

(1) Bibl. Nat., Carrés d'Hozier, 457, fᵒˢ 161, 169, 177, 203 (cᵐ du Vᵗᵉ de Croy).
(2) Arch.Nat., Qᴵ 473.
(3) Carrés d'Hozier, 457, fᵒ 203 (cᵐ du Vᵗᵉ de Croy).
(4) Voir p. 34.
(5) Ses parrains furent Louis Hurault, écuyer, seigneur de Villeluisant, et Claude de Villebresme, sa marraine Louise de Moulins. Mairie de Chailles, Reg. GG 1 et GG 2. Inventaire de M. Paul de Fleury, p. 13, 14 et p. 15, colonne 1. — Ces détails complètent ceux qu'a fournis d'Hozier, Reg. III, p. 726.

Jacqueline de Montmorency, dont le contrat fut signé au château de Courtalain, le mercredi 27 janvier 1610 (1). Un article du contrat spécifiait qu'à partir du lendemain 28, les époux entreraient en possession du fief de Villelouët. Madame de Rochefort, par acte passé dans sa maison à Blois, le 19 janvier 1610 (2), avait chargé son fils Louis d'aller en son lieu à Courtalain. Le 14 février, dans son logis seigneurial de Villelouët (3), elle ratifia le contrat de mariage et fit appeler comme témoins, Henry Segrets, coutelier aux Montils, et Louis Le Bouvier, demeurant à Chailles (4). Telle était la bonhomie et la simplicité de ce temps-là......

A une époque que nous ne pouvons déterminer, la famille de Moulins-Rochefort vendit Terrouenne. Un sieur de La Gangnerais le revendit, devant Le Gay, notaire royal à Tours, le 30 septembre 1659, à Charles de La Vallée, écuyer, gentilhomme ordinaire de Monsieur frère unique du roi : Charles de La Vallée rendit hommage au roi, en la Chambre des Comptes de Blois, le 21 juillet 1661, et aveu, le 17 février 1668 Le logis de Terrouenne y est décrit (5) :

« Un bastiment où il y a une grande sale, deux garde robes a costé, une cuisine, une boulangerie a costé de la cuisine, trois chambres hautes, un cabinet estant a costé de l'une d'icelles, pour monter auxquelles il y a un grand escalier, moitié pierre et moitié bois, greniers au dessus, au bout desquels il y a un grand cabinet, le tout couvert moitié d'ardoises et moitié thuilles, sous lequel corps de logis il y a une cave voûtée, un bastiment dans lequel il y a un grand pressoir au bout duquel il y a un cellier et une escurie, au milieu desquels bastimens est une court close de murailles qui tient tous lesdits bastimens, un puy a eau et un coulombier qui est sur les murailles de la court joignant ledit logis... le tout joignant d'amont à la maison de Rostin ».

Un aveu du 23 avril 1708, ajoute à ceci :

Un petit bois de charmille planté en allées depuis un an et demy en ça.

(1) Devant Pierre Barrier, notaire royal à Bonneval.
(2) Devant Besnard, notaire à Blois.
(3) Devant Tillard, notaire, sans doute notaire aux Montils.
(4) Renseignements communiqués par le Général marquis de Moulins Rochefort, d'après des papiers de famille conservés au château de Magote, près La Ferrière The nezay (Deux-Sèvres). Nous remercions ici encore M. le Général de son obligeance.
(5) Arch. Nat., Q1 473 (c⁰ⁿ du V¹ᵉ de Croy).

Charles de La Vallée demeurait à Blois. Il possedait aussi le moulin de Rouillon aux Montils, et probablement par indivis avec Guillaume de Berziau, car en 1675, tous deux y font pour 1100 livres de réparations. En 1668, sa femme Marie Bernard fait exécuter des travaux à sa closerie de Chesnevert, au village de Favras. L'année suivante, elle vend à Georges Hecart, « hostellier cabarettier aux Montils », 25 pièces de vin cléret, desquelles il y en a quatre poinçons d'auvernat » (1).

Madame de La Vallée fit son testament en 1678; en voici quelques clauses : elle demande « après son décès, pour le repos de son âme, un trentier de Saint-Grégoire en telle église que bon semblera à son exécuteur testamentaire. »

De plus elle donne cent livres « pour apprendre le mestier de thonnellier au fils aîné du sieur Randuineau. »

Et la somme de 20 livres « aux Dames de la Charité de Saint-Nicollas de Blois » (2).

Elle ajoute à son testament un codicille par lequel elle révoque le legs de 4000 livres qu'elle avait fait à Jeanne Tubert, sa nièce, « avant qu'elle fut mariée ou qu'elle fit profession de religieuse dans quelque monastère... Depuis que ledit testament a esté fait, la demoiselle sa nièce a fait profession de religieuse dans le monastère de Sainte-Ursule de Blois, lors de laquelle profession, elle a fourni et assisté sa dite nièce de ce dont il lui étoit nécessaire et avoit besoin » (3).

En 1684, Charles de La Vallée assiste à un contrat de mariage aux Montils et il signe : « escuier, seigneur de Terrouenne, gentilhomme ordinaire de monseigneur le Duc d'Orléans. »

L'année suivante, il eut des difficultés avec Louis Gardoil, « entrepreneur des bastimens du Roi ». Il s'agissait de dommages causés par ledit entrepreneur dans les prés situés le long de la Bièvre, près le pont des Montils. François Picault, sieur de la Rembertière, appelé comme arbitre, condamna Gardoil à 25 livres à payer le jour de la fête de saint Martin.

Plusieurs personnes notables des Montils s'étaient rendues coupables « de vols et dolles dans la rivière du Beuvron, dépendant de son lieu de Thérouenne ». Elles obtinrent leur grâce à la

(1) Etude des Montils.
(2) Ibid.
(3) Ibid.

requête de messire Christophe Boiffard, théologal de Mgr de Chartres (1), et de René Pinon, prieur des Montils. Ceci se passait en 1687. Quelques mois plus tard, les mêmes personnages intervinrent de nouveau, avec le sieur de Rochecorbon et plusieurs habitants des Montils, auprès de l'irascible seigneur, en faveur de François Chaffin, maréchal. Cet homme était accusé « d'avoir volé du poisson » dans le Beuvron, sur les dépendances de Terrouenne, et « d'avoir proféré des injures contre le sieur de La Vallée ».

Cette scène se passait un dimanche, « à l'issue et sortie de la première messe, dans le cimetière, proche l'église ».

En 1695, « à la prière et supplication du boucher des Montils, Jean Tournier », il lui pardonne d'avoir « mené paître et pacager ses troupeaux et autres bestiaux sur ses héritages ». Le délinquant fut toutefois obligé de payer une amende de 50 livres (2).

Malgré ces procédés empreints d'une certaine dureté, Charles de La Vallée sut se montrer charitable et généreux en plusieurs circonstances. Ainsi, en 1694, il donne aux pauvres de l'hôpital de Vienne 33 livres d'aumônes et deux ans plus tard, il fait au même établissement un nouveau don de 43 livres 9 sols 1 denier de rente, à la charge « d'une messe basse chascun an à perpétuité » (3).

Il acheta, le 7 juin 1697, de Louis XIV, la seigneurie des Montils et alors il ajouta à ses titres celui de « seigneur... de la prévosté des Montils ».

Les commissaires du conseil lui vendirent en même temps la justice haute et basse dans l'étendue de la paroisse des Montils, avec divers autres droits et trois quartiers de terre, au pied du château, « moyennant la somme de 1250 livres de principal et celle de 125 livres pour les 2 sols pour livre d'icelle ». L'acte est signé au château du Louvre par de Pommereu, d'Aguesseau, Philippeau, Chamillard, Fleuriot d'Armenonville et Brandebert du Buisson (4).

Dans les dernières années de sa vie, Charles de La Vallée, ha-

(1) M. Boiffard était chanoine théologal en l'église Saint-Sauveur qui était la paroisse de Charles de La Vallée, à Blois.

(2) Étude des Montils.

(3) Archives de l'hôpital de Vienne.

(4) Archives nationales.

bitait son lieu de Terrouenne. Voici deux de ses actes signés à cette époque à l'étude des Montils.

Il afferme pour 100 sols *les coteaux*, joignant la rivière du Beuvron, dépendant de la seigneurie des Montils ; et la boucherie des Montils « audit sieur appartenant à cause de sa seigneurie des Montils », il la loue pour 24 livres et « quatre langues de bœuf bien sallées et conditionnées ».

En 1706, le sieur de Terrouenne gagna un procès contre Madame veuve de Rostin « au sujet de la haie qui fait séparation des héritages du clos dépendant de Terrouenne, d'avec ceux du clos de Rostin ».

Charles de La Vallée mourut aux Montils en 1706. Son corps fut conduit à Blois par le prieur des Montils, pour être inhumé dans l'église Saint-Sauveur. Il était âgé de 76 ans.

Nous avons trouvé dans les archives de la famille de Terrouenne (1), deux actes très intéressants L'un est le testament de Charles de La Vallée, l'autre concerne les dépenses occasionnées par sa mort et par ses funérailles. Le lecteur les trouvera aux pièces justificatives (2).

Charles de La Vallée eut pour successeur à Terrouenne, le fils de sa seconde femme, Cosme Loüet. Veuf de Marie Bernard, Charles de La Vallée se remaria le 30 avril 1685, en l'église Saint-Sauveur, avec dame Claude Morin, veuve d'un avocat en parlement. La cérémonie nuptiale, qui avait uni ces deux personnes d'âge mûr était achevée, quand deux des assistants, demoiselle Marie-Marguerite-Françoise Tubert et Cosme Loüet s'avancèrent à leur tour vers l'autel, et le marié prononça les serments qui engageaient sa vie là même où quelques instants auparavant, sa propre mère avait donné les siens (3).

(1) Au château de Melleray, près Saint-Denis-en-Val (Loiret). Là se trouvent aussi les portraits des Loüet de Terrouenne.

(2) Sous les n°° XXIII et XXIV.

3) Reg. de Saint-Sauveur, à la mairie de Blois, 1685 : « Ce jourd'huy 30 d'avril, après la publication d'un ban faitte en ceste église entre le sieur Charles Delavallée, escuier, sieur de Terrouanne, gentilhomme ordinaire de S. A. R. Mgr le duc d'Orléans, d'une part, et demoiselle Claude Morin, veufve de feu noble homme, m° Cosme Louet, vivant advocat en Parlement, tous deux de cette paroisse... et ayant veu la dispense des deux autres bans donné par M. Boiffart, chanoine théologal en cette église, grand vicaire de Monseigneur Illustrissime et Révérendissime évèque de Chartres, datée du 29 dudit mois, je soussigné, prestre chanoine en cette église, conseiller et aulmosnier de S. A. R. Mgr le duc d'Orléans, par la permission de M. de Réméon, curé de cette paroisse, ay marié et donné la bénédiction nuptialle audit marié selon les formes prescrittes par

COSME LOUET

Cosme Loüct (1) « noble homme, conseiller du roi, juge et magistrat au siège présidial de Blois », fut avocat au parlement et administrateur perpétuel de l'Hôtel-Dieu de Blois. Sa femme, Marie-Marguerite-Françoise Tubert, appelait Charles de La Vallée « son bel oncle et cousin » (2). Celui-ci lui avait fait donation universelle de ses biens, par contrat passé devant Malescot, notaire à Blois, le 21 novembre 1695. Nièce et héritière de Madame de La Vallée, née Marie Bernard, elle avait reçu Terrouenne pour 40.000 livres.

Cosme Loüet fit aveu en la Chambre des Comptes de Blois, le 23 avril 1708 (3). Il y décrit comme son prédécesseur le lieu de Terrouenne, mais il ajoute les acquisitions de 1697, c'est-à-dire la prévôté des Montils avec les droits de boucherie et le censif s'étendant sur les Montils, Seur, Candé, Chailles, « les droits d'eschange de la paroisse de Chailles qui ont esté vendus par ledit defunt sieur de La Vallée au sieur de Rochefort et Villeloüet », justice haute moyenne et basse sur les Montils, droit de pêcherie dans le Beuvron et enfin le droit de la chapelle Saint-Michel. Mais le 4 juin suivant, François de Graffard, sieur de la

l'église, en présence de d^{lle} Margueritte Bernard, Marie-Marguerite-Françoise Tubert, Cosme Louet, advocat en parlement, d^{lle} Barbe Louet et plusieurs autres.

ARNAULT.

Sur le registre suit immédiatement le mariage de Cosme Louet, célébré le même jour. La mariée est « assistée de M. de La Vallée, escuyer, sieur de Terouanne, et de d^{lle} Bernard, sa tante, de d^{lle} Claude Morin, mère dudit sieur marié, de dame Barbe Loüet et de plusieurs autres. »

Nous devons d'avoir eu connaissance de ces actes à M. A. Trouëssart qui nous les a fort aimablement signalés, grâce au dépouillement et aux tables qu'il a faits des registres paroissiaux de la ville de Blois. Son travail nous a évité de longues et fastidieuses recherches. Nous l'en remercions ici et nous indiquerons par la suite tous les renseignements que nous lui devons.

(1) Nous n'avons pu établir l'origine des Louet. A la fin du XVIe siècle et au début du XVIIe figurent plusieurs Loüet ou Louat dans les registres paroissiaux de Blois, mais sans qu'il nous soit possible de les rattacher aux seigneurs de Terrouenne. Le premier échelon de la généalogie des Louet de Terrouenne est Cosme Louet, avocat au parlement, mort le 16 octobre 1684 à l'âge de 50 ans et inhumé le lendemain à Saint-Sauveur. Il épousa d^{lle} Claude Morin. Les Morin étaient une vieille famille blésoise. Il avait une sœur, Barbe Loüet, qui, veuve, se remarie à Saint-Sauveur, le 6 avril 1689, avec m^e René Bergevin, notaire royal (Reg. de Saint-Sauveur, c^{on} de M. Trouëssart, et frère de Maurice Bergevin qui, lui, fut l'aïeul de l'historien de Blois. Suivant une généalogie manuscrite des Bergevin, qui paraît exacte (Papiers de feu M. l'abbé Porcher, doyen du Chapitre de Blois), Barbe Loüet « était fille de Cosme Loüet, bourgeois de Blois, et de Marie Chauchemer, lesquels s'étaient mariés vers l'an 1630 ». Nous n'avons pu vérifier cette assertion.

Quant à Claude Morin, elle fut inhumée à Saint-Solenne, le 26 juillet 1723. Elle est dite veuve de Charles de La Vallée « escuyer, sieur de Terrouenne et des Montils » (c^{on} de M. Trouëssart).

(2) Arch. Nat., Q¹ 473.

(3) Ibid. (c^{on} du Vte de Croy).

Graffardière, « sachant que le sieur Louet a publié au prône des Montils un aveu où il incère le droit de chapelle de S¹ Michel faisant une aile en l'église des Montils... s'oppose formellement à la réception dudit aveu, en ce que le droit de chapelle, qui ne lui appartient point, y est compris ».

En 1719, on avouait que le droit de justice, qui s'étendait environ sur 80 feux, n'avait pas été exercé depuis l'acquisition qui en avait été faite La boucherie affermée verbalement rapportait de 10 à 25 livres par an, la censive, 5 livres. Le 9 octobre 1709, le seigneur de Terrouenne versa encore 110 livres au garde du trésor royal pour un office de gruyer qu'il avait acquis. Il fallut payer plus tard des droits de confirmation d'office et payer aussi pour jouir de 18 l. 15 sous de gages. Cela fit monter le total de la gruerie à 550 livres Un édit de 1708 amena une « augmentation de finances » pour les acquisitions de la boucherie, de la justice et du château. dont le revenu fut estimé 60 livres. Cosme Loüet aurait eu 200 livres à solder de ce chef. La liquidation du payement ne fut terminée que par Charles Loüet, son fils, le 30 avril 1719 (1).

Les Loüet ne gardèrent pas la prévôté des Montils. Une adjudication en fut faite en 1722, et Guillaume Mahy l'acquit. Le fils de cet acheteur, nommé aussi Guillaume, seigneur de Cormeré, obtint de Louis XV, le 10 octobre 1738, que la justice de la prévôté et paroisse des Montils fût unie à celle de Cormeré et qu'il pût les faire exercer ensemble toutes deux (2).

M Cosme Loüet était un homme très religieux ; il est facile de le constater d'abord par ce billet trouvé dans les papiers de Melleray qui le montre associé aux prières du Rosaire perpétuel : « L'heure qui coule depuis 6 à 7 heures du soir, le 20 février, est échue à Cosme Louet ».

Sa foi vive et profonde se traduit dans les notes qu'il écrivit sur son livre de famille (3), à la naissance de chacun de ses enfants. Les voici dans leur touchante simplicité :

27 juillet 1686. — « Ma fille *Charlotte-Madeleine* est née à 10 heures du matin et a esté baptisée le même jour, à 5 heures

(1) *Ibid.* (c^on du Vte de Croy). — Cf. *Arch. Dép. de Loir-et-Cher*, F 231, f° 176.
(2) Arch. Nat. Q¹ 473.
(3) Archives de M. de Terrouenne.

du soir. Dieu lui fasse la grâce de vivre en honnête fille et bonne chrétienne ».

1687. — « Mon fils *Cosme Louet* (1). Il a fait profession de chanoine régulier à Sainte-Geneviève de Paris, le 8 décembre 1704 ».

1688 — « Mon fils *Charles*. Dieu lui fasse la grâce de vivre en honnête homme et de mourir en bon chrétien ». C'est lui qui épousa Catherine Rossard des Naudins.

1693. — « *Marie-Marguerite* (2). Dieu lui fasse la grâce de vivre selon les lois et de mourir dans l'exercice de la vertu ».

1696. — « *Jeanne* (3). Dieu lui fasse la grâce de vivre chrétiennement et de mourir en bonne chrétienne ». Elle se fit ursuline à Blois.

1697. — « *Bonaventure-François* (4). Après trente heures de soufrances, ma femme est accouchée d'un gros garçon ». Il entra dans la magistrature coloniale et fut gouverneur de Mahé, aux Grandes Indes.

1701. — « *Nicolas-Gaspard* (5), mort à Suèvres en nourrice ».

Outre ces sept enfants, Cosme Loüet en eut encore d'autres dont plusieurs ne vécurent pas. Ces familles si nombreuses n'étaient pas alors une exception et, sous ce rapport, les exemples que donne l'ancienne France sont admirables. Elle ne connaissait pas — on le sent à bien des indices — l'une des plaies de notre temps : plaie cachée, mais d'autant plus hideuse... Tous ceux qui s'occupent des questions sociales me comprendront... L'un des enfants de Cosme Loüet, qui n'est pas nommé au livre de raison, fut appelé Gillès et tenu sur les fonts du baptême par sa tante, Madame Bergevin (6). Il se fit prêtre, et le 2 octobre 1716, parrain de sa nièce Anne, il se dit « chanoine régulier de la congrégation de France » (7). Quelques années plus tard, suivant la pieuse coutume des familles où quelque fils a prononcé les promesses cléricales, il bénit le mariage d'un frère, célébré en l'église Saint-Sauveur, le 15 janvier 1743 (8). Il signe l'acte : *Louet, prieur de Françay*, et il est qualifié « curé de la

---

(1) Baptisé le 6 août à Saint-Sauveur (c⁰ⁿ de M. Trouéssart).
(2) Baptisé le 12 septembre à Saint-Sauveur (c⁰ⁿ de M. Trouéssart).
(3) Baptisé le 7 octobre à Saint-Sauveur (c⁰ⁿ de M. Trouéssart).
(4) Baptisé le 25 octobre à Saint-Sauveur (c⁰ⁿ de M. Trouéssart).
(5) Baptisé le 22 mars à Saint-Sauveur (c⁰ⁿ de M. Trouéssart).
(6) Reg. de Saint-Sauveur (c⁰ⁿ de M. Trouéssart).
(7) *Ibid.*
(8) *Ibid.*

paroisse Notre-Dame de Françay ». Ne croyons pas qu'il était un prieur commandataire, occupé à dépenser à la ville l'argent qu'il tirait de son bénéfice. Nous avons pris soin de vérifier qu'il résidait dans sa paroisse (1) : paroisse toute petite où l'on n'accédait que par les chemins boueux et défoncés de la Beauce, il y vivait content de son presbytère, au milieu des laboureurs, gens simples et qui ne connaissaient alors que leur église et leurs champs...

> Sans que les souvenirs de son heureuse histoire
> Laissent d'autres sillons gravés dans sa mémoire
> Que le cercle inégal des diverses saisons,
> Des printemps plus tardifs, de plus riches moissons... 2

Si nous insistons sur ces faits touchants, c'est qu'ils nous offrent un spectacle que nous ne voyons guère au xixᵉ siècle : le fils d'une famille des mieux posées dans le Blésois, qui ne craint pas d'affronter l'ingratitude et les épreuves réservées au ministère du curé de campagne.

Une des sœurs de Cosme Loüet avait épousé Guillaume Druillon, conseiller du Roi.

En 1710, il consent un abonnement aux meuniers de Salvin, paroisse de Fougères ; du petit Roujou, paroisse de Fresnes ; du pont de Fougères, pour avoir la permission de « chasser et quester bled et mouture dans l'étendue de la prévosté des Montils » (3).

M. Loüet habitait à Blois sur la paroisse Saint-Sauveur ; il mourut aux Montils, le 2 octobre 1713 et fut inhumé dans la chapelle Saint-Michel, attenant à l'église de cette paroisse, comme l'indique une plaque en cuivre qui était fixée sur l'un des murs.

(1) Arch. Dép. de Loir-et-Cher. G 1504, G 1506 (fabrique de Françay). Actes du 19 juin 1732, 7 avril 1733, 20 février, 24 avril, 16 mai 1742, passés « en la présence de Messire Gilles Louet, chanoine reguillier, prieur curé dudit Françay, y demeurant », signés par lui et devant le notaire du marquisat d'Herbault résidant à Françay. Cette paroisse était du bailliage de Touraine, nous n'avons pas trouvé de renseignements sur sa population en 1789. En 1806, selon l'Annuaire du département de Loir-et-Cher... rédigé par M. P..., secrétaire du Préfet, p. 154, elle comptait 440 habitants. Les Montils, 610 habitants. Le chiffre de la population était sans doute un peu inférieur vers 1750.
(2) Lamartine, Livre II, Harmonie XII : la Vie cachée.
(3) Archives de l'hôpital de Vienne.

Voici le texte de cette plaque qui mesure un pied de large sur 18 pouces de hauteur (1) :

« Cy gist dans « Saint-Michel, dé- « Terrouenne, le « Cosme Loüet, vi- « rouenne et des « Roy au siège pré- « cédé le 2ᵉ octo-

Armoiries

—

Fond d'argent à la bande de sable chargée de trois merlettes.

cette chapelle de pendant du fief de corps de Mʳ Mᵉ- vant segʳ de Ter- Montils, conᵉʳ du sidial de Blois, de- bre 1713, aussi rem-

« pli de justice pʳ le prochain quil espérait
« que Dieu la lui rendrait,
« pʳ le repos de l'ame duquel Marie-Marguerite-Françoise Tu-
« bert, sa vᵉ, a fondé à perpétuité dans la dᵉ église une
« grande messe et une messe basse qui se doivent dire à pareil
« jour chacun an 2ᵉ ocᵇʳᵉ 1713, plus une grande messe et une
« messe basse aussi à perpétuité pʳ la dite Dame, qui ce diront
« chacun an le jour de son décès, par acte passé devant Lermi-
« nier Noʳᵉ Royal à Blois le 31 mars 1715
« et reçu par Jean Baptiste Montier
« prètre de l'Ordre de Sᵗ Augustin
« Prémontré Prieur de la dᵗᵉ Église
« et les Marguillers.

« Un de profondis »

Cosme Loüet eut pour successeur, dans la propriété de Ter-rouenne, son fils *Charles Loüet*, « conseiller du roi, président au siège présidial de Blois ».

Il avait obtenu la présidence du présidial — la plus haute charge des tribunaux provinciaux — à vingt-cinq ans, grâce « à ses sens et à sa suffisance ».

Il épousa en 1715 Anne-Catherine Rossard des Naudins ; d'illustres personnages assistèrent à son mariage.

Comme il était honoré de l'amitié de Marie-Casimire, reine de Pologne, cette princesse voulut signer à son contrat de mariage, dont les accords se firent en sa présence et en celle de Marie-

(1) Cette plaque a été remise en 1873 à M. de Terrouenne pour être placée dans l'église de Saint-Denis-en-Val, au diocèse d'Orléans.

Casimire Sobieska, princesse de Pologne, sa petite-fille, au château de Blois, où elles demeuraient toutes deux (1).

A cette occasion, la reine de Pologne fit cadeau à la future
épouse d'une montre qui est encore gardée précieusement dans
la famille de Terrouenne.

Outre la reine de Pologne et sa petite-fille, nous trouvons au
nombre des signataires du contrat : « Illustrissime et Révérendissime seigneur, messire David-Nicolas de Bertier, conseiller
du roi en ses conseils privés, évesque de Blois — Madame
Louise-Marie d'Arquin, marquise de Béthune, sœur de la Sérénissime reine de Pologne, dame d'atours de la feue reine de
France, comtesse de Selles en Berry et des Bordes en Niver-
nois ».

Le futur reçut de sa mère 60.000 livres et 2.000 livres en
argent monnayé. Sa charge de président était estimée 16.000 livres (2).

En 1715, Madame Cosme Loüet donne un arpent de pré « à la
Boiste des Trépassés » ; l'année suivante elle fut marraine d'une
cloche et donna 88 livres « qu'a cousté la cloche de la dite paroisse, fondue le 20 septembre 1716, jour de la nomination de
la cloche qui s'appelle *Marie-Jacques*, qui est le nom de ladite
dame Loüet et de M. de Beauvais, brigadier des armées du Roi,
qui est le parrain ».

Ce fut en 1717 que l'allée « en forme d'avenue » fut plantée sur
4 rangs d'arbres noyers, en face de la maison de Terrouenne,
après accord avec différents possesseurs d'héritages, jusqu'au
lieu dit la Poterie.

De son mariage avec Anne-Catherine Rossard des Naudins,
Charles Loüet eut 4 enfants :

Cosme-Charles, Louis-Charles-Cosme, Anne-Françoise, Marie-Catherine de Rostin (3).

En 1718, le 5 août, M. Loüet acheta l'hôtel d'Alluye, à Blois,
pour la somme de 9.000 livres (4).

---

(1) Marie Casimire de la Grange d'Arquien était installée au château de Blois depuis
1713. Voir : Comte Henri de La Bassetière, *Une reine en exil*. *Loir-et-Cher historique*,
t. X, colonne 133.
(2) Extrait des archives du château de Melleray.
(3) A cette époque, le fief de Rostin faisait partie de la seigneurie de Terrouenne.
(4) Sa fille, Anne-Françoise, deuxième femme, en 1765, de messire Claude-François de
Boisguéret, conserva l'hôtel jusqu'à sa mort, en 1779. Son frère Louis-Charles en hérita
à cette époque ; par suite d'un partage entre ses deux enfants, en 1807, l'hôtel devint la

Madame Loüet. née Tubert, assista le 15 janvier 1743, en l'église Saint-Sauveur, au mariage de son fils Bonaventure, « conseiller au conseil supérieur de Pondichéry, aux Indes Orientales ». Il épousait Catherine-Rosalie de Beauchesne, fille de feu messire Claude de Beauchesne, écuyer, chevalier de Saint-Louis, commandant le second bataillon du régiment de Bassigny, et de dame Aimée de Jaucourt, de la paroisse Saint-Nicolas de Blois (1).

Le 9 janvier 1744, Madame Loüet, mère, mourut à Blois. âgée de 77 ans ; elle fut enterrée le lendemain en l'église Saint-Sauveur 2).

L'année suivante, Madame Charles Loüet, « épouse séparée de biens, autorisée par justice à poursuivre ses droits » (3) afferme la métairie de la Picaudière, paroisse de Sambin ; la Mahoudière, la Poulinière, Beauregard et d'autres métairies situées dans les paroisses de Sambin, Pontlevoy et Monthou-sur-Bièvre (4).

propriété de sa fille Marie-Julie, qui avait épousé le 6 mai 1788 M. Honoré-François Lambert de Rosay, capitaine au régiment royal de Picardie Cavalerie. Il avait émigré à Brunswick et mourut le 25 mai 1814. C'est lui qui démolit vers 1812 le bâtiment du nord-ouest, à l'hôtel d'Alluye, et fit transporter aux Montils les colonnes de marbre blanc qui décorent la façade méridionale du château moderne.

Mme de Rosay eut pour unique héritier, en 1831, son frère Jean-Jacques Loüet de Terrouenne, époux de Marie-Joséphine Jacque de Mainville. Il vendit l'hôtel d'Alluye, en 1832, pour 12.000 fr. à M. Naudin, ancien notaire (M. de La Vallière, Une visite à l'hôtel d'Alluye, Blois, Lecesne, 1878, p. 25). Nous reproduisons ici pages 9 et 164 deux chapiteaux de l'hôtel d'Alluye actuellement aux Montils. Ils portent les armes de Florimond Robertet et de Michelle Gaillart, sa femme. Les armes de Robertet, d'azur à la bande d'or chargée d'un demi-vol dextre de sable accompagnée de 3 étoiles à 6 rais d'argent. une en chef, au canton sénestre, une à dextre du milieu de l'écu, la troisième en pointe, contiennent bien, en outre, la filière engrêlée de gueules, brisure particulière à Florimond que M. de La Vallière a signalée le premier : fait dont il a tiré d'intéressantes conclusions. Voir H. de La Vallière, Une simple remarque héraldique sur la famille Robertet. Bulletin de la Société archéologique du Vendômois, 1877.

Dans son travail, M. de La Vallière a relevé les descriptions de ces armoiries telles que les donnent dix auteurs différents ; descriptions toutes plus ou moins erronées. elles ne concordent pas entre elles, alors que plusieurs de ces héraldistes « avaient les sculptures, les peintures et les vitraux sous les yeux ». On sait, en effet, qu'en général les auteurs d'armoriaux s'obstinent à ne pas recourir aux monuments originaux et à ne pas indiquer leurs sources.

La même remarque s'appliquerait aux armoiries des Gaillart que M. de La Vallière blasonne de la sorte : d'or à six trèfles de sinople, cinq en orle et un en cœur, à deux papegais (perroquets), affrontés de sinople, allumés, becqués, membrés et colletés de gueules, empiétant à dextre et à sénestre le second trèfle de l'orle, tenant et bequetant celui du cœur, leurs queues fourchues de deux plumes descendant presque en pointe et surmontés chacun d'un Tau de gueules en chef.

Dans certain vitrail du XVIe siècle, dit encore M. de La Vallière, les trèfles sont renversés, la queue en l'air.

(1) Reg. de Saint-Sauveur (c^m de M. Trouëssart).
(2) Registres déposés au Greffe du Tribunal civil de Blois.
(3) Elle demeurait alors à Châteaudun.
(4) Étude des Montils.

Ce fut alors qu'elle établit son fils Cosme-Charles son fondé de pouvoirs.

M. Charles Loüet mourut aux Montils en 1750 (1) et fut inhumé dans la chapelle de Saint-Michel. La sépulture fut faite en présence de M. le prieur des Montils ; de M. l'abbé Suard ; du R. P. Joseph, capucin ; de M. Loüet, son fils, avocat au Parlement ; de Maussion, conseiller au Grand Conseil, seigneur de Candé ; de Graffard, seigneur d'Ornay et des Belonnières, et d'une multitude d'habitants (2).

Au moment où Cosme-Charles Loüet hérita en 1750 de la terre de Terrouenne, il était avocat au Parlement ; plus tard, il devint conseiller du roi, président au bailliage de Blois.

Cette même année, Mme Loüet, mère, se porta caution pour son second fils, Louis-Charles-Cosme, receveur au département de la Ferté-Fresnel, direction de Bernay, généralité d'Alençon, de 2.000 livres avec hypothèque « sur le lieu, chasteau, terres et métairies de la Mahoudière, 25 arpents de terres labourables par chacune saison » (3).

Quand il fut nommé, en 1756, contrôleur au département de Lizieux, Mme Loüet se porta de nouveau caution pour lui, en faveur de Pierre Henriet, adjudicataire général des aides et autres droits, pour la somme de 12.000 livres qu'elle hypothéqua sur la Mahoudière, estimée 20.000 livres (4). Quelques mois après elle donnait encore 4.000 livres comme supplément. Enfin, Louis-Charles-Cosme ayant obtenu, en 1762, la charge de « controlleur ambulant » du département de Coutances, sa mère se porta de nouveau caution, avec nouvelle hypothèque de la Mahoudière (5).

Il mourut en 1785 « élu en l'élection de Châteaudun ».

A la mort de M. Charles Loüet, les affaires de la famille ne semblaient pas être très prospères, ou, du moins, il devait se présenter quelques graves embarras, car ses deux filles Anne-Françoise et Marie-Catherine renoncèrent par acte notarié à la succession de leur père et leur frère Louis-Charles-Cosme en fit autant un peu plus tard.

---

(1) Le 2 janvier 1750, mention est faite du décès de Charles Loüet sur les registres de la paroisse Saint-Honoré de Blois (c^on de M. Trouëssart).
(2) Greffe du Tribunal civil de Blois. — Registres paroissiaux.
(3) Étude des Montils.
(4) Ibid.
(5) Ibid.

Mme Loüet avait vendu (1), en 1752, la petite Caillère à M. Louis Maussion de Candé, chevalier, conseiller au Parlement de Paris, fils de messire Urbain Maussion de Candé, conseiller du roi en son Grand Conseil, au prix de 1.120 livres (2).

Elle mourut à Blois, à l'âge de 68 ans, et fut inhumée dans l'église de Saint-Honoré (3).

Sa fille, Anne-Françoise, épousa en 1765, aux Montils, en secondes noces, messire Claude-François de Boisguéret, écuyer, seigneur de la Vallière, de la Mothe-Loin et de Villemarceau (4).

En 1769, M. Cosme-Charles Loüet, conseiller au Conseil supérieur, fut nommé pour exercer la charge de lieutenant général, ainsi que la police, à la place de M. Druillon, maire perpétuel, suspendu.

En 1774, l'ancien présidial fut rétabli et M. Druillon reprit ses précédentes fonctions. M. Loüet, qui pendant près de cinq ans avait tenu sa place, lui remit la somme de 3.000 et quelques cents francs qu'il en avait retirée pendant son exercice et qu'il avait mise à part (5).

A ce sujet, M. le comte de Salaberry s'exprime ainsi (6) :

« Des contemporains m'ont dit qu'il y avait eu un combat de désintéressement et que M. Druillon s'était refusé d'accepter. M. Loüet a remis pareillement à la compagnie le produit de la place de police qu'il exerçait. Il avait deux enfants et, quoique dans l'aisance, il n'était pas au-dessus des sommes qu'il rendit si généreusement et qui n'étaient que le fruit du travail le plus intègre et le plus assidu ».

M. Loüet hérita, en 1779, de l'hôtel d'Alluye, de sa sœur Anne-Françoise ; il maria (7) sa fille Marie-Julie, en 1788, à M. Honoré-François Lambert de Rosay, capitaine de Dragons au régiment royal Picardie (8).

Ce fut l'année de sa mort ; la sépulture eut lieu aux Montils,

(1) Avec le consentement de son fils et de ses filles.
(2) Etude des Montils.
(3) Greffe du Tribunal civil.
(4) Dans la rédaction de l'acte de mariage, Marie-Catherine Louet, sœur de la mariée, signe ainsi : *Marie-Catrine de Rostain.*
(5) *Journal de politique et de littérature* : en 1775, t. III, p. 201.
(6) *Mémoires de la Société des Lettres de Blois*, t. III, p. 236 ; *Études littéraires pour servir à l'histoire de Blois.*
(7) Le 6 mai, « le prieur des Montils présent ».
(8) Veuf de d^{lle} Marie-Thérèse Colas des Francs. Reg. de Saint Solenne : c^{on} de M. Trouëssart.

Les Loüet, seigneurs de Terrouenne

Cosme Louet, mort en 1684, ép. Claude Morin, remariée, en 1685, à Charles de La Vallée, seigneur de Terrouenne.	Barbe Louet, ép. 1° Claude Blondel ; 2° à St-Solenne, le 7 janvier 1673, Pierre Chanut, sieur de la Mothe ; 3° en 1689, René Bergevin (1).

Cosme Louet,
seigneur de Terrouenne,
ép. Marie-Marguerite-
Françoise Tubert.

Cosme, né en 1687, chanoine à Ste-Geneviève, de Paris.	Charles, 1688-1750, seigneur de Terrouenne, ép. Catherine Rossard des Naudins.	Gilles, né en 1689, prieur-curé de Françay.	Bonaventure, né en 1697, conser au conseil supérieur de Pondichéry.

Cosme-Charles Louet, seigneur de Terrouenne, mort en 1788.	Louis-Charles-Cosme, mort en 1785.	Anne-Françoise, ép. en 1765 Claude-François de Boisguéret de La Vallière.	Marie-Catherine Louet de Rostin.

Jean-Jacques Louet de Terrouenne, mort à Orléans, le 20 mars 1850, à l'âge de 83 ans ; ép. Marie-Joséphine Jacque de Mainville.	Marie-Julie, ép. Honoré-François Lambert de Rosay.

(1) Généalogie ms. des Bergevin. (Papiers de M. l'abbé Porcher).

Les Simonnot (1)

Jeanne Cochon, *alias* Cochonne,
lingère de la reine Claude,
reçoit Montcrochet, en 1535 ;
ép. Thomas Douaiston.

Jeanne Douaiston,
ép. Nicolas Simonnot,
maître de la chambre aux deniers de la reine Claude.

Christophe Simonnot, sieur de Choiseau, ép. Louise Dautrect.			Marie Simonnot, ép. par contrat du 15 déc. 1536, Florimond Le Charron.	

Claude Simonnot, écuyer, sieur de Choiseau, mort le 15 novembre 1626.	Jeanne Simonnot, épouse Blaise de Loubert, écuyer, sieur de Sajoux.	Jeanne Le Charron, ép. Robert Ganivetti.

Denis, vit en 1611.	François, sieur de Rostin.	Michel, prêtre, docteur en Sorbonne.	Françoise, ép. Pierre Péan, écuyer, sieur de Linauldière.	Claude Ganivetti, ép. en 1611 Jean de Regnard, seigneur de Rilly.

1) Nous résumons ici les renseignements extraits des documents cités aux articles *Rostin, La Garenne* et *Montcrochet*.

CHATEAU MODERNE DES MONTILS

le 27 juillet, dans le cimetière de l'église, en présence de messire Étienne-Julien-François Duchesne, procureur du Roi au présidial de Blois, de M. Roch-Charles Bruère des Rivaux (1), inspecteur des haras de la généralité d'Orléans ; de M. le prieur de Valaire ; des curés de Monthou, Ouchamps et Sambin. Il était âgé de 69 ans (2).

Mme de Rosay mourut en 1831. Elle eut pour unique héritier, son frère Jean-Jacques Loüet de Terrouenne (3). Nous verrons plus loin les perquisitions faites, sous la Révolution, chez Madame Loüet de Terrouenne et chez Madame de Rosay.

ROSTIN (ROSTAIN, ROSTAING)

Ce nom s'appliquait à une habitation dont il reste encore quelques vestiges dans les servitudes du château moderne et auxquels la tradition populaire a conservé le nom de « Rostin ».

Nous nous contenterons de citer les personnages que nous avons rencontrés dans nos différentes recherches et qui prenaient le titre de « seigneur de Rostin » ; nous y ajouterons quelques notes, quand l'occasion se présentera ; il en sera de même pour les autres lieux seigneuriaux.

1613. — *Etienne de Choiseau Rostaing.* Son nom se trouve dans le petit censif des Montils (4).

1640. — *Louis de Choiseau,* « escuier, seigneur de Rostin (5).

1645. — *François de Rostin,* « fils de Claude Simonot, escuier, sieur de Choiseau » (6).

1668. — *Michel Simonot,* fils de Claude, « escuier, sieur de Rostin », docteur de Sorbonne, chanoine de Sainte-Croix d'Orléans.

Il habitait ordinairement à Orléans, « paroisse Saint-Michel ». En 1669, il constitue Pierre Morisset, « garde de tous les biens, vignes et autres héritages dépendant de son lieu et seigneurie de Rostin » (7). Il fut condamné, en 1677, à payer « chascun an

(1) M. Bruère des Rivaux venait fréquemment à la Gendronnière, chez M. et Mme de Rullécourt. Voir une note qui le concerne à la fin de l'Appendice n° VIII.

(2) Greffe du tribunal civil de Blois.

(3) En 1794, Jean-Jacques Loüet était porté sur la liste des émigrés du département de Loir-et-Cher. Les Montils étaient indiqués comme le lieu où étaient situés ses biens. (*Loir-et-Cher historique,* année 1899, col. 108.)

(4) Archives nationales, Q¹ 471

(5) Registres paroissiaux.

(6) *Ibid.*

(7) Étude des Montils.

6 deniers au censif de l'Aumosne des Montils, pour une grange bastie dans un champ libre » (1). En 1687, il vend à Michel Gitton, boulanger, « la coupe et la tonture de 16 arpents 4 boisselées 3 quarts de bois taillis, assis proche la Caillère, pour 15 livres chascun arpent » (2). La même année, il signe un acte « dans sa closerie des Montils, appelée Rostin ». Enfin, il afferme, en 1695, toutes ses terres labourables dépendant de son lieu de Rostin (3). Son neveu, François de Simonot signe à un acte de mariage : « escuier, sieur de Rostin », et sa nièce Renée signe aussi « de Rostin ».

Vers 1705, Rostin appartenait à la veuve du neveu du chanoine Michel Simonot, la dame Marie-Anne Thiballier de Rostin. Elle avait épousé en secondes noces Nicolas Demaire, « escuier, sieur d'Alincourt », qui afferma en 1713 les biens de Rostin, « comme tuteur de l'enfant mineur de feu M. de Rostin » (4).

Ce fut à cette époque que la dame Thiballier eut un procès avec son voisin, Charles de La Vallée, au sujet d'une haie qui séparait sa propriété de celle de Terrouenne.

Le fief de Rostin ne tarda pas à faire partie de la terre de Terrouenne ; car en 1750, une des filles du président Loüet signe dans un acte : « Marie-Catherine Louet de Rostin » (5).

LES BELONNIÈRES

C'est au xviᵉ siècle que nous avons trouvé les premières mentions de cette seigneurie.

Jean de Wissel, « escuier, sieur des Belonnières » (6).

1588. — *Jacques Jacquelin*, « noble homme, poursuivant d'armes », achète les Belonnières de damoiselle Anne de Billet, veuve de Jean de Wissel (7).

1628. — *Jacques Jacquelin*, fils de Jacques, « escuier, seigneur des Belonnières, sieur du Prasteau, commissaire ordinaire des guerres du Roi » (8).

1648. — *Philippe de Sainte-Faire*, « escuier, sieur de la Ri-

(1) Etude des Montils.
(2) Ibid.
(3) Ibid.
(4) Ibid.
(5) Ibid.
(6) Son grand-père, Henri de Wissel, était capitaine du château des Montils en 1483.
(7) Etude du notaire des Montils.
(8) Ibid.

nière », épouse Louise Jacquelin, « dame des Belonnières ». Le mariage se fit « en temps prohibé » (1). En 1660, elle signe « dame des Belonnières et du moulin de la Varenne ». Dans le bail de ce moulin, elle stipule qu'il lui sera fourni « un pain bénit d'un boisseau de farine de froment, mesure d'Ouchamps, pour présenter à la messe de minuit, et une foisse, aux Rois, d'un boisseau de fleur de farine de froment, mesure de Blois » (2).

En 1667, elle loue une maison dépendant de l'Aumône des Montils, consistant en une chambre, un cellier, cour et « un four construit dans les murailles de la ville » (3).

1672. — *Jacques de Graffard.* « sieur de la Graffardière en la paroisse d'Autainville », épouse damoiselle Louise de Sainte-Fère. Le contrat de mariage porte que les biens ne seront point en commun ; la future reçoit un douaire de 1.000 livres (4). En 1680, il fit creuser un ruisseau « pour détourner les eaux de la rue du bourg qui, de la rue, tombent dans sa cour, en sorte qu'elles lui font grand dommage, dont il ne se peut parer que par ledit ruisseau ». Le nommé Pierre Morisseau ayant comblé ce fossé, le sieur de la Graffardière, appuyé par les principaux habitants des Montils, proteste et se pourvoit contre lui (5)

(1) Registres paroissiaux.
(2) Étude des Montils.
(3) Ibid.
(4) Ibid.
(5) Ibid.

Pendant ce temps, il faisait des réparations au colombier des Belonnières pour 30 livres et il affermait la métairie et la basse-cour pour 52 livres. En 1681, il fut obligé de s'engager à donner 20 livres à François Mullot, « maistre chirurgien », pour une blessure qu'il lui avait faite (1). Il habitait en 1700, Beaulieu, paroisse de Valaire.

1706. — *François de la Graffardière*, « escuier, sieur des Belonnières, lieutenant dans le régiment de Mailly ». Il épouse en 1712, demoiselle Madeleine Brunier, fille de messire Abel Brunier, escuier, seigneur de Villesablon. Dans le bail à moitié de la métairie d'Ornay en 1715, il est stipulé : « quant à l'égard des fruits, 2 boisseaux de poires cuites par an ; pour chaque vache 4 livres de beurre bien frais, bon et recevable » (2). En 1716, il fait condamner Jacques Ragois, serrurier, à lui payer 40 livres « pour les délits et dommages qui ont été faits dans une pièce de bois taillis aux Bernadettes » (3).

1746. — Le fils de François de la Graffardière, François de Graffard, « bachelier en théologie de la Faculté de Paris, d'abord vicaire de Mont, puis curé de la paroisse de Neung, diocèse d'Orléans, « marie (4), en 1748, sa sœur Marie-Madeleine, avec le sieur Michel-Sébastien Danicourt, « habitant du Limbé, isle et côte de St Domengue ». A ce mariage assistèrent et signèrent : Brunier « de Chicheray » ; Louis de Graffard d'Ornay, lieutenant de milice » (5) ; René de Graffard « capitaine d'infanterie » ; le sieur de Longpré, « officier chez le Roi, dans les jardins hauts du chasteau royal de Blois » ; Brunier « de Villesablon » ; de Bretigny ; Madame la présidente Louet ; Messire Cottereau, « bachelier en théologie, curé de Monthou » (6).

En 1750, le seigneur des Belonnières, demeurait en sa terre d'Ornay ; il était officier au régiment de Nettancourt-Infanterie, puis « chevalier ».

Son fils, Pierre de Graffard, épouse, le 23 juillet 1754 (7). Marie-Anne Baudouin de Brétigny, veuve de messire Joseph

(1) Etude des Montils.
(2) Ibid.
(3) Ibid.
(4) Elle avait reçu pour dot 100 livres de rente.
(5) Il avait épousé la sœur de son beau-frère, Anne-Marguerite Danicourt.
(6) Etude du notaire. — Registres paroissiaux.
(7) A Chailles, Voir reg. paroissiaux, à la mairie, GG 9.

Brunier, en présence de messire François de Graffard, prestre, curé de Fougères, frère de l'époux.

Le curé de Neung avait obtenu la cure de Fougères. Alors M. François de Graffard quitta les Montils pour aller habiter avec son fils le presbytère de Fougères ; il y mourut en 1761 (1).

A sa mort, un inventaire fut fait à la requête de ses enfants : 1° François de Graffard, « prestre, curé de Fougères » ; 2° Pierre de Graffard « des Belonnières, chevalier de l'ordre royal et militaire de Saint-Louis, ancien capitaine de grenadiers des milices au bataillon d'Orléans » ; 3° Charles Colheu de Longpré, époux de Marguerite-Charlotte de Graffard ; 4° Sébastien-Michel Danicourt, sieur de la Saucinière, veuf de Madeleine de Graffard ; 5° Renée de Graffard d'Ornay, « demeurant chez son frère le curé de Fougères » ; 6° Jean Devoré de la Mérie, sieur des Vaux, à Chitenay, fondé de pouvoirs de Louis de Graffard, demeurant aux Mornets, île et côte de Saint-Domingue. L'inventaire s'élevait à la somme de 3.036 livres. Parmi les dettes passives, il devait à son fils, le sieur des Belonnières, 400 livres qu'il lui avait prêtées (2). La vaisselle d'argent, estimée par un orfèvre de Blois, pesait 5 marcs, 6 onces, 5 gros, au prix de 279 livres 15 sols (3).

L'année suivante, le curé de Fougères et sa sœur Renée sont chargés de l'administration des biens de la succession paternelle ; ils rendirent compte de leur gestion en 1765 et versèrent la somme de 10.282 livres 7 sols ; le partage s'était élevé à la somme de 17.518 livres 10 sols (4).

En 1780, un acte notarié fut dressé pour constater que la famille de Brunier descendait directement de « Benjamin de Brunier, médecin de la famille de Henri le Grand » (5). Pierre de Graffard mourut le 4 mai 1779 et Anne de Beaudouin de Brétigny, sa veuve, le 21 mai 1785 (6).

Capitaine d'infanterie, seigneur des Belonnières, *Pierre de Graffard* prit part à la Guerre de Sept Ans, et fit campagne en

(1) En 1759, il afferma « le droit de pesche, dépendant de son lieu des Belonnières, dans la rivière du Beuvron, contenant un arpent et demi de rivière ». (Etude des Montils).

(2) Etude des Montils.

(3) Ibid.

(4) Ibid.

(5) Ibid. François de Graffard avait épousé Madeleine de Brunier.

(6) Registres de Cellettes, GG 27 et 28.

Allemagne durant les années 1757 et 1758. Son livre de compte tenu tantôt par lui, tantôt en son absence, par sa femme Anne Baudouin de Bretigny, a fourni l'objet d'une étude sur *la Noblesse de Campagne dans le Blésois au XVIIIe siècle* (1). On y trouve les renseignements les plus intéressants sur la culture des vignes et des céréales, le métayage, le rendement des terres, le prix du vin et du grain, le coût de la vie, le salaire des domestiques. De telles études sont intéressantes au plus haut degré pour l'histoire sociale et, en dehors de tous les préjugés courants, pour se faire un idée exacte de l'état de la France à l'époque qui précéda la Révolution.

A la mort du curé de Fougères, arrivée en 1788, Ornay fut vendu 10.000 livres. Quelque temps auparavant, une saisie avait été opérée sur la portion de bestiaux et d'abeilles d'Ornay, afférente au sieur Charles Colheu de Longpré, « bourgeois demeurant à Monthou », marié, en 1759, à Marguerite-Charlotte de Graffard (2).

LA GARENNE

Au nord des Montils, à deux kilomètres du bourg, on voit encore un charmant petit logis qui offre à l'archéologue un assez beau spécimen du style de la Renaissance. C'est la Garenne.

La principale porte d'entrée présente à la clé de voûte un motif très délicatement sculpté, ainsi que deux chapiteaux qui sont plaqués sur la pierre du mur et encadrent deux délicieuses figurines. Les fenêtres du premier étage, sur la façade du midi, ont seules conservé leurs meneaux. Au-dessus de la porte, on remarque un bel écusson. Ce seraient les armes de la famille Le Charron ; Florimond Le Charron habitait, paraît-il, la Garenne en 1557 (3). On les retrouve de chaque côté du pinacle qui surmonte la porte de la chapelle.

Ce petit sanctuaire nous présente les plus gracieux ornements du xvie siècle ; ils décorent la porte, le pinacle haut de deux mètres, et la piscine intérieure. Cette piscine est couverte d'un

(1) Par M. Ernest Roussel. *Mémoires de la Société des Sciences et Lettres de Loir-et-Cher*, t. XI, p. 243 à 258.
(2) Étude des Montils.
(3) *Excursion à la Garenne, les Montils, Onzain, Mesland, la Guiche et Coulanges*, 5 mai 1907. Blois, Migault, 1907 (sans nom d'auteur), in-8°, p. 1. Ces armes sont de gueules au chevron d'or, chargé de trois croix d'azur, accompagné de trois lions d'argent. — A l'intérieur, on trouve peintes aussi les armes des Renard, seigneurs de Rilly.

dais richement orné avec chapiteaux Renaissance et avec un entablement ainsi qu'un dôme à imbrications accosté et surmonté de pinacles.

Il est regrettable que Madame l'amirale de Candé n'ait pas

compris la chapelle de la Garenne dans la restauration de la maison qu'elle fit à grands frais, en 1874.

En dehors d'une note trouvée aux Archives Nationales qui fait mention d'une dame de la Garenne en 1340 (1), nous n'avons de documents sur la Garenne qu'à partir du commencement du XVIIᵉ siècle.

Cependant il est probable que Florimond Le Charron en était seigneur en 1551, lorsqu'il achète une pièce de terre sise à la Fosse-Sarrazin, près Madon (2). Florimond Le Charron avait

(1) Elle avait loué une maison aux Montils.
(2) Acte du 21 février 1551. Arch. Dép. de Loir-et-Cher, F 7. L'acte porte au dos, en mêmes caractères que ceux du texte du contrat : *La Garenne*.

épousé Marie Simonnot, par contrat du 15 décembre 1536 ; il y était spécifié qu'elle recevait 4.000 écus d'or soleil qui provenaient de la succession de son aïeule, Jeanne Cochon. Sur cette somme, 2.000 écus étaient « à employer en héritage qui sera repputé vray propre de la dite damoiselle » (1). Marie Simonnot posséda en propre La Gaillardière, à Candé (2). Nous ne serions pas éloignés de croire que La Gaillardière et la Garenne représentaient les 2.000 écus d'or portés au contrat.

On ne peut commencer, néanmoins, la liste des seigneurs de la Garenne, d'une manière sûre, qu'avec le personnage qui suit :
1608. — *Robert de Ganivet*, « sieur de la Garanne » (3).

Robert de Ganivet c'est Robert Ganivetti, gentilhomme parmesin, écuyer de la grande écurie d'Emmanuel de Lorraine, duc de Mercœur, de Penthièvre et gouverneur de Bretagne. Robert, par contrat passé à Nantes en 1584, avait épousé Jeanne Le Charron, l'une des demoiselles d'honneur de Marie de Luxembourg, duchesse de Mercœur. En 1608, il était écuyer de la grande écurie du roi, vivait encore en 1613 et n'existait plus en 1617 (4). Il avait choisi, ainsi que sa femme, pour sépulture, le couvent des Cordeliers, à Nantes.

Parmi les ancêtres de Jeanne Le Charron figurent bien des personnages familiers alors aux habitants des Montils. Jeanne Le Charron était fille de Florimond Le Charron, trésorier général de Bretagne et de Marie Simonnot. Ceux-ci s'étaient mariés en 1536 et Marie Simonnot était fille de Nicolle Simonnot, jadis maitre de la chambre aux deniers de la reine Claude. Dans sa parenté on remarque Christophe Simonnot, seigneur de Choiseau. Ce nom rappelle immédiatement celui des seigneurs de Rostin. Ce Christophe Simonnot avait pour femme demoiselle Louise Dautrect, qui vend à Florimond Le Charron, en 1558, tous ses droits à la succession de Catherine de Gaignon, son aïeule maternelle, mariée jadis à Pierre Le Charron, notaire et secrétaire du roi Louis XII. Or Alphonse de Fiesque, capitaine des Montils, avait épousé Jeanne Dautrect, et aussi bien le trouve-t-on en 1551,

(1) A. D. de Loir-et-Cher, F 7.
(2) *Ibid.* Cela est énoncé formellement en des actes de retrait lignager, du 18 septembre 1692 et 16 janvier 1610.
(3) Archives départementales de Loir-et-Cher.
(4) Jeanne Le Charron se dit veuve le 12 février 1617. Arch. comm. de Rilly. 2ᵉ reg. de baptêmes.

chargé par Florimond Le Charron, d'acheter un quartier de vigne, sis au Vau de Madon.

Le tableau suivant résume cette filiation (1) :

Catherine DE GAIGNON,
morte en 1557,
ép. Pierre LE CHARRON,
notaire et secrétaire du roi.

Florimond LE CHARRON, trésorier général de Bretagne, seigneur de la Gaillardière, à Candé, ép. Marie SIMONNOT, des seigneurs de Choiseau et de Rostin.	N... LE CHARRON ép. N... DAUTRECT.

Jeanne LE CHARRON ép. Robert GANIVETTI, seigneur de la Garenne.	Me Jean DAUTRECT.	MARGUERITE ép. Jean GIRARD, trésorier de la Dauphine (Marie Stuart) (1558).	JEANNE ép. vers 1550 Alphonse DE FIESQUE, capitaine des Montils.	Louise ép. Christophe SIMONNOT, seigneur de Choiseau.

Les armes des Ganivetti se trouvaient peintes sur une litre qui décorait l'ancienne église de Rilly, aujourd'hui détruite. Elles portaient un *écartelé*, au 1 et 4, d'azur au lion d'or grimpant sur une échelle du même, posée en bande ; au 2 et 3, d'azur à une main dextre, ouverte d'argent, posée en pal (2).

Jean de Regnard, écuyer, seigneur de Rilly et de la Garenne, gentilhomme servant du roi : fils de « noble homme Francoys de Regnard, chevallier de l'ordre du roy, cappitaine du chasteau et ville d'Amboyse » et de « noble dame Philippe de Saint-Moris », il fut baptisé par le curé de Rilly, le 29 mars 1585 (3).

(1) Tous les documents cités ci-dessus nous ont été signalés par le Vte de Croy. Conservés sous la cote F 7 aux Arch. Dép. de Loir-et-Cher, ils y ont été déposés par le marquis Louis de Chauvelin, héritier des Renard de Rilly et, par suite, des Ganivetti. Le tableau généalogique a été dressé avec les renseignements que fournit ce dossier. Voir plus haut, sur Alphonse de Fiesque, la page 156.
(2) La description de cette litre a été conservée par M. le marquis de Chauvelin.
(3) Archives communales de Rilly, 1er reg. de baptêmes (1571-1601). Parrains, nobles hommes Jean d'Argy, seigneur de la Cour de Meuves, et Christophe d'Argy, seigneur de la Cour d'Argy ; marraine, noble demoiselle Jeanne de Bart, femme de noble homme Hardoin Lesbahy, seigneur de Chacheny.

Il épousa, par contrat du 21 novembre 1611 (1), Claude Ganivetti (2), fille de Robert, qui était encore écuyer de la grande
écurie du roi, tandis que Jeanne Le Charron était devenue
« l'une des filles de Madame, Duchesse de Vendôme », après
avoir quitté, sans doute, le service de la duchesse de Mercœur.
Le marié était assisté de divers parents et, entre autres, de son
cousin Florimond de Moulins, chevalier, seigneur de Rochefort
et de Villelouët ; la mariée, de Claude Simonnot, écuyer, sieur de
Choiseau, l'un des cent gentilshommes de la maison du roi, de
Blaise de Loubert, capitaine d'une compagnie de pied, cousin à
cause de Jeanne Simonnot, sa femme, et de Denis Simonnot,
fils de Claude. La dot de Claude Ganivetti se composait de la
Gaillardière et de la Garenne, d'une somme de 12.000 livres et
d'une maison à Nantes, appelée la Papotière, qui fut vendue plus
tard 26.000 livres. Jean de Renard donna quittance des 12.000 livres à ses beaux-parents le 7 août 1613. Les deux époux eurent à
régler les comptes de leur grand-père Florimond Le Charron,
qui avait été receveur général des finances au pays et duché de
Bretagne. Un arrêt de la Chambre des Comptes de Nantes fut
rendu à ce sujet, le 16 décembre 1620.

Quelques-uns de leurs enfants eurent des parrains illustres.
Marie-Honorée de Renard, fut la filleule, le 21 décembre 1614,
d'Honorat de Beauvilliers, comte de Saint-Aignan, maréchal
de camp général de la cavalerie légère de France, et de « très
illustre princesse Marie de Luxembourg, duchesse de Mercœur » (3). Le 1er février 1617, Honoré de Renard, fut tenu sur
les fonts par « Messire Honoré d'Albert, gentilhomme ordinaire
de la chambre du roi, sieur de Caidenet ». C'était le frère du pre-

(1) Devant Jacques Barthélemy, notaire à Blois. Ce document est aux archives du
château de Rilly, ainsi que tous ceux que nous utilisons ici, sauf indication contraire.
Toutefois, nous n'avons pas consulté les originaux, mais seulement des analyses faites
par M. le marquis de Chauvelin et déposées aux archives de Loir-et-Cher (Archives de
Rilly, reg. II. p. 17 ; reg. IV, p. 44, 45, 49, 50. Voir aussi une généalogie des Renard de
Rilly, où le marquis de Chauvelin a consigné quelques détails qui ne se trouvent pas
dans les analyses de pièces). M. le marquis de Chauvelin, qui aurait pu mieux que
d'autres cultiver l'histoire, s'était voué, avec un désintéressement trop peu connu, à
l'ingrat travail d'inventorier des archives privées pour être utile simplement aux historiens futurs. Ce travail a même abrégé ses jours, selon la notice biographique qui
lui a été consacrée par M. Trouillard, après sa mort survenue le 5 juin 1903. (Mém.
de la Soc. des Sciences et Lettres de Loir-et-Cher, dix-septième volume. Partie supplémentaire, Procès-verbaux des séances de la Société, séance du 12 juin 1903. — Cf.
le journal l'Écho du Centre, du 20 août 1910, lettre de M. l'abbé L. Bossebœuf).
(2) Elle est marraine à Rilly dès le 28 mars 1612. Rilly, 2e reg. des baptêmes (1601-1619).
(3) Ils eurent « pour leur agent, demoiselle Jehanne Le Charron », dans la circonstance. Rilly, 2e registre des baptêmes (1601-1619).

mier duc de Luynes, le célèbre favori de Louis XIII ; lui-même fut créé peu après duc de Chaulnes et maréchal de France. Il vint de sa personne à Rilly et signa sur le registre : *Cadenet* (1).

Claude Ganivetti mourut la première, le 22 janvier 1633. L'administration de sa fortune ne fut pas heureuse. Jean de Renard se trouva redevoir à ses enfants, du chef de leur mère, 43.000 livres, ce qui dépassait de beaucoup la valeur de ses biens propres. Il fit abandon de ses biens à ses enfants, par acte du 21 février 1650, moyennant une rente viagère de 150 livres. Mais en plus de cela, il y avait encore des dettes qui furent payées par la vente de la Garenne, le 14 décembre 1651, à François Moreau, écuyer.

Jean de Renard mourut au mois de décembre 1652. Il laissa neuf enfants (2). Sa succession fut acceptée sous bénéfice d'inventaire. Le 18 décembre, François et René-François de Renard passent procuration à leur frère Louis, seigneur de Rilly, pour les représenter au règlement des affaires du défunt. Bien que la Garenne fut alors vendue, René s'en qualifie encore seigneur : il continuait même à le faire encore en 1691 (3). On pourrait citer d'autres exemples de cet usage au xviie siècle.

En 1640, *François de Rilly* est qualifié « sieur de la Garenne (4) ; en 1642, *Louis de Regnard* est « chevalier, seigneur de Rilly, la Garenne et autres lieux ». Deux de ses enfants furent enterrés dans l'église des Montils « devant le maître-autel » (5).

Il paraît probable, qu'en fait, la Garenne fut comme indivise entre les enfants de Claude Ganivetti jusqu'à la vente de 1651, puisque le contrat d'aliénation est conclu par Jean de Regnard et noble homme Charles Picault, sieur de la Ramberthière, procureurs à la gestion des biens immeubles de la succession de la dame de Rilly.

Cependant depuis 1644, et même antérieurement, René-François de Renard prend habituellement la qualification de seigneur de La Garenne. Il avait épousé Catherine Deodau, d'une

---

(1) Rilly, 2e registre des baptêmes (1601-1619).
(2) Voir l'observation faite ci-dessus, p. 180.
(3) Arch. Dép. de Loir-et-Cher, F 48.   Cf. Rilly, 3e reg. des baptêmes, 7 juillet 1656, 4 janvier 1685, 10 et 27 octobre 1686.
(4) Registres paroissiaux des Montils.
(5) *Ibid.* Il était gentilhomme ordinaire de la chambre du roi. Arch. communales de Rilly, 3e reg. des baptêmes.

famille qui habitait Amboise. Leur fils, Louis-François, fut baptisé à Rilly le 10 octobre 1666 (1).

1651-1659. — *François Moreau*, « escuier, sieur de la Garenne ».

Il était sans doute parent de Jacques Moreau, écuyer, seigneur du Feullet, qui avait été, le 7 février 1583, parrain de Jacques de Renard (2).

1660. — *Gabriel Chotard*, « seigneur de la Garenne, chef des fourriers de la maison du Roi ». Il fait, en 1662, la déclaration de sa terre, consistant en logis pour la maison, chapelle et jardin. En 1677, il était commissaire de l'artillerie et capitaine du château de Madon (3).

1686. — *Pierre Feucher*, « seigneur de la Garenne ». Il fit travailler à l'étang de la Garenne et y dépensa la somme de 110 livres (4). Il chargea Durand, peintre en Vienne, de peindre « les portes, croisées et vollets du grand logis, la porte de la chapelle, par dessus et par dehors » (5). En 1688, il poursuit sa fermière et son fils pour n'avoir point travaillé ses terres « en bon temps et pour d'autres personnes ».

Il demeurait alors ordinairement à Madon. C'est lui qui fit établir « le nouvel escalier du grand logis à deux noyaux, accompagné de son appui, balustrades et représentés signes et paraphe du sieur Feucher, le tout en bois de chesne » (6). Il fit abattre en 1693 « les bois de haute futaie qui sont situés sur le chemin de la Garenne aux Montils » pour la somme de 3.000 livres (7).

1703. — *Barthélemy Feucher*, fils du précédent, « seigneur de Linville, de la Garenne ». Dans la nuit du 23 avril 1703, un incendie détruisit les bâtiments de la basse-cour de la Garenne. « Le sieur Feucher consentit bénévolement à payer la moitié des réparations » (8).

A cette époque, il était lieutenant des chasses de la capitainerie de Blois En 1716, il signe : *Feucher de Linville* et

(1) Ne pas confondre René-François de Renard avec François, son homonyme et contemporain, seigneur de Beauvais, qui signe *Beauvais*. Rilly, 3e reg. des baptêmes ; 12 août 1644, 8 mai 1647, 2 juin 1651, 10 et 27 octobre 1666.

(2) Rilly, 1er reg. des baptêmes. Jacques était un frère aîné de Jean de Renard.

(3) Étude des Montils.

(4) *Ibid.*

(5) *Ibid.*

(6) *Ibid.*

(7) *Ibid.*

(8) *Ibid.*

en 1719 il s'appelle : « bourgeois de Blois ». Mort en 1745, il fut enterré dans l'église des Montils par M. le curé d'Ouchamps. Sa tante, Madeleine Feucher, trépassa en 1762, âgée de 82 ans, et fut ensevelie également aux Montils (1).

1747. — *Léonard de la Montaigne*, « sieur de Barbanson, escuier » (2), seigneur de la Gendronnière (3). Il signe un acte notarié dans lequel il est dit : « demeurant en sa terre de la Garenne ». Il avait épousé en 1742, demoiselle Marie-Catherine Hurault, fille de feu messire Florimond Hurault, sieur de la Gendronnière, chevalier de l'ordre militaire de Saint-Louis, capitaine des vaisseaux du Roi, et de Catherine-Claude Pissonnet de Bellefonds (4). Le mariage fut célébré par le prieur des Montils, dans la chapelle du château de Villelouët (5).

Le sieur de la Garenne était fils de Vincent de la Montaigne, conseiller du Roi au parlement de Bordeaux, et de Marie-Anne de Ségur. Il mourut en 1778. A son décès, il y eut une transaction suivie de donation entre ses enfants : Florimond de la Montaigne, capitaine au régiment Reine-Infanterie ; Claude-Mélanie de la Montaigne de la Gendronnière, « demoiselle majeure », tous deux demeurant à la Garenne et de présent en la ville de Blois, chez dame Madeleine-Rose de Coulange, veuve de Léonard de la Montaigne Barbanson, et Catherine-Pulchérie de la Montaigne, « demeurant en sa maison de la Garenne » représentée par messire François Cottereau, curé de Monthou-sur-Bièvre, y demeurant, et doyen rural de Pontlevoy :

« 1° Ils abandonnent à leur belle-mère la totalité du mobilier, excepté les livres, qu'ils emporteront quand ils voudront, et les tableaux, qui devront rester dans la maison, lequel mobilier est évalué 1.500 livres ; 2° les demoiselles recevront les tableaux et les gravures, à la mort de leur belle-mère, ou 200 livres ; 3° les trois enfants paieront à leur belle-mère une pension viagère de

(1) Registres paroissiaux.
(2) Léonard de la Montagne, originaire de Bordeaux, n'a aucun rapport de parenté avec les Barbançon, famille de Hainaut, dont une branche avait été transplantée en Blésois au XIVᵉ siècle. (Voir *Cart. de la ville de Blois*.)
(3) Reg. de Chailles, GG 8.
(4) Au contrat de mariage signèrent les voisins des Montils : Messire de Maussion de Candé ; Ange-René Guerry, seigneur de la Chesnaye ; Bruno-Maximilien Bertin de Vaugien, seigneur de Chaumont-sur-Loire ; le marquis et la marquise de Moulins Rochefort, seigneurs de Villelouët et de Chailles et messire Charles Loüet, premier président au siège présidial de Blois. (Archives départementales de Loir-et-Cher, E 355.)
(5) Voir ci-dessus, p. 50.

800 livres, 4 poinçons de vin rouge de la récolte de la Garenne, dont la livraison et le premier paiement se fera à la Toussaint ; 4° Pour l'habit de deuil, 200 livres à payer à la Toussaint ou en vin du crû de la Garenne ; 5° Ils paieront les dettes de leur père ; 6° La veuve donne aux enfants de son mari deux métairies, l'une nommée Villeroche, paroisse de Maves, et l'autre nommée Villefrison, paroisse de Mulsans, sous réserve de la closerie des Murblins, paroisse de Cour-Cheverny ; les deux métairies estimées 1.800 livres » (1).

Claude-Mélanie fait son testament le 5 avril 1785, à 10 heures du soir, à la Garenne. Elle veut « qu'il soit dit à son intention un annuel de messes basses, en l'église des Montils, avec un service au commencement et à la fin de cet annuel ». Elle demande le même service pour Candé. Elle lègue « 100 livres à chacun de ses trois closiers » ; à Auguste Chéreau, son filleul, 150 livres pour son apprentissage ; la même somme, pour le même objet, à un nommé Audidier, demeurant chez le sieur Houdin, horloger à Blois ; « 200 livres aux pauvres des Montils, 100 livres à ceux de Candé » (2). Elle mourut le 14 avril, âgée de 33 ans et fut enterrée « dans le cimetière de l'église des Montils » (3). Le notaire des Montils donna, à la Garenne, lecture du testament de Claude-Mélanie à son frère François-Florimond.

1783. — *Charles-Marie-Antoine Colheu de Longpré*, « officier du Roi dans les jardins hauts du chasteau royal de Blois, seigneur de la Garenne » (4).

Son père avait été également jardinier des jardins hauts au milieu du xviii⁰ siècle. Il descendait d'un « écuier ordinaire de la bouche du roi Louis XIV » (5).

1794. — *Louis Liman*, « capitaine de gendarmerie de Loir-et-Cher, propriétaire de la Garenne » (6).

1800. — *Edme-Guy Bouvet de Rouville*, « né à Chartres en

(1) Archives départementales du Loiret.
(2) Etude des Montils.
(3) Registres paroissiaux.
(4) En 1791, Charles-Marie-Antoine Colheu, citoyen ; il signe : Colheu de Longpré. En 1762, l'hôpital de Vienne devait une rente de 300 livres à « demoiselle Colheu de Longpré ».
(5) Pierre Lesueur, *Les jardins du Château de Blois*. Blois, 1906, p. 157. Il appelle à tort cette famille Cothen de Longpré. M. Lesueur a consulté un dossier Longpré aux Archives nationales, O¹ 1324, liasse 2.
(6) Etude des Montils.

Beauce, mourut à la Garenne ; sa femme, Jeanne Courtois du Bisson, née à la Charité, mourut aussi à la Garenne la même année » (1).

1804. — *Julien-François Pitancier*, « propriétaire de Frileuse, la Piaudière, la Garenne et autres lieux » (2).

L'HERMITAGE

Sur la rive droite du Beuvron, entre Seur et les Montils, à 1.200 mètres de ce dernier bourg, se trouve le lieu de l'Hermitage ; c'était déjà au XIIIᵉ siècle un manoir de quelque importance (3).

La porte en plein cintre est très bien conservée ; les murs de l'enceinte extérieure sont encore visibles de trois côtés, à la hauteur de 0ᵐ 75 à 1ᵐ 25. Il n'y a pas longtemps que l'on a fait

(1) Étude des Montils.

(2) 5 décembre 1678. — Jacques de Brunier se démet de la charge de garde et jardinier des hauts jardins « de nostre chasteau de Blois ». « Nous avons fait choix de notre « cher et amé Charles Colheu de Longpré, escuier, avec la survivance pour Charles « Colheu, son fils ; après qu'il sera apparu de bonnes vie et mœurs et religion catho- « lique, apostolique, romaine ». (Arch. nationales.)

7 janvier 1680. — Charles Colheu de Longpré obtient un arrêt d'augmentation. « Il « avoit trouvé les jardins en si mauvais état, qu'il a esté obligé de faire beaucoup de « frais pour les faire restablir. » En dehors de la somme de 450 livres qui ne suffisait pas, le jardinier était employé pour la somme de 300 livres de pension, ainsi qu'il paraît par les comptes des années 1654 et 1655. Il lui est accordé une augmentation de 200 livres. (Arch. nationales.)

(3) Au mois d'août 1287, la comtesse de Blois, Jeanne d'Alençon, échange avec les *Dognons* 2 pièces de vignes au-dessus du *Manoir de l'Hermitage* (collection Joursanvault).

disparaître les bases de deux bastions qui défendaient oblique-
ment l'entrée.

Dans une nomenclature des prieurés, abbayes et maisons religieuses de chaque municipalité, au chapitre des Montils, nous
lisons :

« Le prieuré de l'Hermitage », avec cette observation : « titulaire séculier, dépend de Bourgmoyen » (1).

Le principal corps de logis existe encore avec ses portes et ses
fenêtres en plein cintre.

Un amas de pierres entre la rivière et la maison indique l'emplacement à peu près certain d'un moulin dont les religieux de
Bourgmoyen achetaient la moitié en 1339 (2).

Ce qui reste des constructions primitives montre bien que les
religieux qui habitaient l'Hermitage n'étaient pas très nombreux.

La chapelle, qui existe encore, est dans un état de délabrement
complet ; les fenêtres en plein cintre ont été murées et le sommet
de la porte a été restauré par une fermeture carrée en 1707. La
voûte en maçonnerie, haute de neuf mètres, a cela de particulier
qu'elle est construite en forme de pain de sucre, aplati sur
quatre faces, sans aucune apparence de charpente ; on peut la
considérer comme une réduction de la voûte de l'église de Saint-
Ours à Loches.

La chapelle de l'Hermitage était sans doute fréquentée par les
habitants des Montils, de Seur et d'Ouchamps, qui venaient vé-
nérer en ce lieu l'image de saint André. La permission de l'abbé
était nécessaire pour entrer dans la cour et les jardins. Ces visites
pieuses ne plaisaient peut-être pas aux religieux. Car en 1559, au
mois de novembre, ils obtinrent de l'évêque de Chartres l'autorisation de transporter l'image de saint André dans l'église des
Montils. Voici le titre de la charte conservée aux Archives de
Loir-et-Cher :

« *Translation faite de l'image de Monsieur Saint André qui*
« *étoit en la chapelle de l'Hermitage, appartenant à l'abbé*
« *de Bourgmoyen, en l'église de Sainte-Marie-Madeleine des*
« *Montils, laquelle est autorisée d'un jugement de l'Official de*
« *l'évêque de Chartres.*

1. Archives de Loir-et-Cher, 1791.
2. Archives départementales, fonds de Saint-Laumer.

Aux Archives départementales, dans le fonds de Bourg-moyen, nous avons trouvé l'inventaire de plusieurs pièces qui concernent l'Hermitage, mais non les originaux de ces documents. Voici l'énoncé des titres les plus intéressants :

1302. — Sentence du bailli de Blois, touchant la chasse du moulin de l'Hermitage ;

1339. — Achat par les religieux de Saint-Laumer de la moitié du moulin de l'Hermitage ;

1559. — Papiers concernant les offrandes faites en la chapelle de l'Hermitage ;

Une liasse de papiers contenant 82 déclarations censuelles passées par les censitaires du censif du lieu de l'Hermitage et cotées par Prévost.

En 1672, un arrêt du parlement intervient contre le sieur de Beauval et maintient le sieur abbé dans la possession de la pêche de l'Hermitage (1).

Voici d'après les baux successifs de la métairie de l'Hermitage le prix du fermage annuel.

1537. — Trois muids de seigle, trois muids d'avoine, sept septiers d'orge.

1573. — Quatre muids de seigle, deux muids d'avoine.

1579. — Sept muids de blé, deux muids d'avoine.

1588. — Bail à moitié de fruits.

Nous n'avons point trouvé les baux faits dans le xviie siècle (2).

En 1734, le fermier de l'Hermitage était Louis Lespagnol. « garde de la capitainerie royale des chasses du comté de Blois » ; il signait aussi : « garde des chasses dans les plaisirs du Roi ».

A cette époque le bail était de 400 livres et 4 chapons.

En 1743, même bail, avec cette condition : « quatre chapons *tous gras et recevables* » (3).

1752. — 400 livres ; « à la réserve du censif dudit lieu, ainsi que le droit de pêcher, le bâtiment de la chapelle, la tour qui est au coin du jardin et la *carpière* ou réservoir (4). »

---

(1) Archives départementales.
(2) Le censif de l'Hermitage, en 1682, sur 150 arpents, valait 2 livres 10 sols de cens annuel.
(3) Etude des Montils.
(4) *Ibid.*

1762. — 450 livres, 8 chapons, 8 poulets, 20 livres de beurre « frais, sain et net » (1).

1771. — 500 livres.

1782. — 700 livres. Le bail est signé par Charles-François Hubert, « prestre chapelain de l'église cathédrale de Blois », au nom et comme fondé de pouvoirs de Mgr Lauzières de Thémines.

La métairie comprenait alors 60 arpents de terres labourables, 15 arpents de bois, des prés, plus la dîme à percevoir sur plusieurs héritages des Montils

Dans ce bail, il est stipulé que les fermiers seront tenus « de mener et voiturer le poisson, au château de Madon, quand il plaira à Mondit seigneur Evêque d'aller pêcher, ou d'y envoyer quelqu'un de sa part » (2).

LA MORINIÈRE

Le lieu de la Morinière, situé à l'extrémité de la commune des Montils, à l'ouest du village de la Haye et sur les confins de la forêt de Russy, n'a jamais eu, ce nous semble, une grande importance. Cependant la tradition populaire rapporte qu'il y avait là une chapelle et que la statue de la Sainte Vierge, en pierre, et d'un certain mérite, placée dans la chapelle de Notre-Dame de Lourdes en l'église des Montils, vient de la Morinière.

Nous n'avons, dans nos recherches, rien trouvé qui puisse donner à cette opinion quelque fondement sérieux.

Voici les noms de quelques personnages qui avaient la prétention de se dire « seigneurs de la Morinière »:

1590. — *Michel de l'Orme*, « varlet de chambre du Roi, demourant au lieu de la Morinière » (3). Il avait été valet de chambre du roi Henri III. Sa femme se nommait Anne Poupée (4). Il mourut en 1631, âgé de 90 ans et fut enterré dans l'église de Chailles.

Dans les registres de la paroisse, il est fait mention, en 1602,

---

(1) Dans le bail de 1762, il est dit : « les preneurs, — le fermier et sa femme — fourniront le foin pour les chevaux des officiers de Mgr l'Evêque, lorsqu'ils iront audit lieu. » (Archives départementales.)

(2) Etude des Montils.

(3) Archives de Loir-et-Cher.

(4) Mairie de Chailles. Reg. des baptêmes. GG 1 et 2.

du baptème de François, fils de Michel de l'Orme, « seigneur de la Morinière ». Il meurt en 1640, et est qualifié « garde de la forèt de Russy » (1).

Un autre Michel de l'Orme, sieur de la Morinière, meurt en 1636.

1650. — Gaston d'Orléans fait don de la maison et terre de la Morinière, sise en la paroisse des Montils, « relevant de notre chastellenie des Montils », au sieur Bédacier, commissaire de la Marine, « en considération du zèle qu'il a fait paroître pour notre service » (2).

1657. — *Jacques d'Arnault,* « sergent royal aux Montils, sieur de la Morinière ».

1702. — *Thomas du Bassy,* « sieur de la Morinière ».

CONON

A l'extrémité de la paroisse des Montils, au nord-est, sur la pointe de la forèt de Russy et tout près des limites de la paroisse voisine de Cellettes, existe actuellement une petite ferme appelée Conon. Ce lieu avait, au Moyen-Age, une assez grande importance féodale que rien n'y rappelle aujourd'hui. Les renseignements sur ce fief sont nombreux. Il est possible de donner la liste des seigneurs qui en ont joui depuis le XIIIe siècle jusqu'à nos jours.

Au XVIIIe siècle, la décadence était déjà complète.

« Le lieu et seigneurie de Cosnon consistoit en deux chambres à feu, vestibule et celliers, greniers dessus, ancien pavillon de maître presque détruit, à côté un petit appenti, four dedans, une grange, une étable à vache, bergerie, écurie, le tout dans la mème cour et enfermé de murs, contenant un arpent, une garenne et bois taillis de huit arpents.

Un friche de deux arpents ; trois pièces de terre, labourables à seigle, de soixante-deux arpents séparés par une allée de châteigners et noyers ; huit arpents de vignes de goua ; un taillis de sept arpents 3 . »

(1) Registres de Chailles, GG 2.
(2) Archives nationales.
(3) *Ibid.*

Dans un aveu du 1ᵉʳ septembre 1665 pour la grande dîme de Cormeray, Paul Ardier de Beauregard en décrivait les limites qui allaient « par dessus la maison de la Rozelle droit à la justice de Cosnon, et de la justice tirant droit où étoit le vieil colombier dudit Cosnon qui étoit anciennement dans le coin du jardin, vers aval, du coté du bois, et dudit colombier passe par la rue Marion tirant au carroy du Bois Bellion » (1).

En 1276, Jean de Châtillon, comte de Blois, donne à la dame de Conon, un droit viager d'usage dans la forêt de Boulogne pour sa maison et son four de Ménars (2). Cette dame est sans doute Marie, dame de Conon, qui, le mardi après la Sainte-Croix de mai 1294, vend pour 30 livres, au maître de la Maison-Dieu des Montils, « tous les formariages et toutes les rantes » qu'elle possédait dans la paroisse d'Ouchamps (3).

Il n'est pas probable que cette Marie, dame de Conon, soit la même que Marie de Villebresme, veuve de Jean Piquardeau, qui rend aveu au comte de Blois, en 1322, pour elle et Perret Piquardeau, son fils, de la « métairie de la Haie Porcherece » et de 7 deniers de cens « en la ville des Montils » (4). Nous verrons que la Haie Porcheresse et le fief de Conon ne sont qu'une seule et même chose.

Perret Piquardeau avait pour tuteur Jean de Villebresme dit le Gris (5). En 1326 (6), il était maître de ses droits et conclut un accord avec le comte Gui Iᵉʳ de Châtillon. Il lui cède 13 livres de rente que Pierre de Mesuen, écuyer, son vassal du chef de cette rente, tenait et prenait sur les festages des Montils. Six ans plus tôt (7), Gui de Châtillon avait, pour 100 livres tournois, racheté ces 13 livres de revenu. Evidemment le comte ne pouvait

(1) Arch. Dép. de Loir-et-Cher. Dictionnaire féodal du comté de Rostaing, article Cormeray.
La carte de l'Etat-Major place Conon, comme nous l'avons dit, sur les limites des communes des Montils et de Cellettes. La carte de Cassini n'en fait pas mention, mais elle indique un autre Conon ou Cosnon au centre de la paroisse de Cellettes, qu'ar rose également un ruisseau dit le Conon. Nous n'avons pu déterminer si, dans les documents qui suivent, il n'y en aurait pas qui concernent seulement le fief sis à Cellettes, qui était peut-être celui qu'ont possédé les vicomtes de Beauregard.
(2) Arch. Nat., KK 894, fᵒ 38 (cᵐᵉ du Vᵗᵉ de Croy).
(3) Arch. Nat., L 983, nᵒ 37 original.
(4) Arch. Nat., P 1478, fᵒ 35. — Cf. l'original, ibid. Qᵗ 455 : le lundi avant la chaire de Saint-Pierre (cᵐᵉ du Vᵗᵉ de Croy).
(5) Cart. de la ville de Blois : Notices biographiques par le Vᵗᵉ J. de Croy, p. 43).
(6) Le mardi après la Chandeleur.
(7) En 1320, le dimanche après la Sainte Luce. Arch. Nat., Q1 473 (cᵐᵉ du Vᵗᵉ de Croy). Pierre le Mareschal, « sire dou Mesuen » et Marguerite, sa femme, de Tour-en-Sologne

rester dans la dépendance de Pierre Piquardeau. Celui-ci délaisse les 13 livres et obtient en échange « le fyé et l'omage » d'une métairie sise à la Haie Porcheresse qui avait été la propriété de son père Jean Piquardeau. Jean de Morvilliers, fils de feu Jean de Morvilliers, bourgeois de Blois, tenait cette métairie du comte, mais Gui autorise que la foi et l'hommage dus par Jean soient reçus par Pierre Piquardeau, « lesquelles choses baillées par le comte ledit Pierre connut tenir en foi du comte ». Dans ce contrat compliqué, Pierre Piquardeau est qualifié « sire de Cormeray » (1).

En 1354, aveu est fait de la terre, justice et seigneurie de Conon par Philippe ou Philippot de la Haye (2).

Les Piquardeau ne laissèrent pas d'héritiers directs. En 1362, on trouve mentionné « feu Jean Piquardeau, seigneur de la Haye » (3) : il avait été jadis co-propriétaire de certain fief avec Jean de Villebresme, doyen de Saint-Sauveur, et Jean de Morvilliers l'aîné, qui pourraient bien avoir été ses héritiers (4). Le 1er octobre 1366 et le 25 juillet 1379, Pierre de Morvilliers, bourgeois de Blois, rendit aveu de la métairie de la Haye Porcheresse et des 7 deniers de cens aux Montils (5).

Au xve siècle, les Villebresme, de la branche de Boissay, assumaient la charge des legs laissés par les Piquardeau (6). Les documents nous manquent pour dissiper les obscurités de cette généalogie. Il est possible que Conon ait été vendu au cours du xive siècle.

Après 1379, soit par vente, soit par partage successoral, Conon est divisé en deux parties. Nous verrons cette division subsister deux siècles et plus.

Le 20 janvier 1386, Jeanne, veuve de Berthelot Barré, bour-

1) L'original est aux Arch. Nat., Q1 474 ; une copie dans le cartulaire, KK 894, f° 63 v° (communiqués tous deux par le Vte de Croy).
2) Arch. Nat., P 1479, f° 58 r° (c°m du Vte de Croy). — Original, Q1 468. — Ce dossier contient les aveux de Cosnon depuis 1354 jusqu'en 175 .
3) Nous ne pensons pas qu'il faille identifier ce personnage avec « Johan Piquardeau, sire de Cormeroy » qui fait aveu, en 1352, des mêmes biens que possédaient Marie de Villebresme et Perret Piquardeau, en 1322, à l'exception de la Haye Porcheresse. Par le contrat conclu avec le comte de Blois en 1326, on voit qu'à ce moment le fief de la Haye a passé aux Morvilliers, soit par vente, soit par héritage.
4) Arch. Dép. de Loir-et-Cher, G 86 (signalé par le Vte de Croy).
5) Il réunit entre ses mains Cormeray et tous les biens avoués en 1322. Arch. Nat., Q1 455 (c°m du Vte de Croy).
6) Cart. de la ville de Blois, p. 33. — En 1404, Cormeray appartient à Jaquet de Villebresme. Arch. Nat., Q1 455 c°m du Vte de Croy .

geois de Blois, fait aveu de la moitié de la justice de Conon (1).
Jean de Chailles (2), comme ayant la garde de Marion, sa fille,
fait aveu d'une autre moitié les mêmes jour et an (3).

Entre Noël 1391 et la Saint-Jean 1393, Marion de Chailles
épouse Renaud de Faverois. Les droits de « rachat » à payer
pour Conon sont fixés à 20 livres par le conseil du comté (4).
Renaud de Faverois fait aveu de la justice et des cens de Conon,
à cause de sa femme, le 13 août 1405 (5). Renaud, seigneur de
Fougères et maître des eaux et forêts du comté de Blois, laisse
pour héritier en 1438, sa sœur Jeanne, mariée à Jean de
Refuge (6).

A ce moment, l'autre moitié de Conon est certainement vendue. L'acquéreur, messire Waleran de Barbançon, fils d'Alard
de Barbançon, gouverneur du comté de Blois (7), fait aveu le
30 juin 1404 pour « la métairie » de Conon (8).

Waleran de Barbançon meurt en 1419. Après sa mort, sa succession est dévolue à une autre branche de sa famille qui réside
au pays de Liège et ne peut, à cause des guerres, venir prendre
possession des terres laissées par le défunt. En 1440, Charles
d'Orléans, délivré de sa longue prison, débarque en France et
séjourne quelque temps dans les provinces du nord. Il se rend à
Saint-Omer pour y épouser Marie de Clèves. Quantin de Barbançon vient l'y trouver le 18 novembre et lui fait hommage de
« l'ostel de Cosnon assis à la Haie Porcheresse » (9). Ce bien,
peu après, est vendu par les Barbançon et acquis par Jean
Habert, d'une famille bourgeoise de Blois. Il fait la foi le
26 août 1447 (10), et aveu le 25 juillet 1450 (11).

Jean Habert doit être le frère de Guillaume Habert, avocat

1 - Arch. Nat., P 1479, f° 68 r° (c°° du V¹° de Croy) et Q¹ 468.
2 - Il est appelé dans les différents textes « d'Eschailles, de Chailles, de Chalais ». Son
véritable nom paraît devoir être : de Chailles.
3 - Arch. Nat., P. 1479, f° 59 r°. — Q¹ 468 (c°° du V¹° de Croy).
4 - Bibl. de Blois. Jours. XVI, n° 82. Signalé par le V¹° de Croy. Cf. Cart. de la ville
de Blois, p. 312.
(5) P. 1479, f° 58 r°. — Q¹ 468.
6 - Cart. de la ville de Blois. Notices par le V¹° de Croy, p. 312.
(7) Voir, sur ces personnages, la notice du V¹° de Croy. Cart. de la ville de Blois,
p. 316 à 325.
8 - Arch. Nat., Q¹ 468, P 1479, f° 62 r°.
9 - J. de Croy, Cart. de la ville de Blois, p. 324.
10 - Arch. Nat., P 1473, f°° 20 e 30 (c°° du V¹° de Croy). — Sur la famille des Habert,
voir J. de Croy, ouvrage cité, p. 372.
(11) P 1479, f° 79 r° (c°° du V¹° de Croy).

en cour laïque à Blois, et le fils de Jean Habert, marchand cirier. Ce nouveau seigneur d'une moitié de Conon, meurt avant 1457, laissant au moins cinq enfants (1). L'un d'eux, Jean, chanoine de Saint-Sauveur, fait hommage le 7 juillet 1457 (2).

L'autre partie de Conon reste dans la descendance des Faverois. En effet en 1405, Renaud de Faverois a rendu un même aveu pour Conon et La Marpaudière. Or Jeanne de Faverois, sa fille, veuve de Jean de Refuge, fait aveu le 28 avril 1466, de la Marpaudière, « paroisse de Seletes, près Cosnon » (3). Elle possède aussi Conon, où alors il y a un moulin qui, en 1457 (4), est déclaré « franc de chasse ». Chose singulière, ce moulin dépendait non de la prévôté des Montils, mais de celle de Baines. Jean de Refuge, seigneur de Fougères, rend hommage pour Conon, le 28 septembre 1500, est qualifié en 1515, seigneur du Quartier et de Conon (5). Sa veuve, Isabelle de Barbançois fait la foi pour « la justice de Cosnon », les 9 mars et 8 juillet 1517 (6).

A ce moment, la part héritée des Refuge se divise elle-même. Isabelle de Barbançois, à cause sans doute de ses reprises, en vertu de son contrat de mariage et après liquidation de la succession de Jean de Refuge, a eu, en toute propriété, une fraction de Cosnon. Aymard et Antoine de Saint-Martin comme fils d'Antoine de Saint-Martin, écuyer, et de Marguerite de Barbançois, font hommage en 1544 et Aymard de Saint-Martin, seul, le 13 juillet 1548 (7). D'autre part, Marguerite de Refuge, veuve d'Abel de Maillé et Jeanne de Refuge, héritières de Jean, ont fait également hommage le 27 novembre 1516 (8).

L'autre moitié de Cosnon, celle qui appartenait aux Habert, est également aux mains de plusieurs co-propriétaires dont les noms suivent.

Le 20 novembre 1533, la chambre des comptes de Blois reçoit des « lettres missives » du roi François Ier, c'est-à-dire des lettres

(1) J. de Croy, Cart. cité, p. 375.
(2) Arch. Nat., P. 1479, f° 92 v° (c°° du V° J. de Croy).
(3) P 1479, f° 199 v° (c°° du V° J. de Croy). — Sur Jean de Refuge et ses enfants, voir Cart. de la ville de Blois, passim.
(4) Le 14 janvier. Arch. Nat., Z² 306 (c°° du V° de Croy).
(5) a) P 1479, f° 71 r°. b) QI 468 (c°° du V° de Croy).
(6) Arch. Nat., KK 902, f° 67 r°. — P 1479, f° 95 r° c°° du V° de Croy). — Cf. Actes de François Ier, n° 1884.
(7) Arch. Nat., KK 902, f°° 221, 261 signalé par le V° de Croy.
(8) Actes de François Ier, n° 2663.

closes pour obliger Colin de Rousseauville à donner son aveu de « Cousnon », paroisse des Montils (1). Nous ne savons le motif de cette résistance qui allait jusqu'à obliger le roi à intervenir.

Colin de Rousseauville était écuyer de cuisine de la reine. Sa veuve, Jeanne de Morien, fait hommage le 12 septembre 1534 (2) et aveu le 29 mai 1536 (3).

A cause de Jeanne de Rousseauville sa femme, André Maillard, marchand à Blois, fait hommage le 15 mai 1547 et aveu le 24 mai suivant (4). Veuve, Jeanne de Rousseauville fait foi le 26 avril 1554 (5).

Voici au même moment, les autres co-propriétaires. Jean du Bois, sommelier de panneterie de la reine Éléonore, à cause de Gabrielle Chaillou, sa femme, rend hommage et aveu les 24 avril et 13 mai 1546 (6). Veuve, Gabrielle Chaillou fait aveu le 25 mai 1554.

Les deux veuves se remarient, Gabrielle Chaillou avec Antoine Dalboust, sommelier de Madame Marguerite de France, et Jeanne de Rousseauville avec François Lebrun, avocat au siège présidial de Blois. Elles rédigent leur aveu en 1564 et 1579.

La descendance des Rousseauville conserva longtemps une part dans l'indivision de Conon, car en 1646, aveu est fait par Pierre Maillard, « naguère procureur au siège présidial de Blois ».

Cependant une nouvelle famille apparaît. A partir de 1578 jusqu'en 1587 au moins, Pierre Droulin, valet de chambre ordinaire du roi, maître des comptes à Blois, receveur général des domaines et finances de la reine Isabelle, douairière de France, prend la qualification de « seigneur de Cousnon » (7). Il était mort en 1589, laissant pour veuve Catherine Fleury (8).

Dans un acte du 9 avril 1604, est mentionnée demoiselle Marie Droulin, veuve de noble homme Claude de la Nionnière, secré-

(1) Arch. Nat., KK 902, fo 116 ro (com du Vte de Croy).

(2) Actes de François Ier, no 2073.

(3) P 1479, fo 93 ro (signalé par le Vte de Croy). — Q1 468.

(4) Arch. Nat. KK 902, fo 256 (signalé par le Vte de Croy). — P 1479, fo 73 vo, 85 ro.

(5) Ibid. P 2884, fo 118 (signalé par le Vte de Croy).

(6) Ibid. KK 902, fo 243 (signalé par le Vte de Croy). — P 1479, fo 101 ro. — Actes de François Ier, no 2806.

(7) Bibl. Nat., pièces orig., vol. 1035, Dr Droulin, nos 14 à 25. — Arch. Nat. P 2882, fo 414 vo (signalé par le Vte de Croy).

(8) Bibl. de Blois, Jours. Suppl. no 222 (com du Vte de Croy).

taire du roi, demeurant à Blois (1). Cette alliance fit passer une partie de la seigneurie de Conon à divers personnages du même nom.

En 1605, Jacques de la Nionnière, écuyer, prend le titre de seigneur de Conon. Il vit encore en 1614. Sa femme se nomme Françoise Malier. Elle est veuve en 1639 et alors est seigneur de Conon, Claude de la Nionnière, écuyer, qui vit en 1649 et années suivantes. Un peu plus tard, les vicomtes de Beauregard sont seigneurs d'une partie de Conon (2) ; d'une partie seulement, car le 19 mars 1644, aveu est fait par François Cardinal, « payeur des gages du présidial de Blois ».

Cette indivision séculaire, qu'inspire le goût très vif de conserver les biens dans les familles, ne se verrait pas de nos jours. Elle est la marque de mœurs et d'institutions tout à fait contraires aux nôtres, si profondément individualistes. A notre époque, des querelles et des discussions de toute sorte rendraient promptement une situation semblable intolérable aux co-propriétaires. Là faut-il voir encore une diminution de l'esprit chrétien? Il se pourrait... Quoiqu'il en soit, dès le xviiie siècle, qui annonce les temps modernes par tant de changements d'abord imperceptibles, l'indivision de Conon semble cesser et ce fief n'être plus le domaine que d'une seule famille, les Guerry.

En 1687, hommage est rendu par René Guerry, écuyer, lieutenant-colonel au régiment de Vaubecourt (3).

Ange-René Guerry, baptisé à Vitry-sur-Seine, paroisse Saint-Germain, le 18 septembre 1664, épouse, par contrat passé devant Boureau, notaire à Blois, le 21 février 1693, Marie-Madeleine Hue de Courson.

---

(1) Papiers de M. l'abbé Porcher, doyen du chapitre, aux Arch. départementales de Loir-et-Cher.

(2) *Inventaire sommaire des Arch. Dép. de Loir-et-Cher* (déjà cité). Supplément à la série E, p. 3, 5, 6, 7 (registres de la paroisse de Cellettes). — Signalé par le Vte de Croy. Par lettres données à Sedan en juillet 1654, Louis XIV érige Beauregard en vicomté en faveur de Paul Ardier, président à la chambre des comptes de Paris, qui a, dit le roi, « acquis ez environs et proche dudit Beauregard la terre, seigneurie et haulte justice de Conon ». Le 13 avril 1672, Louise Olier, veuve de Paul Ardier, prend la moitié du fief de Conon, par partage avec son gendre Gaspard de Fieubet, époux de Marie Ardier. Le 30 mars 1689, Gaspard de Fieubet cède Conon à son neveu Paul, par contrat de mariage avec Angélique de Fourcy. En 1713, Paul de Fieubet, mariant son fils Gaspard, conseiller au Parlement, avec Marie-Anne du Molin, lui donne à son tour Beauregard et « la terre et seigneurie de Conon ». (Papiers de M. l'abbé Porcher, aux Arch. Dép. de Loir-et-Cher : extrait des archives du château de Beauregard.

(3) Arch. Dép. de Loir-et-Cher, F 231, f° 177 (signalé par le Vte de Croy). Le registre, qui est un état des fiefs du comté de Blois, ne mentionne qu'un seul propriétaire.

Il était le frère aîné de Tanneguy Guerry, écuyer, seigneur de la Chesnaye, président de la Chambre des Comptes de Blois (1). En 1707, on lui donnait le titre de seigneur en partie de Chailles et de la Chesnaye et de subdélégué de l'intendance à Blois. Il fut maître en la Chambre des Comptes de Blois de 1689 à 1709 (2) et y était influent. « Il bridoit sa compagnie, dit un contemporain, il passoit pour très habile » (3). Il devint encore seigneur de Marquoy et rendit hommage pour ce fief au seigneur de Bury, le 2 juin 1710, avec la qualification de chevalier de l'ordre de Mont-Carmel et de Saint-Lazare (4).

Ce doit être son fils, nommé comme lui Ange-René, qui fait hommage de Marquoy le 17 juin 1715 « garentissant en parage Nicolas Guerry, son frère » (5).

En 1751, « estant de présent en sa seigneurie de Conon, paroisse des Montils », il en afferme la métairie à moitié. Le preneur devra « voiturer les produits par moitié dans les greniers de la Chesnaye » (6).

Dame Silvine de Vanssay « veuve de messire Ange-René de Guerry, chevalier, seigneur de Marcoy, la Chesnaye, Counon et autres lieux », eut ses obsèques célébrées le 24 septembre 1772 en la cathédrale de Blois. Elle était « décédée d'hier proche le Palais. Le corps a été transféré en l'église des RR. PP. Cordeliers de cette ville, où il a été inhumé, présents MM. les Marquis de Linfernat et de Giroye, ses gendres, et autres parents (7) ».

Ange-René de Guerry vivait encore à l'époque du mariage de ses filles, célébré à Chailles. L'une, Silvine-Elisabeth, avait épousé, le 17 février 1767, Louis-Jean-Baptiste de Lenfernat, fils

---

(1) Né en 1688, baptisé le 4 novembre (c⁰ⁿ du V¹ᵉ de Croy).

(2) Arch. Nat., P 2884², f⁰ 231 ; P 2879, f⁰ˢ 84 à 86. — *Invent. sommaire des Arch. Dép. de Loir-et-Cher*, série GG, p. 17 et 65 (c⁰ⁿ du V¹ᵉ de Croy).

(3) Mémoire manuscrit de 1756 dans les titres du comté de Rostaing. Arch. de Loir-et-Cher, série E, non classé.

(4) *Ibid.* — Ange-René Guerry a résigné sa charge de maître des comptes en 1709. Nous pensons que c'est de lui qu'il s'agit en 1710. Marquoy, la Salle et la Bourgeoisie sont des fiefs situés sur les paroisses de Françay et de Lancôme. François Dunoyer, gentilhomme ordinaire du duc d'Orléans, en avait fait hommage le 28 juin 1665, et, après sa mort, Françoise Guerry, sa veuve, le 16 mai 1684. Les Guerry possédaient encore, sur Françay, les métairies des Buscandières et de Guignargueil, mouvant de Blémars, qu'ils voulurent soustraire à l'obéissance féodale du seigneur de Bury, au profit du roi (titres du comté de Rostaing).

(5) Titres du comté de Rostaing.

(6) Étude des Montils.

(7) Signé : Le M¹ˢ de Lenfernat, M¹ˢ de Giroye, Hurault M¹ˢ de Saint-Denis, Montigny, Lubin, vicaire (Reg. de la paroisse Saint-Louis, 1771-1775. Mairie de Blois. Communiqué par le V¹ᵉ de Croy).

de Gaston-Joseph, marquis de Villars, seigneur de Crotteaux. L'autre fille, Renée-Madeleine de Guerry, avait été unie, le 15 août 1769, dans la chapelle du château de la Chesnaye, avec Pierre-François-Denis-Gabriel-Henri de Giroie, chevalier, seigneur de Neuvy, paroisse de Maillet, au diocèse du Mans (1).

En 1789, un Marquis de Lenfernat comparut en personne à l'assemblée électorale de la noblesse du comté et bailliage de Blois comme seigneur de Marquoy et des Crotteaux (2).

LE PETIT SAINT-LAZARE

Le Petit Saint-Lazare était une closerie des religieux de Saint-Lazare de Blois.

Elle n'avait pas une grande étendue, puisque les baux, au xviie siècle, en dehors de la maison, ne portaient que sur quatre arpents d'héritage.

En 1623, le fermier, Louis Fouquet, demande aux religieux la somme de 1.200 livres pour les améliorations qu'il avait faites au Petit Saint-Lazare.

Ceux-ci, n'ayant point d'argent pour effectuer ce paiement, abandonnent à leur fermier le lieu de Béghuin, proche la forêt de Russy, paroisse de Chailles (3).

Voici quel était l'état du Petit Saint-Lazare en 1715 :

Le lieu et closerie appelé « Le petit Saint-Lazare » maison et grande grange);

Plus quatre arpents d'héritages dépendant de ladite maison ;

Plus un arpent de vignes aux Fossés-Neufs ;

Plus un arpent de terre à Berthegond ;

Au même lieu, 60 boisselées ;

7 boisselées à la Croix-Verte ;

14 boisselées aux Perrières ;

Plus 2 arpents d'héritages aux Vieux-Montils ;

3 arpents de bois taillis au lieu de Launay ;

2 arpents de bois taillis à la Caillère.

---

(1) Registres de Chailles. GG 10 signalé par le Vte de Croy.
(2) Louis de la Roque et Edouard de Barthélemy, *Catalogue des gentilshommes en 1789, t. II, Orléanais*, p. 8.
(3) Archives départementales.

Le même détail est donné en 1729 et 1736.

En 1758, Jean Bertrand de Saint-Pern, chanoine régulier de la Congrégation de France, Ordre de Saint-Augustin, prieur de la maison de Saint-Lazare de Blois, afferme le Petit Saint-Lazare des Montils pour 29 ans et 130 livres de rente annuelle. Le bail comprend une maison entourée d'un demi-arpent plus onze arpents et deux boisselées de terre, quatre arpents et six boisselées de vigne et cinq arpents de bois (1).

En dehors du Petit Saint-Lazare, les religieux possédaient encore aux Montils, au moment de la Révolution :

La closerie de la Haye ;

La closerie dite des Montils ;

Dix pièces de terre en divers lieux-dits, et notamment à Pisse-Oison, aux Vieux-Montils. Dans ces dix pièces, il faut comprendre celles de Berthegond, de la Croix-Verte, des Perrieres, Launay, Vieux-Montils, la Caillière, énumérés en 1715 ;

Deux arpents et un quartier de vignes aux Cartines ;

Deux arpents quinze boisselées de vignes aux Fontenelles.

En 1621, les religieux avaient fait planter en vigne, cépage de Beaune, deux arpents enclavés dans la closerie de la Haye, Michel Bégon, secrétaire du roi, les prit à bail en 1644 (2).

FRILEUSE

Au xviie siècle, Frileuse n'était qu'une métairie sans importance ; ce n'est que vers la première moitié du xixe siècle que cette terre s'est agrandie ; la maison s'est transformée en château par les soins de M. l'amiral de Candé.

Voici cependant quelques dates qui peuvent intéresser la chronique locale :

En 1666, Claude Hardouin, « sieur de Frileuse », assiste au testament d'un prêtre qui demeurait à Madon (3).

En 1701, Marie-Anne Picaut « de Frileuse » est présente à un mariage aux Montils (4).

1) Étude des Montils.
2) Dr Doutrebente. *Mémoires pour servir à l'histoire du prieuré Saint-Lazare de Blois.* — *Mémoires de la Société des Sciences et Lettres de Loir-et-Cher.* t. XIV. p. 49 à 51.
3) Étude des Montils.
4) Registres paroissiaux des Montils.

Vers 1785, Guillaume-Valentin Belot, chevalier de l'ordre royal

CHATEAU MODERNE DE FRILEUSE

et militaire de Saint-Louis, signait : « Seigneur de l'Alleu, *Fri-leuse* et autres lieux » (1).

LA MOUILLANDRIE

1667. — Charles de la Saussaye, « seigneur de la Mothe de Seur », achète trois bouquets de bois de futaie pour 290 livres. L'acte est signé à la Mouillandrie (2).

LES SORGUETIÈRES

Les registres paroissiaux de 1636 signalent l'existence de Macé Jacquelin, « sieur des Sorguetières en cette ville des Montils ».

A cette époque, la famille Jacquelin était une des plus notables des Montils. Un de ses membres, Jacques Jacquelin, y était

---

(1) Etude des Montils.
(2) *Ibid.*

chirurgien ; son fils Jacquelin signait : « seigneur de Prasteau » et était notaire.

Quant au lieu des Sorguetières, nous n'avons trouvé aucun document qui nous permît d'en fixer la situation.

LA CARTINIÈRE

En 1621, Louis Baril, sieur de la Cartinière, est concierge du château de Blois (1).

En 1668, Marie Baril, « demoiselle de la Cartinière » (2).

LA CAILLIÈRE

Quelques vignes sises aux Montils, au lieu dit La Caillière, formaient un fief relevant directement du comté de Blois.

Le lundi après la Saint-Georges 1347, Pierre Galineau fait aveu de cinq quartiers de vigne.

Le 29 mars 1529, Renée Bucheron, veuve de Jean Palluau, rend foi et hommage au roi François Ier pour la moitié de deux arpents de vigne, sis au clos de la Caillière.(3).

* *

D'autres aveux se trouvaient en la chambre des comptes de Blois, pour des fiefs appelés « terres et vignes des Montils ».

Ces aveux sont fournis par : Pierre Galineau, le samedi après la Saint-Aubin, en mai 1345 ; Richard Sereur, le 26 juillet 1446 ; Michel d'Estrepoy, le 4 août 1446 (4).

Pour certaines « maisons et terres », aveu est rendu par Pierre Galineau, le lundi après la Sainte-Croix de mai 1343, par Pierre de Conan, le dimanche après la Saint-Pierre et Saint-Paul 1353 (5).

MONTCROCHET (6)

Nous donnons une notice sur le lieu de Montcrochet, parce qu'en 1276, en 1350, en 1452, on indique qu'il est « assis en la pa-

(1) Arch. Nat., P. 28831, f° 300 v° (c^{on} du Vte de Croy).
(2) Étude des Montils.
(3) Arch. Nat., P 1479, f°s 208 et 72 r° (signalé par le Vte de Croy).
(4) Ibid., f° 119 v° 211 r° et v° (signalé par le Vte de Croy. — Cf. Hommage à Blois le 5 juillet 1446. Arch. Nat., Q1 473 (c^{on} du Vte de Croy). Cet hommage porte sur la moitié de deux arpents et demi de vignes et bois, au clos de la Caillière, dont Richard Sereur a l'autre moitié.
(5) Ibid., f°s 203 et 210.
(6) Les renseignements qui suivent sont empruntés à un dossier concernant ce lieu, qui se trouve déposé parmi d'autres papiers de feu M. l'abbé Porcher, doyen du Cha-

roisse des Montiz ». En 1527, il est dit « assis en la paroisse de Chitenay » ; en 1568, « en la paroisse d'Ouchamps » ; en 1625, dépendant des paroisses d'Ouchamps, les Montils et Fougères ; en 1661, « en la paroisse de Fougères ». On voit, par cela, que les limites de ces paroisses ont beaucoup varié au cours des siècles.

Moncrochet était « de l'antien domaine, fondation et dotation » de la collégiale de Saint-Sauveur de Blois. Il en est fait

mention dès l'année 1276. Le samedi après Pâques fleuries, Saint-Sauveur acheta « une mazure assise à Montruchet (sic),

pitre de Blois, aux archives de l'évêché de Blois (signalé par le Vᵗᵉ de Croy). Une autre partie des papiers du regretté défunt se trouve aux Archives départementales de Loir-et-Cher, sous la cote F 331 à 391. L'inventaire s'en trouve dans le *Rapport sur les Archives départementales pendant l'exercice 1910-1911*, Blois, 1911 (in-8°, 20 pages), p. 2 à 6, fait par M. Guy Trouillard.

On peut constater par l'inventaire des titres du chapitre Saint-Sauveur (Arch. de Loir-et-Cher, G 159, p. 473 à 477), que M. l'abbé Porcher n'avait pas eu en main tous les titres de Montcrochet. Cet inventaire nous permettra de compléter nos renseignements.

paroisse des Montils, au cencif de Notre-Dame de Bourg-moyen, jouxte la gagnerie de ladite église, *item* un ormois étant jouxte ladite masure », plus une « minée » terre (1). Donc antérieurement, le Chapitre avait déjà des biens en ce lieu. Il y compléta, en 1350, le samedi après Noël, ses acquisitions par la vente que lui fit Peret Gefroy d'« une maison et de ses appartenances joignant de part et d'autre aux maisons et vignes de ladite église (2) ». Le 28 avril 1452, Hervé Belon, chanoine de Saint-Sauveur, prit en emphytéose du chapitre « un lieu appellé Montruchet *(sic)*... à present en gast et ruyne, avecques le clox dudit lieu qui souloit estre vigne et qui de present, *et tres longtemps a*, est en frische et désert ». C'est un témoignage des dévastations causées par la guerre de Cent Ans : terres en friche, métairies ruinées, voilà l'aspect du pays. La prospérité et la paix que ramenèrent la fin du règne de Charles VII et le règne de Louis XI, se firent sentir également aux Montils. Toutefois, ce ne fut seulement que le 12 mai 1488 qu'un autre prêtre, Guillaume Habert, curé de Talcy, chapelain en l'église Saint-Sauveur, prit ce lieu à bail (3), à charge « de faire faire une bonne maison toute neufve de maçonnerie ou charpenterie, couverte de thuile, laquelle sera à deux estages, esquelz deux estages aura deux chambres, l'une haulte et l'autre basse, ou, se bon lui semble, les fera toutes par bas ». Il devait aussi replanter la vigne. Le clos de Montcrochet contenait douze arpents ou environ et joignait au chemin de Fougères à Blois. Deux arpents de pré en dépendaient « assiz devant le chastel des Montiz, en la prairie d'entre les deux rivières, sur la rivière de Beuvron, au-dessus du pont ». Ce bail était consenti à Guillaume Habert pour la durée de sa vie, celle de sa mère et de sa sœur et cinquante-neuf ans après, moyennant 4 livres tournois, un demi-muid de froment et autant d'avoine. En 1452, le même bail comportait 37 sous 6 d. t. de rente et 2 s. 6 d. t. de cens. Par la différence de prix, on peut juger, de l'enrichissement général qui s'était produit entre ces deux dates.

---

(1) Arch. dép. de Loir-et-Cher, G 159, p. 473.
(2) *Ibidem*.
(3) Le 18 février 1473, Saint-Sauveur avait repris la moitié de Montcrochet par arrangement fait avec Guyot Belon, écuyer, seigneur de Favras. Guyot Belon, en vertu du bail de 1452, possédait alors ce lieu par indivis avec demoiselle Renaude Belon, veuve de Jacques de Lyon. Arch. de Loir-et-Cher, G 159, p. 474.

Le 12 mars 1491, vénérable et discrète personne Pierre Potier, bachelier en décret, chanoine de Saint-Aignan en Berry, et Raoulet Savatier, marchand demeurant à Blois, se substituèrent à Guillaume Habert, avec la permission du chapitre de Saint-Sauveur, pour tenir une contenance de huit arpents et demi Il s'agissait de les planter en vigne, moyennant redevance de 60 s. tour. par an, et de disposer d'un arpent pour y faire vergers et maisons.

Guillaume Habert mourut chantre et chanoine de Saint-Sauveur. Son héritier, Julien Boucher, vendit son bail emphytéotique à noble homme Pierre de Baillon, vicomte de Caudebec. Saint-Sauveur, en cas de vente, conservait le droit de reprendre ce qui s'appelait dès lors « la maison et clouserie du lieu de Montcrochet », en remboursant l'acheteur. Pierre de Baillon, en 1527, refusa les 601 écus d'or soleil et les 37 angelotz que lui offrait Saint-Sauveur. Un procès s'ensuivit Le chapitre eut gain de cause et s'empressa, par un nouveau contrat du 25 octobre 1535 (1), de faire un bail de Montcrochet à des conditions. bien plus désavantageuses que celles de l'ancien. Voici l'affaire. Une certaine Jeanne Cochon ou Cochonne, comme on voudra (les textes portent l'un et l'autre), lingère de la reine Claude et veuve de Thomas Douaiston, avait une fille, Jeanne, mariée à Nicolas Simonnot, maître de la chambre aux deniers de la reine. Nous avons déjà rencontré le nom des Simonnot aux Montils. Ils y possédèrent le fief de Rostin. Nicolas Simonnot avait deux enfants, Christophe et Marie. Cette Jeanne Cochonne obtint donc de Saint-Sauveur, le lieu de Montcrochet, moyennant un fermage annuel de 4 livres tournois, demi-muid de blé et demi-muid d'avoine, par un bail qui durerait sa vie, celle de Christophe et celle de Marie Simonnot, plus celle de trois des enfants qu'ils pourraient avoir, et après cela, encore 99 ans (2). Saint-Sauveur s'avisa un peu tard, c'est-à-dire en 1575, que ce bail était trop long. Le 26 avril, le chapitre eut des lettres royaux pour poursuivre la rescision du contrat. Empêché « à cause des troubles »

(1) Contrat mentionné dans le G 150, p. 475, et dans les documents qui suivent. L'original a disparu
(2) En 1568, le chapitre poursuit en justice une reconnaissance d'hypothèque contre noble homme Christophe Simonnot, sieur de Choiseau. L'hypothèque est reconnue le 9 mai 1570 (Arch. de Loir-et-Cher, G 150, p. 476). Voir ci-dessus, p. 188, la filiation des Simonnot.

de suivre cette affaire, il dut se résigner à maintenir et à faire constater son droit de propriété sur Montcrochet. Ainsi fit-il le 3 juillet 1593. Jeanne de Moulins, dame de Fougères, s'était rendue adjudicataire de ce domaine, pour 800 écus soleil, sur le

« curateur aux biens vacants » de feu Nicolas Simonnot, écuyer, sieur de Choiseau, et de demoiselle Antoinette de La Vernade, sa femme. Il est déclaré à cette occasion que la période de 99 ans commencera après la mort des enfants de « la demoiselle tréso-rière Le Charron » et des enfants du feu sieur de Choiseau.

Le 29 novembre 1625, reconnaissance du droit de Saint-Sau-

veur est faite par les héritiers des Simonnot. Le lieu de Montcrochet y est amplement décrit. Il comprend un grand corps de
logis couvert d'ardoises, *une chapelle*, des étables pour le mé-
tayer et pour le seigneur, un grand pressoir, jardin, vivier
planté de saules, etc. Les bénéficiaires du bail de 1535 sont
d'abord Claude Simonnot, écuyer, sieur de Choiseau (1), demeurant aux Montils ; Louis de Loubert, écuyer, sieur de Montcrochet, demeurant à Passel, près Chartres, procureur de Procope
de Loubert, son frère, écuyer, sieur de Sajoux, lieutenant de
la compagnie de Monseigneur de Saint-Luc, en garnison à
Brouage (2) ; noble homme Jacques Le Brethon, sieur de Bardy,
demeurant à Blois ; Robert de Lamont, écuyer, capitaine exempt
des gardes du corps du roi, et Françoise de la Halle, sa femme.
Claude Simonnot fut enterré à Saint-Honoré de Blois, le 15 novembre 1626, et par cette mort, « ont finy les vies, constate
Saint-Sauveur, et commancé les 99 ans ».

Le Chapitre continua à se montrer fort attentif à ne pas laisser
perdre ses droits. En 1634, il demande déclaration d'hypothèque
contre dame Marie Viart, veuve de Jacques Le Brethon et contre
les enfants du feu sieur de Choiseau et Claude Simonnot, son
héritier. Le 4 décembre 1643, une reconnaissance est faite par
noble homme, Philippe Chacqueneau, sieur de la Guyonnerie,
premier valet de garde robe du prince de Condé, demeurant aux
Montils ; le 30 décembre 1661, par Simon du Plesseys, chevalier,
seigneur d'Argy, demeurant à Montcrochet, et étant au lieu
et place de Louis et de Procope de Loubert, par Pierre
Péan, écuyer, sieur de Linauldière et demoiselle Françoise Simonnot, sa femme (comme fille et gendre de Claude Simonnot),
demeurant à Paris, rue de Saint-Jean-en-Grève, aux marais du
Temple, par Pierre Le Brethon, sieur de Bardy, fils de feu
Jacques Le Brethon, par noble homme Adam Falaiseau, sieur
de Boisjolly, demeurant paroisse Saint-Honoré de Blois, et
demoiselle Françoise Pineau, sa femme, fille du feu sieur Pineau,
qui était aux droits du feu sieur de Lamont.

Un peu plus tard, cette curieuse indivision avait pris fin, ou

---

(1) Il est dit que son contrat de mariage passé devant Pierre Jamet, notaire à Blois,
le 4 septembre 1581, a reconnu l'hypothèque de Saint-Sauveur.

(2) Procope avait passé procuration à Brouage, le 19 octobre 1625, en prenant Claude
Caffin, « sergent de la garnison », et Jehan Marchant, soldat, comme témoins. De tels
rapports entre officiers et soldats ne se verraient plus aujourd'hui.

peu s'en faut et Montcrochet était entre les mains de Jean Mahy, sieur de Savonnières, qui le délaissa à Saint-Sauveur, le 1er avril 1707, à l'exception de quelques pièces de terre pour lesquelles une « dame de Bardy » et un sieur Simon passèrent encore reconnaissance aux chanoines le 7 septembre 1713 (1). Le bail conclu sous le règne de François Ier se termina sous le règne de Louis XV.

A propos du moindre détail d'histoire locale, nous constatons combien tout, dans l'ancienne société française, était fait pour braver le temps. Nos ancêtres avaient, dans la durée de ce qui les environnait, une foi que nous ne connaissons plus, nous qui vivons au jour le jour, incertains si nos institutions, si la nation elle-même nous survivront. Entre temps, le chapitre Saint-Sauveur avait disparu, ou plutôt s'était transformé ; il était devenu le chapitre de la cathédrale Saint-Louis. Ce furent donc les chanoines de Saint-Louis, qui recueillirent, en 1725, le « lieu, mestairie et closerie de Montcrochet ». Cette fois ils le gardèrent. Ils le louèrent le 19 novembre 1727, puis, le 1er mars 1737 (2), et le 16 mars 1742 (3) à un vigneron de Chitenay, pour 260 livres et « douze chappons bons gras » par an (4).

Les Montils, on le sait, formaient par eux-mêmes une châtellenie distincte de la châtellenie de Blois. Nous laissons à d'autres plus documentés et plus compétents, qui viendraient à étudier la géographie féodale du comté de Blois, le soin d'établir exactement le ressort et les limites de cette châtellenie. On se contentera de signaler ici que le fief de la Mothe, paroisse de Seur, sur le Beuvron, était mouvant des Montils. Marguerite du Chatet, veuve de Henri Lallemant, en fait aveu le 21 août 1473 (5). Les moulins de Gouvert et de Palluau, sur la Bièvre, sont dits, en

(1) Arch. de Loir-et-Cher, G 159, p. 476. Le sieur Simon possédait sept arpents de pré sous le pont des Montils.

(2) Arch. de Loir-et-Cher, G 159, p. 477.

(3) Il est probable que Montcrochet fut vendu nationalement, quand la Révolution eut spolié le chapitre Saint-Louis. La liasse qui concernait ce lieu, dans les archives capitulaires, dut être remise, comme titre de propriété, à l'acquéreur ; c'est ainsi que quelques-unes de ces pièces, après diverses vicissitudes, seront arrivées aux mains de M. l'abbé Porcher.

(4) Bail de 9 ans. Le preneur déclare ne pas savoir signer.

(5) Arch. Nat. P 1473, fo 88 ro (cm du Vte de Croy).

1439, se trouver dans le ressort de la châtellenie des Montils (1).

Les possesseurs de quelques fiefs, non pas vassaux mais voisins des Montils, devaient faire au château leur temps de garde.

Sous Gui I⁰ʳ de Châtillon, « Joffroy de Maonne » (de Mosnes), écuyer, pour des rentes sises paroisse d'Ouchamps, doit cinq jours de garde au château ; Jeanne, veuve de Simon de Poumeroy, pour une maison aux Montils «tenant as murs le conte », doit quinze jours de garde ; en 1315, Geoffroy d'Ouchamps écuyer, cinq jours (2).

Le 19 octobre 1442, Guillaume de Fenières, écuyer, pour le château d'Ouchamps, tenu du château de Blois, avoue un mois de garde aux Montils (3).

(1) Arch. Nat., KK 897, f° 100 r°.
(2) Arch. Nat. P 1478, f°ˢ 11, 16 et 31 (c°ⁿ du V¹ᵉ de Croy).
(3) Bibl. Nat. Nouv. Acq. franc., 20511, n° 23 (c°ⁿ du V¹ᵉ de Croy).

§ 2. — Vie Communale

CHAPITRE SIXIÈME

PRIVILÈGES ACCORDÉS AUX MONTILS

Vers le milieu du xii⁰ siècle, entre 1164 et 1191, Thibaut V, comte de Blois, sénéchal de France, surnommé le Bon, fit remise aux Blésois du droit dit « de prise de chevaux » et de « tentes de toiles ». Il abandonna aussi le droit de cornage, perçu sur les bêtes à corne et y joignit encore quelques libéralités, qui ne concernent pas particulièrement les habitants des Montils, mais dont ils profitèrent, comme tous les sujets de Thibault V (1). C'est en 1246 seulement, au mois de janvier, que fut décidé l'affranchissement définitif (2).

A cette charte remonte l'origine de l'administration municipale ; elle donne le droit d'établir un conseil de ville, composé de notables appelés à délibérer sur les principales affaires. Leurs attributions consistaient à recevoir les plaintes des pauvres qui n'étaient pas en état de payer le droit de 5 sous par maison, dû au comte.

Il ne s'agit dans cet acte que des habitants qui dépendent directement du comté.

Les droits des églises et des chevaliers sont réservés

(1) Cette charte a été souvent publiée, notamment dans la *Bibliothèque de l'Ecole des Chartes*, t. II 1840, p. 305. — Elle a été étudiée par M. Jacques Soyer. *Etude sur la Communauté des habitants de Blois*, Paris, 1894, p. 15.

(2) Rédigée en langue vulgaire, la charte de 1246 est la traduction presque littérale de celle de Blois, donnée en 1196. Plusieurs articles ont été ajoutés ou modifiés. L'original est perdu. Il en existe deux copies de la fin du xv⁰ siècle, l'une dans le Cartulaire de la ville de Blois, l'autre aux Archives nationales, KK. 896, f⁰ 467, reproduite dans la collection Clairambault, 968, f⁰ 344, à la Bibliothèque nationale. Elle a été publiée dans le *Cartulaire de la ville de Blois*, p. 227. C'est cette copie que nous donnons aux pièces justificatives, n⁰ V. — Cf. Soyer, *op. cit.*, p. 32.

Tous les manants sont exemptés de la taille et de tout genre de servitude.

Celui qui aura une maison aux Montils ou dans le territoire des Montils, paiera annuellement 5 sous, et pour chaque maison qu'il aura en dehors de la sienne, il sera tenu de payer aussi 5 sous.

Si une maison tombe en ruine et que la place reste inhabitée, le Comte promet de ne pas exiger de redevance avant qu'on ait rebâti sur l'emplacement.

Après un an, la place demeurée vide deviendra la propriété du Comte.

Une redevance de 60 livres devra être payée au Comte en monnaie de Blois (1) chaque année, à la fête de saint Hilaire — 14 janvier.

Si au jour indiqué, il manquait une certaine somme à la redevance, le double de ce qui manquera sera dû à partir du lendemain.

Si le comte jugeait à propos de recueillir lui-même le droit de festage, les habitants seraient délivrés du paiement de la somme des 60 livres.

Si les pauvres se plaignent d'être grevés à l'occasion de cet impôt, ils s'adresseront au conseil de ville, composé d'hommes sages et prudents, pour être déchargés.

Les vendeurs et les acheteurs se conformeront, pour les biens situés dans la censive du comte, aux us et coutumes de Blois.

Il en est de même pour les possesseurs de vignes, terres, prés ou autres choses.

Celui qui voudra vendre ses biens pourra le faire ; s'il veut s'éloigner de la ville des Montils, il pourra s'en aller librement sans être inquiété, à moins qu'il n'ait commis un délit ou un crime ; dans ce cas, il devra payer, avant de partir, l'amende qu'il doit à la justice de la cour du comte.

Ceux qui voudront demeurer aux Montils, devront se conformer aux coutumes de la ville.

Les amendes des dégâts faits dans les vignes, les prés, les vergers, les jardins, appartiendront au comte.

---

(1) Au début du xiv⁰ siècle, un sou tournois vaut 19 deniers blésois. J. de Croy, *Compte des recettes et dépenses du Comté de Blois en 1319*, p. 25 du tirage à part.

Celui qui trouvera dans les bois du comte des chevaux ou d'autres animaux appartenant à des gens des Montils, ne pourra les amener qu'aux Montils devant le bailli.

Le domicile du pleige est inviolable; le créancier ne pourra exercer qu'au dehors son droit de gagerie.

Le comte se réserve le droit de prendre des viandes aux Montils, pour sa nourriture et celle de la comtesse, sans en fixer le prix.

Celui qui aura saisi le gage d'un clerc, d'un chevalier ou d'un des sergents du comte, ne sera pas tenu de le garder plus de vingt jours, si ce n'est de sa propre volonté et dès lors il le pourra vendre sans invoquer de motif.

Nul dans le territoire des Montils ne verra saisir sa personne ou ses biens, s'il peut s'engager par pleige (*fidejussore*) à comparaître en justice; exception est faite pour meurtre, trahison, recèlement d'un trésor trouvé, pour meurtre d'une femme enceinte, pour homicide, rapt, larcin ou pour autre méfait qui exige un châtiment corporel, dont il serait manifestement accusé.

Celui qui aura son immeuble aux Montils n'en perdra rien pour n'importe quel délit ou crime, à condition qu'il puisse ester en justice.

Aucun habitant des Montils ne sera tenu au bian (corvée) en dehors de la ville et du château des Montils

Les habitants des Montils seront tenus de suivre le comte à toute convocation, partout où il voudra, à l'ost (1) et à la chevauchée (2) toutes les fois qu'ils en seront requis.

Les habitants des Montils ne pourront admettre dans la ville un homme taillable, sans la permission du comte.

Les meuniers recevront le blé au poids et le rendront en farine au même poids qu'ils l'auront reçu, sans rien retenir pour leur salaire (3).

Les revendeurs ne pourront rien acheter avant l'heure de tierce (4).

(1) Désignation d'une grande guerre.
(2) Ce n'était qu'une expédition de peu d'importance ou encore une escorte.
(3) Les meuniers faisaient payer la mouture en argent ; le prix variait selon les conventions particulières.
(4) La troisième heure du jour, 9 heures.

La vente du vin aux Montils par le comte, est fixée à trois semaines l'an (1).

Le châtelain de Blois et le prévôt des Montils, quels qu'ils
soient et chaque fois qu'ils seront renouvelés ou changés, devront
jurer sur les saints Evangiles d'être les fermes gardiens et les
fidèles observateurs de la Charte.

Jean Ier de Chatillon, à la fin de sa vie, fit une nouvelle
concession aux habitants des Montils. Ce fut au mois de
mars 1279. Considérant les « dommages » causés par les bêtes
sauvages à ceux qui avaient droit d'usage dans la forêt de Russy,
il les exempta de la redevance qu'ils lui payaient pour user
de ce droit. Il accorda de plus que tous ceux qui demeureraient
à la Haie (2), et entre la Haie et les Montils hors de la ville,
et qui seraient possesseurs de terres près de la forêt, jouiraient
du pâturage en Russy pour deux bœufs, employés à la culture
de leur terre, et pour deux vaches et leur suite, propres à
l'amendement de leurs terres.

On remarquera, au xiiie siècle, cette culture de la terre
blésoise que les paysans font avec des bœufs. Les chevaux ont,
de nos jours, complètement remplacé les bœufs réintroduits, récemment, dans quelques grandes exploitations seulement.
Autre remarque. Pour que de petits propriétaires eussent
un ou deux bœufs dans leur étable, il fallait que la situation des
paysans fut singulièrement prospère (3).

Cette charte est tout à l'avantage du peuple, « des bonnes
gens », et le comte prend soin que les bourgeois ne puissent

(1) Il s'agit du banvin, droit qu'avait le seigneur de vendre lui seul, pendant un
certain temps, le vin de son cru, à l'exclusion de tous les cabaretiers et aubergistes.
(Bergevin et Dupré, *Histoire de Blois*, t. I, 31). Cette limitation est un avantage fait aux
habitants des Montils, dont ne jouissaient, par exemple, ni ceux de Blois ni ceux de
Lorris.

(2) Aujourd'hui commune des Montils.

(3) C'est d'ailleurs ce qu'a démontré M. Léopold Delisle dans sa célèbre *Etude sur la
condition de la classe agricole et l'état de l'agriculture normande au Moyen-Age*,
Evreux, 1851. — L'observation sur l'agriculture blésoise au xiiie siècle que nous faisons
ici se trouve curieusement confirmée par un document que nous communique M. le
vicomte de Croy. Il est contenu dans l'aveu de Geoffroy de Bury, sire d'Onzain, rendu
le samedi après la Saint-Jean-Baptiste 1315 (Arch. Nat., P 1478, f° 5). Ce seigneur avoue
au comte ses « gaigneries » à xii bœufs et à iiii chevaux, ou environ, assavoir à Osain, à
Margillier (aujourd'hui Marguillier, près du château du Plessis-Bourot, au baron de
Fleury, commune de Santhenay) et es Escures » (aujourd'hui commune d'Onzain, dans
le val de la Loire, près du pont de Chaumont). Constatez la proportion des bêtes de
labour : 4 chevaux, 12 bœufs. Actuellement dans les endroits mentionnés par cet aveu,
aussi bien sur les terres fortes de Santhenay que sur les terres légères et les falaises
du val, on ne trouverait sans doute pas un seul bœuf employé à la culture.

profiter de cette libéralité pour en frustrer la classe inférieure. Voici l'article qui vise ces bourgeois, dans toute la naïveté des termes :

« Se aucun des borjois des Montilz achetoit terres près de ma forest, des bonnes gens, par malice, pour avoir l'aisement de pasturage, puis que ceste lettre fut donnée, je ne vueil mie que il puist use dou pasturage dessus dit ne que il aist nul aisement en ma forest de Ruissy à nulle beste ».

C'est-à-dire :

Si un bourgeois des Montils achetait terres près de la forêt, aux bonnes gens, par malice, pour jouir du pâturage, à partir du jour où cette charte est concédée, il n'aura nul pâturage pour aucune bête en ma forêt de Russy (1).

Au même mois de mars 1279, cet acte fut complété par un autre que Jean de Châtillon faisait dresser en faveur de « ceuls qui ont les héritages, dit-il, d'entour mes bois d'entre le Cousson et le Beuvron » (2). Pour chaque *mouée* de terre, pâturage est donné à deux des bœufs avec lesquels le propriétaire laboure ses terres, et pour une *mouée* de terre, également, pâturage est accordé à deux vaches et à leur suite âgée de trois ans, à condition que ces vaches servent à fumer ces terres. A qui n'aurait qu'une demi-mouée de terre, droit de pâturage était donné pour deux vaches et leur suite en tout et pour tout. Celui qui possèdera moins d'une demi-mouée de terre ou sa maison seulement (3), sans culture, n'aura droit que pour une vache et sa suite. Cette concession n'était faite qu'aux justiciables du comte, à ceux dont il était le chef direct et immédiatement responsable. Dans ce territoire, circonscrit par le Cosson et le Beuvron, les serfs du comte qui habiteraient hors de sa justice, les gentilshommes, les clercs ou curés de paroisse ne devaient avoir aucune part à cette libéralité. Constatons une fois de plus combien l'esprit de ce temps était favorable au peuple. Notre époque parle plus : elle agit moins.

Ces deux chartes, le comte affirmait bien les octroyer *sans*

(1) *Cartulaire de la ville de Blois*, p. 93 à 95.
(2) *Cartulaire de la ville de Blois*, p. 270. Cet acte n'est malheureusement connu que par une copie très défectueuse.
(3) « Son habergage ». Voir ce que nous avons dit au sujet du mot *herbergagium*, ci-dessus, p. 105.

qu'il y fut tenu en droit et sans que sa conscience lui reprochât rien, encore que ce fût, disait-il, « en récompensacion des dommages qui sont advenuz par mes bestes sauvages ». Sans doute, en élevant tant de gibier, n'avait-il fait qu'user de son droit strict. Mais on connaît l'adage juridique : *Summum jus, summa injuria,* user souverainement de son droit est user de souveraine injustice. A la fin de ses jours et s'examinant sans faiblesse, il se repentait d'avoir trop aimé la chasse. Aussi bien en cette même année avait-il consulté à cet égard. « Plusieurs personnes... donèrent conseil à Monseigneur Jehan de Chastillon sur les domaiges de sa garenne », Jacques abbé de Bourgmoyen, frère Laurent, gardien des frères mineurs de Blois, frère Guillaume et frère Martin, frères mineurs, Jean de Marchenoir, chapelain du comte, Renaud d'Aguzon, châtelain de Blois (1). La religion exige la réparation du préjudice causé. La suppression des garennes fut donc conseillée et résolue. Ah ! nous sommes bien à l'époque où les enquêteurs de Saint Louis parcouraient la France pour connaître et réparer les torts causés par ceux qui administraient le pays. Où voyons-nous, de nos jours, l'Etat, le gouvernement reconnaître et surtout réparer les injustices dont il est coupable ?

Jean de Châtillon mourut sans avoir le temps de prendre toutes les mesures qu'il croyait propres à apaiser sa conscience. Mais ses exécuteurs testamentaires furent « assemblez à Blois pour oir, connaistre et déterminer les complaintes qui leur estoient fetes ». Parmi ces doléances figuraient celles des propriétaires voisins de la forêt de Russy. Une sentence des exécuteurs testamentaires déclara que pour le soulagement de la conscience du comte Jean, sa fille Jeanne de Châtillon, qui lui avait succédé au comté de Blois, était obligée à une nouvelle donation Jeanne, au mois de mars 1288, accorda que les gens lésés, c'est-à-dire ceux qui possédaient entre le Cosson et le Beuvron, auraient le droit de ramasser, au croc et à la main, sans cognée ni outil de fer, le bois sec resté sur place dans la forêt de Russy, avec faculté d'arracher la souche morte. Il leur était permis, en outre, de couper l'épine, l'aubépine, le genêt, le fusain,

(1) Renaud d'Aguzon posséda, nous le savons, une partie du cours du Beuvron, aux Montils. Cette consultation, d'un intérêt capital, nous a été signalée par M. le vicomte de Croy (Arch. Nat., KK. 895, f° 36 v°).

le « garais », la bruyère. la fougère, le genevrier, la bourdaine, le houx et le fragon (1). Au mois de novembre 1288, la comtesse Jeanne compléta ces mesures par un autre acte qui témoigne d'un désintéressement admirable C'était toujours pour réparer les dommages causés par les garennes de Jean Ier de Châtillon. Les habitants de quatorze paroisses, qui toutes avoisinaient les forêts de Blois, de Boulogne et de Russy (2), soit nobles, soit non-nobles, reçurent le droit de chasser toutes bêtes ou oiseaux sauvages sur le territoire de ces paroisses, avec quelque engin que ce fût, jour et nuit, à toute heure. La comtesse s'engageait à n'établir aucune garenne en dehors des trois forêts, mais, bien entendu, ne livrait que son propre gibier et non le gibier d'autrui. De même, sur les terres ou sur les vignes des particuliers, la comtesse ne permet pas qu'on chasse en endommageant les récoltes. Le chasseur devra payer les dégâts au propriétaire, comme la justice l'exige, mais n'encourra pas d'amende. Somme toute, et avec cette restriction, la comtesse autorise le libre parcours pour la chasse sur toute l'étendue de ces paroisses. Mais s'il y a deux arpents ou moins, autour des maisons, soit vigne, soit jardin, soit guérets, soit taillis, clos d'une façon quelconque, nul n'y pourra poursuivre le gibier sans l'autorisation du propriétaire. Tous les autres bois domaniaux de la châtellenie de Blois étaient assimilés aux forêts et toutes les garennes que le comte de Blois y pouvait avoir, hors de son domaine privé, y étaient supprimées.

Quatre ans plus tard, la comtesse Jeanne mourait et le Blésois passait à un cousin-germain, Hugues de Châtillon. Certes, les torts du comte Jean devaient être oubliés et réparés depuis tant d'années, et, en tout cas, cet héritier collatéral pouvait se croire légitimement dispensé d'ajouter à ce qui avait été fait. Il voulut pourtant y joindre d'autres bienfaits personnels. Par une charte datée du dimanche jour de Sainte Luce (13 décembre) 1299 (3), il « autorisait les villageois à chasser tant qu'ils veulent et comme

(1) *Cart. de Blois.* p. 95. Le fragon est le *ruscus aculeatus* des botanistes.

(2) Les voisins de la forêt de Marchenoir reçurent une charte particulière également au mois de novembre 1288. *Cart. de Blois*, p. 252.

(3) Ce document a échappé aux éditeurs du Cartulaire de Blois et, parmi eux, à M. le vicomte de Croy, qui plus tard en a retrouvé la trace et nous l'a signalé. Cette charte, en 1888, était aux mains de M. Hagemans, en Belgique, qui en possédait, sinon l'original, du moins un vidimus du 18 août 1410, collationné par Pierre Demonceau, clerc juré de la châtellenie de Romorantin. On n'en connaît pas d'autre texte.

ils veulent tous les animaux. Il n'excepte que les hérons et les
faisans, que nul n'a le droit de chasser que lui.. Et il se contente
de punir celui qui enfreindrait cette défense d'une simple amende
de dix sous, s'il a tué un héron ou un faisan. Quant à celui qui
tuerait, dans le domaine qu'il s'est réservé, un animal quelconque,
il donnera un bœuf ou le prix d'un bœuf pour un cerf, une vache
pour une biche, un porc pour un sanglier, sans qu'il soit question d'autre punition, à moins que le délit n'ait eu lieu sur des
terres où le roi avait juridiction et où lui n'avait rien à dire » (1).

Ces autorisations eurent des conséquences singulières qu'à
relevées M. Hagemans en étudiant les comptes de Jean de
Blois (2), fils d'Hugues Ier de Châtillon, lorsqu'il examine comment s'approvisionnait sa cuisine.

« Jean de Blois n'était pas grand chasseur, dit-il, et si la
pêche dans les viviers, dans les étangs et les fossés du château
garnit assez bien le garde-manger, il n'en est pas de même de
la chasse. Gay, le veneur, a beau battre bois et taillis, il ne
rapporte jamais que lapins, renards et blaireaux, et tout le
gibier que nous voyons figurer sur la table, chevreuils ou perdrix, est toujours acheté à beaux deniers comptants, à part
certaine biche tombée dans un piège ».

Pourquoi cette rareté des gros animaux? En raison des concessions voulues par Jean Ier de Châtillon, et octroyées par
Jeanne et Hugues de Châtillon.

« Quant aux vassaux, continue M. Hagemans, comme on
pouvait s'y attendre, ils empiétèrent si bien sur les droits de
chasse que le bon sire Hugues leur avait si largement octroyés,
que ses descendants en furent bientôt réduits à acheter le gibier
à leurs tenanciers ou à en faire venir de la ville, quand l'envie
leur prenait d'en manger. Ils purent, tout au plus, comme nous
l'avons vu, chasser aux loups, tuer, par hasard, une biche et
obliger leurs veneurs à détruire les lapins et les blaireaux, qui
auraient pu nuire à leurs propriétés et surtout à celles de leurs
voisins toujours prêts à réclamer » (3).

---

(1) G. Hagemans. *Vie domestique d'un seigneur châtelain du Moyen-Age.* Verviers.
1888. p. 90.
(2) Nous savons que Jean de Blois, frère cadet de Gui Ier, vint plusieurs fois aux
Montils.
(3) Ce que dit ici M. Hagemans, en 1888, semble bien confirmé par le *Compte de 1310*
qui n'a été édité que quatorze ans plus tard par M. le vicomte de Croy. On y voit, par

Et le savant Président de l'Académie de Belgique conclut avec raison par ces paroles : « Ce n'est pas là du Moyen-Age féodal comme généralement on se l'imagine... Plus d'un propriétaire moderne se montrerait moins accommodant que ce seigneur féodal ayant droit de basse et haute justice » (1). On s'explique dès lors comment, avec des antécédents si remarquables, la famille de Châtillon mérita au siècle suivant, avec Charles de Blois, de produire la sainteté.

D'ailleurs, cinq cents ans plus tard, en l'année 1700, les habitants des Montils, dans un acte public dressé par le notaire, revendiquaient leurs droits d'usage et de pacage, et en 1789, dans les cahiers de doléances de la paroisse (2) à la veille de la tourmente qui allait tout renverser, ils demandaient formellement le maintien des bienfaits accordés par la comtesse Jeanne. Quel plus bel hommage rendu à l'esprit du Moyen-Age, et aux vertus de la maison de Châtillon ? Quel témoignage plus probant, contre l'événement qui les aurait, soi-disant, libérés ?

exemple n° 687, la comtesse de Blois faire acheter, pour 13 sous, deux chevreuils avant le carème. La comtesse était à ce moment aux Montils.
(1) Hagemans, p. 90-91.
(2) Voir plus loin le chapitre X intitulé : *Le cahier des doléances de la paroisse des Montils en 1789.*

CHAPITRE SEPTIÈME

CHARGES, IMPOSITIONS, CENSIF DES MONTILS

A côté des privilèges se trouvent les charges. Ces charges sont les impositions. Les unes portent sur les biens, les autres sur les personnes. Distinguons donc entre le cens et la taille. Le cens est une redevance en argent payée par un bien, par une terre. Cette redevance est fixe.

Au point de vue juridique, elle se rapproche beaucoup de la · *rente foncière* ou rente perpétuelle. Mais elle en diffère par un point essentiel. en Blésois au moins. « Toute censive doit être inféodée » (1). Donc le cens est d'origine féodale et la *censive* ou le *censif*, c'est-à-dire le territoire qui contient un certain nombre de terres chargées de cens doit être tenu en foi et hommage d'un seigneur. A la différence de la rente, le cens est imprescriptible, il donne lieu à des *profits censuels*, c'est-à-dire à des droits de mutation, et. s'il n'est pas payé à terme, à des amendes. En Blésois, l'amende est de cinq sous tournois (2).

Aux Montils, le *censif* appartient au comte de Blois, c'est-à-dire au roi depuis l'avènement de Louis XII.

Toute autre chose est la taille. La taille est une imposition due par les personnes et non par les biens. Elle a été à l'origine une redevance extraordinaire devenue ordinaire, dans le domaine royal, à partir du xiv⁰ siècle. Ceci, c'est la contribution que doit chacun aux frais généraux de l'État.

Sous ce nom de taille, il faut distinguer en Blésois, selon le temps, deux choses bien distinctes. Jusqu'au xv* siècle, environ, elle est l'imposition due par les serfs, exception faite pour certaines contributions de guerre levées en des circonstances anor-

(1) Article 108 de la Coutume de Blois. Voir Fourré, *Coutumes de Blois*, p. 28) et aussi p. 207, article 127.
(2) Article 111 de la Coutume. — Le cens est chose très ancienne. Cette expression se rencontre dès l'époque des Carolingiens.

males. Mais le servage, comme nous le verrons, disparut de
bonne heure en Blésois. Aux derniers siècles de la monarchie,
elle est ce que nous avons dit : la contribution de chacun aux
frais de l'État, avec ce caractère d'être *un impôt sur le revenu
du contribuable*.

« Dans les répartitions successives, dit M. Bouchard, président à la Cour des Comptes de la République (1), qui viennent
asseoir la taille sur les généralités, les élections, les paroisses et
les individus, on paraît marcher d'un pas sûr et tenir un compte
exact des deux éléments qui forment la base de la répartition, le
nombre des contribuables et leur richesse... Dans la paroisse,
l'asséeur (répartiteur de l'impôt) est l'homme du pays, il connaît
tous les contribuables : nul mieux que lui ne peut savoir les
facultés et la richesse des gens qui sont ses voisins, à la vie desquels il assiste chaque jour... Le mécanisme adopté semble donc
parfaitement combiné .. Malheureusement toutes ces opérations
se trouvent faussées par un vice qui tient à la nature de l'impôt
lui-même : la taille ne frappe pas directement la matière imposable qu'elle veut atteindre, elle frappe l'individu et ne tient
compte des éléments de sa richesse qu'à titre de renseignement
et pour élever, plus ou moins, le taux de son contingent... Ainsi
malgré les combinaisons ingénieuses du système, on arrivait,
en définitive, à un défaut d'égalité et de proportion dans la taxe
de l'individu, de la paroisse, de l'élection et de la généralité. »

Telle est l'appréciation équitable qu'il faut porter ; elle contraste avec les déclamations dont sont remplis tant de livres et
de manuels scolaires.

Les nobles, le clergé, certains fonctionnaires étaient exempts
de la taille : les fonctionnaires, en raison des services rendus à
l'État : la noblesse, parce qu'elle payait l'impôt du sang sur le
champ de bataille. Quant au clergé, il payait l'impôt sous une
autre forme, par la contribution des décimes que supportaient
ses biens.

Nous verrons plus loin, au chapitre des Montils en 1789, quel
était le chiffre auquel se montait la taille dans cette paroisse.
Les privilégiés, exempts de cet impôt, y étaient fort peu nombreux.

(1) *Système financier de l'ancienne monarchie*. Paris, 1891, p. 95.

Ici, il sera question non plus de la taille, mais du cens, puis de diverses autres impositions dont on trouve la mention aux Montils.

CENS

Aux Archives nationales (1) se trouvent des déclarations de cens depuis 1586 jusqu'en 1647. Pour le petit censif, 115 déclarations sont faites. Pour le grand censif, 147 déclarations.

Voici quelques noms qui paraissent dignes d'intérêt :

1613. — De Choiseau Rostaing, aux Montils.

1619. — Jean Germain, « marchand chandellier ciergier », aux Montils.

1628. — Antoine Gaudineau, « demeurant en la ville des Montils ».

1623. — Demoiselle Louise de Villebresme, veuve de Gabriel de Bertrand du Chassin.

1628. — Didier Germain, « maître tailleur d'habits à Blois ».

1628. — Liphard Mabry, « praticien à Blois. »

1628. — Léonard Moisy, « officier de damietterie de la Reine, mère du Roi, aux Bordes ».

1628. — Jean Mashier de la Montagne, « garde de la forêt de Russy, donataire de Henriette Léonarde Lecoffre, sa femme défunte ».

1628. — Jehan Cornu, « voiturier porteur à Chaumont-sur-Loire ».

1628. — Louis de Moulins, « escuier, seigneur de Villelouet et des Bordes, demeurant audit lieu, maison des Bordes ».

1628. — Mathurin Bonnelier, dit *La Verdure*, marchand à Blois. »

1628. — François Mesnard, « lieu de Baumont. »

1628. — Elisabeth Tremoust, « veuve de Pierre Boullain, vallet de fourière de Monsieur, Frère du Roi, à Fougères. »

1628. — Messire Claude Bazière, « prêtre, curé à Vallaire. »

1638. — Marie Morin, « veuve de Pierre de Beine Vivenit, fourrier des logis du Roi. »

1636. — Angélique Menoust, « veuve de Jean Dorléans, palefrenier de la petite écurie du Roi. »

1628. — Philibert Chaqueneau, « sieur de la Guyonnière » pour *la Grue*.

1644. — Claude Simonot, « escuier, sieur de Rostin. »

1649. — Michel Ruginon, « garde de la forêt de Russy » (2).

(1) Q¹ 471.
(2) Le 16 janvier 1587, Françoise Viart, veuve de Jacques Seigneuret, seigneur de la Borde à Candé, enchérit à 10 écus soleil, deux petits censifs dépendant du prieuré de Candé, assis sur les paroisses de Candé et des Montils (Arch. du chât. de Candé. Signalé par le Vte de Croy).

Au début du xive siècle, le censif des Montils rapportait 60 livres en moyenne au comte chaque année (1).

Le censif des Montils est mentionné très anciennement. Thibault V, comte de Blois, donna, en 1189, pour le luminaire de la chapelle des lépreux, à Saint-Lazare de Blois, douze sous à percevoir chaque année sur le cens des Montils, le dimanche après la fête de saint Remy (1er octobre) (2).

A une époque ancienne, également, les comtes de Blois avaient dû concéder une aumône annuelle de 100 sous sur le cens des Montils à l'abbaye de la Sainte-Trinité de Beaulieu en Touraine. A la fin du xve siècle, on en voit les abbés Hugues Fumée, puis Hardouin Fumée, donner des quittances qui s'échelonnent depuis 1477 jusqu'à 1499, et au siècle suivant jusqu'en 1520 (3).

En 1602, la censive des Montils, de Candé, de Chailles et d'Ouchamps est dressée par Georges Prudhomme, receveur de cette redevance pour le Roi. Elle comprenait 2.887 articles compris dans 480 reconnaissances

Cette censive, connue alors sous le nom de *grand et petit cens des Montils*, s'étendait sur l'universalité de la paroisse et avait aussi quelques extensions sur les paroisses de Candé, de Chailles et d'Ouchamps. Plus tard, il y eut des réclamations contre l'étendue de cette censive de la part du sieur de Maussion, du séminaire de Blois conjointement avec l'Hôpital général de Blois, du prieur des Montils et de l'évêque de Blois.

Le sieur de Maussion, seigneur de Candé, possédait un censif appelé *les Vieux Montils*, de la contenance de 30 arpents. Le séminaire de Blois et l'Hôpital général avaient le censif de l'*Aumônerie ;* mais ils ne purent en désigner la situation ni l'étendue.

Le prieur Bexon, curé des Montils, déclara qu'il avait cédé la censive de 80 arpents d'héritage du prieuré au seigneur de Corméré, moyennant 100 sols de rente (4). Il avait aussi renoncé

(1) Arch. Nat., KK. 303, f° 4 r°.

(2) Cette charte originale, analysée jadis par M. Dupré, a été longtemps égarée. Elle vient d'être retrouvée par M. Trouillard, archiviste, au mois de janvier 1911. Nous le remercions vivement de nous l'avoir signalée. Nous la donnons aux pièces justificatives, n° III. Il y est aussi question des *terrages* des Montils.

(3) Bibl. Nat., pièces orig., vol. 1275, d° 28174, nos 13, 15, 16, 17, 31, 32, 34 à 38, c°° du V° de Croy).

(4) Nous avons vu plus haut que les prieurs des Montils tenaient à foi et hommage du roi le censif de Thubœuf.

à tout droit de pêche ; et pour l'indemniser de ce sacrifice, le sieur de Corméré l'avait déchargé du cens.

Enfin, l'évêque de Blois réclamait à cause du fief, terrier et seigneurie de Madon, un censif de 15 livres 18 sols 1 denier, formant un revenu annuel de 150 livres, s'étendant sur 318 arpents 7 boisselées, situés dans les paroisses de Candé et des Montils, plus le domaine de l'Hermitage avec un censif s'étendant sur 150 arpents, équivalant à 2 livres 10 sols de cens annuel.

La commission chargée d'examiner ces réclamations déclara déchus de leurs droits l'Évêque de Blois, le Séminaire, l'Hôpital et le Prieur des Montils.

En 1698, dans une assemblée générale, les habitants des Montils, consternés à la vue de leurs vignes entièrement gelées, demandèrent un dégrèvement d'impôts :

« A cet égard que tous les biens de ladite paroisse ne consistent que en vignes et autres pauvres meschantes terres, et que les vignes de ladite paroisse sont entièrement gelées, sans espérance de recueillir aucun vin la présente année, même l'année suivante, y en ayant qu'il conviendra même à arracher.

« Ce que tous les habitans des Montils ont estimé à propos être remontré à Mgr l'Intendant de la Généralité d'Orléans, pour qu'il plaise à Sa Grandeur avoir compassion des pauvres habitans de ladite paroisse et qu'il lui plaise les diminuer de la taille dont ladite paroisse est beaucoup chargée ; ce qu'ils espèrent de sa bonté » (1).

PROFITS CENSUELS

Les droits de lods et ventes dus aux mutations, lors des ventes et échanges seulement, étaient du douzième denier. Pour les dix années antérieures à 1771, ils montèrent à la somme de 2.415 livres 9 deniers.

AUTRES REDEVANCES FÉODALES QUE LE CENS

Dîmes. — En 1144, Thibault IV, comte de Blois, donne à l'abbaye de Bourgmoyen la dîme des fours des Montils. Parmi les témoins de cet acte (2) figure saint Bernard, le grand abbé

(1) Arch. de l'étude du notaire des Montils.
(2) Nous le donnons aux pièces justificatives, n° 1.

de Clairvaux. Après les bienheureux Charles de Blois et Jeanne de France, voilà donc le troisième saint mêlé à l'histoire des Montils. En 1220, Garnier Bisou abandonne à la même abbaye ses dîmes de Chailles et des Montils ; cette dîme était de la dixième gerbe. Elle portait aussi sur les vins (1). Les religieux s'en firent maintenir la possession, en 1478, par le bailli de Blois.

Fêtages. — Le droit de fêtage représente, nous le savons, l'affranchissement accordé en 1246 aux habitants des Montils. Au xive siècle, le produit moyen en est évalué à 60 livres tournois (2).

Le pitancier de Saint-Lomer de Blois, le chapitre de Saint-Sauveur percevaient diverses rentes sur le fêtage des Montils. C'étaient des charités que le comte de Blois leur avait faites ou le montant de fondations (3).

En 1319, quatre parties prenantes sont assignées sur « le festage des Montis » :

1° Les héritiers de Renaud de la Varenne : 15 livres. Rente stipulée en 1278, lorsque l'étang des Codrois a été vendu au comte de Blois.

2° Les héritiers de Geoffroy le Maréchal : 13 livres (et peut-être 26 livres) par an.

3° Les héritiers de Jean le Jay : 40 livres par an ; rente tenue à foi et hommage du comte et rachetée en 1320. Elle avait été constituée en 1296.

4° Le prieur des Montils : 20 livres données par le comte Hugues Ier de Châtillon (4).

Bernages. — Ce mot désignait à l'origine une redevance en son pour la nourriture de la meute du seigneur. Mention en est faite dès le xie siècle en Blésois (5). Les bernages des Montils, au xive siècle, produisaient en moyenne par an onze muis d'avoine (6).

Redevance pour le pâturage des bêtes. — Une mine et demie

---

1) Cartulaire de Bourgmoyen, aux Arch. Dép. de Loir-et-Cher, copie moderne ; l'original est à Rome, à la Bibliothèque Vaticane. Voir pièces justificatives, n° IV. Ce seigneur y stipule, avec le plus grand détail, la manière dont la dîme sera perçue.

2) Arch. Nat., KK. 303, f° 4 r°.

3) Quittances de Pierre de la Chesnaye, pitancier en 1363 ; quittance du chapitre de Saint-Sauveur en 1368. Bibl. de Blois, fonds Joursanvault.

4) J. de Croy. *Compte de 1319*, n°s 342 à 345.

5) J. Soyer. *Communauté des habitants de Blois*, p. 13. — Cf. *Compte de 1319*, n° 1247.

6) Arch. Nat., KK. 303, f° 30 r°.

de seigle est due par les habitants des Montils qui ont des bestiaux (1).

Droit de pêche. — La pêche dans le Beuvron n'était pas libre. Des seigneurs particuliers en jouissaient, sans doute, et pouvaient l'affermer. Quant au roi, le long des vignes qui dépendaient de son domaine, il avait un droit de pêche, rarement exploité, jamais affermé, qui fut évalué à la somme de 3 livres de revenu annuel (capital de 60 livres au denier 20).

Contributions de guerre. — En 1689, les principaux habitants se réunissent pour choisir un soldat de milice. Michel Monprofit est désigné et reçoit 4 livres 10 sols. L'année suivante on donne un habit et un mousquet à un nommé Moreau, soldat de milice de la paroisse ; en outre il reçoit 25 livres (2). En 1691, une assemblée générale fixe l'assiette des taxes pour ustensiles des soldats de Sa Majesté. Ces taxes s'élevaient à la somme de 343 livres 6 sols (3).

Tailles. — Dans les dernières années de l'ancien régime, les Montils payent, pour les tailles et contributions accessoires, les sommes suivantes :

Taille en principal	Accessoires de la taille	Capitation des Taillables	Prestation qui représente la corvée	Capitation des non-taillables	Vingtièmes
1.700 livres.	959 l. 0 sol 5 deniers.	1.059 l. 6 s. 11 d.	425 l.	27 l.	819 l. 10 s.

Total : 4.989 livres 17 sols 4 deniers (4).

---

1. Arch. Nat., KK. 303, f° 28 r°. Ceci n'est pas contradictoire avec la charte accordée par Jean I⁰ʳ de Chatillon, en 1279. On sait que chaque propriétaire n'avait droit au pâturage que pour deux bœufs et deux vaches. La redevance mentionnée ici est due sans doute par ceux qui ont un plus grand nombre de bestiaux.
2. Étude du notaire des Montils.
3. *Ibid.*
4. F. Lesueur, *L'Assemblée de Département de Blois et Romorantin et son Bureau intermédiaire.* Paris, 1910, in-8° p. 197.

CHAPITRE HUITIÈME

FONCTIONS PUBLIQUES

PRÉVÔTÉ DES MONTILS

Le prévôt, officier au service des comtes de Blois, paraît à la fin du xᵉ siècle (1). A cette époque, et durant les premiers temps de la féodalité, il recouvrait, moyennant une somme fixe, véritable prix de ferme, tous les revenus du comté sur une certaine étendue de territoire. La prévôté était aussi une juridiction inférieure de justice. Dès le xivᵉ siècle et sans doute dès le xiiiᵉ, les prévôts se renfermèrent dans leurs attributions judiciaires, qui leur donnaient le droit de prononcer les amendes inférieures au taux de 60 sous. Ils affermaient leur office.

Le prévôt pouvait avoir un associé qui le cautionnait. Le 6 septembre 1456, « Guillaume Dourneau a fait le serment de plege et compaignon de Guillaume Croyn, prevost des Montilz et par toute ladite prevosté, et commis » (2). Dans ce cas, l'office de prévôt est exercé par deux personnes.

Le territoire du comté et de la châtellenie de Blois était divisé en un certain nombre de prévôtés. Cette répartition est fort ancienne, car la prévôté de Saint-Dyé est mentionnée en 1184, celle de Sologne en 1208 (3). Le compte de 1319 énumère huit prévôtés. Celle des Montils est nommée la sixième : elle est affermée à Lorent Marsay, pour 240 livres l'an. Une seule prévôté dépasse ce chiffre, celle de Sologne qui vaut 253 livres. La prévôté des Montils est évidemment l'une des plus populeuses

---

(1) L. Lex. *Eudes, comte de Blois, et Thibaud, son frère* (charte de 992-995). Pièces justif. nᵒ IV. — J. de Croy, *Compte de 1319*, page 17 du tirage à part).

(2) C'est-à-dire commis ou institué par le bailli de Blois. Arch. Nat. Z² 346 cᵐ du Vᵗᵉ de Croy.

(3) J. de Croy, ouvrage cité, page 18.

du Blésois (1). Ces prévôtés subsistèrent, au moins nominalement, jusqu'à la Révolution.

On se rendra compte des désastres causés par l'invasion anglaise, au milieu du xive siècle, par ce fait que la prévôté en 1380 est affermée 40 livres tournois (2) au lieu de 240 en 1319.

Il semble bien ressortir, de tous les travaux produits par la science historique, que la France, au xiiie siècle et au début du xive, avait atteint un degré de prospérité inouïe. Les Anglais la ruinèrent et il lui fallut plusieurs siècles pour que la richesse générale remontât au même niveau.

Toutefois, ce chiffre de 240 livres de revenu, en 1319, est un peu supérieur à la moyenne qui, d'après une estimation faite quelques années plus tard, doit être fixée environ à 100 livres (3).

D'après un compte de 1380, le prévôt avait les coutumes du blé, du vin, un setier de froment, un setier de seigle, ce qui lui rapportait environ 100 sous l'an, au xive siècle (4).

En retour, le prévôt devait un marc d'argent, qui valait 50 sous ; il était obligé d'amener 24 hommes « pour garder la foire de Blois, le quatrième jour ».

Coutumes dues à la Prévôté des Montils au xive siècle

On percevait, aux Montils, pour chaque tonneau de vin vendu : 1 denier.

Chaque charretée de vin menée hors : 2 deniers.

Chaque septier de blé : 1 boisseau « petit ».

Ceux qui vendent pain à fenêtre, chaque dimanche : 1 obole.

Ceux qui vendent cuir, souliers ou mercerie, chaque mardi : 1 obole.

Ceux qui vendent chair chaque semaine : 1 denier, 1 obole.

Chaque pourceau, mouton, bœuf ou vache vendus : 2 oboles.

Une pièce de toile : 1 obole.

Un oing de porc : 1 obole.

Chaque cheval vendu : 6 deniers.

1) *Compte de 1319*, nº 17.
(2) Arch. Nat. KK 300, fº 2 vº.
3) Arch. Nat. KK 383, fº 3 rº.
(4) Arch. Nat., KK 300, fº 2.

Ceux qui vendent chair en la ville des Montils,
tous les dimanches :   1 denier.
   Le mardi :   1 obole.
   Tous regrattiers vendant à leur fenêtre :   6 deniers.
   Pour les pourceaux, etc., 1 obole de celui qui vend et autant de celui
qui achète.
   Pour chaque cheval, du vendeur, 3 deniers et autant de l'acheteur 1).

De bonne heure, ces coutumes tombèrent en désuétude, à
l'exception du droit de boucherie.

Le fief et métairie de Charbonneau, paroisse de Fougères,
devait à la prévôté 9 boisseaux de méteil, mesure des Montils (2) et 13 deniers par an.

Le prévôt des Montils, du moins au xve siècle, avait un lieutenant « aux sièges de Faye et de Fresnes » (3), qui rendait pour
lui la justice en ces deux endroits.

**

Vers la fin de l'ancien régime, ces prévôtés furent aliénées
par le domaine royal ; elles devinrent la propriété de particuliers. Ceci commença dès le xvie siècle. En 1548, Guillaume
Bohier et Marc de la Rue, seigneur de la Couste, commis par le
roi aux aliénations du domaine en la recette générale de Tours,
mettaient en vente les « greffe et clergie » de la prévôté des
Montils. Jean du Thier, seigneur de Beauregard, contrôleur
général des finances, se les voyait adjuger aux enchères pour
147 liv. tour.. payées le 25 avril à Jean Fournier, receveur
général des finances à Tours (4).

Nous verrons plus loin que les meuniers ne pouvaient aller
« chasser et quêter » les grains, c'est-à-dire aller chercher les
grains de leurs clients, dans l'étendue d'une prévôté, sans payer
une petite somme au prévôt.

Enfin la prévôté des Montils formait une circonscription dans
laquelle se trouvaient, au Moyen-Age, un certain nombre de

(1) Arch. Nat., KK 303, f° 18 v°.
(2) Quatre boisseaux d'Ouchamps en faisaient six des Montils. Le boisseau d'Ouchamps pesait 24 livres, celui des Montils 16.
(3) 6 sept. 1456. Arch. Nat. Z² 346 (c°n du Vte de Croy).
(4) Bibl. Nat. Nouv. acq. franç. 20518, n° 6 (c°n du Vte de Croy).

serfs du comte de Blois. L'intérêt que présente la question du servage nous fait un devoir de la traiter en détail.

LES SERFS DES MONTILS

Les serfs doivent payer la taille. Voilà la raison pour laquelle ils figurent dans la plupart des documents que nous allons citer, c'est-à-dire dans des documents de comptabilité. Au début du xive siècle, la taille des Montils, d'après une estimation officielle, produit, en moyenne, 24 livres par an (1).

La taille n'est pas seulement une taxe, elle est encore une circonscription territoriale qui comprend un certain nombre de serfs et de serves. Au début du xive siècle, toutes les *tailles* du comté de Blois sont placées sous la direction d'un fonctionnaire unique, qu'on appelle « le maître » ou « le garde des hommes et des femmes de chef de corps ». Vers la fin du même siècle, on changea de méthode. Il y eut plusieurs gardes des hommes de corps. Ils opéraient dans le ressort d'une ou plusieurs prévôtés. La prévôté des Montils forma, à elle seule, une circonscription (2).

Le maître des hommes de corps exerce sur eux le pouvoir judiciaire. Le 18 septembre 1456, le bailliage de Blois rappelle que les prévôts n'ont pas de juridiction sur les serfs et qu'elle n'appartient qu'au bailli de Blois ou aux maîtres (3).

Comment se dresse et se lève la taille ? Elle se lève « a volunté du haut et du bas » (4). La taille est donc arbitraire. Mais des précautions sont prises pour éviter les abus. Le garde général des serfs, au début du xive siècle, est accompagné, lorsqu'il dresse la taille, par les plus hauts fonctionnaires du pays, soit par le bailli ou par le receveur de Blois, soit encore par un clerc du comte qui a pour spécialité le maniement des affaires financières (5). Ceci au début du xive siècle. De cette époque, il subsiste un rôle fait aux Montils en 1330.

1) Arch. Nat., KK 303, f° 5.

2) J. de Croy. *Compte de 1310,* pages 28 à 32. M. Dupré a publié une *Étude sur le Servage dans le Blésois,* dans le tome VII des *Mémoires de la Société des Sciences et Lettres de Loir-et-Cher.* Cette étude demande à être reprise et complétée.

(3) Arch. Nat. Z2 396 (c du Vte de Croy).

(4) J. de Croy, ouvrage cité, p. 30.

5) J. de Croy, *loc. cit.*

Chest le tailles des Montis faite par le rechereur de Bloys et par Pierre Chaumont (1), *le diemenche après le Saintte Crois, l'an III*[e] *et XXX, levée par Marquet Sengler et par Jehan Sengler.*

Suit une liste de noms qui donne le nombre des serfs alors établis aux Montils et la taxe que chacun doit payer. Parmi eux figurent Marquet Sengler pour XI deniers et Jehannin Sengler pour XII deniers (2).

Les collecteurs de la taille sont donc choisis parmi les serfs.

Si quelques serfs sont trop pauvres pour acquitter leur taxe, on les dispense d'en payer tout ou partie, et ceux qui ont dressé la taille témoignent par serment de cette pauvreté. Donc, il n'y a pas d'exactions, d'inhumanité. Le compte de 1319 contient un chapitre intitulé (3) :

Che sont les porres gens qui ont esté tailliet en la taille des Montis sus les quels on ne puet trouver que prendre, tesmongniet par le serment des tailleurs.

Le total de la réduction faite s'élève à 9 livres 19 sous.

Parmi les noms de ceux qui obtiennent ainsi une décharge, figure « la chambrière Andriu Hardoin, femme à la dame de Mons » (Mont, près Bracieux), dégrevée de douze deniers. Cette personne était, comme nous dirions aujourd'hui, servante, femme de chambre de la dame de Mont. Donc tous les serfs ne sont pas forcément attachés à la terre. Ils peuvent rechercher d'autres occupations. Dans le cas présent, tout ce qui rappelait à cette femme de chambre sa condition sociale particulière était l'obligation de payer chaque année sa taxe. La servitude est chose essentiellement héréditaire (tout comme la noblesse), elle suit donc ceux qui l'ont reçue à leur naissance ; dans certains cas, elle est fortifiée et constatée par un serment solennel, une « feaulté » prêtée au comte de Blois (4). Nous nous faisons une

(1) Le garde général des serfs.
(2) Bibl. de Blois. Jours., carton XV, nᵒ 15.
(3) *Compte de 1319*, nᵒ 604.
(4) 15 octobre 1434. Larens Dorneau, homme de corps en la prevôté des Montils, « a fait la feaulté à Msgr le duc telle comme acoustumé est de faire... ou l'auttorité de Jehan le Queux, son curateur, a lui donné pour ceste cause ». Arch. Nat. Zₐ 330. (Cⁿ du Vᵗᵉ de Croy). Acte en est dressé et remis au procureur général du comté et au garde des serfs des Montils. — Le 26 mars 1435, la femme de Martin Mabilleau, serve des Montils, « en la presence de son mari et non contredisant », fait *feaulté* au duc (Arch. Nat. Zₐ 330). — Ce serment n'est prêté qu'en certains cas, disons-nous, car s'il était de règle les registres du bailliage reproduiraient fort souvent de telles mentions : or elles sont assez rares.

idée si fausse du Moyen-Age que nous serions volontiers persuadés que cette servitude est une tare indélébile. Pourtant, Guillaume de Crespy, chancelier de Philippe le Bel, l'un des plus hauts fonctionnaires du royaume, sinon le plus élevé, était d'origine servile. Tandis qu'il gouvernait la France, sa sœur et sa nièce demeuraient dans la condition où il était né (1).

Aussi bien la condition des personnes est-elle chose sujette à contestation et à procès devant les tribunaux. Si l'on a des raisons de ne pas se croire serf, on peut le prouver en justice. Donc, nul arbitraire encore sur ce point. Voici, par exemple, un acte du 31 juillet 1469 qui en témoigne :

Je, Guillaume Le Bourrelier, licencié en lois, conseiller de Madame la Duchesse d'Orleans et son procureur à Blois, certifie que Jehan Serine, receveur ordinaire à Blois, a paié à maistre Jehan Rousseau, advocat à Blois, la somme de quatre livres tournois, pour le divis, minute et grosses de certaines escriptures par lui faittes pour maditte dame, en certaine cause que maditte dame a pardevant monseigneur le gouverneur et bailli de Blois ou son lieutenant, comme garand de Berthran Puyselat et aussi garand de Jehan Hay, collecteurs des tailles des hommes et femmes de chef et de corps de maditte dame en la garde des Montiz, contre Laurens Vivian en son nom et Guillot le Gouz, pour Andrée Vivian, sa femme, en laquelle cause je maintien pour maditte dame que lesdiz Vivian et Andrée Vivian, sa sœur, sont homme et femme de chef et de corps de maditte 'sic, et taillables envers elle à voulenté, lesquelx Vivian et Andrée, sa sœur, maintiennent au contraire, et qu'ilz, et chacun d'eulx, sont francs et de franche condicion, icelles escriptures contenant sexze rooles de papier, qui vallent au pris de cinq solz tournois par roole tant pour minute, divis et grosses, laditte somme de quatre livres tournois. Item a paié à Jehan Boyvin, procureur à Blois, la somme de sept solz six deniers tournois pour le divis des escriptures des parties adverses contenant neuf rooles de papier, qui est, en somme toute, quatre livres sept solz six deniers tournois. Tesmoing mon seing manuel cy mis le derrenier jour de juillet, l'an mil CCCC soixante neuf.

G. LE BOURRELIER 2.

(1) Colonel Borrelli de Serres, *Recherches sur divers services publics du XIII* au *XVII* siècle. Notices relatives au XIII* siècle*. Paris, 1895, in-8°, p. 344, note 4 (d'après Arch. Nat. J 169, n°° 9 à 26). G. de Crespy laisse le château de Saint-Ouen et diverses autres possessions à sa sœur et à sa nièce qui les cèdent au comte de Valois et obtiennent leur affranchissement.

(2) Communiqué par le vicomte de Croy. Bibl. Nat. Nouvelles acquisitions françaises 2135, n° 149.

Quel moyen le seigneur a-t-il de prouver la servitude ? Il faut qu'il établisse la situation de la famille, la descendance de celui qui se prétend libre. Au xvᵉ siècle, c'est le greffier de la Chambre des Comptes de Blois qui tient les généalogies.

« A maistre Guillaume Bernier, secrétaire greffier de la Chambre des Comptes, la somme de soixante dix solz tournois pour les parties qui s'ensuivent... pour certains extraiz de plusieurs anciens et nouveaux comptes de la maistrise des hommes et femmes de chief et de corps en la prévosté des Montilz touchant les Guérin, les Texiers et les De la Grange qui sont en procès contre mondit seigneur, contenans xxv fueilletz de papier, oultre autres extraiz, naguères par luy faiz des comptes, des Duysmes et des Puzelatz, au feur de x deniers tournois chacun feuillet. — Pour autres extraiz des... comptes des hommes et femmes de chief et de corps de Celles et Saint-Aignan en Berry de la genealogie des Guretz, contenans xxiii fueilletz de papier », etc. 1) ».

Ces mentions de procès ne sont pas isolées. Le 15 juin 1458, Julien Blessebois, de la prévôté des Montils (2), notifie au procureur du comté que si sa mère est serve, — ce dont il prétend d'ailleurs ne rien savoir — son intention n'est pas de suivre la condition de sa mère, mais de se « maintenir franc » ; et en conséquence il a renoncé à la succession de sa mère. Le procureur général lui « contredénonce que son entencion est qu'il enssuive la condicion de sadite mère ». — Le 17 juin 1435, le procureur procède contre un nommé Blanchet pour l'obliger à rester homme de corps : il ordonne qu'on tienne la main à ce « qu'il ait compaignie avec sa femme » (3) : sans doute cette femme était notoirement serve, et le mari, en se séparant d'elle, espérait paraître plus facilement de condition libre (4). A dire vrai, de tout cela il résulte que le servage commençait, au xvᵉ siècle et dans notre province, à ne plus cadrer avec l'état social.

Les serfs ont un moyen de sortir de leur condition, c'est d'acheter leur liberté. En 1319, nous en voyons qui « se sont fran-

1) Arch. Nat. KK 297ᵃ, fᵒ 18 verso (signalé par le Vᵗᵉ de Croy). Année 1488-1489.
2) Ceci résulte de la mention qui est faite du garde des serfs, Etienne Tiercelin. Arch. Nat. Z² 318 (cᵐ du Vᵗᵉ de Croy).
3) Cette expression a un sens très précis au Moyen-Age : elle désigne les rapports conjugaux.
4) Arch. Nat. Z² 330 (cᵐ du Vᵗᵉ de Croy).

chis » (1). Mais voici chose plus singulière. Le Comte et la Comtesse, en 1317 et 1318, ont fait un long voyage à Montpellier. Les dépenses de route sont élevées. Ils ont besoin d'argent. Comment s'en procurer ? On demandera aux serfs de faire un prêt ; et parmi eux nous voyons Benoît Bégon, des Montils, avancer la grosse somme de 9 livres 12 sous (2). Mais, dira-t-on, quoi, un prêt ? Le seigneur ne peut-il les tondre à son plaisir ? Nullement. Nous avons bien dit, c'est *un prêt*, et l'année suivante, on leur rabat, à chacun, la somme qu'ils ont avancée sur la taxe de leur taille, dont le revenu se trouve diminué d'autant (3).

Ces faits sont significatifs. Beaucoup de serfs sont donc loin de se trouver dans une situation malheureuse, et nous pouvons même savoir quel est leur ménage, leur mobilier, par de très curieuses ventes du xive siècle, qu'a découvertes et que nous communique M. le vicomte de Croy. Ces documents, il est vrai, ne concernent que Saint-Aignan. Mais Saint-Aignan n'est pas bien loin des Montils.

Pour le terme de Noël 1388, vente des biens meubles de Jean Crierre :

Une peale d'arin telle quelle tenant une seillée..., une autre petite peale d'arin à queue, une doleure 4, ung jointeur, ung compas, une grappe de fer, iij pelottes et iij escheveaux de filet, une coiste, ung coissin, ung couvreteur de bureau et deux draps de lit... xxv solz tournois. — *Item*, une met, ung charnier et une huiche comble (5) et ung tonneau vuide... xxv solz. — *Item*, la moitié d'une faux, ung septier d'orge et une mine d'avoine... xiii solz v deniers. — *Item*, la moitié d'un traversier de vin, tel quel, v mines d'avoine, ung cheval, une jument et ung tonneau despancé, lxx solz vi deniers... Some... vi livres xiii solz xi deniers.

Biens et meubles vendus, après décès, des biens de Perroche, veuve de Geoffroy Sauvage :

iii coistes, ii coissains, ii couvreteurs de bureau et une essaige...

(1) *Compte de 1319*, p. 192.
(2) *Compte* cité, n° 116.
(3) *Ibid.*, n°s 112 à 117 et 542 à 579.
(4) *Doleure*, doloire, et plus bas *grappe*, outils de tonnelier. Voir Du Cange, *Dolabra*, et Thibault, *Glossaire du pays blaisois*, p. 176.
(5) *Charnier*, l'endroit où on met la viande ; *huiche*, la huche où on met le pain. On remarquera le mot *comble*, complétement garni.

Item, vi draps de lit, ii quervechiers 1 , ii toailles, ii orillers et une
serviete. — *Item,* pealle d'arin, ii pintes, ii escuelles, v sauciers, ii plaz
d'estain, une grille, un trepié, une met, une huiche plate, ii tables,
une braie a faire touasses 2 .

La moitié de tout ceci est vendu xl.v solz (3).

Après l'énumération de toute cette batterie de cuisine, de ces
oreillers, ces torchons, ces serviettes, ces coussins, ces draps de
lit, devant ces garde-mangers remplis de viande, de pain et de
gâteaux, on ne s'apitoiera plus, nous l'espérons, sur la misère
prétendue des serfs. Remarquons que nous sommes en 1389,
c'est-à-dire à une époque qui succède aux dévastations anglaises :
à une époque où la prévôté des Montils, par exemple, est réduite, comme valeur, au sixième de ce qu'elle était soixante-dix
ans plus tôt. Il est donc permis d'affirmer que sous Hugues Ier
et Gui Ier de Châtillon, les serfs se trouvaient dans une situation
bien plus prospère encore (4).

Nous sommes moins renseignés sur l'organisation du servage
au xve siècle. Il y a sur cette matière peu de documents qui intéressent les Montils. A en juger par quelques comptes de la prévôté de Basse-Beauce qui, seuls, ont subsisté (5), le nombre des
serfs a considérablement diminué. Certaines « tailles » ne com-
portent plus que deux ou trois noms. Les généalogies de serfs
faites sous Louis XII par le greffier de la Chambre des Comptes
de Blois sont l'une des dernières mentions qui paraissent dans
l'ordre des temps. On sait que les rédacteurs des coutumes de
Blois, sous François Ier, n'ont constaté que fort indirectement
l'existence du servage. En 1550, la Chambre des Comptes reconnaît qu'une maison dite : « le prétoire du maître des hommes et
femmes de chef et de corps », en la ville de Saint-Aignan, est
devenue inutile (6). Des lettres d'Henri II, du 13 octobre 1555,
avertissent la Chambre que depuis longtemps les maîtres des

---

1. *Quervechiers,* couvre-chefs, bonnets.
2. *Fouasse* ou *fouace,* sorte de gâteau. Voir Du Cange, au mot *Fouhacea.*
3) Arch. Nat., K 1203, n° 5. Compte de Pierre d'Archangier, garde des hommes de
corps de la terre de Saint-Aignan, pour Noël 1389. Article : Recette d'exploits, f° 26 r°.
(4) Notons encore que les abus de pouvoir dont les serfs pouvaient être victimes sont
réprimés et punis : le 18 septembre 1456, « Mathurin Ourry, prévost de Sauloigne, qui ce
jourdui a esté emprisonné à la requeste du procureur de Monseigneur pour certains
grietz par lui faiz, comme on dit, aux hommes de chef et de corps de Monseigneur, a
esté eslargi à xxme » Arch. Nat., Z² 303 (c^m du Vte de Croy).
5) Cités par le Vte de Croy, *Cart. de la ville de Blois,* p. 380 et 381
(6) Arch. Nat., P 2881I, f° 41 v° (signalé par le Vte de Croy).

hommes de corps ne rendent plus de comptes et que les droits sur les serfs sont oblitérés (1). Ces droits s'évanouirent définitivement au xvi° siècle et, en 1624, au moment où Gaston d'Orléans reçut le Blésois en apanage, les tailles des hommes de corps ne figurèrent sur l'état du comté qu'avec la mention d'être tombées depuis longtemps en désuétude (2). Rien ne vérifie mieux cette observation de M. Delaire : la disparition du servage n'a été « ni révolutionnaire par son but », ni « théorique dans son origine », elle a été « l'œuvre graduelle du temps » (3).

Le servage n'est pas d'origine féodale. Il est d'origine romaine. Succédant à l'esclavage antique, il a été lui-même une amélioration et un immense progrès, « car si le serf était attaché à la glèbe, la glèbe à son tour lui était attachée : c'était un usufruit perpétuel qui équivalait à une propriété réelle » (4).

En effet, la servitude impose au seigneur l'obligation de ne pas changer le serf de place ; même si la terre est vendue, il ne peut le renvoyer, ni ôter la succession de la terre à ses enfants. La fixité du gagne-pain est assurée à l'homme, et le bienfait est si grand que la plupart des écrivains socialistes trouvent inférieure à cet égard la condition de l'ouvrier moderne.

Un contrat, voilà donc ce qu'est le servage, et un contrat perpétuel entre le seigneur et le paysan. Cela est conforme à l'esprit du Moyen-Age et de la féodalité. Il ne définit pas que des droits, comme l'esprit moderne, source perpétuelle de révolution et de désordre. A côté des droits, il place les devoirs. Un échange de services règle les rapports sociaux. « Fidélité et contrat, voilà les concepts qui dominent l'organisation... tous les progrès sociaux gravitent autour de ces idées » (5). Pour être défendus, pour être protégés, pour les terres qu'ils recevaient, nombre d'hommes se sont faits serfs volontairement. Ils n'y voyaient qu'avantage. Ce qui nous choque en eux, aujourd'hui, c'est la sujétion. Mais « la sujétion de l'homme à l'homme n'offensait en eux nul sentiment d'égalité et de justice ; ils trouvaient naturel

(1) Arch. Nat., KK 848, f° 72 v° c°° du V° de Croy.
(2) Arch. Nat., R4 788, f° 62 (signalé par le V° de Croy).
(3) Delaire, La méthode d'observation dans les sciences sociales, paru dans la Revue des Deux-Mondes, 1er juillet 1879.
(4) Voir Lettres sur l'histoire de France, par G. de Pascal, préface de Paul Bourget, 2 vol. in-12.
(5) Imbart de la Tour, professeur à l'Université de Bordeaux, Les origines de la Réforme, t. I, Paris, 1905, p. 22.

que le puissant fût maître et que le faible lui obéit. Même ils voyaient dans ce système ce qui y est, à savoir un accroissement de puissance, partant de liberté pour le faible. Ils sentaient le profit d'être serfs et sujets ; ils ne rougissaient pas de se dire tels » (1).

Ainsi, dans ce cas comme dans tous les autres, les circonstances elles-mêmes avaient, à cette époque, amené et légitimé l'organisation sociale. Avec tous les grands esprits, rendons justice à la féodalité. « Par cette institution sublime, la nature, a dit Bonald, trouva le secret de *doubler*, sans étendre le sol, la propriété foncière, et elle en proportionna l'espace à la fonction de chacun dans la société. Au noble, qu'elle appelait à défendre la société, qui devait être toujours prêt à remplir cette destination, elle donna une propriété sans travail qui pût le retenir ; au peuple, elle donna une propriété avec travail qui pût l'occuper. » Et c'est avec raison que Fustel de Coulanges a pu conclure que de tous les régimes, la féodalité est celui qui eut des racines « au plus profond de la nature humaine » (2).

Gardes des serfs de la prévôté des Montils

Pierre Brossard, dès le 18 janvier 1377, avec la qualification de « receveur des hommes de Mgr le Comte de Blois. » Il paye les gages du capitaine des Montils (3). Il occupe encore son office le 3 août 1400 (4).

Macé Denis est garde l'année suivante, le 7 février 1401 (5). Il meurt en fonctions et a pour successeur Bernard Vilot.

Bernard Vilot est nommé garde des hommes de corps par lettres du duc d'Orléans, données à Blois le 20 août 1403 (6). Il devint plus tard un très haut personnage.

(1) L. Dimier, *Les Préjugés ennemis de l'histoire de France*, Paris, 1907, t. I, p. 215.
(2) Ce jugement porté sur le servage résulte encore de travaux aussi célèbres que consciencieux, tels que ceux de Viollet, *Histoire du droit civil français et les Communes au Moyen-Age*, Guérard, *Polyptyque d'Irminon*, Voir, pour notre région, Ch. de Grandmaison, *Le livre des Serfs de l'abbaye de Marmoutier*, où se trouvent de très nombreuses donations personnelles par lesquelles un homme libre se réduit en servitude, lui et sa postérité.
(3) Bibl. Nat., Pièces Orig. 2064, d° 47741, n° 2 *em* du V° de Croy.
(4) Bibl. de Blois, fonds Jours., n° 102. Dupré, *Étude sur le servage*, p. 55.
(5) Bibl. de Blois, Coll. Jours., n° 185.
(6) *Cartulaire de la ville de Blois, Notices biographiques par le vicomte de Croy*, p. 367.

Jean Prégent donne quittance de ses gages le 9 décembre 1423 ; il est encore en fonctions le 15 octobre 1434 (1).

Jacquet Francœur, « garde de la taille des Montils ». le 19 février 1446 (2) et encore en 1450 (3).

Il était en 1457 « clerc demorant à Blois » et devint plus tard maître des ouvrages du comté (4).

Etienne Tiercelin, garde, le 19 octobre 1458, en 1462 et encore le 14 juillet 1468 (5). Il était en 1478 censier des Montils (6).

DIVERS FONCTIONNAIRES EN RÉSIDENCE AUX MONTILS

Procureur de la prévôté. — En 1688, Henri Aiguy de Châtillon est « procureur de la chastellenie et prévosté des Montils ».

Syndic des habitants (7). 1660. — Simon Moreau. Il est désigné dans une assemblée des habitants des Montils pour soutenir à Blois un procès intenté aux religieux de Boulogne (8).

1696. — Michel Giton, « marchand boulanger et cabaretier ».

1699. — Louis Chaubert. Il obtient le privilège de ne payer que 40 sols de taille pendant le temps qu'il sera en charge (9).

1739. — Henri Fellion.

1753. — Pierre Jousset.

1763. — François-Jousset.

1772. — André Fallague.

Notaire. — Le notariat des Montils n'était point un office seigneurial, mais royal. La juridiction de l'étude s'étendait sur les trois paroisses des Montils. Candé et Monthou. Cet établissement d'un notaire royal avait toujours empêché qu'il n'y eût un notaire seigneurial.

---

(1) Bibl. Nat. Pièces Orig., vol. 2374, d° 52282, n° 2. — Arch. Nat. Z² 340 (c™ du V™ de Croy).

(2) Arch. Nat. Z² 338 (signalé par le V™ de Croy).

(3) Dupré, *loc. cit.*, p. 55.

(4) C™ du V™ de Croy.

(5) Dupré, *loc. cit.*, p. 56. — Bibl. Nat. Pièces Orig., vol. 2842, d° 63068, n°ˢ 2 et 3 (signalé par le V™ de Croy).

(6) Arch. Nat. QI 471² (c™ du V™ de Croy). — A côté de ces gardes se trouvaient les collecteurs des tailles dont fait mention la pièce de 1402, citée ci-dessus page 248.

(7) C'était une place équivalente à celle de Maire ; le syndic était chargé de présider à la répartition de la taille, de défendre autant que possible les intérêts locaux et de soutenir les procès de la communauté.

(8) Etude du notaire des Montils.

(9) *Ibid.*

Les premiers actes de l'étude du notaire des Montils que nous ayons trouvés remontent au commencement du xvie siècle.

1515. — Labbé.

1517. — Thomas Arnoton.

1523. — Jean Jacquelin

1524. — Pierre Thomas.

Deux Notaires aux Montils

1532. — Jean Millet porte le titre de clerc juré du scel royal du bailliage de Blois aux Montils. Le même jusqu'en 1546 (1).

1538. — Claude Martineau.

1553. — Martin Guynot.

1554, 1557. — Noël Berry (2).

1566 à 1574. — Pierre Mercier.

1557 (2 juin). — Pierre Menoust. Le même encore notaire en 1573 (3).

1594. — Guillaume Monnière (4).

1608. — Pierre Boucher.

1614. — Salomon Tillard, « notaire et tabellion royal au bailliage de Blois, colloqué en *la paroisse royale des Montils* (5). » (Encore en exercice en 1632).

Le 20 mai 1614, il y eut une « visitation » contre des gens qui détruisaient les murs de l'ancienne ville. La visite eut lieu à 9 heures du matin ; il fut constaté que depuis un mois, un maçon, nommé Martin, s'était permis d'abattre, avec trois ou quatre de ses aides, une muraille faisant clôture de la dite ville. Il répondit que c'était Salomon Tillart, notaire aux Montils, qui l'avait commandé.

Le notaire comparaît en personne ; on lui fait observer qu'il ne devait pas entreprendre sur les murailles de la dite ville qui appartient au Roi, et il lui est défendu de continuer à l'avenir (6).

1622. — Lenoir.

1) Divers actes du château de Candé (relevés par le Vte de Croy).

2) Ibid.

3) Ibid.

4) Ibid.

5) Arch. Dép. de Loir et Cher.

6) Arch. Nat. Q¹ 171.

1634. — Daniel Tillart, d'abord « praticien ». Il demeurait aux Ferrettes, près Beauval, paroisse d'Ouchamps. (Encore en exercice en 1640).

1642, 1646. — Jehan Chahaigues ; nous le trouverons « sergent royal » en 1660.

1652. — Sébastien Lenoir ; il est appelé en 1664 « sergent royal ».

1663-1664. — Claude Charruyau.

1666. — Paul Jacquelin « seigneur du Prasteau ». En 1674, il reçoit de Paris une lettre du propriétaire de la Caillière, Pierre Thomas, bourgeois de Paris, dans laquelle celui-ci lui annonce qu'il lui envoie *des gants;* puis dans ledit paquet « un livre nouveau qui n'est pas du commun et est bien savant et divertissant ». Enfin il ajoute : « rien de nouveau à Paris sinon qu'on dit qu'on travaille fort au procès des coupables, aux affaires du temps (1). »

1678. — Gaspard Lenoir ; en 1699 il était procureur à Ouchamps.

1691. — C'est de cette année que date l'établissement du contrôle des actes des notaires.

1710. — Pierre Jacquelin.

1737. — Anxoine.

1750. — Gabriel Bredon ; quand il mourut, il était procureur fiscal de la châtellenie.

1773. — Jean-Gabriel Bredon, des Montils.

1773 (11 mai). — Vente de l'étude (2).

1783. — Pierre-Michel Bonnard.

1793. — Hippolite Gaultier. « notaire national ».

1806. — René-Michel-Angélique-Fidèle Delalande.

1812. — Stanislas Mayer.

1825. — Prosper Mayer.

1861. — Henry Mayer.

1871. — Georges Chauvin.

---

1. Etude du notaire des Montils.
2. « Madame Anne-Françoise Louet, épouse non commune en biens de Claude-François Boisguéret, écuyer, seigneur de la Vallière, vend à messire Louis de Maussion, chevalier, seigneur de Candé, ancien conseiller au Parlement de Paris, *l'office de notaire royal, garde notte,* au Comté et Bailliage de Blois, colloqué aux bourgs et paroisses des Montils, Candé et Monthou, ensemble *la pratique* attachée audit office dont Mʳ Jean-Gabriel Bredon, notaire royal aux Montils, est pourvu et a droit de jouir en conséquence du bail à lui fait pendant sa vie par Dame Catherine Rossart des Naudins, mère de ladite Dame de la Vallière, etc., moyennant la somme de douze cents livres francs deniers. » Etude des Montils.

1882. — Georges Boutroux.

1887. — Alphonse Letessier.

1894. — Georges Filly.

1907. — Julien Yvert.

SERGENTS ROYAUX (1)

La sergenterie des Montils était un service royal héréditaire.

1635. — Jean Drouineau ; en 1632, il était « praticien royal ».

1649. — Daniel Villiers.

1657. — Jacques d'Arnault, « huissier royal » en 1659.

1659. — François Drouineau ; en 1665, il était « huissier royal au bailliage de Blois » ; en 1672, « greffier royal ».

1660. — Jehan Chahaigue ; il demeurait alors à la Roullière, paroisse de Valaire

1664. — Sébastien Lenoir.

1676. — Gabriel Duchesne.

1758. — Jacques-Clair Garnier.

1760. — Louis Chaubert ; il vendit la charge pour 500 livres à André Cazin.

1766. — André Cazin.

1774. — Jean-Baptiste Nouel, « sergent priseur de la châtellenie de Candé, les Montils et Monthou-sur-Bièvre ».

1779. — Pierre-Laurent Bourgeois, « huissier, sergent royal ».

HUISSIERS ROYAUX

1659. — Jacques d'Arnault.

1667. — François Drouineau.

1691. — Louis Chaubert.

1704. — Salomon Tiger.

1746. — Louis Chaubert.

1773. — André Cazin.

1778. — Jean-Mathieu Habert ; son frère, Charles-François Habert, était alors secrétaire de Mgr l'Évêque de Blois.

---

1 C'étaient des officiers de justice, dont les fonctions consistaient à donner des exploits, des assignations, à faire des saisies, à arrêter ceux contre lesquels avaient été portés des décrets. Ils étaient chargés d'exécuter les ordres du prévôt et de veiller au maintien de la paix publique.

CHIRURGIENS

1575. — Charles Guillard (1).

1598. — Guy Bajet (2).

1628 — Jacques Jacquelin.

1664. — Messire Mulot.

1664. — Georges Billard.

1665. — Florimond Maillard. Il était d'abord installé à Candé.

1691, 29 août. — Jacques Jacquelin. Nous avons de lui un certificat. Il déclare que le prieur René Pinon, âgé de plus de 72 ans, est « fort caduc et infirme, ne pouvant aller à pied ne monter à cheval, au moins que de hazarder sa vie, n'estant nullement portatif, et ayant une jambe dont il est incommodé, ce qui peut l'empescher de faire aucun exercice de chemins » (3).

1697. — Paul Mullot. A cette époque, il signait : « demeurant en sa maison des Cormes ».

1704. — Henri Fellion.

1708. — Germain Moreau.

1710. — Louis Fellion.

1715. — Louis Tiger.

1716. — Gervais Boisseau.

1719. — Jean Sebault.

En 1737, son fils était notaire et tabellion de la châtellenie d'Ouchamps et demeurait aux Montils.

En 1753, il devient « procureur au siège seigneurial de Ville-louët et notaire à la baronnie de Cormeré le Bourg ».

1719. — Jean Rabouin.

1734. — Henri Mallet.

1741. — Nicolas et Jean Mallet.

1743. — Gabriel Dubois.

Son père, Gabriel Dubois, était officier du Roi, en la capitainerie royale de Blois.

1760. — André Fallague ; il s'était d'abord établi à Ouchamps.

(1) Arch. Nat., Q1 473.
(2) Arch. Nat., Q1 473.
(3) Arch. Nat., Q1 473 c** du V° de Croy). — Le prieur devait faire hommage du censif de Thubœuf et la Chambre des Comptes avait fait saisir ce fief pour l'obliger à venir en personne rendre ses devoirs de vassal. On voit que la Chambre des Comptes de Blois, en plein règne de Louis XIV, ne plaisantait pas sur les obligations féodales. Le certificat du chirurgien libéra le prieur.

ÉCOLES

Les archives locales nous fournissent peu de documents touchant l'instruction dans la paroisse des Montils. Cependant, il y avait deux écoles comme le prouvent les actes suivants :

Pour l'école des filles, les registres paroissiaux nous ont transmis le mariage, en 1707, de Marie Cuvier, « maistresse d'école au bourg ».

Pour l'école des garçons, nous n'avons rien trouvé avant 1793. A cette époque, Joseph Martin, « maître d'école », est nommé pour rédiger les actes publics des citoyens (1).

POSTES

1628. — Lambert Citoye « chevaucheur des écuries du Roi tenant pour Sa Majesté la poste aux Montils » (2).

A sa maison était attaché Gilles Callan, « piqueur ordinaire pour Monseigneur, frère unique du Roi » (3).

1632. — Philippe Chagueneau, « maistre de poste aux Montils » (4).

Il était valet de chambre du prince de Condé et seigneur de la Guillonnière et de Montcrochet ; il eut pour successeur dans sa charge son fils.

1659. — Philibert Chagueneau. Le 10 octobre 1681, il épouse Madeleine Aubourg, fille du maître de poste de Chouzy (5). Il se démet de sa charge en faveur de son fils, « sous le bon plaisir de sa Majesté et de Monseigneur son chancelier » (6).

1685. — Gilles Chagueneau.

Par un contrat spécial, les chevaux de la poste lui sont remis pour la somme de 300 livres.

En 1701, il signe : « officier de fourrière » (7).

1716. — Jean Tournier, « maistre de la poste aux Montils ».

Selon M. Dupré, le service de la poste par les Montils a cessé

1) Archives municipales des Montils. — Voir la période contemporaine.
2) Registres paroissiaux.
3) Ibid.
4) Ibid.   Voir p. 224.
5) Archives de Chouzy ; communiqué par M. Ludovic Guignard.
6) Étude du notaire des Montils.
(7) Ibid.

en 1740. Ce changement a dû s'opérer un peu plus tard, car le
18 février 1745 le prieur des Montils baptise une fille de Jacques
Tournier, « maistre de poste » (1).

En 1753, son fils, Jean Tournier, était « maistre de la poste,
pour le Roi », à Bléré (2).

ADMINISTRATION DE LA JUSTICE (3)

La justice des Montils n'a jamais été exercée sur les lieux ;
elle était unie au bailliage de Blois (4).

Dans les paroisses des Montils, Candé. Monthou, il n'y avait
ni auditoire, ni prisons, ni geôles ; la construction de ces locaux
aurait coûté 6.417 livres 13 sols 6 deniers.

Dans son histoire de Blois, Bernier s'exprime ainsi à ce sujet :
« Le bourg des Montils, qui environne la maison royale, n'a point
de justice sur le lieu et dépend de la châtellenie de Blois ».

Engagée vers 1722 au sieur Mahy, elle fut exercée par les officiers de sa justice de Cormeré-le-Bourg jusqu'en 1772.

En 1743, le bailli de Cormeré publiait, le 28 avril, une ordonnance portant « injonction à tous les habitans des Montils de
« porter leur cause à l'advenir devant le bailli de Cormeré, avec
« défense de plaider ailleurs ».

Tous les habitans des Montils réunis en assemblée générale,
protestèrent contre cette ordonnance et refusèrent de reconnaître cette juridiction pour les raisons ci-après exprimées :

« ..... Les desnommés sont la plupart habitans du village de
la Haye, distant de trois quarts de lieue de ladite paroisse des
Montils ; ils n'ont point été appelés à la délibération ; douze
habitans tumultuèrement assemblés ne peuvent les engager ;
il n'y a donc point eu d'indication d'assemblée, le dimanche précédent, au prône ou issue de la messe paroissiale ; l'assemblée
fut tenue un jour ouvrable et ils étaient à leur besogne ; pour
quoi ils ne peuvent s'empêcher de réclamer et d'implorer l'assistance de la cour du Parlement, tout résistant d'ailleurs à un

1) Registres paroissiaux, déposés au greffe.
(2) Étude du notaire.
3) Voir règlement de 1775, appendice n° VII.
4) Le bailli de Blois exerçait le pouvoir judiciaire du Comte. Au bailliage venaient en
appel les diverses juridictions que les seigneurs vassaux du comte exerçaient dans
leurs terres.

pareil consentement : l'éloignement des lieux, l'incommodité des chemins impraticables en hiver, la difficulté de trouver des conseils dans un lieu qui n'est habité que par des paysans, la nécessité de les aller trouver à Blois et de perdre deux journées, l'une pour se consulter, l'autre pour plaider ; la distance de la juridiction à deux lieues des Montils, plusieurs juridictions intermédiaires, le lieu de Cormeray à une extrémité et le bourg des Montils à l'autre, le peu de convenance qu'une juridiction royale et prévôté, une paroisse soit subjette à un simple hameau sans paroisse, sans église.

« Les susnommés donnent pouvoir de requérir à nos seigneurs du Parlement qu'une nouvelle assemblée soit faite pour donner leur avis librement et sans contrainte ou de requérir que la justice soit exercée en la paroisse des Montils, comme le lieu le plus convenable » (1).

Le vœu des habitants ne fut réalisé qu'en 1772 ; par lettres-patentes du 12 juin, les trois justices de Candé, Monthou et Chailles furent réunies à celle des Montils.

Ce fut à cette époque que Louis XV échangea la châtellenie et la prévôté des Montils contre 527 arpents, 79 perches, 5 pieds de bois taillis, terres, routes et friches en plusieurs pièces sur les territoires de Rueil, Bougival, Sèvres, Ville-d'Avray, Chaville, La Selle, Vaucresson, Garches, Villeneuve, avec dame Catherine de Jort de Fribois, veuve de Nicolas-René Berryer, chevalier, garde des sceaux de France et ministre d'Etat (2).

Greffe. — Les produits du greffe, pour la justice des Montils, n'avaient pas excédé la somme de 60 livres, dans les 10 années antérieures à l'échange (1771).

Amendes. — Les amendes civiles, criminelles et de police de la justice des Montils n'avaient rien produit dans les 10 années antérieures à l'échange.

Frais de justice. — En 1775, les frais de justice occasionnés par l'exercice de la justice des Montils s'élevaient à la somme de 32 livres, 13 sols, 4 deniers comme il suit :

10 livres pour les gages du bailli ;

6 livres 13 sols 4 deniers pour ceux du procureur fiscal ;

1. Etude du notaire des Montils.

2. Extrait d'un imprimé de l'étude des Montils, année 1772. Cette pièce devait avoir 16 pages, il ne s'en trouve que la moitié.

3 livres pour les gages du geôlier ;

3 livres pour les frais de procédure criminelle :

5 livres pour les gages du greffier :

5 livres pour les frais des prisonniers et des enfants exposés.

INDUSTRIE ET COMMERCE

Fabrique de draps. — Au xvᵉ siècle, il y avait au moulin de Rouillon une double usine : l'une pour moudre le grain, l'autre pour la fabrication du drap. Les moulins installés de la sorte étaient nombreux en Blésois. Tel était celui du Moulin-Franc, paroisse de Saint-Sulpice, près Blois (1).

L'établissement d'un moulin semblable aux Montils se trouve démontré par un acte émané de la reine Claude, épouse de François Iᵉʳ ; c'est une permission accordée par cette princesse, au mois de novembre 1519, et ratifiée par le roi, de « muer et travestir une roue à fouler draps, dépendante du moulin de Rouillon, près les Montils, en une roue à moudre grains ».

En 1840, M. de Fougères, propriétaire de Rouillon, voulut réinstaller dans ce moulin une fabrication de draps, interrompue pendant trois siècles. L'entreprise ne donna pas de résultats satisfaisants et fut abandonnée.

Four à chaux. — Il existait aux Montils un four à chaux bien avant le xvᵉ siècle : il était exploité au profit du comte de Blois.

C'est ce qui ressort clairement d'un marché passé en 1467 (2) par Marie de Clèves, veuve de Charles d'Orléans et comtesse douairière de Blois, pour des constructions à exécuter au château des Montils. Après qu'on y a réglé les conditions de ce travail, on ajoute qu'il a été nécessaire de « refaire tout de neuf un fourneau à faire chaulx qui d'ancienneté est sus la douve des fossez du chastel des Montilz, lequel estoit fondu et plain de terre ».

Moulins. — Au Moyen-Age, il y avait deux moulins sur le territoire des Montils : l'Hermitage et Rouillon.

Dans un inventaire conservé dans le fonds de l'abbaye de

---

(1) Arch. Nat. KK 897, fᵒ 85, cᵗᵉ du Vᵗᵉ de Croy.

(2) Bibl. de Blois, Jours., carton XVII, nᵒ 123. M. Dupré, qui a publié cette pièce intéressante, dans ses *Renseignements sur les Montils*, regrette que le parchemin sur lequel elle est écrite ait été coupé en cet endroit et que le reste du compte manque.

Bourgmoyen, nous avons trouvé l'énoncé de plusieurs pièces concernant l'Hermitage. Les documents analysés sont, entre autres : 1° l'achat en 1339 de la moitié du moulin de l'Hermitage par les religieux de Bourgmoyen ; en 1302 une sentence du bailli de Blois touchant la chasse du moulin de l'Hermitage.

Rouillon, dont nous avons parlé plus haut, est sans contredit le plus important et le plus ancien des moulins établis sur le Beuvron. Il est mentionné dès le xiiie siècle. Il est probable que sa construction, comme celle de tant d'autres moulins, est due aux moines qui ont mis en valeur le pays. En 1289, une partie du moulin est à l'abbaye de Saint-Laumer, de Blois, qui la cède à Renaud d'Aguzon (1). En 1443, Jean du Pont possède une closerie aux Montils et des terres près du moulin (2). Vers 1480, il appartient à Raimond de Moulins, archidiacre de Blois, et, au xvie siècle, à la famille de Moulins-Rochefort.

Plusieurs actes notariés établissent clairement l'existence simultanée de deux moulins à Rouillon. Le moulin vieux était appelé le grand moulin. En 1689, M. de Sainte-Fère le possédait ; l'autre, le moulin neuf, était la propriété de Charles de La Vallée, sieur de Terrouenne et de Guillaume de Berziau.

A cette époque, le moulin vieux était prisé 249 livres et le moulin neuf, 290 livres.

En 1780, M. Leray de Chaumont, propriétaire de Rouillon, le fit mettre *à blanc*, à l'instar des moulins d'Etampes, afin de pouvoir fournir des farines aux Américains en quantité suffisante pour la guerre de l'Indépendance, car l'honorable M. Leray avait embrassé chaudement cette cause et s'était engagé envers Franklin à le soutenir par de forts approvisionnements (3).

La prisée faite en 1786 monte au chiffre de 887 livres : en 1797, elle était de 1.928 livres et le bail de 1.200 francs.

Les meuniers de la prévôté des Montils ne pouvaient exercer le droit de *chasse* ou *quête à moulin*, c'est-à-dire aller chercher les grains dans l'étendue de cette prévôté, pour les faire moudre à leurs moulins, sans, au préalable, s'abonner avec le fermier ou l'engagiste de la prévôté (4).

(1) Pièces justif. n° VIII.
(2) Arch. Nat., Z² 395 ; 20 février 1443. (Signalé par le Vte de Croy). Sur les du Pont, famille bourgeoise de Blois, voir le *Cartulaire de la ville de Blois*, p. 304-305, notice par le Vte de Croy.
(3) Dupré, *Renseignements historiques sur les Montils* dans la *Revue de Loir-et-Cher* t. I (1887), p. 20.
(4) Dupré, *Renseignements sur les Montils*.

Par une charte qui se trouve aux Archives Nationales (1), les meuniers des Montils étaient obligés de porter les *monnées* pour les habitants.

D'après le compte de 1456 de Jean Viart, receveur du domaine du comte de Blois, il paraît que les meuniers des moulins de Gouvert (2) et de Palluau (3) ne pouvaient chasser ni quêter blés sans le congé du comte, de ses officiers ou de ses prévôts fermiers du lieu des Montils.

Dans un acte du 26 janvier 1482, Raymond de Moulins (4), archidiacre de Blois, certifie que Jean Serine, receveur ordinaire du domaine de Blois, l'a fait tenir quitte et paisible par le prévôt fermier des Montils, en l'année présente, de la somme de 60 sols sur ce qu'il devait audit prévôt pour la chasse de son moulin à blé de Rouillon, assis en la paroisse des Montils, laquelle somme de 60 sols, Madame la duchesse d'Orléans, comtesse de Blois, lui avait donnée par chacun an sur l'abonnement de sa dite chasse (5) tant qu'elle aurait la garde et administration de Monsieur le duc, son fils, le jeune duc d'Orléans, depuis le Roi Louis XII (6).

Depuis 1697, la prévôté des Montils avait été aliénée à titre d'engagement et le droit de chasse était reçu par les divers engagistes. Ce droit consistait dans une redevance muable à volonté, payable chacun an, au plaisir et volonté du comte de Blois, de ses officiers, prévôts ou fermiers, en grains et en argent, par les meuniers de tous les moulins situés dans l'étendue du comté de Blois, suivant l'abonnement qu'ils étaient tenus d'en prendre, pour avoir, dans le ressort de la prévôté des Montils, la permission de quêter ou chasser blés et moutures, à peine de confiscation des dits grains et moutures, des charrettes, che-

1. Arch. Nat., L. 982, n° 13.

2. Paroisse d'Ouchamps.

3. Sur la Bièvre, paroisse de Monthou-sur-Bièvre. — Par lettres données à Calais, le 30 juin 1430, Charles d'Orléans avait donné à Jean Le Fuzelier pour chacun de ces deux moulins, qui étaient sis en la châtellenie des Montils, droit de quête, moyennant une redevance annuelle de 5 sous tournois par moulin. Arch. Nat., KK 867, f° 100 em du V° de Croy).

4) De la famille de Moulins-Rochefort. Voir *Cartulaire de la ville de Blois*, page 382.

5. Bibl. de Blois, Coll. Joursanvault, suppl n° 176. — Par cet acte, on voit que l'archidiacre s'était abonné avec le fermier de la prévôté des Montils pour conserver son droit de chasse à moulin, mais que la comtesse lui avait fait remise d'une partie de la taxe d'abonnement. (Note de M. Dupré). Fourré, dans les *Commentaires sur les coutumes de Blois*, explique en quoi consistait cette servitude féodale.

6. Pareil acte existe, à la date du 31 décembre 1478, Bibl. Nat. P. Orig., vol. 2073, de 47115, n° 30, signalé par le V° de Croy).

vaux ou autres bêtes, qui seraient trouvés saisis, soit en allant,
soit en revenant.

Le produit de ce droit montait à la somme de 44 livres 18 sols
6 deniers de revenu annuel.

Le droit de chasse, pour la prévôté des Montils, s'étendait sur
les paroisses de Vineuil, Saint-Gervais, Chailles, Candé, les
Montils, Seur, Cellettes, Tour-en-Sologne, Cour-Cheverny,
Fresnes, Feings, Fougères, Chitenay, Monthou, Valaire, Ouchamps, Sambin, Pontlevoy et Thenay.

Le 12 avril 1596, François Siret, lieutenant général du comté
et bailliage de Saint-Aignan en Berry, confesse devoir au roi
5 sols tournois pour la chasse du moulin du Gay Saint-Martin,
en la prévôté des Montils (1).

D'une manière générale, la perception de ces *droits de chasse*,
en Blésois, était rattachée aux prévôtés.

Boucherie. — La boucherie des Montils constituait un des
revenus de la seigneurie. Il y avait un fermier général qui cen-
tralisait les recettes, jouissait de certains privilèges et était seul
responsable. Les bouchers possédaient, aux Montils, trois étaux
qui payaient, chaque année, l'impôt au comte de Blois. A la fin
du xive siècle, ils n'étaient d'aucun rapport « parce qu'ils furent
abattuz par les guerres » (2).

En 1637, nous voyons Robert Barbellion, « marchand boucher »

En 1667, Jean Tournier, « fermier général de la boucherie des
Montils », permet à Florand Affoirard, charcutier, « de tuer du
porc depuis la Toussaint jusqu'à carème prenant, à l'exclusion
de toutes viandes, pour 6 livres ».

La ferme de la boucherie, en 1625, était de 30 sols pour trois
années ; vers 1771 elle s'élevait à la somme de 60 livres.

Au commencement du xviiie siècle, le fermier de la boucherie
devait, comme menue redevance, à Charles de La Vallée, seigneur de Terrouenne et des Montils, « 6 langues de bœuf » (3).

Le droit de boucherie aurait été aliéné en 1722, à Guillaume
Mahy, seigneur de Cormeray (4).

(1) Arch. Nat. Q¹ 473 (c¹⁰ du V¹ᵉ de Croy).
(2) Arch. Nat. KK 301, f° 4 r°.
(3) Etude du notaire des Montils.
(4) Arch. Dep. de Loir-et-Cher, F 281, f° 19.

Maîtres maçons. — Au xviie et au xviiie siècle, les Montils possédaient un certain nombre de « maîtres maçons » entrepreneurs. D'après plusieurs actes de l'étude du notaire, ils venaient presque tous de la Haute-Marche.

En 1650, le maçon gagnait 5 sols par jour ; le manœuvre 2 sols 1 denier. Une toise de mur se payait « 5 sols et nourri ».

Auberges. — A la fin du xviie siècle, il y avait en même temps plusieurs auberges dont nous avons trouvé les noms dans les archives de l'étude des Montils.

En 1489, la Maison-Dieu des Montils prend une rente de 3 sols 15 deniers sur une maison « où pend pour enseigne : Le Cygne ». En 1662, il y avait une auberge appelée *La Gresle.*

En 1669, Georges Hécart est « hostellier cabarettier ».

1680. — Bertrand Common, « marchand cabarettier au logis qui a pour enseigne : Le lièvre qui dort ». A la même époque, Guillaume Michelet prend « un abonnement de cabarettier, pour payer par termes de deux mois, les droits de trois poinçons de vin, 6 livres 15 sols ».

1680. — Jean Girard, commissaire à l'exercice des aides, interpelle Jacques Cinet, « marchand cabarettier à l'Ecu, accusé d'avoir vendu du vin en gros » (1).

1696. — Quelques années plus tard, Michel Giton, « marchand boulanger et cabarettier à l'enseigne : Le Dauphin » ; dans un autre acte, il est dit : « l'hostellerie où pend le Dauphin ».

1683. — Le même Jacques Cinet reconnaît avoir reçu 6 l. pour dépense de bouche, faite en sa maison, en cours de visite des bâtiments du domaine.

DIFFÉRENTS CORPS DE MÉTIERS

Dans les archives de l'étude du notaire des Montils, pendant les xviie et xviiie siècles, nous avons trouvé beaucoup de contrats d'apprentissage ; ces documents nous ont servi à préciser le nombre des différents corps de métiers existant aux Montils à cette époque et les conditions de l'engagement, soit de la part du patron, soit de celle de l'apprenti.

Chirurgien. — En 1667, Henri Cinet, des Montils, est placé

(1) Archives Nationales.

comme « apprenti dans l'art de la chirurgie » à Ouchamps, à partir du 2 février. « feste de la Purification de la Vierge », pour 180 livres.

Menuisier. — En 1668, apprentissage pendant deux ans pour 93 livres. En 1731, Blaise Buisson était « mesnusier aux Vieux-Montils ».

Tailleur, couturière. — En 1650, une couturière gagnait 3 sous par jour. Apprentissage d'une tailleuse-couturière, en 1669, pendant un an : 30 livres, chez Silvain Gagnaison, « tailleur d'habits ». En 1700, Jacque Anxoine, « marchand tailleur ». En 1737, Nicolas Laurent, vigneron, met sa fille, Françoise, âgée de 25 ans, en apprentissage pour un an, chez Pierre Moreau, « tailleur d'habits », pour 33 livres. En 1760, Silvine Aubert apprend le métier de couturière pour 33 livres.

Tisserand. — En 1650, la façon d'une aune de toile coûtait six sous. L'apprentissage de tisserand était payé 18 livres en 1669, 25 livres en 1672, 10 livres pour 15 mois en 1771. En 1696, Marguerite Butet était « tissière en toile ».

Tonnelier. — L'apprentissage de tonnelier coûtait pour deux ans, en 1672 : 45 livres, 75 livres, 66 livres.

En 1677, Claude Charruyau, « directeur de l'aumosne des Montils et procureur fiscal de la seigneurie d'Ouchamps », met son fils, Paul, en apprentissage aux Montils chez Henri pour apprendre « le métier de thonnellier », pour 60 livres, un septier de seigle et encore « la somme de 3 livres pour *les épingles* de la femme dudit Henri ».

Cordonnier. — En 1650, les souliers d'enfant coûtaient 4 sous 6 deniers : c'était le prix d'une douzaine d'œufs. En 1632, Jehan Amyot, « cordonnier ». En 1669, Jean Gaignaison, « honorable homme ». En 1748, Julien Ribou est mis à Tours en apprentissage pour « apprendre le métier de cordonnier » pour 150 livres.

Couvreur. — 1680, Jean Joubert, « couvreur ». En 1650, un couvreur gagnait 7 sols par jour.

Maréchal. — En 1687, François Chaffin, « mareschal ès forges ».

Serrurier. — 1688, Jacques Ragois, « serrurier ». En 1771, un apprentissage coûtait pour trois ans 112 livres.

Grainetier. — 1703, Brisebarre, « marchand d'avoisne ».

18

Perruquier. — 1583, Jehan Guillart, « barbier en la ville des Montils ». 1713, Pierre Rottin, « perruquier ».

Charron. — 1748, apprentissage pour 18 mois, 96 livres. 1790, apprentissage pour 18 mois, 120 livres.

Bourrelier. — En 1755, Pierre Certain, « domestique de M. le Curé de Candé », âgé de 26 ans, se met en apprentissage de bourrelier aux Montils pour 6 livres. En 1786, autre apprentissage pour 36 livres et 60 boisseaux de méteil.

Sabotier. — 1765, apprentissage pour 40 livres ; en 1790, pour 72 francs.

Lingère. — 1785, pour 108 livres.

Tourneur. — En 1771, pour deux ans, 15 livres.

Charpentier. — En 1771, trois ans, sans argent.

CHAPITRE NEUVIÈME

CULTURE, PRIX DE LA VIE ET DIVERS TRAVAUX

Nous ne pouvons, pour le Moyen-Age, citer qu'un seul document qui intéresse la culture. Il a trait à une institution assez curieuse et qui paraît bien spéciale au Blésois, pour cette époque. On y constate l'existence d'une sorte de garde-champêtre. Le 8 avril 1458, « Jehan Musnier, paroissien de Chailles, a été commis prayer et garde des vignes, prez et autres héritages jusques à un an en la chastellenie des Montilz, par le conseil de Jehan Popée, prévost dudit lieu, Jehan Labbé, de la paroisse des Montiz ».

Il en était de même dans chaque prévôté, puisque le 1ᵉʳ mai suivant, on institue un « prayer et vigner » en la prévôté de Baines (1).

Le 6 juin 1678, un orage tout à fait extraordinaire détruisit les récoltes. Il frappa assez les esprits pour qu'un Anglais qui résidait alors à Blois, en ait envoyé une relation dans son pays, où elle fut publiée. Ce fut cet orage qui fit écrouler l'église Saint-Solenne et obligea de reconstruire la cathédrale actuelle de Saint-Louis. Il commença entre minuit et une heure du matin. La grêle tomba durant une heure, de la grosseur d'une noix. Rien ne subsista sur le sol dans les environs immédiats de Blois. « Le désastre est si complet qu'on ne saurait même dire s'il y eut jamais du blé ou de la vigne dans ces champs, tellement tout a été saccagé ». Le 29 juin, cet Anglais écrit à Londres :

« Quatre autres paroisses ont encore été gravement dévastées, sans cependant avoir subi la ruine complète Ce sont : Landes, Madon, Les Montils et Candé (2) ».

(1) Arch. Nat., Z¹ 347 (c⁽ᵐ⁾ du Vᵗᵉ de Croy)

(2) *Strange news from France*, etc. With Allowance. London. Printed for L. C. 1678 (British Museum, 1166, d. 48). Papiers de M. l'abbé Porcher, aux Arch. Dép. de Loir-et-Cher.

M. Mahy du Coudray, contrôleur en 1778 (1), nous donne un aperçu intéressant sur la culture et les travaux des champs :

« Il y a 3 charrues dans la paroisse des Montils ; chaque charrue peut faire valoir de 14 à 15 arpens de terre.

« Le sol produit du blé froment presque point ; un peu de méteil, du seigle et du vin.

« Les habitans ne font point d'autre commerce que celui qui résulte de la culture des terres, principalement des vignes.

« Le cent de bottes de paille vaut 8 l. ; le cent pesant de foin vaut 1 l. 10 ».

Les vendanges donnaient lieu, jadis, à de grandes réjouissances, même dans les plus hautes classes de la société. En 1777, dans les comptes de M. d'Espagnac, seigneur des Montils, qui possédait le château de Cormeré, aujourd'hui Chitenay, on lit :

« Payé au nommé Gaultry 6 livres, pour avoir joué plusieurs fois du violon au château aux vendanges dernières, et avoir fourni de corde à M. Pégorier, 6 livres » (2).

Évaluation du revenu de chaque nature de biens, suivant la production du sol, prise dans une année commune.

LES TERRES

1re classe. — L'arpent de terre de 1re classe produit, année commune, 130 gerbes qui rendent, métine déduite, 3 septiers et demi de méteil, mesure de Contres — (on se sert, en cette paroisse, de la mesure de Blois et de celle de Contres — dont il n'appartient que moitié au propriétaire, sur quoi il est convenable de déduire un quart de septier pour la semence, qui, à raison de 10 l. 16 le septier, forme un revenu de 16 l. 4, dont le tiers est de 5 l. 8,

porté à 6 l.

2e classe. — L'arpent de terre de 2e classe, année commune, produit de 100 à 110 gerbes, qui rendent, métine déduite, 3 septiers et demi

(1) Guillaume Mahy du Coudray, contrôleur du 20e, chargé de la vérification générale des biens et revenus actuels des Montils.

(2) Arch. Dép. de Loir-et-Cher, E 24. — Plus bas on trouve ceci : « Payé aux nommés Davau et Gaultry douze livres pour avoir joué du violon au château le jeudi-gras ». Pour ce bal, sept douzaines de biscuits sont achetés à Gitton et à Guillemeau, marchands à Chitenay.

Inutile de faire remarquer que les habitudes sont moins simples à notre époque.

de méteil qui, d'après l'opération ci-dessus, donnent, semence déduite, un septier un quart au propriétaire à raison de 10 l. 16 le septier, forme un revenu de 12 l., dont le tiers est de 4 l. 38,

porté à 4 l.

3ᵉ classe. — L'arpent de terre en 3ᵉ classe produit, année commune, 120 gerbes qui rendent, métine déduite, 3 septiers et quart de seigle, mesure de Contres, qui, d'après l'opération ci-dessus, donnent au propriétaire un septier quart et demi, qui, à raison de 7 l. le septier, donnent un revenu de 9 l. 22, dont le tiers est de 3 l. 8,

porté à 3 l.

Le contrôleur ne fait pas mention des avoines, étant abandonnées par le plus grand nombre des propriétaires.

LES PRÉS

L'arpent de pré, 1ʳᵉ qualité............................... 30 l.

— — 2ᵉ — .... 24 l.

L'arpent de pré, dans cette paroisse, peut donner 30 quintaux de foin à 1 l. 10 le quintal, ce qui fait une somme de 45 l. Pour quoi délaissant le tiers pour les frais de récolte, reste 30 l.

Les prés de 2ᵉ qualité ne donnent que 24 quintaux.

LES BOIS

L'arpent estimé 4 l.

LES VIGNES

L'arpent de vignes, en cette paroisse, peut produire année commune, 5 pièces de vin qui peuvent se vendre 26 l. la pièce, ci.. 120 l.

Pour quoi il faut déduire pour les façons, fosses, fumier et charniers .... 68 l. ⎫
Poinçons.......................... 17 ⎬ 100 l.
Frais de vendange de 3 l. par poinçon .... 15 ⎭

Reste .... 20 l.

Sur laquelle somme de 20 l., il convient de déduire un 12ᵉ pour la réparation des bâtimens servant à l'exploitation des vins, suivant l'arrêt du Conseil d'État du Roi du 26 avril 1778, reste.... 18 l. 6 s. 8

Et comme il se trouve des vins d'une qualité inférieure, nous les avons cotés 15 l., 12ᵉ déduit, reste...................... 13 l. 15

Le 20ᵉ, en 1778, a produit .... 352 l. 15

— en 1779, — 372

Augmentation....... 19 l. 5

BIENS ECCLÉSIASTIQUES. — IMPOSITIONS POUR LE 20ᵉ

Le prieur de cette paroisse

Près de sa maison presbytérale qu'il occupe, une maison pour loger son closier.

12 arpens 1 2 de vignes......................	220 l.	
6 — de terres......................	30	325 l.
2 — de prés......................	75	

La Fabrique de cette paroisse

Une maison appelée le Vicariat, affermée.....	12 l.	
7 arpens de vignes......................	137 10	
1 — de terre...	5	199 l. 10
Une maison closerie appelée Villamblay, affermée............................	45	

La Boîte des Trépassés

1 arpent de vignes......	18 l. 6.8	23 l. 6.8
1 — de terre...........................	5	

L'Hôpital de Blois

2 maisons affermées......................	40 l.	
9 arpens de vignes....	165	
La closerie du petit Saint-Lazare, consistant en 10 arpens d'héritage, tant vignes que bois et terres affermées avec les bâtimens.............	150	621 l. 14
2 arpens de vignes, 4 arpens de terre, 6 arpens de vignes et terres, affermés.............	100	
La closerie des Châtaigners, consistant en bâtimens de maître et de closier, 8 arpens de vignes.	146 14	
4 arpens de terre......................	20	

Les Dames de la Visitation de Blois

Une closerie composée de bâtimens de maître et de closier et 10 arpens de vignes............................	183 l. 6.8

Monseigneur l'Évêque de Blois

La métairie de l'Aumônerie, consistant en bâtimens pour le fermier, 33 arpens de terres, 14 boisselées de vignes et 20 boisselées de prés, affermés...........................	300 l.	1000 l.
La métairie de l'Hermitage, composée de bâtimens pour le fermier, 100 arpens de terres, 17 arpens de prés et pâtureaux, 2 arpens de vignes et 6 arpens de bois, affermés......................	700	

La Chapelle Saint-Genoux

Une closerie, non logée, de 10 arpens de vignes .... 210 l. 6

Le prieur de Candé

8 arpens de terres.. 40 l.

Les Bénédictins de Blois

8 arpens de vignes....................................... 36 l. 13.4 1)

RÉGLEMENTATION DU TRAVAIL AU MOYEN-AGE

Nous donnons ici quelques détails sur une réglementation du travail, faite en 1294 par le comte Hugues II de Châtillon (2), parce qu'elle a dû s'appliquer aux Montils comme à tout le Blésois. Ce règlement concerne surtout les vignerons, accusés d'arriver trop tard à l'ouvrage et de partir trop tôt, bien avant l'heure de None (environ trois heures de l'après-midi). Les propriétaires de vignes leur reprochaient encore d'entretenir leurs feux avec de bons ceps, ce qui, assurément, paraîtrait intolérable de nos jours.

Le comte Hugues leur imposa le règlement ou « establissement » d'Orléans, auquel nous empruntons seulement quelques détails. Les vignerons et autres ouvriers des champs devront venir à l'ouvrage au point du jour ou peu après et s'en aller au soleil couchant. De la Saint-Michel (29 septembre) au mercredi des Cendres, ils ne s'assoieront, pour le repas, qu'une fois par jour ; le reste de l'année, deux fois, mais pourront boire et manger tant qu'ils voudront sans s'asseoir. Ils ne feront du feu que s'il gèle ou neige très fort, et n'emporteront de sarment, le soir, que la quantité débattue dans le contrat de louage. L'amende, en cas de délit, est fixée à la valeur d'une journée de travail et les closiers doivent s'obliger par serment à observer ce règlement.

Ces prescriptions sont faites dans l'intérêt des propriétaires qui avaient à souffrir d'abus. Celles qui suivent sont manifestement dans l'intérêt des ouvriers et dirigées contre les excès de certains patrons. Les tisserands et foulons ne pourront commencer le travail qu'au petit jour. Ils s'en iront à l'heure de vêpres ; les maçons à l'heure de complies sonnant ; les charpentiers et tous autres corps de métier à complies chantées. Les charpentiers relieurs de tonneaux ne pourront travailler de nuit qu'au temps des vendanges. *Limitation de la journée de travail*, voilà en un mot le but de cette charte. Elle nous ramène immédiatement aux problèmes les plus modernes. Elle nous montre que le Moyen-Age catholique avait su résoudre une question sociale que la société contemporaine, issue du libéralisme, a fait renaître et ne peut trancher.

MONNAIES. — VALEUR ANCIENNE

A la fin du xiiie siècle, 100 livres avaient le pouvoir de 7 à 8.000 francs de notre monnaie (1).

Selon M. Baudrillart, membre de l'Institut, un sol, au xvie siècle, valait près d'un franc de notre monnaie ; c'est aussi le sentiment de M. Armand Villette, qui nous apprend qu'au temps de François Ier une livre représentait 13 fr. 50 de la monnaie actuelle.

M. Dupré estime que la livre parisis valait un quart de plus que la livre tournois, ou monnaie de Tours (2).

Prix de diverses denrées aux Montils et paroisses voisines, vers le milieu du XVIIIe siècle, d'après les livres de comptes de Joseph Brunyer et de Pierre de Graffard (3).

DOMESTIQUES

Denier à Dieu : de 15 sous à 3 livres.
Capitation payée souvent par eux : 2 livres.

SALAIRES

Jardinier : 55 à 60 livres.
Laboureur : 75 à 100 livres.
Domestique homme : 30 à 60 livres.
Femme de chambre : 36 à 45 livres.

(1) M. Maxime de Beaucorps.
(2) *Hist. de Blois*, p. 30. En 1795, 8.000.000 de francs en assignats ne valaient guère plus de 6.000 francs (Paul Roche).
(3) *Mém. de la Société des Sciences et Lettres de Loir-et-Cher*, t. XI, p. 263 et suiv.

Cuisinière : 40 livres.

Vachère : 24 à 43 livres avec une quenouille et une paire de sabots.

JOURNÉES

Une journée à battre de l'avoine : 12 sous.

—   —   faire du bois ; hiver : 12 sous.

—   —   —   —   été : 15 sous.

—   —   planter de la vigne : 10 sous.

—   —   faucher les prés : 17 sous (3 livres à l'arpent).

Journée de couturière : 6 sous, 10 sous et 11 sous.

—   de femme, pour aller à l'herbe : 6 sous.

—   de charron : 20 sous.

—   de tonnelier : 25 sous.

DENRÉES ET OBJETS DE MÉNAGE

Prix de la viande en 1756 : 5 sous 3 deniers la livre.

Beurre : 8 sous la livre.

Une tête de veau : 6 sous.

Six fromages : 3 sous.

Un demi-boisseau de châtaignes : 13 sous.

Un boisseau de marrons : 30 sous.

—   de pois rouges : 30 sous.

Une corde de gros bois : 16 livres.

Un poinçon de charbon : 1 livre 7 sous.

Une paire de sabots : 8 ou 9 sous.

Une assiette d'étain : 21 sous.

Un moulin à café : 3 livres 8 sous.

Une livre de tabac : 2 livres 11 sous.

—   de chandelle : 14 sous.

Un chapon : 1 livre.

Deux perdreaux : 2 livres 10 sous.

Une demi-douzaine d'alouettes : 6 sous.

Deux dindons : 30 sous.

Deux oies : 35 sous.

Une paire de pigeons mignons : 3 livres 2 sous.

Une livre de morue : 7 sous.

Deux carpes et un brochet : 2 livres 9 sous.

Une demi-livre de biscuits : 15 sous.

Une livre de café : 1 livre 15 sous.

Prix du vin : 1744, le vin de meslier valait 25 livres le tonneau après
la vendange et 14 livres au mois de novembre.

Prix du vin : 1745, le vin de meslier valait 40 livres.

—   —   1746.   —   —   — 50 —

Un poinçon d'eau-de-vie en 1761 est vendu 48 livres.

JOURNÉES DE VENDANGE

Hotteurs : 12 sous.

Vendangeuses : 6 sous.

En 1753, pour une récolte de vin faite du 5 au 15 octobre et qui produit 9 pièces un quart de vin rouge et 103 pièces de vin blanc, il est payé en journées de vendange : 56 livres 6 sous (sans compter le closier et les gens de la maison).

En 1728, une moitié de vache : 22 livres 10 sous à la boucherie.

—   une brebis : 4 livres à la boucherie.

En 1758, seigle : 18 sous le boisseau.

—   sarrazin ou blé noir : 10 sous.

—   avoine : 8 sous.

—   quintal de foin : 50 sous.

En 1760, un cheval : 66 à 91 livres.

—   un poulain : 51 livres.

—   une jument : 45 à 63 livres.

—   vaches : varient de 33 à 45 livres la vache.

—   le mouton : environ 11 livres.

—   brebis : 5 livres.

—   un veau : 6 livres.

Un arpent de vigne, planté en lignage, à Madon, est estimé 400 livres (1).

On payait pour la dîme d'un arpent de vigne : 2 livres.

Façons de vigne, l'arpent, sans charniers : 22 livres ; avec charniers : 26 livres.

On nous permettra sans doute de rapprocher les prix des denrées des chiffres du salaire, en 1750 et en 1910. Cette comparaison sera très instructive ; nous ne prétendons d'ailleurs en tirer aucune conclusion générale ni vouloir fixer le pouvoir de l'argent au XVIII° siècle.

Proportion qui existe entre le prix de certaines denrées et le taux du salaire en 1750 et en 1910.

En 1750, un charron aux Montils et paroisses voisines gagne 20 sous

1. En 1790, 12 arpents et demi de vigne produisent 50 pièces de vin.

par jour; en 1910, il gagne 0 fr. 45 par heure et travaille environ dix heures par jour, soit 4 fr. 50 de salaire moyen.

En 1750, la viande vaut 5 sous la livre, soit le quart du salaire 20 sous. En 1910, la viande vaut 1 franc la livre, soit le quart du salaire ou peu s'en faut 1.

En 1750, le beurre vaut 8 sous la livre, proportion quant au salaire 2,5. En 1910, le beurre vaut 1 fr. 25 en moyenne la livre, proportion quant au salaire 3,6.

En 1750, une livre de morue vaut 7 sous, soit le tiers environ du salaire. En 1910, une livre de morue vaut 0 fr. 55, soit le huitième du salaire.

En 1750, un couple de dindons vaut 30 sous.

En 1910, — — — 13 francs environ.

Si la proportion de 1750 s'était maintenue, l'ouvrier paierait ces dindons, en 1910, 6 fr. 75 au lieu de 13 francs.

En 1750, un couple d'oies vaut 35 sous.

En 1910, — — 12 francs environ.

Si la proportion de 1750 s'était maintenue, l'ouvrier paierait en 1910 ces oies 7 fr. 90 au lieu de 12.

En 1750, un chapon vaut 1 livre, prix égal au salaire.

En 1910, — — de 4 à 4 fr. 50, prix égal au salaire ou à peu près.

En 1750, une demi-douzaine d'alouettes vaut 6 sous.

En 1910, — — — 1 fr. 75.

Si la proportion de 1750 s'était maintenue, l'ouvrier les paierait 1 fr. 35 au lieu de 1 fr. 75.

En 1750, le boisseau de pois rouges vaut 30 sous.

En 1910, le décalitre de haricots vaut 3 francs.

Le boisseau des Montils équivaut à 11 litres 3 décilitres du système métrique 2, ce qui les mettrait, au cours actuel de 3 francs, à 3 fr. 39.

Si la proportion de 1750 quant au salaire s'était maintenue, l'ouvrier paierait les 11 litres 3 décilitres de haricots 6 fr. 75 au lieu de 3 fr. 39 ; gain, 3 fr. 36.

En 1750, une paire de sabots vaut 8 ou 9 sous.

En 1910 — — -- 2 francs environ.

Soit dans les deux cas à peu près la même proportion quant au salaire.

(1) Le quart mathématique est de 1 fr. 12 centimes. Il y a un avantage en faveur du XX° siècle, mais insignifiant.
2) Voir *Tables de conversion de toutes les anciennes mesures du département de Loir-et-Cher en mesures nouvelles*, par L. G. Bellangé, ancien notaire, Blois, P. D. Verdier, rue des Trois-Marchands, 1806, p. 257 et 261.

PRIX DU VIN

Prenons le prix du vin en 1746, soit 50 livres le tonneau ; mesure de Blois, il vaut deux poinçons ou 480 pintes, ce qui met la pinte 0 litre 95 centilitres) à 25 deniers ou 2 sous 1 denier, soit *le dixième de la journée d'ouvrier*.

En 1909, le prix courant de la récolte de vin est de 45 francs les 228 litres, soit 0 fr. 19 le litre, et par suite la pinte (0¹ 95) à 0 fr. 18, soit le *vingt-cinquième* de la journée d'ouvrier.

Mais le prix de 50 livres en 1746 est élevé. En 1744, à 25 livres le tonneau, la pinte ne valait qu'un sou environ, soit le *vingtième du salaire ;* et en 1910, la pièce valant le prix élevé de 100 francs, la pinte vaut 0 fr. 40, soit le *onzième du salaire* comme en 1746, ou peu s'en faut.

Avoine : 8 sous le boisseau en 1758.

— 9 fr. 50 l'hectolitre en 1910, ce qui met le boisseau, mesure de Contres (18 litres 3 décilitres), à 1 fr. 07.

Si la proportion de 1758 s'était maintenue, l'ouvrier paierait en 1910 ce boisseau 1 fr. 80 au lieu de 1 fr. 07.

Seigle : à 18 sous le boisseau en 1758, à 11 francs l'hectolitre en 1910. Le même calcul nous fait trouver que si la proportion de 1758 s'était maintenue, l'ouvrier paierait ce boisseau 4 fr. 05 au lieu de 1 fr. 24.

Sarrazin : à 10 sous le boisseau en 1758, à 12 fr. 35 l'hectolitre en 1910. La même opération met le prix du boisseau à 2 fr. 25 en 1910, tandis qu'il vaut en réalité 2 fr. 66. L'ouvrier du XXᵉ siècle, *par rapport au salaire*, paye donc ce boisseau 0 fr. 41 plus cher que l'ouvrier de 1758.

BLÉ ET PRIX DU PAIN

Les documents cités ci-dessus ne donnent pas le prix du blé. Nous avons eu recours aux comptes de la régie du château de Cormeré (c'est aujourd'hui le château de Chitenay). Le baron d'Espagnac, propriétaire de Cormeré, portait, nous le savons, le titre de seigneur des Montils. Ces comptes sont de la fin du XVIIIᵉ siècle, mais ils donnent également le salaire des ouvriers agricoles. Il n'y a qu'à faire sur ces données les mêmes calculs que ci-dessus.

Blé vendu au marché de Contres [1] :

En 1773, le setier, 13 livres 16 sous ; le blé d'Ouchamps, 15 livres.

(1) Arch. Dép. de Loir-et-Cher, E 24.

En 1774, le setier, 18 livres.

En 1775, — 18 et 20 livres.

Gages, années 1778-1780 (1) :

Décembre 1778. Journée employée à l'ensemencement des blés, 18 sous.

Juillet 1780. Journée pour faucher dans le parc, 30 sous.

— — Le charretier est engagé pour 350 livres par an. Auparavant, il gagnait 144 livres par an et nourri.

Journalier employé à l'année : du 28 novembre 1778 au 1er mars 1779, 16 sous ; à partir du 1er mars, 20 sous par jour « compris fêtes et dimanches » ; de la Toussaint 1780 au 1er mars 1781, le même est payé 18 sous.

Prix du pain

Actuellement, pour connaître le prix du pain, on s'appuie sur les bases suivantes : l'expérience fait connaître qu'un hectolitre de blé mis au moulin donne 118 livres de farine, 32 livres de son et recoupe, plus 4 livres d'envolage. Pratiquement, le prix du son équivaut aux frais de mouturage. Les 118 livres de farine produisent 146 livres de pain. Pour avoir le prix du pain, il faut donc diviser la valeur de l'hectolitre par 146.

D'après les ventes des années 1773, 1774 et 1775, nous trouvons en moyenne que le setier de blé vaut 16 livres. Mais l'hectolitre actuel représente, à la mesure de Contres, 1 setier, 3 boisseaux et $\frac{80}{100}$ de boisseau, ce qui, à 16 livres le setier, met l'hectolitre à 23 livres 12 sous, et la livre de pain à 3 sous 2 deniers.

En 1910, à 22 francs l'hectolitre de blé, la livre de pain vaut 0 fr. 15. Comparons ces prix aux salaires des journaliers, salaire d'été et salaire d'hiver.

Salaire d'été en 1780, 30 sous ; le prix du pain étant de 3 sous 2 deniers, la proportion est exactement de 9,4.

En 1910, le salaire d'été étant de 3 fr. 50, à 0 fr. 15 la livre de pain, la proportion quant au salaire est de 23,3.

Salaire d'hiver, moyenne 17 sous en 1780. Proportion du prix du pain 3 sous 2 deniers au salaire : 5,3.

Salaire d'hiver en 1910, 2 fr. 25 ; proportion du prix du pain (0 fr. 15 au salaire : le quinzième exactement.

Avec la proportion de 1780, le journalier paierait actuellement son

(1) Arch. Dép. de Loir-et-Cher, E 21, f° 1, 11, 122, 123, 125. Ces salaires devaient être à peu près équivalents les années précédentes, car on sait que les gages des ouvriers agricoles se maintiennent les mêmes durant de longues périodes.

pain 0 fr. 37 en été au lieu de 0 fr. 15, et en hiver 0 fr. 12 au lieu de 0 fr. 15 également.

MESURES DIVERSES. — 1778

L'arpent de terre, dans la paroisse des Montils, est composé de 12 boisselées ou 100 perches.

Cette mesure ne diffère de celle de Paris qu'en ce que la perche, ici, contient *24 pieds* et que celle de Paris n'en contient que 20; ce qui fait que cette mesure a un sixième en sus de celle de Paris.

On suit pour les grains la mesure de Blois, dont le muid pèse 1.200 l. et contient 12 septiers. Le septier pèse 100 l. et contient 2 mines. La mine pèse 50 l. et contient 4 boisseaux de 12 l. et demie chacun.

Il faut 2 septiers et les 2 5 de cette mesure pour faire celui de Paris.

On suit aussi la mesure de Contres, dont le muid pèse 2.400 l. (1).

1778. — OBSERVATIONS GÉNÉRALES

M. de Candé est seigneur de cette paroisse : il a haute, moyenne et basse justice dans toute l'étendue de la paroisse.

Il y a 3 charrues dans cette paroisse ; chaque charrue peut faire valoir de 14 à 15 arpens de terre.

Le sol produit du blé froment presque point, un peu de méteil, du seigle et du vin.

Il passe, en cette paroisse, la rivière du Beuvron.

Les habitans ne font point d'autre commerce que celui qui résulte de la culture des terres, principalement des vignes, portent leurs menues denrées au marché d'Ouchamps et le blé à Blois et Contres.

Cette paroisse est éloignée de 3 lieues de Blois.

Le montant du rôle de cette paroisse pour 1778 est de 776.12, sur laquelle somme le préposé au recensement du 20° a payé celle de 193.

Le cent de bottes de paille vaut 8 l. en cette paroisse. Le cent pesant de foin vaut 1 l. 10.

IMPOSITIONS PAR CANTONS

Aux Vieux Montils....... 1re classe
A Tubœux .... id.   2e classe, 3e classe.
Les Carteries........... id.
La Haye .... id.   id.

---

(1) Guillaume Mahy du Coudray, contrôleur du 20°, chargé de la vérification générale des biens et revenus actuels de la paroisse des Montils.

Les Cormes	1ʳᵉ classe,	2ᵉ classe.
La Croix de pierre		id.
Les Vieux Montils	id.	
Les Piaux		id.
Le Bourgeon Rouge	id.	
La Closerie des Bordes	id.	id.
Le Champ de la Croix	id.	
Le Vaulevrai		id.
Le Clos d'Orchaise		id.
Le Bourg	id.	id.
La Morinière	id.	
Frileuse	id.	id.
La Garenne (closerie, mé-		
tairie, terres à seigle)... 429.15.		id.
La Caillère	id.	id.
La Closerie de *Corméré* à		
la Haye	id.	id.
La Closerie de la *Croix-*		
Rouge	id.	id. (1

LES VINS DES MONTILS AU MOYEN-AGE

Depuis une époque très ancienne, les comtes de Blois possédaient un clos de vigne aux Montils. Il était situé au lieu dit Tuebœuf et contenait onze arpents et demi (2). Si les produits de ce vignoble n'ont plus aucune réputation aujourd'hui, il n'en était pas de même jadis ; c'était un crû qui, durant trois siècles, fit les délices des Châtillons et des princes de la maison d'Orléans. Il eut même l'honneur de paraître sur la table des rois de France.

En 1319, le closier de Gui Iᵉʳ de Châtillon aux Montils s'appelle André Saboure. Pour tailler les ceps, les déchausser, les marrer, il reçoit, dans son année, 49 livres 11 sous 2 deniers (3). La récolte ne suffit pas au comte, car nous voyons payer 16 sous 6 deniers « à la femme Ami Garnier pour vin pris a li dès que Messire vint premièrement à Montis » (4), preuve déjà du plaisir qu'éprouve Gui à boire ce vin.

(1) G. Mahy du Coudray, contrôleur.
(2) Arch. Nat. KK 303, fⁱ 36 vᵒ (signalé par le Vᵗᵉ de Croy). Ce registre date du temps de Gui Iᵉʳ de Châtillon.
(3) J. de Croy. *Compte de 1319.* nᵒ 649.
(4) *Compte cité.* nᵒ 470.

Les derniers Châtillons témoignèrent d'un goût encore plus marqué.

Nous avons quelques renseignements sur le produit des vendanges faites en 1374 (1). Le bouteiller Huart de Lihons, celui qui administre les vignes du comte de Blois, a en cave un tonneau de « vin vermeil » des Montils. Il mélange de plus quatre barils de vin rouge des Montils, avec quatre autres barils, rouges, des Grois (le baril est le huitième d'un tonneau). On voit que le coupage se pratiquait dès lors. Le tout forme un tonneau de vin rouge qui sera vendu 14 francs.

Il lui reste des vendanges de 1373, quatre tonneaux de « fourmentés (fermentés) des Montiz » blancs et quatre tonneaux de vin rouge. Ce sont des marchands du Mans qui se présentent. Le blanc fermenté des Montils se vend 12 francs et demi, un peu moins que le vin blanc nouveau d'Orchaise qui vaut 13 francs et demi. Il est visible que le coupage des Montils et des Grois, vendu 14 francs, est très apprécié.

Enfin, par ordonnance de Messeigneurs du Conseil, un tonneau de « claret nouvel » des Montils est vendu au détail, « en taverne », « en l'ostel de mondit seigneur », c'est-à-dire en l'hôtel de la bouteillerie, à Blois. Les Blésois le payent 12 deniers tournois, la pinte. Recette, 18 livres ou francs.

Le comte de Blois, à cette époque, est Jean II de Châtillon : il n'apparaît pas, au moins par ce document, qu'il ait bu ou qu'il se soit fait envoyer du vin des Montils. Mais Gui II, son frère et successeur, s'en régalait.

En 1385, les vendanges du clos de Gui II de Châtillon commencèrent le vendredi et le samedi, 15 et 16 septembre. Vingt-deux femmes sont employées à ramasser le raisin : à 10 deniers chacune par jour, et leur pain en plus. Trois hommes aident, payés 20 deniers par jour : un pour hotter, un pour aller avec la charette mener les « jales », les ansées, comme nous dirions aujourd'hui, au pressoir, le troisième foule la vendange. Un quatrième demeure « es vignes avec les femmes pour les garder et ordenner qu'elles ne layssassent nulz roysins et pour faire bien vendanger, sans muser, et pour wider les seilles es hottez ». Les choses ne se passent pas autrement aujourd'hui dans les vignobles des châteaux qui avoisinent les Montils. Depuis cinq cents ans la vie blésoise n'a pas changé.

Mais voici chose qui, heureusement, n'est plus nécessaire à l'heure actuelle. Pendant cinq semaines, il faut un homme « pour garder les dittes vignes par jour et par nuyt, depuis que les raisins commencèrent à meurir jusques en la fin de vendenges ».

Parce que de telles précautions étaient prises, faut-il accuser nos ancêtres, les paroissiens des Montils, d'une triste moralité ? Nous ne le croyons pas. Rappelons-nous qu'en 1385 le pays sort d'années désastreuses, où des bandes de pillards ravageaient tout en France. De nombreux malandrins devaient encore courir les chemins.

Le « clos que Monseigneur a aux Montis » produit 16 tonneaux de vin qui sont répartis « ès celiers de mondit seigneur en ses chasteaux de Blois, de Chasteauregnaut, des Montiz et ailleurs ». Au château de Blois, le vin est mené par les « bonnes gens » qui « n'eurent que à manger en l'ostel Monseigneur ». Mais cette provision ne suffit pas. Le comte fait acheter dix tonneaux pour 26 francs « aux Montiz et à Quandé » à diverses personnes, entre autres à Jean de la Fontaine et à Jean Thierry, bourgeois de Blois (1). Voici maintenant des détails qui prouvent le goût de Gui II de Châtillon pour son vin des Montils et les ordres qu'il donne lui-même à ce propos.

Sur les 16 tonneaux récoltés, il en est amené sept « ou chastel de Blois pour la despensse de Monseigneur » et neuf restent « ou chastel des Montilz pour Monseigneur et de son commandement ». Quant au vin acheté « après vendanges, du commandement Monseigneur », il est mené « oudit chastel des Montilz pour la garnison et despense de l'ostel de mondit seigneur ».

Mais Gui II, la dernière semaine d'octobre, se rend à Châteaurenault (2). Il ne veut pas y boire autre chose que son vin favori. On y mène « pour Monseigneur et de son commande-

---

(1) Nous avons déjà rencontré, dans cette histoire, le nom de Jean de la Fontaine. Le compte des cens des Montils, pour Noël 1380, porte un article ainsi conçu : « De Jehan de la Fontaine et du prieur des Montilz, pour les cens de leurs mesons des Montiz, v solz » (Blois, Jours., carton XVI, n° 71, c^{on} du Vte de Croy).

(2) Il est aux Montils le 20 octobre 1385. Compte de 1385 cité ci-après.

ment, sur son chariot, deux tonneaux de vin blanc, c'est assavoir ı sauge et ı plain, tous des Montilz, pour l'aboite de mondit seigneur » 1).

Le 14 décembre, le comte veut aller à Saint-Denis-sur-Loire, chez Jean Hurault (2', pour « soy esbatre ». Il y est mené « pour Monseigneur et de son commandement » un tonneau des Montils, auquel s'ajoutent, à dire vrai, deux de vin blanc de Sologne et un du « clos Huguet ». C'est là une provision considérable, et si tout n'est pas bu, le surplus reste à Saint-Denis ; aussi Jean Hurault se montre-t-il reconnaissant et il offre, en retour, un tonneau de vin rouge de Moncontour, c'est-à-dire du vin de Vouvray (3).

Ce n'est pas seulement le châtelain de Saint-Denis qui apprécie le vin des Montils, c'est encore l'abbé de Pontlevoy. Il a fait retenir un tonneau aux vendanges de 1385. Ce tonneau est resté au pressoir et, note naïvement le bouteillier, tonneau « qu'il doit se on ne lui donne ». L'abbé de Pontlevoy préfère assurément qu'on le lui donne.....

Cette réputation du vin des Montils est donc grande sur les bords de la Loire. Grâce aux Châtillons, elle va gagner jusqu'à l'étranger, où notre vin lavera le rude gosier des Flamands et des Hollandais.

« Item à Paris, en fut envoyé pour Monseigneur et de son commandement le lundi xxııᵉ jour de janvier (1386) vı tonneaux de vin, c'est assavoir ı blanc des Montiz... pour le garnison et despense de l'ostel Monseigneur, pour ce qu'il y voloit aler et de là, en Haynnaut et en Hollande, comme on le disoit à son hostel de Blois où les dis vins furent pris » (4).

En 1392, même témoignage encore plus explicite. Gui II est dans les Pays-Bas. Il est procédé à « l'achat de pluseurs vins que mondit seigneur a mandez à son Conseil lui estre envoiez de

(1) Le bouteillier ajoute : « pour cecy, compte en despence de vin blanc nouveau, ıı tonneaux ». On voit que Gui II aimait ce que nous appelons la bernache.

(2) Ce Jean Hurault est l'aïeul de M. le marquis de Vibraye. Voir sur ce Jean Hurault le Cartulaire de Blois, notices, par M. le Vᵗᵉ de Croy, page 420. On fit venir aussi du vin de Blois et de Madon, et on but encore trois ou quatre tonneaux de vin de Saint-Denis !

(3) « Moncontors ». Moncontour, fief relevant de Chaumont-sur-Loire, aujourd'hui village et château, commune de Vouvray, (Indre-et-Loire). Voir Carré de Busserolle, Dictionnaire Géographique d'Indre-et-Loire, Tome IV, Tours, 1882, page 275.

(4) Ces renseignements et tous ceux cités ci-dessus, communiqués par le Vᵗᵉ de Croy, sont extraits du compte de Casin Bonduis, bouteillier, pour Noël 1385. Bibl. de Blois, fonds Jours., carton XVI, nᵒ 77.

sa conté de Blois à Beaumont en Henaut. » Des vins de Saint-
Dié, des vins de Muides se joignent ainsi aux « vins de Monseigneur creuz en ses vingnes d'Orchiese et des Montiz ». Un
employé de la bouteillerie, Hermen, et un arbalétrier escortent
le charroi jusqu'en Hainant. On charge trois tonneaux sur une
voiture et on solde, pour ce lointain voyage pour chaque char-
rette chargée, 42 livres. Simon Savaron, de Blois, qui avait déjà
fait le trajet en 1385, perd un cheval en allant de Blois en Hainaut. On le lui paye 10 livres. L'ordre de remboursement est
donné par Gui II le 15 décembre 1392 ; la quittance du charretier
au receveur de Blois est du 5 février 1393. Il était donc de retour
à ce moment. Ces détails peignent sur le vif les relations établies avec des pays fort lointains, elles confirment ce que nous
avons dit sur ce sujet. On voit que même des hommes du peuple
avaient souvent l'occasion d'aller à l'étranger (1).

Louis d'Orléans, le célèbre frère de Charles VI, appréciait
aussi les vins de la Loire. car Guillaume Bahu, son bouteillier,
conduit de Blois à Paris 18 tonneaux de vin rouge « en l'ostel
de mondit seigneur » au mois de novembre 1400 (2). Il dut goûter, lui aussi, aux vins des Montils. Ce vin coule à flots, quelques
années plus tard, dans une circonstance mémorable. C'est le
26 novembre 1420, à Blois. Une foule immense remplit la collégiale de Saint-Sauveur, là même où neuf ans plus tard, une
autre foule se pressera, enthousiaste de voir une jeune fille qu'on
dit inspirée de Dieu et de ses Saints pour sauver la France...
Mais en ce jour grisâtre de novembre. où 88 prêtres, en surplis,
sont rangés dans le chœur de l'église, le deuil est général, car on
célèbre les obsèques du brave comte de Vertus, frère du duc
Charles, soldat valeureux et heureux plus d'une fois contre
l'Anglais. Le chagrin pourtant n'empêche pas de songer à certaines préoccupations matérielles Après la cérémonie, un repas
aux frais du duc restaurera les forces d'une partie de l'assistance
et de tout ce clergé qui a chanté si longuement l'office des Morts.
Le receveur de Blois fait défoncer « deux queues de vin nouvel,
du creu des Montils, l'une blanche et l'autre vermeille » (3).

---

(1) Arch. Nat. KK 301, f⁰ˢ 28 r⁰, 31 v⁰ (c⁰⁰ du V¹ᵉ de Croy).
(2) Bibl. de Blois. Jours., n⁰ 184 (c⁰ du V¹ᵉ de Croy).
(3) « Despensées le jour de l'obsèque ». Coût. 20 liv. tourn. Arch. Nat. KK 348, f⁰ 10 v⁰
(c⁰⁰ du V¹ᵉ de Croy. — Le receveur ajoute « sans en ce comprendre une queue de vin
vieil des garnisons de feu mondit seigneur (le C¹ᵉ de Vertus) despensée ledit jour ».

Charles d'Orléans, lui aussi, a trinqué avec de gais compagnons, le verre plein du vin des Montils. Ne s'est-il pas réjoui
d'aller à Savonnières, où l'attendent

Vins, mangers de plusieurs manières.

Aussi sa sollicitude pour ses bonnes vignes des Montils est-
elle grande. Au mois de mars 1446, Francesco Vittori, neveu de
Jonni Vittori, capitaine des Montils, est venu lui apprendre une
désolante nouvelle. Il y a lieu de « fere les façons des vignes »,
mais ne courent-elles pas le risque de rester en friche, car, pour
les faire marrer, il ne saurait « pour ce argent trouver ». Le duc
juge comme lui que si les herbes folles étouffent les ceps tout
l'été, il en aura « tres grand interest et dommage ». Mais comment éviter chose si douloureuse ? Le trésor est à sec. Le duc
se résigne à une opération peu avantageuse, mais nécessaire.
« Pour ce que autrement ne pourrions requerir argent si briet
comme besoing en est », nous prescrivons, dit-il, « qu'il sera vendu
promptement de noz bois jusques à la somme de cent livres
tournois ». Et que les maîtres des forêts n'allèguent pas que c'est
un gaspillage déplorable, contraire à toute bonne administration.
Le duc aime mieux son vin que ses arbres et il révoque, pour la
circonstance, toutes les ordonnances faites sur les forêts « de
bouche, par lettres ou autrement » (1).

Marie de Clèves, veuve du duc Charles, buvait à son ordinaire
le vin blanc nouveau des Montils. Le 25 mai 1472, on lit dans
les comptes de son échansonnerie : « le receveurs de Blois pour
i poinsson de vin blanc nouvel des Montils entamé huy » (2).

Au xvie siècle, les vignes des Montils, devenues vignes royales,
passèrent sous la régie de la Chambre des Comptes de Blois. Le
5 mars 1520, marché était conclu avec Jean Berruer, vigneron,
au prix de 60 livres tournois par an, pour la culture du « clos du
Porteau ». Il n'est plus question de Tuebœuf, et la contenance
est de sept arpents et demi au lieu de onze. Le 3 janvier 1522, la
Chambre faisait un nouveau marché avec Jean Maubouer,

---

(1) Blois, 5 mars 1446, Bibl. de Blois, Jours., n° 1337 (c° du V° de Croy).
(2) Bibl. Nat. Pièces Originales, Orléans, n° 762 (c° du V° de Croy). — Il est probable
que la bienheureuse Jeanne de France, duchesse d'Orléans, a bu de ce vin. Le 23 septembre 1489, elle donne un reçu de huit tonneaux « de vins blancs et claretz, du creu de
la seigneurie « de Blois (de Maulde, Jeanne de France, p. 223). Elle fait répartir ce vin
entre Blois, Amboise et le Plessis, où elle séjourne. Cependant, on n'a pas la preuve
absolument certaine que ce fût du vin des Montils.

vigneron, paroissien des Montils, pour un an seulement, et moyennant la même somme de 60 livres tournois. En faisant le contrat du 5 mars 1520, la Chambre augmentait beaucoup le prix de la façon, qui passait de trois livres et demie à soixante (1).

Un changement si brusque ne peut guère s'expliquer que par le goût du roi François Ier et de la reine Claude pour le vin des Montils, et en conséquence, par la résolution de donner à ces vignes une culture tout à fait soignée. La curiosité du roi pour cette branche de l'agriculture n'est pas niable. En 1517, il avait fait venir par Digoin et la Loire, 80.000 ceps de Beaune, crû fameux de Bourgogne : il les fit planter aux environs de Romorantin (2). Notre crû blésois était certainement fort agréable au roi. Par lettres datées d'Amboise, le 25 octobre 1530, il prescrit de faire remettre à Jean Racine, sommelier de son échansonnerie, sept poinçons de vin blanc des Montils pour la dépense de sa maison. Le 1er août 1531, Jean Racine se fait payer des frais de transport à Fontainebleau. En 1537, six pièces du même vin blanc sont délivrées au sommelier Claude Gauldry, pour l'hôtel royal pendant le séjour de la cour à Blois (3). En 1540, la récolte a été très mauvaise. Les vignes domaniales du comté n'ont produit que dix-sept poinçons, sur lesquels le roi a fait retenir pour lui toute la récolte des Montils (4). Les courtisans qui goûtaient à ce vin sur la table royale étaient désireux d'en avoir à leur tour provision dans leurs

1 C^{on} du Vte de Croy. Arch. Nat. KK 102, f°s 77 et 81. « Aujourduy, cinquiesme jour de mars l'an mil V^c XIX, en la Chambre des Comptes du roy nostre sire et de la royne, nostre souveraine dame, contesse dudit Blois, a esté baillé à fere et façonner des façons cy dessoubz declerées, à Jehan Berruer, vigneron demourant en la paroisse des Montilz, à ce présent et qui a accepté ledit bail, c'est assavoir : toutes les vignes que lesdis seigneur et dame ont assizes en la parroisse des Montilz, ou clouz du Porteau, que soulloit tenir feu Pierre Beschart à LXXII solz tournois par an, contenant sept arpens et demy ou environ pour les tenir, par ledit Jehan Berruer, de la feste de Toussainz der renierement passée jusque a six ans après ensuivant, pendant lequel temps ledit preneur sera tenu de cultiver et labourer lesdites vignes des façons qui s'ensuivent, c'est assavoir, curez les sentiers, déchausser, tailler, assermenter, marrer, ployer et biner lesdites vignes et y fere chacun an durant ledit temps quatre cens de fousses et lesdites fousses bien et convenablement, et icelles façons fere en bonnes saisons, aussi bien et convenablement, a ses propres coustz, mises et despens, en oultre fere fere les hayes et beschemens qui y seront nécessaires et accoustumez fere esdites vignes et fruitz qui viendront et naistront ne puissent depérir ne dymynuer, et pour ce fere bien et deument par ledit Jehan Berruer, sera payé et délivré par le receveur ordinaire du domaine dudit conté de Blois la somme de soixante livres tournois par chacun an pour toutes les façons... Fait en ladite Chambre des Comptes à Blois, soubz le seing manuel de maistre Gille Prégent, greffier d'icelle, ledit cinquiesme jour de mars mil V^c XIX.

2. Arch. Nat. KK 280, f° 125 v° signalé par le Vte de Croy.

(3) Bibl. Nat. P. orig. 2421, d^t 53859, n°s 9 et 11 c^{on} du Vte de Croy. — Catalogue des actes de François Ier, n° 9233.

(3) Arch. Nat. KK 102, f° 184 c^{on} du Vte de Croy.

caves. Le 29 octobre 1516, François de Pontbriant, maître d'hôtel du roi, grand chambellan de la reine Claude, obtient « six poinssons de vin du creu des vignes des Montilz de ceste presente année, laquelle quantité la royne nous a donné pour la provision et despence de notre maison » (1). En 1530, Philippe Visconti, valet de chambre du roi, est gratifié de quatre poinçons (2). Sous Henri II, c'est un personnage célèbre dans l'histoire, Jacques d'Albon, dit le maréchal de Saint-André, qui demande habituellement le vin des Montils ; son avidité place même, en 1553, le receveur de Blois et la Chambre des Comptes dans une situation assez embarrassante, attendu « qu'il n'a esté cuilli ès vignes du roy assez de vin pour payer les assignez », c'est-à-dire ceux qui ont droit à des rentes en vin sur la recette du comté (3). Nécessité est d'acheter des vins au cours du pays, opération qui n'est pas avantageuse, une année de petite récolte. Par les dons faits au maréchal de Saint-André, nous connaissons, pour quelques saisons, la quantité produite par le clos du roi :

1555 : 7 tonneaux.   1557 : 9 tonneaux.

1556 : 6 tonneaux.   1558 : 15 tonneaux et demi.

La récolte brute des Montils fut ainsi délivrée au maréchal par lettres patentes d'Henri II, du 3 janvier 1559 (4) et de Fran-

1) Bibl. de Blois, Jours., n° 1608.

(2) Voir plus haut, page 154.

(3) Arch. Nat., P 2881 f° 98 signalé par le V° de Croy). Par lettres données à Compiègne, septembre 1554, Henri II donne à St-André, « les vins tant blancs que clarets... des vignes des Montilz-soubz-Blois, pour la provision et despence de sa maison de Vallery » : publié par Lucien Romier dans son *Jacques d'Albon*, page 426. Pièces justificatives, n° XV (c° du V° de Croy.)

4 C°° de V° de Croy : Henry par la grace de Dieu roy de France, à notre amé et féal conseiller, secretere de noz finances et général au comté de Bloys, maistre Jehan Duthier, chevalier sgr de Beauregard, salut. Nous voulons et vous mandons que tous et chacun les vins qui sont provenuz et recuilliz en noz vignes des Montilz durant la présente année, commençant à la feste Saint-Jehan Baptiste, dernièrement passé mil v cinq° huit et qui finira à semblable feste mil cinq cens cinq° neuf, vous faistes bailler et delivrer par notre bien amé receveur ordinaire de nostre conté de Bloys maistre Jehan Seigneuret, à nostre cher et bien amé cousin le sieur de Saint-André, mareschal de France, auquel nous en avons faist et faisons don par ces presentes signées de notre main, à quelque somme, valleur et estimacion qu'ilz soient et puissent monter ; et par rapportant ces presentes et recognoissance de nostredict cousin sur ce suffisante, nous voulons tout ce à quoy pourront monter lesdictz vins estre passé et alloué ès comptes et rabatu de la recepte dudict receveur ordinaire de Bloys par noz amez et feaulx les gens de noz comptes ausquelz nous mandons ainsi le fere sans aucune difficulté. Car tel est nostre plaisir, nonobstant que la valleur et estimacion desdictz vins ne soit cy autrement specifiée et declairée et quelconques ordonnances, restrictions, mandemens et deffenses à ce contraires. Donné à Paris, le m° jour de janvier, l'an de grâce mil cinq cens cinquante huit, et de notre regne le douziesme.

HENRY.

Par le Roy :

DE L'AUBESPINE.

Bibl. Nat. Nouv. acq. françaises 20518, n° 94.

çois II, du 30 décembre 1559, celles-ci datées de Blois. Les lettres d'Henri II furent entérinées par Jean Duthier, chevalier, seigneur de Beauregard et de Menars, secrétaire d'état du roi et de ses finances, « général es contez de Bloys, Ast, Soissons et seigneurie de Coucy », le 21 mars 1559. Jacques d'Albon donna, le 10 juillet 1559 et le 20 janvier 1560, récépissé au receveur de Blois, du vin qui, suivant les lettres de François II, était destiné à « la provision et despense de sa maison de Vallery, près de notre maison de Fontainebleau » (1).

La dernière mention qui est faite des vignes des Montils date du règne d'Henri III Le jeudi 19 décembre 1585, la Chambre des Comptes de Blois en fit bail pour 29 ans à Denis Aubin, maître maçon, demeurant en Vienne-les-Blois. Le clos était réputé contenir 7 arpents et demi, mais après arpentage on ne trouva que 6 arpents et un quartier. Le prix était de 26 livres tournois payables à la Toussaint. Le preneur s'engageait à ne « contreplanter ne provigner que du meilleur et bon plant naturel du pays » et à « payer pour chacun an au cappitaine du chasteau des Montilz la quantité de quatre poinssons de vin du creu desdites vignes... scavoir deux poinssons du plant appelé plant d'Herboys (2) et deux poinssons de lignaige et plant commung ». Nous connaissons par là le cépage de ce crû. Mais les vignes avaient été négligées ; elles étaient en mauvaise façon, les haies qui entouraient le clos étaient en partie détruites, le pressoir demandait une réfection. Le 31 décembre 1585, une commission se rendit sur les lieux. Elle se composait du greffier des comptes, Georges Prudhomme, de Pierre Chicoyneau, contrôleur du domaine, de Louis Texier, maître des comptes, de Sébastien Garnier, procureur général (auteur de la Hen-

---

1. Bibl. Nat. Nouv. acq. franç. 20518. nos 97, 100, 105, 110, 111, 112 (ex du Vte de Croy). Jacques d'Albon scelle ces quittances d'un sceau où l'on voit un écu chargé d'une croix, un lambel brochant, en chef.

Au mois d'octobre 1559, François II séjourna à Vallery, chez le maréchal de Saint-André. Il put y boire du vin des Montils. (Voir pour l'itinéraire de François II : Lucien Romier. La carrière d'un favori. Jacques d'Albon de Saint-André. Paris, 1909, p. 267. De Ruble. La Jeunesse de Marie Stuart, p. 258. Dupré-Lasale. Michel de l'Hospital, p. 259.)

2) Le plant d'Arbois (Jura), que nos vignerons blésois appellent aussi, à tort du reste, menu pineau. Le terme d'Arbois leur est aussi connu ; ils le prononcent Orbois, ce qui se rapproche encore beaucoup de la prononciation du XVIe siècle. Le cépage Romorantin est très voisin de l'Arbois. Ne proviendrait-il pas du Beaune (Côte-d'Or), importé par François Ier, dont les goûts agricoles n'ont encore été, que nous sachions, signalés nulle part ? - Sur les divers cépages de la vigne, voir le célèbre ouvrage de M. Pulliat.

riade), enfin, pour les conseiller au point de vue technique, de Denis Courtain, maître des ouvrages et réparations du comté de Blois, qui n'était ni plus ni moins que l'architecte de la reine Catherine de Médicis à Chenonceaux. Il eut à « fere son divis par escript ». On décrivit « ung grand pressouer à deux arbres... une cuve de dix poinssons avecq son marc, ung cuau à mettre sous l'anche a recevoir le vin, etc. » ; les vieux ustensiles et outils devaient être réparés, et de nouveaux achetés. Des déclarations de maisons, qui s'échelonnent de l'année 1501 à 1604, montrent que le « pressoir du roi » se trouvait dans la ville des Montils et qu'il donnait d'un bout sur « la Grande-Rue » et de l'autre sur « la rue Neufve » (1).

Depuis cette époque, il n'est plus question de ce crû des Montils, fameux durant tant d'années. Les Bourbons, qui ne portaient pas au Blésois l'intérêt que lui témoignaient les Valois, issus de la Maison d'Orléans, oublièrent ou dédaignèrent ses vins, comme ils délaissèrent ses châteaux. Le souvenir même de sa vieille réputation aurait péri, sans nos recherches. Il serait curieux de retrouver aujourd'hui le clos royal et de goûter les produits qui ont eu l'heur de plaire à tant de palais illustres et délicats.

POPULATION DES MONTILS A DIFFÉRENTES ÉPOQUES

Au xiiie siècle, les Montils comptaient *160 paroissiens*, c'est-à-dire *160 chefs de famille*, d'après le pouillé du diocèse de Chartres (2).

En 1678, on y compte 105 feux (3).

En 1700, dans l'élection de Blois, les Montils possédaient 137 feux (4).

Les curés et les syndics furent invités en 1775 à faire connaître le nombre des feux dans chaque paroisse ; les Montils y figurent pour le chiffre de 105 (5).

Voici le nombre de feux dans les paroisses environnantes :

(1) Arch. Nat. Q¹ 473. Tous ces documents nous ont été communiqués par M. le Vte de Croy.
(2) B. Guérard, *Cartulaire de Saint-Père de Chartres*, t. I, p. CCCXXXV. — Le revenu de la cure est estimé 50 livres.
(3) Bibl. Nat. Fr. 3078, f° 203 v°.
(4) *Dénombrement par généralités et élections, paroisses et feux*, publié à Paris par Ch. Saugrain.
(5) L'évaluation était de 2.676 livres, à raison de 6 livres par feu, au denier 30.

Chailles, 67 ; Monthou. 66 ; hameau de Favras, 28 ; Candé. 89 ;
Fresnes, 71.

En 1806, le recensement donna les chiffres suivants :

Garçons	179
Filles.............................	143
Hommes mariés ou veufs.............	144
Femmes...........................	144
TOTAL.........................	610

RECENSEMENT DE 1826

*État des familles et Recensement général de la population
de la commune des Montils*

	Garçons	Filles	Hommes mariés	Femmes mariées	Veufs	Veuves	Militaires	Total
Au Bourg..........	99	117	80	79	9	22	1	407
Aux Vieux Montils.	39	30	28	28	3	8	1	137
A la Haye..........	42	20	13	13	2	10	1	101
Aux Cormes........	11	7	4	4	1	1		28
A Frileuse.........	7	6	4	4	1			22
Aux Bordes........	4	2	5	5				16
A la Morinière	5	5	2	2		1		15
A la Garenne......	4	4	3	3				14
A Rouillon........	6	5	1	1				13
Aux Quatre Vents..	5	2	2	2		1		12
A la Mouillandrie..	5	3	2	2				12
A l'Hermitage.....	4	3	1	1				9
A Conon...	3	4	1	1				9
Aux Châtaigniers..	2	2	2	2				8
A la Roche........	3		2	2				7
A la Plaudière.....	1	2	1	1				5
A Villemblay.......	1	2	1	1				5
Total......... .	241	214	152	151	16	43	3	820

1er JUILLET 1831

*Tableau de Recensement de la population totale, fait de maisons
en maisons et nominalement*

Jacques Volin, vétérinaire — Charles Destray, huissier — Gabriel
Dubois, chirurgien — François Egret, médecin — Claude Heillot,

garde champêtre — Prosper Mayer, notaire Simon Cuper, buraliste — Léon Gâtineau, clerc de notaire.

Jardiniers, 3 ; Couturières, 13 ; Boulangers, 3 ; Maréchal, 1 ; Négociant, 1 ; Vignerons, 131 ; Marchands, 2 ; Vitriers, 2 ; Menuisiers, 2 ; Cuisinière, 1 ; Domestiques hommes, 5 ; Domestiques femmes, 20 ; Épiciers, 2 ; Taillandiers, 2 ; Charretiers, 3 ; Maçon, 1 ; Bouchers, 2 ; Charpentiers, 3 ; Bourreliers, 2 ; Chiffonnier, 1 ; Charron, 1 ; Ravaudeuses, 2 ; Brodeuses, 2 ; Tisserands, 2 ; Aubergiste, 1 ; Journaliers, 11 ; Fendeur, 1 ; Tourneur, 1 ; Cordonnier, 1 ; Fileur, 1 ; Serruriers, 2 ; Tonneliers, 4 ; Charcutier, 1 ; Meuniers, 2 ; Fermier, 1 ; Sabotiers, 3 ; Facteur, 1 ; Rentiers, 3 ; Couvreur, 1 ; Fagoteurs, 2 ; Lingères, 10 ; Boisselier, 1 ; Cocher, 1 ; Tailleur d'habits, 1 ; Cercleur, 1 ; Laboureur, 1 ; Propriétaires, 6.

Population : 796. — Électeurs : 80.

En 1904, 890 habitants ; en 1911, 878 habitants.

CHAPITRE DIXIÈME

LE CAHIER DE DOLÉANCES DE LA PAROISSE
DES MONTILS EN 1789

L'histoire des Montils sous l'Ancien Régime se clôt pour cette paroisse, comme pour toutes les autres bourgades et villes de France, par la rédaction du cahier des doléances, confié en 1789 aux députés des habitants. Les députés des Montils, munis des instructions de leurs électeurs, se rendirent à Blois, à l'assemblée générale du bailliage du comté de Blois. Cette réunion mémorable eut lieu le 16 mars 1789 (1). La réunion particulière des Montils s'était tenue dans cette localité le 1er mars précédent. Le cahier est conservé en original aux Archives du département de Loir-et-Cher. Il a été publié en 1907 par MM. Lesueur et Cauchie (2).

Les renseignements fournis par ces deux auteurs nous donnent l'état des Montils à ce moment. Il y a 149 feux qui représentent 570 habitants, possesseurs d'environ 300 arpents de terre sur les 1.500 dont se compose la paroisse ; le surplus est aux mains des nobles, des ecclésiastiques et des habitants des paroisses voisines. La taille monte à 3.702 livres qui se décomposent de la sorte : 1.700 l. de principal, 925 l. d'accessoires, 1.077 l. de capitation. Les vingtièmes sont de 819 livres 10 sous. Les privilégiés, au nombre de deux seulement, payent 27 livres de capitation ; il y a un noble imposé pour 10 livres, un autre privilégié pour 9 livres. Telles sont les impositions publiques à la charge de la paroisse.

Le cahier est signé par sept personnes, au nombre desquelles figure Rémy Allaud, syndic des Montils. Celui qui préside

1 Bergevin et Dupré, *Histoire de Blois*, t. II, p. 117.
(2) *Cahiers de Doléances du bailliage de Blois pour les États Généraux de 1789*, t. I, p. 181 à 195. (*Collection de documents inédits pour l'histoire économique de la Révolution française*). Blois, imprimerie Emmanuel Rivière, 2 vol. in 8°.

l'assemblée est Jean-Thomas Pardessus, avocat en parlement, bailli, juge civil, criminel et de police de la châtellenie et prévôté de Candé, les Montils et Monthou-sur-Bièvre (1). Il appartient à une famille blésoise qui a acquis quelque illustration en la personne de Jean-Marie Pardessus, membre de l'Académie des Inscriptions, et qui est encore représentée dans notre pays par la descendance féminine (2). Nous aurons à revenir sur le rôle joué par ce président, élu député des Montils avec Sébastien Boulay, « voiturier par terre ». Les principaux comparants sont les suivants :

André Fallague, J.-Baptiste Guéritte, René Micheau, Gabriel, André et René Dubois, Jacques Bordier, Pierre Boutet, François Courtas, Gilles et Pierre Benoist, Claude Lepage, Louis Bisson, Louis et Jean Michelet, Jean Poidevin, François Pitancier, Louis Ravet, Alexandre et Jacques Plouard, Etienne et François Trioreau, Jacques et Eloi Monprofit, Henri et André Métais, Pierre

---

(1) Jean-Thomas Pardessus prend aussi les qualités, en 1772, d'avocat au conseil supérieur de Blois, et, en 1775, d'avocat au bailliage de Blois (Reg. paroissiaux de Saint-Honoré de Blois). Né à Selommes, en 1742, de Jacques Pardessus et de dame Angélique Tardiveau, il mourut à Blois, rue du Palais, n° 1, le 24 mars 1824. (Mairie de Blois, actes de l'état civil). Il avait épousé, le 5 janvier 1768, Catherine Bergevin, fille de Louis Bergevin et d'Anne Gaudron, morte à Blois le 26 brumaire, an XI (17 novembre 1802), à l'âge de 58 ans. Elle était sœur de Louis-Athanase Bergevin, maire de Blois, mort le 13 janvier 1832 (Généalogie manuscrite de la famille Bergevin), et la plus jeune de onze enfants. Les deux époux habitaient rue Saint-Honoré, n° 17. Ils eurent trois fils : Jean-Marie, Jean-Thomas, né le 7 mai 1775, qui était en 1824 chevalier de Saint-Michel et de la Légion d'honneur, et Jean-Anne, né en 1779 (Mairie de Blois, reg. de Saint-Honoré). — Jean-Thomas Pardessus, l'avocat, avait été, à l'université d'Orléans, l'élève du célèbre Pothier.

« Le père de Jean-Marie Pardessus, avocat au bailliage de Blois, s'employa pendant la tourmente révolutionnaire à secourir et loger les prêtres et les Vendéens proscrits. Dénoncé et arrêté, il fut condamné à mort à Orléans, mais on put le faire échapper. Un de ses fils, frère du jurisconsulte, aide de camp de M. de Bonchamp, commanda à Savenay les Vendéens restés pour protéger le passage de la Loire. Il fut pris et fusillé par les républicains ». Note manuscrite de M. Ernest de Rozière, frère de M. Eugène de Rozière, en date du 19 janvier 1887.

(2) Jean-Marie, né le 11 août 1772, fut baptisé le lendemain à Saint-Honoré. Son parrain fut François Pardessus, sa marraine, Marie-Anne Bergevin, sa tante, femme de Jean-Baptiste Dufay, maître de la poste aux chevaux. Sa vie a été écrite par M. Henry Eloy. M. Pardessus, sa vie, ses œuvres. Paris, 1868, in-8°. Le 14 mai 1796, il fut arrêté à Blois et se trouva emprisonné avec divers prêtres et religieuses (Reg. des délib. de la commune de Blois, à la date du 19 mai 1796). Il mourut au château de Pimpeneau le 27 mai 1853. La lettre de faire part nous apprend qu'il était chevalier de Saint-Michel, officier de la Légion d'honneur, ancien professeur à la faculté de Droit de Paris, ancien conseiller à la Cour de Cassation. Il avait été aussi maire de Blois et député de Loir-et-Cher et des Bouches-du-Rhône. Il laissa une fille unique, Mme de Rozière, et fut le grand-père de M. Eugène de Rozière, également membre de l'Académie des Inscriptions. — Jean-Anne Pardessus, son frère, chevalier de la Légion d'honneur, mort à Paris le 11 mai 1841, notaire à Blois et eut pour enfants M. Charles Pardessus, Mlle Marie-Louise-Emilie et Mme Bastide de Villemuzault.

Jean-Baptiste Dufay, cité ci-dessus, est l'aïeul de M. Pierre Dufay, bibliothécaire de la ville de Blois.

CLP. 1818.

et Etienne Patureau, Elie Chollet, Jacques Normand, Claude
Nivet, etc.

Les demandes contenues au cahier peuvent être réparties,
suivant les matières, sous les divisions suivantes :

1° *Impositions publiques*. — Les chiffres officiels attestent,
on l'a vu, environ 4.500 livres d'impôts payés par les Montils.
Le cahier exagère ce chiffre puisque les habitants s'y plaignent
d'être taxés « à une somme de plus de 5.000 livres ». Ils désirent
que les impositions soient unifiées, qu'elles soient levées dans
chaque paroisse par des collecteurs choisis parmi les habitants,
et versées « entre les mains d'un receveur qu'il conviendrait
d'établir dans chaque province », et cela afin de diminuer les
frais de perception. Ils demandent que tous les habitants des
Montils soient compris au rôle d'impôt « à raison de leurs impositions » et « adhèrent à toutes les remontrances qui seront faites
par les députés des autres paroisses au sujet de la répartition
égale des impôts sur tous les biens nobles et ecclésiastiques et
roturiers » (on a vu qu'il y avait aux Montils deux privilégiés).
Moyennant ces réformes, les habitants espèrent qu'ils « se trouveront soulagés de au moins des deux tiers de leurs impositions
actuelles ».

En outre, ils souhaitent la suppression du droit sur le sel ;
des « droits établis sur les vins, liqueurs, eaux-de-vie, cidres et
bières », en les remplaçant seulement par le payement « d'une
somme modique par chaque poinçon de vin, cidre et bière qui se
récolte chaque année ». — « Que le contrôle des actes soit diminué » ; que les huissiers ne prennent pas plus de 24 sous pour
chaque exploit fait dans leur étude et 20 sous par lieue, lorsqu'ils se déplacent ; que l'institution des jurés priseurs, pour les
ventes mobilières, soit abolie.

2° *Mesures diverses à prendre dans l'intérêt général*. —
Unité des poids et mesures « au moins dans chaque province ».
Suppression des différentes banalités du royaume. — Établissement dans chaque paroisse d'une « sage-femme ou matrone aux
dépens du gouvernement ».

3° *Mesures diverses à prendre dans l'intérêt local*. — Amélioration des chemins qui conduisent de Blois à Montrichard et
des Montils à Contres « pour faciliter l'exportation des grains,
soit au marché de Contres, soit à celui de Blois ».

Une autre requête demande quelques explications. Un projet d'échange se discutait entre le domaine royal et le comte d'Espagnac (1). Le roi aurait acquis le comté de Sancerre et cédé la forêt de Russy. Cet accord semblait si près d'être conclu que depuis 1785, le comte d'Espagnac avait été provisoirement investi de la forêt. Mais favorable peut-être aux intérêts généraux de l'Etat, cette mesure ne l'était pas aux intérêts particuliers des habitants. qui firent insérer l'article suivant :

« Remontrent lesdits habitans qu'une partie de leur paroisse étant riveraine de la forêt de Russy. possédée aujourd'hui par M. d'Espagnac dont l'échange est prêt à se faire avec Sa Majesté. ils sont. depuis que M. d'Espagnac est mis en possession. privés d'y envoyer pacager leurs bestiaux, encore bien qu'ils en aient le droit, pour lequel ils paient annuellement six boisseaux seigle et quatre boisseaux avoine... pourquoi ils supplient Sa Majesté que ledit échange n'ait point lieu ; que d'ailleurs leurs différentes récoltes de leurs propriétés qui avoisinent ladite forêt sont presque tous les ans la proie des bêtes sauvages, désagrément qu'ils n'essuyaient point avant l'échange projeté, lequel, s'il a lieu, les forcera d'abandonner leurs propriétés qui sont les seuls objets qui les font vivre ».

La ville de Blois, la paroisse de Cellettes avaient également protesté. En somme, c'était la charte accordée par Jeanne de Châtillon dont les habitants des Montils réclamaient le maintien et le cahier de Cellettes s'y réfère explicitement (2) : « Ils annoncent. lit-on. qu'ils payent un droit de gruage,.... et ce par une concession à eux faite en 1228 (sic pour 1288) par Jeanne, comtesse de Blois .. Ce droit de pacage est presque entièrement détruit ; ils en demandent le rétablissement ». C'est une preuve bien remarquable que tous les esprits pondérés demandaient des réformes, mais non pas la destruction qui allait suivre ; une preuve que beaucoup de legs du Moyen-Age devaient être conservés, comme ils l'ont été en diverses nations voisines, et

1 Jean-Frédéric-Guillaume de Sahuguet d'Amarzit, comte d'Espagnac, maître de camp de cavalerie, chevalier de Saint-Louis, baron de Lussac, Cormeray et autres lieux. Les éditeurs des cahiers de doléances le donnent comme seigneur de la paroisse des Montils en 1789. En 1768, le seigneur aurait été, d'après les mêmes, le marquis de Souvré. — Cormeray, c'est le château actuel de Chitenay, appartenant au Mⁱˢ Guilhem de Pothuau.

(2) Lesueur et Cauchie, p. 160-161. — La paroisse de Seur avait demandé aussi le maintien de ses droits d'usage et pacage. Même ouvrage. p. 174.

que cette époque s'est montrée plus favorable aux besoins sociaux que nos temps modernes livrés à l'individualisme. Sous ce rapport, encore une fois, la Révolution n'a fait qu'aggraver le mal au lieu de l'anéantir.

Observons-le, d'ailleurs : si, par impossible, les habitants des Montils étaient convoqués de nouveau pour adresser à l'autorité des remontrances sur l'administration de la France, n'en seraient-ils pas à désirer encore, après tant de révolutions, la diminution ou des impôts, ou des droits sur les vins, ou des tarifs de l'enregistrement, et à souhaiter le moindre coût des exploits d'huissier ? Ont-ils obtenu, seulement, qu'une sage-femme fut établie dans la commune « aux dépens du gouvernement » ? Ne devraient-ils pas regretter, d'autre part, l'ancienne forme de procéder quant à la représentation nationale ? Le dépôt d'un bulletin de vote par l'individu isolé, non par des groupes ou des corps constitués, ne peut ni renseigner ni lier le mandataire. Jadis le vote n'était pas inorganique. Appelés à délibérer sur les intérêts immédiats qu'ils connaissaient et dont ils pouvaient juger sainement, les groupes, les corps organisés étaient à même d'exprimer des avis certains. Ils voyaient assurer la représentation des intérêts, choses fixes et réelles, et non celle des opinions, chose illusoire et inconstante, et ces intérêts, il leur était loisible de les déclarer en toute indépendance.

Les éditeurs des cahiers blésois sont, à cet égard, catégoriques : « Bien des faits nous démontrent que cette liberté de discussion, *que paraît d'ailleurs avoir désirée le pouvoir royal*, a, en effet, régné dans les assemblées.» (1). Cela n'ôtait pas l'influence de certains membres, plus intelligents ou plus lettrés, et les cahiers même des Montils ont servi à la déceler. « A Monthou-sur-Bièvre, disent encore les éditeurs, le cahier est directement copié sur celui des Montils ou sur un original rédigé pour les Montils ; en effet, la paroisse des Montils, qui payait 5.000 livres d'impositions, propose une réforme par laquelle sur ces 5.000 livres il en parviendrait 4.375 au trésor royal ; la paroisse de Monthou, qui ne payait que 2.700 livres, copie le cahier des Montils en modifiant seulement le premier chiffre et affirme qu'il est clair que de 2.700 livres, que la paroisse est chargée

---

1. Lesueur et Cauchie, *Introduction*, p. LXV.

de payer annuellement, il en serait versé au trésor royal 2.375 livres net » (1). L'influence qui s'exerce ici est, croyons-nous, celle de Jean-Thomas Pardessus qui, bailli de la châtellenie des Montils, l'était encore de Monthou (2) et de Candé, dont il a présidé l'assemblée. A Candé, l'article 6 du cahier est identique, mot pour mot, à l'article 14 adopté aux Montils. Le ton de modération, qui marque ces doléances, reflète certainement l'esprit et les vues raisonnables d'un président étranger aux passions, dont trop de ses collègues ont fait passer les éclats, dans les écrits livrés à leurs inspirations.

1 Lesueur et Cauchie. *Introduction*. p. LX.
(2) A Monthou. l'assemblée est présidée par le procureur fiscal des châtellenies de Candé, les Montils et Monthou. M. Pardessus était encore bailli et juge ordinaire du comté de Chouzy et de la seigneurie de Saint-Denis-sur-Loire, dont il a présidé les assemblées. Le cahier de Chouzy est perdu et à Saint-Denis, le président n'a exercé visiblement nulle influence. *Ibid.*, p. 84.

———

DEUXIÈME PARTIE

Période Révolutionnaire

PÉRIODE RÉVOLUTIONNAIRE

OBSERVATION

Après avoir parcouru les archives du département de Loir-et-Cher et celles de la municipalité des Montils pour la période révolutionnaire 1789-1802, nous avons pensé qu'il serait intéressant de faire connaître les principaux événements de cette époque troublée et tragique.

Nous ne mentionnerons que les faits qui concernent les Montils.

Nous n'avons pas l'intention de tirer des conclusions, de formuler des jugements. Nous laisserons le lecteur libre d'apprécier, d'approuver, de condamner les faits et gestes qui seront rapportés : c'est la vie publique, au jour le jour, l'histoire des passions humaines surexcitées ; c'est le choc des intérêts contraires ; c'est l'agitation violente des esprits, la fièvre des idées nouvelles, l'épanouissement subit de certaines aspirations irréfléchies, le mouvement vers un avenir que l'on veut espérer meilleur ; c'est, enfin, un désir de bien-être social que tous voudraient voir s'accomplir, mais qui ne se réalisera pas pour le plus grand nombre.

Les plus petits détails que nous relaterons ne feront que confirmer ce que nous venons d'énoncer.

Nous retracerons l'attitude du clergé durant les événements de cette époque.

CHAPITRE ONZIÈME

ÉPHÉMÉRIDES RÉVOLUTIONNAIRES

---

24 janvier 1790. — **Nomination du Président, du Secrétaire de l'Assemblée, du Maire, des Membres notables et autres Officiers pour composer la nouvelle municipalité**

« Au sortir de la messe, devant la porte principale de l'église, le monde sortant en grand nombre, il s'est trouvé 57 citoyens actifs de cette paroisse, payant des impositions actuelles au-dessus de trois livres, françois, majeurs de 25 ans, domiciliés depuis au moins un an, sans qu'aucun d'eux soit dans l'état de domesticité ou serviteur à gage, banqueroutiers, faillis ou débiteurs insolvables ».

« Après qu'il a été reconnu que la population de cette paroisse est composée de plus de 500 âmes, il a été à l'instant procédé aux nominations indiquées ci-dessus :

« Etienne Fromont, ayant réuni plus de voix, est et demeure nommé président ;

« Jean Poidevin, secrétaire.

« Ils promettent, par serment, qu'ils ont fait à la manière accoutumée, de *maintenir de tout leur pouvoir la constitution du royaume, d'être fidèles à la nation, à la loi et au roi, de choisir en leur âme et conscience, les plus dignes de la confiance publique et de remplir avec zèle et courage* les fonctions civiles et politiques qui pourront leur être confiées. »

Puis sont nommés scrutateurs les sieurs André Fallague, François Pitancier et Delalande.

La nomination du maire est faite au scrutin individuel : Michel Laudinay, bourgeois en cette paroisse, est élu par 25 voix sur 48 votants.

Pour la nomination au scrutin de liste double des cinq membres du corps municipal, il n'y a pas de résultat; « la nuit étant survenue, le président a ordonné la continuation à demain, 25 du présent mois. 9 heures du matin, en l'église, avec injonction auxdits habitans de s'y trouver ».

Il s'y trouve 38 citoyens.

Le second tour de scrutin n'ayant pas donné de résultat, il est procédé à un troisième scrutin qui fixe ainsi l'élection des 5 membres de la municipalité : René Dubois, tonnelier, 25 voix ; le sieur André Fallague, chirurgien, 20 voix ; le sieur Boullay, 16 voix ; le sieur Bonnard, 16 voix ; le sieur Alland, 15 voix.

Nomination de 12 notables « pour former, avec les membres du corps municipal, le conseil général de la commune » ; sont élus : Gilles Benoist, Pierre Boutet, Antoine Dessaigne, François Auger, Jacques Normand, François Marchand père, René Michau, Etienne Trioreau, Pierre Pâtureau, Claude Lepage, Pierre Gougeard, François Courtas père.

Nomination du procureur de la commune : François Pitancier est élu par 26 voix sur 35 votants (1).

27 février 1790. — Dîme des Montils

Dans un relevé général d'estimation des biens nationaux, fait par les administrateurs du district de Blois, la dîme des Montils figure pour la somme de 240 livres (2).

17 juillet. — Rôle des Contributions, 1790

Le maire des Montils écrit au Directoire pour « demander que le rôle des tailles soit examiné et présenté à la vérification, sous sa signature, vu la démission, la retraite et le refus de signature des autres membres qui ne veulent faire aucune fonction avec un des notables contre lequel ils réclament... qu'il soit nommé deux commissaires pour entendre les habitans. »

Le 28 juillet, le Directoire répond : « Les démissions sont considérées comme non avenues; il sera enjoint au maire et aux autres municipaux de reprendre leurs fonctions jusqu'à la perfection du rôle, de le mettre à fin, de l'arrêter, le signer et faire vérifier et lire à la manière accoutumée et de le mettre en recou-

1. Archives municipales des Montils.
2. Archives de Loir-et-Cher.

vrement dans la huitaine, à peine d'en demeurer responsables et d'être contraints personnellement au paiement du taux général de la paroisse, conformément au décret de l'Assemblée nationale. »

De plus, le Directoire fait défense à Cl. L.. l'un des notables, « de plus troubler, dans ses fonctions, la Municipalité dont il est membre ». La pièce se termine ainsi : « la présente délibération sera lue et publiée au prochain jour de dimanche ou de fête, issue de la messe paroissiale, à la porte de l'église » (1).

10 mai 1790. — Dans le dénombrement des citoyens actifs des Montils, il se trouve : 41 simples votants et 89 éligibles.

9 août 1790. — Perquisition au presbytère

Les officiers municipaux des Montils, sur l'ordre du District de Blois, se transportent à la maison presbytérale où ils trouvent Mᵉ Antoine Godard, prêtre, prieur-curé de cette dite paroisse ; « il nous conduit, dit le rapporteur, dans un bâtiment où il s'est trouvé un pressoir composé de tous ses ustensiles, 2 cuves reliées en bois, l'une tenant environ 16 pièces et l'autre 6, dépendant de son bénéfice. Dans son appartement, une liasse contenant 10 pièces de baux et titres, tirées du Chartrier de Bourgmoyen, laissées à sa garde ».

Même jour. — Inventaire du mobilier de l'église.

16 août 1790. — Demande de l'établissement d'un Canton aux Montils

Les officiers de la municipalité des Montils, unis à plusieurs autres municipalités, demandent au Directoire l'établissement d'un Canton aux Montils et à être distraits de celui de Cellettes. Le Directoire décide que cette requête sera remise sous les yeux de l'Assemblée générale, à la première session (2).

Il n'y eut pas de suite.

3 septembre 1790. — Travaux à l'église

A la séance du 3 septembre du District de Blois, il est donné

1) Arch. de Loir-et-Cher.
(2) Ibid.

lecture d'une « requête des officiers municipaux de la paroisse
des Montils tendante à ce qu'il plaise à l'Administration autoriser le sieur Lepage, marguillier en exercice de leur paroisse,
à faire faire à la journée différentes réparations urgentes à
leur église et notamment à la couverture. »

Le Directoire estime qu'il « y a lieu d'autoriser le sieur
Lepage à faire faire sous l'inspection et la surveillance des
officiers municipaux, toutes réparations reconnues et établies
nécessaires » (1).

Décembre 1790. — Estimation de plusieurs propriétés : (Biens nationaux) (2)

Cette estimation est faite, au nom du District, par Joseph
Marchand, architecte à Blois, le 14 décembre :

La Cartinière : 7 arpents et demi	4.100 livres.
Le Petit Saint-Lazare : 9 arpents 3 boisse-lées de terres ; 3 arpents de bois	3.500 livres.
Villemblay	2.400 livres.
L'Aumònerie et ses dépendances	6.500 livres.
Le 18 décembre, l'Hermitage : 81 arpents de terres ; 2 arpents 3 boisselées de vignes ; 11 ar-pents 9 boisselées de prés ; 7 arpents 6 boisse-lées de pàtureaux ; 27 arpents 7 boisselées de bois.	11.500 livres.
Le Prieuré et ses dépendances, avec la mai-son de la Haye.	6.500 livres.

27 janvier 1791. — Refus de serment

Le maire des Montils fait savoir au District que le prieur et le
vicaire de la paroisse n'ont fait jusqu'à ce jour aucune déclaration qui annonce leur intention de satisfaire à la loi du 27 novembre dernier qui exige le serment des fonctionnaires publics
ecclésiastiques (3).

1) Arch. de Loir-et-Cher.
2) Ibid.
3) Archives municipales des Montils.

13 février 1791. — Election du citoyen Grégoire comme évêque de Blois

L'assemblée électorale du département de Loir-et-Cher est tenue dans l'église cathédrale ; les électeurs désignés pour le canton de Cellettes sont : François Egret pour Chitenay, et Claude Lepage pour les Montils (1).

17 février 1791. — Le traitement du vicaire des Montils

Délibération du Directoire de Blois :

« Les lettres de vicaire de la paroisse des Montils, accordées par le sieur évêque de Blois au sieur du Velleroy, et par lui rapportées aux fins de fixation de son traitement pour les années 1790 et 1791, ont été remises sur la barre. Il n'a touché en l'année 1790 des décimations de la dite paroisse que la somme de 350 livres, montant de la portion congrue ci-devant attribuée aux vicaires.

« L'Assemblée nationale ayant fixé les traitemens de vicaire à la somme de 700 livres, à partir du 1er janvier 1790, le Directoire accorde au dit vicaire la somme de 350 livres.

« Et comme le dit vicaire ne s'est point conformé à la loi du 27 novembre, le Directoire estime qu'il y a lieu de surseoir à ordonner le paiement du premier quartier de son traitement pour l'année 1791 ».

Le vicaire donne un reçu de 350 livres pour l'année 1790, en vertu du décret de l'Assemblée nationale (2).

30 mai 1791. — Société des Amis de la Constitution, à Blois

La société des *Amis de la Constitution* de Blois s'adressent au Directoire pour connaître des faits qui se sont passés dans la paroisse des Montils, lors de l'installation du sieur Rabotteau, desservant de la dite paroisse. Le Directoire arrête qu'il n'y a pas lieu de délibérer sur ces faits (3).

1) Arch. de Loir-et-Cher.
2) Ibid.
3) Ibid.

6 juin 1791. — Dénonciation contre le vicaire du Velleroy

Un rapport ayant été adressé au Directoire sur une lettre du
sieur Rabotteau, desservant la paroisse des Montils, qui se plaignait « des propos incendiaires tenus contre lui par le sieur
Velleroy, ci-devant vicaire du même lieu, et des menaces que ce
particulier lui fait journellement » :

Le Directoire arrête : « les faits seront dénoncés à l'accusateur public et il sera écrit à la municipalité des Montils de veiller
par tous les moyens à la sûreté du sieur Rabotteau, sous sa responsabilité » (1).

Même jour. — Réclamation du Curé

Il adresse une requête au Directoire, par laquelle il expose que,
comme ancien vicaire de Chissay, il a exercé les fonctions de
vicaire de Saint-Georges, pendant l'espace de six semaines, pour
lequel temps il demande le paiement. Le Directoire lui délivre
un mandat de 87 livres 10 sols « pour un demi-quartier de ses
fonctions de vicaire » (2).

18 juin 1791. — Réclamation de l'ancien Vicaire

L'abbé du Velleroy, qui n'avait pas voulu prêter serment,
demande au Directoire le paiement de la somme de 288 livres
6 sols pour « 4 mois 29 jours de ses fonctions de la présente
année 1791 ». Le Directoire, « considérant que l'exposant, encore
bien qu'il n'ait pas satisfait à la loi du serment, doit être payé
du temps de son exercice jusqu'au moment de son remplacement, arrête que la somme de 288 livres 6 sols lui sera allouée » (3).

20 juillet 1791. — Fixation du traitement du nouveau Curé

Le citoyen Rabotteau (4) demande la fixation de son traitement ; le Directoire arrête qu'il lui sera délivré un mandat de
116 livres 4 sols 6 deniers sur le traitement d'avril et une expédition de traitement de 1.200 livres pour le surplus (5).

(1) Archives de Loir-et-Cher.
(2) Ibid.
(3) Ibid.
(4) Il était alors âgé de 40 ans et demi.
(5) Archives de Loir-et-Cher.

26 septembre 1791. — Réparations à l'Église. Déplacement du Cimetière

Les marguilliers et les habitants des Montils demandent au Directoire à être autorisés « à faire des réparations nécessaires à leur église et à changer l'emplacement de leur cimetière (1), le tout aux frais de la Fabrique ».

Le Directoire autorise les réparations de l'église, conformément au devis de l'architecte.

Pour ce qui concerne le cimetière, « attendu que son emplacement est contraire aux anciens règlemens ; qu'il est nuisible à la salubrité de l'air », il autorise les marguilliers et les habitants de la commune « à se procurer un local plus convenable, soit en achetant de nouveaux terrains, soit par voie d'échange avec l'ancien » (2).

1er octobre 1791. — Accusations portées contre « le sieur Velleroy, ci-devant Vicaire »

« Malgré les remontrances de l'administration, il (le vicaire) est devenu plus audacieux ; il se promène librement dans les rues du bourg ; sa présence est nuisible et dangereuse ; le vœu général des habitans est qu'il lui soit ordonné de sortir de la paroisse ».

Telles sont les plaintes de quelques habitants et du sieur Rabotteau.

Le Directoire, « s'étant assuré que la conduite du sieur Velleroy est irréprochable, estime que toute démarche, qu'on pourroit se permettre contre un citoyen paisible et qui ne trouble point l'ordre public, seroit l'infraction la plus manifeste des lois qui doivent également protéger tous les citoyens, quelles que soient leurs opinions, même religieuses » et rejette la requête ci-dessus (3).

7 novembre 1791. — Revenus et dépenses de la Cure

Le Directoire : « vu le compte duquel il appert que les fruits et revenus de ladite cure s'élèvent, année commune, à 3.585 fr.

1) Il était autour de l'église.
2) Archives de Loir-et-Cher
3) Ibid.

5 sols 6 deniers et la dépense pour l'année 1790 à 1.098 fr. 4 sols, il résulte que le revenu net est de 2.487 fr. 1 sol 6 deniers » (1).

26 novembre 1791. — Réclamation de l'ancien prieur

Requête à MM. les administrateurs du district de Blois :
« Le sieur Antoine Godard, soussigné, a l'honneur d'exposer à Messieurs les Administrateurs :

« 1° Qu'en sa qualité de curé titulaire de la paroisse des Montils, ayant refusé de prêter le serment du 27 novembre 1790, il a été autorisé, par les décrets de l'Assemblée nationale, à continuer l'exercice du ministère dans la paroisse jusqu'à son remplacement ;

« 2° Qu'il a effectivement continué l'exercice du ministère en la dite paroisse, depuis le 1er janvier 1791, jusqu'au 29 mai inclusivement, époque à laquelle on a jugé à propos, sans aucun décret, de le faire remplacer par un desservant, demande en conséquence qu'il lui soit accordé, pour les dits cinq mois d'exercice de ses fonctions, un traitement proportionnel égal à celui qui lui auroit été fixé par l'arrêté de son compte de l'année 1790 ;

« Demande en outre qu'il lui soit aussi accordé, depuis l'époque du 29 mai dernier, la jouissance de la pension de 500 livres qui a été décrétée par l'Assemblée nationale, en faveur des curés remplacés qui n'auront pas prêté le serment ».

                    « A Blois, *signé :* Godard, prêtre » (2).

27 décembre 1791. — Mise aux enchères du presbytère

Il y a quatre soumissions :
Claude B., à Blois, 2.000 francs.
Bernard P., à Blois, 2.000 francs.
Pierre G., à Sambin, 600 francs.
Mathurin G., à Savonnières, 600 francs (3).

---

(1) Arch. de Loir-et-Cher.
(2) Ibid.
(3) Ibid.

27 janvier 1792. — Dénonciation au District de M. du Velleroy, vicaire des Montils

La pièce, datée des Montils, commence ainsi :

« Délibération sur la manière de s'y prendre pour chasser de cette paroisse le sieur Velleroy, ci-devant vicaire, aujourd'hui sans place comme prêtre réfractaire et faisant ici sa résidence, malgré le vœu général des habitans, y répandant des propos séditieux, incendiaires et inconstitutionnels et même insultant à toute notre communauté ;

« Prévenus qu'il court des risques de résider plus longtemps dans cette paroisse et que l'ordre public n'y est troublé que par ce malveillant qui, en s'y faisant un parti, égare des esprits foibles de nombre de filles et femmes, même des hommes chefs de maisons, ce qui peut à la suite produire des effets funestes, le dit sieur Velleroy se promenant souvent dans un jardin du bourg, armé d'un fusil, sous prétexte d'y tirer des oiseaux, pourroit attenter à la sûreté de M. Rabotteau, notre curé, le jardin sus dit étant proche et ayant vue sur celui du curé.

« Et voulant faire partir le sieur Velleroy, nous avons été contrariés par un des nôtres qui dans d'autres momens servoit de compagnon de chasse au sieur Velleroy, celui-ci faisant le rôle de braconnier, au lieu de celui de vicaire assidu » (1).

7 février 1792. — Demande de bannissement du vicaire

La municipalité des Montils « aux Administrateurs du département de Loir-et-Cher :

« Désirant établir le bon ordre dans cette commune, qui n'étoit troublé que par le sieur Velleroy, notre ci-devant vicaire, dont la conduite inconstitutionnelle nous a fait chercher les moyens que la prudence et le maintien des lois nous ont suggérés... le parti de l'adversaire général de notre communauté se grossissant tous les jours et ayant répandu son venin chez trois membres ci-devant nôtres, nous a décidés à extirper le mal dans sa racine ; nous avons rayé de notre tableau ceux que nous avons crus indignes d'être parmi nous, comme coupables

1 Arch. municip. des Montils.

de nous tromper, ne méritant plus notre confiance... Il nous reste à désirer le prompt bannissement du sieur Velleroy, que sollicitent vivement nos frères de Pontlevoy (1), nous n'avons agi que par un acte de justice, en cherchant un remède efficace contre un mal qui dans peu se seroit invétéré dans tout le corps, dont nous voyions la perte assurée... Venez donc, Messieurs, à notre aide pour chasser le plus promptement le sieur Velleroy, l'auteur de toutes nos vicissitudes ; le moindre retard pourroit produire des suites fâcheuses dont nous ne pourrions être garans » (2).

5 mars 1792. — Conduite, sous escorte, du vicaire devant le Directoire

Le maire de la municipalité des Montils, accompagné de plusieurs municipaux, assisté des greffiers et escorté de plusieurs citoyens, soldats de la garde nationale du lieu, « sont entrés dans la salle des séances avec le sieur du Velleroy, ci-devant vicaire de la même paroisse qu'ils conduisent ».

M. le Maire représente que, sur le refus fait par le sieur du Velleroy de se conformer aux lois et sur les violences qui ont accompagné ce refus, ils ont cru devoir conduire le sieur du Velleroy en cette ville.

M. le président demande au sieur du Velleroy « s'il a connoissance de l'arrêté du 15 février dernier » (Ordre aux prêtres insermentés de se rendre au chef-lieu du département), le sieur du Velleroy répond « qu'il en a eu connoissance par la notification que la municipalité lui a faite aujourd'hui dans l'après-midi ; qu'il la regardoit comme inconstitutionnelle et qu'il n'y satisferoit que contraint par la force ».

M. le Maire réplique que « la publication de l'arrêté a été faite au prône et à l'issue de la messe paroissiale, le dimanche 26 du mois dernier. Quand la notification en a été faite aujourd'hui, le sieur Velleroy a répondu qu' « il s'en

---

(1) En effet, le même jour, le Directoire recevait un mémoire de plusieurs citoyens de la municipalité de Pont-Levoy, approuvé et apostillé par les officiers municipaux des Montils, « contenant des inculpations graves contre le sieur Velleroy ». Un rapport fut fait sur ce mémoire et le Directoire « a pensé que les faits nommés sont de nature à être dénoncés à l'accusateur public ».

(Archives de Loir-et-Cher).

(2) Arch. municip. des Montils.

« moquoit, qu'il n'étoit pas émané de l'Assemblée nationale et
« que le premier qui s'avanceroit, il lui feroit sauter la cer-
« velle ».

Le fait ayant été attesté par le secrétaire de la municipalité,
le président demande si le sieur du Velleroy tenait des propos
incendiaires contre la Constitution ; il est répondu que le sieur
Velleroy s'était fortement élevé contre l'Assemblée nationale,
contre les corps administratifs, qu'il a dit notamment « qu'il désiroit voir une fois Monsieur l'Évêque de ce département avant
qu'il fût pendu » ; qu'il a dit aussi « que le curé constitutionnel de
la paroisse étoit de la drogue ».

Un administrateur du district ayant demandé au sieur Velleroy
s'il voulait exécuter l'arrêté du 15 février dernier, il répond
« qu'il ne pouvoit le faire parce qu'il n'avoit pas le moyen de
« vivre et qu'il restoit aux Montils, parce qu'il y est logé et
« nourri gratuitement ».

On lui demande son nom ; il répond que « c'est celui d'un
hameau habité par sa famille aux environs de Caen ».

Comme le président lui affirme que la majorité des habitants
désire son départ des Montils, il répond que « si l'on consul-
toit individuellement les habitans, on trouveroit le contraire ».
Le maire ajoute qu'en effet « le nombre de ceux et de celles qui
se rassemblent dans le jardin de la maison habitée par le sieur
Velleroy, qui y fait des farces, est très considérable ».

On lui présente le procès-verbal de la séance ; il refuse de le
signer ; alors le procureur général syndic conclut : « Vu le
danger imminent couru par le sieur Velleroy, s'il retourne et
persiste à demeurer aux Montils, il est invité à rester en cette
ville ; et il sera enjoint au sieur Velleroy de se rendre à l'instant
au Séminaire de cette ville pour y être provisoirement logé et
nourri gratuitement, avec la liberté d'opinions qui lui est ga-
rantie par la Constitution, avec la faculté de se faire donner à
manger dans sa chambre » (1).

10 mars 1792. — Nomination d'un nouveau maire

Le citoyen Hésine, nommé commissaire pour exécuter l'arrêté
du district du 4 mars, — nomination d'un nouveau maire aux

(1) Archives de Loir-et-Cher.

Montils — dénonce la conduite du procureur de la commune dudit lieu comme illégale et incivique et constate que « la majorité des habitans des Montils est brave et amie de la Révolution » (1).

Pierre Rousseau est choisi comme maire.

13 mars 1792. — Perquisition au presbytère

Dans une déclaration des armes, faite par les habitants de la paroisse des Montils « an IV de la liberté, Ier de l'égalité », on trouve chez M. le Curé « deux pistolets de poche et deux vieux » (2).

28 mars 1792. — Expulsion du vicaire

L'abbé du Velleroy ne resta pas longtemps à Blois, car dès le 28 mars sa rentrée aux Montils donne lieu à de nouveaux incidents.

« A l'aspect des troubles que le retour du sieur Velleroy renouvelle », les municipaux des Montils donnent la démission « de leurs places » pour se soustraire à la responsabilité à laquelle ils se trouvent exposés.

Dans ces circonstances, le Directoire « considérant que présentement la démission de la municipalité des Montils va produire un mal d'autant plus réel que le peuple déjà échauffé par la conduite passée du sieur Velleroy est sur le point de se mettre en insurrection ; que d'un autre côté le curé constitutionnel, fatigué par les tracasseries qu'il a éprouvées de la part du sieur Velleroy et de ses partisans, se prépare à donner sa démission, arrête : Que le procès-verbal sera adressé dans ce jour à l'Assemblée nationale et au ministre de l'Intérieur, pour les instruire de l'état des choses et solliciter d'eux des mesures susceptibles de maintenir la paix ; et cependant qu'attendu le cas pressant dans lequel se trouve la municipalité des Montils, exposée dans ce moment à rester sans magistrats et sans pasteur, dans un instant où le devoir pascal et l'assiette de l'impôt rendent leur présence indispensable, il a été arrêté que le sieur Velleroy sera tenu de sortir de la municipalité des Montils à

(1) Archives de Loir-et-Cher.
(2) Ibid.

l'instant où ce présent arrêté lui sera notifié..... La municipalité des Montils est autorisée à prendre les mesures qu'elle jugera convenables pour l'éloignement et la sûreté personnelle du sieur Velleroy et pour maintenir l'ordre et la tranquillité dans la paroisse ».

9 avril 1792. — Certificat de civisme délivré au curé des Montils par la municipalité

Délibération : « Les conseillers municipaux ont arrêté qu'ils se rendront aujourd'hui à Blois pour se présenter au District et ont requis le citoyen Rabotteau, curé et notable. A quoi il a répondu qu'« *en sa qualité de curé, il devoit être aujourd'hui, dimanche, à son poste* ».

« Nous, officiers municipaux et notables, avons sur le champ envoyé un exprès à Candé pour inviter le citoyen Naudin, curé, de le remplacer, ne pouvant nous passer de lui pour plaider notre cause.

« Depuis deux ans qu'il est avec nous, nous ne pouvons, en lui rendant justice, dire autrement que non seulement il a rempli ses devoirs avec la dernière exactitude comme ministre, mais que comme citoyen il a toujours donné l'exemple de la soumission aux lois, qu'il les a lues et expliquées et que sans lui nous ne connaîtrions pas nos devoirs. Son exactitude et sa fermeté dans l'exécution des lois lui a fait des ennemis qui sont aussi les nôtres » (1).

11 avril 1792. — Liste pour le rôle foncier

Des lettres sont envoyées des Montils, au District, contre les citoyens B. et F. « qui n'auroient pas mis assez d'empressement à confectionner les listes pour établir le rôle foncier » (2).

Même jour. — Suspension du maire Pierre Rousseau

Le Directoire : « Considérant que la marche des affaires publiques n'a été entravée jusqu'à cette époque que par l'incivisme et l'insouciance des fonctionnaires publics :

1) Archives de Loir-et-Cher.
(2) *Ibid.*

« Considérant que la patrie ne peut être sauvée que lorsque les administrateurs et officiers municipaux se disputeront de zèle pour la défense de la cause populaire, estime qu'il y a lieu de suspendre de ses fonctions le maire de la commune des Montils » (1).

31 mai 1792. — Concession de terrains faite au curé Rabotteau

Le citoyen Rabotteau, regrettant sans doute la privation du jardin bas du presbytère. demande, comme *complément de son jardin*, « qu'on lui accorde trois boisselées de *mauvais pré* » en la paroisse.

Le Directoire : « Vu le plan figuratif et arpentage de la cure des Montils, duquel il résulte que le jardin en dépendant ne contient que deux boisselées, accorde au sieur Rabotteau deux boisselées de *pré*, ainsi qu'une petite île située au-dessous du moulin de Rouillon, lesquels terrains sont distraits des terrains à vendre, appartenant à la cure des Montils » (2).

14 septembre 1792. — Les émigrés : MM. Loüet et de Rosay

La municipalité, interrogée par le District au sujet des émigrés, répond par la lettre suivante :

« Municipalité des Montils, L'an IV de l'Indépendance et le « Iᵉʳ de la Liberté.

« Frères et Amis,

« Nous avons reçu dans le temps vos lettres et les décrets « concernant les émigrés ; nous n'en connaissions point dans « notre paroisse, notre réponse vous l'a justifié. Aujourd'hui, « Frères et Amis, d'après la lettre de la dame Lambert-Loüet, « en date du 6 septembre, non timbrée, dont nous vous en- « voyons la copie, ainsi que de celle que nous lui avons écrite « le 9 présent mois (3), aujourd'hui plus que jamais persuadés « que les sieurs Loüet fils et Lambert, gendre de la susdite « dame, sont émigrés, nous nous conformons à la loi du « 18 avril et ne négligeons rien pour la faire exécuter ;

---

(1) Archives de Loir-et-Cher. — Le Conseil général de la commune avait dénoncé « sa conduite incivique et ses liaisons avec les aristocrates ».
(2) Archives de Loir-et-Cher.
(3) Nous n'avons pas trouvé ces lettres.

« Mais avant toutes choses, nous vous prions, Frères et
« Amis, de nous indiquer, par écrit, la marche que nous devons
« suivre en cette affaire et dans laquelle nous mettrons toute la
« célérité et zèle dont sont susceptibles

> « les officiers municipaux patriotes de la
> « commune des Montils » (1).

18 octobre 1792. — Inventaire de l'argenterie de l'église des Montils

Cet inventaire est fait par les officiers municipaux et le
procureur de la commune. Il s'y trouve :

Une croix d'argent pesant.......	11 marcs	6 onces	2 gros
Un encensoir pesant.......... ...	2 —	3 —	6 —
Une navette et sa cuiller pesant ..	1 —	6 —	2 —
Deux burettes pesant...........	2 —	3 —	6 —
Un bassin pesant...............	2 —	1 —	2 —
Un calice et sa patène ; un vase au viatique ; un autre vase aux baptêmes, pesant...................	6 —	4 —	6 —
Total...............	28 marcs	6 onces	2 gros

Le pesage de ces objets est fait par Blondeau, orfèvre à
Blois, qui reçoit 3 livres du procureur de la commune.

Il offre un encensoir de cuivre argenté ainsi que des bassins à
burettes et une navette, en ajoutant : « Je fabrique tous ces
objets » (2).

Le procès-verbal du pesage et de l'emballage est dressé le
3 novembre.

8 novembre 1792. — Admission d'un pauvre des Montils à l'Hôpital de Blois

Le Directoire arrête que Pierre Morigon sera admis « au
même titre que les autres pauvres » attendu, dit la requête,
« que l'hôpital des Montils a été réuni à celui de Blois » (3).

---

(1) Archives de Loir-et-Cher.
(2) Ibid.
(3) Ibid.

15 novembre 1792. — Permission accordée à Madame Loüet

Madame Loüet est autorisée « à faire enlever, de sa maison des Montils, une pièce de vin, parmi les huit qui ont été inventoriées, à la condition d'en remettre le prix au moment de la vente ; elle peut aussi enlever différentes provisions qu'elle y avoit laissées et qui n'ont pas été inventoriées, comme *chandelles, ognons et fruits* » (1).

2 décembre 1792. — Constitution du conseil général de la commune

Délibération : « La municipalité des Montils s'est assemblée dans l'église des Montils, issue de la messe paroissiale, pour nommer 1 maire, 5 membres municipaux, 12 notables, 1 procureur de la commune.

« Le citoyen Rabotteau, curé de cette paroisse, est et demeure maire de cettedite paroisse, par 37 voix sur 43 votans ».

« Jean Tournier est nommé procureur de la commune, par 16 voix sur 30 votans ».

Voici les noms de 12 notables élus par 38 voix :

Pierre Amyot — Claude Lepage — Rémy Alland — André Métais — André Bouché — Louis Milteau — Romain Hervet — Jacques Chasteau — Jean Ledet — Henri Gitton — Gatien Avrillon — Nicolas Plouard (2).

7 décembre 1792. — Remise faite par l'ancien maire (3) à la nouvelle municipalité

L'ancien maire remet à la nouvelle municipalité :

1° Différents papiers administratifs ;

2° Le registre de la fabrique des Montils ;

3° Un fusil simple, une hallebarde et un vieux sabre qui ont été trouvés par les commissaires dans la maison du « sieur Loüet, émigré ».

Tous ces objets et papiers sont portés dans une chambre du citoyen Rabotteau, qui est nommé officier public de la

(1) Archives de Loir-et-Cher.
(2) Archives municipales des Montils.
(3) Pierre Rousseau.

commune et qui offre une chambre au conseil général pour s'y réunir (1).

Dans la même séance, Joseph Martin, maître d'école, est nommé secrétaire-greffier.

7 décembre 1792. — Recensement des grains

Délibération : « Après lecture de la lettre du procureur général syndic, Desfray, pour établir *le recensement des grains* existans sur le territoire de la commune. le conseil général, guidé par les sentimens d'un patriotisme pur et de l'amour du bien, s'est empressé, séance tenante, d'aider de ses lumières et connaissances le commissaire pour procéder au recensement demandé ».

. Le tableau du recensement est remis au citoyen Desfray par le citoyen Rabotteau.

14 décembre 1792. — Dilapidations chez Mme Loüet

En présence des dilapidations qui sont faites dans sa maison des Montils, Mme Loüet demande au Directoire que les gardiens, placés dans sa maison, soient tenus responsables des dégâts qui seront constatés. Sa requête est repoussée. Cependant elle obtient l'estimation des effets saisis qui « appartiennent moitié à elle et le quart à sa fille ».

26 décembre 1792. — Certificat de civisme

Le citoyen Bonnard demande et n'obtient pas le certificat de civisme, pour continuer l'exercice de ses fonctions en qualité de *notaire* (2).

27 décembre 1792. — Réclamation du procureur de la commune au procureur syndic de Blois

Le procureur s'excuse d'abord de n'avoir pas répondu plus tôt, parce que « la municipalité est composée de vignerons qui ne comptent que sur la journée et que les officiers municipaux *ne*

(1) Archives municipales des Montils.
(2) Plusieurs membres de l'assemblée disent qu'ils ne veulent pas certifier le civisme du sieur Bonnard. Le président met la question aux voix en ces termes : « Soyez tous couverts ; que ceux qui sont d'avis de donner le certificat se découvrent ». Il ne se trouve qu'un citoyen qui se découvre sur douze présents. (Archives municipales des Montils.)

*sont point payés comme le sont les administrateurs du district
du département ».*

Il souhaite ensuite qu'il y ait, « dans toutes les municipalités,
autant d'exactitude et de patriotisme que dans celle des Montils
nouvellement organisée ».

Il finit en disant : « La municipalité des Montils ne mérite
aucun reproche que celui de faire exécuter ponctuellement la loi
et en empêcher l'infraction » (1).

19 février 1793. — Joseph Martin, « maître d'école », demande
125 livres « pour 8 mois de son salaire » (2).

23 février 1793. — Le Directoire refuse de délibérer sur un
mémoire du citoyen Bonnard, tendant à juger la conduite du
conseil général de la commune qui lui a refusé un certificat de
civisme. Deux jours après, le Directoire ordonne que les scellés
seront apposés sans délai, sur l'étude du notaire, qu'il y sera
établi un gardien solvable et sur la fidélité duquel on puisse
compter

3 mars 1793. — Nomination d'un nouveau maire

Délibération : « Le conseil général, assemblé en l'église paroissiale, en conséquence de l'annonce faite le dimanche précédent pour nommer un maire à la place du citoyen Rabotteau,
attendu l'incompatibilité de sa qualité de curé, après plusieurs
votes, nomme le citoyen Bonnard par 31 voix sur 43 votans ».

Le lendemain, la municipalité des Montils écrit au Directoire :
« Bonnard a tellement fait agir la cabale qu'il est venu à bout de
se faire nommer maire à la place du citoyen Rabotteau ; il s'est
permis les propos les plus indécens contre eux et la sûreté de
la commune exige impérieusement qu'il soit pris des mesures
de rigueur contre ce mauvais citoyen ».

Aussitôt le Directoire arrête : « L'élection du citoyen Bonnard
est déclarée nulle et illégale ; il est incapable d'exercer aucun
emploi public et les électeurs seront convoqués dimanche prochain pour l'élection d'un nouveau maire ».

Le 7, Bonnard fait savoir au Directoire qu'il demande la levée
des scellés ; il prétend que le certificat de civisme, obtenu par

(1) Archives de Loir-et-Cher.
(2) *Ibid.*

lui le 9 décembre dernier, a été enlevé du registre des délibérations.

L'Assemblée départementale envoie alors un de ses membres, Normand, aux Montils, pour constater la vérité du fait dénoncé.

Dans son enquête faite le 9, le délégué déclare :

1° Que le registre, à la date du 9 décembre dernier, ne contient aucun acte constatant le jour, l'année, ni la personne qui l'a coté et paraphé ;

2° Que les cotes et paraphes sont frais et faits après coup ;

3° Que la deuxième feuille a été recollée.

Les municipaux répondent que le certificat de civisme a été délivré, que le citoyen Bonnard « est un homme de probité, paisible, n'ayant occasionné aucun trouble dans la commune ».

Renseigné par ces déclarations, le Directoire réhabilite le citoyen Bonnard par un arrêté dont voici les principaux considérants :

« La destitution du sieur Bonnard étant le fruit de l'intrigue et de la récrimination de quelques esprits turbulens et qui, sous le masque du patriotisme, n'en sont pas moins des caractères despotiques dont l'impulsion dangereuse produit toujours de très grandes injustices ;

« La déclaration du citoyen Rabotteau, ses réponses évasives et le ton impérieux avec lequel il s'est exprimé, décèlent tout à la fois et l'influence dangereuse qu'il avoit dans la discussion des affaires de la municipalité et des inimitiés bien prouvées contre Bonnard ».

En conséquence, le 10 décembre 1793,

« Le citoyen Pierre-Ambroise Hésine, administrateur du district de Blois, est comparu, *issue de la grand'messe, au banc de la marelle,* pour réintégrer le citoyen Bonnard dans ses fonctions de notaire et déclare qu'il peut être nommé maire d'après une délibération du département ».

Cependant, dans cette séance, un autre citoyen est nommé maire, par 48 voix sur 87 votants (1).

10 mars 1793. — Réquisition de 7 hommes

« *A l'issue des vêpres,* la municipalité s'est transportée au

(1) Arch. municipales des Montils.

banc de l'Œuvre. pour aviser au mode de recensement de 7 hommes parmi les citoyens garçons et hommes veufs sans enfans ».

Personne ne se présente pour l'inscription volontaire : « Tous lesdits citoyens nous ont unanimement déclaré qu'aucun d'eux ne souscriroit volontairement ; qu'ils ne vouloient prendre aucun mode pour fournir lesdits 7 hommes ; qu'ils vouloient rester dans leurs foyers et ne point aller à l'armée, à moins que les hommes mariés ne tirent au sort avec eux ; que d'ailleurs c'étoit aux riches à se défendre ; qu'en un mot ils ne vouloient pas exécuter la loi ».

Le procès-verbal continue : « Nous avons particulièrement reconnu Jacques L....., garçon, pour être un des plus entêtés qui s'est porté jusqu'à injurier et à dire « qu'il se brûleroit plutôt la « cervelle que de tirer au sort ; qu'il valoit mieux mourir chez « soi qu'à l'armée ; qu'il se f..... des ennemis ; qu'ils pouvoient « entrer en France, s'ils vouloient » (1).

Le châtiment que méritaientces insolen ces ne tarde pas ; le lendemain. Jacques L...... est arrêté et conduit à la prison de Blois « pour s'être permis des propos non seulement indiscrets et injurieux, mais tellement séditieux qu'ils ont dû nécessairement refroidir le zèle des autres citoyens et peut-être leur donner l'idée de la révolte et empêcher l'effet salutaire du recrutement » (2).

En effet, malgré les efforts du commissaire du district, Henry Argy-Châtillon, le tirage ne peut s'effectuer dans cette séance ; l'opération est remise au 17 mars (3).

17 mars 1793. — Tirage au sort

La municipalité se transporte dans l'une des salles de la maison de Jean-Jacques Loüet, émigré (4), « à l'effet de tirer l'assemblée des citoyens garçons âgés de 18 ans jusqu'à 40 ». Ils sont 72, « non compris *le citoyen Rabotteau, curé de cette paroisse, qui a été dispensé du sort par tous lesdits citoyens* ».

(1) Arch. municip. des Montils.
(2) Arch. de Loir-et-Cher.
(3) Arch. municipales des Montils.
(4) Il paraît donc certain que des assemblées révolutionnaires se tinrent dans le château moderne des Montils qu'avaient fui ses propriétaires.

« Il a été fait, dit le procès-verbal, 72 billets, sur 7 des quels a été écrit « soldat national », lesquels, roulés, ont été mis dans un chapeau » (1).

3 avril 1793. — Visite des maisons suspectes

La municipalité, ayant reçu l'ordre de faire des visites domiciliaires dans toutes les maisons suspectes et de s'emparer des armes de toute espèce qui seront trouvées chez les particuliers suspects, trouve « chez un d'eux un inconnu sans passeport ; un exprès a été envoyé á Chouzy ; les inconnus n'ont pas voulu payer l'exprès » (2).

7 avril 1793. — Travaux dans les vignes

Le 7 avril, on trouve dans la commune des Montils, 15 arpents de vignes non déchaussées et il en reste 2 arpents à tailler.

« Les closiers ayant déclaré qu'ils manquoient de bras, nous avons été requis, dit la municipalité, nous avons remontré à tous les citoyens que lesdites vignes appartenoient à la nation entière. C'est travailler pour le bien général que d'aider à les façonner, en conséquence de commander au nom de la loi et même de forcer les hommes les moins pressés d'ouvrages : 1º à tailler les vignes que le nommé Etienne L... n'a pu tailler et 2º à déchausser les 15 arpens ».

12 avril 1793. — Réquisition de 11 citoyens

Sous la direction du commissaire Baieux, le conseil général nomme, par voie de réquisition, onze citoyens pris parmi les hommes veufs sans enfants, depuis 17 ans jusqu'à 45 ans, « pour le remplacement des pères de famille qui se sont portés sur les brigands qui dévastoient les départemens des Pays-Bas » (3).

La municipalité proteste contre cette réquisition (4).

28 avril 1793. — Le procureur de la commune, Jean Tournier,

(1) Arch. municipales des Montils.
(2) Ibid.
(3) Arch. de Loir-et-Cher.
(4) Arch. municipales des Montils.

donne sa démission, après avoir dit au maire J. Poidevin. « qu'il étoit le rebut de la paroisse, qu'il ne vouloit pas le reconnoître et qu'il n'avoit été nommé que par des *vacabons* ».

La municipalité dresse procès-verbal « des injures et insultes faites tant au corps municipal et au citoyen Hésine qui a présidé à la nomination dudit maire ».

Au second tour de scrutin, Louis Fallague réunit la majorité sur 37 votants et est déclaré procureur de la commune (1).

5 mai 1793. — Michel Bonnard demande un nouveau certificat de civisme. La municipalité le lui refuse par 14 voix sur 14 votants, en disant : « qu'elle ne pouvoit l'accorder en son âme et conscience » (2).

15 mai 1793. — Arrestation du procureur de la commune

Le sieur Tournier, procureur de la commune, est arrêté, comme accusé « de propos inciviques ; d'après de nouvelles œuvres, a été par nous conduit dans la maison d'arrêt des ci-devans Minimes, écroué sur le registre laissé à la garde du citoyen Boile, gardien ». Signé : « Ribou, maréchal des logis. »

2 juin 1793. — Plainte contre le maire, au sujet de la correspondance

Les officiers municipaux et les notables se plaignent « de ce que le maire décachetoit seul chez lui les lettres et paquets et qu'ils n'en avoient connaissance que plusieurs jours après leur réception ; lequel nous a répondu qu'il vouloit et qu'il avoit le droit de les décacheter seul et chez lui et que ceux qui voudroient les lire, iroient chez lui ».

8 juin 1793. — Dans le tableau des offrandes civiques, le citoyen Rabotteau, curé des Montils, figure pour la somme de 50 livres en assignats.

15 juin 1793. — Réquisition de deux hommes pour Tours

On réunit, *au son du tambour et de la cloche*, tous les citoyens dans une des salles de la maison Loüet, à l'effet, « sur l'invitation du citoyen administrateur du département d'Indre-

1) Arch. municipales des Montils.
(2) Ibid.

et-Loire et des administrateurs du district de Blois, d'envoyer deux hommes pour aller au secours de nos frères de Tours » (1).

Personne ne s'étant présenté, le sort en décide ; le 17 juin, sur 44 garçons de 17 à 40 ans, deux sont choisis « *pour être soldats* ».

25 juin 1793. — Le citoyen Hémery, tambour de ville, réclame au district la somme de 6 francs « pour avoir publié la vente des meubles de Jean Loüet, émigré » (2).

30 juin 1793. — Vente de linge d'église

Le maire des Montils, requis par le lieutenant de la garde nationale, se rend à Beauval où se faisait une vente de linge en partie d'église et de ménage — 19 serviettes, 5 nappes, 2 surplis. — Le détenteur de ces objets affirme qu'il les tient de son frère habitant Chenonceaux, qui les a achetés à la vente du ci-devant curé de Bourré. Le maire fait opposition à la vente et le linge, mis en deux poches, est rapporté à la chambre commune des Montils (3).

31 juillet 1793. — Nouvel incident Bonnard

Le notaire des Montils ne jouit pas longtemps des avantages qu'il avait obtenus le 9 mars. Le 31 juillet, un arrêté du comité de Sûreté générale de la Convention Nationale enjoint au Directoire de Loir-et-Cher de rapporter la décision par laquelle il a réintégré le citoyen Bonnard dans ses fonctions de notaire.

Le Directoire « fort de sa conduite, et intérieurement satisfait d'avoir rendu à Bonnard la justice qu'il avoit droit d'attendre de l'administration », arrête qu'il retirera toute délibération qui aurait pu être prise en faveur de Bonnard, relativement au certificat de civisme, et que dès lors le citoyen Bonnard se trouve actuellement dans l'état où il était avant l'obtention de son certificat (4).

12 août 1793. — Pension militaire

Le citoyen Fallague, tonnelier, « désigné pour aller combattre

(1) Arch. municipales des Montils.
(2) Arch. de Loir-et-Cher.
(3) Arch. municipales des Montils.
(4) Arch. de Loir-et-Cher.

les rebelles de la Vendée », blessé à l'affaire de Saumur « au bras droit, par un boulet de canon, le 3 août », avait obtenu une pension de 20 sols par jour comme « lieutenant de la 2ᵉ compagnie de Loir-et-Cher ». Il fait une nouvelle demande et obtient du Directoire 72 livres. Le 4 pluviôse an III, il reçoit un dernier secours de 42 livres 35 sols 5 deniers (1).

1ᵉʳ septembre 1793. — Nomination d'un soldat canonnier

Les communes des Montils, Chitenay, Seur, Saint-Gervais. Chailles et Candé se réunissent aux Montils, dans une des salles de la maison Loüet, « dans la personne de leurs maires, à l'effet de requérir un soldat canonnier, pour l'arrondissement des Montils, parmi les garçons depuis 16 ans jusqu'à 25 ans ; il s'en est trouvé 20, y compris les célibataires, sans compter les fuyards ; le sort est tombé sur Nicolas Baligand, âgé de 24 ans » (2).

5 septembre 1793. — Réquisition de huit lits

La commune des Montils est chargée de procurer huit lits « pour servir à la garnison de Valenciennes » (3).

Même jour. — Visite chez le citoyen La Montaigne-Barbançon.

La municipalité se transporte chez le nommé La Montaigne « *dit Barbançon ci-devant noble* ».

« Après nous avoir donné un matelas, un traversin et une couverture, nous lui avons dit qu'il auroit dû rapporter de la Fédération du 10 août tous les titres de noblesse et de féodalité, pour être brûlés. Lequel nous a fait réponse qu'il n'étoit pas noble » (4).

8 septembre 1793. — Réquisition d'un soldat cavalier

Les communes de Chitenay et des Montils étant requises de « fournir un soldat cavalier », le sort tombe sur un garçon des Montils, Bailly, âgé de 25 ans et demi.

(1) Arch. municipales des Montils.
(2) *Ibid.*
(3) *Ibid.*
(4) *Ibid.* Voir aux pièces justificatives, n° XXVIII.

Chitenay avait 13 garçons, les Montils 11 (1).

14 septembre 1793. — Biens des émigrés

La municipalité est requise par le district d'envoyer sur le champ « l'état des vignes, dépendant des émigrés, à récolter et leur consistance » (2).

La réponse est envoyée deux jours après.

21 septembre 1793. — Commencement du calendrier républicain

Vendémiaire, octobre ; brumaire, novembre ; frimaire, décembre ; nivôse, janvier ; pluviôse, février ; ventôse, mars ; germinal, avril ; floréal, mai ; prairial, juin ; messidor, juillet ; thermidor, août ; fructidor, septembre. — Le 1er vendémiaire de l'an I correspond au 22 septembre 1792.

26 septembre 1793. — Perquisition pour saisir les effets du prieur Godard

Cette perquisition est opérée par les officiers municipaux de Blois. « Nous nous sommes transportés, disent-ils, au domicile de la citoienne Jullie Lambert, veuve Cosme-Charles Loüet, où estant avons interpellé la citoienne Marie-Julie Loüet, épouse du citoien Honoré Lambert, de nous déclarer, en l'absence de la dame sa mère, si elle a connoissance que le citoien Godard, ci-devant curé de la paroisse des Montils a laissé des effets à lui appartenant dans la chambre qu'il occupoit à Blois dans son domicile, à quoy laditte Lambert nous a dit que ledit Godard a vraiment occupé une chambre chez sa mère, mais que tous les effets qui la garnissoient apartenoient à laditte citoienne Loüet et que ses meubles des Montils y ont esté par luy vendus en public, qui est tout ce qu'elle en scait » (3).

1er octobre 1793. — Le citoyen Gauthier présenté comme notaire

Le District écrit au département pour l'inviter à donner pour notaire aux Montils, « en remplacement de Bonnard », le

(1) Arch. municipales des Montils.
(2) Arch. de Loir-et-Cher.
(3) Ibid., série Q, district de Blois (mobilier national). Registre intitulé : Procès-verbal d'oppositions et de scellés de la commune de Blois.

citoyen Gauthier, notaire à Saint-Cyr-du-Gault, « *bon patriote*, qui depuis longtemps sollicite un placement auprès de notre administration... On pourroit se reposer sur le civisme des officiers des Montils, ainsi que du citoyen Gauthier, du soin de distraire et faire brûler toutes les lettres de féodalité » (1).

15 octobre 1793. — Demande d'un autre notaire

La délibération commence ainsi : « L'an II de la République, une et indivisible, le premier de la destruction du tyran »

Dans cette séance, le citoyen Rabotteau est nommé pour se rendre auprès du District de Blois, pour demander un autre notaire à la place du citoyen Bonnard, « dont les fonctions de notaire et toutes autres fonctions publiques sont interdites par défaut de certificat de civisme » (2).

Dans la même séance, le conseil général se plaint de la conduite incivique du maire « parce qu'il décachetoit seul et chez lui les lettres adressées à la municipalité, qu'il les communiquoit aux aristocrates ».

Ils avaient déjà manifesté leur mécontentement sur ce point, le 2 juin ; le maire avait affirmé son droit de décacheter les lettres et paquets publics et d'avoir la clé de la chambre commune.

Une dénonciation faite au département le 19 juin était restée sans réponse.

Leur dernier grief porte : « Le maire ne nous a remis qu'après la messe le paquet du samedi précédent, qui contenoit des lettres et des décrets bien intéressans, notamment le recouvrement prochain des contributions, la vente des récoltes appartenant aux ecclésiastiques déportés et l'arrestation des personnes suspectes ». Ils ajoutaient : « Nous avons dans notre commune des récoltes à cesdits ecclésiastiques et des personnes suspectes. Le peuple n'a donc pu en prendre connoissance parfaite, puisque le citoyen ministre du culte, jaloux de l'instruire, n'avoit pas les décrets ; plusieurs fois il nous en a fait des plaintes. »

Quatre des plus entreprenants votent la destitution du maire Jean P..... (3).

(1) Arch. municipales des Montils.
(2) Ibid.
(3) Ibid.

12 novembre 1793. — Terres incultes

Le commissaire Houdin père, chargé par le District de dresser procès-verbal « des terres incultes qui auroient été délaissées par les propriétaires et fermiers requis au service des armées », après avoir fait perquisition dans toute l'étendue de la commune des Montils, déclare n'avoir rien trouvé (1).

Titres de propriété des fabriques

Ce même jour, la municipalité reçoit la lettre suivante, adressée en même temps aux greffiers de 26 autres communes, par les administrateurs du District :

« Citoyens, le 26 novembre courant — vieux style — vous re« mettrez, au bureau des domaines nationaux de ce District, « tous les titres en général de propriété des biens de la Fabrique « de votre commune, les baux courans, avec une déclaration « sincère et véritable de vous certifiée, qu'il n'existe plus dans « votre commune aucun bien appartenant à la nation que ceux « qui seront énoncés dans cette déclaration. Nous vous décla« rons que vous serez regardés comme *suspects* et comme tels « mis en état d'arrestation et vous demeurerez en vos noms « responsables de l'infraction que vous avez commise à la loi » (2).

10 frimaire, an II (30 novembre 1793). — Retraite du citoyen curé Rabotteau

Extrait d'une lettre envoyée de Blois à la municipalité des Montils :

« Citoyens officiers municipaux, toujours je vous ai donné des « preuves et l'exemple de la soumission aux lois et ne m'écar« teroi jamais du principe et des conséquences.

« Je me suis présenté hier pour vous annoncer de ne plus « compter sur moi *pour votre curé*, que, dès ce moment, j'en « cesse toute fonction, mais que vous trouverez toujours en moi « et vos concitoyens un ami, un citoyen zélé à vous obliger et « qui n'oubliera jamais les concitoyens avec lesquels il a vécu « et dont il a mérité la confiance. Je déclare donc à la municipa-

(1) Arch. municipales des Montils.
(2) Arch. de Loir-et-Cher.

« lité des Montils que je vais rester à Blois dix à douze jours
« pour ma santé, que je retourneroi auprès d'elle pour régler et
« terminer tous comptes, fraterniser et veiller à mes petits inté-
« rêts ; je déclare en outre que mon intention est de me fixer à
« Blois et que comme citoyen je ne cesseroi jamais de les obliger.

« Chez le citoyen Joubert, perruquier, dans le Foix, près les
« Trois-Marchands.

Signé : « RABOTTEAU » (1).

16 frimaire, an II (6 décembre 1793). — Réquisition de fusils

Un commissaire du District est envoyé aux Montils « pour y
ramasser les fusils de calibre et de chasse pour en armer les
citoyens capables de porter les armes et d'un patriotisme reconnu et d'enlever également ceux qui se trouveroient chez les
personnes suspectes ».

Il y trouve 39 fusils ; il requiert la municipalité de choisir dans
sa sagesse les citoyens les plus capables « et de les faire partir
demain samedi » et de se présenter au directoire du District (2).

18 frimaire, an II (8 décembre 1793). — Enlèvement de l'argenterie de l'église des Montils

Procès-verbal de la délibération : « Sur la demande qui nous
a été faite par le citoyen Lecour, commissaire nommé par le
directoire du District de Blois, à l'effet de rassembler l'argenterie du canton de Cellettes et de faire descendre les cloches et
les faire transporter au District, nous avons délivré au citoyen
commissaire, savoir :

1 calice et sa patène,
1 soleil,
1 vase à viatique,
1 petit vase de baptême,
1 ciboire.

Le tout pesoit 3 livres et demie, y compris le verre du soleil
que ledit citoyen commissaire s'est chargé de remettre à l'administration du District » (3).

---

(1) Archives de Loir-et-Cher.
(2) Ibid.
(3) Archives municipales des Montils.

Dans la liste des monuments devenus nationaux, dressée en l'an II, on ne trouve pour les Montils que le presbytère qui soit confisqué (1).

4 nivôse, an II (24 décembre 1793). — Reddition des comptes de l'église des Montils

Antoine Desseigne, scieur de long, rend compte à la municipalité et aux autres citoyens de la commune des Montils « de la gestion et administration des biens et revenus de l'église et Fabrique Sainte-Marie-Madeleine des Montils, depuis le jour de Toussaint 1792 inclusivement et fini le 4 nivôse an II ».

Aux recettes, les vignes figurent pour la
somme de. . . . . 243 livres 6 sols
Les bancs, chaises et places, pour . . . 65 — 17 —

Le total général est de . . . . 309 livres 3 sols
Aux dépenses qui donnent un total général de 291 livres 7 sols 6 deniers, nous trouvons :

30 livres au sonneur Louis Bisson ;

82 livres 2 sols 6 deniers à Sonnier, *libraire aux Montils*, « pour avoir relié 3 livres servant au lutrin, remplacé des feuilles entières, relié le rituel et 4 processionnaux » ;

10 sols pour 200 petits pains d'autel et un *carteron* de grands ;

5 livres 12 sols pour pains d'autel ;

19 livres 13 sols 6 deniers à la veuve Gitton « pour dépenses faites pour l'ordinaire des chantres de cette paroisse » (2).

5 nivôse, an II (25 décembre 1793). — Scellés de Frileuse

La municipalité est autorisée par le District à lever les scellés apposés sur la maison de Belot-Laleu « pour livrer du vin vendu » (3).

7 nivôse, an II (27 décembre 1793). — Descente de la cloche

Jean Poidevin, charpentier aux Montils, reçoit 8 livres « pour

(1) Archives de Loir-et-Cher.
(2) Étude du notaire des Montils.
(3) Archives de Loir-et-Cher.

avoir descendu la cloche et l'avoir deferrée », plus 4 livres pour
« la voiturer des Montils à Blois » (1).

12 nivôse, an II (1er janvier 1794). — Constitution d'un comité
de surveillance, composé de sept membres, et nomination de
François Pitancier, comme *agent national* (2).

Enquête sur le citoyen Rabotteau

Le même jour, le Directoire de Blois fait savoir à la municipalité des Montils :

« Vu la pétition du citoyen Rabotteau ci-devant curé des
Montils, de laquelle il appert qu'il a été inculpé d'avoir détourné
les fonds de la commune des Montils, ainsi que d'avoir détourné
ses propres effets depuis l'instant où il a fait le dépôt de ses
lettres de prêtrise sur l'autel de la patrie ;

« Vu pareillement le certificat à lui délivré par la Société
populaire de Blois, par lequel elle a accordé audit Rabotteau,
sur sa demande, deux membres pris dans son sein pour assister
au compte que doit rendre ledit Rabotteau à ladite commune
et s'assurer de sa probité ;

« Le Directoire consent, pour faciliter les moyens de réparer
sa réputation d'une manière authentique si, comme il y a lieu
de le croire, il s'est comporté en vrai républicain, à envoyer avec
lui aux Montils, deux commissaires pour constater par procès-
verbal, en bonne forme, le résultat de leurs opérations, pour
assurer d'une part la réputation d'un patriote, terrasser les
calomniateurs et les aristocrates, ou constater les dilapidations,
s'il en existe ».

Les clés du coffre avaient été remises à deux conseillers municipaux ; ils les avaient reçues de Jean Huet, marguillier.

Dans le coffre, il s'est trouvé « 964 livres 10 sols en assignats
et 366 livres en écus, plus huit livres » (3).

16 nivôse, an II (5 janvier 1794). — Traitement du bedeau

La municipalité donne au citoyen Louis Bisson, « *bedeau de
notre église* », la somme de 28 livres pour 14 mois de son service (4).

(1) Arch. de Loir-et-Cher.
(2) Arch. municipales des Montils.
(3) Arch. de Loir-et-Cher.
(4) Arch. municipales des Montils.

25 nivôse, an II (14 janvier 1794). — Réquisition de foin

La municipalité requise « pour livrer les foins à prendre chez les fermiers d'émigrés et autres particuliers, pour être livrés au magasin national », prend chez le fermier de l'émigré Loüet 30 quintaux et chez le citoyen Belot 30 quintaux (1).

14 ventôse, an II (4 mars 1794). — Dénonciation

L'agent national P... dénonce la présence, aux Montils, du fils de Jean L... et du fils de Jacques G... « tous deux du bataillon du District de Blois, sans être munis d'aucun permis de leur capitaine » (2).

17 ventôse, an II (7 mars 1794). — Inventaire de Rangeard de Villiers

La municipalité des Montils reçoit du District l'ordre de faire l'inventaire chez le citoyen Rangeard, dit *Villiers*, et lui donner main-levée « des effets et hardes à son usage » (3).

Sequestre du citoyen Amelot

Le même jour, par ordre du District, le sequestre est mis sur les biens du citoyen Amelot, administrateur des domaines nationaux (4).

30 ventôse, an II (20 mars 1794). — Location du presbytère

Procès-verbal :

« D'après l'annonce *au son du tambour* et *au temple de Raison*, pour mettre à loyer le jardin de la ci-devant cure, nous avons procédé à l'adjudication : le jardin haut et le jardin bas et tous les arbres fruitiers qui se trouvent dans lesdits jardins, ainsi que toutes les plate-bandes et arbres qui font partie du coteau

---

(1) Arch. municipales des Montils.
(2) Arch. de Loir-et-Cher.
(3) *Ibid.* Il peut s'agir ici soit de M. Rangeard de Villiers, né en 1763, mort à Thénioux le 20 juillet 1846 et marié à Marie-Françoise Butel de Sainteville, morte à Chevenelle, commune d'Ouchamps, le 14 mars 1852 ; soit de M. Gentien Rangeard-Labrosse de Villiers, né en 1768, frère du précédent, mort à Villiers, le 8 octobre 1858. Leur mère, Catherine-Thérèse de Mahy, mourut le 1er octobre 1826 (Lettres de faire-part communiquées par le Vte de Croy). — La descendance féminine de cette famille est représentée au château de Villiers, près Sambin, par Mme la baronne de Fougerous.
(4) *Ibid.*

de ladite cure pour et à condition de payer à l'administrateur le
montant de ladite adjudication, d'entretenir à Noël prochain. »

L'adjudication est faite au profit de Sébastien Poidevin, fils
du maire, moyennant 100 livres (1).

Vente d'arbres au château des Montils

Dans la même séance, on vend pour 37 livres 5 pieds d'alains
et un pied de noyer « sur le coteau dépendant ci-devant des domaines de l'ancien ci-devant château des Montils » (2).

30 germinal, an II (19 avril 1794). — Réquisition de blé

La municipalité est forcée par 8 hommes et 12 femmes, « qui
ont représenté qu'ils étoient sans pain », de leur distribuer le blé
qui est en réquisition chez le citoyen Tournier, qui est en sa
maison des Montils (3).

Même jour. — Pétition faite au « Temple de Raison » au sujet du puits du presbytère

« Depuis des siècles nous avons toujours été dupes de ceux
qui auroient dû nous montrer l'exemple de la bonne foi.

« Le ci-devant clergé a toujours été à la hauteur de la super-
cherie la plus atroce. Toute la France a été ses victimes. Mais
le moment est arrivé où l'état de la raison nous a dessillé les
yeux pour nous faire voir le précipice où nous conduisoit notre
crédulité.

« Cette commune, au moins depuis un siècle, s'en est sentie.
Jusqu'à ce jour, des gens, qui se qualifiant de pasteurs de cette
commune, n'ont cessé de nous aveugler en nous faisant craindre
la vengeance de l'Être suprême qu'ils regardoient vengeur et le
tout pour tirer toutes choses à leur avantage et contenter la
cupidité de leur intérêt.

« Personne d'entre nous ignore toutes ces choses et tous nous
avons ouï dire à nos pères et à nos ayeux que les ci-devant curés
de cette commune avoient envahi à leur profit le puits qui se

(1) Archives municipales des Montils.
(2) Ibid.
(3) Ibid.

trouve aujourd'hui renfermé dans l'enceinte de la cour du ci-devant presbytère de cette commune.

« Malgré la promesse qu'un nommé Monnevalle (1), en sa qualité de curé, avoit faite de le laisser libre à la commune et que c'est la cause pour laquelle la petite porte qui se voit aujourd'hui proche le puits a été pratiquée.

« Peut-être que ce Monnevalle a de son temps tenu la promesse qu'il avoit faite pour le puisage à ce puits. Mais il a eu des successeurs, qui toujours avares des choses qui ne leur appartenoient pas, ont avec insolence privé la commune dudit droit qu'elle avoit toujours eu du puisage au puits dont il s'agit. S'ils en permettoient l'usage, ce n'étoit qu'à des conditions humiliantes : il falloit d'un air rampant leur demander la permission d'y puiser et souvent, malgré toutes les soumissions, vous étiez refusés, avec le ton le plus insolent et un air de mépris le plus humiliant.

« Mais ce temps n'est plus ; nous sommes rentrés dans nos droits qui étoient restés dans le néant depuis nombre de siècles.

« Je demande donc que l'usage de ce puits soit rendu à toute la commune et qu'à cet effet le citoyen maire et officiers municipaux et autres composant la municipalité et ceux composant le comité de surveillance de cette commune à l'effet d'en faire la réclamation au nom de tous les citoyens, tant à l'administration du département qu'à celle du District, pour être autorisée à le mettre hors l'enceinte de la cour du ci-devant presbytère de cette commune. C'est la justice que les citoyens qui la composent espèrent d'obtenir » (2).

La municipalité et le comité de surveillance prennent des conclusions conformes à cette pétition, dont nous ignorons l'auteur.

30 floréal, an II (19 mai 1794). — On dresse le tableau des individus de la commune des Montils au-dessus de l'âge de 18 ans ; il s'en trouve 166.

Réquisition de cendre

La municipalité reçoit l'ordre de requérir un boisseau de cendre par feu « pour la fabrication du salpêtre » (3).

(1) Noël Lambyse de Monnevalle, prieur des Montils de 1716 à 1744.
(2) Archives municipales des Montils.
(3) Archives de Loir-et-Cher.

3 prairial, an II (22 mai 1794). — Les volontaires aux Montils

L'agent national P... écrit à l'agent du District : « Tu trou-
« veras ci-joint un extrait du procès-verbal concernant les volon-
« taires de la première réquisition qui résident dans cette com-
« mune. Comme je m'aperçois que leur résidence pourroit occa-
« sionner de la fermentation par les pères et mères qui ont leur
« fils au service, pour la tranquillité, je crois qu'il seroit à propos
« qu'ils fussent à l'hôpital ou à telle autre chose que tu jugeras
« faire mieux » (1).

9 prairial, an II (28 mai 1794). — Réquisition de vin

Sur 22 poinçons trouvés chez 4 particuliers, 6 sont mis en réquisition (2).

20 prairial, an II (8 juin 1794). — Fête de l'Être suprême

Le compte rendu commence ainsi :
« Cérémonie faite en notre commune pour l'inauguration de
la fête de l'Être suprême »
« Nous avons décoré le temple par une verdure entrelacée
de fleurs, pour en faire l'agrément ; les guirlandes et les couronnes civiques en faisoient la décoration ; les attributs de
l'agriculture, une gerbe de grain faisoient l'ornement de l'autel.
« La garde nationale, réunie au lieu du rassemblement, tous
les citoyens et citoyennes de cettedite commune ont défilé sur
chacun un rang, la municipalité et le comité de surveillance
dans l'enceinte ; un président de cérémonie à la tête, tenant une
torche à la main, les vieillards des deux sexes, les jeunes citoyennes de bas âge, décorées de rubans tricolores, ayant chacune une corbeille remplie de fleurs et placées en face de la municipalité.
« Le tout s'est mis en marche *au son de la caisse et de deux
violons*, arrivant dans le temple, dans le même ordre, a été
chanté un hymne.
« Ensuite, les vieillards ont été placés, les jeunes enfans sur
les parties latérales de l'autel ; un citoyen est monté à la tribune,

(1) Archives municipales des Montils.
(2) *Ibid.*

le silence régnant, lequel a fait un discours analogue à la fête et a fait la lecture de l'acte constitutionnel.

« La lecture finie, les citoyennes placées sur le marchepied de l'autel ont chanté plusieurs hymnes ; après, un autre citoyen a monté à la tribune pour faire lecture des décrets.

« La cérémonie du temple s'est terminée par plusieurs hymnes *et duré 4 heures ;* on a ensuite, dans le même ordre et sous le même rang, pour reconduire le commandant de la garde nationale, rentré dans le temple pour y déposer le drapeau qui y a resté.

« Le restant de la journée, chacun s'est rendu chez eux pour y prendre sa réfection et après, un nombre de citoyens ont passé l'après-midi à plusieurs divertissemens, les uns pour la danse, les autres par des jeux et des chants.

« La journée a terminé en se fraternisant, et 16 à 18 desdits citoyens ont soupé ensemble et le tout a été terminé à 10 heures du soir par des cris de « Vive la République » et « Vive les sans-culottes ».

« Voilà la conduite de la commune des Montils pour la fête de l'Être suprême » (1).

20 prairial, an II (8 juin 1794). — Ecole de Mars (artillerie)

« Pour la formation de l'école de Mars », Jacques Chollet. « apprentif de l'état de taillandier », âgé de 17 ans, est choisi (2). Il se rendra sans manquer au plus tard mardi prochain à Blois, muni de son extrait de baptême et du certificat de civisme ».

23 prairial, an II. — Une aubergiste déclare que le citoyen Colheu de Longpré a laissé chez elle « un manteau vert et une paire d'éperons » (3).

25 prairial, an II (13 juin 1794). — Fabrication de salpêtre

Sur les ordres du commissaire des salpêtres, Arisse, la municipalité visite le temple de l'Être suprême, la ci-devant prison, les caves, les pressoirs, celliers, granges, écuries et colombiers. « La quantité de matières salpêtrées n'a pas été jugée suffisante

1) Archives municipales des Montils.
(2) *Ibid.*
(3) *Ibid.*

pour en faire l'exploitation ». Cependant le citoyen commissaire engage la municipalité « à envoyer un citoyen à Blois pour s'instruire à l'atelier révolutionnaire du salpêtre » (1).

27 prairial, an II (15 juin 1794). — Refus de réquisition

Les meuniers et deux laboureurs de la commune refusent d'aller à Blois chercher avec leurs chevaux et leurs voitures le reste du contingent de la commune.

Deux jours après, des chevaux et des voitures sont requis « pour mener les blés de la subsistance de la fabrique de canons de Châteauroux » (2).

30 prairial, an II (18 juin 1794). — Une fête dans le temple de l'Être suprême

Deux commissaires de la société populaire de Blois viennent aux Montils « pour fraterniser avec nous ; en conséquence, nous nous sommes transportés au temple de l'Être suprême, et là les citoyens commissaires nous ont laissé les procès-verbaux et *trois cahiers de chansons* analogues à la fête (3).

1er messidor, an II (19 juin 1794). — Refus de réquisition

La municipalité veut réquisitionner une pièce de vin chez un citoyen qui refuse en disant : « Qu'on lui couperoit plutôt la tête que de donner une chose qui étoit nécessaire pour son utilité » (4).

10 messidor, an II (28 juin 1794). — La moisson

Un commissaire du District de Blois vient aux Montils pour faire couper les *orges*. Elles étaient ramassées depuis 15 jours ; les seigles n'étaient pas encore mûrs.

C'est le 12 messidor que la municipalité se transporte « sur différentes pièces d'héritages encemencées de *seigle*, à l'effet de faire couper des seigles pour le soulagement de nos frères qui se trouvent dans la dure nécessité de manquer de subsistance » (5).

(1) Archives municipales des Montils.
(2) *Ibid.*
(3) *Ibid.*
(4) *Ibid.*
(5) *Ibid.*

8 et 18 messidor, an II (26 juin et 6 juillet 1794). — Inventaires de l'église

Le 8, le procès-verbal est ainsi rédigé : « Etat de tous les linges, chapes, chasubles, tuniques, chandeliers, lampes, croix, encensoirs et généralement tout ce qui ornoit la ci-devant église des Montils. »

Le 18 : « Etat et inventaire, fait par la municipalité, de tous les objets qui se sont trouvés dans le temple de l'Être suprême ».

Le 9, on avait fait la vérification « des *fers et cuivres* et ornemens de la cy-devant église ». Le pesage donna le résultat suivant :

Fers : 62 livres ;

Cuivre jaune : 70 livres ;

Etain : 3 livres (1).

« Le citoyen Etienne Leveau, un des closiers de l'émigré Loüet, n'ayant pas rempli les formalités prises pour façonner les vignes de la closerie de Rostin par son marché avec *la Loüet*, ci-devant maîtresse de ladite closerie, est sommé de déloger pour le jour de la Madeleine. »

22 messidor. — Réquisition de deux chevaux et de deux voitures « pour aller à Blois charger du blé pour Paris » (2).

26 messidor, an II (14 juillet 1794). — Réquisition de grains

On réquisitionne 16 quintaux de grains, « tant en seigle qu'orge, pour livrer au grenier d'abondance du District de Blois » (3).

28 messidor, an II (16 juillet 1794). — Les cordes des cloches

Extrait d'une lettre des officiers de la municipalité des Montils au Directoire :

« Pour répondre au désir de votre lettre du 27 de ce mois, sur « quoi vous nous demandez *les cordes de nos cloches*, nous n'avons « qu'une et très mauvaise ; nous vous la ferons passer la pro-« chaine décade *avec nos guenilles* » (4).

(1) Archives de Loir-et-Cher.
(2) Archives municipales des Montils.
(3) *Ibid.*
(4) *Ibid.*

30 messidor, an II (18 juillet 1794). — Location de Terrouenne

On loue pour 124 livres « tout le grand corps de bâtiment, les jardins et la fosse à poisson, la cour entre les bâtimens, le bûcher, l'écurie, la cave de Terrouenne » (1).

Réquisition de vin

Cette réquisition n'est pas faite avec beaucoup d'empressement aux Montils, comme l'indique la lettre suivante des administrateurs du District à la municipalité des Montils :

« Par quelle fatalité êtes-vous récalcitrans à nous procurer
« le vin que nous vous avons demandé ? Pourquoi cet esprit
« d'égoïsme qui règne dans votre commune, dans un temps où le
« patriote fait tous les sacrifices pour consolider vos droits ?.....
« La gendarmerie est en route à vos frais pour vous faire obéir
« en cas de refus ».

« Salut et fraternité » (2).

2 thermidor, an II (20 juillet 1794). — Disparition de linge d'église

Dans une assemblée de la municipalité, le maire déclare « que l'aube et les nappes de la ci-devant table de communion ont été ôtées de l'armoire et portées sous des fagots, dans un cabinet, à côté de la chambre commune ».

Le 10 fructidor, il avoue que « son intention, lorsqu'il a ôté lesdits objets, ce n'étoit que pour être utile et *faire décorer deux enfans aux fêtes civiques.* »

Le même jour, il est défendu *d'aller dans les vignes* « cueillir de l'herbe » (3).

5 thermidor, an II (23 juillet 1794). — La moisson nationale

La municipalité dénonce un citoyen, qu'elle ne veut pas nommer, « comme entêté, mauvais sujet *qui se refuse obstinément à aller faire la moisson* ». Le Directoire répond :

« Nous mettons deux gendarmes à votre disposition pour le
« conduire et lui faire voir qu'il doit se taire et obéir quand la loi
« parle ;..... il sera conduit à la maison d'arrêt ; nous vous requé-

(1) Archives municipales des Montils.
(2) Archives de Loir-et-Cher, L. 486.
(3) Archives municipales des Montils.

« rons de faire exécuter la loi dans toute sa rigueur, si vous ne
« voulez pas être poursuivis vous-mêmes.

« Salut et fraternité »(1).

3 fructidor, an II (20 août 1794). — Comptes de fabriques

Le District écrit aux officiers municipaux de 33 communes,
entre autres, aux Montils, la lettre suivante :

« C'est donc en vain que nous réclamons le compte de votre
« fabrique, qui d'après la loi du 24 août 1793, devroit nous être
« parvenu ? Notre lettre du 18 messidor auroit dû vous porter à
« ce travail important ; et nous ne pouvons vous dissimuler que
« nous voyons avec douleur des républicains qui se piquent
« d'être les vrais amis de la Montagne, négliger l'exécution de
« ces décrets. Serions-nous forcés de sévir contre vous, pour ne
« vous être pas conformés au décret du 24 août 1793 ? Il est
« encore temps, citoyens, si vous le voulez, vous éviter cette
« dure nécessité, envoyez-nous au reçu de la présente, pour tout
« délai, le compte général de l'actif et passif de votre fabrique,
« avec les pièces justificatives de dépenses.

« Veuillez ne pas perdre de vue cette seconde invitation ; elle
« est la dernière que nous vous adressons.

« Apportez la plus grande attention dans la rédaction, afin que
« l'on puisse voir clairement *ce que vous devez à la République*
« et ce que *la République vous doit*..... Vous ne comprendrez
« pas les 15 livres que vous avez payées pour *avoir fait abattre*
« *les fleurs de lys de la croix du clocher ;* cette somme vous sera
« remboursée par un mandat » (2).

6 fructidor, an II. — Le total des propriétés des Montils
s'élève à la somme de 84.387 livres 10 sols.

17 pluviôse, an II (5 février 1794). — Vente du clos des Charonnes (Chitenay)

« 9 arpens tant en terres que vignes dépendant de la ci-devant
cure au citoyen Jean Ferrand l'aisné » (3).

(1) Archives de Loir-et-Cher, L. 486.
(2) *Ibid.*
(3) *Ibid.*

18 pluviôse, an II. — Secours militaires

Les citoyens de 6 communes, parmi lesquelles les Montils, sont avisés par le Directoire que la Convention nationale « accorde une indemnité qui pourra être touchée par les pères et mères, à ceux qui *ont pris les armes contre les rebelles de la Vendée* » (1).

10 vendémiaire, an III (1ᵉʳ octobre 1794). — Façons de vignes négligées

La municipalité est accusée par le District d'avoir négligé de faire façonner les vignes du citoyen Belot-Laleu (2), ressource d'intérêt public : « Vous devenez coupables du détriment de ces « biens ».

Le citoyen Belot s'étant plaint des procédés violents de la municipalité à son égard, « Nous blâmons votre conduite, disent « les administrateurs du District et vous rendons coupables de « toutes dégradations et dilapidations ».

La même observation est faite au mois de floréal suivant pour les vignes du citoyen Rangeard Villiers.

Le séquestre sur ses biens est levé le 11 prairial (3).

12 frimaire, an III (2 décembre 1794). — Grains réclamés à Maves

La municipalité des Montils désigne le citoyen François Pitancier pour aller dans la commune de Maves « pour se faire livrer 15 quintaux de grains que ladite commune de Maves est redevable à cette commune des Montils » (4).

Réintégration du notaire Bonnard

Le même jour, le Directoire de Blois arrête que le citoyen Bonnard sera réintégré, quand il aura justifié d'un certificat de civisme du conseil général de la commune. Ce certificat est présenté le 21 du même mois. Le citoyen Gauthier est réintégré dans son étude de Saint-Cyr-du-Gault ; mais il demande à être

(1) Archives de Loir-et-Cher, L. 487.
(2) Sans doute Guillaume de Belot de Lalleu, né en 1707, mort au château de Lalleu le 12 septembre 1841. — Son frère, le chevalier Charlemagne-Jérôme de Belot, né en 1768, page de la reine Marie-Antoinette, officier au régiment de Provence, mourut seulement le 4 mai 1840, à Blois (Lettres de faire-part communiquées par le Vᵗᵉ de Croy).
(3) Archives de Loir-et-Cher, L. 488.
(4) Archives municipales des Montils.

colloqué à Saint-Dyé. Ce qui lui est octroyé le 14 pluviôse, an III (1).

A la même époque, au District de Blois (2), est dressé un « état général de tous les linges, ornemens, livres et autres effets servant au culte catholique — matières de cuivre, étain, fer et métal de cloches, conformément aux arrêtés du Comité de salut public des 13, 15 septembre 1793 et 30 floréal, an II. »

An III. — Secours accordés aux Montils

Dans la répartition de la somme de 20.000 francs pour les 55 communes du District de Blois « pour les indigens », les Montils, qui sont inscrits pour 594 habitants, reçoivent 170 livres 15 sols 6 deniers, le 21 pluviôse (9 février 1795).

Le 2 germinal (22 mars), sur une somme de 7.981 livres 10 sols, accordée au District par un décret de l'Assemblée nationale du 21 pluviôse, les Montils reçoivent 96 livres 10 sols 6 deniers.

Le 14 germinal, sur une autre somme de 130.000 livres 10 sols « employées aux travaux utiles et aux chemins dans les communes du District, les Montils sont inscrits pour 341 livres 11 sols.

Enfin, le 5 floréal, dans une distribution de 7.981 livres, les Montils reçoivent 96 livres (3).

Le 6 ventôse, le District ayant été obligé de fournir 200.000 livres de fer, les Montils sont imposés pour 631 livres 2 onces.

4 prairial, an III (23 mai 1795). — Les assignats

Il est fait une visite à la caisse du percepteur « pour y constater la quantité d'assignats qui lui restent à face royale et leur valeur ». Il s'y trouve 790 livres en assignats, « le tout à l'empreinte de la royauté » (4).

5 prairial, an III. — Offrandes communales

Dans un tableau des offrandes faites « sur l'autel de la patrie », les dons de la commune des Montils s'élèvent à la somme de

---

(1) Archives de Loir-et-Cher.
(2) Ce District formait 6 cantons : Blois, Herbault, Onzain, Marolles, Bracieux et Cellettes ; il comprenait 55 communes.
(3) Archives de Loir-et-Cher.
(4) Archives municipales des Montils.

42 livres ; *matières* : 1 paire de souliers ; *argent* : 6 marcs, 4 onces, 6 grains ; *métal de cloche* : 70 livres (1).

4 floréal, an IV (24 avril 1796). — Vente d'un âne

La municipalité vend 9 livres 10 sols *un âne* qui avait été laissé au tertre de Rouillon « par un étranger qui n'avoit pas voulu répondre aux interrogations d'un garde national » (2).

27 nivôse, an IV (17 janvier 1796). — Les cloches

D'un rapport présenté au District, il résulte « que toutes les communes semblent décidées à renoncer à la sonnerie pour signe de rassemblement du culte ».

A cette époque, il n'y avait pas de ministre du culte aux Montils. Aucune maison ci-devant curiale n'était encore vendue. Les prêtres, qui avaient été consultés, demandent « si le son d'une cloche est un signe prohibé » (3).

18 fructidor, an IV (5 septembre 1796). — Vente du prieuré à Galloux par les administrateurs du District de Blois.

17 brumaire, an V (7 novembre 1796). — Echange de biens nationaux provenant d'émigrés pour 2.000 francs ; le 1er germinal, an V (21 mars 1797), pour 820 francs.

An VI (1797). — Rifault, curé des Montils

Jusqu'en l'an IV, on ne voit pas de prêtre aux Montils. Le 18 brumaire, an VI (8 novembre 1797), sur un état officiel des « prêtres... qui, en exécution de la loi du 19 fructidor, ont presté le serment de... fidélité à la République », on lit :

LES MONTILS — RIFAUT — A PRESTÉ (4).

Il avait fait sa déclaration d'exercice du culte à la municipalité le 24 prairial, an IV (13 juin 1796) (5).

21 prairial, an VI (9 juin 1798). — La sonnerie

Dans un rapport d'un membre du Directoire, nous lisons ce

(1) Archives de Loir-et-Cher.
(2) Archives municipales des Montils.
(3) Archives de Loir-et-Cher.
(4) *Ibid.* 1., 718 (cⁿ du Vᵘ de Croy).
(5) Archives municipales des Montils.

qui suit : « concernant une dénonciation touchant la sonnerie
« pour le rassemblement du culte. J'en ai non seulement fait des
« reproches aux agens de Chailles, Candé et les Montils, qui
« m'ont répondu que cela étoit arrivé une ou deux fois par l'en-
« têtement de quelques citoyens des campagnes, mais qu'ils y
« mettroient bon ordre.

« J'ai encore envoyé copie de votre première lettre aux agens
« avec insistance de la communiquer aux ministres du culte de
« ces communes afin de faire cesser cette infraction aux lois,
« sous leur responsabilité.

« J'ai interrogé, aujourd'hui 21 prairial, les agens des susdites
« communes qui m'ont assuré qu'ils avoient fait ôter toutes les
« cordes attachées aux cloches, etc. » (1).

2 ventôse, an VII (20 février 1799). — Récoltes

D'après un tableau général constatant « le produit d'une année
commune, en grains de toute espèce, suivant l'état des terres et
vignes », voici la situation des Montils (2) :

Quintaux				*Poinçons de 31 veltes* (3)	
Froment	50	Prés	680		
Méteil	1010	Chanvre	20	Vins	3565
Seigle	1552	Maïs	»		
Orge	954	Sarrazin	»	*Boisseaux de 12 liv.*	
Avoine	78	Légumes secs	»	Pommes de terre.	95

LES CURÉS DES MONTILS PENDANT L'ÉPOQUE RÉVOLUTIONNAIRE

Antoine Godard (1778-1791)

Antoine Godard, « prieur-curé, chanoine régulier de l'Ordre de
Saint-Augustin, congrégation de France » et son vicaire, Michel
du Velleroy, ne témoignèrent pas un grand zèle pour les idées
nouvelles, comme nous l'avons remarqué précédemment. Le

(1) Archives de Loir-et-Cher.
(2) *Ibid.*
(3) La velte valait 7 litres 1/2 de nos nouvelles mesures (Bescherelle).

prieur resta sans doute aux Montils jusqu'au milieu de l'année 1791, comme l'indique la pièce suivante :

Le 18 avril 1792, le Directoire règle la situation des curés insermentés ; voici l'état du prieur Godard :

Compte de la cure des Montils pour l'année 1790 :

> Recettes : 3585 livres 5 sols 6 deniers.
> Dépenses : 1098 — 4 —
> Excédent : 2487 — 1 — 6 deniers.

Fixation du traitement pour 1790 à 1.200 livres.

Il obtient 768 livres pour les sept premiers mois de 1791 et 291 livres 13 sols sur les 500 francs alloués aux curés remplacés, insermentés, « à la charge de justifier de *l'acquit de ses impôts* et de *ses contributions patriotiques* ».

A partir de cette époque, nous perdons les traces du prieur Godard.

François Lornet

Le prieur Godard, n'ayant point voulu prêter le serment, cessa d'exercer les fonctions curiales dans les premiers mois de 1791.

L'administration civile avait désigné pour la cure des Montils François Lornet, curé de Saint-Martin de la Ferté-Villeneuil ; mais celui-ci n'accepta pas cette nomination, comme le prouve l'acte de démission qu'il donna le 20 mars 1791 :

« Je soussigné, ancien curé de la Ferté-Villeneuil-Saint-Martin, de mon propre mouvement, fais ma démission absolue de la cure de la paroisse des Montils, à laquelle j'ai été nommé par les électeurs du district de Blois, étant dans la résolution de n'en posséder aucune. En foi de quoi j'ai signé :

« Lornet ».

« 20 mars 1791 » (1).

Michel du Velleroy, vicaire

Michel du Velleroy fut nommé vicaire des Montils en 1789 ; il était, nous l'avons vu, originaire de Normandie.

Le prieur Godard, ayant cessé ses fonctions curiales dans la

---

(1) Archives de Loir-et-Cher. — Abbé Augis, *Essai historique sur la Ferté-Villeneuil*, p. 316.

paroisse, avait quitté les Montils ; l'arrivée de Denis-François-Louis Rabotteau, comme curé, fut la cause de graves dissensions parmi les habitants ; le nouveau curé favorisait les idées du jour ; le vicaire les combattait ouvertement.

Il avait refusé de prêter le serment ordonné par la loi du 27 novembre 1790.

Le desservant Rabotteau fut installé dans les derniers jours du mois de mai 1791 ; cette prise de possession donna lieu à des troubles dont l'historique est fait ci-dessus.

Denis-François-Louis Rabotteau des Plantes

Nous avons trouvé, aux Archives de Loir-et-Cher, une liasse de papiers contenant les lettres de prêtrise « déposées sur l'autel de la Patrie », par quelques prêtres du diocèse ; voici les pièces concernant le curé des Montils :

Le premier document se rapporte à la constitution d'une rente pour la pension ecclésiastique ; cet acte est dressé par Madame Rabotteau, qui s'exprime ainsi :

« Voulant seconder la vocation de maître Denis-Louis Rabotteau des Plantes, son fils, licencié ès-lois, clerc tonsuré du diocèse de Tours et demeurant actuellement (25 octobre 1787), au Grand Séminaire de cette ville de Tours, à l'état ecclésiastique et les bonnes dispositions qu'elle connoît en lui, pour parvenir à se faire admettre à l'Ordre du sous-diaconat, comme aussi pour contribuer à ce que dans la suite il ait le moyen de se soutenir et vivre honorablement dans son état », sa mère « a volontairement créé et constitué 60 livres de pension ou rente annuelle ».

Cet acte, passé le 25 octobre 1787 à l'étude du notaire de Saint-Aignan, est enregistré, le 4 mars 1788, par l'Official de Tours, Jacques du Fromontel.

Le second document constitue réellement ce qu'on appelle « les lettres de prêtrise » et indique l'époque des ordinations successives et des nominations à un ministère paroissial.

Ordinations :	Ordres mineurs :	le 17 mai 1788.
	Sous-diaconat :	le même jour.
	Diaconat :	22 décembre 1788.
	Prêtrise :	28 mars 1789.

Nominations: Vicaire de Chissay : le 3 juin 1789.
Pouvoirs renouvelés : le 19 décembre 1790.

Pendant son vicariat de Chissay, le 19 juillet 1790, il demande « le paiement de sa portion congrue ». Il est renvoyé à se pourvoir devant le Tribunal.

Nous n'avons point trouvé la date exacte de son arrivée aux Montils comme curé, mais ce fut assurément pendant le mois de mai 1791. Il ne tarda pas à se trouver en présence de graves difficultés suscitées d'abord par son attitude et puis par la présence aux Montils de l'ancien vicaire, Michel du Velleroy.

Le 13 octobre 1792, il est désigné par la municipalité des Montils, pour aller au district de Blois demander un autre notaire à la place du citoyen Bonnard. Dans la même séance, le conseil lui donne un vote de confiance en affirmant « qu'il étoit jaloux d'instruire le peuple » (1). Le 2 décembre 1792, il est nommé maire.

En présence de la division qui régnait de plus en plus parmi les habitants des Montils, le citoyen Rabotteau prit enfin le parti de quitter la commune et de se retirer à Blois ; c'est ce que nous explique clairement « un extrait d'une lettre pour le sujet de la dénonciation du citoyen Rabotteau, envoyée de Blois, le 10 frimaire, an II » (2).

Comme curé et comme maire, le citoyen Rabotteau avait géré les deniers publics. Après son départ des Montils, il fut accusé de malversations ; la lettre que nous venons de citer était une première réponse. Il poussa plus loin sa défense : c'est ce qui est constaté par une délibération du conseil général de la commune, rédigée le 12 nivôse, an II.

Nous n'avons point trouvé le résultat de l'information ; nous pensons qu'elle fut favorable au citoyen Rabotteau ; s'il en eût été autrement, ses adversaires politiques n'eussent pas manqué cette occasion de justifier leurs accusations.

A partir de cette époque, il n'est plus souvent question du citoyen Rabotteau. Le 15 thermidor, an III, il signe des arrêts du Tribunal civil, comme membre (4).

(1) Arch. municipales des Montils.
(2) Ibid.
(3) Ibid.
(4) Greffe du Tribunal civil de Blois.

Le 16 fructidor, an IV, il siège comme « juge ternaire au Tribunal criminel ».

Le 13 vendémiaire, an V, nous le trouvons « commissaire du Directoire exécutif près l'administration municipale du canton de Bracieux ». Il demande alors à aller à Paris « pour y vaquer aux affaires de son commerce ». Il obtient d'y passer « l'espace de trois décades » (1).

Jean-François Riffault

Il était curé de Saint-Laurent-des-Bois avant la Révolution.

Le 24 prairial, an IV (13 juin 1796), il se présente pour être curé des Montils et fait la déclaration suivante : « Je reconnois que « l'universalité des citoyens françois est le souverain et déclare « que je me soumets aux lois de la République et que je suis « dans l'intention d'exercer le culte catholique dans cette « commune » (2).

Dans un tableau nominatif, dressé le 2 thermidor, an XI (21 juillet 1803), « des prêtres sur lesquels la confiance du Gouvernement peut être dirigée », il est dit de Jean-François Riffault : « 58 ans, né à Chémery, ex-vicaire épiscopal, soumis aux lois, paisible, exerce. Curé depuis 24 ans, proposé le 6 vendémiaire, an XI, pour la succursale de Vineuil ou une autre aux environs de Blois » (3).

Harbelot

M. Harbelot était curé de Seur avant la Révolution.

Le premier pluviôse, an VII (20 janvier 1799), il prête le serment suivant, inscrit sur les registres municipaux des Montils :

« En exécution de la loi qui ordonne à tous ministres des cultes, exerçans leurs fonctions, de prêter le serment de haine à la Royauté, à l'anarchie, le citoyen Harbelot, ministre du culte catholique, a prêté ledit serment et le maintien de la Constitution de l'an III ».

A cette époque, M. Harbelot habitait les Montils ; l'année suivante nous le retrouvons à Seur ; car, le 11 brumaire, an VIII

(1) Arch. de Loir-et-Cher.
(2) Arch. municipales des Montils.
(3) Arch. de Loir-et-Cher.

(2 novembre 1799), il déclare que : « demeurant en ce moment à Seur, il entend prendre dès ce jour son domicile dans la commune des Montils » (1).

Le 8 floréal, an X (28 avril 1802), un certain nombre de prêtres de Blois et des environs avaient demandé à faire acte de soumission au gouvernement de la République. L'abbé Harbelot adhère à cette démarche et fait la déclaration suivante : « Je déclare me joindre « au pétitionnement ci-dessus et fais la même soumission ».

« Harbelot, curé des Montils » (2).

(1) Arch. municipales des Montils.
(2) Arch. de Loir-et-Cher.

TROISIÈME PARTIE

Époque Contemporaine

§ 1er. — **Vie religieuse**

CHAPITRE DOUXIÈME

LA PAROISSE DES MONTILS AU XIXᵉ SIÈCLE

Sous ce titre, nous donnons l'historique très précis du ministère des quatre curés qui se sont succédés aux Montils, depuis le
rétablissement du culte, en 1803, jusqu'en 1909 inclusivement.

CLAUDE PETIT (1803-1818)

M. Claude Petit (1) était curé de Contres avant la Révolution.

Le premier acte qu'il exerce aux Montils est daté du 25 mars
1803 « en la fête de l'Annonciation ».

Dans l'état nominatif des prêtres sur lesquels la confiance du
Gouvernement peut être dirigée, dressé en l'an XI, il est dit
de Claude Petit : « 61 ans, né à Chitenay, curé constitutionnel,
soumis aux lois, paisible, exerce » (2).

Les 26 nivose, an XII (17 janvier 1804), il signe une protestation de fidélité au Gouvernement établi par la nation. Voici la
formule présentée à tous les prêtres qui voulaient rentrer dans
le ministère paroissial :

« Je jure et promets à Dieu, sur les saints Évangiles, de garder
« obéissance et fidélité au Gouvernement établi par la Consti-
« tution de la République Française ; je promets aussi de n'avoir
« aucune intelligence, de n'assister à aucun conseil, de n'entre-
« tenir aucune ligue, soit au dedans, soit au dehors, qui soit

(1) Fils de Claude Petit, notaire à Chitenay, procureur fiscal de la baronnie de Cormeray.
(2) Archives de Loir et Cher.

« contraire à la tranquillité publique ; et, si dans mon diocèse,
« ou ailleurs, j'apprends qu'il se trouve quelque chose au préju-
« dice de l'Etat, je le ferai savoir au Gouvernement » (1).

Après la restauration du culte en France, il est demandé aux
curés un état des communes pourvues de presbytère.

La note rédigée par M. Petit est très détaillée (2).

1805. — M. Petit reçoit « pour la bourse des pauvres » 18 livres 18 sols, dont 3 francs versés par une femme· « prise dans
les domaines de M. de Candé » (3).

7 juillet 1805. — Bénédiction de la cloche des Montils

M. Petit est assisté, pour cette cérémonie, de M. Le Vacher,
curé de Candé, « comme diacre », et de M. Ouzilleau, ancien
vicaire des Montils, actuellement curé d'Ouchamps, « comme
sous-diacre » (4)

La cloche avait été fondue à Ouchamps avec celle de Sassay par
les sieurs Collin et Peygniet, fondeurs. Elle est nommée *Marie-
Julie-Marguerite* par M. Michel Laudinay, « le plus gros propriétaire de cette paroisse, bienfaiteur de cette église, receveur
trésorier de ladite église des Montils, et par dame Marguerite
Gitton, épouse de M. Jacques Pitancier, riche propriétaire bien-
tenant et aussi fabricier de cette église (5). »

25 mai 1808. — Bénédiction d'une croix à la Haye

Cette croix est donnée par M. Antoine Oudin, habitant de
Cellettes, et « propriétaire de plusieurs closeries dans cette
paroisse ». Elle est bénite le jour de la troisième procession des
Rogations.

« La bénédiction a été faite solennellement en présence de tous
les fidèles qui ont assisté à la procession et de tous les habitans
de la Haye, hameau conséquent et qui renferme 40 maisons
toutes dépendantes des Montils, lesquels habitans désiroient
depuis longtemps avoir ce signe respectable et mémorable de la
religion catholique, apostolique et romaine qu'ils professent et

(1) Archives de Loir-et-Cher.
(2) Voir à l'Appendice n° IX.
(3) Archives de Loir-et-Cher.
(4) Registres paroissiaux.
(5) *Ibid.*

promettent d'honorer et respecter cette croix, pour laquelle ils auront la plus grande vénération » (1).

Bureau de bienfaisance. — Presbytère

Le presbytère vendu « à vil prix et en papier », le 18 fructidor, an IV, par les administrateurs du district de Blois, est racheté le 2 novembre 1807, par M. Lambert de Rosay et Mme de Rosay, née Julie Loüet de Terrouenne, qui en fait la donation au bureau de bienfaisance, le 30 octobre 1808, aux conditions suivantes :

« L'intention expresse de Madame est que cette maison — le
« presbytère — soit exclusivement employée au logement du
« prêtre qui desservira la dite paroisse des Montils et que, dans
« le cas où par l'effet de la réduction des paroisses, il n'y auroit
« plus de desservant aux Montils, elle seroit employée à un éta-
« blissement utile, tel que logement de sœurs de charité et autre
« de ce genre, voulant qu'elle ne soit point louée à un simple
« particulier et que le montant du loyer soit toujours alloué
« aux pauvres qui ne devront avoir affaire qu'à la commune
« des Montils » (2).

La commune accepte la donation du presbytère au bureau de bienfaisance et s'engage à verser chaque année, dans la caisse de cette administration, une somme variant de 150 à 200 fr.

22 mars 1812. — Bénédiction du cimetière

« Le dimanche des Rameaux, immédiatement après la bénédiction des rameaux, nous nous sommes rendus processionnellement au nouveau cimetière, avec tout le clergé, chantres, enfans de chœur, et assisté d'un peuple nombreux, tant de la
paroisse que des paroisses circonvoisines ; arrivés tous au nouveau cimetière, je, desservant des Montils, en vertu de la permission qui m'a été accordée par Monseigneur Raillon, nommé
par Sa Majesté l'Empereur et Roi à l'évêché d'Orléans, baron de
l'Empire et administrateur capitulaire de l'église cathédrale de
Sainte-Croix d'Orléans, attendant toujours le moment de sa
consécration épiscopale, ai procédé de suite à la bénédiction d'un

(1) Registres paroissiaux.
(2) Étude de M⁰ Lestang, notaire à Blois.

cimetière nouvellement construit le long de l'avenue du domaine de M. de Lambert de Rosay, dans un terrain donné par très honorable et très puissante dame Marie-Julie Loüet, épouse de très honorable et recommandable M. Honoré-François de Lambert de Rosay, ancien capitaine de cavalerie, propriétaire d'un joli domaine aux Montils, très digne maire de ladite commune des Montils, lequel a ajouté à ses bienfaits et fait don du terrain qui a été nécessaire pour le chemin depuis la grande porte collatérale de l'église des Montils, droit au nouveau cimetière ».

19 décembre 1813. — Dans sa séance de ce jour, le conseil municipal, après lecture d'une lettre de M. Raillon, clerc capitulaire du *diocèse d'Orléans,* vote « *à l'unanimité et pour chacun et en particulier que la somme de cinq francs seroit payée par chaque année entre les mains du percepteur pour l'augmentation du traitement du curé, pendant tout le temps qu'il exerceroit ses fonctions pastorales dans la paroisse.* » M. Laudinay s'est engagé pour la somme de 12 francs et M. le Percepteur pour celle de 6 francs.

1816. — Fonte de la cloche

Le 2 avril 1816, le maire fait savoir au conseil de fabrique que « le sieur Peigné, fondeur de cloches à Damblin, département des Vosges, s'est présenté pour fondre la cloche de notre commune, cassée depuis longtemps.

« Je vous prie, Messieurs, de prendre en considération l'utilité d'une cloche dans une commune aussi *considérable* et aussi étendue, de bien vouloir vérifier si l'état de votre caisse vous permet de conclure un marché aussi conséquent. »

Le conseil de fabrique, n'ayant pas les ressources nécessaires, s'entend avec le conseil municipal pour demander à M. le Préfet l'autorisation de prendre dans la caisse communale les fonds nécessaires. L'approbation préfectorale est donnée le 3 mai et le marché est immédiatement conclu.

« Le fondeur s'engage à rendre la cloche *bien faite, bien sonnante,* sujette à visiter après la fonte ; elle sera pesée avant d'être fondue et repesée après la fonte ; son poids sera de six cens ; il sera payé au sieur Peigné la somme de 150 francs pour frais de fonte ; le surplus de son premier poids lui sera payé 2 fr. 25 le demi-kilogramme ; il lui sera fourni en outre le bois nécessaire pour ses fourneaux ». Le 23 décembre, il est déclaré que « la fonte de la cloche s'est opérée avec le plus grand succès ; rien ne manque des conditions portées à la charge du fondeur et il n'y a plus qu'à remplir les nôtres avec lui. »

La cloche, avant la fonte, pesait 439 livres et demie, à déduire 5 % de déchet, reste 417 livres ; le sieur Peigné a fourni une augmentation de métal de 233 livres et demie, ce qui lui donne un poids de 650 livres et demie, donc il est dû.........   525 35

Pour frais de fonte............·...................   150 »
                                                      _____
    Le total est de.....................   675 35

Les ferrures...................................   62 50

Au charpentier...............................   18 »
                                                      _____
    Total général............... ....   755 85

Le Conseil municipal est autorisé à verser 622 fr. 35. Le conseil de fabrique devra donc verser 133 fr. 50 pour compléter la somme (1).

Le dernier acte signé par M. Petit est du 23 avril 1818. Nous n'avons rien trouvé qui puisse nous renseigner sur sa situation depuis cette époque. Selon M. l'abbé Porcher (2), M. Petit se retira à Saint-Aignan-d'Orléans, où il mourut.

CHARLES DUBIER (1818-1838)

Charles Dubier, né en 1752, à Saint-Aignan, était curé de Pouillé avant la Révolution.

Il commence son ministère aux Montils le 20 mai 1818.

Pendant les premières années de sa présence aux Montils, il s'occupe très activement de meubler et d'orner son église : Achat du maître-autel et de la chaire, dorure du tabernacle et peinture du rétable, construction de la sacristie, achat et réparation d'ornements, lingerie, peinture du lambris, exposition pour le Saint-Sacrement, réfection de la couverture du chœur, blanchissage des murs de l'église : tels sont les principaux travaux de M. Dubier.

(1) Séance du conseil de fabrique du 23 décembre 1816.
(2) Contres et son canton.

20 décembre 1818. — Don d'un calice

M. l'abbé Joseph Chaubert, chanoine régulier, ancien curé de Roissy-en-France, curé de la paroisse de Candé, en résidence aux Montils, fait don d'un calice à l'église des Montils « à sa dernière heure, en présence du curé d'Ouchamps, son confesseur », à la condition d'un service solennel annuel, pour rappeler sa mémoire chère aux habitants des Montils (1).

1822. — Visite de l'archidiacre

Le 7 octobre 1822, M. l'abbé Pointeau, curé de Saint-Louis de Blois, « grand archidiacre », fait sa visite officielle aux Montils (2).

Confirmation

Le 2 mai 1827, Monseigneur l'évêque de Blois donne, aux Montils, le sacrement de confirmation à 148 personnes.

Don au bureau de bienfaisance

L'acquéreur du presbytère, par acte passé devant Mᵉ Pardessus, notaire royal à Blois, était possesseur de la cave et des cinq cavereaux En 1835, le 26 avril, M. Dubier, très lié avec le château de Madon, obtient de M. le baron d'Etchegoyen un don de 500 francs pour le rachat de la cave et des cinq cavereaux ; cette faveur est accordée à la charge « qu'il sera dit tous les ans une messe le 18 mars, à l'intention du donateur ».

M. Dubier fait alors donation au bureau de bienfaisance de la cave, du droit de passage dans la cour du prieuré et du grenier au-dessus de la cuisine (3).

Mort de M. Dubier

M. Dubier meurt le 25 décembre 1838, à l'âge de 85 ans ; il est

(1) Registres paroissiaux. — En 1822, le 6 janvier, M. Dubier enterre le corps de *don François Autero de Bustillo*, gentilhomme d'ambassade de Sa Majesté Catholique près la Cour de France, chevalier de l'Aigle-Rouge de Prusse, gendre de M. Jean-Louis d'Etchegoyen, chef d'état-major de la Garde Nationale de Paris, propriétaire du château de Madon, dans le cimetière des Montils, à l'angle du nord au levant. La tombe est entourée maintenant d'un petit grillage en fer. A cette occasion, la fabrique reçoit un don de 120 francs.
(2) Archives de la fabrique.
(3) Archives municipales.

enterré par M. le curé de Cellettes, en présence de MM. les curés de Chailles, de Chitenay, de Candé, de Seur, de Fougères, de Sambin et d'Ouchamps ; de MM. Egret, maire de la commune, Mayer, notaire, Valin, adjoint, Gouté, propriétaire et d'une grande affluence de fidèles. Parmi les signatures de l'acte d'inhumation nous remarquons celles de MM. le baron de Paraza, Loüet de Terrouenne, de la Faye, Gouté-Laudinay, Elie Chollet, Maillard, Mireau, Bonnigal-Delalande, Mandard, Fallague (1).

Pendant la vacance, la paroisse est desservie par MM. Richard, curé de Seur, Pacheran, chanoine honoraire, Launay, curé d'Ouchamps, et par un vicaire de Saint-Nicolas de Blois (2).

ÉTIENNE-GABRIEL LECLERC (1839-1871)

M. Leclerc commence son ministère aux Montils, le 6 septembre 1839.

1840. — Badigeonnage de l'église

En 1840, le conseil de fabrique, sur la proposition de M. le Curé, vote la somme de 450 fr. pour faire enduire d'une couche de plâtre les murs de la nef et du chœur de l'église et pour faire peindre à la détrempe le lambris de la dite nef et du dit chœur (3).

1843. — Construction de la citerne du presbytère

Le 23 avril 1843, M. Leclerc présente au conseil de fabrique, la note suivante :

« Autrefois, le presbytère jouissait d'un jardin bas, avoisinant le Beuvron, ce qui rendait son habitation tout à fait commode : mais il en est aujourd'hui dépouillé, par suite de la vente des biens nationaux, et réduit à un jardin d'une assez médiocre étendue ; il n'y a pas de puits ». En conséquence, M. le Curé demande la construction d'une citerne dans le jardin du presbytère.

La fabrique vote 400 francs. La municipalité vote de son côté

(1) Registres paroissiaux.
(2) Ibid.
(3) Arch. de la fabrique.

150 francs, à condition que la citerne soit commune. Mais l'Évêché n'ayant pas admis cette condition, la fabrique seule fait les frais de la citerne, qui s'élèvent à la somme de 650 francs (1).

1849. — Legs Guillon

Le 4 juillet 1849, Madame Françoise Augé, veuve Guillon, fait un legs de 2.000 fr. en faveur de la fabrique de l'église des Montils (2). Il est réduit de moitié par un arrêté du Président de la République et fixé aux conditions suivantes par une ordonnance de Monseigneur l'Evêque de Blois, en date du 9 octobre 1849 :

« Considérant que l'intention de Madame Guillon, testatrice, en faisant les deux legs dont il s'agit, a dû être de s'assurer pour elle et d'assurer à son fils les prières et suffrages de l'Eglise : nous avons fixé et fixons à 18 le nombre de messes que la fabrique des Montils sera tenue de faire acquitter annuellement. »

Les 1.000 fr. versés au trésorier de la fabrique sont employés à acheter un titre de rente de 47 fr. sur l'Etat (3).

1860. — Reconstitution du conseil de fabrique

Après une interruption de dix ans — 1850-1860 — le conseil de fabrique est reconstitué le jour de Quasimodo 1860.

Le conseil étant constitué, M. le Curé, qui avait perçu les fonds, expose le compte de sa gestion et la situation de la caisse est ainsi arrêtée :

> Recettes générales : 5.896 fr. 20.
> Dépenses :   5.289 fr. 85.
> Excédent :   606 fr. 35.

Mort de M. Leclerc

M. l'abbé Leclerc meurt le 27 mai 1871 et est enterré après les vêpres, le jour de la Pentecôte, dans le cimetière des Montils.

---

(1) Arch. de la fabrique.
(2) Ibid.
(3) Ibid.   Cette rente a été confisquée par le gouvernement en 1906 !

PIERRE BOUREILLE (1871-1909)

M. Pierre Boureille (1), curé de Villiersfaux depuis le 1er octobre 1865, est nommé curé des Montils le 9 juin 1871, en la fête du Saint-Sacrement. Il prend possession le 1er juillet suivant.

La première grande cérémonie qu'il préside est la communion des enfants, le jour de Sainte-Marie-Madeleine, fête patronale de la paroisse. La retraite préparatoire avait été prêchée par M. l'abbé Ouvray, curé de Saint-Ouen.

Au mois de septembre 1871, a lieu au village de la Haye la bénédiction d'une croix.

Reconstruction de l'église des Montils

Disons d'abord que M. Jules Laurand, maire des Montils, n'avait accepté cette charge qu'à la condition qu'il n'y aurait pas d'opposition par le Conseil municipal à la reconstruction de l'église.

L'accord étant parfait entre le maire et le nouveau curé, tous deux s'empressent de travailler à la réalisation de ce grand projet, auquel la population est sympathique. Les plans et devis (2) étaient au ministère des cultes depuis deux ans.

Un premier projet ayant été présenté au Conseil municipal en 1863, celui-ci, à la majorité de 13 voix contre 2, avait reconnu l'urgence de la reconstruction de l'église et voté un emprunt de 12.000 francs amortissable en dix ans à partir de 1865 (3).

En 1865, un appel est fait à la piété publique par les soins combinés du curé, de M. le baron de Chaulin et du maire.

Le 20 mai 1869, le préfet approuve un devis s'élevant à la somme de 45.854 francs.

Au 1er avril 1872, les ressources disponibles s'élèvent à la somme de 38.600 francs, dont le détail suit :

(1) Né à Huisseau-en-Beauce, le 28 décembre 1835.
(2) Dressés par M. Macé, architecte à Blois. — Un essai de souscription avait été fait en 1848 ; cette souscription qui s'élevait à la somme de 7.502 fr. 50 ne fut pas réalisée.
(3) Archives municipales.

Emprunt communal.................... 20.000
Souscription........................ 10.050
Succession de M. l'abbé Leclerc....... 2.000
Souscription de M. le baron de Chaulin. 1.000
Vente de la bibliothèque de M. Leclerc. 1.400
Varia.............................. 350
MM. Bourbon et Dupuy............... 200
Rentes et terrain vendu.............. 2.000
Secours de l'Évêché................. 1.000

      Soit..................... 38.600 fr.

Le 7 avril, le conseil de fabrique vote 5.000 francs à ajouter à son engagement de 2.000 fr. souscrit le 26 décembre 1865.

Le 12 avril 1872, M. le marquis de Sers, député à l'Assemblée nationale, reçoit de M. le Ministre des Cultes un avis lui annonçant qu'il accorde un secours de 8.000 francs pour la reconstruction de l'église des Montils.

Le 28 avril, le Conseil municipal approuve la rectification faite au devis de 1869, ce qui élève les frais de la reconstruction à 54.302 francs.

Dans le courant d'avril, une souscription nouvelle est ouverte ; elle produit la somme de 5.250 francs.

Le 7 juillet, le conseil municipal approuve le nouveau projet dressé par l'architecte, conformément à l'avis du *conseil des bâtiments civils*, émis le 24 mai précédent.

Enfin après sept mois et demi de démarches très actives, après bien des obstacles surmontés, grâce surtout à l'intervention de M. le marquis de Sers, le 18 août arrive l'avis officiel que nous pouvons rebâtir notre église.

Le 1er dimanche de juillet, le conseil de fabrique vote la somme de 500 francs, moitié de la dépense arrêtée par l'architecte pour la démolition de l'ancienne église.

Le 15 septembre 1872, fête de la société de Secours Mutuels, on célèbre la dernière messe dans l'église condamnée à disparaître.

Dans son instruction, M. le curé fait de touchants adieux à la vieille église ; les anciennes familles de la paroisse ne peuvent retenir leurs larmes, au souvenir des grandes choses qui se sont passées dans cet antique sanctuaire.

Les travaux sont donnés en adjudication, le 20 septembre, à la préfecture, aux entrepreneurs dont les noms suivent :

Maçonnerie : MM. Michelet et Berthelot, Montrichard.
Charpente : M. François, Chailles.
Couverture : M. Fallot, les Montils.
Plâtrerie : M. Jullien, Blois.
Ferronnerie : M. Archambault, les Montils.
Menuiserie : MM. Mandard et Catroux, les Montils.
Peinture : M. Suppligeon, les Montils.

Du 15 au 20 septembre, M. le curé fait appel aux gens de bonne volonté pour le déménagement du mobilier de l'église. On répond à cet appel avec un grand empressement.

L'église provisoire est organisée dans une grange appartenant à M. Laurand, dans la basse-cour du château. Le local étant insuffisant, M. le curé fait construire une tribune, dans laquelle près de 100 personnes peuvent trouver place. Monseigneur l'Evêque donne la permission de dire deux messes le dimanche.

Le 5 octobre, les couvreurs commencent à découvrir la toiture et, le 31 décembre, la démolition étant achevée, les fouilles pour la construction sont complètement creusées.

Le 7 mars 1873, le travail des fondations est terminé ainsi que la base du clocher.

Le 20 avril 1873, M. le vicaire-général Doré, délégué de Monseigneur l'Evêque, bénit solennellement la première pierre en présence d'une grande foule de peuple (1).

Le jour de Noël 1873, le gros œuvre étant achevé, on célèbre la première messe dans la nouvelle église (2).

Quête à Notre-Dame de Paris pour l'église des Montils

Le Révérend Père Monsabré, de l'ordre des Frères Prêcheurs, accepte de donner un sermon à Notre-Dame de Paris, le IVᵉ Dimanche de Carême, 15 mars 1874, en faveur de l'église des Montils.

(1) Voir Chapitre supplémentaire nº VII.
(2) Ibid., nº VIII.

Voici les noms des quêteuses :

Mesdames l'Amirale de Candé ;
—   Cézard ;
—   Drouyn de Lhuys ;
—   Henri Dubois ;
—   Le Normant de Grancourt ;
—   de Monty ;
—   Van den Berch van Heemstede.;
—   de Maussion ;
—   la Marquise de Rochambeau ;
—   Romieu ;
—   Rousseau ;
—   la Marquise de Sérs ;
—   la Baronne de Waru ;
—   de Roissy ;
Mademoiselle Gueneau.

La quête produit, tous frais payés, la somme de 3.000 fr. (1).

22 juillet 1874. — Inauguration de l'église

Les travaux de l'église, moins la flèche du clocher, étant complètement terminés, M. le curé décide que l'inauguration de l'église se fera en la fête de Sainte Marie-Madeleine, patronne de la paroisse.

Le R. P. Monsabré veut bien encore, en cette mémorable circonstance, prononcer le panégyrique de sainte Madeleine.

En l'absence de l'évêque de Blois, Monseigneur Pallu du Parc, malade, c'est Monseigneur Soubiranne (2), évêque in partibus de Sébaste, qui bénit solennellement la nouvelle église des Montils, en présence d'un nombreux clergé et d'une foule immense (3).

Reconstruction du clocher

Au mois de septembre 1875, la flèche du clocher est terminée. Mais les entrepreneurs au lieu de l'élever à 13 mètres, hauteur fixée d'abord, ne l'ont montée qu'à 9 mètres 20.

On fait un accord et, moyennant un supplément de 800 fr., ils la remontent à la hauteur convenue.

(1) Voir Chapitre supplémentaire n° IX.
(2) Ami de M. Jules Laurand, maire des Montils.
(3) Voir Chapitre supplémentaire n° X.

Et l'on n'a plus qu'à remercier Dieu de ce qu'on a pu accomplir tous les travaux sans avoir à déplorer le moindre accident.

22 janvier 1875. — Fête de Saint Vincent

Les vignerons des Montils, désireux d'avoir une statue nouvelle de saint Vincent, leur patron, se cotisent pour la payer (1). Elle est bénite le 22 janvier 1875, avant la grand'messe.

Jubilé de 1875

En avril 1875, l'indulgence du jubilé est prêchée aux Montils par le R. P. Blanchard, sous-prieur des Dominicains de Paris.

Deux processions sont faites par la paroisse, l'une à Monthou le 11 avril, l'autre à Candé le 18.

Le 30, la confirmation est donnée aux Montils par Monseigneur de Charbonnel, ancien évêque de Toronto, en Amérique.

1876. — Statue de Saint Joseph

M. et Mme Laurand offrent à l'église une statue de saint Joseph. La bénédiction en a lieu le 7 mai, après un discours de M. l'abbé Lizot, curé de Monthou-sur-Bièvre.

1876. — Croix de Frileuse

Invité par Mme l'amirale de Candé, M. le Curé bénit solennellement, le 17 septembre 1876, après les vêpres, la *croix verte* de Frileuse (2).

1876. — Inauguration du groupe de Notre-Dame de Lourdes

M. et Mme Houssay, meuniers au moulin de Souvigny (3), persuadés que la guérison de leur fille Thérèse, âgée de 6 ans, est due à l'intercession de Notre-Dame de Lourdes, font don à l'église des Montils du groupe de Notre-Dame de Lourdes. La bénédiction en est faite le jour de Noël 1876.

(1) La souscription faite auprès des 144 vignerons des Montils, produit une somme de 82 fr. 65,
(2) On la trouva brisée le dimanche de la Sexagésime 1907.
(3) Placé sur les limites de Seur et des Montils.

1877. — Croix Choquet, dite « Croix Saint-Pierre »

Le dimanche 16 septembre, les paroisses des Montils et de Seur se réunissent à 3 heures, sur la route des Montils à Seur, à l'endroit où se trouve la croix Choquet, à l'entrée du chemin qui conduit à la Haye, pour la bénédiction d'une nouvelle croix qui doit remplacer l'ancienne.

L'instruction est donnée par M. l'abbé Delmas, vicaire à Saint-Augustin de Paris, otage de la Commune en 1871 à la prison de la Roquette.

Cette croix s'appelle *Croix Saint-Pierre,* du nom du fils aîné de M. J. Duchalais, donateur.

1879. — Autel de la Sainte Vierge

L'autel de la Sainte Vierge, payé par les femmes et les jeunes filles de la paroisse, est inauguré le jour de la première communion, en 1879 (1).

26 mars 1882. — Le Rosaire

Le dimanche de la Passion 1882, après les vêpres, érection canonique du Rosaire, renouvelée du 14 février 1646 (2), par le R. P. de Lorière, sous-prieur des Dominicains de Lille.

La même année, la fête du Rosaire est solennellement célébrée (3).

1887. — Installation de quatre cloches

Au mois de juillet 1887, M. le curé entre en pourparlers avec M. G. Bollée, fondeur de cloches à Orléans, pour l'installation de quatre cloches au clocher de l'église des Montils.

La première doit être payée par une souscription. La deuxième — alors dans le clocher — doit être mise en harmonie avec les trois nouvelles. La troisième est due à la générosité de Mᵐᵉ Desgrois. La quatrième est offerte par M. le curé en souvenir de sa mère.

Le marché est conclu aux conditions suivantes :

(1) Pour les dons de vitraux et statues, voir Chapitre supplémentaire n° XI.
(2) Voir aux pièces justificatives, n° XVII.
(3) Le Rosaire vivant avait été organisé le dimanche de la Sexagésime 1877. 45 personnes s'étaient fait inscrire à la première réunion. — Voir Chapitre supplémentaire n° XIII.

Sonnerie proposée :

> 1 cloche *sol* de 450 kilos ;
> 1 cloche *la* de 325 kilos ;
> 1 cloche *si* de 225 kilos ;
> 1 cloche *ré* de 145 kilos.

Les frais d'acquisition des quatre cloches, en tenant compte de la refonte de la vieille cloche, s'élèvent à 2.618 francs.

Le baptême des quatre cloches a lieu le dimanche 2 octobre 1887. Elles sont solennellement bénites par Monseigneur Laborde, évêque de Blois, après un sermon de M. l'abbé Bontant, directeur de l'école de Pontlevoy.

La quête, faite par Mme la marquise de Perrigny, du château de Savonnières et Mme Eugène Deschamps, d'Orléans, produit 469 francs (1).

Cérémonies diverses

En 1896, une mission, qui produit d'excellents fruits, est prêchée aux Montils, au mois de novembre, par le R. P. Ladislas, des Capucins de Blois (2).

Pour terminer le XIXe siècle, M. le curé célèbre le 31 décembre 1899 une messe de minuit très solennelle, à laquelle assistent un grand nombre de paroissiens (3).

Le 25 mai 1902, une grande fête religieuse a lieu pour l'inauguration d'une nouvelle chaire, don de Mme Dupuy-Mayer. Monseigneur l'Evêque préside la cérémonie, et M. l'abbé Poulin, aujourd'hui curé de la Trinité, à Paris, donne le sermon (4).

Mme Dupuy-Mayer avait précédemment fait l'offre généreuse de la grille du chœur.

L'école libre

En 1881, la municipalité fait construire une école laïque de filles.

Désireux de conserver l'école religieuse, qui avait rendu tant de services à la population des Montils depuis trente ans, M. le curé emploie toute son énergie pour construire une nouvelle classe qui est solennellement bénite, le 11 septembre 1881, par

(1) Voir Chapitre supplémentaire. n° XIV.
(2) Ibid., n° XV.
(3) Ibid., n° XVI.
(4) Ibid., n° XVII.

Monseigneur Laborde, évêque de Blois. Une fête magnifique a lieu à cette occasion (1).

Deux ans après, par suite d'un nouvel alignement de la rue, M. le curé est obligé de reconstruire la façade de l'école. Il obtient, pour cette reconstruction, et après décision du jury d'expropriation, une indemnité de 1.400 francs (2).

Une cérémonie, analogue à celle de 1881, est organisée pour le 21 octobre 1883. Monseigneur l'Evêque de Blois revient aux Montils bénir les nouveaux travaux ainsi que l'asile des sœurs et M. le chanoine Chevallier, vicaire général, donne une solide instruction sur l'éducation chrétienne. La quête rapporte 1.955 fr.

En 1903, comme conséquence de la loi du 1er juillet 1901, les religieuses des Montils, pour conserver la direction de l'école libre, sont obligées de se séculariser. A cette occasion, M. le curé est appelé à comparaître devant le juge d'instruction, pour certifier de la réalité de cette sécularisation.

Loi de Séparation

En décembre 1905, a lieu la loi de Séparation de l'Église et de l'État accompagnée, en 1906, de l'inventaire du mobilier de l'église (3).

Le presbytère, on l'a vu (4), avait été donné par Mme Lambert de Rosay au bureau de bienfaisance à la charge de loger gratuitement le curé. Mais à notre époque de soi-disant liberté, on ne respecte plus la volonté des morts.

M. le curé, se basant sur le désir formel de la donatrice, refuse de se laisser imposer un loyer pour son presbytère. Aussi, est-il expulsé *manu militari*, le 9 mars 1909, par le commissaire de police de Blois, accompagné d'une brigade de gendarmerie (5).

Une maison amie, voisine de l'église, offre un asile à M. le curé.

Le 1er novembre 1909, M. l'abbé Peschard, précédemment curé de Saint-Viâtre, succède à M. Bourcille, qui se retire, en octobre 1910, au collège de Pont-Levoy.

(1) Voir Chapitre supplémentaire, n° XII.
(2) Ibid.
(3) Ibid., n° XVIII.
(4) Pages 62 et 355.
(5) Notre intention était de passer sous silence tous ces faits douloureux. Mais l'histoire doit être le reflet de la vérité et ces quelques détails donneront un spécimen des mœurs introduites en France au début du XXe siècle. — Voir le journal L'Avenir de Loir-et-Cher, du 14 mars 1909.

§ 2. — Vie Civile et Communale

CHAPITRE TREIZIÈME

ÉTABLISSEMENTS PUBLICS

22 août 1830. — Organisation

Provisoirement organisée, la garde nationale compte 140 hommes dont 30 militaires.

Les officiers et sous-officiers sont confirmés chacun dans leurs grade et qualités (1).

« Cette garde et les autorités se sont ensuite rendues à l'église pour la bénédiction du drapeau.

« Avant d'y procéder, M. le Curé a fait un discours rempli de sagesse et de l'esprit évangélique. Ce respectable pasteur, âgé de 80 ans, a fait comprendre tous les devoirs que les gardes nationaux ont à remplir envers le Roi et la patrie, sur la protection que chaque citoyen a droit d'attendre d'elle et de maintenir la paix, la concorde et l'union partout où elle seroit obligée d'agir.

« Après la cérémonie, les autorités ont été conduites à la mairie par la garde nationale, qui avoit alors son drapeau déployé.

« Le procès-verbal de la mémorable séance de la Chambre des pairs et des députés, réunis le 9 de ce mois, dans laquelle Monseigneur le Duc d'Orléans a accepté le titre de *Roi de France* et la proclamation du Roi du 15 ont été lues et publiées par le maire (2), aux cris mille fois répétés de « Vive le Roi ».

(1 Noms des officiers : Élie Chollet, capitaine retraité, chevalier de la Légion d'honneur, commandant ; Étienne Thireault, 1er lieutenant ; Auguste Patureau, 2e lieutenant ; Charles Desfray, 1er sous-lieutenant ; Prosper Mayer, 2e sous-lieutenant.

(2) M. Nicolas Goûté.

« Il est à remarquer que le maire étoit décoré de la première *écharpe tricolore* qui ait paru aux Montils au commencement de la Révolution, laquelle avoit été conservée par M. Laudinay, premier maire de cette commune.

« Des danses se sont spontanément établies sur la place et se sont prolongées jusqu'après minuit.

« Une bonne quantité de vin a été mise à la disposition du public et une distribution de pain a été faite aux pauvres les plus nécessiteux.

« Cette fête a donné lieu à un banquet civique où les rangs étoient confondus ; la plus franche gaîté a présidé ce festin ; des toasts ont été successivement portés au Roi des Français, à la famille royale, aux deux Chambres, à la brave Garde Nationale de Paris et à toute la nation françoise.

« Des personnes respectables et distinguées, étrangères à la commune, se sont fait un plaisir de faire partie de cette réunion qui étoit très nombreuse. L'un d'eux a improvisé plusieurs couplets analogues à la circonstance, lesquels ont été chantés en chœur par toute l'assemblée.

« Une collecte a été faite pour les *malheureuses victimes* des 27, 28, 29 juillet, laquelle a produit la somme de 128 fr. 55, fournie par 25 souscripteurs.

« Enfin le plus grand ordre a régné pendant toute la journée et le tout s'est terminé dans la joie la plus parfaite » (1).

Le 19 septembre 1830, le maire des Montils, répond aux questions posées par le Préfet :

« La garde nationale de notre commune ne forme qu'une compagnie ;

« Elle est de 140 hommes, officiers compris ;

« Les officiers seulement sont habillés et 45 hommes sont armés de bons ou mauvais *fusils de chasse*, simples ou doubles ;

« L'on a suivi la loi de 91 pour l'organisation qui s'est faite le 22 août dernier ;

« Elle s'exerce les dimanches ; les officiers, les sous-officiers et même les caporaux sont tous anciens militaires qui connoissent l'instruction ;

« Elle ne fait point de service, rien ne l'exige ;

(1) Extrait des Archives municipales.

« L'Etat n'a rien fourni ;

« Nous ne voyons pas de ressources pour avoir des armes, si l'Etat ne peut en procurer ; il en manque 92 » (1).

En 1831, la garde nationale est composée de 166 hommes « dont 21 sur lesquels on ne doit pas compter et qui formeront la réserve ».

Le 12 juillet 1831, les officiers de la garde nationale prêtent le serment suivant :

« Je jure fidélité au roi des Français, obéissance à la Charte constitutionnelle et aux lois du royaume ».

SAPEURS-POMPIERS

La compagnie des sapeurs-pompiers est formée en 1847.

Commandants

1° Commandants provisoires

Sous-lieutenants : MM. Beaugendre (1847-1848) ;
—   Bourgery (1848) ;
—   Bourbon (1849).

2° Commandants titulaires

Sous-lieutenant : M. Michelet (1849-1864).
Lieutenant : M. le baron de Chaulin (1865-1867).
Sous-lieutenants : MM. Michelet (1867-1870) ;
—   Thireault (1871-1875) ;
—   Chauvin (1876-1881).
Lieutenant : M. Bulleux (1882-1889).
Sous-lieutenant : M. Suppligeon (1890-1893).
Administrateur : M. Archambault (1894).
Lieutenant : M. Corset (1895).

Le 7 juin 1882, l'autorisation de se réunir en armes est donnée pour les 11 et 18 juin, à l'occasion de la *Fête-Dieu*.

Le 12 juillet 1882, un diplôme d'honneur est accordé à MM. Amyot et Thireault (2).

---

(1) Arch. municipales.
(2) Le 12 décembre 1880, la compagnie reçoit *31 fusils Chassepots*, avec sabres-baïonnettes et 3 jeux d'accessoires, modèle 1866.

Le 23 novembre 1895, le général Lambert autorise la compagnie à se réunir *en armes :*

1° Le 14 juillet, Fête nationale ;

2° Pour la fête de la Sainte-Barbe ;

3° Pour la fête de Jeanne d'Arc.

La compagnie des sapeurs-pompiers a assisté à 57 incendies depuis sa fondation jusqu'au 7 septembre 1907.

Voici les principaux :

En 1849, au château de Madon (Candé) ; en 1856, à l'Hermitage (les Montils) ; en 1861, aux Grandes-Tailles (les Montils) ; en 1863, à la Gendronnière (Valaire) ; en 1884, au château de Madon (Candé) ; en 1894, chez Mme de la Ville-Baugé (Candé).

Actuellement (1909), la compagnie compte 25 pompiers et 41 membres honoraires (1).

SOCIÉTÉ DE SECOURS MUTUELS

Le décret du 26 mars 1852 porte dans son article 1er :

« Une société de Secours Mutuels sera créée, par les soins du maire et du curé, dans chacune des communes où l'autorité en cause est reconnue.

« Cette réunion du magistrat municipal et du ministre de la religion, dans la fondation d'une institution destinée au soulagement matériel, doit être hautement louée et approuvée.

« Elle rappelle à ceux qui viennent demander à cette société des soins et des secours, que « l'homme ne vit pas seulement de pain » et que notre bien-être ne doit pas faire l'unique objet de nos efforts. C'est la religion qui, d'une société d'assurance contre la maladie, fait une réunion de frères et d'amis et qui donne à cette œuvre son caractère élevé et touchant ».

Le 3 décembre 1863, un arrêté du Préfet de Loir-et-Cher approuve les statuts « d'une société de Secours Mutuels dite de *Saint-Jean*, aux Montils » (2).

M. Maussion de Candé, contre-amiral, est nommé président

---

(1) Voir Chapitre supplémentaire, n° XIX.

(2) Six communes voisines adhèrent à la société de Secours Mutuels des Montils : Seur et Monthou le 4 novembre 1866 ; Ouchamps, Candé, Valaire et Chailles le 26 mai 1867. Ouchamps se retire en 1868 pour former une société particulière sous la présidence de M. le marquis de Perrigny.

de cette société le 28 février 1866, avec M. Bulot, ancien payeur, comme vice-président.

A la mort de M. de Candé, arrivée en 1867 (1), M. le comte de Sers, du château de Madon, est nommé président le 26 mai 1867.

Il fait présent à la société d'une bannière qui est bénite le 28 juillet 1867 (2).

Le 17 août 1878, M. Charles Monprofit, secrétaire de la société, reçoit une médaille de bronze accordée par le Président de la République pour « les services rendus à la société depuis sa fondation ».

En 1887, à la suite d'un incident (3), le conseil de la société décide qu'à l'avenir « la bannière sera déposée chez le porte-bannière, sous la responsabilité du maître des cérémonies ».

Depuis sa fondation, la société se fait un pieux devoir d'assister, chaque année, à la grand'messe, le jour de sa fête patronale, le dimanche qui suit le 24 juin. Le sermon est ordinairement donné par un prêtre étranger, et le président offre toujours le pain bénit.

M. le marquis de Sers meurt le 28 décembre 1903. Il a pour successeur, comme président, M. Jules Duchalais, conservateur des forêts en retraite, qui est installé le 26 juin 1904.

Au 1er novembre 1909, la société compte 231 membres *participants ;* 25 membres *honoraires ;* 18 membres jouissant d'une retraite.

POSTE AUX LETTRES

En 1820, plusieurs personnes se plaignent de ne pas recevoir les lettres qui leur sont adressées.

Dans la séance du conseil municipal du 15 mai, le maire propose pour « messager le sieur Bourbon, garde-champêtre, lequel sera chargé de se présenter au bureau de la poste, muni d'un pouvoir à cet effet, pour y recevoir les lettres et paquets, adressés aux habitans de la commune et les distribuer à domicile ;

(1) L'année suivante, Mme Athanaïs-Marguerite de Bizemont, épouse de M. l'amiral de Candé, fait don à la société d'un tableau représentant l'amiral. Elle y met cette condition : « Ce tableau sera remis, à son décès, aux quatre neveux de l'amiral, portant le nom de Candé, qui le tireront au sort, en cas de dissolution de la société ». Ce tableau est déposé à la mairie.

(2) Le 25 juin 1871, l'assemblée générale remercie M. le Président pour un don de 500 francs.

(3) Sans l'ordre du président, la bannière avait figuré à un enterrement civil.

sera tenu en outre ledit messager d'établir une boîte aux lettres, à l'endroit le plus convenable pour y recevoir celles que les particuliers voudront faire porter à la poste ». M. le Maire fait observer « que ledit sieur Bourbon peut facilement être chargé de ce message, en ce qu'il est obligé d'aller à Blois, tous les samedis pour les besoins de la mairie et fort souvent en semaine ». Il touche 26 fr. 60 annuellement.

Le conseil l'autorise « à recevoir 10 centimes pour chaque lettre ou paquet remis par lui à leur destination ».

Le 10 mai 1824, le conseil déclare que « le bureau de poste, situé à Blois, est choisi pour le service de la correspondance pour la boîte établie aux Montils ».

Le 12 juillet 1841, l'administration des postes fait savoir au Préfet, qu'elle nomme Mme veuve Compin, demeurant à Gannat (Allier), *directrice au bureau des Montils,* par création d'emploi, conformément à l'arrêté du Ministre des Finances, en date du 19 avril 1822.

TÉLÉGRAPHE

Le télégraphe est établi aux Montils, le 23 février 1883 (1).

_____

(1) Pour le récit des principaux événements de la vie civile et communale, depuis la Révolution, voir les Chapitres supplémentaires I-VI, XIX et XX, ainsi que l'Appendice n° X.

Chapitres Supplémentaires

I

29 Avril 1814. — Installation de M. Mayer, maire, en remplacement de M. Lambert de Rosay, décédé

Après quelques préambules, M. l'Adjoint s'exprime ainsi :

« Nous possédons ici M. Mayer qui s'est rendu au sein du Conseil, à l'effet d'être ins-
« tallé dans les fonctions de Maire de cette commune. Tout en regrettant M. de Rosay
« dont nous avons longtemps à conserver la mémoire pour l'excellence de son adminis-
« tration et des qualités dont il étoit doué, nous avons sans doute à nous féliciter sur le
« choix fait de la personne de M. Mayer pour remplacer le Maire si digne de nos larmes.
« Oui, Messieurs, ce choix, on peut le dire, a été unanime, et vous vous plaisez, je pense,
« à déposer une entière confiance dans ce nouveau Maire, dont l'installation ne peut
« être agréée qu'avec un véritable plaisir. »

Après la lecture de la commission qui nomme M. Stanislas Mayer maire de la commune des Montils, M. l'Adjoint invite M. Mayer à accepter la commission de Maire et
à occuper le fauteuil.

M. Mayer, ayant reçu sa commission, a pris la parole et a dit :

« Messieurs, M. le Préfet du Département a daigné me nommer aux fonctions de
« Maire de cette commune en remplacement de M. Lambert de Rosay, décédé ; je reçois
« en votre présence cette Commission de Maire par les mains de M. l'Adjoint.

« Permettez-moi, Messieurs, de vous exprimer ici toute ma sensibilité pour cette
« marque de prédilection à laquelle j'étois loin de m'attendre. Combien de plus dignes
« que moi pouvoient succéder à M. de Rosay ! Vous l'avez connu, Messieurs, ce Magis-
« trat et vous avez su que nul ne méritoit plus que lui d'être placé à votre tête et d'ad-
« ministrer cette commune ; aussi sa mémoire devra-t-elle lui être longtemps chère.
« En supputant le mérite, les qualités, les talens qui faisoient distinguer M. de Rosay et
« la haute considération dont il jouissoit et étoit environné, alors je sens tout le poids de
« mon infériorité et combien je demeurerai en arrière de lui.

« Ce qui peut donc, Messieurs, m'enhardir à répondre à l'honneur de me voir appelé
« au milieu de vous, c'est le vif désir que j'ai de me rendre utile à des concitoyens et de
« leur prouver par un entier dévouement le zèle que je porte à la chose publique. Je sais
« que le désir seul est insuffisant et qu'il faut que les moyens puissent y répondre. Avec
« de très faibles talens que n'ai-je donc pas à redouter ! C'est dans le Conseil municipal,
« il est vrai, que les principaux intérêts de la Commune sont discutés ; c'est le Conseil
« municipal qui les défend et les soutient. Alors, Messieurs, permettez aussi que ce soit
« auprès de vous que je puise les sages conseils dont j'aurai si souvent besoin. Si vous
« condescendez à mes vœux, ainsi que je l'ose espérer, ce sera dans ces circonstances que

j'éprouverai quel prix un fonctionnaire doit attacher à l'estime et à la considération qu'il doit être si jaloux de chercher à acquérir et à conserver.

« Je ferai, Messieurs, tout ce qui dépendra de moi pour me conduire, auprès de chaque
« administré, avec tous les égards et les ménagemens qu'un Magistrat prudent doit
« savoir employer ; mais je dois en même temps vous donner la ferme assurance que je
« ne négligerai rien pour que les lois, les règlemens et ordonnances soient exactement
« exécutés ; enfin je ferai tous mes efforts pour tâcher d'atteindre à un heureux but,
« celui de me concilier la confiance des premiers Magistrats du Département, la vôtre
« et celle des habitans de cette Commune.

« C'est du bon ordre que l'on a à espérer le maintien de la paix, de l'union, de la sûreté
« et de la tranquillité publique.

« La paix et l'union, Messieurs, combien n'avons-nous pas à désirer de les voir régner
« à jamais ! Tous nous connaissons les ravages et les ruines que la guerre a occasionnés
« depuis vingt-quatre années dans cette France jadis si florissante. Nous pouvons re-
« garder cette paix comme assurée. Toutes les puissances alliées la promettent, même
« la hâtent et avec quelle générosité ! Leurs sentimens doivent électriser les nôtres en
« voyant le sceptre de la couronne royale rendu à la famille de nos grands et illustres
« Rois.

« O Révolutions, que de maux et de malheurs n'avez-vous pas causés ! Mais aujour-
« d'hui que d'actions de grâces à rendre à la divine Providence d'avoir abattu du trône
« un étranger qui, ne voyant que son ambition, accumuloit sur son front calamités
« sur calamités. Mais leur terme est arrivé ; des libérateurs sont venus dessiller les
« yeux aux premiers Corps de l'Etat et se rendre dignes de notre vénération et de toute
« notre reconnoissance. O grand Alexandre, quel est ton triomphe !

« Qu'il sera doux et consolant, Messieurs, de voir désormais dans nos campagnes
« le laboureur conduire sa charrue et former des sillons, le vigneron cultiver les vignes,
« l'artisan et le journalier se livrer à leurs travaux en pleine sécurité, de les voir tous
« jouir tranquillement des fruits gagnés à force de sueurs, sans crainte de se voir enlever,
« par la conscription, des enfans sur lesquels ils ont droit de fonder tout leur espoir et
« dont la vigueur des bras force la terre, par la diversité de ses productions, à répondre
« à nos besoins ; sans non plus craindre réquisitions sur réquisitions de voitures, chevaux,
« fourrages, grains et autres denrées ; enfin de se voir délivrés d'impôts extraordinaires
« et vexatoires !

« O illustres rejetons du bon Henri IV, illustre race des Bourbons, vous à qui la suc-
« cession du trône de France ne devoit jamais être interrompue, revenez faire refleurir
« le lys ! les malheurs que vous avez su supporter avec tant de courage et de religion
« vont leur donner un éclat bien plus vif et plus brillant.

« O Louis dix-huit, ô Roi qui sera le bien-aimé, hâtez-vous de vous rendre aux vœux
« de tous les bons François en reprenant les rênes d'un gouvernement qui vous attend
« pour assurer, par vos vertus, le bonheur de toute la France !

« Il est inexprimable pour moi, Messieurs, de me voir appelé sous d'aussi heureux
« auspices à l'administration de cette commune. Puissent donc les sentimens dont mon
« cœur est profondément ému, guider tellement tous mes soins à participer à la félicité
« des habitans, qu'à la fin de mon administration je me sois rendu digne de vous en-
« tendre dire : il a rempli ses devoirs avec honneur. »

Après ce discours, la séance fut levée et le procès-verbal fut clos aux cris de « Vive
Louis XVIII, vivent les Bourbons ! »

(Arch. municip. des Montils.

II

25 août 1816. — Inauguration du buste de Louis XVIII

« L'inauguration du Buste de Sa Majesté et la fête de saint Louis viennent d'être célébrées avec une solennité et une allégresse dont les habitans s'enorgueilliront longtemps ; car il n'en a jamais été célébrée aux Montils une aussi belle et aussi brillante, où l'union la concorde et la gaieté la plus franche ont régné pendant toute la fête.

« Rien n'a été épargné pour augmenter l'éclat dont elle étoit digne. Tous les habitans ont rivalisé de zèle pour embellir et décorer leurs maisons. Il est presque impossible de croire que dans une commune qui n'offre que peu de ressources, il se soit fait une aussi jolie fête.

« Le programme a été affiché et annoncé à son de caisse dès le 24 au matin. Le même jour à la tombée de la nuit, une salve d'artillerie et de mousqueterie ont annoncé aux habitans la solennité du lendemain.

« Le matin, à la pointe du jour, une pareille salve d'artillerie et de mousqueterie ; à 10 heures la grande messe a été chantée avec toute la pompe et la solennité convenables, où toutes les autorités et fonctionnaires publics y ont assisté.

« M. le Curé a débité un fort beau discours analogue à la fête du jour. Les vêpres ont été chantées à l'issue de la messe pour laisser le temps à la cérémonie du soir.

« A deux heures, on a battu le rappel, les autorités et la Garde nationale se sont assemblées à la Mairie. La Garde nationale, portant un beau drapeau blanc qui lui avoit été préparé par les demoiselles, étoit décoré de l'Écusson du Roi et parsemé de fleurs de lys, étoit commandée par M. Cholet, capitaine retraité, Chevalier de l'Ordre royal de la Légion d'honneur et par M. Thirau, lieutenant à demi-solde, tous les deux nés en cette commune et qui ont contribué à la gaieté de la fête par tout ce qui étoit en leur pouvoir.

« A trois heures, le cortège, ayant pris place au milieu de la Garde nationale, s'est rendu à la maison de Madame veuve de Rosay, pour recevoir de cette dame le Buste de Sa Majesté Louis XVIII qu'elle a fait présent à la Commune. Ce portrait chéri des bons habitans des Montils étoit placé dans un salon artistement décoré, sur un autel magnifique orné de deux colonnes entourées de guirlandes et de couronnes de laurier, surmonté d'un fronton triangulaire qui couronnoit l'édifice ; et sur l'autel deux beaux drapeaux portant le chiffre de Sa Majesté, placés en croix derrière le Buste.

« Messieurs Laudinay et Pitancier ont eu l'honneur de le porter, ces deux citoyens respectables étant les principaux de la Commune et les plus recommandables par leurs vertus. Il étoit posé sur un joli brancard bien décoré et garni de deux drapeaux couverts de fleurs de lys. A la sortie du salon, le Buste a été placé au milieu de la Garde nationale ayant M. le Maire à la droite et M. l'Adjoint à la gauche et le reste du cortège derrière le Buste.

« Une salve d'artillerie a été tirée, la Garde nationale a présenté les armes, l'on a battu aux champs, Messieurs les officiers ont salué de l'épée, des cris mille fois répétés se sont fait entendre de toutes parts par un peuple immense venu des Communes environnantes, et qui ont pris part à toute la fête.

« Le cortège a ensuite dirigé sa marche vers l'église en passant par la grande rue au milieu des acclamations réitérées, toutes les maisons étoient magnifiquement décorées de drapeaux blancs, écussons, fleurs de lys et autres emblèmes royaux.

« Le cortège s'est arrêté à la principale porte de l'église où M. le Curé accompagné de deux chantres en chape et de tous les enfans de chœur en surplis et la Croix levée et ensuite le Buste du Monarque chéri des François, l'on est entré ensuite dans le chœur en chantant le psaume *Exaudiat.*

« La Garde nationale s'étant disposée de chaque côté du chœur, et les autorités à leur place, le Buste a été posé au milieu sur un autel magnifiquement décoré et exhaussé sur plusieurs gradins et couronné d'un superbe baldaquin couvert de fleurs de lys.

« M. le Curé, après avoir encensé le Buste, a fait un très long discours dans lequel il a peint la bonté, la clémence et les vertus de Sa Majesté, à la suite duquel on a chanté un *Te Deum* en actions de grâce.

« La cérémonie étant finie, le Buste a été placé sur son brancard et le cortège, disposé comme auparavant, l'a conduit à la Maison commune, au milieu des cris de joie, où il a été déposé dans la salle du Conseil municipal.

« La Garde nationale a de nouveau présenté les armes et l'on a battu aux champs. Messieurs les Officiers, précédés du drapeau, ont accompagné le Buste jusqu'à l'endroit où il a été déposé.

« Les autorités ayant pris leurs places dans la salle, M. le Maire a fait un discours qui a été souvent interrompu par des cris de « Vive le Roi, vivent les Bourbons ! »

« Il a ensuite été fait une forte distribution de pain aux pauvres de la commune.

« La Garde nationale, qui avoit mis les armes en faisceaux, avoit reçu une distribution de vin. Messieurs les Officiers à leur tête ont porté la santé du Roi, celle des Princes et Princesses de la Famille Royale, et ils se sont de nouveau réunis aux autorités.

« A la tombée de la nuit, la Garde nationale a repris les armes pour conduire les autorités à un feu de joie préparé dans l'avenue de Madame de Rosay. M. le Maire y a mis le feu au bruit d'une salve d'artillerie et des plus vives acclamations.

« Il a été ensuite tiré un joli feu d'artifice, à la suite duquel le peuple s'est livré à la plus vive allégresse en continuant les danses publiques et gratis qui avoient commencé dès avant la cérémonie.

« Une seconde distribution de vin a été faite à la Garde nationale qui avoit rompu les rangs et s'est ensuite réunie aux jeux et aux danses qui ont duré jusqu'à une heure du matin.

« Toutes les maisons étoient illuminées, dont la plupart étoient décorées de superbes transparens, de devises, d'emblèmes et autres allégories.

« Toutes les autorités, les officiers de la Garde nationale et d'autres personnes respectables, choisies parmi les meilleurs citoyens, se sont réunis dans un souper *pique-nique* (sic) préparé dans une des salles de Mᵐᵉ de Rosay. Là, chaque convive a pris la place qui lui étoit assignée ; la gaieté la plus franche et la plus amicale a présidé à tout le repas ; des toasts ont été portés à Sa Majesté Louis XVIII, à la Famille Royale, à Mᵐᵉ de Rosay, mère des pauvres et bienfaitrice de la commune des Montils, à M. le Maire, au capitaine et officiers de la Garde nationale dont le premier avoit dirigé lui-même toute la fête, ainsi que le banquet.

« Au dessert, un coup de surprise et inattendu a fait le plus joli effet, en augmentant la joie qui étoit déjà au plus haut degré. Les dames dont les maris faisoient partie de la société, ont apporté en triomphe le buste de Sa Majesté et celui du bon roy Henry, ont fait plusieurs fois le tour de la table, accompagnées de violons et autres instrumens en chantant le complet chéri : « *Où peut-on être mieux* », les ont déposés un à chaque bout de la table, se sont placées et ont pris part au dessert.

« Après le repas, toute la société s'est rendue dans une salle contigue à celle du banquet

Là un joli bal, ouvert par M. le Maire et Mme Cupert, a duré jusqu'au jour, où chacun s'est retiré en paix et enivré du plaisir de la fête.

« Ainsi l'inauguration du buste de Sa Majesté et la fête de saint Louis ont été célébrées avec une allégresse et une joie au-dessus de toute idée. Puisse cette belle cérémonie, faite à la gloire du meilleur des rois, faire voir à la postérité la plus reculée que *les braves et paisibles habitans des Montils ont dans tous les temps aimé leurs Rois ; qu'ils n'ont jamais cessé de faire des vœux pour leur prospérité et pour le bonheur de la France, même dans les momens les plus malheureux de la Révolution, n'ayant jamais perdu l'espoir du bonheur et de la paix dont nous jouissons maintenant.*

« M. le Maire a arrêté que le présent procès verbal seroit conservé dans les archives et qu'une copie seroit adressée à M. le Préfet, afin de l'affermir dans la bonne opinion qu'il a déjà conçue pour les habitans des Montils, et pour lui prouver notre amour et notre attachement au Roi et à sa famille. »

« Fait en la Maison commune des Montils les jour et an que d'autre part ».

Signé : F. N. GOUTÉ, maire — MAUSSION DE CANDÉ — M. DE L'ENFERNAT (1) — DELALANDE — RIFFAULT — CROIER — FROMONT ».

Payé par le Percepteur 50 fr. « pour la fête de saint Louis » (2).

III

5 Novembre 1826. — Fête de Saint Charles

Le maire écrit au Préfet : « Je m'empresse de vous rendre compte de la manière dont nous avons célébré la fête de notre auguste monarque.

« Hier, jour de la fête, il y a eu une grande messe à 9 heures ; toutes les autorités, les militaires en retraite, les principaux habitans et beaucoup d'autres personnes y ont assisté. J'ai fait prévenir les pauvres de la commune qui ont aussi assisté à l'office et auxquels j'ai fait faire une distribution de pain pour la somme de 31 fr. 20 à 24 pauvres.

« Toutes les boutiques ont été fermées jusqu'à midi » (3).

---

(1) Sur le Marquis de l'Enfernat, voir ci-dessus p. 216.

(2) Archives municip. — Il est intéressant de rapprocher ce document du récit de la fête de l'Être Suprême, célébrée aux Montils le 20 prairial an II. Voir page 335.

(3) *Ibid.*

IV

1er Mai 1831. — Fête du Roi

Le Maire au Préfet : « Je vous rends compte de la manière dont nous avons célébré la fête de Sa Majesté Louis-Philippe.

« Cette fête a été annoncée la veille par une salve d'artillerie laquelle a été répétée le jour à 6 heures du matin, à midi et au soir.

« Les autorités et la Garde nationale, drapeau déployé, se sont rendues à la messe, à la fin de laquelle le psaume *Exaudiat* a été chanté ; l'office et toutes les cérémonies de l'Église ont été faites avec la plus grande pompe.

« Une forte distribution de pain a été faite à tous les pauvres de la commune et une bonne quantité de vin a été mise à la disposition de la Garde nationale.

« Le banquet *pique-nique* très nombreux a eu lieu ; la gaieté la plus franche l'a présidé ; des toasts ont été successivement portés au Roi, à la Reine, à la Famille royale, au général La Fayette, aux bons français amis du gouvernement actuel et à la brave nation polonaise.

« Des bals publics et gratis ont eu lieu sur la place, dans des maisons particulières et à la Mairie.

« Cette fête qui s'est terminée à minuit, s'est passée dans le plus grand ordre et à la grande satisfaction de tout le monde. » (1).

V

27 juillet 1831. — Anniversaire des « TROIS GLORIEUSES »

Le Maire au Préfet : « Le mercredi 27 juillet, un service funèbre a été célébré avec la plus grande pompe dans notre église.

« Les autorités, les fonctionnaires publics et toutes les personnes marquantes y ont assisté, ayant *tous un crêpe au bras*.

« La Garde nationale, dans la plus grande tenue possible a accompagné le cortège jusque dans l'église où elle a resté sous les armes pendant tout le temps de la cérémonie ;

(1) Arch. municipales.

son drapeau était garni d'un crêpe ; les officiers et sous-officiers le portaient au bras et à l'épée.

« La cérémonie terminée, les autorités ont été reconduites à la Mairie dans le même ordre ;

« Une distribution de pain a été faite par le Bureau de charité aux pauvres les plus nécessiteux.

« Les travaux de la campagne n'ayant point permis de faire celles des 28 et 29, elles ont été réunies et remises au dimanche 31.

« En conséquence, hier il y a eu des danses publiques et gratis ; une réunion patriotique et très nombreuse a eu lieu à 4 heures après-midi. Toutes les personnes de bien et de toutes les classes se sont fait un plaisir d'assister à ce banquet qui a été présidé par une franche gaieté ; plusieurs chansons patriotiques ont été chantées, un discours analogue a été prononcé par un des convives, *témoin oculaire et acteur* des événemens de Juillet 1830 à Paris, et qui a été couvert par des applaudissemens les mieux mérités ; des toasts ont été portés au Roi des Français, à la Famille royale, à la Liberté, à l'admirable et malheureuse nation polonaise, véritable France du Nord.

« Enfin cette fête s'est terminée par un feu de joie ; les danses se sont prolongées jusqu'à une heure après minuit, rien n'ayant troublé le plaisir de ces fêtes. Chacun s'est retiré très satisfait du bon ordre qui a régné pendant tout le temps.

« Les frais que ces fêtes ont nécessités ne se montent qu'à la somme de 27 fr. 80, que je vous supplie de bien vouloir m'autoriser à toucher sur les fonds de la commune. » (1).

VI

9 Avril 1848. — Plantation de l'Arbre de la liberté

« Le citoyen Président de la Commission municipale provisoire et administrative dit qu'ayant consulté tous les citoyens sur l'emplacement le plus convenable, on avait désigné la place de l'église, qu'il avait nommé une Commission, composée de jardiniers, pour aller à la recherche du plus beau sujet qu'on pourrait trouver et de prendre toutes les précautions possibles pour que son transport ait lieu avec tous les soins nécessaires à sa conservation.

« Cette Commission a présenté un peuplier de Virginie de la plus belle venue qui a été accepté.

« Alors le citoyen Président qui avait provoqué, pour assister à cette fête civique, la réunion de la Garde nationale qui y a répondu avec empressement et en grand nombre, ainsi que tous les citoyens de toutes les classes, ce qui donnait à la solennité toute l'apparence et la réalité que comportait cette auguste cérémonie, prenant la parole, a ordonné le cortège dans l'ordre suivant :

« La Commission municipale en tête, le tambour devant elle, le citoyen Chapuy instituteur, venant ensuite avec tous ses élèves des deux sexes, groupés avec ordre,

(1) Arch. municipales.

l'Arbre porté par quatre citoyens, placé entre les deux haies formées par la Garde nationale ayant derrière elle tous les autres citoyens et les dames. Et au commandement il s'est mis en marche, a traversé le bourg au son des tambours et en chantant les hymnes les plus patriotiques, et est arrivé dans le plus grand ordre au lieu où devait être placé ce symbole de la régénération sociale.

« La Garde nationale s'est alors formée en cercle avec les autres citoyens et parmi lesquels beaucoup de frères des communes environnantes qui semblaient faire tous ensemble une chaîne pour défendre ce signe d'une vie nouvelle.

« Le clergé étant arrivé — à l'issue de la messe paroissiale — le citoyen Leclerc, curé des Montils, s'est avancé, a béni l'Arbre, ensuite dans un sermon plein de feu et de charité évangélique, il a développé les grands principes renfermés dans la noble devise du peuple français : *Liberté, Egalité, Fraternité* et s'est retiré avec les applaudissements de l'assemblée où s'est manifesté les plus belles vertus civiques. La Garde nationale, les citoyens de toutes les communes, les dames et les enfants eux-mêmes ont voulu payer leur petit tribut ; depuis la main robuste et calleuse de l'ouvrier, jusqu'à la main mignonne du jeune enfant, chacun a mis au pied de l'Arbre la pelletée de terre végétale.

« Ce travail fini, le citoyen Gendron a pris la parole et dans un discours chaleureux il a démontré toutes les beautés de l'union fraternelle et les bienfaits de l'éducation morale dont nous recueillons les fruits et qui, en ce beau jour, produisait des miracles, puisque malgré la pluie continuelle de toute la matinée, personne n'avait voulu manquer à la fête qui était ornée par les dames qui forment la plus belle moitié du genre humain.

« Les élèves du citoyen Chapuy ont, au pied de l'Arbre, chanté l'hymne patriotique : *Arbre sacré, charmant feuillage*, et ensuite le citoyen Président, ayant déclaré la séance terminée, a prévenu tous les citoyens qu'on allait dans le même ordre, déposer à la Mairie les armes et le drapeau de la Garde nationale et qu'immédiatement après on se rendrait au banquet fraternel et, quoiqu'il eût été fixé au plus bas prix, pour que tous les citoyens puissent y prendre part, on y recevrait même ceux qui n'avaient pas souscrit.

« Aussitôt la réintégration des armes et du drapeau à la Mairie, le cortège a repris sa marche et s'est rendu au banquet dont le citoyen Odieuvre, officier de la Garde nationale a été nommé immédiatement président par acclamation.

« Les dames de leur côté ont aussi improvisé un banquet, en face de celui des citoyens sur la place publique qui désormais prendrait le nom de *place de la liberté*, et à côté de celui organisé par le citoyen Chapuy pour ses élèves.

« Partout la plus franche cordialité a régné, ainsi que le plus parfait accord dans toute la cérémonie qui a été vraiment touchante par la sympathie et admirable d'ordre, malgré le nombre considérable d'assistants et le mauvais temps qui a cessé comme par enchantement au moment des banquets.

« Les chants patriotiques, qui ont commencé avec la réunion, n'ont pas été interrompus ; le dévouement et le patriotisme se sont manifestés par toutes les bouches ; le citoyen Charles Galloux, ouvrier, se transportait du banquet des hommes à celui des dames pour y faire entendre les plus beaux chants que sa voix juste et sonore rendait encore plus touchants et plus majestueux. Son frère, Edmond, a prononcé avec un accent de conviction et d'énergie qui portait au cœur, un épisode de circonstance, en vers, de M. de Lamartine. Ensuite le citoyen Odieuvre, dans une allocution vive et chaleureuse, a retracé tous les crimes de la tyrannie dont il a montré la tendance constante à anéantir l'amour de la Patrie et surtout les vertus civiques, pour mieux asservir les peuples. Il a dépeint l'Egypte où les vertus s'étaient réfugiées dans les Temples et où ont été s'instruire les plus grands philosophes de l'antiquité ; il a démontré comment la patrie de Léonidas et toute la Grèce avait péri après avoir été, ainsi que Rome, les premières nations du monde : « C'est, dit-il, la dépravation des grands, l'hypocrisie

« et l'astuce des tyrans qui ont démoralisé les peuples et causé la ruine des nations ;
« l'amour sacré de la Patrie, celui-là seul, conduit le peuple à la vertu, au dévouement
« qui fondent les grandes Républiques ; conduisons-nous d'après ces principes et nos
« institutions seront immuables : Vive la République ! » Cri qui a été unanimement
répété.

« Ensuite rappelant le dévouement des citoyens morts à Paris, pour la conquête de
nos droits et de la liberté, il a invité, ainsi qu'il l'avait déjà fait au Club, de souscrire
chacun selon ses moyens pour venir au secours de la veuve et de l'orphelin de ces dignes
martyrs. Il a dit que le denier de la veuve, quelque faible qu'il soit, serait reçu avec
reconnaissance ; et ayant immédiatement ouvert sa liste, un très grand nombre de citoyens se sont fait inscrire, parmi lesquels se sont particulièrement distingués les ouvriers de toutes les classes et les pauvres vignerons qui aujourd'hui, à défaut de vente
de leurs produits, souffrent plus que tous les autres.

« Et une Commission a été nommée pour aller recueillir les dons pour cette œuvre de
confraternité où déjà figuraient près de soixante souscripteurs.

« Un fait honorable et qui rehausse encore l'éclat de la journée, en prouvant la moralité du peuple, mérite d'être signalé : une bourse renfermant une somme de 8 francs,
a été trouvée, par le citoyen Claude Montprofit, malheureux père de famille, qui l'a
de suite remise aux mains du citoyen Gendron et a refusé que lui soit accordé une récompense » (1).

VII

20 Avril 1873. — Bénédiction de la première pierre de la nouvelle église

« La paroisse des Montils vient de montrer, dimanche dernier, combien une cérémonie chrétienne des plus simples est riche de signification et combien, si elle est comprise,
elle peut se manifester avec éclat. Quoi de plus simple que la bénédiction d'une pierre ?
Mais si la pensée ne s'arrête pas là, si elle construit par avance le temple qu'elle doit
porter et qu'elle suive les destinées du nouveau sanctuaire, alors cette cérémonie prend
toutes les proportions du grand rôle qu'il doit remplir à travers de longs siècles.

« Et si, comme aux Montils, cette nouvelle église est bâtie sur des ruines qu'elle va
ressusciter sous une autre forme, qu'ils sont touchants les sentiments que cette pierre
remue dans l'âme du fidèle !

« A ces ruines se rattachent les instants les plus solennels de la vie de mille générations.
La pose d'une première pierre devient ainsi le trait d'union entre les souvenirs du passé
qui disparaît et les espérances d'un avenir qui commence.

« Voici quelques détails intéressants sur cette imposante cérémonie.

« A l'heure des vêpres, une foule considérable se trouvait assemblée à l'église provisoi-

(1) Arch. municip. des Montils.

re. Bientôt arrivaient les autorités municipales, accompagnées de la fanfare des Montils et escortées des sapeurs-pompiers.

« M. l'abbé Doré, vicaire général et M. l'abbé Venot, secrétaire général de l'Évêché, délégués par Monseigneur, présidèrent les vêpres. A peine furent-elles commencées que toute la foule s'ébranla pour aller processionnellement vers l'église dont on devait bénir la première pierre.

« Au centre de la procession, qui s'avançait sur deux longues files, dans un grand recueillement, marchait la fanfare précédée de sa magnifique bannière de velours rouge, don de Mme l'amirale de Candé. Suivait le clergé dont faisaient partie MM. les Curés de Candé, Chailles, Ouchamps, Sambin et Monthou. Le célébrant portait une chape en drap d'or, donnée pour la circonstance par M. Laurand, maire des Montils.

« A la suite du clergé, venaient les autorités, ayant à leur tête M. le Maire. Les sapeurs-pompiers, commandés par M. Thireault-Bailly, adjoint, formaient la haie ; les hommes fermaient le cortège.

« Un grand nombre d'étrangers étaient venus pour prendre part à la fête. La foule était si grande que, la place ne suffisant pas pour la contenir, plusieurs personnes étaient montées sur des tas de pierres et même sur les arbres.

« Il convient de dire ici de quelle manière l'emplacement de la nouvelle église avait été préparé : on voyait distinctement les murs des fondations, les larges dessins de l'ensemble, la porte d'entrée, la séparation des nefs et le chœur, bien mieux qu'avec la sécheresse d'un plan marqué sur le papier.

« M. le Curé avait eu l'heureuse idée de compléter cette ébauche ; il avait été merveilleusement secondé par le zèle empressé d'un grand nombre de ses paroissiens.

« Pendant la semaine précédente, plus de vingt personnes furent occupées à faire des guirlandes et, le vendredi et le samedi, une dizaine d'hommes prêtèrent leur concours pour dresser les mâts et fixer les guirlandes.

« Trois grands arcs entourés de verdure et de fleurs représentaient l'entrée des trois nefs, ayant exactement la hauteur et la largeur des nefs à construire. Trente sapins très élevés, couronnés d'une oriflamme flottant au vent, marquaient la place des colonnes, et des guirlandes de feuillage, réunissant entre elles ces colonnes, permettaient en quelque sorte à l'imagination de se figurer les voûtes.

« La place de l'autel était marquée par une croix blanche de quatre mètres de haut sur laquelle se détachaient, comme une broderie, des roses alternant avec de gracieuses petites croix de verdure.

« Sous cette construction aérienne, quatre estrades avaient été dressées ; l'une en avant du clocher pour le clergé et les autorités ; deux à l'entrée des nefs latérales occupées, d'un côté par les chantres et les chanteuses, de l'autre côté par les personnes les plus sympathiques à l'œuvre, entre autres Mme la marquise de Sers et sa belle-sœur, Mme de Lavernède. Au pied de la croix, la quatrième estrade était réservée aux musiciens. Sur toute la longueur de la nef principale demeurée libre, s'échelonnaient les pompiers. M. le Curé prit alors la parole ; nous ne citerons ici que le texte de son discours : « *Et incidit illis consilium bonum, ut destruerint illud, ne forte illis esset in oppro-*
« *brium, et ædificaverunt sancta.* » (1. Machab. IV. 45-48) « Ils eurent la bonne pensée de
« détruire leur vieux temple, afin d'éviter le reproche de ne rien faire pour la gloire de
« Dieu, et ils se sont décidés à construire un nouveau sanctuaire » (1).

« Le discours terminé, le clergé se rendit à la croix pour la bénir, puis revint à la pierre placée à l'angle ouest du clocher ; alors furent récitées et chantées les prières liturgiques, qui offrent à la piété une ample matière à de saintes réflexions en nous montrant, dans cette pierre, l'image de la pierre angulaire, Jésus-Christ, et de cette autre pierre sur

(1) Ce discours se trouve dans la *Semaine religieuse* de Blois, année 1873, n° 22, p. 379.

laquelle Jésus-Christ a fondé son Église immortelle ; en lui retraçant les figures qui le représentaient déjà sous la loi de nature et dans la Synagogue ; en lui marquant par avance ses destinées glorieuses et salutaires ; en réunissant ainsi sur un seul point l'histoire entière de la Religion à travers les âges (1).

« Sur la base supérieure de la pierre, on avait pratiqué une entaille destinée à recevoir une plaque en cuivre qui portait les noms gravés du Curé, du Maire, des membres du Conseil de Fabrique, du Conseil municipal, de l'architecte et des deux entrepreneurs (2)

« La bénédiction du Très-Saint-Sacrement à l'église provisoire termina cette grandiose manifestation, qui vivra longtemps dans la mémoire de ceux qui en ont été les heureux témoins. » (3)

VIII

Noël 1873. — Première messe dans la nouvelle église (messe de minuit)

Les préparatifs de cette première messe furent considérables. Comme les ravalements n'étaient pas terminés, il fallut enlever tous les échafaudages, sortir tout le matériel, niveler la place qui n'était point encore pavée, construire un autel provisoire, emprunté au château de Madon.

Pour illuminer l'église, M. le Curé avait fait préparer dix sept-couronnes de lumière, contenant ensemble cent cinquante-six bougies. Les cordons doubles des deux arcades du sanctuaire et du chœur étaient garnis de bougies au nombre de quatre-vingts ; le fond était éclairé de vingt et une bougies.

En outre quatre grands candélabres en bois découpé portaient chacun treize bougies.

Dans la partie réservée de l'église, près de l'autel, on avait placé des chaises ; du côté de l'Épître pour le Conseil de fabrique ; du côté de l'Évangile, pour le Conseil municipal ; plus bas, des places avaient été réservées pour les principaux notables. Les musiciens se trouvaient au centre du chœur.

Il n'y a pas eu de communions à la messe solennelle ; elles n'ont eu lieu qu'à la deuxième messe.

La quête faite par Mme Jules Duchalais, d'Orléans, a produit 223 francs.

Après la messe du jour, M. le Curé a offert, au presbytère, un vin d'honneur.

_____

(1) La quête, faite par Mesdames Thireault-Bailly et Georges Chauvin, accompagnées de MM. Mayer et Bourbon, produisit 180 fr.

(2) On aurait voulu placer des monnaies d'or au millésime de 1873 ; M. le Curé ne put s'en procurer à Paris : on se contenta de quelques pièces d'argent.

(3) Abbé Wagner, professeur à l'École de Pontlevoy. (*Semaine religieuse* de Blois, année 1873 n° 17.

IX

15 Mars 1874. — Quête à Notre-Dame de Paris

Le gros œuvre de la reconstruction de l'église était achevé ; il fallait désormais penser à l'ornementation du nouveau sanctuaire et, par conséquent, trouver des ressources pour faire face aux dépenses.

Cette vaste entreprise eut pour point de départ un sermon à Notre-Dame de Paris. M. le Curé connaissait particulièrement le R. P. I. Mousabré, de l'Ordre des Frères-Prêcheurs, prédicateur de la station du Carême à Notre-Dame. M. l'abbé Morizot, archiprêtre de la cathédrale, accueillit fort aimablement la demande de M. le Curé présentée au nom du Révérend Père ; Mme la marquise de Sers qui fut l'âme de toutes les œuvres des Montils, s'empressa de donner son concours le plus désintéressé en se chargeant elle-même de trouver les dames quêteuses.

X

22 Juillet 1874. — Bénédiction de la nouvelle église

La décoration intérieure de l'église était ce qu'elle pouvait être ; on fit venir d'Ouchamps deux magnifiques lauriers en fleurs, hauts de quatre mètres. On les plaça sur une estrade de trois mètres, pour encadrer les deux angles de l'abside ; entre ces deux lauriers, étaient disposés gracieusement d'autres arbustes venus du château et de chez M. Mayer.

Comme l'entrée à l'église se faisait par la porte du latéral nord (1), une double haie de sapins, semés de roses, avait été dressée sur la place, jusqu'aux abords de la route.

La messe pontificale fut chantée par Mgr Soubiranne, évêque de Sébaste, en présence de MM. Doré, vicaire général, Venot, secrétaire général, Duloy, curé-doyen de Contres, Chauveau, curé-doyen de Bracieux, Plat, curé-doyen de Saint-Aignan, Grelat, curé-

(1) La grande porte était fermée à cause des travaux exécutés au clocher.

doyen de Selles-sur-Cher, Mollard, curé de Cellettes, Noury, curé de Candé, Launay, curé d'Ouchamps, Lalande, curé de Chailles, Churoux, curé de Sambin, Pilette, curé de Chitenay, Gendron, curé de Cormeray, Brunier, curé de Fougères, Guinebaud, curé de Seur, Mangot, curé de Bourré, Lizot, curé de Monthou-sur-Bièvre, Déjours, curé de Séris, Lubineau, curé d'Onzain, Colas, curé de Fontaine-en-Beauce, Brault, curé de N.-D. des Grouëts, Faralik, vicaire de Saint-Marc d'Orléans, Pilon, vicaire de Contres, Pasquier, vicaire de Saint-Nicolas de Blois, Tinchant, aumônier de l'Asile départemental, Wagner et Lizot, professeurs à l'école de Pontlevoy, de la Tocquenaye et Guillemeau, surveillants à l'école de Pontlevoy, Arnault, curé nommé de la Ferté-Beauharnais, Regnoul de Vins, Mercier, Hémery, élèves du Grand Séminaire de Blois.

À l'office du soir étaient présents le R. P. Monsabré, MM. Bourgeois, directeur et Delaunay, sous-directeur de l'école de Pontlevoy, Pornin, chanoine honoraire, Bisseau, curé de Saint-Romain, Cheveau, curé de Périgny, Meignan, curé de Monthou-sur-Cher, Gougeon, curé de Thésée, Monière, curé de Tour-en-Sologne, Meunier, curé de Chambon, Robillard, vicaire de la Cathédrale, Hervineau, vicaire de N.-D. de Saint-Vincent de Paul, Moreau, organiste de la Cathédrale.

Les chants furent accompagnés par M. le Curé d'Onzain, sous la direction de M. Walbin, maître de chapelle de la cathédrale.

Après la messe, il y eut un déjeuner de trente-huit couverts, en deux tables, au presbytère.

Le panégyrique de sainte Marie-Madeleine était annoncé pour 3 heures.

Pour s'assurer un bel auditoire, M. le Curé avait envoyé 140 lettres d'invitation dans tous les environs. On fit enlever les prie-Dieu pour donner plus de places ; les chaises de l'église des Montils et des particuliers, gracieusement offertes, ne suffisant pas, on en fit prendre à Candé et à Monthou, de sorte que l'on pût disposer de près de huit cents places : elles furent toutes occupées aux vêpres.

Le panégyrique fut splendide ; le R. P. Monsabré, se trouvant fort à l'aise dans une chaire improvisée, tint pendant plus d'une heure sous le charme de son éloquente parole, son sympathique auditoire ; tous étaient ravis et remportèrent un délicieux souvenir de cette belle fête religieuse, qui se termina par un salut solennel du T. S.-S.

La quête fut faite à la porte de l'église par Mmes Laurand et Dupuy-Mayer ; résultat : 661 fr. 80.

Le soir, M. et Mme Laurand réunissaient dix-huit personnes dans un très beau dîner.

XI

Décoration intérieure de l'église

LES AUTELS

1° L'autel majeur (en bois).

Construit en 1874 par M. L. Petit dans ses ateliers de mobilier d'église à Orléans, pour le prix de 1.000 francs payés par la fabrique et par M. le Curé.

2º L'autel du Sacré-Cœur inauguré en 1874.

Il a été exécuté à Tours dans les ateliers de M. l'abbé Brisacier, architecte diocésain et à coûté 920 francs. La moitié de la somme a été fournie par M. le marquis de Beaucorps et par M. le marquis de Sers ; le reste par M. le Curé.

3º L'autel de la Sainte Vierge fait en 1874 à Orléans par M. L. Petit, au prix de 1100 fr.

Il porte cette dédicace : « A la Mère admirable, offrande de nos cœurs dévoués et reconnaissants, les jeunes filles de la paroisse. »

Il fut dépensé, en 1879, 374 fr. 70 pour le complément de la décoration de la chapelle. Pour couvrir les frais en partie, une petite loterie avait été organisée par les soins empressés de deux jeunes filles : Mlles Louise Déchiron et Mariette Arnault.

LES STATUES

Dans l'ancienne église, il y avait trois statues : sainte Marie-Madeleine, patronne de la paroisse, saint André, deuxième patron et une Vierge Mère.

Ces statues en pierres finement taillées, d'une forte expression, de grandeur naturelle, sont placées, les deux premières, dans le sanctuaire de chaque côté de l'autel, et celle de la Sainte Vierge dans la chapelle latérale gauche.

Le 7 juin 1874, M. et Mme Jules Laurand offrirent à M. le Curé une très belle statue du Sacré-Cœur.

En 1873, les vignerons de la paroisse, désireux de doter notre église d'une nouvelle statue de saint Vincent, leur patron, se cotisèrent pour en payer le prix.

Elle fut solennellement bénite, le 22 janvier, avant la grand'messe, par M. l'abbé Tinchant, aumônier de l'asile départemental et le sermon fut donné par M. l'abbé Yvonneau, ancien curé de la Ferté-Beauharnais, retiré à Blois. Les enfants des vignerons chantèrent à la fin de la messe un cantique en l'honneur de saint Vincent.

15 décembre 1885. — Monument de la Sainte-Face. — La paroisse des Montils ne s'est pas contentée d'avoir un autel consacré au Sacré-Cœur, où chaque premier vendredi du mois la messe était dite accompagnée de chants.

La pieuse cérémonie se terminait par la récitation des Litanies de la Sainte-Face aux pieds du gracieux monument dû à la générosité de la famille Bonnigal.

LES VITRAUX

1873. — Les « Oculi », au nombre de 14, sont ornés de grisailles ; elles ont été faites par M. Jules Laurand, maire des Montils : il en fit gracieusement don à l'église ; il avait fait construire, dans l'orangerie du château, un four à cuire les vitraux ; c'est de là que sont sorties un grand nombre de verrières, dues à la générosité de cet infatigable travailleur.

5 août 1874. — Pose du vitrail de la chapelle de la Sainte Vierge, offert par les jeunes filles de la paroisse, avec cette inscription :

« A la Mère admirable, offrande de nos cœurs reconnaissants. »

1875. — Pose de la rosace du clocher et des grisailles de la chapelle du Sacré-Cœur, exécutées et données par M. Laurand.

La même année, pour le 1er novembre, les paroissiens des Montils furent agréablement

surpris de voir le grand vitrail du fond de l'abside, représentant *sainte Marie-Madeleine* au pied de la Croix et au-dessus trois panneaux de *la Sainte-Trinité*.

1877. — *Saint Louis.* — En souvenir des relations intimes, entretenues surtout avec son fils Ludovic, M. le comte de la Tocquenaye, de Guérande, a bien voulu doter l'église des Montils d'un beau vitrail représentant le saint roi Louis IX, portant la sainte couronne d'épines.

1889. — *Saint Antoine de Padoue.* — Le 4 juin 1889, M. Louis Souvent et Mlle Constance Moncomble offrirent, en souvenir de leur mariage, une belle statue de saint Antoine de Padoue.

1890. — *Sainte Anne.* — M. F. D. Bonnigal et Mlle Bonnigal eurent la bonne pensée de perpétuer le pieux souvenir de leur vénérable mère par l'offrande d'un vitrail représentant sainte Anne et la Sainte Vierge, sous la figure d'une jeune fille — Mlle Bonnigal — aujourd'hui religieuse de la Présentation de Tours.

1886. — Mme Henri Deschamps et son frère, M. Duchalais, M. Jules Duchalais, inspecteur des forêts, firent représenter dans un vitrail sous les traits du Pape Urbain II leur respectable père, Ursin Duchalais, ancien Président du Tribunal de Commerce de Blois. Ils remplirent le même devoir à l'égard de Mme Duchalais, morte en 1899 et représentée par un médaillon et sous la figure de sainte Marguerite, martyre.

1891. — *L'Ange Gardien.* — Madame Marguerite Kostzuska, petite fille de M. Prosper Mayer, notaire honoraire aux Montils, voulut donner aux Montils où elle est née un témoignage assuré de son affection pour cette paroisse par l'offrande d'un vitrail de l'Ange Gardien, protecteur de ses deux filles, Hedwige et Hélène.

1891. — *Baptême de N.-S. J.-C.* — La société de Secours Mutuels des Montils avait été placée sous le vocable de saint Jean-Baptiste ; elle fut heureuse de manifester ses sentiments religieux par un vitrail placé au-dessus des fonts baptismaux. Les noms des communes qui font partie de l'Association y sont inscrits : Les Montils, Candé, Valaire, Chailles, Seur, Monthou-sur-Bièvre.

Les frais furent couverts par une souscription faite entre les membres participants et honoraires et surtout par le généreux concours du président, M. le marquis de Sers.

1893. — *Saint Denis.* — La famille Bonnigal donna un second vitrail pour rappeler aux habitants des Montils les exemples d'une vie vraiment chrétienne, celle du saint homme M. Denis Bonnigal.

1901. — *Sainte Monique et saint Augustin.* — L'Association des Mères chrétiennes établie en 1901, par Mgr Soubiranne, évêque de Belley, fut très prospère pendant un certain nombre d'années ; au cours de cette heureuse période, les associées se cotisèrent pour payer un beau vitrail représentant sainte Monique et saint Augustin.

1905. — *Épure.* — Dans la fenêtre au-dessus du confessional, M. le Curé a fait placer 2 panneaux d'une étude pour la construction d'une église, don de M. Henri Dubois, architecte à Paris.

XII

Les écoles

Les archives locales, que nous avons examinées avec soin, nous fournissent peu de documents touchant l'instruction aux Montils avant 1789.

Cependant il devait y avoir deux écoles, comme le prouvent les actes suivants :

Pour l'école des filles, les registres paroissiaux nous ont transmis le mariage en 1707 de *Marie Cuvier*, « maîtresse d'école au Bourg. »

Quant à l'école des garçons, nous voyons en 1793, *Joseph Martin*, « maître d'école », nommé pour « rédiger les actes publics des citoyens. »

En 1813, à la séance du 14 mai, le maire déclare que « le peu d'instruction donnée aux enfans de la commune étoit dûe aux soins charitables de M. l'ex-Prieur des Génovefains *Chaubert* (1) qui enseigne gratis quelques petits garçons et filles.

« Plusieurs instituteurs se sont présentés ; mais n'ayant pas trouvé un nombre suffisant de souscripteurs pour pouvoir exister sans d'autres secours, ils ne se sont pas établis dans la commune.

« Le Conseil a voté à l'unanimité que des remerciemens seroient portés par deux de ses membres, qu'il a choisis, Messieurs de Candé et Dubois, à M. Chaubert et qu'il seroit invité à continuer ses bons soins aux enfans. »

Dans sa séance du 15 mars 1814, le Conseil « a vu avec peine que l'*instruction publique* n'étoit pas suivie dans cette commune, d'une part par le défaut de logement pour une installation et de l'autre pour le peu de ressources que l'instituteur trouveroit pour son existence, par un trop petit nombre d'écoliers.

« Cependant le Conseil ne perd pas tout espoir, se flattant que par le retour des Princes légitimes sur le trône, la nouvelle organisation du royaume pourra peut-être permettre l'établissement d'une institution si utile à la formation des mœurs et inspirer aux enfans, dès l'âge le plus tendre, tout le germe des sentimens qui doivent conduire les hommes à la pratique des vertus civiles, sociales et religieuses. »

Une école mixte fonctionna jusqu'en 1850. A cette époque, une école pour les filles fut créée par la famille de Terrouenne qui habitait le château moderne des Montils. La direction en fut confiée aux religieuses de la Providence de Ruillé-sur-Loir, au diocèse du Mans.

Le local où elles s'établirent était peu confortable, pour la classe comme pour le logement des Sœurs.

L'administration municipale chercha plusieurs fois à s'entendre avec la Communauté pour participer aux dépenses de l'école des filles. L'entente ne put se faire et la commune profita de l'établissement de l'école des religieuses jusqu'en 1880, sans débourser un centime.

(1) Les Chaubert étaient alliés à la famille Sebault, et par conséquent à celle de M. Paul-Boncour, ministre de la IIIᵉ République. Voir ci-dessous Appendice VIII.

Les frais généraux de cette école étaient couverts :

1º Par une rente annuelle de 300 fr. fournie par les fondateurs ;

2º Par la rétribution scolaire des enfants ;

3º Par les petits profits d'une modeste pharmacie.

Cet état de choses dura jusqu'en 1880, époque du grand mouvement de laïcisation, où une école laïque de filles fut construite aux Montils.

Depuis plus de deux ans le Conseil municipal avait voté la construction de cette école, ne voulant pas tenir compte des services rendus à la paroisse des Montils par les Sœurs qu'avait établies depuis trente ans dans la commune la famille de Terrouenne.

En présence de cette volonté du Conseil municipal, il devint urgent de pourvoir à la sécurité de l'établissement des Sœurs. La classe n'était pas conforme aux règlements scolaires ; il fallut donc aviser à une nouvelle construction ; ce fut l'œuvre de M. le Curé, aidé puissamment par les personnes influentes des Montils et par les châteaux de Madon et de la Chesnaye.

Les travaux de construction furent poussés rapidement et l'on put se préparer à l'inauguration de cette nouvelle classe ; Mgr l'Evêque de Blois avait fixé cette fête au dimanche 11 septembre 1881 ; là préparation fut digne du but que l'on voulait atteindre.

La décoration fut double, à l'église et à l'école. Toutes les dames des Montils ont travaillé pendant deux semaines pour cette fête.

A l'église, la décoration fut celle des jours de fête de l'adoration : massifs de fleurs de chaque côté du grand autel et tentures roses tombant de la voûte.

A l'école, la salle toute festonnée de guirlandes entrelacées de fleurs ; la façade, sur laquelle se détachait en lettres d'or : « Sub tuum præsidium confugimus, Maria, » avait aussi son ornementation de verdure.

Pour donner à cette fête un grand éclat et pour rendre la quête fructueuse, M. le Curé avait fait appel, pour le sermon, au zèle plein de talent de M. le chanoine Chevallier, qui a prononcé un très beau discours. Pour la partie musicale, M. Léon Jacquard, violoncelliste au Conservatoire de Paris, avait accepté l'invitation de M. le Curé ; cet éminent artiste était accompagné sur l'harmonium par Mme Léon Jacquard. Pendant le salut, Mme Eugène Salvat a chanté, avec M. Henry Dubois, architecte à Paris, un Ave Maria, et un O Salutaris qui ont vivement charmé le pieux auditoire ; les autres chants ont été exécutés par les jeunes filles et les chantres.

M. le Curé avait fait appel au dévouement de quatre quêteuses qui se sont acquittées de leur tâche avec un grand succès ; car elles ont recueilli la somme de 1705 fr.

C'étaient : Mesdames Bonnardel, à Chailles, Raoul Adeline, château de la Gendronnière, baronne Van Den Berck et Henry Dubois, château du Vieux-Pressoir.

Quand la cérémonie fut terminée à l'église, la procession s'organisa pour se rendre à l'école. Le temps qui, depuis le matin, n'avait cessé d'être pluvieux, laissa le soleil apparaître pour arriver à l'école. Là, Monseigneur fut complimenté par une jeune fille de l'école, Léa Habert ; après la réponse de Sa Grandeur, quatre petites filles : Marguerite Chauvet, Louise Bourgoin, Blanche Montprofit et Marie-Louise Archambault, âgées à peine de six ans, se sont présentées devant Monseigneur, tenant chacune un bouquet à la main ; sans crainte, et d'une voix assurée, elles ont récité un joli compliment qui a vivement impressionné toute l'assistance. La fête s'est terminée par une cantate en l'honneur de Monseigneur.

Malgré le mauvais temps, l'église était remplie ; toutes les paroisses des environs avaient envoyé ce qu'elles ont de plus recommandable par la piété et la situation sociale. Ces personnes étaient venues aux Montils, attirées par la présence de Monseigneur, par la grande réputation de M. Léon Jacquard, par l'éloquence de M. Chevallier et surtout par le désir d'affirmer leur vrais sentiments dans la grave question de l'éducation de l'enfance.

Etaient présents parmi le clergé :

MM. Venot, vicaire général, accompagnant Monseigneur, Lalande, supérieur du Grand Séminaire, Chevallier, chanoine de la cathédrale, MM. les Curés de Cellettes, Chailles, Seur, Chitenay, Fougères, Pruniers, Sambin, Monthou, Candé, MM. Caussanel, directeur de l'Ecole de Pontlevoy, qui avait chanté la grand'messe, et Wagner, professeur d'allemand à Pontlevoy, MM. de Bellaing et Minier, élèves du Grand Séminaire de Blois et Augis, élève du Grand Séminaire de Chartres (1).

16 *mars* 1883. — *Quête à Paris.* — M. le Curé toujours occupé de la ma son des Sœurs est allé à Paris pour organiser une quête, de concert avec Mme la marquise de Sers. Le sermon a été donné à la messe de 9 heures, en l'église de Saint-Pierre de Chaillot par le R. Père Lhuilier, de la Compagnie de Jésus. La quête a rapporté 1159 fr.

Jusqu'à ce moment, tout avait bien marché au point de vue administratif. L'année 1883 ouvrit l'ère des grandes difficultés.

Pour assurer l'avenir de l'école des Sœurs, il fallait préparer de nouvelles recrues pour l'école primaire : l'installation d'une école maternelle s'imposait.

Il fut donc décidé que l'on démolirait toute la façade de la vieille maison ; qu'on élèverait un étage sur le rez-de-chaussée, entièrement modifié par le rétablissement de la classe primaire, sur la rue, et transformé en asile pour recevoir les petits enfants.

C'est alors que les événements se précipitent : le 17 juin 1883, on demande à la Préfecture l'autorisation de reconstruire la façade sur la rue, selon le plan dressé en 1860 pour la traverse du bourg ; huit jours plus tard, le 23 juin, le Conseil municipal approuve un nouveau plan dressé par M. l'Ingénieur en chef.

Le 1er juillet, M. le Maire des Montils demande à M. le Curé un sursis pour attendre le résultat d'une enquête ordonnée par M. le Préfet ; le 5 juillet M. le Curé reçoit de la Préfecture une lettre qui lui apprend qu'il « est libre de construire la façade conformément au plan de 1860 ou d'attendre la décision du Conseil général touchant le plan dressé le 26 mai dernier par l'Ingénieur. »

Après avoir consulté M. Petit, chef de la 1re division des Bureaux de la Préfecture sur l'importance de cette lettre, M. le Curé fait savoir qu'il suivra le plan de 1860 ; il est alors autorisé à commencer les travaux et le 1er août les ouvriers se mettent à l'œuvre.

La besogne fut menée rapidement, puisque le 30 août tout était terminé.

Entre temps, le 24 août, dans sa première séance, le Conseil général approuvait un *nouvel alignement* qui soumettait la nouvelle construction à peine achevée à un reculement dérisoire de 0 m. 60 d'un côté et 0 m. 52 de l'autre.

L'approbation de l'Assemblée départementale détermina le Conseil municipal, vers la fin du mois d'août, à demander que le reculement de la façade de la maison des Sœurs fût immédiatement exécuté par voie amiable ou par voie d'expropriation.

Le premier moyen, proposé à M. le Curé, fut rejeté. Le Préfet ordonna une enquête qui fut dirigée par M. Horace Pelletier, et qui se termina, dans des conditions très favorables pour le maintien du statu quo, c'est-à-dire pour que la façade restât telle qu'elle venait d'être construite.

Il figurait au dossier, une série de documents rédigés en grande partie par M. Duchalais, ancien Président du Tribunal de Commerce de Blois, capables d'éclairer et de convaincre l'autorité supérieure sur les prétentions mal fondées du Conseil municipal. Le seul but de cette administration était évidemment d'empêcher la rentrée de la classe primaire et de l'asile des Sœurs, puisqu'on laissait, dans l'intérieur du bourg, sans les soumettre au reculement, plus de 10 maisons qui n'avaient pas autant de trottoir que la maison des Sœurs.

(1) Pour le compte-rendu de cette fête, voir un article de M. l'abbé Wagner, dans la *Semaine religieuse* de Blois, n° du 17 septembre 1881

Les travaux de la démolition et de la reconstruction de la façade — sur un reculement de o m. 60 d'une part et de o m. 52 de l'autre — furent rapidement exécutés et le 21 octobre Mgr l'Evêque revenait aux Montils pour bénir les nouvelles constructions.

21 *octobre* 1883. — *Bénédiction de l'asile.* — La bénédiction a été très solennelle. L'église était ornée comme aux jours de l'Adoration ; la nouvelle classe avait été très artistement décorée à l'intérieur, ainsi que la façade de la rue.

Monseigneur a présidé la cérémonie. M. l'abbé Chevallier, chanoine et vicaire général, a donné une instruction très intéressante, palpitante d'intérêt et d'actualité, sur l'instruction *laïque* et *obligatoire*.

Pendant le salut on a entendu 3 grands artistes de Paris : MM. Sighicelli et Hû, sur le violon et M. Derivis qui a chanté l'*O Salutaris* de Faure et un *Ave Maria* de Mendelsohn.

La première élève de l'école a félicité Monseigneur avant la bénédiction de la maison ; puis trois petites filles ont adressé un joli compliment à Sa Grandeur.

Il était 6 heures quand la cérémonie a été terminée chez les Sœurs.

La Révérende Mère Elisabeth, supérieure générale de la Congrégation de Ruillé, était venue prendre part à cette fête religieuse.

Etaient présents, dans le clergé :

MM. Venot, vicaire général, de Préville, aumônier des Carmélites de Blois, Caussanel, directeur de l'école de Pontlevoy, de Saint-Martial, aumônier de ladite école, Wagner, professeur à ladite école, MM. les curés de Candé, Chouzy, Chailles, Seur, Ouchamps, Monthou, Sambin, Pontlevoy.

La quête a produit 1.955 fr.

Quelques jours plus tard la classe primaire et l'asile ouvraient leurs portes pour recevoir de nombreux enfants.

Tout resta calme, à la surface du moins, jusqu'au 28 février 1884. Ce jour-là parut un décret signé du Président de la République, autorisant la commune des Montils, « à exproprier pour *cause d'utilité publique*, une parcelle de la façade de la maison des Sœurs, dans toute la longueur sur une largeur moyenne de o m. 56.

Il s'établit alors une correspondance très active entre M. de Terrouenne, propriétaire de l'immeuble, la Congrégation de Ruillé, M. l'architecte Lafargue, les avoués Beulay et Daget, le Bureau du Contentieux de la Société générale d'Education de Paris, et M. le curé, afin d'aviser aux différents moyens de sauvegarder tous les intérêts engagés dans cette affaire.

D'autre part, la municipalité agissait de son côté ; le 21 avril elle se faisait allouer la somme de 500 fr. pour payer une partie des frais de l'expropriation ; le 30 avril le Tribunal civil de Blois nommait le jury chargé de l'expropriation. Ce jury, présidé par M. le Juge de paix de Contres, était composé de 6 membres, maires et adjoints des communes voisines (1). Ce qui fit dire à Me Ernest Petit, défenseur des religieuses, au commencement de sa plaidoirie, cette spirituelle boutade : « Qu'auriez-vous pensé, Messieurs, si, à votre place, on avait nommé 6 curés ? »

La séance du jury eut lieu le 9 août, à la mairie des Montils ; M. le curé demandait 2.500 fr. ; M. le maire offrait 1.250 fr. ; le jury alloua 1.400 fr., « pour descendre et remonter la façade, en la reculant de o m. 60 d'un côté et de o m. 52 de l'autre. »

Quand l'affaire de l'expropriation fut terminée, une autre question surgit : *Qui était propriétaire de la maison occupée par les religieuses ?*

Pendant quatre ans, M. le curé eut à lutter contre le conseil de Préfecture, contre la direction de l'Enregistrement, contre le receveur des Contributions directes, contre le percepteur des Montils.

---

(1) MM. Dufresne, maire de Contres, Thibault, maire de Sassay, Corbin fils, maire de Fresnes, Alexis Bouché, adjoint à Seur, Jousselin, maire d'Oisly.

Ces diverses administrations avaient la prétention de justifier le bien fondé de l'imposition de mainmorte, parce que 1° on n'avait pas réclamé contre cette taxe ; 2° la donation avait été faite régulièrement et autorisée par un décret impérial de 1866.

Mais il manquait une pièce nécessaire aux agents du fisc : *L'acceptation par la Communauté de Ruillé, de la donation faite en sa faveur.* Les religieuses refusèrent toujours de signer cette acceptation, par conséquent, au point de vue légal, M. de Terrouenne n'avait point cessé d'être le légitime propriétaire ; c'était à tort que l'on faisait payer aux Sœurs l'impôt de mainmorte.

Toute la procédure se termina en 1907 par la décision du conseil de Préfecture remise à M. le curé par le directeur des Contributions directes. Cette décision datée du 28 septembre 1907 exonérait l'école libre du droit de mainmorte.

En 1903, les religieuses de la Providence de Ruillé-sur-Loir qui dirigeaient l'école libre des Montils, furent obligées, pour sauvegarder cette œuvre, de subir la dure nécessité de la sécularisation.

XIII

1882. — Nouvelle érection du Rosaire

Aussitôt après l'entrée dans la nouvelle église en 1874, la paroisse des Montils s'est rappelée l'érection du Rosaire faite en 1646.

La confrérie du Rosaire a été de nouveau érigée et instituée, à la chapelle de la Sainte Vierge, le 26 mai 1882, par le Frère H.-Marie de la Royère, dominicain, du couvent de Saint-Thomas, à Lille.

Depuis cette époque, jusqu'à la sécularisation des religieuses, la procession se faisait le premier dimanche de chaque mois, dans l'intérieur de l'église : on chantait les litanies de la Sainte Vierge ; les petits enfants de l'asile des Sœurs et les petites filles qui n'avaient pas encore fait leur première communion précédaient le clergé, ravis de porter des cierges pour les offrir à leur bonne Mère du Ciel.

XIV

2 octobre 1887. — Baptême de quatre cloches

L'an mil huit cent quatre-vingt-sept, le deuxième jour d'octobre, en la fête du Saint Rosaire, Sa Grandeur Monseigneur Laborde, évêque de Blois, est venu aux Montils pour bénir quatre cloches.

La cérémonie religieuse a commencé à 3 heures, par le chant des vêpres pontificales. Après le *Magnificat*, M. l'abbé Bontant, directeur de l'Ecole de Pontlevoy, est monté en chaire et a fait un discours de circonstance. Le sermon terminé, Monseigneur a procédé à la bénédiction des cloches qui ont reçu les noms suivants :

La 1re *Henriette-Marie*. Parrain, M. le marquis de Sers ; marraine, Mme la marquise de Sers.

La 2e *Julie-Marie-Céline*. Parrain, M. Jules Duchalais ; marraine, Mme Laurand-Vignat.

La 3e *Louise-Victorine*. Parrain, M. Abel Michelet ; marraine, Mme Louise Desgrois.

La 4e *Marie-Ernestine*. Parrain, M. Edgar Domet ; marraine, Mme Ernestine Dupuy-Mayer.

Ont signé au registre de la Fabrique :

Mgr Laborde, MM. Lalande, Supérieur du Grand Séminaire, de Préville, aumônier du Carmel, Bontant, directeur de l'Ecole de Pontlevoy, Wagner, sous-directeur, Clément, préfet des études, Mercier, économe ;

Mesdames les quêteuses : Mme la marquise de Perrigny, Mme Eugène Deschamps.

Les membres du Conseil de fabrique : MM. Bourbon, Bonnigal, Tachaux, Auger, Duchalais ; MM. les curés de Chaumont, Candé, Chailles, Seur, Ouchamps, Feings, Chouzy, Sambin, Monthou-sur-Bièvre, Huisseau-en-Beauce, premier maître de M. le Curé ;

Les principaux notables des Montils : MM. Boutroux, ancien notaire, docteur Delalande, Laurand, ancien maire, Dupuy-Mayer, Blondel ;

Le personnel de l'église : Chantres : MM. Henry Benoist, André Leveau, André Masnière, Eugène Germain, Jules Crouteau ; Appariteur : Gabriel Potereau ; Bedeau : Leveau-Fariau.

Foule considérable d'autres signataires présents à la cérémonie, principalement :

MM. Legendre, minotier à Chartres, Rivière, agent d'assurances, marquis de Perrigny, de Saint-Julien, du château de Savonnières.

XV

1896. — Mission prêchée aux Montils

Le dimanche 8 novembre 1896, le Révérend Père Ladislas, des Capucins de Blois, annonçait solennellement, dans un discours apostolique, que les grâces d'une mission étaient offertes aux habitants et les invitait à venir nombreux en profiter.

Si le costume austère du missionnaire excita la curiosité, la simplicité, le charme de sa parole attirait les cœurs, la force de ses convictions pénétrait les âmes. Aussi chaque jour, un auditoire de plus en plus nombreux répondant à son appel remplissait l'église devenue trop étroite.

Trois conférences spécialement destinées aux hommes obtinrent un succès imposant.

La consécration de toute la paroisse à la Sainte Vierge, précédée d'une charmante procession des enfants à travers les rues du bourg, marqua le second dimanche ; puis le jeudi suivant fut choisi pour célébrer la fête annuelle de l'Adoration. L'église splendidement décorée par des mains habiles, avait aussi conservé le trône élevé au-dessus du maître-autel en l'honneur de la Sainte Vierge, dont les fleurs et les lumières entouraient celui de Jésus-Hostie. Les mélodies douces remplacèrent les cantiques graves des jours de mission ; la parole ardente du Révérend Père enflamma tous les cœurs pour Jésus dans son Sacrement.

Que dire de la procession au cimetière, où le souvenir des séparations douloureuses fit couler bien des larmes, et gagna des prières aux âmes délaissées depuis longtemps ?

Pour terminer le troisième dimanche, une cérémonie de réparation eut lieu à la réunion du soir ; le Saint-Sacrement porté processionnellement aux reposoirs dressés près des fonts baptismaux et du confessionnal, reçut l'amende honorable pour les parjures aux promesses du baptême, et les sacrilèges commis au tribunal de la Pénitence.

Comment décrire maintenant cette magnifique cérémonie de la Confirmation qui clôtura la Mission, les décors multiples qui ornaient l'église, les chants si bien interprétés par les jeunes filles et par de gracieuses artistes dont la modestie égalait le talent ?

La brillante fanfare des Montils s'était empressée de concourir à l'éclat de la fête, en faisant retentir les plus beaux morceaux de son répertoire.

Monseigneur, dont la grâce faisait encore ressortir la bonté, voulut bien passer la journée parmi nous, recevoir à l'école des Sœurs les compliments des grandes élèves et des petits enfants qui se pressaient nombreux autour de Lui ; puis rentrer à l'église où une cérémonie touchante l'attendait encore : bénir une belle statue de saint Pierre, offerte par les paroissiens à leur curé, comme souvenir reconnaissant des 25 ans passés au milieu d'eux.

Après le départ de Sa Grandeur, une dernière réunion ramenait au pied de la chaire les habitants avides de recevoir les derniers avis de leur regretté Missionnaire et lui dire avec Monsieur le curé : Au revoir, bon Père, semeur infatigable de la parole divine, vous reviendrez parmi nous, recueillir les fruits de vos travaux sur la terre que vous avez si bien préparée, en attendant que nous nous retrouvions tous un jour au Ciel.

XVI

31 décembre 1899. — La Messe de minuit

Un changement d'année ne laisse jamais indifférent. Cette année-ci pourtant l'émotion devait être plus grande que de coutume. Était-ce à cause du fracas du tonnerre, du ronflement de la grêle qui ont accompagné le départ de 1899 pour l'abîme du passé ? Non, mais cette fin d'année, passée aux pieds des autels, ces prémices d'une année nouvelle, offertes à Dieu avec la Sainte-Hostie avaient quelque chose de grand, je dirais presque de troublant.

Beaucoup de paroisses ont dû donner aux Anges de bien beaux spectacles, mais peu, je crois, ont pu surpasser celle des Montils. Répondant à l'appel de leur zélé pasteur, les paroissiens étaient accourus très nombreux, presque trois cents, pour pleurer les fautes de l'année expirante, et saluer pleins de confiance celle qui allait naître.

Durant la messe, célébrée devant le Très-Saint-Sacrement exposé, au milieu du plus grand recueillement, le chœur a exécuté avec beaucoup d'entrain les morceaux liturgiques de l'ordinaire de la messe. A l'offertoire, à l'élévation, puis tandis que le célébrant distribuait la communion, une voix bien connue et aimée de tous ceux qui assistent aux belles cérémonies paroissiales des Montils est venue ranimer la piété des assistants. Aussi tous les cœurs purent sans effort répondre à l'invitation de Monsieur le curé, d'offrir la première prière faite en commun, un *Pater* et un *Ave*, pour toutes les familles représentées par quelques-uns de leurs membres à cette première messe de l'année.

Et je ne gagerais pas que si le guetteur, éveillé par les chants, fut descendu de sur le vieux castel à deux heures du matin, il eût trouvé toutes les lumières éteintes et toutes les bouches closes. On a tant de souhaits à se faire à l'an neuf.

Encore une belle page à ajouter au livre d'or déjà compact de la paroisse des Montils (1).

XVII

25 mai 1902. — Inauguration d'une nouvelle chaire

Une grande fête religieuse eut lieu le 25 mai 1902 pour l'inauguration d'une nouvelle chaire due à la générosité de Mme Dupuy-Mayer, et construite par M. L. Bérard, sculpteur, à Orléans.

La cérémonie fut présidée par Mgr l'Évêque de Blois et le sermon donné par M. l'abbé Poulin, deuxième vicaire de Sainte-Clotilde à Paris.

M. l'abbé Champain, supérieur de l'École de Pontlevoy, ami de M. le curé, avait bien voulu envoyer pour la fête des Montils, l'orchestre du collège sous la direction de M. Alfroy, officier de l'Instruction publique, ancien 1er violon des Concerts Colonne, professeur à l'école.

Un très beau programme musical fut exécuté avec le gracieux concours de Mme Bonnigal, de Vendôme ; avec la voix puissante et harmonieuse de M. l'abbé Michau, professeur au collège, et avec la participation de la fanfare des Montils.

Dans les paroisses voisines, on avait répondu avec empressement aux invitations qui avaient été adressées à un grand nombre de personnes.

La quête a été faite par Mlles Marthe Dubois (remplacée par Mlle de Froberville), Hedwige Koszutska, Madeleine Salvat, Germaine de Fougères (remplacée par sa sœur Jacqueline) et a rapporté 122 fr. 70.

Un banquet de 40 couverts fut servi au presbytère en 2 tables, l'une dans le salon et l'autre dans la salle à manger.

(1) *Semaine religieuse* de Blois, 1900, n° 4.

Voici le programme musical :

1. *Le Roi Soleil* . . . . P. WACHS.
   Marche par l'orchestre de l'école de Pontlevoy.
2. *Prière à la Vierge* . . . . Cl. BATTA.
   Madame Bonnigal.
       Solo de violoncelle par M. R. Daridan.
3. SERMON.
4. *Sérénade* pour quatuor à cordes . . . . J. HAYDN.
5. *Ave Maria.* . . . . NIEDERMEYER.
   M. l'abbé Michau.
6. *Panis angelicus* . . . . C. FRANCK.
   Madame Bonnigal.
       Solo de violon par M. Alfroy.
7. *En rêvant* . . . . G. LEMAIRE.
   Orchestre.
8. *Tantum ergo* . . . . VERVOITTE.
   M. l'abbé Michau.
9. *Laudate* . . . . GOUNOD.
   Madame Bonnigal et les chœurs.
10. *Marche des Rois Mages* . . . . CONDAMIN.
    Orchestre.

XVIII

La séparation de l'Eglise et de l'Etat aux Montils

30 mai 1905. — Mgr l'Evêque écrit aux curés du diocèse, pour les engager à tenir en règle les inventaires des meubles et objets d'art contenus dans les édifices religieux.

7 juin. — Les Inventaires. — Dans la délibération du conseil de Fabrique, le président déclare :

1° Qu'il n'y a point d'œuvres d'art dans l'église des Montils, ni dans la sacristie ;

2° Que le dernier inventaire a été dressé le 2 juin 1905 ;

3° Que le conseil, en ce qui regarde le dépôt à la mairie, d'une copie de l'inventaire, s'en tiendra strictement au décret de 1809. L'article 55 visé par M. le Ministre, ne parle aucunement de cette remise.

Le conseil décide de faire parvenir une copie de cette délibération à Mgr l'Evêque qui la communiquera à M. le Préfet.

22 février 1906. — M. le directeur des Domaines à Blois fait savoir à « M. le Desservant des Montils de bien vouloir assister ou se faire représenter à l'inventaire descriptif et estimatif des biens mobiliers et immobiliers dont la Fabrique paroissiale des Montils a la propriété ou la jouissance, le 10 mars 1906. »

La double notification a été faite par le garde-champêtre à M. le curé qui a refusé de signer cette notification.

Le 4 mars, premier dimanche de carême, M. le curé a lu en chaire l'avis suivant :

« Tout le monde sait ce qui se passe en ce moment, dans toute la France, au point
« de vue religieux.

« Toutes les paroisses, depuis la plus grande jusqu'à la plus petite, sont soumises
« à un inventaire des objets qui concernent les nécessités du culte et l'ornementation
« de l'église.

« Pour les Montils, cet inventaire est fixé à samedi prochain à 10 heures.

« Tout ce qui est dans cette église vous appartient, soit personnellement, soit par
« des souscriptions, soit par des quêtes. Vous avez donc le droit et le devoir de vous
« intéresser à cette opération.

« En conséquence, j'invite toute la paroisse à ne pas manquer à ce rendez-vous
« religieux.

« Les hommes y assisteront avec calme et en silence ; les femmes, les jeunes filles et
« les enfants réciteront le chapelet.

« Après l'opération, je donnerai le salut du T. S. S. »

10 mars. — Les deux portes de l'église étaient fermées ; le conseil de Fabrique s'est
présenté à 10 heures à la porte du clocher, en face de M. le percepteur des Montils,
accompagné de son clerc ; la foule assez nombreuse se tenait recueillie sur la place.

Alors, M. Duchalais, président du conseil de Fabrique, fit la déclaration suivante :

« Nous, soussignés, président du bureau des marguilliers et membres du conseil,
« nous demandons : 1º la justification du mandat, en vertu duquel les agents des Do-
« maines se disposent à opérer et la lecture à haute voix ;

« 2º Faisons réserve absolue des droits de l'établissement fabricien et nous déga-
« geons de toute adhésion à la loi de Séparation du 9 décembre 1905 ;

« 3º Déclarons que nous ne voulons coopérer en rien à l'opération que les agents vont
« accomplir ; nous sommes ici comme de simples témoins ;

« 4º Déclarons que les représentants de l'Administration civile n'ont aucun man-
« dat légal pour dresser l'inventaire ; la loi du 9 décembre — art. 3 — ne parle que des
« agents du Domaine ;

« 5º Les objets appartenant à des tiers ne doivent pas être compris dans l'inventaire;

« 6º Nous demandons une double minute des opérations ;

« 7º Nous réclamons l'insertion de tout ce qui précède dans l'acte rédigé par les
« agents. »

Quand le percepteur eut justifié de son mandat, le président du conseil fit la déclaration suivante :

« Nous, soussignés, curé et membres du conseil de Fabrique de la paroisse des Mon-
« tils, déclarons qu'en nous rendant à la convocation qui nous a été faite, nous n'enten-
« dons nullement donner notre approbation à la loi de Séparation, ni acquiescer à
« l'aliénation même d'une partie, si minime soit-elle, des biens de la Fabrique ou à leur
« transmission, questions réservées au Souverain Pontife. »

C'est alors que le président du bureau a lu et présenté au percepteur la liste des
*objets offerts et donnés à M. le curé par des tiers, à l'usage du culte et pour la décoration de
l'église et qui n'appartiennent pas à la Fabrique* .

Objets offerts et donnés par des tiers, à M. le curé des Montils, pour la décoration de
l'église et l'usage du culte, et qui *n'appartiennent pas* à la Fabrique :

1º Dans l'église :

3 cloches ;

Les vitraux et les grisailles. — Les ex-voto ;

L'autel du Sacré-Cœur ;

L'autel de la Sainte Vierge ;

Les couvertures des 3 autels ;

Deux couronnes en cuivre doré de 18 lumières ;

Les statues *du Sacré-Cœur, de saint Vincent, de saint Antoine, de l'Immaculée-Conception, de Bernadette, de l'Enfant-Jésus* ;

Les lampes du Sacré-Cœur, de la Sainte Vierge ;

La chaire — 3 grilles ;

Le monument de la Sainte-Face ;

Toutes les chaises neuves payées par les occupants ;

Les fonts baptismaux ; l'harmonium de la chapelle de la Sainte Vierge ;

2 tableaux ;

16 appliques à 5 branches.

2° Dans la sacristie :

1 ornement en drap d'or ;

1 chape en drap d'or ;

Fleurs artificielles ;

Vases pour les fleurs artificielles ;

Vases pour les fleurs coupées ;

Un Thabor — une grande caisse.

Le président du conseil et le président du bureau des marguilliers ont déclaré que tous les objets désignés ci-dessus ont été offerts et remis à M. le curé par les propriétaires qui, seuls, pourront les revendiquer et les enlever de l'église, quand bon leur semblera, avec le consentement de M. le curé.

M. le curé adresse en ce moment au percepteur la protestation suivante :

« Monsieur, je commence par déclarer que votre personne n'est pas en cause, mais « qu'on vous oblige à une triste besogne.

« Je proteste donc contre votre présence dans cette église, parce que :

« 1° Vous êtes un agent des Finances, et que l'article de la loi du 9 décembre 1905 « réclame, pour l'inventaire, la présence d'un agent des Domaines.

« 2° Parce que votre commission est sans valeur, puisque tous les objets qui sont « dans cette église n'appartiennent ni à l'État, ni au Département, ni à la Commune, « mais qu'ils sont la propriété incontestable des catholiques de cette paroisse.

« Je proteste contre l'inventaire en mon nom et au nom de tous mes paroissiens qui « m'ont donné les objets mentionnés à la présente déclaration.

« Je proteste contre l'injure qui est faite aux membres des conseils de Fabrique que « l'on veut considérer comme incapables de gérer les affaires religieuses des catholiques « de leur paroisse.

« Je proteste contre l'affirmation qui consiste à dire qu'il faut obéir à la loi ; oui, il « faut obéir à la loi, quand cette loi repose sur les principaux fondements admis par la « conscience humaine, qu'elle est conforme à la morale pratiquée par les honnêtes « gens et qu'elle est établie pour sauvegarder les droits et les intérêts de tous les citoyens.

« Je proteste enfin contre l'interprétation de la loi qui prétend que l'inventaire n'est « qu'une simple formalité, sans conséquence dangereuse, tandis qu'il est sage de le « considérer comme le prélude de la spoliation.

« En conséquence, le conseil de Fabrique et moi, curé de cette paroisse, nous vous « déclarons que nous ne vous reconnaissons pas le droit d'inventorier les objets qui « nous appartiennent, que nous ne devons, ni ne pouvons, ni ne voulons coopérer, en « quoi que ce soit, à votre opération, réservant notre liberté de faire valoir nos droits « de propriété et ceux des tiers qui nous ont confié leurs intérêts.

« Enfin nous vous déclarons que nous ne répondrons à aucune question et que nous « ne signerons rien. »

Le percepteur procède alors à l'inventaire. Quand il est terminé le président du conseil fait la déclaration suivante :

« Le présent inventaire est établi tous droits et moyens de l'Etat et des parties ré-
« servés.

« En outre, les réserves les plus expresses sont faites :

« 1° Quant à l'estimation des objets mobiliers et des immeubles décrits au présent
inventaire, cette estimation faite par l'agent des Domaines, seul, par conséquent non
contradictoire, non acceptée par les parties, n'étant opposable, en aucun cas aux signataires et 2° quant au classement des biens effectué en vertu de l'article 6 du décret
du 29 décembre 1905. »

29 *novembre* 1906. — M. le maire communique à M. le curé une note de la Préfecture
indiquant les formalités à remplir par les représentants des établissements ecclésiastiques
supprimés. Par une circulaire du 13 décembre 1906, les établissements ecclésiastiques
n'auront plus d'existence légale ; les archives devront être déposées entre les mains du
séquestre ;

Le trésorier marguillier devra remettre, au bureau de ce fonctionnaire, les fonds,
valeurs, titres de propriété et de créance, etc. ;

Les représentants légaux de l'établissement public du culte engageront gravement
leur responsabilité en ne se conformant pas à ces prescriptions légales.

Cette circulaire ne fut pas appliquée aux Montils.

13 *décembre* 1906. — Un arrêt préfectoral déclare : « Les espèces en caisse : rentes
3 °/₀ 47 fr. n° 682,961, ayant appartenu à la Fabrique paroissiale des Montils, sont placées sous séquestre à partir de ce jour. »

En même temps, un autre arrêt déclare *néant* pour la mense succursale.

24 *décembre* 1906. — Le receveur des Domaines, en résidence à Contres, invite M. le
curé des Montils à lui remettre où à lui faire parvenir, dans le délai de 8 jours, sous les
peines de droit, les espèces, valeurs, titres et autres documents dont il serait dépositaire
en sa dite qualité.

— Rien n'a été envoyé.

XIX

Cinquantenaire de la compagnie des sapeurs-pompiers

Le dimanche 25 avril 1897, la commune des Montils était en fête : l'excellente compagnie de sapeurs-pompiers fêtait son cinquantenaire. Ce n'est pas chose commune, surtout quand il s'agit du cinquantième anniversaire de la fondation d'une compagnie
de sapeurs-pompiers : c'est un spectacle touchant et fortifiant.

Dans les rues, se dressaient des sapins fleuris, s'il vous plaît, de lilas et de glycines ;
au sommet de mâts vénitiens, flottaient gaiement des oriflammes tricolores ; çà et là
des banderoles de feuillage coupaient la route. Auprès de l'église, le vieux porche
rajeuni, avait revêtu une parure verdoyante, au milieu de laquelle se détachait, entouré
de drapeaux, un écusson sur lequel on pouvait lire, entre deux dates : 1847-1897, ces
mots : « *Sécurité, Dévouement, Courage, Sacrifice.* »

L'église avait revêtu, elle aussi, sa plus belle parure : aux piliers, des écussons de la

Croix-Rouge, surmontés de trophées tricolores. Çà et là des devises résumant la mission et les croyances des braves pompiers : Sécurité, Dévouement, Sacrifice, Courage, Foi, Fidélité.

Du sommet de l'église, formant un dôme de verdure, se détachaient quatre guirlandes de fleurs et de feuillage.

La pompe était là toute enchâssée de verdure et parée pour la bénédiction, et le chœur brillait de mille feux.

Aux premiers rangs, tous les membres de la Compagnie au complet, les *héros* de la fête, entourés des membres honoraires, de M. Thireault, maire des Montils, et de sept membres du conseil municipal.

La coquette église des Montils est trop petite pour contenir l'assistance ; elle était littéralement bondée d'une foule recueillie qui débordait jusqu'à la place.

Après l'évangile, le R. P. Mouti, directeur de l'école de Pont-Levoy, prit la parole ; son allocution fut aussi vibrante qu'élevée ; il remercia d'abord tous ceux qui avaient concouru à l'éclat de la cérémonie ; puis faisant l'éloge du dévouement — cette qualité des peuples forts — il parla de l'héroïsme de ceux qui s'exposent, pour leur pays, sur les champs de bataille et de cet héroïsme plus modeste, mais non moins beau, dont les pompiers chaque jour donnent l'exemple. Il retraça également un historique fort intéressant de ce corps d'élite dont la création est due aux Romains et que Clotaire II devait implanter en France.

A l'offertoire, la fanfare fit entendre un de ses meilleurs morceaux.

Après l'élévation, Mᵐᵉ Marchand, très délicatement accompagnée par Mˡˡᵉ Mathilde Bourbon, chanta dans la perfection le bel *O Salutaris* de Gounod. Entre temps, une quête fructueuse fut faite par Mᵐᵉ Dubois, du Vieux-Pressoir.

Quand la pompe fut bénite, la foule s'écoula lentement, ravie d'avoir assisté à une aussi belle cérémonie.

Après une journée ensoleillée, un banquet cordial a réuni près de 100 convives à l'*Hôtel de la Croix-Blanche*, dans une salle décorée avec un goût parfait, sous la direction de M. Albert Thireault.

Le menu était excellent.

Le banquet était présidé par M. Corset-Guillon, le digne capitaine des pompiers, ayant à ses côtés M. le maire, M. Duchalais, en face de lui ses quatre collègues, les braves commandants des compagnies de pompiers de Candé, de Monthou-sur-Bièvre, de Chailles et d'Ouchamps, courtoisement conviés à ces agapes fraternelles.

Au dessert, une surprise charmante : deux jeunes filles s'avancent ; elles portent un magnifique bouquet qu'elles offrent à M. Léandre Archambault, adjudant de la compagnie, un de ses rares fondateurs, aujourd'hui, en 1897, âgé de 70 ans, mais toujours vert quant même.

Notons aussi, près de M. Archambault, M. Blaise Amiot qui, par un long dévouement, a mérité le titre de « pompier honoraire. »

Tour à tour, au champagne, M. le maire et M. le commandant portèrent des toasts à M. Archambault, lui souhaitant même d'assister au centenaire de la compagnie !

Ça ne serait pas banal.

XX

L'Usine électrique

Les Montils ont vu se fonder, depuis peu, un établissement qui est de grande importance pour le développement industriel de tout le pays blésois : l'usine électrique (1).

Elle appartient à la société Charles Lefebvre et Cⁱᵉ, qui siège, au capital d'un million de francs (2), à Paris, 96, rue de la Victoire.

Quels motifs désignèrent les Montils aux ingénieurs qui cherchaient l'endroit où ils placeraient le nœud des fils conducteurs de l'électricité ? L'usine devait assurer deux services par l'énergie qu'elle promettait de fournir. Elle devait, d'abord, satisfaire aux besoins du tramway qui va de Cléry à Amboise, sur la rive gauche de la Loire, en traversant les Montils, et qui va des Montils également à Selles-sur-Cher (3). Elle devait, ensuite, répandre l'électricité, pour la lumière et pour la force motrice, dans les communes qui sont inscrites sur la carte que nous ajoutons ici. Les Montils apparaissaient le point le plus central du réseau électrique, et ils joignaient à cela qu'ils se trouvaient à l'endroit où la ligne du tramway de Selles-sur-Cher se lie à celle du tramway d'Amboise à Cléry. Là encore, cette ligne franchissait le Beuvron. Il y aurait, de ce fait, pour l'usine, un double avantage. Elle recevrait de la rivière l'eau qu'il lui faudrait pour sa machinerie, et du tramway le charbon qui lui serait tout aussi nécessaire. Jeter un pont sur le Beuvron obligeait d'élever un immense remblai. Construire l'usine demandait une plate-forme pour l'y asseoir. Ôtée d'une part, la terre serait entassée de l'autre. Le remblai aiderait la plate-forme à s'établir aux moindres frais.

Tout le mérite de ce choix et de cette heureuse économie appartient en propre à M. Lefebvre non moins qu'aux ingénieurs dont il reçoit les services. L'État français, une fois de plus, ne se montrera ici que pour nuire. Aux chapitres précédents, qui traitent de la religion et des écoles à l'époque contemporaine, on l'a vu se dresser contre l'intérêt général, puisque, du point de vue simplement positif et réaliste, en dehors de toute considération des fins spirituelles, la persécution religieuse est une cause de troubles et de désordres dans la société, car les écoles privées allègent l'État du fardeau, qui lui incombe, de l'instruction publique, pour autant qu'elles s'en chargent : il devrait donc fuir l'une et protéger les autres comme ne manque pas de faire l'État anglais ou l'État américain. Dans l'ordre industriel, il ne s'est pas montré moins inférieur à sa tâche. L'administration des Ponts et Chaussées prétendait que l'usine fût édifiée à Blois. Elle choisissait, au détriment des Montils, « un très mauvais emplacement » (4).

---

(1) Deux lettres, en date des 26 février et 6 mars 1912, que la direction de l'usine a bien voulu nous adresser, nous ont fourni les renseignements contenus dans ce chapitre.

(2) Tel est, officiellement, le capital social ; mais le capital réel dépasse certainement de beaucoup ce chiffre, puisque nous verrons dépenser, rien que pour l'usine des Montils, plus d'un million et demi de francs.

(3) L'usine doit encore desservir la ligne d'Oucques à Châteaudun.

(4) Expression même du rapport qui sert à rédiger ce chapitre.

Les travaux commencèrent à la fin de janvier 1911. Le plus grand œuvre était de déblayer 40.000 mètres cubes de terre. Ils furent enlevés à l'excavateur. Fonder les piles du pont, dans le Beuvron, put se faire en de bonnes conditions, au moment des basses eaux. A tout cela furent employés une centaine d'ouvriers, en moyenne. On évalue la dépense à la somme d'un million et demi de francs, en y comptant le prix du pont. Dès le 30 novembre 1911, l'usine, qui ne sera parachevée que dans le milieu de l'année 1912, pouvait jeter sur les fils un courant électrique. Elle en reçoit la plus grande partie d'une autre usine, élevée au sud de Châteauroux, sur la rivière de la Creuse, dont l'eau engendre l'énergie électrique, qu'un transport de force, à 33.000 volts, amène aux Montils, en une quantité presque suffisante aux besoins de tout le réseau. Les heures de plein feu sont les seules à mettre en marche l'usine des Montils et à réclamer qu'elle fournisse un complément d'énergie.

Elle est à vapeur. Le charbon indispensable à la vie de ses moteurs lui est apporté par le tramway de Selles à Blois. Elle est raccordée à ce tramway. On estime que de 5 à 600.000 kilowatt-heures peuvent être produits à l'année. Ce chiffre s'accroîtra si de nouvelles industries prennent racine dans la région.

L'établissement disposera d'un budget qui soldera 150.000 francs de dépenses annuelles ou environ, non compris, dans cette somme, l'amortissement ni les grosses réparations. Les administrateurs et les ouvriers, qu'il s'attachera définitivement, ne seront désignés qu'au terme des travaux.

L'usine des Montils n'a-t-elle d'intérêt que pour cette localité, et au seul point de vue de l'industrie et du commerce ? Par le service qu'elle se propose d'assurer, elle exercera dans l'avenir sur la vie sociale une influence dont il nous faut envisager les effets avec les penseurs de notre temps. Que l'électricité porte la force motrice à domicile, dans chaque intérieur, même le plus rustique, et c'est le travail dans la famille qui se rétablit, tel que l'avait connu le Moyen-Age. Elle laissera reparaître ces conditions de travail plus salutaires à l'ouvrier, qu'avaient supprimées les découvertes mécaniques du XIXᵉ siècle, au grand dommage de la morale comme de l'ordre social et chrétien. Ainsi le machinisme, en se développant, aura défait lui-même l'état social qu'il avait fait naître avec l'aide du capitalisme : ce flux et ce reflux, qu'il est visible souvent à l'œil qui embrasse l'histoire de l'humanité ! Diminution donc, pour l'industrie, des grandes concentrations humaines, voilà ce qu'il faut prévoir. Joignez à cela le syndicalisme qui, avec bien des heurts et bien des cahots, aveugle devant le but que lui-même poursuit, et vers quoi le pousse la nature des choses, coagule, unit, rassemble les travailleurs, pour des intérêts qui leur sont communs, bannit l'isolement artificiel que leur avaient imposé les lois révolutionnaires et tend, bon gré mal gré, à ce principe d'union que les siècles passés, en des circonstances et en des conditions qui furent autres, avaient appelé *la corporation*. Il craque de toutes parts, le régime social qu'avaient maçonné la doctrine libérale et le capitalisme. Cet ébranlement de l'édifice construit par la Révolution et l'Empire, l'historien le constate impartialement, qu'on le déplore ou qu'on s'en réjouisse, avec la même sérénité qu'il a vu, par exemple, la fin du Moyen-Age ou de l'Ancien Régime.

Ainsi les Montils, dont nous avons suivi le sort jusqu'à l'aube tourmentée de ce XXᵉ siècle, vont-ils entrer dans un monde nouveau, pour une destinée dont Dieu sait les hasards et les traverses, et pour une durée dont sa Providence a marqué le terme : car Lui seul survit aux convulsions des sociétés et aux écroulements des empires. *Ipsi peribunt*, a dit le Psalmiste, *Tu autem permanes... sicut opertorium mutabis eos et mutabuntur. Tu autem idem ipse es et anni tui non deficient* (Ps. CI, 27, 28). « Seigneur, ils finiront, mais Vous, vous resterez... vous les roulerez comme un tapis et ils seront changés. Mais, Vous, vous êtes toujours le même et vos années n'auront point de couchant... »

Qu'ils le sachent bien, nos chers paroissiens, quelles que soient les circonstances que cette époque nouvelle leur réserve, ils ne trouveront la paix et le bonheur qu'en obser-

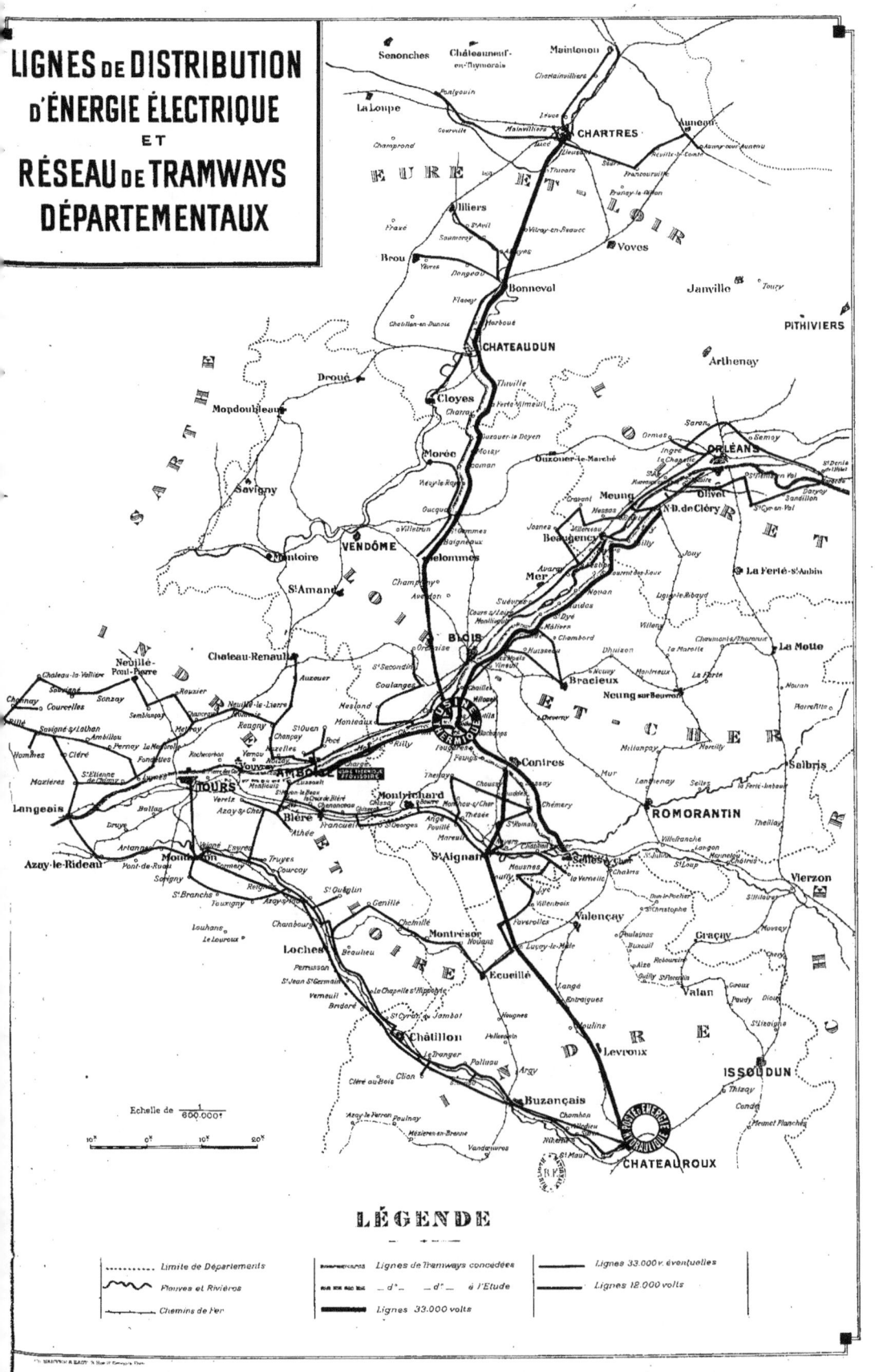

LIGNES DE DISTRIBUTION D'ÉNERGIE ÉLECTRIQUE ET RÉSEAU DE TRAMWAYS DÉPARTEMENTAUX

Echelle de 1/600.000°

LÉGENDE

⋯⋯⋯ Limite de Départements	▬▬▬ Lignes de Tramways concédées
∿∿∿ Fleuves et Rivières	▬ ▬ ▬ _ d°. _ d°. à l'Etude
╌╌╌ Chemins de Fer	▬▬▬ Lignes 33.000 volts
	▬▬▬ Lignes 33.000 v. éventuelles
	▬▬▬ Lignes 12.000 volts

vant la loi de Celui par qui les rois règnent, et par qui seul les sociétés sont prospères. C'est le dernier vœu, c'est le dernier conseil que se permet de leur adresser, au terme d'une longue étude, le pasteur qui, sans s'arrêter aux chagrins et aux épreuves à pleines mains semés dans le champ où il les a si longtemps conduits, leur a consacré les forces de son âge mûr et de sa vieillesse, et qui leur conserve, pour les aimer dans sa retraite, toutes celles qu'il trouve dans son cœur.

Pièces justificatives

I

THIBAUD IV CONCÈDE A L'ABBAYE DE BOURGMOYEN LA DIME
DE SES FOURS DES MONTILS.

1144

Existencium præsentie et futurorum posteritati, ego, Theobaldus, Blesensis Comes, notum fieri volo quod do et im perpetuum concedo canonicis regularibus Sancte Marie Blesensis, pro remedio anime mee, decimam furnorum meorum de Escaumant et de Moltilz (*sic*) de Madonesio (a), illis videlicet canonicis qui ecclesiis illarum duarum villarum deserviunt. Ut autem stabile et inconcussum deinceps permaneat, hanc cartulam sigilli mei auctoritate corroboro. Actum est hoc in colloquio regis Ludovici et comitis Theobaldi inter Monsterolium et Moretum, anno Incarnationis Domini MᵒCᵒXLIIII. Hujus rei testes sunt: Gaufridus, Carnotensis episcopus (1), Hugo Altissiodorensis episcopus (2), Bernardus, Clarevallensis abbas, Robertus, capicerius Sancte Marie Carnotensis, Robertus, custos Domus Dei de claustro Carnotensis ecclesie, Guillermus, clericus meus, qui hanc sigillavit.

Charte copiée en 1905, à Rome, par M. l'abbé Porcher, sur le Ms. Ottoboni 2966, fᵒ 22, de la Bibliothèque Vaticane, où cette charte porte le titre suivant:
DONAVIT COMES THEOBALDUS DECIMAM FURNI DE ESCAUMANT ET DE MONTICIIS CANONICIS SANCTE MARIE.
Nous nous sommes servi également d'une autre copie aux Arch. Dép. de Loir-et-Cher, faite en 1857 par M. de Martonne, archiviste du Département de Loir-et-Cher, et dite *copie du Cartulaire de Bourgmoyen* (d'après dom Housseau), pages 11 et 12.

II

SIMON, ABBÉ DE BOURGMOYEN, APRÈS AVOIR DONNÉ SA DÉMISSION,
REÇOIT LE BÉNÉFICE DES MONTILS.

1176

Alexander, episcopus, servus servorum Dei, dilecto filio Symoni, quondam abbati Sancte Marie Blesis, salutem et apostolicam benedictionem. Relatum est nobis ex

(a) *La copie de M. l'abbé Porcher porte:* Moltil..... neslo *(sic).*

(1) Geoffroy de Lèves, évêque de Chartres, mort en 1148.
(2) Hugues III, évêque d'Auxerre (1136-1151), eut de nombreux rapports avec saint Bernard.

parte tua quod labores et angustias prelatorum attendens, elegisti abjectus esse in domo Dei, et Domino sine sollicitudine ecclesiastici regiminis deservire, quam prelationis vocabulo gloriari, ideoque amministracionem prescripte ecclesie resignasti, cujus humilitatem venerabilis frater noster J. Carnotensis episcopus, et dilectus filius Petrus, sancti Crisogoni presbyter cardinalis, tunc apostolice sedis legatus, intuentes, domum de Monticiis et de Bevron cum suis pertinentiis sustentacioni tue cum assensu fratrum ipsius ecclesie, contulerunt, quoad · vixeris, libere possidendam. Nulli ergo omnino hominum liceat hanc paginam nostre concessionis infringere, vel ei ausu temerario contraire, si quis hoc attentare presumpserit, indignationem omnipotentis Dei et beatorum Petri et Pauli apostolorum ejus, se noverit incursurum.

Datum Laterani V idus aprilis.

Bibl. Vaticane, Ms. Ottoboni 2966, f⁰ 35 (*Gallia Christiana*, édition de 1744. *Instrumenta Ecclesiæ Blesensis*, col. 425 (1).

III

THIBAUD V CONCÈDE AUX LÉPREUX DE SAINT-LAZARE DE BLOIS DIVERSES RENTES SUR LES TERRAGES ET LES CENS DES MONTILS.

1189

Ego Teobaldus, comes Blesensis, Francie senescallus, omnibus tam futuris quam presentibus notum facio, quod amore Dei et pro remedio anime mee et parentum meorum, laudantibus et concedentibus Adelicia uxore mea et filiis Ludovico, Philippo et filiabus meis Margarita, Isabella, Adelicia, ad victum capellani Sancti Laurencii de Russiaco ibi manentis assidue et Deo servientis, dedi im perpetuum et concessi unum modium sigali singulis annis in terragio Monticiorum reddendum in feria Blesis et duos modios vini tempore vindemiarum in cellario Blesis et ad luminare ejusdem capelle duodecim solidos in censu Monticiorum die dominica post festum Sancti Remigii et ad opus Leprosorum Blesis piscem album de piscatura meorum molendinorum qui sunt apud Sanctum Victorem. Quod ut ratum maneret et illesum, ne posset a posteris infirmari, litteris commendavi et sigilli mei impressione firmavi. Hujus rei testes sunt Gaufridus de Brullone, Lambertus Saccus, Hugo de Rulliaco, Galerannus de Beevilla, Ascio Burrelli, Paganus de Froavilla, Obertus de Lenda, Raginaldus Lancelini, Nicolaus marescallus, Fulco camerarius, Raginaldus Crispini, Herveus camerarius, Hugo camerarius, Raginaldus Curteis, Bartolomeus de Sancto Deodato. Actum Blesis, anno incarnati Verbi M⁰C⁰ octogesimo nono. Datum vacante cancellaria.

Au dos, en caractères du XII⁰ siècle

SIGILLUM DE RUSI.

Original parchemin. Sceau absent.
Archives Départementales de Loir-et-Cher. Fonds Saint-Lazare.

(1) Nous avons rectifié plusieurs fautes de l'édition Gallia d'après e Ms Ottobon copie de M. l'abbé Porcher).

IV

GARNIER BISOU DONNE A L'ABBAYE DE BOURGMOYEN SES DIMES DE
CHAILLES ET DES MONTILS.

MARS 1220 OU 1221.

Ego Garnerius Bysoli, notum facio omnibus ad quos presentes littere pervenerint
quod ego, pro remedio anime mee et antecessorum meorum, bona fide concessi canonicis ecclesie beate Marie Blesis, quod ego de cetero de terris quas ego habeo et habiturus
sum in parochia de Challes et de Monticiis, decimam garbam sine aliqua defraudatione,
vel diminutione solvi faciam eidem ecclesie sicut in campo numerando reperietur.
Hoc idem etiam concessi eisdem de terris quas alii homines habent a me ad terragium
vel ad aliam certam partem quamcumque ; ita tamen quod non compellam homines qui
terras habent a me et habituri sunt, ad hoc, scilicet ero canonicis in consilio et auxilio
sine violentia aliqua hominibus facienda, quod ut melius servetur, serviens meus qui
receperit terragium meum juramento sive fidei interpositione, mandato canonicorum
dicte ecclesie erit astrictus, quod quando terragiare voluerit ipsum vocabit si sine
dampno id facere potest, ut decimam canonicorum percipiat numeratam, ut ipse
terragium meum sive partem meam. Si autem commode mandatum canonicorum vo-
care non potest, per juramentum suum seu fidem tenebitur decimam servare, sine
aliquo sumptu, et mandare hominibus meis, sive illis qui terras colent quod ipsam
tanquam terragium meum servant fideliter quandiu suas garbas habebunt in campo.
Similiter concessi bona fide quod ego faciam solvi decimam vinearum mearum quas in
dictis parrochiis habeo vel habiturus sum, in racemis ad foramen sive exitum vinearum ; idem præcipio et præcipiam *(a)* hominibus qui habent a me vineas et ero dicte
ecclesie canonicis in consillio et auxilio quod similiter habeant ab eisdem hominibus,
ita tamen quod ipsos non compellam. Hec autem omnia faciam concedi a dilectis do-
minis meis Herveo de Bellovidere (1) et Hugone fratre meo (2) et suis sigillis confir-
mari. Hec et omnia me bona fide servaturum promisi et fidei interpositione firmavi, et
ut predicta perpetuam habeant firmitatem, cum sigillum non haberem, supplicavi
viro venerabili G. *(b)*, decano Sancti Salvatoris Blesis, ut presenti pagine sigillum

---

(a) *La copie de M. l'abbé Porcher porte la leçon évidemment fautive :* idem percipio et per-
cipiam.

(b) *Manque à la copie des Arch. de Loir-et-Cher.*

---

(1) Hervé de Beauvoir souscrit en 1196 la charte d'affranchissement des habitants de Blois et en
1218, la confirmation de cette charte. (*Cart. de la ville de Blois*, p. 57 et 104). Il est seigneur d'Herbault (ch. l. de c^on, arr. de Blois) et de Villeromard (c^ne de Maves, c^on de Mer, arr. de Blois). Il a
fait de nombreuses donations à Saint-Lazare de Blois en 1211, 1214, 1215. Sa femme se nomme
Hildeburge (*Hildeburgis*, en latin, *Hodeborke*, en français). Il a un fils Hervé qui est sous la tutelle
de Guillaume Prunelé en 1231 ; une fille Jeanne, qui hérite plus tard d'Herbault et de Beauvoir et
es transmet à son mari Guillaume Prunelé, puis à ses descendants (J. de Croy *Extraits du Cartulaire
de Saint-Lazare de Blois*. Revue de Loir-et-Cher, année 1899, Col. 178, 179, 180).

(2) *Hugo Bisoli*, Hugues Bisou est témoin en 1211, d'une charte d'Hervé de Beauvoir (J. de Croy,
loc. cit. col. 179). On trouve les Bisou constamment associés aux Beauvoir. Garnier Bisou est témoin
en 1190 d'une charte du comte Thibaud V de Blois, avec Hugues de Beauvoir (*loc. cit., col.* 186) ;
témoin en 1175, d'une charte du même comte Thibaud V, en faveur du prieuré de Montrion, à Cellettes, avec Hervé de Beauvoir et Hugues, frère d'Hervé (Arch. dép. de Loir-et-Cher, H. prieuré de
Mollneuf, publié par M. l'abbé Porcher, *Loir-et-Cher hist.*, année 1896, col. 179).

suum apponeret et, ex parte mea, domino episcopo Carnotensi supplicaret ut hanc elemosinam confirmare dignaretur. Actum anno gratiæ MᵒCCᵒXXᵒ, mense martio.

Bibliothèque Vaticane, Ms. Ottoboni 2966, fᵒ 26 verso. Copie de M. l'abbé Porcher faite en 1905. — Arch. Dép. de Loir-et-Cher, copie de M. de Martonne, p. 28, où elle porte ce titre : DE DECIMA DE CHAALLIS ET DE MONTICIIS DATA A GARNERO BISOLI.

V

CHARTE D'AFFRANCHISSEMENT ACCORDÉE AUX HABITANTS DES MONTILS PAR JEAN Iᵉʳ DE CHATILLON, COMTE DE BLOIS.

JANVIER 1246 (1)

Gie, Johan de Chastellon, cuens de Blois, faz asavoir a toz cels qui verront cestes presentes lettres que gie, por l'amor de Deu et pour le remede de l'arme Madame ma mere et de mes ancesors, sauves les droitures des eglises et des chevaliers, tretoz les homes qui sunt et seront estagier as Montiz et ou terreor des Montiz, dedenz ma censive, qui me doivent taille a plesir et els et lors oirs, ai quité et asous des ores en avant a toz jorz mes de tote taille et de tote toute (2) et de tote exaction.

Derechief, toz les homes qui sunt estagier as Montiz et ou terreor des Montiz, dedenz ma censive qui estoient mi home de cors et els et lor oirs, gie ai quité et asous toz jorz mes pardurablement de tot jou et de tot lien de servitude.

Derechief, chascune meson qui siet et serra as Montiz ou ou terreor des Montiz dedenz ma censive, sera tenue de paier a moi et a mes oirs, chascun an, a toz jorz mes, cinc solz en nom de festage.

Et s'il avenoit chose que dous mesons ou trois feussent besognables à l'usage d'aucun de cels prodes homes devant diz por son herb[er]iage, en tel maniere qu'eles feussent joignans l'une a l'autre ou en une mesme porprise (3), et que il n'i eust que un sol feu et un sol mesnage, celes dous mecsons, ou celes trois seroient tenues a paier cinc solz tant seulement en nom de festage.

« Derechief, s'il avenoit que aucune meson decheist en tel maniere que la place demorast voide, qu'ele ne feust reedifiée, cele place, dedenz l'an que la meson seroit choite ne seroit mie tenue a paier les cinc solz devant diz [mes des que li premiers ans sera passé, se cele place demoroit voide [et] qu'ele ne feust reedifiée, des ores en avant ele seroit tenue a paier les dits cinc solz devant diz] (4) ou gie et mi oir pourrions faire nostre volenté de cele place, come de la nostre propre.

Derechief, li home qui sunt et seront estagier as Montiz et ou terreor des Montiz, dedenz ma censive, seront tenu a paier a moi et a mes oirs, des ores en avant, tant come il nos plera, sexante livres de la monoie de Blois, chascun an, le jor de la saint Hilaire, por le festage devant dit; et ce qu'il defaudroit le jor de la saint Hilaire, de la paie des sexante livres devantdites doubleroit l'endemain de la saint Hilaire. Et s'il

(1) Nous publions le texte tel qu'il a été établi par les éditeurs du *Cartulaire de la ville de Blois*, p. 227 à 233.

(2) *Toute* (du bas-latin *tolta*) signifie imposition forcée.

(3) *Porprise* : enceinte.

(4) La partie entre crochets a été omise par le scribe du Cartulaire de la ville ; elle est transcrite dans la copie qui se trouve au cartulaire du Comté de Blois (Arch. Nat. KK 896).

plesoit a moi ou a mes oirs [come] ça en arcres, en aucuns tens, nous cudrions le devant dit festage ou ferions cuillir par nostre main, et li home devantdit seroient quite et délivré de la some des sexante livres devant dites tant come il nos pleroit que nos coillissons le festage devant dit par nostre main.

Derechief, se li povre se pleignoient qu'il feussent grevé de ceste chose au conseil et a le mesurement de prodes homes, sor lesquels seroit le Conseil de la Ville, seroit fait dispensacion sor les povres.

Derechief, de totes les choses qui seront vendues et achatées as Montiz et ou terreor des Montiz, dedenz ma censive, rendront des ores en avant a moi et a mes oirs tuit li vendeor et li achateor autres teles (1) costumes comme levent a Blois et en autel maniere et o autel amande, s'il i avoit defaut.

Derechief, tuit cil qui as Montiz ou ou terreor des Montiz, dedenz ma censive, auront terres, vignes, prez ou autres possessions queles qu'eles soient, de celes devantdites possessions il seront tenu a rendre, des ores en avant a toz jorz mes, a moi et a mes oirs, ventes et relevemens as usages et as costumes de Blois.

Chascun des homes devantdiz, s'il veaut vendre ses choses, il les porra vendre ; et s'il se veaut departir de la ville, il s'en porra departir et aller quites et delivrés, se il n'avoit fet aucun forfet avant que il s'en departist ; et celi forfet qu'il i auroit fet, il l'amanderoit au jugement de ma cort, avant qu'il s'en departist.

Quiconque vendra pour estre estagiers as Montiz et ou terreor des Montiz, dedenz ma censive, il porra demorer et estre estagiers a fesant droit selon les costumes de la ville.

Les forfez des vignes, des prez, des vergiers, des courtiz (2) sunt et seront mien et a mes oirs.

Quiconque chevaus ou autre beste as homes qui sunt et seront estagiers as Montiz ou ou terreor des Montiz, en ma censive, prandra en mes bois, il ne porra mener celes bestes fors as Montiz a mon baillif.

Chascuns, totes foiz qu'il vodra, porra nanter son plege hors de sa meson, se il quenoist qu'il soit son plege, ou se il n'avoit la plevine niée, avant que son nant feust pris.

Gie et mi oirs aurons as Montiz le pris de noz viandes a nos et as contesses de Blois, qui seront des ores en avant.

Qui tendra gage a clerc ou a chevalier ou a aucun de mes sergens, celi gage il ne sera mie tenuz a garder oltre vint jorz, se n'est de sa volenté ; et des ores en avant, il le porra vendre sans achison (3).

Nuz des homes devant nommez ne puet estre pris, ne tenuz pris de ses choses, por quoi il puisse doner plege d'ester a droit, se n'est por multre, ou por traïson, ou por tersor trouvé, ou por encis (4) ou por homecide ou por rat ou por larecin ou por autre mefet qui requiere peine corporel, qui feust apert (5) et manifest sor celi qui en seroit acusé.

Quiconque aura as Montiz ou ou terreor des Montiz, en ma censive, sa possession quele qu'ele soit, il n'en perdra rien, por quelque mefet qu'il face, tant qu'il puisse ester a droit.

Nuz estagiers as Montiz ou ou terreor des Montiz, dedenz ma censive, ne sera tenuz

(1) *Autres teles* : pareilles.
(2) *Courtilz* : jardins.
(3) *Achison* : motif (*occasionem*).
(4) *Encis* : meurtre d'une femme enceinte.
(5) *Appert* : évident.

de fere bien (1) ne corvée a moi et a mes oirs, hors de la ville et dou chastel des Montiz et de la fermeté (2) de cele ville et dou chastel des Montiz.

Derechief, ils seront tenu de venir oveques moi ou o mon comandement en ost et en chevauchiée par tot la ou gie voudrai, totes les foiz que il en seront semont.

Derechief, nul home dehors les Montiz et dehors le terreor des Montiz, si qu'il est dit devant, qui taille me doive, il ne le pourront retenir en ceste franchise, sanz mon assentement ou de mon oir.

Li taverniers aura le pris de la jaloie (3) ; d'ouvrir la taverne, un denier et totes les foiz qu'ele sera amenuie (4), maaille, et tot ce aura sanz mangier.

Li munier recevront le blé a pois et a celi meisme pois qu'il le recevront, il le rendront. Nuz, devant hore de tierce ne porra rien achater por revendre.

Gie et mi oir arons as Montiz la vente de nostre vin a ban par trois semeines, une foiz en l'an tant seulement.

Derechief, li chastelains de Blois et li prevoz des Montiz, quiconque il seront, et totes foiz qu'il seront renovelé ou changié, seront tenu de jurer sor sainz que il a bone foi, garderont totes ces costumes devant dites et que il encontre ne vendront.

Et que ceste chose soit ferme et estable a toz jorz, gie ai pendu mon seel en cestes presentes letres.

Et furent donées l'an de l'Incarnacion Nostre Segnor mil dous cenz et quarente et cinc, le mois de janvier.

Les dittes lettres seellées en cire vert sur lacz de soye vermeille du seel dudit seigneur.

Bibl. Nat. Collection Clairambault, 968 f° 344 et Arch. Nat. KK 896 f° 467.

VI

CHARTE DE FONDATION DE L'HOTEL-DIEU.

1286

Universis presentes litteras inspecturis, Alepdis, Comitissa Blesensis, salutem in Domino sempiternam. Humane conditionis fragilitas a Domino procreata de nihilo redit in nihilum per naturam nisi congrius attolleretur modis, adhuc diabolo facile corrueret in ruinam, sed mediante Deo et hominum Dominus Jesus Christus post reparationis nostre primordia sic abundanter profuit universis quod nullis defuit ad salutem, inter omnia suffragia, eleemosinarum largitio et pietas prolapsis non minimam habet et habent potestatem, testante Petro : *peccata tua eleemosinis redime* et Apostolo asserente : *pietas omnia valet.* Nos igitur attendentes premissa et saluti anime nostre providere volentes, in redemptionem nostrorum peccatorum et satisfactionem forisfactorum nostrorum, precipue ipsorum de quibus memoriam non habemus, pietatis intuitu parentum captivorum, ob salutem etiam fratrum, socii et mariti nostri quondam comitis Blesensis et reverendissime matris nostre ac etiam ob remedium predecessorum, parentum et amicorum nostrorum vivorum et defunctorum, ad honorem

(1) *Bien ou bian* : ban, corvée.

(2) *Fermeté (firmitas)* : enceinte fortifiée, *Ferté.*

(3) *Jaloie* : mesure pour les liquides, les grains et la terre — pour les liquides elle égalait la 30° partie du poinçon ou 60° partie du tonneau, soit 7 litres 60 environ.

(4) *Amenuie (minorabitur* dit le texte latin de la charte de Blois) : amoindrie.

omnipotentis Dei, beate Marie Virginis et omnium Sanctorum, fundamus et Deo dicamus domum Dei ad usus et sustentationem pauperum apud villam de Monticiis, Carnotensis diocesis, de voluntate et assensu abbatis et conventus Beate Marie de Burgomedio, religionis ordinis Sancti Augustini, ejusdem Carnotensis diocesis, et parochialis prioris dicti loci de Monticiis, ordinis abbatie supradicte, ac de auctoritate assensu Reverendi patris Symonis, Dei gratia episcopi Carnotensis, in forma quoque annotata.

In primis statuimus, in ipso actu fundationis domus supradicte cujus fundationem non aliter intendimus nisi omnia et singula que continentur inferius, impleantur ratificentur et confirmentur per Abbatem, Conventum et priorem ac Reverendum Patrem predictos, prout ad unumquemque pertinet, jure suo quod ibi sit unus magister aut magistra, prior aut priorissa, qui in temporalibus et in provisione pauperum plenam et liberam habeat potestatem : et quod idem prior aut priorissa, magister aut magistra per comitem Blesensem seu successores ejusdem, seu per eos qui castrum de Monticiis jure dominii possidebunt, instituantur seu constituantur ibidem quibus et quorum administratio dicte domus contigerit, vacare possint, etiam rationem audire de bonis temporalibus ad usus pauperum, quittandum ad quos dicte domus gardia specialiter pertinebit.

Statuimus etiam quod in dicta domo sit perpetuus vicarius de abbatia et ordine predicti loci de Burgomedio, videlicet prior dicti loci qui in capella dicte domus quotidie celebret vel faciet celebrare. Habebit autem dictus prior et percipiet annuatim pro dicta vicaria desservienda, prout superius est expressum, quindecim libras annui redditus assignatas in tallia hominum et rerum mobilium et immobilium existentium et commorantium in territorio de villa loci, singulis annis a dicto priore vel ejus mandato percipiendas et levandas in festo beati Martini, per manum dicti prioris vel ejus mandati eo modo quo per manus dominorum de villa loci teneri ac percipi consueverit.

Dictus etiam prior tenebitur mortuorum corpora sepelire nihil aut pro conducendi pro sepultura pauperum postulando. Si vero dictus prior vel successores ipsius predictam cappellam dicte domus Dei per se vel per alium non desservierint prout superius est expressum, nos, heredes et successores nostri, dictas quindecim libras annui redditus, saisire et arrestare poterimus, quousque de dicto servitio intermisso nobis et heredibus nostris sufficienter fuerit satisfactum.

Ut autem donatio ista rata permaneat in futurum, sigillum nostrum presentibus duximus apponendum.

Datum anno Domini millesimo ducentesimo octogesimo sexto, die dominica, post festum beati Luce Evangeliste. *Scellé du sceau de ladite comtesse avec des laz de soye rouge.*

(Copie du xvii⁰ siècle. « Collationné à son origina par moi Secrétaire du Roy, maison et couronne de France et de ses Finances *(signé)* : Papazet »).

Archives de Loir-et-Cher, Fonds de Bourgmoyen (Les Montils). — Bibl. de l'Arsenal, Mss 1008 f⁰ 84.

VII

DON D'UNE RENTE DE 200 LIVRES PAR JEANNE D'ALENÇON.

1287.

Nous, Johanne, comtesse d'Alençon et de Blois, a tous ceux qui verront ches presentes lettres, salut en Nostre-Seigneur.

Sachent tous que comme haulte Dame et noble, notre tres chere Dame et mere, Aalis, comtesse de Blois, ait fondé une Maison Dieu aux Montilz pres des murs du chasteau, pour le salut de son ame et de ses autres seurs, et ait grand desir et grande affection de fonder cette maison et donner des rentes et possessions qui puissent soufire pour le soustenement des pauvres qui sont et seront reçus en ladite Maison-Dieu ;

Nous pensée et considerée ladite sainte intention et la bonne volonté de la comtesse nostre tres chere Dame et mere que elle a en ceste chose, voulons et ottroions ledit fondement et le confirmons, promettons a garder et que elle puisse assetter et acquerre segon ce qu'elle voudra et pourra par don ou par achat deux cens livres de rente en la terre nostre dite chere dame et maîtresse, mere, qu'elle tient en son douaire et la nostre et la comté de Blois, en nos fiefs, et arriere fiefs et en censives, hors toute justice et jurisdiction es hommes de corps ; et que lesdites choses aquises, quelles que elles soient ne soient tenues en redevance de garde de chateau ou de chief de homage-lige et que toutes ces choses puis qu'elles seront acquises par achat ou par don, soient tenues et pourseues au non de ladite maison a tous jours mes paisiblement sans contradiction de nous, ny d'autrui et esploittées au profit de ladite maison des pauvres Dieu d'icelle qui receus y seront pour qui elle est fondée, leaument, lesdites aquisitions estimées et prisées par pris de terres segon la coutume du pais et que les choses jousque la somme de deux cens livres de terre et de rente devantdites soient tenues des lors en avent de ladite Maison-Dieu et au nom de ladite Maison-Dieu, par les gouverneurs et administrateurs dudit lieu, paisiblement et a tous jours mais sans ce que ladite Maison-Dieu ou ceux qui la gouverneront ou qui es nom de ladite maison, tiendront les choses, en puissent être contraints ni pourfoierciés à les mettre hors de leur main par nous ne par nos hoirs ne par nos successeurs ne par autre qui ait cause de nous en la Comté dessusdite, lequel octroi et assentement dessusdit nous faisons en celle maniere et condition que de toutes icelles choses aquises ladite Maison-Dieu sera et demou[r]ra en la garde de notre tres chiere Dame et mere et apres son decess en la nostre et de nos hoirs, sans ce que les administrateurs et gouverneurs de ladite maison en puissent avouer ne apeller autre gardien ne autre seigneur que nostre tres chere Dame et mere ou nous, apres son deces, ou nos hoirs ou nos successeurs, et seront tenus les administrateurs rendre compte a nostre chere Dame dessusdite des biens de l'administration de ladite maison et a nous et a nos hoirs apres son deces et toutes ces choses et chaqune par soy, nous voulons et ottroions pour la reverence et amour de notredite chere Dame et mere et promettons au nom de nous et de nos hoirs que toutes ces choses nous et nos hoirs ne viendront par quelque voie que ce soit et a ce nous obligeons nous et nos hoirs et tous nos biens de la comté de Blois et renonceons, quant a ces choses dessusdites, aquerre et pouver d'acquerre a coutume et usage du pais parquoi lesdites aquisitions puissent être empecheez ou anneantées.

En temoin desdites choses, por faire et accomplir en la maniere qu'il est dessus dit, nous avons donné a ladite Maison-Dieu les presentes lettres, scellées de nostre sceau ; a la requeste de notredite chere Dame et mere. Ce fut fait en l'an de l'Incarnation de Notre Seigneur, mil deux cens quatre vingt et six, le semady apres le dimanche des Brandons. *Scellé d'un sceau de cire jaune avec des fils de soye rouge*

Collationné par Papazet, comme ci-dessus. Arch. Dép. de L ir-et-Cher. Bourgmoyen.

VIII

RENAUD D'AGUZON, BAILLI DE BLOIS, FAIT UN ÉCHANGE AVEC L'AB-BAYE DE SAINT-LAUMER DE BLOIS. LES RELIGIEUX CÈDENT UNE PARTIE DU COURS DU BEUVRON, AU-DESSOUS DU PONT DES MONTILS.

28 AVRIL 1289

A touz ceus qui verront cestes presentes lettres, Renaut d'Aguzon, baillif de Blois, salut en Nostre Seigneur. Saichent tuit que comme gie eusse, tenisse et pourseisse de mon propre heritaige, la moitié dou moulin assis sur le flueve de Bevron, lequel est apelé le moulin dou Boais et religieus hommes, l'abbé et le covent de Saint Lomer de Blois eussent, tenissent et pourseissent de si lonc temps dequel memoire n'est pas, une partie ou une portion en un molin assis sur ledit flueve lequel est apelé le moulin de Roeillon, gie, pour moi et en nom de moi ai eschangié et eschange encores et recognois moi avoir eschangié o lesdiz religieus, de ladite moitié laquelle gie avoie et poaie avoir par quelque reson que ce fust oudit moulin dou Boais et une piece de saulaie laquelle est joute ledit molin dou Boais durant jusques a ma vigne, si comme les bonnes le demostrent, pour toute la partie ou la portion que lesdiz religieus avoient ou poaient avoir par quelque reson que ce fust oudit molin de Roeillon et es apartenances, a tenir a avoir et a poursoair desdiz religieus a touz jorz mes pesiblement quitement et delivrement sanz ce que il en facent redevance a nullui ne de cens ne d'autre chose. Item, comme gie eusse, tenisse et pourseisse de mon propre heritaige une eive ou portion d'eive oudit flueve de Bevron assise en la censive au prieur de Candé, chargiée de huyt solz et six deniers de cens et demie livre de poivre deu chacun an au prieur desusdit, laquelle eve s'estent en lonc et en lé des l'eve Johan Guerin jusques audit molin dou Boais et lesdiz abbé et convent et prieur dessusdit par reson et ou nom de la prieurée de Candé, eussent, tenissent et pour-seissent une autre eve ou partie d'eive oudit flueve de Bevron si comme elle s'estent en lonc et en lé des l'issue de l'eive desouz le pont des Montiz jusques audit molin de Roeil-lon, gie, pour moi et en nom de moi ai eschangié et eschange encores et recognois moy avoir eschangié o lesdiz abbés, convent et prieur desusdit la moie eive desusdite pour l'eive audit abbé, covent et prieur desusdit, si comme ladite eive s'estent en lonc et en lé des l'issue dou pont des Montiz jusques audit molin de Roeillon, si comme il est desus devisé et sui tenuz a poier a touz jorz mes audit prieur, ou nom de la prieurté desusdite, en ladite prieurté par reson de ladite eive, chacun an, l'endemain de la feste de Touzseinz, syx deniers de cens en ventes et en relies a tenir, a avoir et a poursoeir desdiz religieus et de ceus qui auront cause d'eus les chouses eschangées de moy, si comme il est desus dit a touz jorz mes pesiblement, quitement et delivrement et de tout le droit, seigneurie, proprieté, seissine et possession que gie avoie et poaie avoir par quelque reson esdites chouses lesquelles gie ai eschangées o lesdiz religieus, si comme il est desusdit, gie me sui dessessi et en ai seissi le procureur asdiz religieus par le baill de cestes presentes lettres et promet en bonne foy que gie contre les eschanges desusdiz ne vendré ne par moi ne par autres, einceis lesdites choses que gie ai eschangées pour celles qui esteient ausdiz religieus, gie leur garantiré et deffendré envers touz et contre touz as us et as costumes dou pais en juigement et hors juigement, et est accordé entre moi et les religieus desusdiz que gie ne porré empeschier ne mettre empeschement par quoi l'eve ne puisse avoir son cours audit moulin dou Boais et sui tenu par convenance expresse entre moi et lesdiz religieus fere et procurer envers les seigneurs temporex que lesdiz religieus puissent tenir les chou-

ses desusdites lesquelles gie ai eschangies o les chouses asdiz religieus desusdites et les
puissent toz jorz mes tenir, avoir et poursoeir sanz ce que aucun seigneur temporel puisse
lesdiz religieux pourforcier ne contreindre a metre les dites chouses hors de leur main ne
en fere redevance a nulluy ne de cens ne de autre chouse quele que ele soit. Et est fet et
acordé entre moi et lesdiz religieus que se gie ne poaie garantir ausdiz religieus lesdites
choses de moi eschangées et que par les seigneurs il leur covenist a mettre celles chouses
hors de leur main ou paier aucune redevance, que les eschanges desusdiz puissent estre
aneantez et que lesdiz religieus puissent avoir recours ausdites chouses que il ont eschangées o les moiees et les avoir et tenir ou temps avenir ausi come il les tenoient avant,
et que les chouses que gie ai eschangées o les leur retourgent et puissent retorner a moi
et a ceus qui auront cause de moi en la maniere et o la charge que elles estoient chargiées
avant que ces eschanges fussent fez. Et quant a ce tenir et garder, gie, Renaut desusdit
oblige ausdiz religieus moi et mes hoirs et touz mes biens presenz et avenir, renoncent
en cest fet a toute exception de fraude, de tricherie et a toute lesion et a toutes resons,
exceptions de droit et de fet qui me porroient aidier et nuire ausdiz religieus en tout ou
en partie. En tesmoing de laquelle chouse, gie ai fet seeler cestes presentes lettres dou
seel de la court de la contée de Blois en Bleseis. Ce fu fet en l'an de l'Incarnation Nostre
Seigneur mil deus cenz quatre vinz et neuf, le jeudi en la feste Sainte Marie l'Egyptienne.

Original parchemin. Archives du château de Candé appartenant au comte F. de La Villebaugé.
(Transcrit par le vicomte de Croy qui nous l'a communiqué).

IX

*LE COMTE HUGUES DE CHATILLON RENOUVELLE LA DONATION DE
JEANNE DE CHATILLON.*

MAI 1295.

C'est le transcrit de la terre de l'Aumosne des Montils, au mois de mai :
« A tous ceux qui verront ces presentes lettres, Hues de Chastellon, cuens de Blois
« et sire d'Avesnes, salut en Nostre Seigneur. Sachent tuit que comme notre chiere
« tante Aalize, jadis contesse de Blois, eust commencié à fonder un hopiteau a recevoir
« les povres de nostre seigneurie en l'honneur de Dieu et pour le sauvement des ames
« de nostre cher oncle Jehan jadis conte de Blois et de la seine et de celles de leurs
« antecesseurs, en nostre chasteau des Montiz, et notre chiere cousine Johanne jadis
« contesse d'Alençon et de Blois leur voulu assentir octroier et conformer et amortir
« audit hopiteau jusqu'à deux cens livres de rente a toujours mes, nous, attendant la
« devotion desdites dames apprenant leur fait en l'honneur de Nostre Seigneur et pour
« le sauvement de tous lis antecesseurs, voulons et octroions que ledit hopiteau qui est
« appelé *Maison-Dieu* par commune parole et les menistres d'icelui hopiteau aient
« et preignent a toujours mes perdurablement des orendroits, sans que nous ne nul
« de nos successeurs les puissent contraindre a mettre hors de leur maison en cas volons
« et octroions et pour le remede de nostre ame et de l'ame de Beatrix notre chiere
« compagne et des ames de nos antecesseurs que ils tiennent toutes amorties les
« choses ci dessus nommées : c'est a savoir cent livres de rente chacun an a toujours
« mes sur le four et les pressoirs des Montiz, chauffage dudit four dans la forest de
« Ruissy, le bois en usage a refaire et a rapareiller ledit four et lesdits pressoirs ; en telle
« maniere que nul prelat ne aultre homme d'eglise ne se puisse entremettre au gouver-

« nement de ladite mason ne demander nulle souveraineté soit de mestre ou de mettre
« Freres ou Screurs ou malades ou ne demander compte des biens temporels de cette
« maison et de quelleconque aultre souveraineté que ce soit aussi, retenons a nous et
« a nos hoirs et successeurs toute la souveraineté de mettre le Mestre, les Freres et les
« Screurs et toute aultre souveraineté qu'elle soit a toute jouxtice et seigneurie et se
« il avenoit par aucune aventure que prelat ou aultre personne d'eglise y eu qui osi
« demander aucune souveraineté et li amortissement des choses dessusdites seront
« nulles et le prononçons. »

Archives Nationales, S 3294, nᵒ 40.

X

HUGUES II DE CHATILLON ET BÉATRIX DE FLANDRES, COMTE ET
COMTESSE DE BLOIS, DONNENT A LA MAISON-DIEU DES MONTILS
LA MÉTAIRIE DE LA FRESSURIÈRE, PRÈS LA FERTÉ-VILLENEUIL.

MAI 1299.

A touz ceulx qui ces presentes lettres verront, le bailly de Blois, salut. Savoir faisons
que par Jehan Callo, clert tabellion juré du scel aux contraux de la chastellenie de Blois,
ont esté tenues, veues, leues et diligemment regardées de mot a mot unes lettres saines
et entieres en sceaulx et escripture, scellées en cire blanche sur doubles queues des sceaulx
de Hues de Chastillon jadis conte de Blois et de Beatrix sa femme desquelles la teneur
s'ensit : Nous, Hues de Chastillon, cuens de Blois et sires d'Avesnes et nous, Beatrix [   ]
et espose, contesse, et dame des lieux dessus nommez, faisons savoir a tous presens et
avenir que nous, por Dieu et por le remede de nos ames, avons donné et otroié et encores
donnons et otroions en pure et perpetuel aumosne, sans james rapeller, au maistre et as
freres de nostre maison Dieu des Montiz, en non et pour raison de ladite maison Dieu
et l'onneur de Dieu et de Nostre Dame et de Monsieur Saint Jehan Baptiste en l'onneur
duquel la chapelle de ladicte maison est fondée, une metoierie avecques les apartenances, maisons, terres, vignes et cens et toutes autres choses apartenanz a ladicte
metoierie, tout en la maniere que nous l'eusmes de Macé Guignart, escuier, qui les avoit
achatées de Thibaut Moureau, laquelle metoierie est appellée la Froixuriere et est
assise les notre ville de la Freté de Villeuuil mouvent de noz fiez, a tenir et a avoir
dores en avant a tousiourmes paisiblement [   ] dudit maistre desdiz freres et
de leur successeurs avecques tout le droit de saisine et de proprieté que nous en avions
et povions avoir pour quelconque cause, droit ou raison que ce fust, desquelles toutes
choses nous nous sommes dessaisiz et en avons saisiz et vestiz ledit maistre ou non
dessusdit por lui, por lesdiz freres et por leurs successeurs par le bail de ces presentes
lettres. Et toutes ces choses dessusdites nous leur amortissons des orendroiz et voulons
qu'il les tiengnent dores en avant toutes amorties sans ce que nous, noz hoirs ne noz successeurs les puissions dores en avant porforcier a les mectre hors de leurs mains, sauves'
et retenues a nous et a nos hoirs es dictes choses amorties toute ioutice et souveraineté.
Et en tele maniere leur avon nous fait le don et l'amortissement dessusdiz que dores en
avant il y aura un chapelain frere de ladite maison lequel nous y mectrons qui chantera
et aidera audit maistre a faire le service divin en ladite chapelle. Et se il avenoit que
nucuns evesque ou autre vosissent mectre ledit chapelain par aucune aventure nous
rappelons le don et l'amortissement dessusdiz des orendroiz et voulons qu'il soient de

nule valeur, et que les choses dessus dictes retornent a nous et a noz hoirs et soient nostres ausi comme elles estoient avant que ces lectres fussent faictes. En tesmoing des queles choses nous avons mis nos sceaulx en ces presentes lectres données l'an de grace mil deus cens quatre vins dix et neuf, ou mois de May. En tesmoing de laquelle chose nous bailli de Blois dessusdit, a la relacion dudit juré, avons fait sceller ces presentes lettres de vidimus du scel de ladicte chastellenie de Blois, le vint deuxyiesme jour d'avril l'an de grace mil quatre cens et soixante ung.

CALLO.

Collacion faicte a l'original.

Vidimus en parchemin ; le sceau manque.
Archives de la famille Venot-Gaillard, à Chartres (communiqué par M. l'abbé Augis.)

XI

EXTRAIT DU COMPTE DU COMTÉ DE BLOIS POUR L'EXERCICE NOEL 1318 A LA SAINT JEAN 1319 CONCERNANT LES DÉGRÈVEMENTS ACCORDÉS AUX SERFS DES MONTILS.

Che sont les povres gens qui ont esté tailliet en la taille des Montis sus les quels on ne peut trouver que prendre, tesmoingnet par le serment des tailleurs.

Premierement :
Li enfant feu Pierre Charnier, III s.
Michos Hues, III s.
Girart Micho, II s.
La femme feu Renaut le Musnier, XII .
Martins Bureaus, XII d.
Audrius Moreaus, XII d.
Guilaumes Buchaut, XII d.
Esteve Moreaus, XII d.
Girars Comers, XII d.
Esteves Feust, II s.
Li hoir feu Girart de Madon, II s.
Jehenins li Machons, II s.
La feme feu Benoit Julien, XII d.
Audrius de Lannoy, XII d.
La chambriere Andriu Hardoin, feme a la dame de Mons, XII d.
Belons Grossesse, XII d.
Item, Adans de Nonteil fut tailliés en la taille des Montis a v sols et il estoit franchis, pour ce rabatu, v s.
Item Renaus Hervet fu tailliés en celi taille xx s., et il estoit franchis, pour ce rabatu xx s.
Somme : IX livres XIX sols.

Archives Nationales, KK 296, f° 15. C/. vicomte J. de Croy, *Compte de* 1319, n°ˢ 604 à 606.

XII

EXTRAITS, CONCERNANT LES MONTILS, D'UN REGISTRE RELATANT
LES REVENUS, DROITS, CHARGES ET COUTUMES DU COMTÉ DE BLOIS.

VERS 1325

F° II, v° — La prevosté des Montiz vault chascun an ou environ c l. t. que on poie moitié au Noel et l'autre moitié a la saint Jehan. C'est assavoir que avec les esploiz de la prevosté, le prevost a les coustumes du blé et du vin, I sextier de fromant et I sextier de seigle, et vault environ c s. l'an.

F° III, v°. — Cellui qui tient la prevosté des Montiz doit I marc d'argent, qui vault L s.

F° IV, r°. — Les festages des Montiz qui sont as us et as coustumes de la ville de Blois vallent chascun an LX livrez, qui ne montent ne abaissent, et les fait la ville des Montiz recevoir au coust de la ville et [se] le conte de Blois vouloit faire recevoir son festage par sa main et recevoir le plus et le moins, faire le pouroit, par ainsi que la ville des Montiz ne seroit point tenue a parfaire les LX l. dessusdites, se il y avoit faulte, ne la ville des Montiz ne pourroit riens demander au surcrois.

F° V, r°. — La taille des hommes de corps de la paroisse des Montiz vault chascun an a la saint Remy environ XXIIII livrez.

F° VI, v°. — Le prevost des Montiz doit amener XXIIII hommes pour garder la foire de Blois le quart jour.

Et se lesdiz hommes sont defaillens de venir garder ladicte foire, puis que les prevosts leur auront fet savoir, chascune personne qui sera defaillens paiera v s. d'amande au prevost qui tenra ladicte somme.

F° XXI, v°. — La maison de l'Aumosne des Montiz qui sciet a Pommeroy a usage en la forest de Blois pour toutes les necessitez de ladite meson.

F° XXII, v°. — L'Aumosne des Montiz a usage en la forest de Ruissy pour toutes les neccessitez de ladite aumosne.

F° XXVIII, r°. — Ceulx de la paroisse des Montiz qui ont bestes donnent chascun an pour leur pasturage mine et demie de seigle

F° XXX, v°. — Les brenages des Montiz vallent chascun an environ XI muis d'avoine que la femme Hurtevent tient a sa vaie (sic) et que deli deffaura, ilz revindront ou conte de Blois.

F° XXXIX, r°. — La Maison Dieu des Montiz est toute en la donnaison le conte de Blois et puet mettre et oster le mestre de ladite maison toutes les foiz qui li plaist. Et y met les freres et les seurs et n'est la maisons de riens amortie, ou cas que l'eglise ne l'evesque s'en voudroient meller, ne y ont visitacion ne procuracion ne que veoir et doit ledit maistre compter aux gens le conte toutes foiz qu'il plaira audit conte.

F° XLIIII, r°. — L'eglise Saint Lomer de Blois a chascun an sur le festaige des Montiz, que on paie a la saint Jehan, XL s.

F° XLV, r°. — L'abbaie de Notre Dame de Bourtmoien a chascun an sur la prevosté des Montiz c s.

La maison de Saint Ladre de Blois a chascun an sur la prevosté des Montiz, pour Saint Lorans des Bois, XII s. que on paie au Noel.

F° XLVII, r°. — Le prieur des Montiz a chascun an sur la prevosté des Montiz x l. que on paie moitié au Noel et moitié a la saint Jehan.

Item il a chascun an sur la bourse au conte de Blois, pour une chappellerie que Estienne Chartreniers de Blois fonda, x l. que on paie à la saint Jehan.

F° XLVIII, r°. — Le maistre de la Maison Dieu des Montiz a chascun an sur la bourse le conte de Blois xxxvii l. que on paie moitié au Noel et moitié a la saint Jehan.

— v°. — Le prieur de Bouloingne, le prieur des Montiz, le prieur de Chambort ont chascun an sur la bourse au comte de Blois, pour faire une aumosne aux gens d'environ la forest de Bouloingne et de Ruissy en bureaux et en souliers, lx livres que on paie au Noel.

Item il ont sur laditte bourse chascun an pour leur paine de despartir celle aumosne l s. que on paie au Noel.

F° XLIX, r°. — La Maison Dieu des Montiz xxx s. sur les festages des Montiz pour l'eschambge du fié de Pennes qu'il achangerent au conte.

Arch. Nat. KK 303.

XIII

EXTRAITS D'UN FRAGMENT DE COMPTE POUR L'ANNÉE 1498-1499 CONCERNANT DES RÉPARATIONS FAITES AU CHATEAU DES MONTILS

F° VI, verso. — A Laurens Perrichot, maçon, pour dix neuf journées de maçon et six journées de maneuvre qu'il a vacqué pour fourferiz, carrellez et enduire en plusieurs chambres, ou chastel des Montilz, par le commandement de Madame la Duchesse a trois solz quatre deniers tournois, journée de maçon, et deux solz ung denier tournois, journée de maneuvre, vallent lxxv s. x d. tournois.

A lui pour deux cens de carreau employé a carceler es lieux dessusdits vi s. viii d.

A lui pour huit vings scillées de chau a faire l'ouvrage dessusdit a quatre deniers tournois la seillée, vallent la somme de lvi s. viii d.

A Jehan Mahy pour quatre cens ung carteron clou a ardoise, deux cens clou a latte, demi cent clou de deux doiz, ung carteron clou de Gien employé audit chastel, iiii s. x d.

A lui pour sept vings six livres plastre employé es fenestrages dudit chastel par l'ordonnance de madite Dame xii s. ii d.

A Raoullet Achart pour ung millier ardoise employé partie oudit chastel des Montilz et partie sur les molins de sur le pont de Blois. Pour ce a lui xlv s. t.

Audit Jehan Mahy pour ung carteron de latte employée en la couverture dudit lieu des Montilz, pour ce a lui xii d.

A Mathurin Guillaume et Nollet, charretiers, pour deux charroiz pour mener lesdictes materes aux Montilz, pour ce la somme de viii s. iiii d.

A Jacquet Herault pour six journées qu'il a vacqué a couvrir oudit chastel des Montilz xx s.

A lui pour six livres poiz employée es gouttières dudit chastel, pour ce iii s.

A Gillet Chauveau, charpentier, la somme de unze livres tournois pour avoir fait une gallerie ou chastel des Montilz laquelle galerie contient neuf piez de longueur et quatre piez de largeur, garnie d'un pan de boys de sept piez de haulteur, colombé, aultant plain que vuide et plus, et en icellui pan a fait une fenestre et entablement et une huisserie pour entrer en ladicte gallerie et a fourni de soliveaux et planchier, chevrons, latte et chanlatte et a couvert ou fait couvriz d'ardoise ladicte gallerie, et armé le pan dessusdit de bardeau par le commandement de Madame la Duchesse... pour cecy xi l. t.

A Laurens Perrichot pour dix pieires de Bourrez, employées a faire une huisserie en la petite gallerie ou chastel des Montilz par le commandement de Madame, vallent, xxvii s. vi d.

A Vincent Pelenées pour deux charroiz a mener lesdictes pierres jusques audit lieu, xiii s. iiii d.

Audit Perrichot pour quatre corbeletz taillez employez es sablières de ladicte gallerie à xx d. pièce vallent vi s. viii d.

A lui pour ung tombereau de terre pour terrasser ladicte gallerie xv d.

A lui pour trois cens de carreau employé a carreller ladicte gallerie, vii s. vi d.

A lui pour demy millier brique employée a voulter sousbz emprès ladicte gallerie, xi s. iii d.

A lui pour trente deux journées de maçon qui ont vacqué a tailler l'uisserie devant dicte, a maçonnez la gallerie dessusdicte, terrasser, pourfaois, enduire et voulter soubz le degré dessusdit a trois solz quatre deniers tournois journée vallent cvi s. viii d.

A lui pour seize journées de maneuvre pour servir les maçons a ii s. i d. journée vallent xxxiii s. iiii d.

Fº XIII. — A Simonnet Courterel pour avoir fait six chassiz enchassillez de trois piez et demy de haulteur et de deux piez de largeur qui ont esté mis ou hault des croisées de la salles des Montilz par le commandement de madicte dame, pour ce a luy, xxx s. t.

A lui pour deux huis enchassillez mis en la gallerie des Montilz, pour ce a luy xxii s. vi d.

Audit Botelleux pour avoir ferré lesditz huis, quatre paumelles, quatre gons et une serreuze à ressort, pour ce xiii s. iv d.

A Jacquet Vergez pour une fenestre enchassillée pour ladite gallerie, pour ce x s. t.

Audit Botelleux pour deux paumelles doubles et une sangle, ung loquet et ung courreil pour ladicte fenestre, x s. t.

Audit Vergez pour ung huis fort et une fenestre de trois piez en carré, soubz la chambre de madicte Dame aux Montilz, xviii s. vi d.

Audit Botelleux pour quatre bandes et quatre gons et fait les pertuis en pierre, fourny du plomb et fait deux courreils pour lesdiz huis et fenestre, pour ce a luy, x s. t.

Audit Vergez pour ung huis barré sur la chambre de madicte Dame aux Montilz, pour ce a luy, viii s. lv d.

A lui pour trois fenestres barrées au lieu de plusieurs a ung chassiz sur le portail du dict lieu, xii s. vi d.

A Marion Roncière pour sept aulnes de toille employée pour couvrir les chassiz de la salle des Montilz, xvii s. vi d.

A Jehan Mahy pour huit cens pétits clous pour clouer ladite toille sus les chassiz a cinq deniers tournois, chacun cent, vallent iii s. iiii d.

A Pierre des Bordes pour avoir figurez lesdiz chassis en forme de vairre et fait les armes de Monseigneur, pour ce a luy vii s. vi d.

A Guillemin Auber pour cinq livres terbentine et une livre huille d'olive pour sirez lesdiz chassis et pour ce xiii s. iiii d.

Audit Mahy pour soixante clous de Gyen employez pour clouer les ais des galleries des Montilz, pour ce a luy, xx d. t.

Audit Botelleux pour deux barreaux de fer mis audit chastel des Montilz par l'ordonnance de madicte dame, viii d. t.

Audit Mahy pour quatre livres de plomb pour sceller lesditz barreaux, ii s. vi d.

Audit Botelleux pour avoir livré dix sept serreuzes ou chastel des Montilz et fait les clefs et changé les gardes, xv s. t.

A lui pour une treffière pour l'huis de la chambre du concierge dudit lieu, pour ce a luy, iiii s. ii d.

A lui pour une gasche pour fermer l'huis de la chambre a l'escuier de cuisine de madicte dame oudit lieu, ii s. t.

A lui pour une bosse a ung crampon et fourny du plomb a l'huis des estables oudit lieu, pour ce, vi s. t.

A lui pour deux bandes et' abillé la serreuze de l'uis a descendre devers le jeu de ville dudit lieu, IIII s. t.

A lui pour une bosse, deux bandes et deux gons a l'uis du jeu de paulme dudit lieu pour ce, VI s. t.

A lui pour avoir defferré et referré une huis a une fenestre du lieu de plaisance, II s. t.

A lui pour huit journées qu'il a vacqué pour aller defferrer et referrer, de ceste ville jusques audit lieu, XX s. t.

Audit Vergez pour trois journées qu'il a vacqué pour ajuster les huis, chassis et fenestres des Montilz et mis des tringles es huis et fenestres de la chambre de madicte dame et autres lieux dudit lieu, X s. t.

A Gillet Chauveau, charpentier, pour quarante neuf toises de bois carré employé par l'ordonnance et commandement de mondict seigneur pour refaire tout a neuf le petit pont derrière le chastel des Montilz a deux solz tournois la toise, vallans, IIII l. XVIII s.

A lui pour une porte a l'entrée dudit chastel et pour ung huis au jeu de paulme dudit lieu, pour ce XXXV s. t.

A André Bonnault, maçon, la somme de XXXII liv. X s. t. pour avoir fait ung pan de mur soubz la chambre de Madame la Duchesse ou chastel des Montilz et oudit pan une huisserie et une fenestre de pierre dure, et ou dessus ung autre pan de maçonnerie de bricque et une huisserie de pierre de Bourrey, carrellé tout a neuf sur ladite chambre et fait une huisserie de pierre dure tout ainsi qu'il est contenu ou divis cy rendu, XXXII liv. X s. tour.

A Jacquet Vergez pour six journées qu'il a vacqué pour rabiller les chaslitz et aultre mesnage du chastel des Montilz pour la venue du Roy, de la Reyne et Madame de Bourbon a trois solz quatre deniers tournois, vallans XX s. t.

A lui pour une limande employée a l'une des chambres de plaisance audit lieu, pour ce, X d.

A lui pour ung cent de lattes employées sur la chambre de mondit seigneur ausdiz Montilz, V s. t.

Archives Nationales, KK 297 n.

XIV

BIENS FONDS DE L'ÉGLISE DES MONTILS
MARELLE LA GRANDE BOISTE

1468-1779

Baux

ANNÉE	QUANTITÉ	NATURE	SITUATION	RENTE ANNUELLE
1468	une septrée	terre à mettre en vigne		six deniers
1498	12 boisselées	terre	La Haye	4 septiers myne de blé
1609, 1633	3 arpents	id.	id.	8 livres 10 sols 4 septiers myne d'avoine
1525	3 quartiers	vignes	Rechaize (Ouchamps)	5 sols (curé d'Ouchamps, locataire)

ANNÉE	QUANTITÉ	NATURE	SITUATION	RENTE ANNUELLE
1595	»	»	id.	4 livres
1601	»	»	id.	4 livres 1/2
1608	3 boisselées	vignes	Carteries	
»	»	»	Tubœuf	3 livres tournois
»	»	»	Vauleurs	
1610	6 boisselées	»	Tubœuf	6 deniers
»	»	»	Carteries	
»	»	»	Poterie	20 livres tournois
»	»	»	Béchéré	
1615	15 boisselées	»	Carteries	11 livres 53 sols tournois
1661	6 boisselées d'hé- tage	»	Sablonnières (Can- dé)	7 liyres 5 sols
1687	20 boisselées	blé	Divers lieux	25 livres
1703	22 boisselées	terres laboura- bles	Champs – de – la – Haye	6 boisseaux, me- sure de Blois
1706	1 boisselée 1/2	terre	Vaux–de–Madon	10 sols
»		titre de rente	La Guilloterie	6 sols tournois
»	pour un corps de logis, sur hypothèque.			
1710	8 boisselées	vignes et fri- ches	Tubœuf	8 livres
1715	1 boisselée 1/2	id.	Bourgeons–Rouges	40 sols
»	1/2 arpent	vignes	Tubœuf	6 livres
1716	3 boisselées	pré	Prés le Pont	
»	3 boisselées 1/2	vignes	Carteries	9 livres
»	1 boisselée 1/2	»	Vauleurs	
1719	6 boisselées	»	Quatre–Vents	10 livres 12 sols
1722	1/2 arpent	»	Clos–Béchéré	
»	2 boisselées	pré	Grands–Prés, Ma- don	
»	1 boisselée 1/2	»	Planche-de-Madon	30 livres
»	4 boisselées 1/2	»	Boires	
»	3 boisselées	»	Prés Fresné (Candé)	
1733	3 boisselées	vignes	Clos–des–Carteries	
»	3 »	»	Clos–de–Tubœuf	
»	2 »	»	Vauleurs	14 livres
»	1 quartier	pré	Bernadettes	
1751	bail d'une chambre–grenier, et dépendances (Le vicariat)			12 livres
1752	21 boisselées	pré	Basses–Carteries	
»	1 arpent (5 piè- ces)	»	Candé	53 livres 10 sols
1756	7 boisselées (2 piè- ces)	vignes	Tubœuf, La Ga- renne	15 livres
»	10 boisselées	terres laboura- bles	Croix–de–Pierre	
»	2 »	»	Bois–Pineaux	cent dix sols
1757	1/2 quartier	vigne, cépage de blanc	Clos – des – Fonte – nelles	30 sols
»	2 boisselées	pré	Grands-Prés, Candé	102 sols

ANNÉE	QUANTITÉ	NATURE	SITUATION	RENTE ANNUELLE
1762	4 boisselées	terres labourables	Près Touchenoire	3 boisseaux, bon grain, mesure de Blois
1771	6 boisselées	pré	Prés Fresné	
»	2 »	»	Boires	33 livres 16 sols
»	1 »	»	Grands-Prés	
1774	3 boisselées	vignes	Clos-des-Piaux	7 livres 2 sols
1779	même article que celui de 1771.			
	8 boisselées	terres	Bel-Air et Touchenoire	60 livres

XV

MARGUILLIERS EN CHARGE.

1498. — Macy Fongranier, Jehan Touzet « marelliers. »

1588. — Jacques Boisselier « marguiller de la Boete de Notre-Dame ».

1589. — Jacques Boisselier, Gilles Bouchaud « procureurs et marguillers ».

1598. — Simon Moreau « marguiller ».

1601. — Bienheuré Germain « vigneron, marguiller ».

1608. — Charles Germain « vigneron, marguiller ».

1609. — Christophe Gomin « premier marguiller ».

1615. — Girard Guignebert « maistre marguiller ».

1622. — Anthoine Breton « marguiller ».

1630. — Estienne Gaillard « vigneron, marguiller ».

1645. — Jehan Germain « maistre marguiller ».

1650. — Jacques Doré « marguiller de la Boiste de Saint-Sébastien ».

1653. — François Pasquier « vigneron, marguiller ».

1660. — Anthoine Miller « vigneron à La Haye, marguiller ».

1663. — Pierre Chasteau « marchand boulanger, marguiller ».

1664. — Pierre Galloux « marchand boulanger, marguiller ».

1668. — Michel Jullien « marchand meunier à Rouillon, marguiller ».

1669. — Christophe Gomin « premier marguiller ».

1677. — Louis Daridan « vigneron à la Garenne, marguiller de la Grande Boiste ».

1677. — François Gousset « maréchal, marguiller de l'église paroissiale et Fabrique de Sainte-Marie-Madeleine ».

1680. — François Chaquin « marguiller de la Boete de Notre-Dame ».

1682. — Jean Germain « vigneron à l'Hermitage, marguiller ».

1692. — Jean Ribou « marguiller de la Boiste de Saint-Sébastien ».

1700. — Jullien Gaucher « marguiller ».

1710. — Jean Tournier « marguiller de la Grande Boiste de Notre-Dame ».

1715. — François Brizebard « marguiller de la Grande Boueste de l'Église ».

1715. — Jean Michelet « tonnellier à la Haye, marguiller ».

1716. — François Brizebard « marguiller de la Boiste de Notre-Dame ».

1730. — Jean Ledet « premier marguiller, marchand cordonnier ».

1730. — Jean Germain « vigneron à l'Hermitage, marguiller ».

1733. — Henri Foullion « marguiller de la Boiste Notre-Dame ».

1737. — Pierre Jousset « maréchal de forge, marguiller de la Boiste des Trépassés ».

1746. — René Michelet « thonnellier à la Mouillandrie, marguiller ».

1752. — Louis Simon « marguiller de la Boiste des Trépassés ».

1752. — Jacques Gitton « boulanger, marguiller de la Grande Boiste de l'Eglise ».

1757. — Louis Lespagnol « laboureur fermier du lieu et méthairie de l'Hermitage, y demeurant, marguiller ».

1761. — Louis Hurlet « demeurant à la Garenne, premier marguiller ».

1767. — Remy Alland « serrurier, marguiller ».

1769. — Vincent Gitton « premier marguiller ».

1770. — François Pitancier « marguiller de la Boiste des Trépassés ».

1771. — François Pitancier « marchand sabotier, marguiller ».

1778. — Anthoine Millet « vigneron à la Haye, marguiller ».

1780. — Jean Laurent « à la Haye, marguiller de la Boiste des Trépassés ».

1788-1792. — Gilles Benoît et Claude Lepage.

XVI

RÉSUMÉ DES COMPTES DE LA MARELLE (GRANDE BOISTE)

ANNÉES	RECETTES	DÉPENSES
1627	6 vingts livres 8 sols	66 livres 2 sols
1664–1665	632 livres 10 sols	315 livres 2 sols 2 deniers
1666–1667	764 livres 18 sols	305 livres
1668–1669	900 livres 17 sols	326 livres 6 sols
1670–1671	1014 livres 19 sols	340 livres
1672–1673	739 livres 19 sols	346 livres 12 sols
1674–1675	855 livres 2 sols 4 deniers	252 livres 4 sols
1676–1677	1071 livres 5 sols 4 deniers	230 livres 7 sols
1678–1679	1279 livres 15 sols 6 deniers	814 livres 10 sols 6 deniers
1680–1681	785 livres 8 sols	298 livres 17 sols
1684–1685	1068 livres 8 sols	403 livres 9 sols 6 deniers
1686–1687	1083 livres 13 sols	670 livres 4 sols
1688–1689	820 livres 5 sols	620 livres 11 sols
1690–1691	596 livres 16 sols	708 livres 15 sols
1692–1693 1694–1695	937 livres	663 livres
1696–1697 1698–1699	907 livres 5 sols	817 livres 7 sols

XVII

INSTITUTION DU ROSAIRE.

14 FÉVRIER 1646.

« C'est le contrat de l'institution du Rozaire en l'église des Montils ».

Au nom de Dieu et de la Sainte Vierge Marie ; l'an mil six cent quarante six, le dimanche, quatorziesme jour de février, régnant Louis XIV, par la grâce de Dieu roi de France et de Navarre, au bourg des Montils, issue de grande messe.

Par devant le Révérend Père, frère Jullien Joubert, docteur en théologie, prieur du couvent des Frères-prescheurs, en la ville de Blois, se sont présentés les vénérables prieur vicaire, magistrats et habitans dudit bourg des Montils, lesquels entendant de toutes parts le grand bien, fruit spirituel que la dévote et saincte confrérie que Nostre-Dame du Rozaire produit ès lieux où elle est juridiquement et canoniquement érigée, avec les statuts d'icelle exactement observés et estant d'ailleurs bien certifiés du pouvoir et auctorité que le Saint-Siège apostolique a donné par privilège à l'ordre des Frères prédicateurs d'instituer et establir ladite société, ensuite de quoi ils ont très humblement supplié, au nom de tous les habitans, ledit Révérend Père Jullien Joubert, prieur du couvent de Blois, relligieux dudit ordre, de voulloir selon le pouvoir qui lui a esté donné ériger et instituer en ce bourg des Montils la confrairie saincte de Nostre Dame du Saint Rozaire, avec tous les privilèges et indulgences promises.

Qu'en ladite église, il y aura une chapelle avec un hostel nommément destiné et desdié à Nostre-Dame du Rozaire, orné d'un beau tableau auquel sera représenté l'image de Nostre-Dame donnant le chapellet à saint Dominique, avec les quinze mystères à l'entour, s'il se peut, sans aultre image que ce soit que l'habit de saint Dominique.

Qu'on fera la feste et le service de Nostre-Dame du Rozaire le premier dimanche d'octobre et le même s'observera le quatre d'Août, jour feste de nostre glorieux père et patron saint Dominique comme estant haulteur et instituteur de cette tant saincte et admirable dévotion.

Item que tous les premiers dimanches des mois, festes de Nostre-Dame et mystères du Rozaire, on chantera une messe solennelle au susdit autel et après les vespres le *Salve Regina* en la même chapelle, à la fin duquel se fera la procession, le peuple suivant la bannière, deux à deux dévotement et en bon ordre, le cierge bénit à la main, durant le temps des litanies que l'on aura accoustumé de chanter en ladite société à l'honneur de la Très Sainte Vierge Marie, mère de Dieu.

Qu'il y ait un livre blanc auquel on escrira tous les confrères, sœurs, qui voudront estre recens en cette saintte confrairie dont le pouvoir sera donné à un recteur ou surintendant de la société, lequel sera élu par institution la première fois et en aultre occasion ou changement, par les officiers de la société, et toujours confirmé de nouveau par le supérieur du couvent de l'institution, ce qui se doit entendre de tous les aultres officiers lequel supérieur donnera toute puissance audit surintendant de leur confirmer ce pouvoir, recevoir les confrères, faire l'office divin et toutes les aultres fonctions nécessaires de la confrairie, mais le tout en l'absence des religieux de l'ordre des Frères-prescheurs. S'il arrivoit une ou plusieurs fois l'année que quelque religieux vint audit lieu des Montils mandé, envoyé exprès, ou passager avec obéissance, la prédication et tout l'office du jour de la société lui doit être déféré, comme honneste, et le devoir d'une juste reconnaissance doit obliger le surintendant et les officiers de la confrairie à loger le religieux de Saint-Dominique et lui faire charitablement l'offre d'hospitalité en reconnaissance de cette saincte dévotion et de biens tant spirituels que temporels qui en proviennent, desquels ils devroient jouir s'ils y avoient une maison.

Item le Recteur ou surintendant de ladicte société, avec l'un des premiers officiers seront obligés de porter une fois l'année le livre de la société, au supérieur des Frères-prescheurs du couvent le plus proche à ce qu'il approuve et confirme la réception de tous ceux qui auront esté admis à la société par le Recteur, l'année courante ; lequel devoir et reconnoissance se fera devant l'octave de la grande feste de la confrairie, qui est la première semaine d'octobre.

Ledit surintendant et officiers seront encore obligés d'escrire ou de faire escrire soigneusement dans le même livre les miracles et aultres choses dignes de mémoire, qui pourront arriver par intercession de la Sainte Vierge du Rozaire et d'observer l'année, le mois, le jour, les personnes, sauf de quoi on les pourra contraindre ou les changer, le tout pour la plus grande gloire de Dieu et de la Vierge.

De plus que ledit sieur Recteur et officiers mettront que le chapellet se dira à haulte voix par à genoux, tous les dimanches de l'année et festes de la Vierge ainsi que les litanies devant ou après le chapellet, au temps le plus commode qui sera après vespres lequel sera ordonné par les officiers.

Que l'on célébrera quatre fois l'année les anniversaires qui seront spécifiés dans les statuts de la sainte confrairie pour les confraires trespassés et que tous confraires devront à son intention le chapellet, et ceux qui auront le moyen feront dire une messe à l'hostel du Rozaire, durant les premiers quatre jours du descés afin que le même leur soit fait pour le repos de leur âme qui est bien souvent oubliée des propres enfans et parens et par permission de Dieu.

L'on fera encore le devoir de faire prier Dieu souvent pour le repos de l'Église, pour la paix des princes chrestiens, particulièrement pour la personne sacrée de nostre sire Roi très chrestien, et pour l'ordre des Frères-prescheurs.

Les conditions ci-dessus déclarées et reçues, les supplians s'obligent à l'exécution et promettent au nom de toute la communauté d'observer et de faire observer tout le contenu du présent contrat, aussi toutes les règles estant d'icelle confrairie, en foi de quoi, ils ont signé le jour et an que dessus :

La minute est signée : « L'abbé Saint-Père, Drouineau, Barbellion, Vincent, Lambert Citoye, Du Laurent, Ribou, Germain, Simon Moreau, Pregnard, Gardoile et Chahaigne, notaire. »

« Nous, frère Jullien Joubert, etc., ayant considéré et approuvé le grand zèle et dévotion des supplians envers la Sainte Vierge, mère de Dieu, et l'accroissement de la dévotion envers la Sainte Mère, par les présentes, de l'autorité apostolique et concession expresse de notre Révérend Père Général : Nous érigeons et instituons en l'église de Sainte-Magdeleine des Montils, diocèse de Chartres, en la chapelle à ce sujet nouvellement choisie et desdiée l'auguste et très dévoste confrairie de Nostre-Dame du Rozaire ou chapellet et la déclarons érigée et instituée au nom du Père et du Fils et du Saint-Esprit, avec toutes les grâces, indulgences, privilèges, et faveurs dont les aultres tant sainctes sociétés du Rozaire ont accoustumé de jouir ès lieux où elle est juridiquement et canoniquement establie, moyennant l'observance des règles de la confrairie et les conditions spécifiées dans le présent contrat.

« En foi de quoi, j'ai signé les présentes ».

Archives de Loir-et-Cher.

XVIII

INVENTAIRES DES ORNEMENTS ET DE DIFFÉRENTS OBJETS APPARTENANT A L'ÉGLISE.

1680.

1 soleil d'argent ;
2 calices : un d'argent, un d'argent doré ;
1 grande croix d'argent ;
1 Saint-Ciboire « à mestre les hosties » ;
1 Saint-Ciboire « en boiste pour porter à la campagne » ;
1 patte de cuivre à mettre la croix ;
6 chandeliers de cuivre, 2 d'étain ;

1 grande lampe ;

1 autre petite lampe sur chandelier.

CHASUBLES. — 1 de camelot, à fleurs, garnie de galons ;

1 de damas blanc, garnie de galons d'or et d'argent ;

1 de damas rouge, garnie de galons, de franges ;

1 de satin à fleurs, garnie de galons d'or et d'argent ;

1 de camelot blanc, garnie de franges et de galons dessous ;

1 de violet de taffetas, garnie de galons d'argent ;

1 de damas noir, garnie de franges et galons ;

1 de camelot blanc, garnie de franges et galons ;

« Le tout garni de leurs étoles ».

ETOLES. — 4 de satin et damas, de diverses couleurs, garnies de leurs galons d'argent ;

CHAPES. — 1 « méchante de satin noir ».

1 de damas blanc, bordée d'un galon de soie ;

1 de damas rouge, bordée d'un galon d'or ;

1 de damas violet, garnie de galons de soie ;

1 de damas blanc, garnie de galons de soie « neuve ».

BOURSES. — 1 de damas blanc « à mettre des corporaux » ;

VOILES. — 1 de damas blanc, garni d'une frange d'or ;

2 l'un blanc, l'autre rouge ;

ÉCHARPES. — 3 écharpes « à mettre à la croix » ;

L'une rouge et 2 autres blanches ;

AUBES. — 11 « dont il y a 3 à dentelles de toile fine ».

SURPLIS. — 5 « pour les prestres » ;

1 *parement* de la chaire à prescher, de toile garnie de franges ;

3 paires de *chopinettes*, 1 petit bassin à laver, 1 *lavabor* et une coupe, « le tout en étain ».

1 clochette « pour aller aux processions » ;

2 bénitiers : l'un de cuivre, l'autre d'estain ;

18 nappes d'autel ;

4 petites nappes « à servir à la marelle » ;

3 nappes « à la communion » ;

1 reliquaire ;

Les vaisseaux aux saintes huiles, d'argent.

1686

L'inventaire de cette année commence ainsi : « Inventaire fait à l'église, par le notaire, au moment ou « la Grande Boiste » change de marguillier ».

Voici les articles qui ne figurent pas dans celui de 1680 :

7 parements d'autel de diverses couleurs ;

2 tuniques ;

2 petits surplis de clercs ;

3 serviettes « servant au pain bénit » ;

Les aubes « garnies de leurs amicts » ;

Les *ciels*, « servant la Semaine Sainte au *Paradis* » ;

1 dais « servant à la châsse » ;

1 ciboire et un soleil de cuivre doré, « ainsi que la boiste de cuivre à mettre le soleil » ;

1 bissac, 1 sac de cuivre et 2 de parchemins, « remplis des titres de l'église, avec un livre lié en parchemin où est inscrit les ressources de l'église » ;

1 coupe d'estain et une de cuivre.

XIX

UN TESTAMENT.

1686

Jean Chasbrat, tailleur de pierres, du pays de Combraille, demeurant malade, en la maison de honneste homme Bertrand Common, marchand cabarettier aux Montils au logis qui a pour enseigne : *Le lièvre qui dort.*

« Considérant qu'il n'est rien plus certain que la mort, ni chose plus incertaine que « l'heure d'icelle, et ne voulant partir de ce mortel monde sans tester et ordonner des « affaires et biens qu'il a plu à Dieu lui prester et donner.

« 1° Il a recommandé et recommande son âme à Dieu le Père tout puissant et le prie, « au nom et par le mérite de la douloureuse mort et passion de son Fils unique nostre « Sauveur et Rédempteur Jésus-Christ, intercession de la glorieuse Vierge Marie et « de tous les Saints et Saintes du Paradis, que sytôt que son âme sera separée de son « corps, il lui plaize la colloquer au royaume des cieux avec ses élus.

« Item veut et ordonne sondit corps soit ensevely et enterré dans l'église des Montils, « que le jour de son décès ou sy faire ce peut, ou sinon le lendemain, il soit dit et célébré « pour le repos de son âme, dans ladite église, par le sieur Prieur et vicaire des Montils, « les vigiles et suffrages des morts et deux grandes messes ;

« Item veut et ordonne Bertrand Common estre payé sur le plus liquide de tous ses « biens ;

« Item veut et ordonne que le sieur Jacques Jacquelin, chirurgien en ce bourg, soit « aussi payé de ce qu'il lui doit des traitemens, pansemens et médicamens fournis « depuis cinq mois ;

« Il a nommé, pour son exécuteur testamentaire, messire Christophe Marsal, prestre « vicaire des Montils, lequel il prie d'employer le reste de ce qui lui appartiendra, après « toutes les obligations remplies, à dire des messes, pour le repos de son âme et de ses « bons amis trépassés ».

Etude des Montils.

XX

DIFFÉREND ENTRE LE PRIEUR RENÉ PINON ET LES HABITANTS
AU SUJET DU LOGEMENT DU VICAIRE
ET DE LA FOURNITURE DU PAIN ET DU VIN POUR LES MESSES.

1693

« A l'issue et sortie de la messe paroissiale, au cimetière ont comparu les habitans de ladite paroisse, en nom collectif, pour traiter et adviser entre eux des affaires de la dite paroisse, notamment sur l'assignation qui a esté donnée à la requeste de Messire René Pinon, prestre, prieur curé des Montils, à Pierre Fouilliou, principal marguiller de ladite église, par laquelle ledit sieur prieur conclut qu'il sera comme marguiller condamné payer le loyer de la maison que occupe le sieur vicaire, et payer la somme de douze livres chascune année pour le pain et le vin qui est fourni par lui, sieur Prieur, à dire la messe.

« Lesdits habitans, après avoir sur ce meurement advisé et conféré entre eux à cet égard : Que depuis plus de quarante ans que ledit sieur Pinon est prieur des Montils, il a toujours fourni du pain et du vin qu'il a convenu pour dire la messe, et logé le sieur vicaire, sauf depuis plusieurs années que ledit sieur prieur fait payer desdites choses par deux autres marguillers.

« De plus, ils ont été et sont toujours d'avis que ledit Foullioux réponde à ladite assignation et constitue procureur Me Nicolas Apou, pour ladite cause, devant le Bailly de Blois ; puis requérir qu'il leur sera permis de *saisir et d'arrêter le revenu temporel* dudit prieuré et cure des Montils et généralement en tout et pour tout ce que ledit procureur doit faire ;

« En outre, qu'il soit condamné comme gros dixmateur payer 150 livres pour un vicaire, en prendre et en avoir successivement, comme il y en a eu toujours, sauf depuis quelque temps que ledit prieur, à la sollicitation de ses nièces qu'il a avec lui en son presbytère, n'en a pas voulu avoir ; à faute de ce, qu'il sera permis aux susdits habitans d'en chercher et prendre un, de temps immémorial en ayant eu un dans la paroisse ; sachant que les dixmes dudit prieuré et cure valent plus de 5 à 600 livres et que tout le revenu dudit prieuré et cure vaut, sans le casuel, dans les plus mauvaises années, plus de mille livres de rente. (1)

Etude des Montils.

XXI

RÉSIGNATION DU PRIEUR RENÉ PINON.

1694

« Résigner et mettre ès mains de nostre saint Père le Pape, Monseigneur son vice-chancelier ou autres ayans à ce pouvoir, le prieuré et cure des Montils, suppliant Sa Sainteté d'admettre ladite résignation au nom et profit de messire *René Anthoine Bonner*, prestre du diocèse de Chartres, demeurant à Thenay, dudit diocèse et non d'autres. Que dans ladite résignation, il n'y a aucun dol, fraude, simonie, ni autre convention vicieuse et illicite ».

Etude des Montils.

XXII

RÉTABLISSEMENT DU VICARIAT.

1699

« Les principaux habitans des Montils sont comparus au ban de la marelle, en conséquence de l'acte de délibération par eux fait devant le notaire le 13 septembre, présent mois, se sont transportés chez Frère Jean-Baptiste Montier, prieur des Montils, pour conférer avec lui sur l'utilité d'un vicaire dans ladite paroisse.

« Après une meure délibération, l'ont prié et requis de voulloir bien cejourd'hui venir au ban de la marelle ;

_____

(1) Acte signé par le notaire et par douze des principaux habitants.

« A quoi a obtempéré ledit prieur cy présent et les habitans sus-nommés ont passé cet acte et convention qui suivent : C'est à savoir que lesdits habitans, marguilliers présens à la marelle ont engagé et engagent par les présentes la marelle des Montils à payer la somme de 75 livres par chacun an, pour contribuer à l'entretien d'un vicaire tant en son logement, tant et si longuement que ledit Prieur Montier sera titulaire du prieuré et non autrement ».

Etude des Montils.

XXIII

TESTAMENT DE M. CH. DE LA VALLÉE.

1706

« Considérant qu'il n'est rien de si certain que la mort, ni chose plus incertaine que l'heure d'icelle,

« Je recommande mon âme à Dieu, le suppliant de tout mon cœur par les mérites du précieux Sang de mon Sauveur et Rédempteur Jésus-Christ, par ceux de la Très Sainte Vierge et de tous les Saints et Saintes, de me faire miséricorde de tous les péchés que j'ai commis contre sa divine Majesté, dont j'ai un très sensible regret.

« Pour ce qui est de mon convoi, je veux qu'il y ait douze flambeaux de cire de chacun une livre et demie qui seront portés par douze pauvres qui auront chacun cinq quartiers de bureau (1) sur eux.

« Six cierges d'une livre pièce, pour mettre autour du corps, avec le sceau à l'ordinaire ;

« Les cierges nécessaires au grand hostel et à chacun des hostels des chapelles de l'église où je serai inhumé, seront de demi-livre pièce, le tout en cire blanche.

« Plus je veux qu'il soit distribué la somme de 50 livres le jour de mon enterrement aux pauvres les plus nécessiteux de la paroisse Saint-Sauveur.

« Je lègue à l'Hôpital général des pauvres de Vienne la somme de mille livres une fois donnée, pour être constituée en fond d'héritages, à la charge d'une grande messe de *Requiem*, dans l'église de l'Hôpital, avec un *Libera* et *De profundis*, à l'intention de Dame Marie Bernard, ma première femme que de moi, à laquelle messe, les pauvres dudit hôpital assisteront et seront exhortés par le prêtre célébrant, de dire chacun un *Pater noster* avec l'*Ave maria* pour le repos de nos âmes.

« Plus je donne à Dames Marie-Jeanne et Charlotte Tubert mes cousines et belles nièces, religieuses du couvent des Urselines et de la Guiche, la somme de 10 livres à chacunes d'elles, par chacun an, leur vie durant, pour subvenir à leurs menues nécessités.

« L'usufruit de tout ce que je possède à Dame Claude Morin, mon épouse ; à la mort de mon épouse, tous mes biens à Demoiselle Marie-Marguerite-Françoise Tubert, ma cousine, à présent femme de Messire Cosme Louet «.

---

(1) Le bureau était une étoffe de grosse laine.

XXIV

DÉPENSES OCCASIONNÉES PAR LA MORT ET LES FUNÉRAILLES DE
CH. DE LA VALLÉE.

1706

M. Cosme Louet, exécuteur testamentaire, reçoit quittance de 6 livres de MM. Brossard et Soudry, prêtres chapelains et marguilliers de l'église cathédrale de Blois « pour les veilles et assistance auprès du corps, depuis le jour de son décès arrivé le dernier jour d'août, jusqu'à l'heure qu'il a été inhumé dans l'église Saint-Sauveur, lieu de sa sépulture. »

Quittance de 50 livres « sur l'annuel de messes acquitées à son intention ».

Quittance de 50 livres « restant de l'annuel de messes ».

Quittance de 5 livres des R. P. Jacobins « pour le convoi et 4 messes qui ont été dites *au chasteau* le jour de la sépulture ».

« Je soussigné, *Sacrisse* des R. P. Cordeliers, confesse avoir reçu 14 livres pour 20 messes basses et 3 livres pour l'assistance de nos Pères au convoi ».

« Nous soussigné, procuratrice des religieuses de notre monastère de Sainte-Ursule, reconnaissons avoir reçu la somme de 10 livres pour 20 messes dites à notre église ».

« Comme ayant charge des Vénérands Pères Capucins de cette ville, je reconnais avoir reçu la somme de 20 livres pour la rétribution de 40 messes qu'ils ont dites ».

Quittance de 10 livres « pour rétribution de 20 messes dites dans l'église des Minimes ».

Quittance de l'abbé Sochet, de 10 livres « pour 20 messes ».

Quittance de l'économe de l'Hôpital général de Blois de 3 livres « pour l'assistance des pauvres au convoi ».

Quittance de 7 livres 10 sols par un libraire « pour 300 billets d'enterrement, sur du grand papier ».

Quittance de 60 livres par messieurs de l'église cathédrale de Saint-Louis de Blois, « pour le convoi, messe et service de l'enterrement ».

Archives de M. de Terrouenne, au château de Melleray.

XXV

AMENDE HONORABLE FAITE AU PRIEUR CURÉ DES MONTILS.

2 JUIN 1750

Anne Blin, femme de Blaise Bisson, menuisier aux Montils « déclare qu'elle est dans la plus grande douleur de son cœur d'apprendre dans le public que dans un procès-verbal fait devant Rué notaire à Blois du 31 mai dernier, on l'auroit employée comme plaignante contre messire Joseph-Auguste Bexon, en supposant que ledit sieur prieur des Montils l'auroit sollicitée au mal, elle déclare au contraire que ledit sieur prieur ne lui a jamais tenu que des discours honnêtes et conformes à son état ; qu'elle le reconnoît pour un bon et digne pasteur dont la conduite est aussi édifiante que ses prédications ».

Etude des Montils.

XXVI

*PROTESTATION DU PRIEUR CONTRE DES CALOMNIES DONT IL AVAIT
ÉTÉ VICTIME.*

8 DÉCEMBRE 1750

Gabriel Dubois et Nicollas Mallet, chirurgiens, se présentent avec le notaire et des témoins devant le prieur et lui déclarent « qu'ils reconnoissent, quoique tard, le tort extrême qu'ils ont eu de répandre dans le public les injures et calomnies qui ont donné lieu à l'instance pendante et indécise devant le bailly de Cormeré-le-Bourg.

« Reconnoissant lesdits comparans que méchamment et contre toute vérité, ils ont répandu les injures et calomnies énoncées en la plainte du sieur prieur ; qu'au contraire, ils reconnoissent ledit sieur prieur pour un très honneste homme, très bon ecclésiastique et pasteur fort éclairé et fort charitable, et incapable des faits par eux mis en avant dont ils lui demandent très humblement pardon, ce qu'ils auroient fait, il y a longtemps s'ils n'en avoient été empêchés par les pernicieux conseils de maistre Jean Sebault beau-père dudit Mallet et oncle dudit Dubois, se soumettant à toutes les conditions et réparations que ledit prieur jugera à propos de leur imposer.

« A quoi ledit sieur prieur a répondu qu'il reçoit avec satisfaction les réparations que lesdits comparans viennent lui faire, que malgré ce qui s'est passé, il a conservé pour lesdits comparans la tendresse d'un bon pasteur ; à l'effet de quoi il consent que ladite instance demeure assoupie et éteinte, nulle et sans effet, à la charge que lesdits comparans seront obligés à payer tous les frais.

« Qu'à l'égard des dommages et intérêts que ledit sieur prieur avoit été obligé de demander pour marquer davantage la réparation qu'il a droit de prétendre, il leur en fait remise par pure charité.

« Lesdits comparans consentent à payer audit sieur prieur, pour les frais qu'il a déboursés, jusqu'à la concurrence de la somme de 90 livres ; comme aussi ils s'obligent de faire délivrer audit sieur prieur la grosse des présentes à leurs frais et 12 expéditions pour être envoyées par ledit sieur prieur aux personnes respectables qui ont eu connoissance desdites injures et calomnies ».

L'acte est passé en présence « de messire François Cottereau, prestre curé de Monthou et François Pitancier, vigneron de la paroisse de Monthou, témoins à ce requis *.

A la même époque 20 habitants des Montils se présentent à la maison presbytérale et déclarent « qu'ils reconnoissent, quoique tard, le tort extrême qu'ils ont eu de concourir à l'acte qui a été fait le 31 mai dernier à la requeste de plusieurs habitans de la dite paroisse, que ce n'est que par une complaisance criminelle dont ils se repentent et induits par des suggestions ou plutôt emportés par la cabale qui s'étoit formée entre plusieurs habitans, que les comparans ont donné leur signature, ou sont comparus audit acte ; qu'ils n'ont aucune connoissance de tous les faits injurieux contenus audit acte en présence du notaire qui l'a reçu et qu'ils tiennent tous lesdits faits contenus audit acte pour faux et calomnieux ; qu'il est même impossible que ledit Simon Dabin, l'un des comparans, ait avancé ni approuvé le fait concernant sa mère, puisqu'elle étoit décédée, il y a plus de 40 ans ; qu'enfin ils reconnoissent ledit sieur prieur pour un très honnête homme, très bon ecclésiastique et pasteur fort éclairé et fort charitable, le suppliant de bien vouloir recevoir leurs excuses et leur rendre son amitié et bonté paternelle, se soumettant à toutes les conditions et réparations que ledit sieur prieur jugera à propos de leur imposer.

« A quoi ledit sieur prieur a répondu qu'il reçoit avec satisfaction la réparation que lesdits comparans viennent lui faire ; que, malgré ce qui s'est passé, il a toujours conservé pour lesdits comparans en particulier et en général pour tous les paroissiens, la tendresse d'un bon pasteur, qu'il désireroit pouvoir se dispenser d'imposer aucune condition auxdits comparans et qu'il se désisteroit volontiers dès à présent de toutes les poursuites qu'il a été obligé de faire tant contre eux que contre leurs consorts et adhérens, s'il ne lui étoit indispensable d'avoir une réparation entière et générale de la part de tous et de chacun de ceux qui ont concouru audit acte ; mais que l'attachement que tout homme et surtout un religieux et un curé doit avoir à conserver sa réputation, ne lui permet pas d'accepter sans conditions la réparation que lesdits comparans viennent lui faire ; qu'en conséquence il ne peut se dispenser de poursuites commencées contre les comparans qu'à la charge par eux de rester obligés, eux et leurs adhérens, au paiement de tous les frais que ledit prieur a été et pourra être obligé de faire pour obtenir la réparation qui lui est due.

« Comme aussi à la charge que lesdits comparans consentiront que ledit sieur prieur puisse faire imprimer à leurs frais cent exemplaires du présent acte, pour par lui en envoyer partie aux personnes respectables à qui les comparans et leurs consorts ont eu la témérité d'adresser l'acte du 31 mai, et en faire afficher, avec la permission du magistrat, dans les lieux ou ledit acte susdaté a pu être connu et occasionner un scandale préjudiciable à la réputation dudit sieur prieur, pour les frais de laquelle impression et affiches, ledit sieur prieur se restreint à la somme de 12 livres ;

« Qu'à la charge des dommages et intérêts que ledit sieur prieur avoit été obligé de demander, il consent volontiers de n'en point exiger desdits comparans et comme il n'auroit appliqué le montant qu'au bien général de ses paroissiens, la remise qu'il en fait se trouve conforme à l'intention qu'il a toujours eue de n'en appliquer aucune partie à son profit particulier ».

Étude des Montils.

XXVII

ARRÊT DE LA COUR DE PARLEMENT CONTRE LE PRIEUR CURÉ DES MONTILS.

17 MARS 1775

« Entre messire Louis de Maussion, chevalier, conseiller du Roi en sa Cour de Parlement à Paris, seigneur de Candé, Monthou, les Montils et autres lieux ;

Et messire Joseph Bexon, prêtre prieur curé de la paroisse des Montils.

« Louis de Maussion appelant de sentence du Baillage criminel de Blois du 8 janvier 1774 d'une part ;

Et Joseph Bexon intimé, d'autre part.

« Ledit seigneur de Candé demandant en requête du 28 juin 1774, il fût ordonné que ledit Bexon seroit tenu de déclarer en l'assemblée des habitans de la paroisse des Montils qui seroit convoquée à cet effet à la marelle de ladite paroisse, à l'issue de la messe paroissiale, en la manière accoutumée, et le premier jour de fête ou de dimanche qui suivroit l'arrêt qui interviendroit : Qu'à tort, malicieusement, calomnieusement, il avoit dit et proféré contre ledit seigneur de Candé des injures atroces et des discours de juillet ; ce faisant, déclarer ledit jugement nul et condamner ledit seigneur de Candé, en requête du 10 août 1774, pour déclarer ledit seigneur de Candé en sa requête du 28 juin dernier, purement et simplement non recevable, ou dont en tout cas il seroit débouté, il fût déclaré pareillement non recevable dans sondit appel et condamné à l'amende de 75 livres et condamner ledit seigneur en l'amende ordinaire de 12 livres et aux dépens des causes d'appel.

« Requête du 14 septembre 1774 dudit seigneur de Candé tendante à ce qu'il plût à notredite Cour d'adjuger les conclusions par lui prises par sa requête du 28 juin 1774.

« Après que Gauthier, avocat de M. de Maussion et Dubuisson, avocat de Bexon, curé des Montils, ont été ouis pendant une audience, notredite Cour reçoit les parties respectivement opposantes, aux arrêts par défaut ;

Faisant droit sur l'appel, met l'appellation à ce dont est appel à néant, emendant, fait défenses à la partie de Dubuisson de plus à l'avenir récidiver, sous peine de punition exemplaire ; le condamne en 10 livres de dommages intérêts envers la partie de Gauthier, applicables de son consentement aux pauvres de sa paroisse ; condamne la partie de Dubuisson en tous les dépens d'appel et demande ; permet à la partie de Gauthier de faire imprimer et afficher le présent arrêt jusqu'à concurrence de douze exemplaires où bon lui semblera, aux frais et dépens de la partie de Dubuisson, etc. »

(Imprimé à Paris, chez Knapen, imprimeur de la Cour des Aides, rue Saint-André-des-Arts, en face du Pont Saint-Michel, 1775).

XXVIII

PERQUISITION CHEZ M. LA MONTAGNE DIT BARBANSON.

5 SEPTEMBRE 1793

« Aujourd'huy cinq septembre mille sept cent quatre-vingt-treize, l'an deux de la République françoise, une et indivisible, nous Jean Poidevin, maire, André La Blanche et François Augé, officiers municipaux et Louis Fallague, procureur de la commune assisté de Joseph Martin, notre secrétaire-greffier, pour l'exécution des ordres qui ont été transmis par le Directoire du Distric de Blois tendant à lui procurer par les citoyens de notre commune le nombre de huit lits complets pour servir à la garnison de Valenciennes, après avoir obtenu de plusieurs desdits citoyens quelques matelats, draps, traversins, et couvertures, le nombre de lits déterminé n'étant pas encore complets, nous sommes entré dans la maison du nommé La Montagne dit Barbanson cy devant noble lequel avons requis de nous procurer ce qu'il pouroit, soit matelats, traversin ou drap afin de remplir le vœu de l'administration du distric et après nous avoir donné un matelat, un traversin et une couverture, nous lui avons représenté quand sa qualité de cy devant noble et pour se conformer à la loi qui ordonne que tous les titres de noblesse et de féodalité seront brûlés le jour de la Fédération du dix août, il auroit dû rapporter pour ledit jour ceux qui il pouroit avoir en sa possession, pour être brûlés avec ceux qui l'ont été ;

« Lequel nous a fait réponce qui il n'étoit pas noble et qu'au surplus ses titres étoient à Bordeaux, avons observé audit Montagne qu'il devoit au moins avoir par devers lui ses extraits de Baptême et Brevet d'officier, et que nous le prions de nous les représenter, que cela nous justifiroit s'il étoit véritablement noble ou non ;

« Il nous a fait réponce qui il ne les avoit pas, que ils étoient à Blois. Interpellé de nous déclarer en quelle maison ils étoient, il nous a fait réponce :

« Cela vous reste à savoir et ça vous regarde pas ».

Sur cette réponse, nous sommes sorti de son domicile et avons requeri la force armée de nous accompagner. Rentrés chez ledit La Montagne avec quelques gardes nationaux, nous l'avons invité de nous suivre pour nous rendre à la chambre commune ; c'est alors qu'il avoit ses titres et qu'il aloit nous les représenter. Nous en ayant représenté qu'une légère partie et vu qui nous avoit dit qu'il en avoit d'autres à Blois, nous l'avons fait conduire à la chambre commune pour lui faire voir la loi, puis nous sommes retournés chez lui et au moyen de ce, la conduite de ce cy-devant noble nous ayent même né- cessité de le désermer, faute par lui de s'aitre conformé à la loi, en sa présence avons fait recherche de ses papiers et avons mis tous ceux que nous avons trouvés dans un sac de toille que nous avons lié avec une ficelle et sur lequel avons apposé un cachet représentant trois maillets, une fleur et guirlande ; puis nous avons requis ledit Monta- gne d'y apporter aussi son cachet, ce qu'il a fait au même instant ; et lui avons déclaré que demain nous fairions transporter ledit sac au Comité de Surté public, département de Loir-et-Cher, pour par lui en faire ou faire faire ouverture en sa présence et en celle de quelqu'un de nous.

« Pourquoi nous le réquérons de si transporter à l'efet de reconaître si le sceau qu'il a apposé sur ledit sac sera sain et entier, et d'assister à la vérification des papiers qu'il contient et d'indiquer au dit Comité de Salut public, la maison où sont déposés les autres titres et papiers, qui nous a déclarés être à Blois si ledit Comité le juge néces- saire.

« Dont et de tout ce que dessus avons dressé le présent procès verbal, pour copie d'y celui être porté dans le jour de demain au Comité de Salut public, et aux administration du Distric et Département, et à cette efet avons nommé pour commissaire les personnes de Louis Fallague, procureur de la commune, et André La Blanche, officier municipal, lesquels ont accepté, lesdits jours et an ci-dessus dont a été. »

Signé : « FALLAGUE, LA BLANCHE (Louis), MARTIN, secrétaire. »

Reg. des Délibérations municipales des Montils.

Appendices

APPENDICE N° I

UNE NAISSANCE AU MOYEN-AGE

Marie de Blois, duchesse de Lorraine, puis comtesse de Leiningen.

Marie, fille de Gui I de Châtillon, comte de Blois et de Marguerite de Valois, naquit aux Montils le 6 mai 1319. De nombreux détails sont restés au sujet de cette naissance. Ils sont assez curieux au point de vue des mœurs et de la vie privée de nos anciens comtes pour qu'on en donne un résumé (1).

Le comte et la comtesse de Blois vinrent en décembre 1318 s'installer aux Montils. C'est là que nous les trouvons, tous deux, le jour de Noël, ayant pour hôtes dix chevaliers, neuf dames et plusieurs autres gens. Dès lors, la comtesse ne s'absente pas un seul jour de cette demeure, jusqu'à l'époque de ses couches.

En revanche son mari, grand chevaucheur de sa nature, quitte les Montils le 10 janvier 1319 pour faire différentes courses. Au mois d'avril, de ses domaines de Thiérache, il donnait de ses nouvelles à sa femme.

La comtesse de Blois n'était pas isolée aux Montils. La dame du Bouchet, femme de l'un des Estouteville (2), lui tenait habituellement compagnie. En outre, sa maison était nombreuse ; elle se composait à cette époque de madame de Sarcou, dame d'honneur ; de trois demoiselles suivantes, parmi lesquelles demoiselle Alix, peut-être l'ancienne nourrice d'un enfant né en 1316, plus deux femmes attachées à sa personne.

Son chapelain, Pierre du Pont, tenait les comptes de sa dépense personnelle ; Macy de Salonnières était son maître d'hôtel ; Jaquemart de Choques « maressal de l'ostel madame », c'est-à-dire placé à la tête du service de l'écurie et peut-être de la vénerie.

Puis venaient Guarinet et Harpin, valets de chambre, les écuyers dont la livrée était de drap rouge et vert clair, et enfin la foule des serviteurs, répartis suivants les diverses divisions du service de l'hôtel, autre autres ceux du « chariot de l'ostel madame » ; Robert de Mantes était alors châtelain des Montils et, en cette qualité, pourvu du commandement militaire du château.

Philippe de Valois, qui était à Tours, est venu probablement visiter aux Montils sa sœur, la comtesse de Blois, et son autre frère Charles, comte d'Alençon, vint y passer les journées des 26 et 27 mars. Le château reçut également, à diverses reprises, la dame d'Herbault, Jeanne d'Averton, femme de Guillaume Prunelé, l'un des seigneurs du voisinage, Guillaume d'Estouteville et la femme de Jean le Jay, seigneur de Candé et vassal de Chaumont.

Les usages pieux et charitables de la famille se continuaient aux Montils ; plusieurs

(1) Nous résumons ici le travail du vicomte J. de Croy paru dans le *Loir-et-Cher historique*, année 1897, colonnes 266 et suivantes, sous ce titre : *Date de la naissance de Charles de Blois*.

(2) Seigneur du Bouchet-Touteville, c°° de Crucheray, arrond¹ de Vendôme.

fois en mars et en avril, il y eut jusqu'à 26 pauvres à nourrir. Le Jeudi-Saint, la comtesse, son fils Louis et Jean, son beau-frère, allèrent au lavement des pieds des pauvres, qui s'accomplit ce jour-là suivant la touchante coutume de l'Eglise, et y distribuèrent 43 sous, 6 deniers ; le lendemain, Vendredi-Saint, ils se rendirent à l'adoration de la Croix et y dépensèrent 4 sous en offrande (1).

Dans ses moments de solitude, la musique était la distraction de la comtesse ; elle chantait en s'accompagnant du psalterion, sorte de cithare triangulaire, si bien que le 14 avril, on mentionne qu'il fallut « refaire le psalterion madame par plusieurs fois et i mettre cordes neuves », réparations qui coutèrent 8 sous. Elle se préoccupait aussi de son intérieur en prévision de l'événement qui se préparait ; le 15 avril, on fit pour 2 sous « rapparlier la coute madame » ; c'est-à-dire raccommoder la couette ou lit de plumes et par les soins de madame de Sarcou 465 peaux de lapins furent converties en 8 couvertures de lit.

Le comte Guy, revenant de Thiérache, arriva aux Montils le 18 avril et y séjourna environ trois semaines ; il y tint sans doute conseil le 28, car il reçoit ce jour-là à sa table frère Jean de Villesavoir, gouverneur du Comté de Blois, Jean II, comte de Sancerre et Jacques le Mercier, l'un de ses principaux conseillers. Il ne s'absenta qu'un seul jour, le 4 mai, allant coucher à Chémery en Sologne, lieu de rendez-vous pour ses veneurs, quand la meute chassait dans la forêt de Bruadan.

Toutefois, Guy ne put accomplir tous ses projets ; dès le lendemain, il revint souper aux Montils, rappelé par l'état de la comtesse, dont l'accouchement eut lieu effectivement le dimanche, 6 mai.

Mais le jour même, soit à cause d'une affaire urgente, ou qu'il cédât à un mouvement de mauvaise humeur de la naissance d'une fille, il quitta le château et il n'est plus fait mention de sa présence jusqu'aux fêtes des relevailles de la comtesse.

Dans l'intervalle, un messager avait été immédiatement envoyé à la Cour de France pour annoncer la venue au monde de l'enfant et « le merquedy IX jour en may fut demoyselle Marie baptisée » avec la solennité usitée en pareil cas. Un seul détail nous en est resté concernant « les torches qui furent alumées à baptiser l'enfant » du poids de « douze livres valant XXX sous. »

Les renseignements deviennent plus abondants sur la cérémonie des relevailles et les fêtes qui l'accompagnèrent.

Aux Montils, « le juedy, jour de l'Ascension XVII jours en may, y os VI ouvriers pour teïdre la chambre blanche pour Madame avec de la toile. » Trois jours après « fut le jour du regart madame », c'est-à-dire d'un grand festin donné en l'honneur de sa délivrance.

Les femmes des principaux feudataires du voisinage furent invitées ; c'étaient la dame d'Amboise, Jeanne de Chevreuse, femme de Pierre Ier ; Jeanne d'Averton, femme de Guillaume Prunelé, seigneur d'Herbault ; la dame de Preuilly, Marguerite Turpin de Crissé, épouse d'Eschivard IV ; la dame de Mouy (2) ; les dames d'Onzain et de Bury, femmes de Geoffroy de Bury et de Jean de Vieuxpont « et plusieurs autres gens » dit le chapelain de la comtesse, Pierre du Pont.

Il est facile d'imaginer la bonne chère qui se fit à ce diner, car les repas, au moyenâge, étaient pantagruéliques ; on en jugera, d'ailleurs, par le seul détail qui nous en reste : Florent de Beaumont, l'un des maîtres-d'hôtel du Comte, ne fit pas venir moins de cent treize pièces de volaille à cette occasion.

---

(1) Cela se passa dans la vieille église des Montils, aujourd'hui démolie, qui a vu tant de cérémonies célébrées avec le concours de si pieux et de si illustres personnages.

(2) Les Mouy sont une famille du nord de la France.

La dame d'Amboise, l'une des plus considérables parmi les personnes invitées, demeura « au souper et au giste » et les réunions durèrent plusieurs jours. Le 2 juin, Guy revint aux Montils, accompagné de Hugues d'Amboise, seigneur de Chaumont, de Guy le Borgne de Céris, chambellan de Philippe V et d'autres seigneurs venus pour les relevailles.

Celles-ci se célébrèrent le lendemain dimanche. Ce fut le jour des plus grandes solennités auxquelles « y ost que dames, que demoiselles, que chevaliers, cent. » Des aubades furent données par les ménestrels de cinq princes ou grands seigneurs, Philippe de Valois, frère de la comtesse, Charles, comte de la Marche, (depuis roi sous le nom de Charles IV), Louis Ier de Bourbon, comte de Clermont et deux autres dont nous ignorons les noms. Peut-être ces hauts personnages faisaient-ils eux-mêmes partie de l'illustre compagnie.

Comme toujours le principal de la fête consistait en un festin magnifique : nous ne connaissons qu'une bien petite partie du menu et pourtant on voit le receveur de Blois n'envoyer pas moins de cinq bœufs et treize oies aux Montils. Une hécatombe de 150 poulets fut faite à cette occasion ; pour arroser le tout le vin coula à grands flots, si bien que trois charges de verres furent expédiées par la verrerie de Fréteval.

D'ailleurs la dépense ordinaire du jour monta à 93 livres, 14 sous 9 deniers et pour se faire une idée de l'importance de cette somme, il suffit de recourir aux additions qui terminent le compte de l'hôtel tenu par messire Thomas pour les six derniers mois de l'année 1319 (1). On y voit que le train ordinaire de la vie coûtait 109 livres par mois. Une seule journée absorba donc à peu près les victuailles de trente autres !

Le lendemain, lundi 4 juin, une partie des convives de la veille sont encore au château : Guy de Céris, le seigneur de Chambly, Guillaume de Chauvigny, seigneur de Châteauroux, Jean d'Estouteville, la dame du Bouchet, et les réceptions continuent encore quelque temps : Philippe de Valois vient dîner chez sa sœur le 19 juin, puis tout rentre dans le calme.

La comtesse, elle-même, quitte enfin le château des Montils dans l'après-dînée du 21 juin 1319.

Nous donnons ici le portrait de Marie de Blois, d'après un magnifique tableau de la galerie des Uffizi, à Florence (2).

Arrivée à l'âge de quinze ans, en 1334, cette princesse fut mariée à Raoul, duc de Lorraine. Devenue veuve en 1346, elle contracta un second mariage avec Ferry, comte de Linange ou de Leiningen, dans le Palatinat du Rhin. Cette union, qui avait été célébrée antérieurement à l'année 1355, en fit une princesse tout à fait allemande. Elle emmena son fils Jean, duc de Lorraine, en Germanie et l'y éleva jusqu'à l'âge de

(1) La somme dépensée ce jour-là vaudrait, d'après les tables de Leber (appréciation de la fortune privée au Moyen-âge), au *pouvoir* de l'argent en 1847, 9.162 francs.

Au compte de Pierre du Pont, il est intéressant d'ajouter quelques numéros du compte de Merlin de Martimpuis pour 1319 (Arch. Nat. KK 296) f° 13 r° : « Pour dix muids d'avaine acatée ou grenier Sa nt-Lomer, le dimanche après le jour de mai pour les despens des personnes qui furent au Montis pour lever la fille Monseigneur, montent VII livres X sous ; — f° 16 r° : pour XVI milliers de creveches (écrevisses), prises à Olivier Le Breton, de le Freté (la Ferté-Villeneuil) les queles on compte de garnison à l'ostel et II milliers couste VII sols, montant VI livres. »

(2) Corridoio di Palazzo Pitti, n° 661. Ce tableau, que la générosité de M. le Comte Louis de Blois nous permet de reproduire, a été photographié par les soins de M. l'abbé Porcher. Le cliché nous a été remis par M. le vicomte de Croy. M. Porcher l'avait signalé dans les *Positiones et Documenta in causa beati Caroli de Blesis, ducis Britaniæ*, 1320-1364, *apud curiam romanam in disceptationem adducta*. Rome et Blois, 1892-1905, in-4°. Appendice II : *Effigies beati Caroli a S. R. congregatione adprobata*, p. 12-13.

dix-sept ans (1). De plus, elle le fiança à la fille d'Eberhard, comte de Würtemberg, qui devint son tuteur ; et comme la nouvelle comtesse de Leiningen ainsi que son mari avaient gardé en leur possession le duché de Lorraine, le comte de Würtemberg finit par s'impatienter et en demanda la restitution (2). Les deux parties, faute de pouvoir s'accommoder, s'en remirent à l'arbitrage du roi de France, Jean le Bon, qui rendit sa décision sur ce point, et sur d'autres encore, à Paris, le 6 juin 1355 (3). Il spécifia que Marie de Blois garderait les acquêts formés durant son premier mariage, mais qu'elle devrait se contenter de six mille livres de rente en terre qui lui avaient été promises pour son douaire, et en même temps le roi désignait certaines personnes pour le lui constituer d'abord sur les terres du duché sises en Allemagne (4). La descendance masculine de la comtesse Marie s'est éteinte en 1467 avec Hesso, landgrave de Leiningen, dont la sœur Marguerite a porté la succession à son époux, Reinhart, comte de Westerburg, et fondé la maison comtale de Leiningen-Westerburg. Quant à la maison actuelle de Leiningen, représentée par le prince Emich et par la ligne comtale de Leiningen-Billigheim, elle tire son origine de Jofried, frère du comte Ferry V de Leiningen.

(1) Duchesne, *Histoire de la maison de Chastillon*, Preuves, p. 106 : ceci résulte du témoignage du duc Jean lui-même, contenu dans un arrêt du Parlement.

(2) « Dictus comes dicebat et requirebat quod cum... tractatum fuerit de matrimonio... inter ipsum ducem... et filiam dicti comitis de Wirtemberg quod insuper... speratur... in facie ecclesie celebrari debere... quamobrem dicti ducis habebat mainburniam, gardiam... et regimen et persona ipsius sibi tradita fuerat gubernanda, possessio castrorum, locorum, villarum et possessionum aliarum ad dictum ducem et ducatum pertinentium, cum redditibus... que omnia dicti conjuges tenuerant et adhuc possident... amotis abinde dictis conjugibus et exclusis... eidem comiti de Wirtemberg deliberaretur. » Bibl. Sainte Geneviève, à Paris, Ms. 2068, f° 29.

(3) *Ibidem*, d'après le « Reg. du Trésor des Chartes cotté IIIIˣˣ IIII, n° 302 » (copie du XVIIᵉ siècle). Cet acte est inconnu de Duchesne, et aussi de l'historien de la maison de Leiningen, le Dʳ Brinckmeier, *Genealogische Geschichte des Hauses Leiningen* (publiée à Brunswick en 1890), comme a bien voulu nous l'écrire M. le Dʳ Schreiber. Voir ci-dessous, note 4.

(4) Nous espérions trouver quelques documents inconnus des historiens français dans les archives de la maison princière de Leiningen. M. le Dʳ Schreiber, administrateur général de S. A. S. le Prince de Leiningen, par une lettre en date du 30 novembre 1911, enregistrée sous le n° 3405 de la correspondance princière, a bien voulu nous écrire que les archives du château d'Amorbach (Bavière) ne contenaient aucun acte sur la comtesse Marie de Blois. Peut-être, en raison des détails qu'il nous a fournis, faudrait-il diriger les recherches du côté des archives de la maison comtale Leiningen-Westerburg. Nous laissons ce soin aux futurs historiens du Blésois.

La lettre de M. l'Administrateur général nous permet de préciser que le second époux de Marie de Blois doit être (le comte Ferry V étant mort en 1327) soit le comte Ferry VI, soit son fils Ferry VII. M. le Dʳ Schreiber nous a communiqué aussi ce que nous disons plus bas de Jofried de Leiningen, et nous le remercions de nous avoir aidé à élucider des points auxquels les historiens du Blésois n'avaient pas songé jusqu'à présent.

APPENDICE N° II

UNE AGONIE AU MOYEN-AGE (1)

« En l'an de l'incarnation MCC quatre vingt et onze (2) le jeudi devant la Conversion saint Paul, prist la maladie a tres noble dame, Madame Jehanne contesse d'Alençon et de Bloys, dont elle trespassa le mardi après ensuivant. Ce jeudi a son esveiller li prist douleur une a son costé si grant que elle ne cessoit de crier, et un rume très fort, et si avoit mal au cueur toujours. » (3)

Ainsi commence le récit d'une agonie et d'une mort qui sont l'une des choses les plus touchantes que nous ait contées le Moyen-Age. La comtesse Jeanne de Châtillon a répandu tant de bienfaits sur les Montils qu'elle n'a pas oubliés, à sa dernière heure, son souvenir y était si vivant, il y a encore cent vingt années, que nous devons à sa mémoire de transcrire ici (4) la narration de faits capables au surplus, nous le croyons, de dissiper des préjugés gravés chez les moins prévenus d'entre nous, qui sommes tentés de placer notre époque si fort au-dessus du passé. Hélas ! Où voient-ils, ceux-là qui ont pour mission d'approcher les mourants, une telle valeur morale, tant de ferveur, tant de souci de réparer ses torts, d'effacer les mauvais exemples, une si grande contrition ?

Rien ici (5) pourtant qui ressemble précisément à de l'héroïsme, ni même à ce qu'on pourrait appeler « une attitude » en face de la mort ; mais, on va le voir, quelle vérité d'accent, quel naturel et surtout quelle foi !

Nous laissons au récit et aux paroles de la malade leurs formes anciennes et aux mots, l'orthographe d'alors ; nous espérons que la petite difficulté qu'offre cette lecture n'arrêtera point nos lecteurs, même les moins lettrés ; avec un peu de bonne volonté et d'attention, ils comprendront et nous osons dire qu'ils seront bien récompensés du petit effort qu'ils se seront imposé, par le bien que cette histoire procurera à leur âme.

(1) Le récit que nous donnons a été publié par dom Martène : *Veterum scriptorum amplissima Collectio*, tome VI, col. 1219 à 1238, d'après un manuscrit des Prémontrés. Le Cte de Mas-Latrie l'aurait révisé et publié de nouveau, au dire de M. l'abbé Prudent qui en a tiré le sujet d'un article pour la *Semaine Religieuse de Cambrai*, 12e année, 1900, n° 44, p. 697. C'est son article que nous reproduisons textuellement ici, mais la matière des annotations nous a été fournie par le vicomte de Croy.

Le manuscrit se termine par la mention suivante (col. 1236, n° 29) : « Ce fut Madame Katherine de Bailloeul, dame de Leuze et de Condé sur l'Esquant, qui trespassa a Barenther, le prouchain lundi devant le jour de Monsieur Saint-Denis, VI jour du mois d'octobre, l'an de l'Incarnation N.-S. Jésus-Christ mil CCC XXXVII. Et li siens corps se repose a present en l'abbaye du Mont S. Eloy, de lès la cité d'Arras. » Comme les terres de Leuze et de Condé passèrent, à la mort de Jeanne, à son cousin germain Jacques de Châtillon (Duchesne, *Hist. de Chastillon*, p. 46 et 303), nous croyons qu'il doit s'agir ici de la femme de ce Jacques, que Duchesne appelle Catherine de Carency, non sur le vu de pièces originales mais sur la foi de simples « mémoires ». Aurions-nous là le témoin des faits qui nous sont rapportés ?

Le chroniqueur contemporain de Saint-Victor-lès-Paris a eu connaissance qu'un récit de l'agonie fut rédigé à l'époque et répandu dans le public. Voir ci-dessous, page 453, note 1.

(2) 1292 suivant le nouveau style.

(3) La comtesse mourut donc d'une pleurésie ou d'une pneumonie.

(4) Ce récit n'a jamais été utilisé par aucun historien blésois ; il servira beaucoup à faire mieux comprendre comment la maison de Châtillon a pu produire la sainteté (Voir en tête du volume le rapport adressé à Monseigneur notre évêque par M. le vicomte de Croy).

(5) Ici commence l'article de la *Semaine Religieuse de Cambrai*, qui est, on le sait, si remarquablement dirigée.

Madame la Comtesse de Blois, veuve de Pierre d'Alençon, cinquième fils de saint Louis, est une âme des plus chevaleresques. Elle a, trois ans après la mort de son mari, pris les insignes des Croisés, est partie pour Saint-Jean d'Acre, y a vécu deux ans, a enrichi le trésor de l'armée, s'est chargée de construire à ses frais diverses fondations, a semé ses richesses dans les églises et les hôpitaux, puis est revenue en France.

Deux ans après, très jeune encore (1), elle y est frappée, presque subitement, d'une maladie mortelle.

C'est un jeudi, elle souffre tant qu'elle ne cesse de crier ; le vendredi le mal augmente, le samedi même, jusqu'à midi. Il se fait alors un peu de calme et elle demande à se confesser.

Au premier symptôme de maladie, on considérait cela comme le premier devoir en ce temps-là. Deux jours passés depuis que le mal avait éclaté, c'était déjà beaucoup.

« Elle n'eût pas attendu, remarque le chroniqueur, à soi confesser à ce samedi, si ce ne fût le mal que si fortement la grevait, tant que elle ne pouvoit avoir loisir. »

Elle se confessa donc « en si grant devocion et en si grant contricion de la grant ferveur qu'elle avoit quelle fut émue en grant chaleur et enfiévrée. » Et ce n'était « mie grand'merveille » car, en santé même « quand elle se confessoit, étoit si émue de la grant et bonne diligence qu'elle y mettoit » que ses gens en étaient toujours préoccupés et redoutaient ce moment pour elle.

Après cela, elle fut agitée. On eût voulu qu'elle attendît « à recevoir son Sauveur jusques au dimanche au matin. » C'était trop la priver. Elle n'y consentit pas.

« Et lors, elle se fit vêtir, et se fit appareiller un lit pour plus révèremment recevoir Notre-Seigneur, et là se fit mener et coucher en ce lit ; et commanda que, quand Notre-Seigneur viendroit, on l'avertît aussitôt. »

— Non « ce Dieu là » (un si grand Dieu) ne l'attendrait pas « elle iroit au-devant de lui ! »

Et quand arriva Notre-Seigneur, elle qui était « si très foible en son lit, qu'elle ne se povoit pas bien torner sans aide, » elle se dressa, se fit porter et étendre sur un tapis, et là « moult longuement » tantôt agenouillée, tantôt appuyée sur ses coudes, « à grans larmes et à grand contrition de cœur » elle se disposa à communier.

Elle fut ensuite « moult longuement encore en prières et en oraisons et puis on la remit au lit. »

Elle dit alors qu'elle se sentait bien mieux et « ce n'est mie merveille, ajoutait-elle, car j'ai avec moi mon Seigneur et mon Dieu. »

Le Dimanche, profitant de l'amélioration qui s'était produite, elle appela près d'elle l'évêque d'Orléans, le connétable de Châtillon, son parent et plusieurs « autres sages gens et de grand conseil » et elle fit son testament (2). Elle répandit toute sa fortune en largesses, en faisant bien observer qu'elle n'eût pas agi de la sorte, si les deux enfants (3) dont elle avait été mère eussent été encore vivants.

Le lundi, elle n'avait plus de forces. Cependant comme elle souffrait moins, elle se croyait hors de péril. Elle « avoit volonté de reposer ». Ce calme n'était qu'un affaiblissement, il parut de mauvais augure aux médecins.

_____

(1) Elle avait environ 38 ans, suivant le P. Anselme, t. I, p. 86.

(2) Testament publié par Duchesne (Preuves, p. 82) et daté du dimanche jour de Saint Julien, 27 janvier 1292 (n. st.) Parmi les exécuteurs figure en effet, Pierre, évêque d'Orléans, mais on n'y trouve pas Gaucher de Châtillon qui ne devint connétable de France qu'en 1302. On n'y trouve que le connétable Raoul de Clermont, sire de Nesle. Il y a là une défaillance de mémoire chez l'auteur du récit. Toutefois Gaucher de Châtillon reçut des legs importants et figure dans un acte particulier qui contient un legs à la Terre-Sainte (Duchesne, p. 119).

(3) Louis et Philippe, enterrés à l'abbaye de Royaumont, et morts respectivement à l'âge d'un an et de 14 mois. (P. Anselme, t. I, p. 86.)

Ils tinrent donc conseil et décidèrent de la prévenir qu'elle était en danger. Maître Guillaume, son médecin ordinaire (1), fut chargé de porter la parole.

« Et vint à elle et ainsi lui dit :

« — Madame, vous m'avez fait promettre sur ma foi que, si je vous voyois en péril de mort, je vous le fisse savoir. Madame, je suis donc tenu de vous révéler en quel état vous êtes, car bien des fois vous m'en avez requis. Je vous ai toujours répondu alors que je n'en aurois pas le courage ; mais quoiqu'il arrive, j'aime trop mieux à faire contre mon dit que contre ma loyauté.

« Madame, vous êtes bien malade, plus que vous ne pensez et si malade, que vous n'avez plus, à mon avis, rien à attendre de la nature ni des médecins. Priez donc celui Seigneur qui fait du mort le vif, quand il lui plaît, de vous donner maintenant ce dont vous avez besoin.

— Au moins, dit-elle, pourroi-je avoir l'espace d'un mois ? Si je l'avois, je ferois encore beaucoup de bien !

— Un mois, madame ! Qui est celui qui est sûr de vivre un mois ?

Puis tout à coup :

— Madame, pourquoi pensez-vous à cela ?

— Et certes, maître Guillaume, c'est bien difficile, à mon avis, de ne pas penser à cela, quand celui qui naquit de la Vierge Marie, sans péché, et vécut sans nul péché, eut lui-même peur de mourir !

Alors le médecin lui dit :

— Notre-Seigneur vous a envoyé son fléau, il vous a frappée et affligée ; madame, priez-le de rappeler le fléau par sa grâce, et qu'il veuille vous donner espace de vie pour vous amener, selon son pouvoir.

— Certes, maître Guillaume, s'il lui plaisoit de vouloir me donner un peu de répit, je ferois encore beaucoup de bien.

Il y eut un silence ; puis peu après, maître Guillaume reprit :

— Madame, où vous plaira-t-il que votre corps repose ?

— Aux Frères Mineurs.

— Et votre cœur ?

— Aux Frères Prêcheurs (2).

On appela son attention sur une abbaye de Franciscaines qu'avaient fondée ses parents ; mais elle répéta qu'elle vouloit que son cœur eût sa sépulture chez les Prêcheurs « pour qu'elle pût avoir le secours des deux ordres et pour l'amour de son seigneur le comte d'Alençon. »

Elle demanda enfin très instamment les prières de ceux qui l'entouraient :

— Pour Dieu ! suppliait-elle, aidez-moi à aviser, car Notre-Seigneur me hâte. « Et disoit :

— Biaux sire Dieu, je vous rends grâces et mercis, qui m'avez avisée de ma mort prochaine, car je ne voyois goutte ; mais maintenant je vois bien, je reconnois tout à fait en moi les signes de la mort. C'est le mauvais ennemi qui me vouloit aveugler. Et moult bien et hautement remercioit Notre-Seigneur. »

Maintenant qu'elle se savait près de mourir, la confession qu'elle venait de faire ne lui suffisait pas.

Elle manda son confesseur accoutumé, puis un Chartreux, le prieur de Vauvert, puis

---

(1) Maître Guillaume d'Orillac « physicien », c'est-à-dire médecin de la comtesse, est l'un des exécuteurs testamentaires. Elle consultait aussi un médecin blésois « Semoon, le mire de Blois », à qui elle a légué 50 livres t. (Arch. Nat. J. 174 n° 37).

(2) Le testament porte, en effet, les frères Mineurs et les frères Prêcheurs *de Paris*, si elle meurt entre Paris et Chartres ; mais si elle meurt par delà Chartres, elle veut être enterrée à la Guiche (C^{on} de Chouzy, près Blois).

un Frère Prêcheur, Guillon de Châteauneuf (1). Et à tous trois, sans leur laisser le temps de la réflexion, elle raconta tous les péchés de sa vie « en si très grant repentance et si amèrement qu'ils témoignèrent qu'ils ne virent oncques de plus grant repentance. » Elle désirait même, s'ils y eussent consenti et que cela, à leur avis, eût plu à Notre-Seigneur, se confesser devant le peuple.

— Dites et je ferai !

Ils répondirent :

— Dame, il suffit.

Elle recommença pourtant une fois encore à l'arrivée du Prieur des Frères de Notre-Dame d'Orléans, car « sur tous autres, elle le désiroit voir. Venez ! cria-t-elle. »

Elle prit sa main, baisa son visage, pleura abondamment, s'accusa et lui dit :

— Je vous en supplie, lasse pécheresse que je suis, priez pour moi et recommandez-moi à vos frères. Demandez à Notre-Dame qu'elle me veuille être défense et protection et amie envers son cher enfant.

Et puis s'écria :

— Ha ! dame de Pitié, ayez de moi merci !

« Et tant que c'étoit merveille de l'ouïr, ès beaus regrets qu'elle faisoit à la Vierge Marie. »

Elle se fit apporter de sa chapelle une statuette de la Sainte Vierge ; aussitôt qu'elle la vit, elle se souleva vivement, elle lui baisa les pieds avec ardeur, puis retombant et pleurant :

« Ah ! douce Vierge Marie, disoit-elle, par ta grande humilité, tu voulus que le nom royal du grand Salomon, dont tu descendois, fût oublié en toi ; et moi, j'ai voulu me glorifier de mon lignage, et j'ai dédaigné les pauvres petits. La fleur de lys de France, je l'ai fait peindre et je l'ai étalée partout. Ha ! ma Dame, en quel lieu lit-on que vous missiez ainsi les armes de Salomon ou de David en tous vos ornemens ? (2) Et moi, qui suis si misérable, quand j'étois par dehors si royalement ornée, par dedans je n'étois que pourriture enveloppée d'atours ! Ah ! ma Dame, votre doux Fils, que ces orgueils me soient pardonnés !

« Et tous mes autres péchés de même, car vous ne fûtes oncques envieuse et partout cherchiez paix pour chacun. Et moi, j'ai blâmé, ou dit mal ou écouté d'autrui. Vous fûtes sobre, et moi. — Nul ne vous vit courroucée, et moi. — Vous fûtes au service de Dieu jour et nuit, et moi. — Ah ! Dame, si je ne suis digne d'être près de vous en Paradis, plaise à vous que j'aie un anglet (un coin) près de vous avec les misérables repentans ! Ah ! qui sauroit quel honneur c'est d'être près de vous ; cela ne lui coûteroit guère de quitter pour vous toutes les noblesses de ce monde ! »

La distinction des classes sociales, rigoureusement tranchée autrefois, n'empêchait pas que les rapports des serviteurs et des maîtres ne fussent autrement affectueux qu'aujourd'hui. Certes, au dehors, la différence était grande d'une châtelaine à une de ses filles de service ; mais la foi ramenait tout à l'égalité, au dedans : devant Dieu,

---

(1) Jean, prieur de Vauvert, à Paris, figure parmi les exécuteurs ; Guillon de Châteauneuf ne s'y trouve pas, mais bien frère Simon de Ver, des frères Mineurs. Était-ce son confesseur ?

(2) Signalons, en effet, que par lettres données à Saint-Marcel-lès-Paris, le mardi avant la fête de saint Laurent, martyr, 1291, la comtesse promet qu'elle offrira chaque année, à l'évêque d'Amiens, à la saint Firmin, 25 septembre, un cierge de 100 livres. Elle stipule qu'il sera orné de ses armoiries : « in quo cereo depictum erit scutum de armis nostris sicut facit dominus rex Francorum ». — Chose singulière, à l'hommage qu'elle rendit ce même jour à l'évêque d'Amiens assistèrent diverses personnes que nous avons eu à mentionner ici : Raoul, seigneur de Nesle, connétable de France, Gaucher, seigneur de Châtillon, et Jacques de Châtillon, ses cousins. (Cartulaire original de l'évêché d'Amiens, fo 100 verso, à la Bibliothèque du château de la Guerche, app. au Comte de Croy, capitaine d'artillerie).

l'une comme l'autre n'étaient qu'une âme responsable. On se disait donc au lit de mort
— et on se le disait avec une facilité étonnante, parce que ç'avait été l'habitude de la
vie — : « Qu'importe la condition où j'ai vécu, puisqu'il n'en va plus rester que le devoir accompli ! Comment ai-je obéi, comment ai-je commandé ? Voilà l'unique affaire ! »

Ainsi pensait la douce chrétienne dont nous rappelons les heures dernières. Quand
elle eut à satiété demandé pardon à Dieu, elle se préoccupa de la manière dont elle avait
exercé son autorité envers ses inférieurs.

Toute sa domesticité passa dans sa mémoire ; elle fut attendrie au souvenir des soins
de tant de braves gens ; elle voulut donc les revoir et les entretenir avant de quitter
la terre. Quel accent de respect et quelles douces paroles elle eut avec eux !

D'abord, elle manda ses femmes ; puis elle les récompensa « si sagement que toutes
se merveilloient ! »

Elle leur dit :

— Belles, très douces dames et damoiselles, je vous demande pardon de vous avoir
été peu courtoise et d'humeur si diverse. Vous m'avez, vous, été douces, aimables,
honnêtes et loyales. Je ne vous ai pas remerciées autant que je l'aurois dû. Voici que
vous ne pourrez plus rendre aucun service à mon corps, mais priez pour l'âme de moi.

On voulut, à un moment, lui faire prendre du repos.

— Certes, nenni, dit-elle. Qui se meurt, doit-il se reposer ? Ce dont j'ai le plus besoin,
c'est de crier merci à Dieu.

Vinrent ses domestiques. Elle regarda :

— Ils n'y sont pas tous, dit-elle. Gardez qu'il ne demeure garçons en étable, ne en
cuisine, car je les veux tous voir et veux aussi que tous me voient ! (1)

Et quand ils furent là, elle recommença :

— Belles très-douces gens, voyez votre chétive dame que vous avez tant servie de
nuit et de jour.

Elle demanda pardon de nouveau, parlant de ses emportemens et de ses « vilenies ».

— J'étois si impatiente, que je voulois que les choses fussent faites au moment même
où je les commandois.

Puis elle les supplia pour Dieu « d'amender leurs vies » et de n'attendre pas au dernier
jour pour opérer leur salut. — « Et moult les loua » ; il n'y avait pas de dame qui eût eu
de meilleures gens !

---

(1) Dans un rôle qui contient des legs faits par Jeanne de Châtillon, nous relevons parmi les domestiques :

A J clerc de la cuissine, **xx** liv. a vie et **c** liv. tour. en deniers.

A Colin, de la cuissine, **xx** l. t. a vie.

A Guillaume, charretier de la cuissine, **xx** liv.

A Labbé, de la cuissine, **x** liv.

A Harigaut, de la cuissine, **x** liv ;

puis, à Pierre, le queu, (c'est-à-dire le cuisinier), **ii**ᶜ **l**. tour. Ce Pierre, nous le savons, fit une fondation
aux Montils (voir ci-dessus p. 43) ; peut-être en était-il originaire ?

Parmi les gens des écuries, nous relevons :

A Perrot, don chariot, **xx** liv. a vie.

A Moreau, messagier, **xxx** liv. en deniers.

A Raoulet, don char, **xxx** liv. en deniers.

La comtesse avait aussi un ménestrel, Henriet, et un fou désigné seulement par une initiale.

Ceci concerne des legs indépendants du testament publié par Duchesne. Ils figurent sur un rôle
qu'a découvert M. le Vᵗᵉ de Croy (Arch. Nat. J 174, n° 37) qui n'a jamais encore été utilisé et qui
porte ce titre :

Redditus ad hereditatem et denarii legati a comitissa Blesensi in quodam rotulo sigillo dicte
comitisse sigillato.

Le sceau subsiste.

De nouveau, on voulut la faire tenir en repos ; cela fut, de nouveau, impossible. Elle demanda une croix. On fit selon son désir, une croix de bois assez grande, capable de bien rappeler la croix véritable. Elle la salua avec ferveur, la pressa sur sa poitrine et se mit à lui parler comme à Dieu présent, racontant toute l'histoire du Rédempteur, depuis la Nativité jusqu'à la Passion et à la Sépulture.

Et au milieu de tout cela, des exclamations contrites à faire fondre en larmes.

Elle s'exaltait, quand on voulait la faire taire : « Ah ! sire Dieu ! non laissez-moi ! Je voudrois que mon cœur sortit de ma poitrine de la grande douleur que j'ai d'avoir offensé Jésus-Christ ! » Elle parlait encore de ses « orgueils », il n'y avait pas plus chétive pécheresse qu'elle ; elle eût mérité d'être attelée à la queue d'un âne et traînée par toutes les rues de Paris, là surtout où on l'avait vue déployer ses coquetteries et si alors on lui avait jeté de la boue à la figure, c'eût été bien ; car il n'y avait pas de honte qu'on ne fût en droit d'imposer à ce malheureux corps qui s'en allait en poussière !

En un moment de répit, on lui administra l'Extrême-Onction. Fort doucement, elle présentait ses membres, remerciait et interrompait de temps en temps pour demander : « Qu'est-ce qu'il faut que je dise ? » On lui faisait réciter *Pater, Ave, Credo*.

Puis elle reprit sa croix de bois et ses actes de contrition. « Tant de créatures avoient été suppliciées, traînées, brûlées qui, de cent mille, ne l'avoient mérité autant qu'elle ! » Elle s'accablait d'injures, autant qu'elle pouvait · — Avoir offensé un Dieu si bon ! Ah ! meurtrière... Sire, Sire Dieu, tricheresse vous ai-je été de mon âme !

Enfin, elle éclata en un grand cri, se frappant le front contre la croix :

— Fi, fi, fi de moi !

On craignit qu'elle ne fût sous le coup d'une tentation de désespoir et qu'une vaine peur de l'enfer ne l'étreignit.

— Oh ! non, dit-elle d'une voix tendre ; si j'ai tant de peine, c'est de vous en avoir fait, mon doux Seigneur, mon doux Créateur ! C'est votre amour, Sire, que je pense avoir perdu ! Je n'ai jamais fait mon devoir tout entier envers vous. Je ne désespère pas cependant, car je sais qu'infinie est votre miséricorde !

Tout à coup elle pressa, à grand effort de ses deux mains, sa lourde croix de bois.

— Bonnes gens, dit-elle, voici mes armes ! Elle la laissa retomber et la pressait tant sur son cœur en se meurtrissant, qu'on voulut la lui prendre ; elle se récria :

— Non ferez ! Elle ne partira pas de mes mains, tant que je pourroi la tenir !

Cependant les prières des agonisans commencèrent. Elle les interrompit trois fois pour distribuer encore quelques bienfaits (1).

Elle se fit lire ensuite la Passion, en latin et en français, coupant la lecture de ses réflexions touchantes.

La reine, sa belle-sœur (2), la vint voir à ce moment ; elle la remercia, puis lui dit :

<hr/>

(1) Il est tout à fait surprenant de voir l'étendue du testament, le nombre des legs, et les détails dans lesquels entre la comtesse. Elle était, évidemment, une femme de tête et conservait à ses derniers moments une surprenante présence d'esprit. En dehors du testament publié par Duchesne il subsiste un rôle de legs faits à ses serviteurs ou à ses parents et qui s'élève aux totaux suivants :

Rentes viagères : 2240 l. tournois.

Rentes « n héritage » c'est-à-dire rentes perpétuelles: 1900 liv. 100 sous tournois « compté le prieur de Chosi ».

« Somme en deniers », c'est-à-dire argent comptant : 9150 liv. tour.

L'ensemble des dispositions testamentaires représente une somme fabuleuse (c^{on} du Vte de Croy).

(2) Il y a encore ici une erreur probable de mémoire chez l'auteur du récit, qui a dû l'écrire ou le dicter assez longtemps après l'accomplissement des faits. La reine Marie de Brabant, belle-sœur de Jeanne, deuxième femme de Philippe le Hardi, et veuve depuis 1285, n'était nullement la femme du roi régnant, comme le laisse entendre le récit. Quant à la reine, femme de Philippe le Bel, elle n'était pas la belle-sœur mais la nièce par alliance de la comtesse. Mais en 1292, vivait encore une autre

— Pour l'amour de Jésus-Christ, Madame, mirez vous en moi et comprenez qu'il ne faut mettre votre confiance ni en jeunesse, ni en beauté ni en votre grand pouvoir d'à présent ; car tout sera cendre un jour et comme moi, vous devrez tout quitter. N'attendez pas à vous détacher du monde, ma bonne Dame !... Elle ajouta :

— Dites au roi d'avoir pitié de son âme.

Alors elle ne fit plus attention à rien autour d'elle ; on la voyait toujours prier « tout basset » en continuant de demander pardon.

Au bout de quelque temps, à plusieurs reprises, elle murmura l'*In manus* : Mon Père, je remets mon âme entre vos mains.

« Et en ces paroles, et en tel entendement, elle fut toujours jusqu'à la fin, que son esprit se despartit de son corps.

« Et fut si douce et si gracieuse à la fin que tous ceux et toutes celles qui là étoient présens disoient qu'ils ne l'avoient jamais vue si paisible et si belle comme elle étoit et leur étoit avis qu'elle risît » (1).

de ses belles-sœurs, Madame Blanche de France, fille de saint Louis, qu'elle n'a pas oubliée dans son testament : « A Madame Blanche, sa seur, VIII[c] l. de rente a vie et la meson Madame d'Osteriche » (d'Autriche). J 174 n° 37. — Cf. Duchesne, p. 79, où il y a 500 liv. au lieu de 800.

(1) Il reste, à déterminer maintenant où les faits se sont passés. Tout semble indiquer Paris : la présence de la reine de France, la mention des frères mineurs et des frères prêcheurs, sans qu'on spécifie autrement le lieu, ce qui doit s'entendre de la ville où l'on se trouve, c'est-à-dire Paris, aux termes du testament. Pourtant Duchesne (p. 119), affirme d'une manière qui ne peut guère laisser de doute, que son corps repose « dedans l'abbaye de la Guiche auprès de ses père et mère ». — Le P. Anselme est encore plus explicite (t. I. p. 86) : « Son corps fut enterré dans l'abbaye de la Guiche près Blois que son père et sa mère avoient fondée et où l'on voit une peinture a fresque dans le dortoir, près de la cellule C, faite du temps et pour cette princesse, où elle est à genoux devant la sainte Vierge, à qui saint Jean la présente ; derrière elle sont quatorze religieux à genoux et le haut est chargé de plusieurs écussons de ses armes et de celles de son mari ». Il faut donc, en ce cas, qu'on n'ait pas suivi à la lettre ses recommandations, puisqu'elle ne désignait la Guiche que si elle venait à mourir, passé Chartres, du côté de Blois. — Duchesne (p. 117) dit qu'aux Chartreux de Paris, on la voyait aussi « au grand cloistre, en une vieille peinture, où sont les armes d'Alençon et de Chastillon, près du saint Jean-Baptiste et quatorze religieux ». Les anciennes descriptions de la Guiche portent que le tombeau de la comtesse Jeanne est proche de la balustrade du sanctuaire, en pierre. Elle porte une couronne sur la tête, et ses pieds posent sur un chien turc. (De Martonne, *Notice hist. sur l'abbaye de la Guiche*, 1863, p. 11). Tout cela a disparu à la Révolution !

Les dates données ici pour la maladie et la mort concordent bien avec les documents et les chroniques. La conversion de saint Paul, en 1292, tombe le vendredi 25 janvier. La veille est bien le jeudi 24. La saint Julien tombe le dimanche 27 et la mort est du mardi 29. Voir l'obituaire des Chartreux de Paris cité par Duchesne, Preuves, p. 82, et les chroniques de saint Victor de Paris : « *Cujus mors devota et ante Deum, ut creditur, preciosa, ab aliquibus jugi memoria commendanda.* »

Ajoutons, pour terminer, que le dernier acte connu de la comtesse Jeanne est probablement celui du « dimanche avant la fête de saint Vincent », 20 janvier 1292, quatre jours avant sa maladie, qu'indique La Morlière, *Antiquités d'Amiens*, p. 210. Elle y parlait encore de ses armoiries dont le plaisir et l'orgueil qu'elle en tirait, éveillèrent, on l'a vu, chez elle certains scrupules. « Mentionnant l'hommage fait par elle à l'évêque d'Amiens, et le don annuel d'un cierge de 100 livres aux armes peintes, elle approuvait la ratification qui en avait été faite par le chapitre d'Amiens, et déclarait que cette ratification ne saurait nuire au doyen et au chapitre, qui continueraient à recevoir leur droit comme avant. » Et dans le précieux cartulaire de l'évêché d'Amiens, qui est à la bibliothèque du château de la Guerche, il y a, f° 99 v°, un acte du 7 janvier précédent, 1292, par lequel la comtesse oblige ses successeurs comtes de Blois à faire hommage à l'évêque d'Amiens, le chapitre y consentant, des fiefs dits Vendômois. Ces actes ne sont pas datés du lieu. On a vu que durant l'été précédent, la comtesse se trouvait à Saint-Marcel-lès-Paris, mais à l'automne, elle vint en Blésois, et peut-être aux Montils, car le 26 septembre 1291 elle se trouvait dans sa maison de la forêt de Boulogne, avec frère Simon « Marquiciz », des frères Mineurs (E. Jarry *Cartulaire de Sainte-Croix d'Orléans*, 1906, p. 484).

APPENDICE Nº III

INVENTAIRE DU MOBILIER DE GUI Ier DE CHATILLON, COMTE DE BLOIS

1334

Inventore des choses de l'ostel Monseigneur de Blois tant de ce qui fu trouvé a Montferaut et a Blois comme de ce que on porte an chemin aveuc Monseigneur, et fu fait l'an M CCC trente quatre ou mois d'avril, le dimenche après Pasques closes.

Paneterie

Premiers. xiiij grans nappes ouvrées et sont rabatues iij qui nient ne valent. Item xxx chanevas et a on rabatu celles qui nient ne valent. Item xiij touailles ouvrées et sont rabatues celles qui nient ne valent. Item ix touailles de chanevas qui ne sont mie ouvrées et sont rabatues les malvaises.

Boutillerie

Premiers. iij quartes d'argent et en a une Madamoiselle. Item ij rondiaus d'argent. Item iiij pintes d'argent. Item iiij demi pintes a yaue d'argent. Item xxxvj hanas d'argent rons et ij dorés. Item ij trepiers d'argent dont un est doré. Item xij cuilliers (1) d'argent dont l'une est dorée. Item ij cuilliers d'argent que damoiselle Agnès rendi et ont esté baillies as boutillers. Item ij bachins d'argent. Item ij hanas de madre dont l'un est couverle (2). Item xxxij cailliers que petis que grans. Item xij brousses. Item vij boutelles d'estain que bonnes que autres. Item iiij quartes d'estain. Item xij pintes et vj jopines a yaue d'estain. Item viij barilz ferrés. Item iiij canes (3) de bos. Item iij canes de cuir. Item iij bouchiaus, un seel et un entonnoir de cuir tous vielz. Item ij boucaus (4) neus. Item xxxiij pintes de cuir.

Cuisine

Premiers. lxxix escuielles (5) et iiij plas d'argent. Item lxx escuielles et ij plas d'estain. Item iij chaudieres. Item xiij paielles (6). Item xxj pot de cuevre. Item vij ferieulx et ij a Blois. Item une paielle de fer et ij saimiaus (7). Item ij contrerostiers. Item iij grilz. Item i trepier. Item v mortiers. Item une muele a moustarde.

Item, par devers maistre Berthelemi iij mortiers de cuevre. Item un pestiau (8) de fer. Item ij paielles d'arain et j plat bachin. Item une paielle a ij ansses d'arain. Item ij mortiers de coivre.

Huisserie

Premiers vij^{xx} ij coutes : a Montferaut cxvj et a Blois xxvj. Item vj^{xx} et vij coussins : a Montferaut ciij et a Blois xxij. Item xx couvertoirs fourrés de connins.

---

(1) Les cuillières étaient encore rares au début du xive siècle et on n'en trouvait que chez les rois et grands seigneurs (Laborde, *Glossaire français du Moyen-Age*, p. 322). La cour de Gui Ier était certainement assez raffinée.

(2) Hanaps « a couvercle » ou « a couvescle » ou encore « doré et couvesclé » (Laborde, p. 338) : vase à boire muni d'un couvercle.

(3) Cannes ou cannettes : gros vases, cruches (Laborde).

(4) Bouchiaux, boucaus. — de boucel, bocal. — Le mot *boucaut* est encore employé aujourd'hui dans le Dunois et dans le Vendômois, pour désigner un petit baril.

(5) L'équivalent de nos assiettes, dit M. de Laborde, p. 272.

(6) Paielle ou paelle, poeles à cuire.

(7) Sans doute pour semal ou semale : sorte de bassin pour la vendange et autres usages. Voir Du Cange *Semalis*.

(8) Pestiau ou pesteil, pilon.

Item j couvertoir fourré d'escureux. Item xvj petites coutespointes. Item iij couvertoirs sanz fourreure et xviij bureaus pour valles. Item xx autres bureaus malvais pour valles. Item iij bachins et iij pos lavoirs (1), les ij bachins et les ij pos a Montferaut et l'autre a Bloys. Item, j bachin ront d'argent a barbier par devers Monseigneur. Item iiij coutespointes grandes, l'une par dedens de drap de tarse (2) jaune, l'autre à iij lions blans et ij blanches par devers Monseigneur Pierre Mareschal. Item xx paires de draps de ij les. Item c et vj paire de draps de lé et demi. Item baillié a Gobin par Tassin, des choses qui estoient en la tresorrie a Montis environ mi-may l'an xxxv, ij couvertoirs vermaus et ij couvertoirs vers tous fourrés de menu ver et une coutepointe de vert cendal pour despendre devers l'ostel che chi sera mis après l'inventoire vraie des garnisons qui sont a Montferaut et as Montis.

Forge

Premierement. iij marteaus, j brocheur et j a retourner. Item iij anclumes et v paires de tenailles. Item ij rouanes et unes turquoiches (3). Item ij boutours et j coutel a parer pies. Item ij paires de fous et ij toyvres.

Fruiterie

Premierement. xij plateaus d'argent. Item j chauderon. Item ij paires de balanches et les pois a peser. Item iiij coffres, les ij armoiés de Blois et les ij omples. Item unes grans balanches neuves et les poiz.

Inventore des choses qui sont en garnisons a Montferaut et a Montis lesquelles furent bailliés en garde a Gobin. Premierement.

Premiers. ij pieches de toille l'une de xl aunes et une tenant xx aunes et le tierce de xxviij. Item une piece de iiij aunes. Item i nuef couvertoir d'escallate fourré de menu vair et ij autres couvertoirs vermaulz fourrés de menu vair. Item j vermeil fourré de gros vair. Item vj coutespointes vermeilles. Item une coutepointe verte a pavillons aveuc le dossel et le chiel samblablement armoié. Item iiij coutespointes de vert cendal. Item iiij couvertoirs vers fourrés de menu vair dont il y en y a ij vielz. Item une coutepointe de blanc bougran. Item ij fustanes. Item iiij tapis vermaulz armoiés de Blois. Item j tapi jaune armoié de Bloys et de Valloys. Item ij sarges. Item j bankiet. Item ij pieces de courtine de chanevas vert. Item ij grans orilliers de vermeil cendal. Item iiij cousins vers de toille. Item iiij cousins de vermeil cendal. Item ij tabliers. Item, en un coffret, xxxiij pieces de vert cendal recalendré et x autres pieces de vermeil cendal recalendré dont une bordure de courtine a pavillons. Item une selle de vermeil vellouel a orfavrie de Bloys et de Valloys. Item une chambre verde qui fu Challes (4). Item j lorain (5) vielz a rosettes.

Item iiij couvertoirs fourrés de connins. Item ij pieches de delié toille pour cuevrechies. Item devers Jehannet de la chambre un doublet a lit de bougheran.

Charretrie tant es dittes garnisons a Montferaut comme par devers Jehannot Piau.
Premiers. iiij coliers. Item j selle de faute de cordouan et v frains. Item v paires de trais et v cevestres de vache nues. Item v collers furnis de trais.
Par devers Jehannot Piau. v coliers, j avaloire, j dossiere de vache, v chevestres et v frains. Item ij charrios, a l'un faut ruées charretil et limons. Item il y a une charete.

---

(1) Lavoirs, vase fermé, dit Laborde, p. 357, rempli d'eau chaude, qui répond à nos boules et chaufferettes.

(2) Tarse, étoffe précieuse qui venait de l'Inde ou de la Tartarie. V. Du Cange au mot *Tarsicus*.

(3) Turquoise ou truquoises, tenailles à plusieurs usages, servant même au besoin de casse-noisettes.

(4) Charles de Blois.

(5) Lorain, rènes, guides. Voir Du Cange, *Lorenum, Loramentum*.

Le Conte de Blois, seigneur d'Avesnes et de Guise.

Che sont les choses qui furent raportées de Gisors a Montis lesquelles furent baillies en garde a Gobin Rogier.

Premierement. J dossel de drap d'or de Turquie.

Item J siège de drap d'or de Turquie.

Item vj banquiers de vert chendal armoiés de Valois et de Bloys.

Item iiij couvertoirs fourrés de connins.

Item une queutepointe et J doublet de bougueran.

Item J forgeret (1) de chiprez estosé (2) d'argent ou quel il y a ij petites piecches de delié toille.

Item ij vies coffres et une viese male.

Item J grant saich de chanevas.

Item J vies tapis a chauves souris et les autres vij sont et doivent estre en le maison le conchierge Monseigneur a Paris.

British Museum
Additionnal Charters, nᵒˢ 2691-2692
(Communiqué par S. G. Msgr le duc de Norfolk).

APPENDICE Nᵒ IV

PORTRAIT DE LA BIENHEUREUSE JEANNE DE FRANCE, D'APRÈS
PIERQUIN DE GEMBLOUX (3).

« Jeanne était privée de toute coquetterie ; elle n'avait pour toute parure que son innocence et sa naïveté. Loin d'être belle, ses traits n'étaient pas réguliers ; son front large et saillant ; ses sourcils étaient plutôt droits que bien arqués. Une cicatrice longue et profonde sillonnait la tempe gauche, surmontant l'extrémité extérieure du sourcil, cachée d'abord par de beaux cheveux blonds cendrés et relevés sous un chapeau. Ses yeux glauques, grands et beaux, taillés en amande, avaient la forme aimée des femmes chinoises. Celui du côté droit était sensiblement plus bas que l'autre. Le nez, fort et grand, près de la racine à l'extrémité, formait plus de la moitié de la hauteur totale de la figure, et vers le milieu de la ligne droite qui le dessinait, s'élevait une assez forte éminence. Les tempes étaient aplaties, la bouche grande, les lèvres épaisses ; le menton très court se terminait brusquement par une ligne anguleuse et plate. Les joues étaient longues et larges ; à l'époque du mariage, elles ne pouvaient être encore ni pleines ni colorées. Le sourire et la vie, le bonheur et l'exaltation mentale devaient y ajouter des grâces que rien autre chose ne peut ni donner ni rendre. Sa peau était brune et la forme de ses traits était peut-être beaucoup trop mâle. La petite vérole en avait même légèrement effacé cette douceur et cette finesse de teint qui caractérisait la physionomie du sexe.

« Les traits du père étaient si adoucis dans ceux de la fille que beaucoup de ses contemporains la trouvèrent jolie et même belle. La Trémouille dit qu'elle avait fort beau visage. »

(1) Forgeret, coffret, cassette. Voir Du Cange, *Forgerium*.

(2) Estosé, pour estoré, garni. Voir Du Cange, *estoramentum*.

(3) *Histoire de Jeanne de Valois*, Paris, 1840, in-4ᵒ. Voir plus haut p. 135 le masque de plâtre qui a moulé les traits de la Bienheureuse.

APPENDICE Nº V

*PROCÈS DE JACQUES DE BEAUNE, SEIGNEUR DE SEMBLANÇAY, GÉNÉ-
RAL DES FINANCES DE FRANÇOIS Iᵉʳ ET DE LOUISE DE SAVOIE.*

Le règne de François Iᵉʳ a laissé aux Montils un assez lugubre souvenir. Il s'agit du
procès intenté au général des finances Jacques de Beaune, si célèbre sous le nom de
Semblançay, qu'il prit en 1515, après avoir reçu l'importante baronnie que ce nom
désigne en Touraine. Les poursuites commencèrent devant une commission réunie au
château des Montils.

Semblançay, que de légendes autour de son portrait ! Elles ont pour elles les appré-

ciations de la plupart des historiens : arbitraire, despotisme, inique condamnation d'un
innocent, ce sont les termes les plus doux ; dès le XVIᵉ siècle, elles ont couru sur les vers
populaires et immortels de Marot. Il semble donc indispensable de peindre à grands
traits la vie du célèbre manieur d'argent qu'a retracée dans ces derniers temps un ouvrage fort érudit (1) ; et, ne partageant pas d'ailleurs sur la justice de François Iᵉʳ l'opinion courante de l'injustice, nous donnerons à son sujet les jugements les plus sûrs
qu'il ait inspirés.

(1) Alfred Spont, *Semblançay. La bourgeoisie financière au début du XVIᵉ siècle.* Paris, 1895.
Thèse soutenue en Sorbonne pour le doctorat ès-lettres. Il est regrettable que l'auteur, sous des
recherches étendues, laisse voir la pauvreté réelle de ses idées générales et de sa philosophie. — Voir
d'ailleurs le compte-rendu de ce livre par M. Jacqueton, l'un de ceux qui connaissent le mieux le
sujet, dans la *Bibliothèque de l'École des Chartes,* année 1895, p. 556 à 562.

Jacques de Beaune naquit à Tours d'une famille riche mais obscure. Son père Jean, à qui le commerce du drap et du linge avait procuré une large aisance, lui ouvrit la voie qu'il suivit d'abord, et sa jeunesse se consacra au négoce et à la banque. Les alliances de sa famille, son propre mariage lui permirent bientôt de mieux faire. Nulle époque ne fut, peut-être, plus heureuse à l'élévation de la bourgeoisie financière, que la fin du XVe siècle. Sous Charles VIII et sous Louis XII, elle a vraiment régné sur la France. Jacques de Beaune avait épousé Jeanne Ruzé. Thomine Ruzé, sœur de sa femme, était mariée à Adam Fumée, garde des sceaux de France ; Raoulette de Beaune, sa propre sœur, l'était à Guillaume Briçonnet, l'influent favori de Charles VIII. Ce roi vient de s'unir à la duchesse Anne de Bretagne. Constituer la maison de la reine, ouvre des places à remplir. Le grand commerçant de Tours est donc nommé trésorier-général de la princesse. A partir du 16 décembre 1491, il aura toutes les occasions de l'approcher journellement et de conquérir sa confiance. Quatre ans s'écoulent. Il est tout simple qu'au mois de novembre 1495, si un poste de général des finances se trouve vacant, Jacques de Beaune le demande et l'obtienne, et qu'il aille administrer le Languedoc, après son cousin Pierre Briçonnet. Dès lors, les plus riantes perspectives embellissent la carrière où il court. Etre général des finances, de quel pouvoir n'est-ce pas se saisir ? Ils sont quatre qui se partagent la France : les comptables de toute robe et de toute plume, hormis ceux du domaine, leur obéissent. Etre général, c'est régler le mode de perception des impôts (1), c'est donner son *atache* aux actes financiers du roi, c'est-à-dire signer la pièce qui seule permet de les exécuter, c'est avoir pour clients, princes, villes, corps constitués qui doivent l'obtenir. Ordonnateurs, jamais comptables, nul contrôle ne les touche, hors celui du souverain. Et Louis XII est si débonnaire ! Puis le duc d'Orléans n'a-t-il pas vu, dans son enfance et dans sa jeunesse, parmi les serviteurs les plus dévoués de sa famille, des hommes blanchis de la même farine ? Après l'avènement du roi Louis, Jacques de Beaune joint à l'administration du Languedoc celle du Dauphiné et de la Provence ; en 1509, il reçoit la généralité de Languedoc, la « grand charge », la première dans le département financier du royaume, et, récompense morale qui doit lui être plus sensible que la récompense matérielle, il est fait chevalier ; c'est l'anoblissement.

C'est aussi le moment où il aura dû séjourner le plus souvent dans nos parages, puisque les généraux des finances sont obligés à l'ordinaire de se tenir près du prince, et que le prince affectionne les rives de cette Loire qui l'a vu naître. A Blois, d'ailleurs, Jacques de Beaune n'avait-il pas une tante, Andrée Berthelot, mariée à Jean Callipel, jadis serviteur de la maison d'Orléans ? (2) En 1499, il a suivi le roi aux Montils (3). Ne vient-il pas, aussi, se délasser à Cheverny, car en 1502, il a donné sa fille à Raoul Hurault qui, en cet endroit, s'est fait construire un château. A quelques lieues de là, en Touraine, lui-même a le sien, celui de la Carte. C'est que, pareils à nos financiers du XIXe siècle, ceux du XVIe tendent leurs mains avides de jouissances vers les belles terres et les châteaux. Aux uns comme aux autres, cette possession de l'argent creuse sur la figure le même pli. Puissance politique, alliances aristocratiques, tout cela, ils le désirent et ils l'obtiennent. Mais il y a autre chose encore, et ce n'est pas le trait le moins curieux. Ni l'éducation, ni la tournure d'esprit, ni l'occupation journalière de la vie ne sembleraient les préparer à sentir les beautés de l'art. Tous, pourtant, à travers les âges, une vraie passion les portera également à en goûter les œuvres et à protéger les artistes. L'argent qui veut montrer sa puissance, s'éprend de tous les luxes, et celui-là est l'un des plus

---

(1) G. Jacqueton. *Documents relatifs à l'administration financière en France, de Charles VII à François Ier*, p 102.

(2) *Cartulaire de la ville de Blois*, p. 390.

(3) Voir ci-dessus, p. 137, note 1.

séduisants. Puis au nombre des tourments qu'amène « cet inexorable ennui de l'âme humaine » dont parle Bossuet, il y a, plus fort peut-être à mesure que l'homme est plus élevé, ce besoin de se survivre et qui sait, *fortuna mutat*, le besoin de survivre vivant à sa propre fortune. Au château de la Carte, ce seront, dans la chapelle, les vitraux où le rayon de soleil fera resplendir le visage du donateur (1), ce seront les tapisseries merveil‑

leuses commandées aux dessinateurs florentins. A Tours, le passant, qui a connu le commerçant dans sa boutique, s'arrêtera pour regarder avec envie les pilastres et les chapiteaux de son hôtel. Mais Jacques de Beaune espère plus et mieux : ces enfants qui jouent sur le carroi et les enfants de leurs enfants se montreront plus tard la fontaine où, dans la blancheur admirable du marbre génois, l'Italie et la France marient leurs procédés ; et, si la richesse est périssa‑ ble, l'émotion esthétique qui est immortelle fera souvenir alors aux hommes que Jacques de Beaune a été (2).

L'avènement de François Ier, loin de diminuer la fortune du conseiller de Louis XII, la porta d'abord à son comble. Bien vu de Louise de Savoie, il devient, l'année même de l'avènement, son général des fi‑ nances et, par un don qu'elle lui fait, propriétaire de Semblançay. Ayant rendu son office comme hérédi‑ taire dans sa famille par la cession qu'il en fait à son fils Guillaume, il devient une sorte de général des finances surnuméraire ; car il n'a plus aucune qualité officielle pour s'occuper de telles matières et pour‑ tant il ne cesse d'y veiller. Un pouvoir royal du 27 janvier 1518 ratifie tout ce qu'il a fait et fera dans cette fonction extraordinaire qui lui donne l'obliga‑ tion spéciale de se tenir toujours auprès du roi et de travailler avec lui sur les finances, « afin que d'i‑ celles nous avertisse et communique, expose François Ier, pour lui en déclarer notre vouloir, plaisir et intention » (3). Est-il un surintendant ? Nullement. S'il y a une au‑ torité suprême entre lui et le prince, elle réside dans le conseil privé qui délègue, pour

---

(1) Ils appartiennent aujourd'hui à Mme Cibiel qui les a placés dans la chapelle de son hôtel, à Paris, rue Saint-Dominique. Elle a bien voulu nous en envoyer la photographie et nous lui adressons ici nos plus respectueux remerciements. — Un autre vitrail orné du portrait de Jacques de Beaune se trouve dans l'église de Ballan. Il a été signalé par M. l'abbé Chevalier : *Mémoires de la Soc. arch. de Touraine*, année 1861 (tome XIII), p. 267. M. Chevalier affirme qu'il est absolument ressemblant au portrait de la chapelle du château qui est actuellement chez Mme Cibiel.

(2) Jacques de Beaune a d'ailleurs pris deux fois contact avec la civilisation italienne et pu en subir directement l'ascendant : une fois, en 1509, selon M. Spont, p. 44, qui le trouve à Milan et à Gênes en juillet et août. M. le Vte de Croy veut bien nous dire que, d'après une pièce des archives de Zürich (Frankreich, A 225 n° 37), le financier a dû séjourner en Italie au printemps de 1507. Le 2 mai, Louis XII a daté de Gênes des lettres pour le payement des Suisses ; l'attache des généraux, signée *de Beaune*, nécessaire pour que le payement pût s'effectuer, est datée d'Alexandrie, le 12 mai, et le payement commence le même jour. Il est donc à peu près certain qu'il a dû suivre Louis XII au-delà des monts. M. Spont, qui a dressé un itinéraire du financier (p. 44) le trouve à Brignoles le 25 avril, à Grenoble le 19 mai. Ceci confirme notre supposition. Cet itinéraire est incom‑ plet. Le séjour aux Montils en 1499 n'y figure pas.

(3) Jacqueton *Administration financière*, p. 196 à 198.

l'exercer, le bâtard de Savoie. Mais Semblançay est le grand pourvoyeur d'argent de la couronne, et Dieu sait s'il a fort à faire en cette besogne, avec toutes les entreprises politiques où la France se trouve lancée par la mort de Maximilien d'Autriche et l'entrée en scène de Charles-Quint. De 1518 à 1523, au témoignage de ses contemporains, le voilà donc « quasi roi ». Son âge, la fortune de sa famille qui est assurée, la sienne propre qui ne peut monter davantage, certains signes enfin dans le ciel changeant de la faveur auxquels un homme vieilli comme lui dans les cours ne devrait pas se tromper, auraient à lui inspirer le désir de la retraite. Ils paraissent, ces signes de suspicion, chez la mère du roi dès 1521 ; chez le fils en 1523. Par l'institution du trésorier de l'épargne, qui fait brèche dans son omnipotence financière, ils deviennent tout-à-fait menaçants. Comprend-il à ce moment ? Il est trop tard ; de la nuée sombre qui s'est amassée à l'horizon, c'est dès lors le premier grondement.

Les comptables sont sommés de rendre leurs comptes et parmi eux leur chef, Semblançay. Le 11 mars 1524, une commission est nommée pour examiner ce que le roi ou sa mère sont en droit d'exiger de lui. Au mois de mai, la Commission reçoit l'ordre de se réunir aux Montils. Semblançay proteste. On lui répond « que le lieu n'y faisoit rien et que la justice seroit administrée aux Montils comme icy », c'est-à-dire à Paris. La première séance qui s'ouvre au château est du 6 juin, et il y sera défendu par un avocat au bailliage de Touraine, bailli de la Vicomté de la Guerche (1), maître Emery Lopin (2). Un débat confus s'engage. Jacques de Beaune a administré les finances de Madame Louise de Savoie. Fait-elle bourse commune avec le roi son fils. Le mandant dit que oui. Le mandataire — car il n'est pas question, encore, d'accusé — dit que non. Le gros de la question porte sur une somme de 600.000 livres, provenant du royaume de Naples et dont le fils aurait fait don à la mère. Elle a d'ailleurs été dépensée pour les affaires du roi. A la fin d'août, avec son avocat, il se rend à Paris pour chercher diverses pièces. Au mois de septembre, l'enquête se termine, et la procédure s'engage sur le fond. Le jugement définitif est rendu aux Montils, le 27 janvier 1525. Semblançay est reconnu créancier du roi et obtient gain de cause sur tous les points, sauf un. L'argent de Naples appartient bien réellement à Madame et doit être porté sur son compte, mais elle devra l'en faire acquitter.

L'arrêt prononcé aux Montils laissait Jacques de Beaune dans une situation assez indécise : non pas condamné, mais suspect. Deux années passèrent, qui virent l'ancien banquier aux prises avec les créanciers du roi envers lesquels il s'était porté caution. C'était une tranquillité relative, mais ce n'était qu'une éclaircie. Elle laissait apercevoir l'orage. Des dénonciateurs surgirent (3). Un ordre d'arrestation fut lancé, et finalement le 27 janvier 1527, Semblançay était conduit à la Bastille.

L'instruction préparatoire occupa les mois du printemps ; le 26 mai, les juges furent nommés. A la fin de juillet fut dressé l'acte d'accusation. Il comprend vingt-cinq articles. Chaque article est suivi des explications de l'accusé (4). Les autres pièces sont

(1) Arch. Nat. J 866, n° 16, f⁰ˢ 57, 65. — Arch. dép. du Cher, E 290 (années 1514 et 1515 : extrait de l'histoire Ms. de la ville et vicomté de La Guerche en Touraine, appartenant au comte de Croy). E. Lopin y était bailli des Villequier et Jacques de Beaune avait été banquier de Mᵐᵉ de Villequier, Jacqueline de Miolans. — Ces détails n'ont pas été connus de M. Spont.

(2) Emery Lopin appartient croyons-nous, à une famille de nos contrées. On trouve des Lopin à Amboise depuis le milieu du XVᵉ siècle. Un Jean Lopin est nommé bailli d'Amboise le 17 janvier 1515 (Abbé Chevalier, Inventaire analytique des archives communales d'Amboise. Tours, 1874, p. 315, et passim). — Le 24 mai 1548, Marie Lopin fait hommage de la Borde, fief situé sur les paroisses de Cheverny et de Tour-en-Sologne (Arch. Nat. KK 902, f° 268 verso : cᵗᵉ du Vᵗᵉ de Croy).

(3) Parmi eux François de Campobasso, sieur de la Pensarde. Nous ne savons s'il est le même que le capitaine des Montils cité ci-dessus page 153. Dans ce cas, cette circonstance expliquerait peut-être le choix qui fut fait du château des Montils pour lieu de réunion de la commission.

(4) A. Spont. Documents relatifs à Jacques de Beaune-Semblançay, dans la Bibliothèque de l'École des Chartes, année 1895, p. 333 à 354.

perdues. Jacques de Beaune, dans celle-ci, est chargé de toutes sortes de malversations. Il aurait fabriqué des acquits, falsifié des quittances, touché des à-comptes indus, reçu des pots-de-vin, fait des tripotages, comme nous dirions aujourd'hui, en passant les marchés de l'Etat et notamment, ce qui serait encore moins beau, en passant un marché de munitions militaires. Une longue partie du réquisitoire est consacrée aux affaires traitées avec les banquiers italiens. Leurs collusions lui auraient permis d'encaisser des intérêts frauduleux sur les sommes qu'ils avançaient ou étaient censé avancer au roi. Semblançay a réponse à tout. Il est pourtant visible que sur certains points, ses explications sont gênées, et c'est précisément quand il s'agit des banquiers italiens. On nous fera difficilement accepter qu'ils étaient petits saints. La légende de Semblançay victime est si accréditée que nous transcrirons du questionnaire l'article VIII, demande et réponse (1).

Sur le VIIIe article, que aussy il a fait passer à Robert Albisse (banquier italien) *deux quittances de 10.000 tant de livres par maistre René Fame, et icelles faict antidater : pareillement il a employé des quittances dudit Albisse pour la somme de 17.000 livres, passées par Chevalier, qui ne sont véritables, ainsy que luy a maintenu ledit Albisse.*

Réponse de Semblançay :

Dict ledit de Beaune qu'il n'a jamais faict antidater par maistre René Fame ne autre aucune quittance, et de ce n'en parla jamais audit Fame : et aussy, quant il y en eust parlé, croyt qu'il n'en eust rien voulu faire, et qu'a telz antidates n'eust peu avoir aucung proffict ou avantaige. Et au regard des quittances dudit Albisse pour la somme de 17.000 livres passées par Chevalier, ledit de Beaune persistant en ce qu'il a dict, respond qu'il tient les dittes quittances bonnes et véritables, et des sommes contenues en icelles ledit Albisse avoir esté paié et satisfait et n'eust passé ledit Chevalier les dittes quittances sy elles n'eussent esté véritables, car ledit Chevalier estoit homme de bien et de bonne conscience, comme il sera verifié si mestier est. Et ne doibt estre creu ledit Albisse contre les dittes quittances, parce qu'il deppose en son faict, dont il peut rapporter proffict : car si les ditz intérestz se trouvoient avoir esté mal prins, il seroit tenu de les rendre.

Semblançay nie. Il est dans son rôle. Mais quelle est sa défense, en résumé ? Ses employés n'auraient voulu rien faire d'indélicat, parce qu'ils sont d'honnêtes gens, et Albisse, qui le dénonce, est un coquin. Mais des écritures irrégulières peuvent n'être pas frauduleuses. Chacun sait qu'on en fait actuellement tous les jours dans les ministères, par virements ou autrement. Il n'y a souvent que celui qui les commande qui peut savoir si elles sont pour faire tort à l'Etat ou non. Les gens de Semblançay ont pu en distinguer ou en soupçonner seulement l'irrégularité et se fier à la conscience d'un ministre qu'ils voyaient puissant et estimé. Et qu'Albisse soit véreux, nous le croirons volontiers. Mais il est constant, quand deux fripons sont sous les verrous, que l'un charge l'autre pour toutes sortes de motifs et dise pourtant la vérité. Nous ne savons si, de nos jours, un juge d'instruction se tiendrait content, avec une telle réponse. Il penserait sans doute qu'il y aurait un moyen fort sûr de la contrôler. Et ce serait de fouiller dans les papiers de l'accusé et dans les livres des maisons de banque qui, eux, n'étant pas destinés aux vérifications publiques, contiendraient des indications fort claires pour qui sait y lire. « Qu'y a-t-il de vrai dans tout cela, dit M. Spont ; la disparition des pièces du procès criminel rend la réponse difficile... » En tout cas, cette vérité, on a tout fait pour la connaître. Le 16 mai 1527, François Ier a signé l'ordre de saisir papiers, journaux et livres des banquiers. Et la commission a tenté de mettre la main sur les papiers personnels de Semblançay. Un innocent n'a rien à cacher : pourtant les lettres serrées dans le coffre laissé chez Bonacorsi, trésorier de Provence, n'avaient pas été mises là pour être plus facilement communiquées à la commission (2). Mais il y a plus.

(1) *Bibl de l'Ec. des Chartes*, 1895, p. 339-40.
(2) Article XXXVIII de l'interrogatoire de Jean Guéret. *Bibl. Ec. des Chartes*, 1895, p. 332

M. Spont lui-même est obligé d'avouer que Guillaume de Beaune s'efforce de recéler des papiers « dont l'on eust pu charger son père » et, le 12 mai 1527, un frère prêcheur remet à Jeanne Ruzé, femme du prévenu, ainsi qu'à Guillaume de Beaune, « aucunes lettres, tiltres et enseignemens... baillez en secret et confession... par aucune personne qui luy en faisoyt tort, pour les rendre et descharger sa conscience. » C'est un fait dont la commission judiciaire, du reste, n'eut à l'époque pas de connaissance. Il faut que 400 ans s'écoulent pour que l'historien le découvre dans les minutes d'un notaire qui entrevit, caché dans une chambre voisine, la remise des papiers. « Papiers compromettants », juge encore M. Spont, qui ajoute ailleurs : « Semblançay n'a certainement pas la conscience nette puisqu'il fait appel à la compassion du roi et de la reine-mère » ; et il a dû conclure : « Semblançay avoue ses compromissions ».

Condamné à mort le 9 août, le lundi 11 il était exécuté.

Son biographe, logique avec lui-même, va-t-il ratifier la sentence ? Nullement. « Son principal tort est d'être créancier du roi. » Madame Louise l'a perdu « par seule avarice », pour recouvrer une créance contestable, l'argent de Naples ; enfin et surtout, s'il a été jeté à bas, c'est qu'il n'est pas d'une famille noble, et Duprat, qui n'en est pas non plus, et qui s'est montré pourtant l'adversaire implacable du financier, le chancelier Duprat, dès lors, « a renié ses origines » pour sacrifier « aux passions de la noblesse d'épée ». Appréciations que viendra couronner cette parole malheureuse de M. Imbart de la Tour : « Décidément, il devenait trop grand et trop utile » (1). Que Semblançay, comme Jacques Cœur, ait rendu des services, nul doute. Mais pourquoi l'histoire voudra-t-elle ne tenir registre que de ceux-ci, et rayer, au compte de l'un comme de l'autre, des exactions très réelles ? Véritablement, il semblerait que l'argent qui veut, qui voudra toujours être le maître, ne puisse supporter aucun pouvoir capable de le mater, et qu'il pèse, inhabile à contenir la rage que lui inspirent ses échecs de jadis, jusque sur le jugement des historiens. Disons toutefois qu'en ces dernières années, une réaction semble se dessiner (2), et M. Jacqueton (3), dans la circonstance, a vengé les droits de l'impartialité, en protestant de toutes ses forces. Madame Louise n'a nullement été « la cause unique de ces procès » ; elle y est intervenue, « ainsi que d'autres créanciers », pour sauvegarder ses intérêts. Duprat ? « Bon fonctionnaire », « ayant pleine conscience des intérêts de sa charge » ; certaine lettre de lui, que cite M. Spont, le montrerait plutôt — et nous sommes de cet avis — « sous un jour favorable ». Elle tourne précisément contre ce que prétend en tirer l'auteur. Que dire enfin des « passions de la noblesse d'épée. » Quoi ? Le général des finances Raoul Hurault, d'une famille noble, se trouve entraîné dans la chute de Semblançay, et aussi grands, aussi riches, aussi utiles, Florimond Robertet, Philibert Babou, d'autres encore, tous des parvenus comme lui, ne cesseront pas de vivre, ou même de croître encore, puissants et honorés !

« Qu'est-il besoin de traiter en victime, dit encore M. Jacqueton, un homme qui après tout fut coupable et très régulièrement reconnu tel ? Tout au plus peut-on regretter que François 1er n'ait pas jugé à propos de le grâcier. Et encore n'y aurait-il pas lieu de soutenir que cet acte de clémence aurait été un acte de faiblesse ? Abattre coûte que coûte le trop puissant syndicat des financiers, voilà quel était à cette date le but de la politique royale. Par sa haute valeur exemplaire, l'exécution de Semblançay s'imposait comme le plus sûr moyen d'affirmer la volonté et le pouvoir du roi ».

Toutes les raisons mesquines qu'on allègue pâlissent devant une grande raison poli-

(1) Origines de la Réforme, t. I, 1905, p. 445.
(2) Pour Jacques Cœur, M. L. Guiraud, le premier, a osé élever la voix et dénoncer ses exactions dans les Recherches et conclusions sur le prétendu rôle de Jacques Cœur étudié dans ses rapports avec le Languedoc d'après des documents inédits. Paris, A. Picard, 1900, in-8°, 163 pages.
(3) Bibl. de l'École des Chartes, 1895, p. 561.

tique. Alliance des grandes familles financières pour tenir tous les rouages de l'Etat et s'enrichir à ses dépens, voilà ce que constatent alors ceux qui sont au pouvoir. Louise de Savoie note ces infidélités pécuniaires sur son journal intime, se promettant d'y « donner provision » quand elle le pourra. Louis XII a vu le mal, si cette parole est vraie, comme le veut la légende, qu'il aurait dite un jour à Robertet, que « toutes plumes le volaient ». D'ailleurs, en 1505, un réquisitoire a été dressé contre Jacques de Beaune lui-même et autres gens de finances (1), où les dangers et les vices du système, le népotisme des généraux, leur avarice, sont très exactement dénoncés. M. Spont dira bien que le maréchal de Gié s'y attaque à « ceux qui gênent son ambition ». Pourquoi y incriminerait-il alors, des fonctionnaires qui sont morts ? Mais Louis XII, embarrassé de lourdes affaires, n'avait ni l'énergie, ni la vigueur, ni le goût de l'autorité que possédait son successeur. Ce qui lui rendit nécessaire de trancher dans le vif, était trop complexe, trop subtil, pour n'être jamais aperçu que d'un petit nombre, tous hommes d'états et placés au gouvernail. C'est pourquoi l'opinion publique, en 1527, se laissait prendre à une bonté, à une largesse, à des services apparents qui valurent à Semblançay d'être « fort plaint et regretté du peuple. » Est-ce la seule fois que le peuple ignorera que les puissances d'argent sont en réalité ses plus grands ennemis ? Mais ce que les contemporains ni les poètes n'ont vu, nous le voyons dans l'esprit de suite qui animera dès lors François Ier et Henri II, dans ces grandes ordonnances qui, de 1523 à 1560, vont bouleverser l'ancienne administration et fonder ce que nous appelons, à proprement parler, l'Ancien Régime. Observons-le : le Parlement, la Chambre des Comptes, la Cour des Aides, le Grand Conseil, tous ces grands corps judiciaires qui vivaient en 1789, remontaient, par delà le règne de François Ier, jusqu'à l'époque féodale. Mais tout ce qui est essentiellement l'Administration : le Trésor de l'Epargne, qui sous Louis XIV a pris le nom de Trésor Royal, les dix-sept généralités établies par le démembrement, en 1551, des circonscriptions financières, tout cela qui a duré jusqu'à la Révolution Française, qui a servi de cadre aux institutions des derniers siècles, d'assise à l'édifice, « bâti en sous-œuvre » comme dit Tocqueville, qu'on a nommé celui de la « monarchie administrative » (2), tout cela a été fondé pour empêcher à jamais le retour du système décapité avec Semblançay. Et si l'on considère que la centralisation, dont l'esprit animait ces institutions détruites par la Révolution, a passé à travers les troubles, mais renforcée mille fois et portée dès lors à l'extrême, dans les institutions du Nouveau Régime, on jugera que toute l'histoire de France depuis quatre siècles, et celle même que nous vivons, est sortie de la commission réunie en 1524 au château des Montils.

APPENDICE No VI

BAUX DE BIENS FONDS APPARTENANT AU PRIEURÉ DES MONTILS

Bail général dont la fin est en 1743 moyennant 1200 livres de ferme payables de trois mois en trois mois.
1734. — 4 arpents de vigne à La Haye (3).
        9 boisselées de vigne à Montlevré.

---

(1) Publié par M. Spont. *Bibl. de l'Ecole des Chartes*, 1895 p. 320.
(2) Emile Montégut, *De l'Individualité humaine dans la Société moderne*. Revue des Deux-Mondes, octobre 1856, p. 672. Il va sans dire que nous n'acceptons pas les idées fausses qui se trouvent nombreuses, à côté des vues justes, dans cet article.
(3) Avec maison du closier.

2 boisselées de vigne vis-à-vis la Plaudière.
5 boisselées de vigne aux Vieux-Montils.
6 boisselées de vigne aux Bourgeons Rouges
4 boisselées de vigne à La Haye.
2 arpents et demi de vigne au Clos Tubœuf.
9 boisselées de vigne à Bellaime.

La grande dixme.
La petite dixme.
Différents fermages.
Droits.

1 arpent de pré aux Boires, Candé.
4 boisselées de pré aux Mottes, Candé.
3 boisselées de pré aux Gournaies, Candé.
Enfin toutes les terres et dépendances de la cure des Montils.

1749. — Le lieu des Ferrettes « près le lieu et métairie de Beauval » et ses dépendances, affermé 80 livres.

1751. — 18 livres.
1 arpent de friche à Fosse Sarrazin.

1752. — 2 arpents de terre labourable aux Fontenelles.
1 arpent de terre à la Croix de Pierre.
18 boisselées de terre aux Fossés neufs.
18 boisselées de terre à Villemblay.
30 livres.
14 boisselées de terre à Béchaire.
1 arpent de terre aux Cormes.
3 boisselées de terre aux Cormes.
2 arpents de terre-friche à Bontoux.
1 arpent de terre-friche à Touché-Noire.

1753. — 12 livres.
3 boisselées et demie de pré, près le Pont.

1758. — Un demi arpent de vigne au Clos de la Poterie, auvernat blanc.
15 livres.

1758. — 3 boisselées de vigne au Clos des Fontenelles, auvernat blanc.
6 livres.

1776. — 9 livres.
1762. — 10 arpents, terres labourables, plusieurs pièces.
30 livres.

1770. — 80 livres en argent, 2 dindes, 2 chapons.
4 arpents de prés pastureaux, près le moulin du Bois.
1 arpent de vigne au dessus.
10 boisselées de prés pastureaux à Bout du Gain.
4 arpents de bois taillis au Bois de la Caillère.

1772. — 10 livres, 4 chapons « bons, gras et recevables. »
10 boisselées de terre labourable, aux Masnières.
6 boisselées de bruyères et friches près Frileuse
1 arpent d'héritage de friche à Vauleurs, à la charge de planter de la vigne.

1773. — 24 livres.
6 boisselées de pré, Fontaine des Bernadettes.

1778. — 30 livres, 2 poulets.
1 arpent de vigne aux Carteries

1778. — Le lieu des Ferrettes.

1778. — 150 livres.

    1 arpent de pré, près les Ferrettes.

    1 arpent de vigne à Touche Noire.

    4 boisselées de pré à Chevenelles.

    1 arpent de terre labourable à la Taille de Touche-Noire.

    18 boisselées de terre labourable, aux Masnières.

1778. — 12 boisseaux de blé mesure de Blois, 2 poulets.

    8 boisselées de terre labourable, plaine du Faix (1).

1787. — 24 livres. 2 poulets.

    1 arpent de vigne à Chevenelles.

APPENDICE N° VII

SENTENCE, EN FORME DE RÈGLEMENT, RENDUE PAR LES OFFICIERS DE LA JUSTICE DE CANDÉ, LES MONTILS ET MONTHOU-SUR-BIÈVRE, LE 17 JUILLET 1775, HOMOLOGUÉE PAR LE PARLEMENT LE 5 SEPTEMBRE DE LA MÊME ANNÉE.

Extrait des registres du Parlement, du 5 Septembre 1775.

Vu par la Cour la requête présentée par le Procureur général du Roi : Contenant que les officiers de la Justice de Candé, Les Montils et Monthou-sur-Bièvre ont rendu une sentence, le 17 juillet de la présente année 1775, en forme de règlement pour maintenir l'ordre et la règle et prévenir les abus sur différens objets ; et comme cette sentence, dont il a été remis une expédition au Procureur général du Roi, ne paroit renfermer que des dispositions conformes aux règlemens que la Cour a faits ou autorisés en pareille matière, le Procureur général du Roi croit devoir proposer à la Cour d'ordonner l'exécution de la dite sentence.

A ces causes requiert le Procureur général du Roi qu'il plaise à la Cour ordonner que la sentence du dit jour 17 juillet 1775 sera homologuée pour être exécutée selon sa forme et teneur, et que ladite sentence et l'arrêt qui interviendra sur ladite requête seront imprimés, publiés et affichés partout où besoin sera, ladite requête signée du Procureur général du Roi.

Suit la teneur de ladite sentence.

Sur ce qui nous a été représenté par le Procureur fiscal de cette Châtellenie qu'il se commet journellement, dans l'étendue de notre juridiction, des délits et abus en différens genres, qu'il est à craindre que ces abus, invétérés depuis trop longtemps, n'augmentent encore au grand détriment de la religion, des bonnes mœurs et de l'intérêt public, si nous n'y apportons un prompt remède ; qu'il est important de rappeler aux justiciables de cette Châtellenie, les ordonnances, arrêts et règlemens concernant la police, afin qu'étant instruits de la manière dont ils doivent se comporter, ils puissent prévenir les contestations qui s'élèvent journellement entre eux, éviter les condamnations auxquelles ils s'exposent, et surtout les rixes et querelles qui ne sont que trop ordinaires, nous avons, sous le bon plaisir de la Cour de Parlement, dressé les articles de

(1) La ferme de Chitenay, les 18 boisselées de la plaine du Faix, les 4 arpents de vigne et les 5 arpents de terre aux Charonnes étaient de 80 livres en 1757 et de 96 livres et 4 poulets en 1788.

règlement et ordonnances de police qui suivent, afin qu'après avoir été à la diligence du Procureur fiscal, homologués par la Cour, aucun des dits Justiciables ne puisse refuser de s'y soumettre.

Article Premier.

Déclarations de 1651, 1666.

Défendons à tous particuliers de *jurer* et *blasphémer* le saint nom de Dieu, à peine de punitions exemplaires, suivant la rigueur des lois.

Article 2.

Ordonnances de 1551. Déclarations de 1698, 1720, 1725, 1740, 1749.

Enjoignons aux habitans et autres de se comporter dans les *églises*, avec la décence et la vénération convenable à la dignité du lieu ;

Leur faisons défenses d'y *causer, faire du bruit, mener des chiens* ; comme aussi de *jouer* dans les rues ou places publiques, pendant le service divin, à peine de 10 livres d'amende.

Article 3.

Ordonnance d'Orléans de 1718. Sentence de Police de 1731, 1734.

Défendons à toutes sortes de personnes *de travailler les jours de dimanches et fêtes* à quelque ouvrage que ce soit sans la *dispense des sieurs Curés* et la *permission du Seigneur* ou de ses officiers, à peine de dix livres d'amende.

Article 4.

Ordonnance de 1758, de Moulins, de Blois. Edit de 1666, Arrêts de 1672, 1711, 1724.

Défendons à tous *cabarettiers* et autres vendant vin, de donner *à boire et à manger* les jours de dimanches et fêtes pendant le service divin, et en tout temps *depuis huit heures du soir en hiver, et dix heures en été*, jusqu'au lever du soleil, à peine de vingt livres d'amende, contre les cabarettiers et cinq livres contre *ceux qui boiront chez eux*, à peine, contre les uns les et autres, de prison et d'une amende au moins du double de celle cy-dessus pour la seconde fois, même de punition corporelle en cas de récidive ; demeureront les cabarettiers responsables civilement des amendes prononcées contre ceux qui boiront chez eux ; leur cabaret sera fermé pendant six mois et même plus longtemps, s'il échoit ; et les *promesses, obligations* et *contrats* pour dépense faite dans leurs cabarets déclarés nuls et de nulle valeur. Ne seront réputés *voyageurs* que ceux qui demeurent à la distance au moins d'une lieue.

Article 5.

Ordonnances de 1560, 1660. Déclarations de 1666, 1700. Arrêts de 1662, 1668, 1740.

Défendons à toutes personnes de l'un et de l'autre sexe de venir s'établir dans l'étendue de cette Châtellenie, d'y demeurer sans avoir justifié de leur dernière *résidence*, de leur *religion, mœurs* et *vacation*, par certificats des sieurs Curés ou Juges des lieux qu'ils ont habités. Comme aussi défendons à tous habitans, propriétaires, fermiers ou locataires de retirer les dits étrangers et leur louer des logemens, sans en avertir le Procureur fiscal, à peine contre les étrangers d'être expulsés et mis hors lesdits logemens même de prison en cas de refus de leur part et de vingt livres d'amende contre ceux qui les auroient logés plus d'une nuit sans en avertir le Procureur fiscal et sans qu'il leur soit apparu lesdits certificats ou du consentement du Procureur fiscal et en outre de répondre civilement des délits et dommages que pourroient faire les dits étrangers.

Article 6.

Idem.

Enjoignons à tous particuliers qui seroient venus depuis un an s'établir dans l'étendue de cette Châtellenie, sans certificat, d'en justifier au Procureur fiscal dans le délai de trois mois ; aux habitans, qui auroient retiré lesdits étrangers, de les mettre hors de leurs maisons, ledit temps passé ; le tout sous les peines portées en l'article précédent. Seront en outre tenus tous habitans et justiciables de dénoncer au Procureur fiscal, ainsi que le bon ordre et la tranquillité publique l'exigent, ceux qui se trouveront dans le dit cas ; de même que tous autres particuliers qui, par *leurs violences, mauvaise vie et mœurs, juremens, blasphèmes* ou autrement, causeroient quelques scandales, troubles ou divisions, dans les paroisses de la Châtellenie.

Article 7.

Règlement de Police.

Enjoignons à tous marchands de poids ou mesure d'avoir dans l'endroit le plus apparent de leurs boutiques des *balances et mesures* justes et étalonnées. Leur défendons d'en employer, pour leur commerce, qui ne le sont pas, à peine de vingt livres d'amende et de confiscation des poids et mesures, pour la première fois, et de punition exemplaire en cas de récidive.

Article 8.

Ordonnance de 1350. Arrêt de 1351. Règlement de police.

Enjoignons aux *bouchers* de tenir leurs boutiques et étaux propres et bien garnis de viande de bonne qualité, suivant les saisons ; leur faisons défense de tuer aucune bête malade ou languissante et de répandre ou de laisser séjourner, dans les chemins et rues, le sang des animaux qu'ils auront tués, à peine de 10 livres d'amende et de confiscation des viandes qui se trouveront de mauvaise qualité, même de punition corporelle.

Article 9.

Règlement de Police.

Enjoignons aux *boulangers* de tenir leurs boutiques suffisamment garnies de pain, pour la fourniture du public à peine de dix livres d'amende.

Article 10.

Idem.

Sera, le pain qu'ils débitent, de bonne qualité, du poids de l'ordonnance et aux prix fixés, chaque jour de marché, par Messieurs les officiers de police de la ville de Blois, à peine de 30 livres d'amende et de confiscation pour la première contravention et de punition exemplaire en cas de récidive.

Article 11.

Coutume de Blois.

Enjoignons à tous habitans qui trouveront une *épave* animée ou inanimée, perdue et non réclamée, de la dénoncer à la Justice dans les vingt-quatre heures, à peine de dommages et intérêts, à peine de dix livres d'amende, dont moitié appartiendra au dénonciateur.

Article 12.

Edit de 1556, 1559, 1602, 1666. Ordonnance de 1720. Règlement de Police.

Enjoignons de tenir *les rues* et *chemins* nets et libres, pour en faciliter' le passage à tout le monde et principalement aux *sieurs curés lors de l'administration des sacremens* ; en conséquence défendons à tous les habitans et autres personnes de quelques qualités et condition qu'elles soient, de répandre dans les rues, places ou chemins, aucunes *pailles, chaumes, feuilles* ou autres matières propres à faire des *fumiers* ou *terriers* ; comme aussi d'y déposer ou laisser séjourner aucuns *bois de charpente, de charronnage* ou autres, aucuns *tombereaux, charrettes* ou *charrues*, à peine de dix livres d'amende, du double, pour la seconde fois, même de confiscation, en cas de récidive : Enjoignons expressément aux sindics de veiller à l'exécution de ce règlement, à peine d'être condamnés, en leur propre et privé nom, à vingt livres d'amende.

Article 13.

Edit de 1356, 1559, 1607, 1666. Ordonnance de 1720. Règlement de Police.

Défendons à tous habitans *d'anticiper* sur les rues, places, chemins et sentiers, ou traites publiques et avenues ; leur enjoignons de se conformer exactement, pour la largeur et police des dites rues et chemins, aux ordonnances, sous les peines y portées.

Article 14.

Ordonnance de 1669. Code des Chasses.

Ordonnons à tous habitans de se conformer exactement sur le fait des *Bois, Chasse, Pêche et port d'armes*, aux ordonnances, arrêts et règlemens ; en conséquence faisons défense à toutes personnes de *tirer* et *chasser* en quelques lieux, sortes et manières, et sur quelque *gibier de poil ou de plume* que ce puisse être, à peine de cent livres d'amende, pour la première fois, du double pour la seconde et pour la troisième d'être *attaché au carcan* et banni pour trois ans.

Disons que tous *tendeurs de lacets, collets* et autres engins, seront pour la première fois condamnés au *fouet* et à trente livres d'amende et pour la seconde fois à être *fouettés*, flétris et bannis pour cinq ans.

Faisons défense à toutes personnes, sans distinction de qualité, de temps ni de lieux, *de porter des armes à feu*, (baissées) par la crosse ou par le canon, à peine de cent livres d'amende et de confiscation pour la première fois et de punition corporelle pour la seconde.

Faisons défense à toutes personnes, artisans, laboureurs, meuniers, charretiers, voituriers, vignerons et autres de mener avec eux, quand ils vont aux champs, aucuns *chiens, mâtins* ou autres, à moins qu'ils n'ayent un *landon* de quatre pouces de tour et de douze pouces de long : enjoignons *aux pâtres et bergers* de tenir perpétuellement leurs chiens en lesse, sinon quand il sera nécessaire de les lâcher pour la conduite et conservation de leur troupeau.

Défendons à toutes personnes qui auroient *des chiens* de les laisser vaguer dans les *rues* ou dans les champs ; le tout à peine de dix livres d'amende.

Article 15.

Règlement de Police.

Défenses et inhibitions très expresses sont faites à toutes personnes, même aux enfans, *d'aller à l'herbe* soit dans les terres ensemencées, soit dans les vignes sans le consentement des propriétaires ou fermiers et en aucun cas *dans les seigles après le* 15 *avril, dans les fromens après e* 15 *mai et dans les orges, avoines et autres menus grains après le* 1er *juin* ; comme aussi défense d'entrer dans *les jardins et vergers* soit de jour ou de nuit, pour *emporter les fruits*, de rompre et gâter les arbres, hayes et clôtures vives et sèches, à peine, suivant l'exigence des cas, de vingt livres d'amende, de punition corporelle, et des dommages et intérêts qui pourront en résulter ; n'entendons néanmoins empêcher les fermiers ou propriétaires, de faire, en cas de nécessité, ôter dans les grains, passé le dit temps, les herbes qui pourroient en empêcher la (crue) ou retarder la maturité.

Article 16.

Règlement de Police.

Défendons à tous habitans de lâcher à l'abandon et sans garde leurs *chevaux, ânes* ou *vaches* dans les chemins le long des vignes ou terres ensemencées ; leur enjoignons, lorsqu'ils les mèneront dans les dits chemins, de les y tenir ou faire *tenir à la corde* ; comme aussi défendons aux laboureurs, voituriers et autres de mener des *poulains* ou *ânons* à la suite de leurs mères, s'ils ne sont attachés, le tout à peine de dix livres d'amende par chaque bête, de dommages et intérêts et de confiscation.

Article 17.

Règlement de police et Coutume de Blois.

Défendons à tous propriétaires, fermiers et autres de mener et faire mener, en quelque temps que ce soit des *porcs* dans les prés, ni aucunes bêtes dans les vignes, même dans les leurs propres, qui seroient défendues et closes de hayes, ou seroient environnées d'autres vignes appartenantes à autrui, à peine de dix livres d'amende ; comme aussi d'envoyer leurs *bestiaux dans les bois* de cette Seigneurie, d'y couper et amasser de l'herbe en quelque temps et à quelque âge que ce soit, sans la permission du Seigneur, sous les peines de l'ordonnance.

Article 18.

Ordonnance de St-Louis. Ordonnance de 1565 et 1700.

Défendons de *glaner* à toutes personnes valides et en état de travailler ; ne le permettons qu'aux personnes âgées, infirmes ou à celles qui, par la faiblesse de leur âge, ne sont pas encore en état de moissonner, mais seulement après le lever et coucher du soleil et après que les *gerbes* et dixmes auront été totalement enlevées hors du champ.

Article 19.

Déclaration de 1709. Règlement de 1608, 1711.

Enjoignons à tous les habitans des paroisses de cette Châtellenie, de s'assembler tous les ans, dans les saisons ordinaires, en la manière accoutumée, à l'effet d'élire entre eux des messiers pour la garde des fruits, des vignes et autres de quelque espèce que ce soit, sinon et défaut par les dits habitans de procéder à la dite élection, disons qu'il en sera, par nous, nommés d'office ; lesquels messiers seront tenus de comparoitre devant nous et de prêter serment de bien et fidèlement s'acquitter de leur commission, de faire savoir au greffe, dans le délai de vingt-quatre heures, des (dégats) qui seront commis, tant de jour que de nuit, à peine de telle amende qu'il nous plaira (arrêter) et de demeurer garans des dommages et intérêts des propriétaires, sans pouvoir par les dits messiers recevoir aucuns autres salaires que celui auquel il sera par nous pourvu en la manière accoutumée, quand même il leur seroit volontairement offert.

Article 20.

Ordonnance de 1355. Ordonnance de Blois. Edit de Melun.

Défendons à tous particuliers, fermiers et propriétaires de vignes, habitans ou fermiers, de *vendanger* si ce n'est qu'ils en aient la permission par écrit du Seigneur ou de ses officiers, avant le jour fixé par le ban des vendanges, qui sera indiqué par le Seigneur de cette Châtellenie ou en son absence par nous sur le réquisitoire du Procureur fiscal, d'après l'avis de quatre notables vignerons qui seront nommés à la pluralité des voix, dans l'assemblée qui sera convoquée à cet effet à la diligence du syndic ; et au son de la cloche en la manière accoutumée sous peine de dix livres d'amende, même de confiscation des raisins.

Article 21.

Défendons à toutes personnes d'entrer dans les vignes pour y *grapper*, si ce n'est après l'entière récolte des fruits de tout le territoire.

Article 22.

Ordonnance de 1559.

Enjoignons aux habitans de se trouver exactement aux assemblées de Communauté qui auront été convoquées ou indiquées, si ce n'est en cas de maladie ou d'absence légitime et non prétextée et d'y assister jusqu'à ce qu'elles soient finies et les délibérations arrêtées ; le tout à peine de trois livres d'amende ; et à cet effet tous les habitans seront appelés sur le rôle à l'issue desdites assemblées, et les défaillans de s'y trouver côtés sur le rôle qui sera ensuite remis par le Syndic au Procureur fiscal.

Article 23.

Exhortons les pères, mères, tuteurs, curateurs, maitres et maitresses et néanmoins leur enjoignons de veiller sur la conduite de leurs enfans mineurs et domestiques, à ce qu'ils observent exactement les arrêts, édits, règlemens et notamment cette présente ordonnance : leur déclarant qu'ils seront civilement responsables, et comme tels contraints, en leur propre et privé nom, des dommages et intérêts et amendes qui auront été prononcés contre leurs enfans mineurs et domestiques.

Sera notre présente ordonnance lue, publiée et affichée, pour être exécutée nonobstant l'appel et par provision comme fait de police.

Donné par nous, Bailli, Juge civil, criminel et de police de cette Châtellenie, l'audience tenante le 17 juillet 1775, signé : M. Bredon.

Ouï le rapport de M. Pommyer, Conseiller, tout considéré, la Cour a homologué et homologue ladite sentence du 17 juillet présente année, pour être exécutée selon sa forme et teneur ; en conséquence ordonne que ladite sentence et le présent arrêt seront imprimés, publiés et affichés partout où besoin sera.

Fait en Parlement le 5 septembre 1775, collationné.

Signé : DUFRANC.

A Paris, chez P. G. Simon, imprimeur du Parlement, rue Mignon. (Saint-André-des-Arcs).

(Archives municipales des Montils) (1).

APPENDICE VIII

EXTRAITS DES REGISTRES PAROISSIAUX

Les registres de baptêmes, mariages et sépultures remontent, dans la paroisse des Montils, à l'année 1628. Nous donnerons les noms des principaux personnages qui y figurent et qui sont venus du dehors, pour assister en ce lieu à quelque cérémonie religieuse, depuis l'époque où ces registres commencent jusqu'en 1789. Un fait s'en dégage tout d'abord : c'est l'importance que les Montils avaient alors, car très nombreuses sont les personnes qualifiées, souvent étrangères au Blésois, qui se rendirent dans notre église pour y honorer de leur présence un baptême ou un mariage. Cela s'explique du reste, puisque les Montils étaient comme une petite ville, bourgeoisement habitée, qui différait sensiblement par là des villages environnants. Mais nous signalerons surtout autre chose qui est plus intéressant, puisque cela touche à une question sociale. Au XVIIᵉ siècle et jusqu'au milieu du règne de Louis XIV, il est très fréquent de voir encore des parrains ou des marraines d'enfants du peuple appartenir à la noblesse ou à cette haute bourgeoisie qui la côtoie. Au XVIIIᵉ siècle, les habitudes changent, et la chose se fait beaucoup plus rare. Comme nous voyons le même phénomène dans les paroisses du voisinage et, par exemple, à Chaumont-sur-Loire (2), force nous est d'en tirer des conclusions générales et de dire qu'un fossé se creuse alors entre les hautes classes et le peuple. Bien plus que les revendications politiques, dont le peuple n'avait guère l'idée, l'infidélité de ces hautes classes à une mission sociale, qu'elles avaient remplie jusque-là, a favorisé, dans les campagnes, le mouvement révolutionnaire. Mais d'où vient leur infidélité ? Nous n'avons pas à le rechercher dans le cadre de cet ouvrage. Constatons seulement qu'elle tient à des raisons profondes, puisque la Révolution, bien loin de fermer la rupture, n'a fait que l'élargir.

Nous aurons la surprise de relever dans les registres paroissiaux des Montils quelques-uns des grands noms littéraires de la France, Pasquier, Musset, Scarron, ou des noms

---

(1) Nous n'avons pas retrouvé la pièce imprimée. Les archives municipales n'en conservent qu'une copie manuscrite du XVIIIᵉ siècle.

(2) Abbé Bosseboeuf, *Le Château de Chaumont-sur-Loire*, p. 442. — La chose est encore bien frappante si l'on compare les premiers registres de Cellettes, ceux de 1577 à 1646, par exemple, à ceux de la fin du XVIIIᵉ siècle.

d'érudits, Bégon. Nous y verrons aussi la famille d'un ministre de la troisième République.

19 mars 1628 (1). M., d^{lle} Loyse Jacquelin, fille de Jacques Jacquelin, « escuier, commissere ordinaire des guerres ».

6 décembre. P., de Henri Plouart, Jacques de Moulins, « escuier, seigneur de Tarrouenne. » Il signe : *de Moulins.*

7 mars 1629. P., et M., de Jacques Duchaisne, Jacques de Villebresme, écuyer, sieur de Fougères (2) et Charlotte de Barbanson (3).

25 décembre 1629. P., et M., d'Angélique Jacquelin : « vénérable Jacques Jacquelin, prestre, religieux de l'abbaye de Vandosme » et Marguerite Jacquelin.

5 octobre 1631. P., et M., d'Anne, fille de Gilles Grange, marchand boursier : « Francoys Le Conte, escuier, sieur de Beauvais, et commissaire pour le roy a faire les monstres de la généralité de Berry » (4) et « Anne Breton (5), femme de M. Le Fort, conseiller substitut et advocat du roy audit comté de Blois » (6). Elle signe : *Anne Le Breton.*

29 octobre 1631. M., d^{lle} Francoyse de Luynes, fille de Monsieur de Luynes, contrôleur de la maison de Monseigneur le conte de Soissons. Elle signe : *Françoise de Loyne* (7).

---

(1) Abréviations : P., parrain ; M., marraine.

(2) Famille mentionnée ci-dessus, p. 167. Jacques de Villebresme, seigneur de Fougères, Mons, la Bretasche, était fils de François de Villebresme et de Marguerite Filleul, mariés par contrat du 5 septembre 1599. Il épousa, par contrat du 13 juillet 1637, Barbe de Flandres, fille de Guillaume de Flandres, secrétaire du roi, trésorier des parties casuelles. (Bibl. d'Orléans, Ms. Hubert, III, f° 309 v°. — Cf. Arch. Comm. de Chambord, GG 2, au 17 avril 1684).

(3) René de Barbançon, seigneur de Champleroy, épousa, par contrat du 20 novembre 1616, Françoise de Villebresme, fille de François et de Marguerite Filleul. Ils eurent sept enfants dont le cinquième (Ms. Hubert, III, f° 24 v°), Françoise-Charlotte, était ainsi la nièce de Jacques de Villebresme. Elle épousa Pierre Bernard, chevalier, qui demeurait à Beaulieu sur le territoire de Cellettes. Leurs enfants furent baptisés à Cellettes (Arch. comm. de Cellettes GG 5. — Abbé Porcher. *Petites monographies des communes sous l'ancien régime. Cellettes* dans *Loir-et-Cher historique,* année 1895, col. 267).

(4) François Le Comte en 1617 est qualifié noble homme, trésorier du régiment des gardes de Sa Majesté. Il a pour femme Anne Garnier, fille de feu Sébastien Garnier, procureur du roi près la Chambre des comptes et le Présidial de Blois, auteur de la première *Henriade* (Voir Abbé Porcher, *Imprimeurs et libraires blésois,* p. 88 à 96) et de Claude Billard. En 1620, il est écuyer, sieur de Beauvais et du Haut-Bourg, gentilhomme servant du prince de Condé, commissaire pour le roi à faire les monstres en la généralité de Berry. Devenu veuf, il épouse vers 1634 Marie Binet, dont il a un fils, Jacques Lecomte, né le 9 mars 1635.

(Note communiquée par M. Adrien Thibault, d'après les recherches si étendues qu'il a faites sur les familles du Blésois. Nous avons eu maintes fois recours à son obligeance et nous lui en témoignons ici notre bien vive gratitude).

(5) Cette famille se rattache à celle des seigneurs de Montcrochet (v. ci-dessus, p. 224). Jacques le Breton, sieur de Bardy, trésorier provincial de l'extraordinaire des guerres en Touraine, Anjou et Maine, eut de sa femme Marie Huart : Jacques, né en 1618, sieur de Bardy et des Rivaudières, trésorier payeur de la gendarmerie de France vers 1654.

Jacques, trésorier des guerres, a un frère cadet, Pierre, receveur des aides, tailles et taillon d'Amboise, marié à Jeanne Leroux, dont une fille Anne qui épousa en 1628 l'avocat général Thomas Le Fort. (C^{on} de M. Adrien Thibault).

(6) Thomas Le Fort fut nommé avocat général près du bailliage, du présidial et de la chambre des comptes de Blois, par lettres de Gaston d'Orléans, le 19 janvier 1627 (Arch. Nat. P 2878⁶ f° 28). Il fut remplacé en 1666 (Arch. Nat. KK 900, f° 83. — C^{on} du Vte de Croy).

(7) Nous résumons ici tout ce qui concerne cette famille appelée dans les actes de Loynes ou de Layues. Pierre de Loynes, contrôleur ordinaire des guerres (1610), premier commis de la chambre

2 février 1632. P., et M., de Michel, fils de « Jehan de Renard, escuier, sieur de Rilly et La Guaillardière, et de Claude Guanivety... Michel de Seigneuret, escuier, sieur de la Borde (1), et d^lle Anne Musset, fille de François Musset, escuier, seigneur de Pré. » Elle signe *Anne Musset* (2).

19 janvier 1636. P., de Josias Lhomme, « Gille Callan, picqueur ordinaire de la vennerye pour Monseigneur frère unique du roy estant aux Montys. »

18 janvier 1637. P., et M., de Marguerite fille de Philippe de Sainte-Faire, écuyer, sieur de la Rinière et de demoiselle Louise Jacquelin, « Jacque de Sainte-Faire, escuier, sieur du Gué-au-Chat et d^lle Marguerite Jacquelin, fille de deffunct Jacque Jacquelin, vivant escuier, sieur des Belonnières, conseiller du roy et commissere ordinere de ses guerres et capitaine du chastel des Montils. »

16 mai 1638. P., Guillaume Boutiller « avocat et juge au Présidial de Blois ».

18 juin. P., de Lois, fils de Philbert Chacqueneau, valet de garde-robe du prince de Condé, « Jehan de Launé, procureur au bailliage de Chaumont ». Il signe *Delaunay*.

1er octobre 1639. P., et M., de Madeleine Oudine, « Pierre de Luine, fils de M. de Luine, controlleur de M. le Conte de Souessons » et « Magdaleine Boursier, fille de Monsieur Boursier, greffier au bailliage de Blois » (3). L'acte est signé : *Pierre de Loyne*.

1er mai 1639. P., et M., de Louise, fille de Philippe de Sainte-Fère, écuyer, sieur de la Rinière, « noble homme Anthoine de la Jaille, escuier, sieur de Molin Robert » et « Marie

---

aux deniers du roi (1623), trésorier des guerres en Bretagne, et contrôleur, *aliàs* maître d'hôtel chez le comte de Soissons. Il est inhumé aux Montils le 23 septembre 1638 (Reg. par. des Montils).

Le 28 mai 1632, il s'était rendu adjudicataire, pour 28.000 liv., de la terre de Parassy, sise dans le ressort du bailliage de Blois ; des difficultés s'élevèrent, et une sentence du bailli de Blois le mit en possession de ce fief, le 13 mai 1634. De sa femme, Madeleine de Maucourt, il avait eu au moins douze enfants. L'un d'eux est Pierre, écuyer qui, le 18 février 1640, épouse Marie Baillé, fille de François Baillé, avocat du roi en son comté de Blois, et d'Elisabeth Bégon. Il mourut le 14 octobre 1651. Parmi les douze enfants se trouve aussi Françoise de Loynes, mariée vers 1652 à Victor Bédacier, secrétaire du roi.

Françoise de Loynes de Parassy, qui signe sur les registres des Montils, est celle-là ou une autre Françoise, née le 2 juin 1643 de Pierre et de Marie Baillé (C^on de M. Adrien Thibault). — Voir la note qui concerne Scipion Bégon, au 1er septembre 1664.

(1) Michel Seigneuret, sieur de la Borde (le château actuel de Candé), épousa demoiselle Marguerite Le Mareschal, par contrat passé devant Lespine, notaire à Blois, le 8 février 1635, dont trois enfants (Bibl. d'Orléans, ms. Hubert, t. V, f° 258 verso). Suivant le même auteur, il était fils de Jean Seigneuret et d'une italienne, Sarah Spifame, mariés le 28 avril 1596 (Cte de Chastellux. *Notes prises aux Archives de l'Etat-civil de Paris brûlées le 24 mai 1871*. Paris, 1875, p. 566). C'est sans doute le même, Michel-François Seigneuret, qui meurt sur la paroisse de Tour-en-Sologne le 17 janvier 1680. Son corps est porté à Candé (Arch. comm. de Tour, GG 3). Un sceau de Jean Seigneuret, sieur de la Borde, commissaire ordinaire des guerres, suspendu au bas d'un acte du 24 avril 1581 se trouve dans le vol. 131 du fonds Clairambault, à la Bibl. Nat. Il porte un écu *de ... à trois fasces vivrées de...*, sans autres pièces héraldiques (C^on du Vte de Croy).

(2) Anne Musset, qui ne paraît pas s'être jamais mariée, est fille de François, écuyer, seigneur de Pray, un huguenot, mais qui abjura, car, vers 1624, il est parrain à Saint-Honoré de Blois. Gentil-homme de la chambre du roi, capitaine de cent hommes d'armes des carabins, il épousa Marie Arnault (C^on de M. Adrien Thibault). A cette famille appartenait le poète Alfred de Musset (*Bulletins de la Société Dunoise*, t. VIII, p. 162).

(3) Nicolas Boursier, secrétaire du roi, greffier en chef du bailliage de Blois, seigneur de La Chesnaye, mort le 5 décembre 1651, eut de sa femme Martine Grosil, dix enfants, parmi lesquels : Madeleine, née le 11 novembre 1611, qui épousa Michel Picault, greffier en chef du criminel, et Jacques Boursier, né le 18 janvier 1621, écuyer, seigneur de La Chesnaye, grand-maître réformateur des eaux et forêts de Touraine, qui mourut vers 1665. (C^on de M. Adrien Thibault.)

Jacquelin, veuve de défunt Estienne Pasquier (1), escuier, gentilhomme ordinaire de la Royne Mère, en présence de Augustin Chotart, presbtre, prieur de Montou .» Signé : *Anthoine de la Jaille, Marie Jacquelin.*

27 juillet 1639. P., et M., de Pierre Texier, « Pierre de Luine (il signe *Loynes*), escuier, sieur de Parazin » et « damoiselle Izabel de la Saussaye, fille de Jehan de la Saussaye, escuyer, sieur des Vaulx » (2).

4 septembre 1639. Au baptême de la grosse cloche figure « Révérend Père Martial Mulot, prieur conventuel de Boulongne ». Il signe : *f. Marᵃˡ Mullotz.*

20 avril 1640. P., et M., de François Rocheron, « François Picault dict La Reinbertiere » et « Anne André, dame de Monsieur de Rilly ». Elle signe : *Anne André* (3).

26 juillet 1642. P., d'un autre François Rocheron, « noble seigneur Françoys de Rilly, fils de noble homme Monsieur de Rilly » (4).

24 septembre 1642. P., « François de Rostin, fils de Claude Symonot, escuyer, sieur de Choyseau ». Il signe : *François de Rostin* (5).

(1) Étienne Pasquier, écuyer, seigneur de la Frelandière, gentilhomme servant de Marie de Médicis, eut de Marie Jacquelin, suivant Hubert (Bibl. d'Orléans, t. V, f° 216), « Pierre Pasquier, escuier, seigneur d'Ornay » (mentionné ci-dessous à la date du 13 avril 1658 : Ornay est un petit château sur le territoire de Cellettes). Ce Pierre « conseiller au siège présidial de Blois en l'an 1618, a espousé damoiselle Mar'e Garnier par contrat passé présent Bertelin, notaire à Blois, du 31 mai 1649. » C'est l'un des grands noms littéraires de la France. Suivant Hubert, Étienne Pasquier était fils de Théodore Pasquier, avocat général à la Chambre des Comptes et petit-fils de l'illustre Étienne Pasquier, l'auteur des *Recherches de la France* et de tant de pamphlets si virulents, magistrat et écrivain du XVIᵉ siècle. Le fameux chancelier Pasquier, membre de l'Académie Française, était de cette famille.

(2) Isabelle qui paraît n'avoir jamais été mariée est fille de Jean de la Saussaye, maître des comptes à Blois, mort en 1606 et de Jeanne Allard. Elle est sœur de Jean, aussi maître des comptes, de Françoise, femme de Denis Grosil et de Marie, femme d'Achille Herbelin, aussi maître des comptes à Blois.

Ces quatre frères et sœurs sont cousins germains de Jean de la Saussaye, écuyer, sieur des Vaux, dont un fils, Jean, marié à Jacqueline Danguy, eut Charles de la Saussaye, écuyer, sieur des Vaux, capitaine au régiment de Normandie, qui épousa, le 5 mars 1663, Marguerite Ledoux (voir ci-dessous au 15 août 1665), fille d'un bourgeois de Blois (cᵗᵉ de M. Adrien Thibault). — En 1653, les enfants mineurs de feu Jean de la Saussaye, sieur des Vaux, sont sous la tutelle de Jeanne de Triolon, veuve de François de Plaix, sieur de Rosnay, de Jacques Quétier, sieur de Lherbelière et Gabrielle de Triolon, sa femme, de Jacques d'Argy, sieur de Néron, et de Jean Vié. Le bailliage de Blois rend un arrêt le 27 juin, sur une affaire pendante entre eux et les religieuses Véroniques de Blois. Ils en appellent au parlement qui donne sa sentence le 29 mars 1659 (Fr. 5678, f° 192 : cᵘⁿ du Vᵗᵉ de Croy). — Un autre Charles de la Saussaye est curé à cette époque de Saint-Jacques de la Boucherie, à Paris. Sa vie et ses sermons sont publiés à Lyon, en 1657.

(3) Anne André, fille de Christophe André, sieur de la Mothe, avocat en parlement et au siège présidial de Blois, et de Marie Butel, épousa Louis de Renard, fils aîné de Jean de Renard. Il était au moment de son mariage, gentilhomme servant ordinaire du roi, 1ᵉʳ gendarme de sa compagnie. (Voir le contrat : Arch. dép. de Loir-et-Cher, F 43. — D'Hozier, *Armorial général*, reg. septième, p. 366 (généalogie Butel).

(4) Nous ne citons pas ici tous les actes où les Renard de Rilly sont parrains d'enfants nés aux Montils.

Sur François Renard de Rilly, voir ci-dessus p. 200. — Dans une chambre de La Garenne, au 1ᵉʳ étage, nous avons relevé peintes sur une solive apparente, les armes des Rilly. Elles portent un écartelé, au 1ᵉʳ de gueules à la croix de voir ; au 2ᵉ d'argent à trois pals de gueules, au chef d'argent, au 3ᵉ de gueules à trois fleurs de lis d'or, 2 et 1 ; au 4ᵉ, de gueules à trois fleurs (des lis au naturel ?) d'argent. — Sur le tout les armes Renard, d'argent à une fasce de gueules accompagnée de six merlettes. — Il faut noter que la première écarteleure (de gueules à la croix ancrée de voir) représente les armes de La Chastre, alliance de la famille de Renard et qu'on a retrouvé ces armoiries peintes dans une chambre au rez-de-chaussée du château de Rilly.

(5) Complétons et rectifions ici le tableau dressé p. 188. Il y a eu un second Claude Simonnot, mentionné d'ailleurs par nous à la page 224. — Le chanoine Hubert qui a dressé comme nous la généa-

7 octobre. P., et M., de Jean-Baptiste Chacqueneau, fils de Philibert, « Jean de la Briffe, aulmosnier de Monseigneur, frère unique du Roi » et « d^lle Geneviefve Chambigez, femme de Monsieur Cousin, secrétaire du Roy ».

16 août 1643. P., « Estienne Avrain, procureur au présidial de Blois ».

14 février 1644. P., « Philippe Dardoy, garde des chasses de Monseigneur, duc d'Orléans, comte de Blois ».

31 mai 1646. M., « Marie Dardoy, fille de Philippe Dardoy, garde ordinaire des plaisirs de Monsieur le duc d'Orléans ».

16 février 1647. P., de Henri-Charles Barbelion, Henri du Plessis, « chevalier, seigneur de Savonnières, lieutenant de compagnye dans le régiment de Piémont » (1).

17 septembre 1649. M., « Léonarde d'Enbezat ».

22 novembre 1649. M., Marie de la Briffe.

En 1649, Robert Pintier, grand prieur de Bourgmoyen, assiste à un mariage.

21 août 1650. P., François Cardinal, « payeur des gages des officiers du présidial de Blois ».

6 avril 1652. P., Jacques Bourguignon, « officier de Monseigneur le duc d'Orléans » (2).

7 août 1652. P., Jehan Margeril, curé de Seur.

28 novembre 1652. M., d^lle Marie de Faix.

15 février 1654. P., « honorable et discrète personne, François Picault, sieur de la Rainbertière » (3).

En 1654. P., Nicolas Apou, « procureur à Blois ».

En 1655. P., Simon du Plessis, sieur de Favras.

4 novembre 1657. P., de Jacques, fils de Jacques d'Arnault, sergent royal, et de Françoise Corbie, « Claude d'Arnault, collecteur des amendes des eaux et forêts du comté de Blois. »

6 mars 1658. M., Anne de la Chaize.

13 avril 1658. P., et M., de Françoise d'Arnault, fille des précédents, François Moreau, écuyer, sieur de Brezolle et d^lle Marie Garnier, femme de Pierre Pasquier, écuyer, sieur d'Ornay. Signé : M. Garnier (4).

22 septembre 1658. P., « Claude Gault, conseiller du roy et garde des sceaux de Son Altesse Royalle, juge et magistrat au bailliage et siège présidial de Blois ».

25 avril 1659. P., et M., de François, fils de François Moreau, sieur de Brezolle et de

---

logie des Simonnot en remontant à Nicolas, mentionné en 1535 (Vol. IV, f° 248, à la Bibl. d'Orléans), dit de ce Claude qui forme la 4e génération et qu'il qualifie sieur de Rostaing : « il espousa demoiselle Marie Follet, aliàs Foy, fille de Robert, seigneur de la Galaisière, conseiller au présidial d'Orléans et de N. Hubert, fille d'un aubergiste, par contrat du 25 novembre 1627. » Il lui donne pour enfants 1° un autre Claude, seigneur de Rostaing ; 2° Jacques ; 3° Michel, capitaine au régiment du Plessis-Praslin.

(1) Henri du Plessis, seigneur de Savonnières, fils d'Henri du Plessis et de Marie Daguier, suivant le P. Anselme, t. IV, p. 751. Il appartenait à la maison du Plessis-Liancourt et était frère, suivant le même auteur, de Simon du Plessis, seigneur de Montcrochet, mentionné ci-dessus p. 224.

(2) Jardinier des Jardins bas du château de Blois. Voir ci-dessous la note qui concerne César Bourguignon.

(3) François Picault, sieur de la Reinbertière, ami des Renard de Rilly (voir ci-dessus p. 200), était fils de Charles Picault et de Marie Chicoineau. Il épousa vers 1654 Jeanne Godineau, et le 17 septembre 1657, Charlotte Moulnier ou Monier. Il mourut dans les dernières années du XVIIe siècle. On n'a pu trouver le lien de cette famille avec celle des Picault de Rochecorbon (c^on de M. Adrien Thibault).

(4) Marguerite-Marie Garnier, femme de Pierre Pasquier, était fille de Paul Garnier, lieutenant de la prévôté de Blois, fils d'un autre Paul, également lieutenant de la prévôté et bailli en 1587, de Chaumont-sur-Loire, (Revue de Loir-et-Cher, année 1908, col. 14), lequel était frère de Sébastien Garnier, l'auteur de la Henriade (c^on de M. Adrien Thibault).

d^lle Françoise Guerry : « Henry Moreau, escuyer, sieur de la Guaranne » et « d^lle Marie Guerry ». Signé : *Marie Guerry, Moreau de la Garanne* (1).

14 novembre 1659. P., Gabriel Chotard, « commissaire ordinaire de l'artillerie, chef de fourier (sic) de la maison du roi » (2).

En 1659, Jacques Le Breton, « trésorier provincial des guerres en Touraine, Anjou et le Maine », assiste à un mariage.

3 août 1660. P., et M., de Pierre, fils de Florent Affouart boucher, Pierre Pasquier, écuyer, sieur d'Ornay et « d^lle Marie Binet, veuve de deffunt François Le Comte, escuyer, sieur de Beauvais, commissere ordinere de la mareschaussée de Berry ». Signé : *Marie Binet, Pasquier*.

29 décembre 1660. P., « Nicolas Apou, fils de noble homme Nicolas Apou » ; M., « Marie Boulais, fille de noble homme Pierre Boulais, qui ont dit ne scavoir signer ».

6 août 1661. P., de Charlotte, fille de François Mulot, maître chirurgien aux Montils, « messire Jean Mulot, prieur de Sainct-Betaire ». Il signe : *J. Mullotz*.

3 novembre 1661. P., et M., « Jacques Boursier, esquier, seigneur de la Chainais, grand maistre et reformateur des eaux et forêts de la Touraine, seigneur des greffes de la justice de Blois » et d^lle Françoise de Luyne de Parassy ». Elle signe : *F de Loynes*.

28 janvier 1663. M., de François Mullot, « Suzanne Bourguignon, femme de Me François Cardinal, receveur payeur des gages des officiers du présidial de Blois ».

13 décembre 1663. P., et M., «Florimond Gomot, escuier, sieur de la Mothe » et « Marie Bernard, femme de Charles de La Vallée, escuier, sieur de Terrouanne » (3).

25 août 1664. P., et M., de Marguerite, fille de Michel Julien, demeurant à Rouillon, « Marguerite Buisson, femme de honnête homme Nicolas Apou, procureur au siège présidial de Blois » et « Michel Blanchetière, procureur audit siège ».

1er septembre 1664. P., de Marie Clereau, « Scipion Bégon, fils de M. Bégon, escuier,

---

(1) Cette famille a pour auteur Jean Moreau, sieur de Pasnelles, fief et habitation sur la paroisse de Monteaux. Contrôleur général des salines de Saintonge et Aunis en 1580, il eut de son mariage avec Marie Belon, trois enfants :

1° Emmanuel Moreau, sieur de Pasnelles, conseiller au présidial de Blois (1607, 1624), épouse Jeanne Bégon, dont un fils François Moreau, chef du gobelet de la reine-mère (1626), aide d'échansonnerie du roi (1634), sieur de Pasnelles (1649), marié à Marie du Chemin, dont une fille unique Marie Moreau de Pasnelles qui épouse René du Perray, écuyer (Arch. comm. de Monteaux, reg. par. — Arch. de Loir-et-Cher, série G, fabrique de Monteaux, et E 649).

2° Angélique, épouse Jean Picault, procureur du roi en l'élection et grenier à sel de Blois.

3° François Moreau, écuyer, commissaire ordinaire des guerres (1610), sieur de Brezolles, gentilhomme ordinaire de la chambre du roi (1623), mort le 21 mars 1653. Il eut de Françoise Gaillard :

a) François, sieur de Brezolles, né le 10 juin 1628, hérita de son père la charge de commissaire des guerres ; épousa le 12 octobre 1653 Françoise Guerry ; mourut le 12 avril 1663, ne laissant qu'un fils mort en bas âge.

b) Henri, sieur de la Garenne. A la mort de son neveu, il prit le nom de Brezolles. Il épousa le 8 mai 1664, Marie-Judith de Beaussé, morte le 28 avril 1666, et en 1669, Catherine Lelarge. Il mourut à Feings le 19 novembre 1675. De son second mariage, il eut un fils Henri, né le 1er avril 1670 et mort le 14 mars 1732 sans alliance. Cette branche de Brezolles s'éteignit dans les mâles vers 1765 (c^on de M. Adrien Thibault). Cette famille possédait la seigneurie du Fay, à Chitenay. La dernière héritière, Françoise-Elisabeth, veuve de Louis de Laiglehoust de Goinville, fut marraine d'une cloche à Chitenay en 1772 (Abbé R... *Chitenay, notes historiques*. Blois. Imp. E. Moreau, 1889, in-8°, p. 13 et 27, note 1).

Nous n'avons pu établir le lien de cette famille avec celle des Moreau, sieurs du Feullet (ci-dessus, p. 201). Ajoutons qu'il y eut probablement deux seigneurs de la Garenne du nom de Moreau, François Moreau, puis Henri Moreau.

(2) Voir ci-dessus, p. 201.

(3) Nous n'avons pas relevé tous les actes où figurent comme parrain et marraine Marie Bernard et Charles de La Vallée.

sieur de Villecoulon, secrétaire du roi, maison, couronne de France » (1). Il est encore
P., le 21 août 1678 de Scipion-François Jacquelin : « vénérable et discrète personne,
messire Scipion Bégon, prestre, docteur en Sorbonne, sous-doyen de Saint-Sauveur de
Blois ». Il signe *Scipion Bégon* (2).

15 août 1665. M., de Marguerite Michelet, « Marguerite Le Doux, épouse de Charles
de la Sauleaye, sieur des Vaux et de la Mothe ». Elle signe : *M. Le Doux.*

8 juin 1666. P., et M., « Henry Picault, sieur de Rochecorbon, conseiller du roi, lieutenant de l'élection de Blois et damoiselle Gabrielle Colletet, femme de Monsieur Herry,
recepveur des tailles en l'élection de Blois ».

22 octobre 1666. P., et M., de François Jullien, « Jacques Le Comte, escuyer, sieur de
Beauvais, capitaine d'une compagnie d'infanterie au régiment d'Espagny » (il signe :
de Beauvais), et « d^lle Marie Girodet, d^t à Blois, paroisse Saint-Sauveur ».

31 janvier 1668. P., de Charles Jullien, « Christophe Boiffard, théologal de l'église de

---

(1) Un Michel Bégon avait des biens aux Montils en 1644 (ci-dessus, p. 217). Il eut sans doute pour
fils Scipion et un Michel Bégon, écuyer, sieur de Villecoulon, intendant de la douane de Lyon, demeurant à Paris, rue Neuve-Saint-Eustache, âgé de 28 ans en 1683, et qui assiste, le 29 juillet, au
mariage de son cousin Pierre de Loynes (Jal. *Dictionnaire critique de biographie et d'histoire*. Paris,
1872, p. 170). Scipion, docteur en Sorbonne, sous-doyen de Saint-Sauveur de Blois, était un érudit
du temps. Il avait eu le projet d'écrire une histoire de Blois qu'interrompit sans doute la publication
de Bernier. En 1678 il avait envoyé un questionnaire, dans ce but, à tous les curés du Blésois. Celui
des Montils répondit peu de chose. Il écrivit pourtant : « Le pais est assez agréable », et à l'article
Bénéfices mit en regard : « Il y a une ausmonerie qui estoit cy-devant du prieuré de Boulogne. Les
chevaliers de l'ordre de Saint-Lazare veulent s'en emparer ». (Bibl. Nat. Fr. 5678, f° 305). Les papiers
de l'abbé Bégon forment les volumes 5678 et 5679 du fonds français, à la Bibliothèque Nationale.
Il n'aimait point les jésuites. Au f° 225 du 5678, il a écrit ironiquement : *Jésuitographia Blesensis.*
C'est de lui que provient, apparemment, le cartulaire de la ville de Blois, conservé dans le même
dépôt, sous le n° 966 de la collection Clairambault, édité de 1903 à 1907 par la Société des Sciences
et Lettres de Loir-et-Cher. Nous y avons souvent renvoyé au cours de cet ouvrage. Il porte sur un
feuillet de garde : *Ex libris magistri Scipionis Begon, doctoris Sorbonici*, plus une annotation (voir
l'édition citée du *Cartulaire*, p. 1, note 1) qui ne laisse pas de doute que Scipion Bégon ne voulût tirer
parti de ce manuscrit en écrivant son histoire. Les éditeurs n'ont pas su de quel Bégon au juste il
était question. Voir leur *Introduction*, p. xv et xvi.

La famille des Bégon était, en effet, très ramifiée. C'est à un autre Michel Bégon que doit son nom
cette fleur indispensable aujourd'hui à l'ornement de nos serres et de nos jardins, le *bégonia*. Michel
Bégon, né à Blois en 1638, était, entre 1685 et 1688, intendant des galères à Marseille, lorsqu'il favorisa
le voyage du P. Plumier aux Antilles, dont lui-même avait été l'intendant, afin que le religieux en
étudiât la botanique (R. P. Charles Plumier, minime. *Description des plantes de l'Amérique avec leurs
figures* (108 planches). Paris. Imprimerie royale, 1693, in-folio. Préface non paginée). Le bégonia
pourtant ne figure pas à la table des plantes que ce Père fit graver dans son magnifique ouvrage, mais
cette dédicace est certaine, puisqu'il en est fait mention, quelques années plus tard, par le Père
Théodore de Blois, capucin, dans son *Histoire de Rochefort*, publiée à Paris en 1733, in-4°, p. 86. —
Voir aussi Duplessis, *Un curieux du XVIIe siècle, Michel Bégon, intendant de la Rochelle*, 1874.

(2) Nous remercions ici M. Marteau, instituteur aux Montils, d'avoir fait calquer les deux signatures
Bégon et *Scarron*, qu'on trouvera ici, ainsi que de divers renseignements qu'il nous a communiqués.

Saint-Sauveur et grand vicaire de Monseigneur de Chartres, archidiacre et official de l'archidiaconé de Blois ». Il signe : *C. Boyffard* (1).

12 novembre 1668. P., et M., de Sebastien, fils d'Estienne Pinon, écuyer, sieur de la Dragonnière, garde du corps du roi, et de d^lle Geneviève Darlu : René Pinon, prieur des Montils (2) et « d^lle Catherine de la Nionnaire, vefve Jean ....., vivant controlleur de la maison de Monseigneur d'Orléans ». — Sébastien Pinon fut parrain, le 18 mai 1676, aux Montils avec « Marie Baillou, fille d'honorable homme Jean Baillou, officier de Son Altesse Royale ».

7 septembre 1670. M., d'un autre Charles Jullien, « Jeanne-Marie Tubert, fille de Mre Jean Tubert, conseiller du Roi et greffier des commissions extraordinaires du Roi, demeurant à Paris, paroisse Saint-Nicolas des Champs, estant de présent audit lieu des Montils ».

5 décembre 1670. P., René Ribou, curé de Seur.

En 1670. P., Blaise Garnier, fils de « noble homme Gaspard Garnier, officier de Monseigneur le Prince ».

15 janvier 1671. On baptise le fils de « pauvres gens passans demandans l'aumosne, de la paroisse de Montreuil le Gast, en Bretagne ». La mère est « acouchée à l'hospital des Montils ».

22 juillet 1671. M., de Marie, fille du chirurgien Mullot : « Marie-Anne Bourguignon, fille de deffunct César Bourguignon (3), officier du roy, et de deffunte Marie Guillou, sa femme ».

En 1673. P., Florimond Maillard, « maistre chirurgien à Candé ».

29 octobre 1675. P., et M., de Marie-Françoise, « fille de François Picault, sieur de Rochecorbon, conseiller du roi, juge magistrat au proesidial et bailliage de Blois et de d^lle Marie Giraudet, son épouse » (4) : Christophe Boiffard et dame Léonarde d'Embezat.

· (1) Christophe Boiffard, bachelier en théologie, curé de Saint-Saturnin, en Vienne-lès-Blois (1652), grand-vicaire et archidiacre de Blois (1660), théologal et prévôt de Saint-Sauveur (1675). — (C^on de M. Adrien Thibault).

(2) Ce prieur-curé des Montils était donc d'une famille noble. Le cas n'est pas rare à cette époque (voir ci-dessus p. 181). Sa famille habitait la paroisse de Mont, où il naquit en 1620, et où il eut pour parrain Me René Daniel, avocat à Blois, et pour marraine Marie de Mazilles. (Arch. comm. de Mont, GG 2). Son père, Etienne Pinon était à ce moment fruitier chez la Reine Marie de Médicis, dont il devint peu après le chef d'échansonnerie *(Ibid)*. Sa mère était Marie de Mazilles (*alias* Etiennette) de Mazilles (Reg. de Mont, *ibid.* et Reg. de Cellettes, GG 3). Les Mazilles étaient originaires de Mont. Nous y trouvons de 1600 à 1611 Charles de Mazilles, garde ordinaire de la forêt de Boulogne, et Jacques de Mazilles, père de Marie, et sans doute grand-père du curé des Montils, garde-marteau des forêts royales de Blois. Ils étaient amis ou parents des La Nionnière, seigneurs de Conon (v. ci-dessus p. 214), car Jacques de la Nionnière est parrain d'une fille de Charles de Mazilles et tient plus tard un enfant de Cellettes sur les fonts avec Madame Pinon (Cellettes, GG 3).

Une étude sociale sur les curés du diocèse de Blois, aux XVIIe et XVIIIe siècles, serait fort intéressante. Nous souhaiterions qu'elle tentât l'un de nos confrères.

(3) César Bourguignon fut nommé jardinier des bas-jardins du château de Blois par lettres de Gaston d'Orléans, du 29 novembre 1630 (Arch. Nat. P 2878^6, f° 81 v°), et il est remplacé dans son office par son fils Jacques Bourguignon, par lettres de Gaston, données à Paris le 27 février 1639 (P 2878^11 f° 177 v° : c^on du Vte de Croy). — C'est à cette famille, pensons-nous, qu'appartiennent Philippe Bourguignon et Jacques Bourguignon, curés de Bracieux, qui de 1709 à 1720 ont écrit des réflexions si curieuses sur les événements de leur temps (Voir *Inv. sommaire des Arch. Dép.* de Loir-et-Cher, série GG, p. 93 à 96).

(4) Les Picault figurent souvent dans nos registres. Henri Picault de Rochecorbon, lieutenant en l'élection de Blois, mort le 14 janvier 1670, eut de Françoise Lambelin, qu'il avait épousée le 12 juin 1639, deux fils : Henri, né le 30 octobre 1641 ; à la mort de son père hérita de sa charge ; épousa le 15 mars 1672 Anne Carré de la Pigeonnière qu'il rendit mère de dix enfants et mourut le 2 mai 1697. —

9 septembre 1677. M., « Françoise de Brisacier, femme de Messire François Le Roux, chevalier, seigneur de Villiers et de la Mahoudière, ci-devant lieutenant colonel au régiment de Baudeville ». Elle signe : *M. F. de Brisacier* (1).

27 décembre 1678. P., et M., de Louis, fils de Jacques de Grafard et de Louise de Sainte-Fère, « Louis de Malvaux, écuyer, sieur de la Boulais, et « Magdeleine Scarron veufve de Monsieur de Ciggony ». Signé : *M. Scarron* (2).

François Picault, ici mentionné, né le 12 septembre 1646, mort le 5 janvier 1690, eut de Marie Giraudet, mariée le 27 décembre 1674 :

1°) Christophe, né le 18 février 1677, contrôleur général des domaines et bois du comté de Blois et du duché de Vendômois. — 2°) Marie-Françoise, née en 1680, mariée le 12 mars 1698 à Louis Hardouin, con⁻ʳ au présidial de Blois. Christophe mourut le 3 février 1739, dernier mâle de cette famille qui se fondit dans celle des Drouin, Belot et Baudry (c⁻ⁿ de M. Adrien Thibault). Marie-Françoise Picault de Rochecorbon, femme de M. Drouin de Varcil, assiste le 15 janvier 1755 à la bénédiction de la chapelle du château de Cormeré (Abbé R... *Chitenay*, page 12).

(1) Suivant M. André Rebsomen, *Une famille blésoise, les de Brisacier* (Soc. des Sc. et Lettres de *Loir-et-Cher*, t. XVI, p. 95), Marie-Françoise de Brisacier avait épousé François Leroux, sieur de Villeray, lieutenant-colonel au régiment d'Espagny. — Elle était fille de Charles de Brisacier et de Marie Le Lorrain, et sœur de Jacques-Charles de Brisacier, supérieur du Séminaire des Missions étrangères, mêlé aux affaires religieuses du règne de Louis XIV.

(2) Il s'agit ici d'une femme connue dans l'histoire anecdotique du XVIIᵉ siècle. Madeleine Scarron était sœur du poète burlesque Paul Scarron qui se disputa fort avec elle, pour l'héritage de leur père. Voici comment il la dépeint :

> Grand nez digne d'un camouflet,
> Belle au poil de couleur d'orange,
> Mâchoire à recevoir soufflet,
> Portrait de quelque mauvais ange,
> Face large d'un pied de Roi,
> Gros yeux à la prunelle grise.
> Tu veux donc plaider contre moi
> Jusques a manger ta chemise...

Nous ne continuons pas la citation où le poète accouple au mot *perde* une rime... trop militaire (*Factum, ou Requête, où tout ce qu'il vous plaira, par Paul Scarron, doyen des malades de France.* — Cf. E. Magne, *Scarron et son milieu*, p. 155, 352). Madeleine Scarron fut baptisée le 14 mars 1619, à Saint-Martin des Champs, à Paris (Jal. *Dict. critique*, p. 1107). Elle fut mariée, par contrat du 27 juillet 1636 (Mˡˢ de Chauvelin, Inv. des titres du château de La Vallière) à Charles Robin, seigneur de Sigogne, trésorier général de France à Tours, en devint veuve le 28 août 1652 et mourut le 1ᵉʳ novembre 1691. Elle en eut cinq enfants : Elisabeth qui épousa Hercule de Meulles, chevalier, seigneur de Lencosme, Paul, seigneur de Sigogne, lieutenant au régiment des gardes, non marié, tué au siège de Saint-Guillin en 1677 ; Marie et Madeleine, religieuses, Jacques, sieur de la Sauterye, lieutenant d'une galère du roi, qui fit son héritière universelle Marie Scarron, sa cousine, fille de Nicolas (*Ibid*). Madame de Sigogne possédait en Blésois le fief de la Bouteillerie dont elle fit hommage en 1671 (Arch. Dép. de Loir-et-Cher, F 231, fº 200 vº).

Les biographes de Scarron, M. Magne, déjà cité, et M. P. Morillot, *Scarron, étude biographique et littéraire*, 1888, n'ont trouvé que peu de chose sur sa famille, car ils n'ont pas su que tous les papiers s'en trouvaient aux archives du château de La Vallière, près Amboise, où M. le Mⁱˢ de Chauvelin les analysa dans ses inventaires si précieux déposés aux archives de Loir-et-Cher. Les Scarron sont bien d'origine lyonnaise, comme on l'a soupçonné. Pierre Scarron, trésorier de France à Lyon en 1581, puis prévôt des marchands de cette ville, eut au moins deux enfants, Paul et Anne mariée à

26 octobre 1681. P., et M., de François de Grafard, « Magdelaine Gomot, veufve de defunt Monsieur de la Boulais » et « Charles de Frouville, escuier ».

Le 15 octobre 1582, le 14 septembre 1685, etc., le registre porte : « Veu par nous dans le cours de nos visite, Symon, archidiacre de Blois » (1).

11 août 1687. P., et M., de Nicolas Laurent Allexis Bertran, « Nicolas Lemercier, garde ordinaire des eaux et forêts du comté de Blois » et « d^lle Marie Madeleine de Berziau de présent en cette paroisse ».

17 septembre 1687. P., et M., de Marie-Madeleine Jacquelin, « noble André Delhorme (2),

Euverte Gallois, sieur de la Borde (aujourd'hui château de la comtesse de Monspey, à la Chaussée Saint-Victor, près Blois). Paul, seigneur de Beauvais, sous-doyen des conseillers de la cour de Parle-- ment, et d'abord substitut du procureur général du roi, épousa par contrat du 21 avril 1599, Ga- brielle Gogues, fille de Hilaire Gogues, conseiller au parlement de Bretagne. Elle mourut en 1613 et de ce mariage vint Paul, le poète, baptisé le 4 juillet 1610, à Paris (Jal, *op. cit.*, p. 1106). Par con- trat du 26 juin 1617, il s'unit à Françoise de Plaix, femme d'un caractère intraitable dont Scarron, son beau-fils, eut beaucoup à souffrir. Cette alliance les rapprocha du Blésois. Françoise de Plaix était fille de Claude de Plaix et de Marie Forget qui possédaient La Vallière et Rosnay, à Négron, près Amboise et le charmant petit château d'Avisé, à Limeray (Carré de Busserolle, *Dict. géogra- phique d'Indre et-Loire*, t. I, p. 91 ; t. V, p. 419 ; t. VI, p. 356. — Abbé Bosseboeuf, *Amboise*, p. 356 : vue d'Avisé). Madame Scarron, soit avant, soit après son mariage, venait ainsi que sa mère au châ- teau de Monteaux, chez son cousin Raymond Forget, qui en était possesseur, et le 22 juillet 1624, Marie Forget assiste même à la bénédiction de l'église de Monteaux. En 1635, c'est la présence de Nicolas Scarron, frère du poète, qu'on y constate (Arch. comm. de Monteaux, reg. paroissiaux, 18 nov. 1608, en 1611, 1624, 1635. C^en du Vte de Croy). Le conseiller Scarron, impliqué dans les affai- res du Parlement, fut exilé par Richelieu dans une habitation qu'il possédait sur les limites de la Touraine et du Blésois. C'est à cela que fait allusion cette mazarinade :

> Quand Paul l'aisné, ton défunt père,
> Desquilla du throsne des lois
> Et fit planter chous près de Blois...

Ce lieu était les Fougerets, à Limeray, dans le val, près de la Loire. Il y mourut (Abbé Chevalier *Hist. de Chenonceaux*, p. 36. — Scarron, *Œuvres*, t. VII, p. 50 : à la Reine-mère). Les Sigogne dis- putèrent les Fougerets au poète, leur frère et beau-frère, qui finit par l'emporter (E. Magne, *op. cit.*, p. 352). De son second mariage, Paul Scarron avait eu, outre Madeleine, une fille Claude, bap- tisée à Paris, le 9 juin 1620 (Jal, p. 1107) mariée à Daniel Boilleau, seigneur du Plessis, grand-maître des eaux et forêts de Touraine, Maine et Anjou, et un fils Nicolas (Inv. du Mis de Chauvelin), qui eut quatre femmes. Le 9 novembre 1656, il avait épousé, en la chapelle du château de Martigny, à Fon- dettes, d^lle Marguerite Le Boucher (Arch. comm. de Fondettes, Indre-et-Loire, GG 5, f° 190) et à Ligueil, le 4 avril 1663, d^lle Marie du Val (Jacques Rongé, *La baronnie de Ligueil*, dans les *Mém. de la Soc. arch. de Touraine*, t. 48 (1909), p. 197). Marie du Val vivait encore en 1675 (Mis de Chauvelin). C'est de cette dernière femme que naquit Marie-Claude Scarron, unique héritière, mariée à Antoine Bergeron de la Goupillière *(ibid)*, de qui descend le comte de Bridieu actuellement possesseur du château de La Vallière.

(1) On remarquera cette inspection des curés et de leur administration, faite par l'archidiacre de Blois. A cette époque, elle est de règle et se répète à des intervalles rapprochés. Ainsi le 30 mai 1675, le 6 octobre 1679, l'archidiacre vérifie le registre de Chailles (Mairie de Chailles, GG 3). Le 9 octobre 1679 l'archidiacre est à Tour-en-Sologne. Il signe sur le registre : Bouthier (Arch. comm. de Tour. GG 3). — Le 20 septembre 1685, Symon, l'archidiacre, qui était le 14 aux Montils, est à Tour-en-So- logne *(ibid)*. Une grande sagesse avait présidé à l'adoption de cette mesure par l'autorité ecclésias- tique qui obligeait ainsi les curés à la bonne tenue de leurs écritures. Il serait utile d'y revenir.

(2) Peut-être est-ce le même qu'André de l'Orme « officier de la maison du roi » ou « chef de four- rière du roi », mari de Suzanne Masson, qui est parrain le 20 mars 1719, de Marie-Louise-Suzanne, fille de Jacques-Louis Courtin, écuyer, seigneur de Clenor, Beauvais, et de dame Suzanne de l'Orme (Arch. comm. de Cellettes, GG 23). Marie-Louise-Suzanne Courtin, sans doute petite-fille d'André de l'Or- me, épouse dans la chapelle du château de Clénor, le 11 octobre 1740, Charles Antoine Menjot, che- valier, vicomte de Groustel, seigneur de Champfleur, d'une famille qui habite actuellement le châ- teau de Cangey (Indre-et-Loire). (Arch. comm. de Cellettes, GG 24. — Abbé Porcher, *Cellettes*, dans *Loir-et-Cher hist.*, année 1895, col. 272.)

chef de la fourrière du Roi, de la paroisse Saint-Honoré », et « Marie-Madeleine de Berziau, de la paroisse de Marson-sur-Loire, pays du Maine ».

29 octobre 1691. M., de Marie-Françoise Jacquelin, « dame Françoise Loy », elle signe *F. Loüet* (1).

En 1692., P., Jean Charruyau, « officier de la maréchaussée de Blois ».

En 1694, F. J. Moreau, « religieux de Saint-François », fait un baptême.

En 1694, F. P. de Meulle, « cordelier », fait un baptême.

10 octobre 1695. P., Louis-Christophe Picault de Rochecorbon.

En 1695. Maucourt, prieur de Coulanges, fait un mariage.

En 1697, de Boulainvilliers, prieur de Chailles, fait un mariage (2).

En 1697. P., Christophe Picault, « fils à Mademoiselle la conseillère de Rochecorbon ».

24 septembre 1700. P., et M., Louis de Moulins, chevalier, seigneur de Rochefort, Villeloüet, et Elisabeth de Berziau, « fille du seigneur de la Bersillière ».

5 septembre 1701. De Rosnay, « curé de l'Alleu », assiste à un mariage.

En 1702. P., Louis Le Long, contrôleur du grenier à sel.

En 1706. P., Maurice Bellin, curé de Saint-Christophe de Suèvres.

En 1706. Elisabeth de Bonninière, « fille du seigneur d'Argouge », est enterrée proche l'autel de la Sainte Vierge.

En 1712, Macé, « chanoine régulier, directeur du séminaire de Mgr de Blois », fait un baptême.

En 1712. M., Madeleine de Moulins, « fille du seigneur de Villelouet » (3).

En 1715. P., Claude de La Bonninière (4).

5 juillet 1716. A la sépulture du prieur des Montils, assistent, de Marcet, prieur de Cour-Cheverny, chanoine régulier de Prémontré, et frère Carnot, « prieur d'Ouelly » (Oisly), du même ordre.

En 1718. P., Henri Moreau, écuyer, sieur de Brezolles.

En 1718. P., Antoine Bonnet, sieur de la Bassetière.

En 1719. P., Abel Brunier, écuyer, sieur de Villesablon (5).

---

(1) Cette orthographe « Loy » indique bien la prononciation de l'époque. *Cf.* plus haut, p. 474, note 5 : Foüet et Foy.

(2) Philippe de Boulainvilliers avait été d'abord prieur de Bourgmoyen et vint enterrer le curé de Chailles, le 23 juin 1692, sur les 4 heures du soir, à Chailles, le prieur-curé des Montils présent. Il succéda à son confrère défunt et mourut à Chailles, le 6 mai 1708, âgé de 57 ans. M. Montier, prieur-curé des Montils et le vicaire des Montils assistaient à son inhumation (Mairie de Chailles, GG 3 et 4).

(3) Madeleine de Moulins ne figure pas dans la généalogie de d'Hozier (*Arm. Général*, Reg. III, p. 729-30). Elle doit être fille de Louis de Moulins, mentionné ci-dessus, qui avait épousé, suivant d'Hozier, par contrat du 15 avril et bénédiction du 29 juin 1699, Charlotte-Madeleine de Clisson. Comme il s'intitule dès lors seigneur de Villeloüet dont il fit hommage en 1701 (Arch. Dép. de Loir-et-Cher, F 231, f° 172) et que son père, Pierre de Moulins-Rochefort, vivait encore, il est probable qu'il avait reçu cette terre en dot, lors de son mariage. *Cf.* Arch. communales de Chailles, GG 3 et 4. — Le 1er janvier 1703, Louis, fils de Messire Louis de Moulins-Rochefort, recevait pour parrain et marraine, deux paysans de Chailles *(Ibidem)*.

(4) Claude de la Bonninière, écuyer, seigneur d'Argouges. Le 13 mai 1729, il signe : *de la Bonninière des Dargouges*. — Françoise de Berziau, veuve d'Anne de la Bonninière, chevalier, seigneur d'Argouges, 5 mai 1725 (c°n de M. Adrien Thibault). — Ces personnes doivent être membres de la famille de la Bonninière de Beaumont, bien connue en Touraine, mais ils ne figurent pas dans les généalogies imprimées et nous n'avons pu les y rattacher.

(5) Les Brunier paraissent souvent dans les registres paroissiaux comme dans le cours de ce volume. Nous résumerons quelques renseignements sur cette famille, qui remonte à Abel Brunier, l'auteur de l'*Hortus Regius Blesensis*, né à Uzès en 1573, mort à Paris le 14 juillet 1665 à l'âge de 92 ans.

En 1722. P., Ange-René Guerry, écuyer, seigneur de la Chesnaye, Marcoy.

30 septembre 1722. Mariage de mᵉ René Postolle, conseiller secrétaire du roi près le

Il avait été premier médecin de Gaston d'Orléans. Scarron, un demi-blésois comme nous l'avons vu, a parlé de lui dans ses vers :

> C'est grand dommage que cet homme
> Ne croie pas au pape de Rome,
> Car à tout le monde il est cher...

Il était cher à Gaston qui, le 3 mars 1640, lui fit un don de 2000 l. t. en dépit des remontrances et des résistances que fit à l'entérinement de cet acte, la chambre des comptes de Blois (A. N. P 2883³, fᵒ 176, cᵉⁿ du Vᵗᵉ de Croy) ; et par lettres données à Paris, le 8 mars 1645, il le nomma jardinier et garde des plantes des jardins-hauts du château de Blois (J. de Croy, *Résidences royales des bords de la Loire*, p. 154). Il demeurait à Paris, rue Saint-Thomas du Louvre (*Catalogue de Voisin*, libraire, année 1882, nᵒ 1827, pièce autographe du 17 juin 1643), plus tard, au palais du Luxembourg ; il mourut et fut enterré à Paris (J. de Pétigny. *Notice sur Abel Brunyer*. *Mém. de la Soc. des Sc. et Lett. de Loir-et-Cher*, t. III, p. 504). Néanmoins ses fonctions l'avaient attiré à Blois et y fixèrent sa famille. Il avait été anobli par Louis XIV, le 23 août 1663 (Carré de Busserolle. *Armorial de Touraine*, p. 264). Marié en 1618 à Elisabeth Deschamps, parente des Phélippeaux, il en eut quatorze enfants (Pétigny, p. 404-406). — L'un de ses petit-fils (*ibid.* p. 472) nommé comme lui Abel, fut seigneur de Villesablon, à Chailles, et avait épousé Françoise Laugier (Reg. de Chailles GG 4, au 19 janvier 1712), fille de Jean Laugier, collaborateur de Brunier au jardin de Blois. C'est lui, pensons-nous, que mentionne ici le registre des Montils. A la même époque, on rencontre le nom de Benjamin Brunier, écuyer, seigneur de Filène, fief sis également à Chailles ; il a épousé une de ses cousines, Anne Brunier. Leur fille Marguerite est baptisée à Chailles le 20 mars 1702 et la marraine est Marguerite-Françoise Brunier, « fille de messire Abel Brunyer, écuyer, seigneur de la Vallée ». Claudine-Anne, autre fille de Benjamin Brunier, est baptisée le 17 février 1703 ; elle a pour parrain et marraine deux paysans de Chailles, dont l'un sait signer, mais non l'autre (Arch. comm. de Chailles, GG 3). — Quant à Abel Brunier, seigneur de Villesablon, petit-fils du botaniste, il a une sœur, Madeleine-Marguerite, deux filles Esther et Geneviève, et une troisième fille, Madeleine qui épouse le 19 janvier 1712 François de Graffard (V. ci-dessus, p. 193). Si la famille avait été protestante, elle en était à présent bien éloignée, car à ce mariage assistèrent trois pères cordeliers (Reg. de Chailles, GG 4). — Nous trouvons ensuite Benjamin Brunier, écuyer, seigneur de Villesablon, sans doute fils d'Abel. Sa femme est Anne-Renée de la Forest (V. plus bas, en 1723 et reg. de Chailles, GG 6) ; Anne-Claude Brunier qui épouse aux Montils, en 1732, Félix de la Forest, est probablement leur fille. Elle a pour frère (Reg. de Chailles, GG 5 et 6) Joseph Brunier, écuyer, seigneur à son tour de Villesablon (voir, sur ses biens, la notice de M. E. Roussel, déjà cité ci-dessus p. 195, note 1), né en 1713, marié en 1742 (E. Roussel, p. 244) à dame Anne Baudouin de Bretigny, mort le 13 avril 1753, inhumé le 14 avril dans l'église de Chailles (*Ibid.* et reg. de Chailles, GG 9). Sa veuve se remarie le 23 juillet 1754 à Pierre de Graffard et meurt, âgée de 66 ans, le 21 mai 1785 (ci-dessus, p. 193 et 194). De ce mariage étaient nées Marie-Anne, baptisée à Chailles le 18 août 1743 (Reg. de Chailles, GG 8), qui ne vécut pas, Marguerite-Anne-Renée, baptisée le 12 janvier 1750 (*ibid*) et morte le 7 octobre 1763 (Reg. de Cellettes, GG 26), enfin Claude-Jeanne, baptisée le 25 décembre 1752 (Reg. de Cellettes, GG 26), et mariée à Cellettes le 19 septembre 1775 à Michel-Jacques-François Savare du Moulin. Elle mourut à Ornay, par. de Cellettes, le 26 mars 1797 et lui, le 6 mars 1804 (Abbé Porcher. *Loir-et-Cher hist*, 1895, col. 276).

A l'enterrement de Pierre de Graffard, fils d'une Brunier, assiste en 1779, François de Brunier, chevalier de Saint-Louis, et cousin-germain (Reg. de Cellettes, GG 27). Celui-ci appartient à la branche de Chicheray. Chicheray est un fief en Vendômois (auj. cᵉⁿ de Pezou, cᵉⁿ Morée) qui, en 1720, appartenait encore à Tanneguy Guerry, propriétaire du château de la Chesnaye, près les Montils (Arch. de Loir-et-Cher, E 520. — Cf. ci-dessus p. 215). De 1733 à 1743 (Arch. de Loir-et-Cher, E 548, 549, 550, 558) Abel Brunier est qualifié « seigneur de Chicheray et de la Baratière ». Il vient aux Montils en 1736. Il doit être frère de Benjamin Brunier de Villesablon. C'est sans doute son mariage avec Françoise de Réméon qui l'a attiré en Vendômois. Il laisse pour fils Philippe, seigneur de Chicheray, capitaine au régiment royal infanterie, chevalier de Saint-Louis, et François, capitaine au même régiment (Abbé Métais, *Cart. de la Trinité de Vendôme*, t. III p. 153). En 1789, Abel-Philippe de Brunier, seigneur de Chicheray, comparut à l'assemblée de la noblesse du Vendômois (La Roque et Barthelemy, *Catalogue*, etc., t. II, Orléanais, p. 12). — Les descendants de cette famille habitent actuellement la Touraine.

Parlement de Paris et correcteur en sa chambre des comptes de Blois (1), veuf de feue dame Elisabeth Gautier, de la paroisse Saint-Honoré de Blois, avec d^lle Marie-Anne-Suzanne Courtin, veuve de m^e Nicolas Apoux, receveur au grenier à sel de Boisgenceney. Il a pour témoins Christophe Picault de Rochecorbon, contrôleur des domaines, et Joseph Mahy de la Bersillière.

En 1723. M., Renée de la Forest, « épouse de M. Brunier de Villesablon ».

En 1723. Thomas Urbain Maussion de Candé, « Conseiller du Roi, au grand Conseil, grand rapporteur de France », assiste à un mariage (2).

Le 26 avril. Jean-François-Paul de Caumartin, évêque de Blois, fait sa première visite en l'église des Montils et y confère le sacrement de Confirmation.

En 1724. D'Estianges, « Procureur du Séminaire de Blois, chanoine régulier, ordre de Saint-Augustin, Congrégation de France », fait un mariage.

En 1727. Cliquot, « chanoine régulier », fait plusieurs baptêmes.

En 1728. P., François de Graffard, « clerc tonsuré ».

15 mars 1728. P., Nicole Naudet, « garde général des eaux et forêts du département de Blois et de Berry ».

En 1728. Onfroy, « prieur de Saint-Julien de Chedon », fait un baptême.

En 1732. Félix de la Forest, « escuier, garde du corps de Sa Majesté, fils de deffunt Pierre de La Forest, vivant procureur de Montmorillon, se marie avec Anne-Claude Brunier, « fille du seigneur de Villesablon ».

En 1733. César Courand, « chevalier, seigneur de Bonneuil », assiste à un mariage.

En 1734. F. Clottereau, « religieux Cordelier, garde-custode », fait un baptême.

En 1734. F J. Le Douvre, « religieux de Saint-François », fait un baptême.

27 juin 1735. François de Crussol d'Uzès, évêque de Blois, fait sa visite aux Montils et se rend ce jour-là à Cellettes où il inspecte le registre et y signe. (Arch .comm. de Cellettes, GG 24).

En 1735. F. Alexis, « capucin », fait un baptême.

En 1735. F. Innocent de Blois, « capucin », fait un baptême.

En 1736. Brunier de Chicheray assiste à un mariage.

En 1737. J. Vautier, « curé de Prunai », fait une sépulture.

(1) René Postolle est pourvu le 26 avril 1719 et reçu le 23 mai suivant correcteur en la chambre des comptes de Blois (Arch. Nat. P. 2885¹, f° 170). Il meurt en février 1731 et Thomas-René, fils sans doute de son premier mariage, lui succède dans son office (Arch. Nat. P 2878¹², f° 151). Il porte pour armes : d'azur au chevron d'or accompagné de deux croissants du même, en chef, et d'une tête humaine posée en pointe (Bibl. Nat. Clairambault, 785, f° 190. — C^on du Vte de Croy).

(2) Nous avons rencontré dans le cours de ce volume divers membres de cette famille. Elle descend de Thomas Maussion, à qui des lettres de Louis XV, données à Versailles le 16 décembre 1724, conférèrent le titre honoraire de secrétaire du roi, dont il avait exercé la charge du 27 juin 1704 au 14 décembre 1724. Ces lettres rappellent qu'il a été receveur général des finances de la généralité d'Alençon, « dont il a rempli les fonctyons avec toute l'aprobation et le désintéressement possible, depuis le mois de may 1696 qu'il en a esté pourvu » ; il faut « récompenser l'honneur, le zèle et la probité qui l'ont toujours distingué non seulement dans les fonctions desdits offices mais encore différents emplois principaux et des plus considérables dont il a esté chargé ». (Original, Arch. du chât. de Candé). Thomas-Urbain, son fils, dont il est ici question, épousa Jeanne-Elisabeth Rillart de Fontenay. Il en eut huit enfants, baptisés à Saint-Roch, à Paris. L'un d'eux, Louis, né le 6 octobre 1731 (Cte de Chastellux, Notes prises aux archives de l'Etat-civil de Paris brûlées le 24 mai 1871. Paris, 1875, p. 411), fut conseiller au Parlement et seigneur de Candé. Un autre fils nommé également Thomas-Urbain était né le 22 septembre 1732 (Chastellux, ibid.) et fut conseiller au Grand Conseil (La Chesnaye des Bois, Dictionnaire de la noblesse, t. XIII, p. 527). — Antoine-Charles, conseiller au Parlement de Paris, né sous le règne de Louis XV, mourut sous celui de Napoléon III, à Blois, le 22 août 1854, âgé de 87 ans. Il a été le père de M. de Candé, contre-amiral, possesseur de Frileuse (voir ci-dessus p. 217 et 372), mort à Vals, le 21 janvier 1867, âgé de 66 ans (Lettres de faire-part).

En 1740. Blaise Maréchal (1), « garde des allées du château Royal de Blois », est enterré aux Montils.

En 1740. N. Aubry, « prieur de Cour-Cheverny », fait un baptême.

14 décembre 1740. Jean-Henri Bertels, (2) « fils de feu Henry Bertels et de Jeanne Reynants, dont les parents sont de la paroisse de Saint-Georges d'Anvers, en Brabant », est enseveli aux Montils.

En 1743. P., Nicolas-Claude Boullet, « conseiller au Parlement ».

En 1743. P., Louis de Laiglehoust de Goinville, « escuier ».

En 1743. P., Louis Pelluys, « conseiller du Roi, controlleur général honoraire des Ventes de l'Hôtel de Ville de Paris ».

En 1743. M., Marthe Durand de La Saussaye.

En 1745. Gilles Mainfray, « fermier général de la Seigneurie de Sambin », se marie aux Montils avec Dame Lespagnol, « fille de Louis Lespagnol, ancien garde des plaisirs de Sa Majesté ».

En 1745. P., Messire Guillaume Mahy de Cormeré, « escuier, conseiller du Roi, receveur général des domaines du Roi, généralité de Blois et d'Orléans » (3).

En 1746. Jean-Baptiste la Margerie de Chavaroche assiste à un mariage.

En 1751. P., Nicolas-Ange de Laiglehoust de Goinville (4).

En 1752. P., et M., Pierre Béguin, « officier de Monseigneur l'Evêque de Blois », et Marie Bodu, « dame de charge de Mgr l'Evêque de Blois ».

8 février 1753. Jean Sebault, « maistre chirurgien, procureur au siège seigneurial de Villelouet, notaire à la baronnie de Cormeré-le-Bourg, cy-devant Ouchamp », décédé le 7, muni des sacrements de pénitence et d'extrême-onction, est enterré aux Montils (5).

(1) Son fils, Marc Maréchal, était alors vicaire des Montils.

(2) Il fut inhumé « en présence de Bernard-Emmanuel Van Der Pure » qui signe : Bernadus Emmanuel van der Pure.

(3) Guillaume Mahy, baptisé à Saint-Solenne le 18 février 1675, était fils de Guillaume Mahy, greffier en chef des eaux et forêts et de Marie-Anne Calle. Ses parrain et marraine furent François Mahy, curé de Saint-Secondin et Madeleine Galland, femme de Jean Mahy, contrôleur du grenier à sel. Il fut pourvu de l'office de receveur général du domaine du comté de Blois par lettres données à Paris le 19 avril 1710 (Arch. Nat. Q¹ 503¹, fo 71 ; cⁿ du Vᵗᵉ de Croy). Il acquit Cormeré en 1719, et en 1722 le censif de Chitenay, la prévôté des Montils avec droit de boucherie, le droit de baril des Grouëts, la prévôté de Montflvault et la justice de Mont, qu'il revendit en partie (Arch. Dép. de Loir-et-Cher, F 231, fo 19 et 171). — Voir ci-dessus p. 179. — Il y eut deux Guillaume Mahy, père et fils. Le fils Guy-Guillaume Mahy, également receveur des domaines du comté de Blois et du duché de Vendômois, obtint l'érection de Cormeré en baronnie, par lettres patentes d'août 1747. Il en reconstruisit le château (aujourd'hui le château de Chitenay) et s'y ruina, dut se séparer de biens d'avec sa femme, dame Anne Charpentier, et vendre la terre, vers 1765. Il fut le père du marquis de Favras qu'illustra sa fin tragique au début de la Révolution (Voir Abbé R... Chitenay, notes historiques, p. 26 et 35). — Un autre de ses fils, Joseph-Henri, portait le nom de Mahy des Montils (Ibid. p. 50). — A cette famille, suivant M. Borel d'Hauterive, Annuaire de la noblesse de France, année 1874, p. 402, appartenait le député de Mahy, l'un des hommes connus de la IIIᵉ République.

(4) On trouve M. de Goinville faisant hommage de la closerie de la Lombardière en 1717 (Arch. Dép. de Loir-et-Cher, F 231, fo 189) et Marie Laiglehoust de Goinville, marraine, à Cellettes, de Louis-Jean Baudoin de Bretigny, en 1720 (Reg. de Cellettes, GG 24). Marie-Madeleine Le Fuzelier, veuve de Jacques de Laiglehoust de Goinville, vend, au milieu du XVIIIᵉ siècle, le fief des Grands-Maisons à M. de Mahy, qui y bâtit le château actuel de Chitenay. — Louis de Laiglehoust assiste, en 1755, à la bénédiction de la chapelle de ce château (Abbé R... Chitenay, p. 12 et 26).

(5) Jean Sebault, chirurgien aux Montils, avait épousé Elisabeth Chaubert. Leur fille Madeleine, baptisée dans cette paroisse le 14 avril 1722, eut pour parrain Louis Chaubert, huissier royal aux Montils et pour marraine Madeleine Chaubert. Le 19 juin 1741, elle épouse, aux Montils, Nicolas Mallet, chirurgien, fils de feu Jean, aussi chirurgien. L'acte est signé : Magdelene Sebault, François Sebault, Jean Sebault, etc... De cette famille est issu M. J. Paul-Boncour, ministre de la IIIᵉ République en 1910-1911. En effet, de Madame Félicité Sebault et de M. Eugène Paul-Boncour naquit aux Montils, le 22 avril 1848, François-Eugène Paul-Boncour.

En 1755. N. Bonneau, « doyen rural de Saint-Félix », paroisse de Champigny, fait un mariage.

En 1762. P., Léonard de la Montaigne de Barbanson.

En 1762. P., Julien Legros, « garde du corps du Roi ».

En 1765. Claude-François Boisguéret, « escuier, sieur de La Vallière » se marie avec Anne-Françoise Loüet, « fille des deffunts Charles Loüet et Anne-Catherine Rossard des Naudins ».

En 1770. N. de Bras, « chanoine régulier, Prémontré » ; il signe plusieurs actes.

En 1771. Pierre-Charles Jouslin, « vicaire de Cellettes », fait un mariage.

En 1776. N. Adam, « vicaire de Sambin », fait un mariage.

En 1778. Pierre-Charles de Sellery, « prieur de l'abbaye de Bourgmoyen », préside la sépulture du prieur des Montils.

Pierre-Joseph Folquier, « prieur de Thésée en Angoumois », chanoine régulier, assiste à cette sépulture.

En 1781. Louis-Jean Desnoes, « chanoine régulier », fait un mariage.

En 1783. N. Vidaud, « prieur de Saint-Lazare », fait un baptême.

En 1783. Joseph-Marie Chaubert, « curé de Roissy, chanoine régulier de la Congrégation de France, de l'ordre de Sainte-Geneviève », fait deux sépultures (1).

En 1785. Roch-Charles Bruyères des Rivaux, « inspecteur des Haras » (2), assiste à la sépulture de mademoiselle Claudine de la Montaigne.

En 1788. P., Guillaume Caillou, « procureur à Blois ».

---

(1) Sans doute parent de la famille Sebault, dont descend le ministre J. Paul-Boncour. — Roissy, Seine-et-Oise, arr. Pontoise, canton de Gonesse. — Après la Révolution, M. Chaubert revint se fixer aux Montils et desservit la paroisse de Candé. Voir Appendice n° IX.

(2) Le nom de Bruère des Rivaux a paru plusieurs fois dans le cours de cet ouvrage. Roch-Charles Bruère des Rivaux était souvent à la Gendronnière. Sa présence s'y explique certainement par l'intérêt que portait le marquis de Voyer à Madame de Rullecourt qui habitait ce château. Roch Bruère des Rivaux était originaire de La Guerche en Touraine. Ce fief appartenait à Marc-René de Voyer d'Argenson, ancien directeur des Haras de France. En 1785, Roch-Charles s'intitule inspecteur des haras à Orléans. Il a pour frère Marin Bruère des Rivaux, maréchal des logis dans le régiment du Comte d'Artois. Le 31 décembre 1789 faisant un bail, il prend encore son titre d'inspecteur et se dit « demeurant ordinairement au château de la Gendronnière, paroisse de Vallières-les-Petites ». Son frère René-Charles est « consul général et chargé des affaires de France auprès de la République de Raguse ». Son autre frère, Michel-Mathieu, est « lieutenant d'infanterie au service de la noble compagnie d'Olonde des Indes Orientales ». Un autre frère encore, Maurice, « ancien officier des troupes de Lithuanie », est en 1789 « syndic de la municipalité » et en 1790 « maire de la ville de la Guerche ». Leur père, René Bruère, avait été lieutenant et bailli de la vicomté de la Guerche. Roch Charles vint se fixer à La Guerche. On l'y trouve en 1790 avec son titre « d'inspecteur des haras de la généralité d'Orléans » et de 1797 à 1800 il y est « agent municipal de la commune chargé de faire les fonctions d'officier public » (renseignements communiqués par le Cte de Croy, d'après les registres paroissiaux de La Guerche et les minutes du notaire de la Fouchardière, actuellement au Grand-Pressigny, Indre-et-Loire).

APPENDICE N° IX

RAPPORT OFFICIEL FAIT PAR M. LE CURÉ DES MONTILS, EN 1808, SUR L'ÉTAT DE SA PAROISSE.

Réponse à la lettre écrite à MM. les Curés et aux renseignemens demandés par Son Excellence le ministre des Cultes.

1re *Demande.* — *Le nom des hameaux de votre paroisse.*

Réponse. — Le hameau de la Haye est le seul : ce hameau est conséquent et comprend plus de 40 maisons conséquemment plus de 40 ménages, toutes maisons contigües et rassemblées. Ce hameau à toujours été de la paroisse des Montils pour le spirituel et le temporel ; les dixmes ont toujours été perçües par les cy devant prieurs des Montils. Ce hameau est à la distance d'une lieue du clocher des Montils, et n'est qu'à un demi quart de lieue du clocher de la paroisse de Seur, petite paroisse qui contient à peine 200 individus, et il est de toute convenance que ce hameau de la Haye soit réuni à Seur ; ainsi que la belle closerie appellée La Roche qui a toujours été des Montils et qui touche le bourg de Seur.

2me *Demande.* — *Le nom des fermes ou maisons isolées.*

Réponse. — Il y a plus loing que le hameau de la Haye et du côté de la paroisse de Chailles, tout près le château de la Chainaye, une petite ferme et une closerie appelée Conon. Cette ferme peut être réunie à Chailles ou à Seur n'étant pas à une demi-lieue du clocher de Seur, et se trouvant éloignée des Montils de plus d'une lieue.

Il y a encore une maison au hameau appellé Les Bordes qui a toujours été de la paroisse des Montils, susceptible d'être réunie, ainsi que le hameau des Bordes à Chailles ou à Seur. Plus une autre ferme appellée l'Hermitage ou étoient jadis établis des hermites qui se nommoient les frères Dieu, ils y avoient un espèce de monastère et une chapelle qui existe encore pour l'emplacement ; mais sans autel et sans ornemens. Cette ferme conséquente appartenoit aux Seigneurs Evêques de Blois, ainsi que le château de Madon dont elle fait partie et n'est éloignée du clocher des Montils que d'un demi quart de lieue.

Plus une autre ferme appellée la Garenne, jolie maison ou il y avoit une chapelle qui subsiste encore, mais l'autel a été détruit, il n'en reste plus que la table de pierre, elle est sur le chemin du hameau de Madon à un demi-quart de lieue du clocher des Montils.

Plus une closerie appellée La Mouillanderie entre Seur et Les Montils, à la distance à peu près d'une demi lieue de l'un et l'autre clocher. La maison de maître dépendoit de Seur et les pressoirs, la grange et la maison des closiers dépendoient des Montils. Les géomètres, en faisant l'arpentage, ont compris toute la maison en entier et l'ont mise de la paroisse des Montils.

3me *Demande.* — *Celui des fermes ou hameaux trop éloignés qui peuvent être réunis aux paroisses voisines.*

Réponse. — Le hameau de Madon dependant de la paroisse de Candé peut être réuni à la paroisse des Montils eu égard à la distance qui est à peine d'une demi lieue du clocher des Montils et à près de 3 quarts de lieue du clocher de Candé. Superbes chemins en hiver comme en été, pour se rendre à l'église des Montils, et plus mauvais et plus longs chemins pour se rendre à celle de Candé, aussi les habitans du hameau de Madon viennent tous entendre la messe aux Montils à cause de la proximité ; il conviendroit donc de réunir ce hameau à la paroisse des Montils qui, par les réunions perdra sûrement le hameau de la Haye. Ce qui la dédomageroit un peu ; mais non pas en totalité. Presque tous les habitans désirent cette réunion qui devroit avoir lieu pour remplir les vües du Gouvernement, en facilitant aux peuples les secours de la religion.

4ᵐᵉ *Demande.* — *La distance du clocher des Montils aux fermes, hameaux ou maisons.*

Réponse. — Au bout du pont des Montils il existe 14 maisons dépendantes, partie de la paroisse d'Ouchamps et partie de la paroisse de Monthou-sur-Bièvre. La rivière de la Bièvre qui vient se jetter à la seconde arche du pont des Montils dans la rivière appellée le Beuvron, fait les limites des deux paroisses à la droite de la descente de son cours, elle borne la paroisse d'Ouchamps et celle de Monthou à sa gauche. Des fenêtres du clocher des Montils, on peut lancer une pierre sur trois paroisses. Cela prouve la distance des maisons au clocher et établit évidemment la réunion de ses 14 maisons à la paroisse des Montils. 10 de ces maisons ne sont qu'à 100 ou 150 toises du clocher des Montils. Beauval et le moulin du Gué-au-loup de la paroisse d'Ouchamps, et maisons conséquentes ne sont qu'à 200 toises du clocher, les autres maisons dépendent de la paroisse de Monthou. Réunies depuis longtemps à la paroisse d'Ouchamps.

Le bourg de Monthou-sur-Bièvre en raison de la distance du clocher eût deu être réuni aux Montils.

La ferme appellée Ornay dépendante de la commune de Monthou n'est qu'à un quart de lieue des Montils et peut y être réunie tandis que toutes ses maisons sont distantes de leur clocher de trois quarts de lieue et d'une lieue du pont des Montils à Ouchamps et à Monthou-sur-Bièvre. De Monthou aux Montils le chemin est nouveau ou nouvellement tracé droit été et superbe en hiver comme en été et le chemin des Montils à Ouchamps est long et très mauvais en hyver et très peu pratiquable, aussi tous les habitans des maisons cy dessus désignées viennent entendre la messe aux Montils et il convient qu'elles soient réunies à cette église ainsi qu'une autre petite maison nouvelment bâtie par un maçon qui existe entre les Montils et le bourg de Monthou-sur-Bièvre.

5ᵐᵉ *Demande.* — *Vos noms et âge et ceux des prêtres qui pourroient habiter sur votre paroisse. Je suis* etc. *Signé : Gallois, Vic. gén.*

Réponse. — Claude Petit, né le 8 février 1741, prêtre en 1766, curé de Contres pendant 37 ans et desservant l'église des Montils depuis 5 ans... conséquemment âgé 68 ans.

Joseph Marie Chaubert, prêtre, ex-chanoine régulier, ancien prieur, curé de Roissy près Paris, exerçant le ministère aux Montils et desservant la paroisse de Candé, âgé de soixante-quinze ans.

OBSERVATIONS

Toutes les réunions mentionnées dans la réponse faite aux questions exigées par Son Excellence le ministre des Cultes, devroient avoir lieu, à l'effet de remplir les vües du Gouvernement et de faciliter aux peuples les secours de la religion. Ce seroit un service à rendre aux habitans des hameaux circonvoisins qui ne vont que très rarement à leur église paroissiale et jamais dans l'hiver à cause de la distance et des mauvais chemins.

La réunion du hameau de la Haye à la paroisse de Seur est impérieusement commandée par la grande proximité, et la différence d'une lieue à un demi quart de lieue.

La réunion du hameau de Madon à l'église des Montils ne l'est pas moins, à cause d'une plus grande distance de l'église de Candé et de plus longs et mauvais chemins, et d'un autre côté la paroisse de Candé a le hameau appellé l'Aumône et toute la paroisse de Vallaire qui y est réunie depuis dix à douze ans. Et cette réunion est désirée par tous les habitans du hameau de Madon.

Quand aux habitans des maisons existentes au bout du pont des Montils ils n'ont tous qu'un vœu d'appartenir à l'église des Montils

D'ailleurs on trouve aux Montils toutes les choses nécessaires à la vie. Un notaire, un percepteur, des officiers de santé, 3 boulangers, 2 bouchers, des chaircutiers, des menuisiers, tailleurs, sabotiers, taillandiers, maréchal, charpentiers, entrepreneurs des batimens, charpentiers à moulins, maçons, marchands d'étoffes, ciriers, épiciers, tonneliers, fabrique d'huile, couvreurs en ardoise, jardiniers, marchands de légumes, ouvriers et ouvrières de toute espèce : lingères, messageries pour les villes voisines, meûniers et marchands de belles farines, etc., etc., etc....

Certifié sincère et véritable par moi, prêtre desservant l'église des Montils, le 8ᵐᵉ jour du mois de juin 1808.

PETIT.

(Archives de l'église des Montils.)

APPENDICE Nº X

FAITS DIVERS

1684. — ANNONCES PROFANES FAITES AU PRONE DES MESSES PAROISSIALES.

En 1684, les curés des Montils, Monthou et Sambin reçoivent chacun 15 sols pour avoir publié, « aux prônes de leurs grandes messes, pendant 3 dimanches consécutifs un fermage qui devoit avoir lieu à Monthou, à l'issue de la Grand'Messe » (1).

1698. — GELÉE.

Les ravages de cette gelée furent tels que les habitants demandèrent un dégrèvement d'impôts :

Voici leur requête :

« A cet égard que tous les biens de ladite paroisse ne consistent que en vignes et autres pauvres meschantes terres et que les vignes de ladite paroisse sont entièrement gelées, sans espérance de recueillir aucun vin, cette année, même l'année suivante, y en ayant même qu'il conviendra arracher. Ce que tous les habitans des Montils ont estimé à propos estre remontré à Monseigneur l'Intendant de la Généralité d'Orléans, pour qu'il plaise à Sa Grandeur avoir compassion des pauvres habitans de ladite paroisse et qu'il lui plaise les diminuer de la taille dont ladite paroisse est beaucoup chargée, ce qu'ils espèrent de sa bonté » (2).

1770. — LE BEUVRON NAVIGABLE.

En cette année on fit « Gratis et pro Deo » aux Montils la sépulture d'un habitant de Blois, noyé au-dessous du Pont des Montils « par l'enfoncement d'une nacelle chargée d'écorces » dans la partie de la rivière qui est de la paroisse de Monthou (3).

Nous avons vu qu'en 1369 Jean de la Fontaine fit une donation en faveur de l'abbaye de Bourgmoyen et qu'un des articles porte : « Item, droit de bateaux, sur toutes les eaux des Montiz » (4).

(1) Etude du notaire des Montils.
(2) *Ibid.*
(3) Registres paroissiaux des Montils.
(4) Archives de Loir-et-Cher, Fonds de Bourmoyen.

1784. — UNE DÉBACLE EN LOIRE.

Le 24 février, un marinier de Rochefort « retenu au pont de Caudé depuis plus de 5 semaines » voit ses trois bateaux, par suite des glaces, « emportés et brisés par les glacons, qui étoient dans la plus grande abandance, *la levée ayant crevé à une lieue environ au-dessus dudit pont* ».

Il estime la perte de ses bateaux et marchandises 4.000 livres (1).

1808. — LES GRANDES EAUX.

Un enfant, né à Monthou, est baptisé aux Montils « à cause des grandes eaux qui interceptent le passage pour se rendre à Ouchamps » (2).

BAN DE VENDANGE

1816

« D'après le rapport de Messieurs les Arbitres, envoyés pour vérifier l'état de maturité des vendanges, il est arrêté :

La vendange commencera :

Pour les vignes *rouges le 21 octobre.*

Pour les vignes *blanches le 28 octobre.*

Défense d'aller *grappiller* avant que la permission soit donnée ».

1819

Ouverture de la vendange *le 27 septembre.*

1820

Ouverture *le 10 octobre.*

1821

Ouverture *le lundi 15 octobre.*

1822

Ouverture *le mardi 3 septembre.*

1823

Ouverture *le 17 octobre.*

1824

Ouverture *le 8 octobre.*

1825

Ouverture *le 19 septembre.*

1826

Ouverture *le 25 septembre.*

1827

Ouverture *le 28 septembre* pour le *rouge* seulement, *le 1er octobre* pour le *blanc.*

(1) Étude des Montils.
(2) Registres paroissiaux.

1828

Ouverture *le 30 septembre*.

1829

Ouverture *le 12 octobre*.

1830

Ouverture *le 10 octobre*.

1831

Ouverture *le 26 septembre*.

1834

Ouverture *le 18 septembre*.

1821

15 avril. — Le maire avait écrit au Préfet : « Le Conseil a déclaré que vu les malheurs qui ont pesé sur la commune l'année dernière par *la gelée* et *la grêle*, il étoit impossible d'ouvrir une souscription volontaire » (la suite à la séance du 25 mai).

14 mai. — Le maire écrit au maire de Blois pour le remercier « de lui avoir prêté deux de ses boîtes d'artillerie » pour célébrer le *baptême* de son Altesse Royale Mgr le duc de Bordeaux.

SÉANCE DU 25 MAI 1821. DON OFFERT A L'ACQUISITION DE CHAMBORD.

« La Commune des Montils ne peut rester en arrière quand il s'agit de témoigner son amour au Roi et à son Auguste Famille ; le Conseil vote la somme de *trente francs* pour concourir à l'acquisition du domaine de Chambord pour son A. R. Mgr le Duc de Bordeaux ».

16 Juin 1851. — Le Conseil s'oppose à l'établissement d'un marché aux veaux, au foin, à la paille à Pontlevoy le mercredi.

Le 14 Juillet même opposition pour l'établissement d'un marché aux grains à Cour-Cheverny, comme devant nuire à celui de Contres.

18 Mai 1856. — Service médical gratuit, vote de 50 fr. à prendre sur la taxe municipale des chiens.

12 Juin 1856. — Le Conseil vote 30 fr., pour les inondés.

5 Juin 1859. — Le Conseil s'oppose à la formation d'un canton à Onzain, dont devrait faire partie la commune de Candé.

12 Avril 1866. — Etablissement de 2 foires, l'une le mercredi avant le 24 juin. L'autre le 2ᵐᵉ mercredi de Novembre, la foire du 25 juin supprimée.

Le même jour, vœu pour un lavoir public. — Les dépenses sont assurées par une souscription.

RÉQUISITION DE GUERRE.

10 Juillet 1871. — Somme à payer pour l'invasion allemande :

A Foureau, pour fourniture de pain.	578ᶠ »
A Bonnigal, épicerie.	6 70
A Legendre, gallon, bois	67 50
A Desgrois, farines	1.129 20
A Cholet-Prévau, charcutier	5 50
A Thireault-Bailly, vin.	206 75

A Chollet-Elie, vin 8ᶠ 40
A Chaillon, épicier 10 80
A Moreau, pain 38 85
A Joly, avoine . . . . 84 »
A Moliard, foin, paille . . . . 34 »
A Alexis Montprofit, foin . . . . 5 »
A Désiré Moreau, foin 2 80
A Legendre Henry, farines . . . . 225 »
A Souvent, avoines . . . . 230 »
A Bourgoin, avoines . . . . 149 »
A Egret, eau-de-vie . . . . 40 »
A Goûté . . . . 40 »
A Potereau, vin . . . . 20 »
A Chotin, 2 vaches . . . . 350 »
    Viandes . . . . 182 »
    Pour sa boucherie ouverte pendant l'invasion . . . . . 756 »

        Total. 4.169ᶠ 50

ETABLISSEMENT D'EOLIENNES.

Il existe aux Montils deux Eoliennes. L'une est l'œuvre d'une souscription, l'autre est due à l'initiative privée.

Au château de Frileuse, M. Donop de Monchy fit établir une éolienne qui, après bien des difficultés pour atteindre la source, donne de bons résultats.

ADDITIONS ET CORRECTIONS

————

P. 80. — Frère Guillaume Merquier, évêque de Surgat.

Les évêques IN PARTIBUS *en Blésois, au Moyen-Age*

La présence de ce titulaire d'un évêché de Crimée, aux Montils, en 1358, nous avait profondément surpris. Nous avions pensé qu'il y avait là un fait tout particulièrement exceptionnel et spécialement curieux. Il paraît probable que le maître de la Maison-Dieu des Montils était revêtu, en quelque sorte, d'un évêché *in partibus infidelium* et qu'on peut en rencontrer d'autres exemples en Blésois, au Moyen-Age. Durant l'impression de ce travail, M. le vicomte de Croy a fait une découverte qu'il veut bien nous communiquer. Il a trouvé, à la date du 21 mai 1437, mention de « Monseigneur l'evesque de Jalinence, prieur de Morées » (Arch. Nat. Z² 332. Morée, prieuré de Marmoutier, ordre de Saint-Benoît, auj. chef-lieu de cᵒⁿ, arr. de Vendôme, Loir-et-Cher). L'évêque de « Jalinence » c'est assurément le *Julinensis* ou *Juliacensis episcopus*, qui assiste le 4 avril 1439, en l'abbaye de Vendôme, à la visite des reliques de saint Eutrope, et en 1447, au transport à Cellettes, des reliques de saint Mondry (Abbé Ch. Métais. *Cartulaire de la Trinité de Vendôme*, t. III, nᵒ 803 et arch. de l'église de Cellettes). M. l'abbé Métais n'a pas pu identifier cet évêché et M. l'abbé Simon, dans l'*Histoire de Vendôme*, t. II, p. 337, en a fait mal à propos l'évêché de Juliers, ville où il n'y eut jamais un tel siège. En réalité, suivant Eubel, *Hierarchia catholica medii ævi* (p. 299), c'est un évêché dit *Juliodensis*, *Julinensis* ou *Julmensis*, suffragant de l'archevêché d'Athènes, mais dont les titulaires au xvᵉ siècle agissaient, dit-il, comme auxiliaires de l'évêque de Paderborn, dans l'Empire (1). Dans son savant ouvrage, du reste, Conrad Eubel, pas

————

(1) Nous ne pensons pas que ce titre désigne l'évêché de Julin, en Poméranie, transféré à Cammin, dès le xiiᵉ siècle ?

plus pour l'évêché de Surgat que pour l'autre, n'a eu connaissance de nos deux blésois.

Il est évident que le prieur de Morée ne résidait pas en Allemagne, et que pour lui comme pour le maître de la Maison-Dieu des Montils, il s'agit là d'un titre honorifique. Mais cette présence d'évêques dans nos campagnes devait donner un éclat extraordinaire aux cérémonies de simples paroisses rurales qui voyaient se dérouler, chaque dimanche, des offices célébrés pontificalement. Nous avons peine à nous figurer ce qu'était l'état de l'Église, dans nos régions, au Moyen-Age et son histoire, comme nous en avons exprimé le vœu au cours de cet ouvrage, devrait tenter l'un de nos confrères.

P. 121, note 2.   Au lieu de : paru cette année même, lire : paru en 1911.

P. 125. — Ce chapitre sur Charles d'Orléans était imprimé lorsqu'a paru l'ouvrage de M. Pierre Champion auquel l'Académie Française, le 26 avril 1912, a donné le second prix Gobert, l'une des plus hautes récompenses dont elle puisse disposer. Nous pensions donc trouver dans cette biographie l'explication du mystère que présente ce transport de deux prisonniers aux Montils par un prince qui était bon et pacifique. Grand a été notre étonnement de ne pas trouver d'allusion à ce fait que nous avaient révélé nos modestes recherches. Nous nous sommes donc adressé à M le vicomte de Croy qui nous envoie la note suivante :

« La présence de Gui de Brilhac pourrait bien indiquer que ces prisonniers fussent des italiens, car ce personnage, conseiller et chambellan de Charles d'Orléans, avait été employé, les années pui précédent 1464, à des missions politiques en Lombardie. Il était à Asti au mois d'avril 1460, il y retournait de Blois au mois de mai 1461 et, de là-bas, le 20 juillet, annonçait au duc la défaite des gens d'armes français près de Gênes. Revenu en France quelques mois plus tard, il prenait de nouveau la route de l'Italie, en juillet 1462, avec un patricien milanais qu'une intrigue quelconque avait amené à Blois. Durant l'année 1463, il y eut à Asti des complots pour livrer la ville à Sforza, duc de Milan, et peu après la mort de Charles d'Orléans, on voit Thomas Malabaila, d'une noble famille astesane, prisonnier au château de Blois. La supposition que je fais a donc pour elle beaucoup de vraisemblances et il serait possible que les archives italiennes, mieux explorées, livrassent le secret gardé depuis cinq siècles par le donjon de Montils. »

Après avoir remercié M. de Croy de ces renseignements ignorés de M. Pierre Champion, nous devons remarquer que l'ouvrage de cet auteur ne nous apprend à peu près rien sur les Montils, et qu'en re-

vanche, nous pouvons lui apprendre beaucoup. P. 340, il ne semble
pas savoir que « l'ermitage des Montils », où vint Charles d Orléans
(voir dans notre livre la p. 126), est un hameau de notre paroisse. Il ne
dit rien du passage de Charles VII dans le comté de Blois, en 1448,
ni de la venue de Mademoiselle aux Montils, ni des restauration
faites par le duc en 1460. Son exégèse littéraire n'est même pas irréprochable ; car, parlant des séjours de Charles à Savonnières, il ne
songe pas à faire le rapprochement entre ces vers empreints de gour-
mandise :

Vins, mangers de plusieurs manières...

et le tendre intérêt que le bon duc porte à ses vignes des Montils.
Mais nous ne sommes pas d'accord avec M. Champion sur plusieurs
points. — 1o P. 24 : Charles d'Orléans serait venu aux Montils dans
son enfance. L'auteur renvoie au no 5933 du t. III de M. de Laborde,
Les ducs de Bourgogne. Cette pièce est celle que nous avons indiquée
ci-dessus p. 93. Elle date, comme nous l'avons dit, du temps de Marie
de Clèves, alors veuve du duc Charles. — 2o P. 178 : il s'agit là des derniers jours du comte de Vertus (voir p. 122 de notre livre). L'auteur
n'est pas assez explicite. On pourrait comprendre que le comte était
devant Courville le 9 juillet 1420. Nous avons vu qu'il était aux Montils
les 8 et 9 juillet. La cote citée, K 348 est inexacte ; c'est KK 348.
M. Champion indique bien que les obsèques furent célébrées le 26 novembre, il n'indique pas ce fait bien plus important que le comte mourut au mois d'août. — 3o P. 163, note 1 : M. Champion cite Jean Victor
comme capitaine des Montils en 1429 ; il l'était dès 1427 ; — comme mort
en 1450 ; il était décédé depuis le 25 novembre 1449. D'après M. Champion, il a été nommé maître des eaux et forêts du duché d'Orléans
en 1428, à la place d'Archambaud de Villars. Il n'y a plus, selon nous
(p. 147, note 6 de notre livre), aucun doute que ce soit en 1424. Un
compte d'A. de Villars finit à la Saint-Jean 1424 ; le compte suivant
de Saint-Jean à Noël 1424 est de Jean Victor (Arch. Nat. R¹ 362, fos 51,
55). Enfin, M. Champion ne mentionne pas les déprédations com-
mises dans les forêts par François Victor qui le firent chasser.
La chose était pourtant intéressante à noter, si l'on veut peindre l'un
des traits du caractère de Charles d'Orléans, la trop grande facilité
avec laquelle il donnait sa confiance et se laissait duper. M. Champion le sait-il ? P. 391 et 409, M. Champion mentionne un serviteur
de la duchesse, Aucement ou L'Aucement, et il nous apprend à ce
sujet un détail que nous ignorions : son mariage en juillet 1459. Mais
il n'a pas su qu'il s'agissait d'Arnoul Le Visque (ci-dessus, page 149),

ni que la mariée était Marguerite de Lyon. Enfin, nous l'avions appelé *Lancement,* il le nomme (p. 690) l' « *Aucement* [*Haussemann ?*] » et en fait un allemand. Il est vrai que Marie de Clèves a eu des allemands à son service, témoin Henri de Wissell. Dans le cas présent, sans documents plus précis, la supposition nous paraît un peu hasardée.

Quand deux auteurs travaillent en même temps sur les mêmes textes, c'est pour l'un comme pour l'autre une épreuve difficile. On voit que notre ouvrage y a résisté.

P. 135, note 5. — Au lieu d'Appendice n° 3, lire Appendice n° IV.

P. 146, note 3. — Au lieu de : *Ibidem,* lire : P. Orig. 2866, d^r 63614.

P. 153, note 3, ligne 7. — Au lieu de : paraît lui avoir appartenu, lire : paraît avoir appartenu à la famille d'Argy.

P. 162 : *Le Pont des Montils.* — Ajoutons ici un détail qui nous servira à compléter et à rectifier ce que nous avons dit sur le pont au xiiie siècle, p. 106. L'accord entre le comte Jean et les habitants des Montils est non de 1277, mais de 1278. L'original a disparu. Il n'en reste que l'analyse suivante :

« Lettre de l'accord fait entre le comte de Blois, d'une part, et les bourgeois, manans et habitans des Montils sur le différent qui étoit entre eux pour raison de la réparation du pont dudit lieu, dattée l'an 1278, le samedy devant la feste Saint-Pierre et Saint-Paul, scellée de cire verte sur double quene. » (Bibl. Nat. Moreau, 405, f° 93 r°).

P. 203, note 5. — Au lieu de : Q^l 1324, lire : O^l 1324.

P. 224, ligne 19. — Au lieu de : Marie Viart, lire : Marie Huart.

P. 234, ligne 12. — Au lieu de : Hugues Ier, lire : Hugues II de Châtillon.

P. 241, ligne 26. — Même correction.

P. 251, ligne 14. — Même correction.

P. 286 : *Vignes des Montils.* — Nous devons ajouter à l'histoire des vignes, au temps de Charles d'Orléans, un très curieux document de 1413. A ce moment, le duc chargé de grandes dépenses par suite de la guerre des Armagnacs, se voit dans la nécessité de faire des économies et de louer une partie de ses vignes au lieu de les cultiver à ses frais. Le clos des Montils est au nombre de ceux qui sont réservés, en partie du moins, preuve de l'excellence du crû. Voici le texte :

« Lettres dudit seigneur duc par lesquelles il mande à ses gens des comptes de faire cultiver et labourer toutes les vignes à lui appartenans au comté de Blois en la manière qui s'ensuit : c'est à scavoir, toutes les vignes d'Orcheze, contenant quatorze arpens et demi, excepté trois quartiers ; en un clos séparé en la clouserie des Montils, contenant quatorze arpens et demi, neuf arpens et demi de vignes seulement ; en la closerie d'Ingrande contenant vingt arpens, dix arpens seulement ; et le surplus desdittes vignes et celles du lieu des Gâtz baillées à cens ou rentes le plus a son profit que faire se pourra, sans y faire aucune autre dépense ne mandement ; datté le xie jour de mars 1412, signé : *par Msgr le duc en son conseil où vous, monsgr de Saint-Chartrier, maistre Nicole Le Dur et autres estiez,* SAUVAGE. »

Les vins que Charles préférait étaient donc ceux d'Orchaise, des Montils, d'Ingrande et de la Rougerolle (Bibl. Nat. Moreau 405, f° 92 v° : inconnu de M. Pierre Champion).

Chapitre X. — Le portrait de M. Pardessus publié dans ce chapitre nous a été communiqué par Mme la vicomtesse de Rozière, née des Isnards. Nous lui adressons ici nos respectueux remerciements.

P. 353. — La vérité historique nous oblige à ajouter que M. Claude Petit avait été curé assermenté de Chitenay. Le 2 septembre 1794 il avait obtenu un certificat de civisme. Son prédécesseur avait quitté la paroisse le mois précédent. L'année suivante, M. Claude Petit disparut (Abbé R... *Chitenay*, pp. 55 à 57).

TABLE DES MATIÈRES

NOTA. — *Les noms de lieux sont imprimés en italiques, les noms de personnes en petites capitales et les autres matières en romain ordinaire.*

A

B

C

D

E

F

G

H

L

M

N

O

P

T

U

V

W

TABLE DES CHAPITRES

TABLE DES GRAVURES

Gravures dans le texte

Gravures hors texte

Achevé d'imprimer le 12 juillet 1912.

Blois, imprimerie C. Migault, 14, rue Pierre-de-Blois